아메리칸 노트

아메리칸 노트

초판 1쇄 인쇄 2018년 12월 05일
초판 1쇄 발행 2018년 12월 15일

지은이 찰스 디킨스
옮긴이 이미경
펴낸곳 B612북스
펴낸이 권기남

주소 경기 양주시 백석읍 양주산성로 838-71, 107동 602호
전화 031) 879-7831
팩스 031) 879-7832
E-mail b612books@naver.com
홈페이지 blog.naver.com/b612books
출판등록일 2012년 3월 30일(제2012-000069호)
ISBN 978-89-98427-19-1 03840

ⓒ B612북스, 2018. Printed in Seoul, Korea

아메리칸 노트

찰스 디킨스 미국 여행기

Charles Dickens

B612 북스

차례

부록

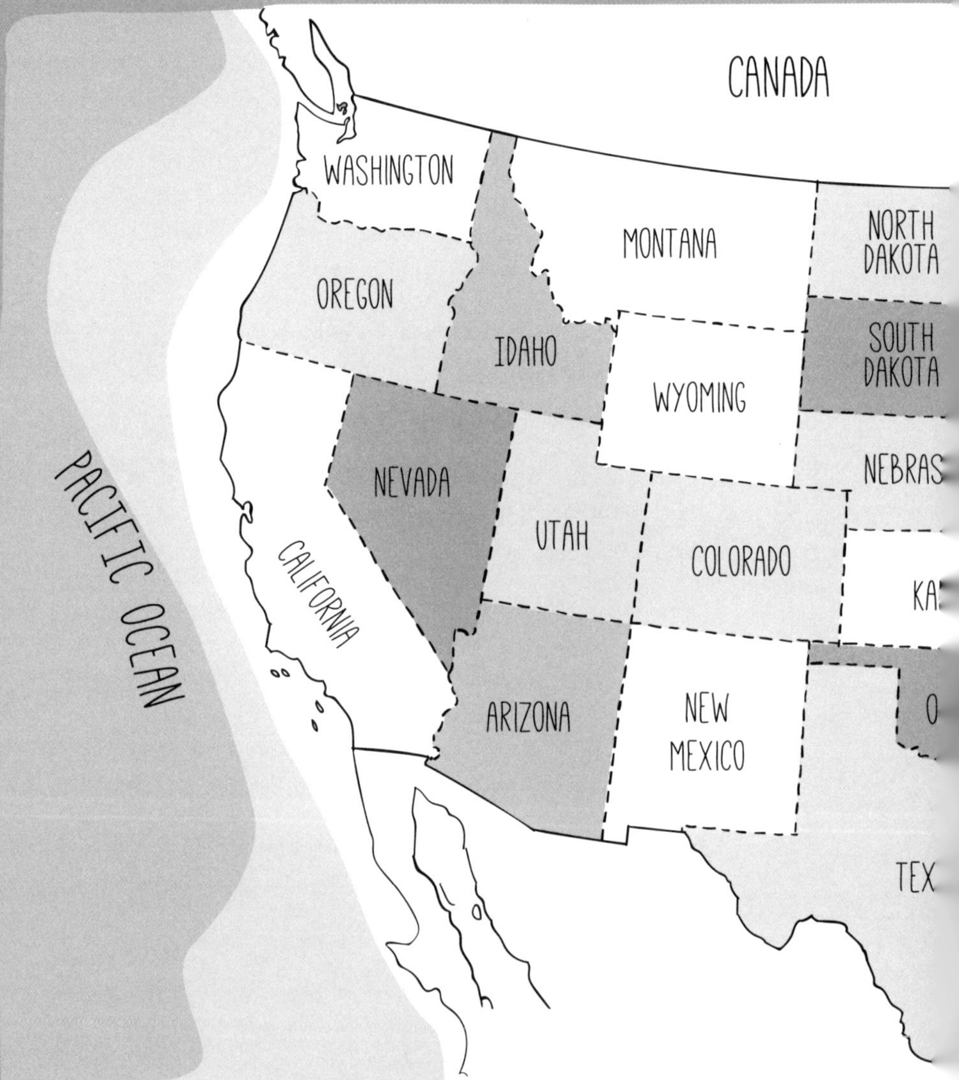
CANADA
WASHINGTON
MONTANA
NORTH DAKOTA
OREGON
IDAHO
SOUTH DAKOTA
WYOMING
NEVADA
NEBRAS
PACIFIC OCEAN
UTAH
COLORADO
CALIFORNIA
KA
ARIZONA
NEW MEXICO
O
TEX

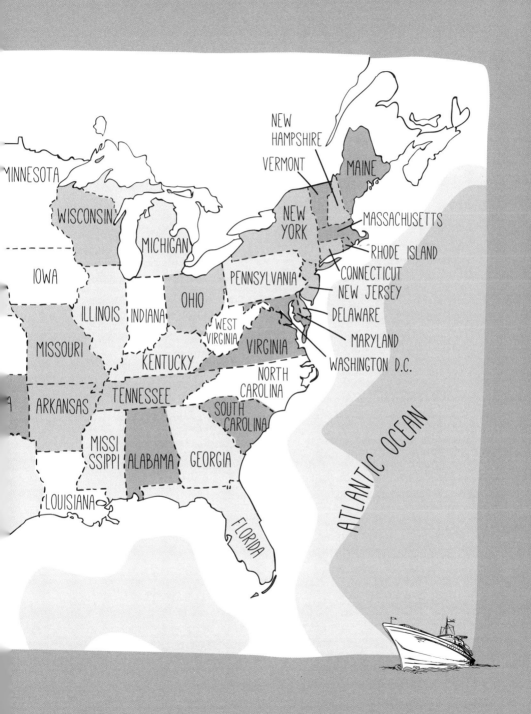

1부

1장

출항

　나는 4분의 1은 진지하게 4분의 3은 재미있게 다가왔던 놀라운 광경을 영원히 잊지 못할 것이다. 그러니까 1842년 1월 3일 아침, 여왕 폐하의 우편물을 싣고 핼리팩스와 보스턴으로 향하는 1,200톤급 정기 기선 브리타니아 호의 '특등실' 문을 열고 머리를 들이민 순간이었다.

　이 특등실이 '찰스 디킨스, 씨와 부인'을 위해 특별히 마련되었다는 점은 겁먹은 내 머리로도 쉽게 이해가 되었다. 그런 사실을 알리는 아주 작은 육필 원고가 아주 얄팍한 매트리스를 들씌운 무척이나 납작한 누비이불에 꽂혀 접근도 어려운 선반 위의 외과용 석고처럼 뻗쳐 있었다. 그러나 이곳이 적어도 지난 4개월간 밤낮으로 회의를 열었던 찰스 디킨스 내외와 관련 있는 특등실이란 것, 이곳이 만에 하나 상상하던 그 작은 아늑한 방일 수도 있다는, 즉 찰스 디킨스 씨가 늘 강력한 예지력으로 하다못해 작은 소파 하나 정도는 있을 거라고 예견했고, 그의 부인은 특등실의 작은 크기에 대한 겸손하면서도 누구보다 뛰어난 감각을 빌려 처음부터 눈에 띄지도 않는 외진 구석에 거대한 여행 가방 두 개 이상은 들어가지도 않을 거라고 주장했던 그런 방일 수도 있다는 것(여행 가방은 방안으로 슬쩍 들어가기는커녕 이젠 문에서 더는 들어가지도 않았는데, 차라리 기린을 꾀이거나 억지로 화분에 밀어 넣는 게 나을 뻔했다), 이 도통 쓸모도 없고, 참으로 형편없고, 너무나 터무니없는 상자 같은 객실이 한 장인의 손으로 대충 그려져 런던의 그 대리인 회계 사무실에 걸려 있던 반들반들한 석판 평면도의 화려하지는 않더라도 고상하면서도 예쁘장한 거처와는 거리가 멀다는 것, 이 특등실이 요컨대 곧이어 드러날 진짜 특등실을 더욱 만끽하고 즐기도록 선장실을 응용해 써먹는 즐거운 허구이거나 유쾌한 장난일 리가 없다는 것—이런 것들은 내가 도대체 지금 당장은 참거나 이해할 마음이 나지 않는 사실들이었다. 그래서 나는 방 안에 있는 두 개 가운데 말갈기 널판이나, 뭐 횃대 같은 곳에 앉아 아무 표정 없이 우리와 함께 배에 올라 좁다란 통로를 비집고 통과하느라 오만상을 쓰고 있는 친구들을 지켜보았다.

우리는 순식간에 거하게 일격을 당한 뒤에 아래로 내려가긴 했지만, 우리가 살아 있는 가장 낙관적인 사람들이 아니었던 만큼 최악의 상황은 이미 각오하고 있었는지도 모르겠다. 내가 이미 넌지시 언급한 바 있는 그 상상력 넘치는 화가는 아까 그 걸작에 원근법이 거의 끝없이 펼쳐지고, 로빈스 씨[1]의 말마따나 동양적 웅장함을 뛰어넘는 양식으로 꾸며, 한껏 즐겁고 흥겨운 신사와 숙녀들이 가득한(하지만 그렇게 불편하지는 않은) 방을 그려 넣은 참이었다. 우리는 배의 내부로 내려가기 전에 갑판을 지나 양쪽에 창문이 나 있는, 거대한 영구차와 다르지 않은 길고 좁다란 방으로 들어갔다. 위쪽 끝에는 침울해 보

---

1) 조지 헨리 로빈스(George Henry Robins, 1778~1847), 팔려고 내놓은 부동산을 과장해서 묘사하는 글을 썼던 런던의 주택 경매인.

이는 난로가 있었고, 그 난로에다 한기를 느낀 남자 승무원 서넛이 손을 쬐고 있었다. 방 양쪽에는 따분한 방 길이만큼 뻗어 있는 길고 긴 탁자가 있었고, 탁자마다 위쪽으로는 낮은 지붕에다 고정해 유리잔과 양념 병들을 수북이 꽂아놓은 선반이 일렁이는 파도와 사나운 날씨를 음울하게 알려주는 듯했다. 나는 이후로는 내 마음에 쏙 들었던 이 방의 완벽한 모습을 그때는 미처 알아보지 못했지만, 우리 여행을 주선해 주었던 친구 중 하나가 방에 들어서기가 무섭게 창백해지더니 뒤에 있던 친구에게로 물러나며 엉겁결에 제 이마를 때리고는 작은 목소리로 "말도 안 돼! 이럴 수가!" 또는 그와 비슷한 말들을 내뱉는 모습은 보았다. 그는 애써 마음을 가다듬고, 한두 차례 헛기침을 하고는 아직도 내 눈에 선한 섬뜩한 미소를 머금고 사방 벽을 둘러보며 동시에 소리쳤다. "허어! 승무원, 휴게실인 거지?" 우리는 모두 어떤 대답이 나올지 예상했고, 그 친구가 겪고 있을 고통도 알고 있었다. 그는 걸핏하면 여객선 휴게실에 대해 떠들곤 했는데, 그림을 보고 떠오른 생각을 가져다 우려먹은 것으로, 집에 앉아서 특등실이 뭔지 이해하고 정확히 떠올리려면 일반 거실의 크기와 가구를 일곱 배씩 늘려야 하며 그렇게 해도 실제 모습에는 못 미친다고 큰소리쳤던 것이다. 승무원이 진실, 그 직설적이고 무자비하고 벌거벗은 진실을 공언하며 대답했다. "여기가 휴게실입니다. 손님." 그 흰 방에 친구는 정말로 휘청거렸다.

이제 곧 헤어질 참인 데다, 그들의 또 다른 일상적 대화 사이에 폭풍우 몰아치는 수천 마일의 공간이라는 어마어마한 장애물을 밀어 넣게 될, 그래서 바로 그런 이유 때문에 그들이 아직은 즐겁게 함께 하고 있다는 그 짧은 순간 위로 그 어떤 어두운 그늘도, 심지어는 스쳐 지나가는 순간적인 실망이나 당황의 그림자도 드리우지 않으려고 안달하는 사람들 틈 속에서—그런 상황에 처한 사람들 속에서, 그런 첫 놀라움들이 알다시피 와자지껄하게 터지는 시원한 웃음으로 자연스레 넘어갔고, 따라서 앞서 언급한 널판인지 횃대인지에 줄곧 앉아 있던 나 자신도 배가 다시 종을 울릴 때까지 드러내놓고 함성을 질렀다고 전하는 바이다. 이리하여, 우리 모두는 그 방을 처음 접한 지 채 2분도 되지 않아 이구동성으로 이 특등실이야말로 가능한 최고로 쾌적하고 흡족하고 뛰어난 발명이며, 따라서 방이 1인치라도 더 넓었다면 꽤나 불쾌하고 한심한 상태였을 거라는 점에 동의했다. 이와 함께, (아슬아슬하게 문을 닫을 뻔하고, 뱀처럼 문을 안팎으로 휘감고, 작은 세탁판을 입석으로 간주하는) 요령을 보이며, 우리는 네 사람을 한꺼번에 간신히 방에 밀어 넣었다. 그러고는 (부두에 있으면) 정말 바람이 잘 통하는지, (날씨가 허락한다면) 하루 종일 열려 있는 아름다운 현창[2]이 정말 있는지, (배가 아주 심하게 요동치지 않는 한) 면도를 지극히 쉽고도 즐거운 과정으로 만들어줄 거울 바로 위에 꽤나 커다란 볼록 렌즈가 정말 있는지 서로 보라며 애걸복걸했다. 그러다 우리는 이윽고 만장일치로 방이 작기는커녕 외려 넓다는 결론에 도달했다. 비록 지금도 나는 관을 제외하면 들어가서 자는 것치고는 이보다 작을 수 없는 아래위로 배열된 침대 두 개만 빼면, 문이 뒤에 달려서 손님들을 석탄 자루처럼 보도 위로 쏜살같이 던져놓는 전세 마차[3]보다 조금도 크지 않았다고 믿지만 말이다.

---

2) 선박 측면의 반구형 창.
3) 말 한 마리가 끌던 덮개 달린 2륜 마차로 돈을 받고 세를 줬다.

이점을 관심이 있든 없든 모든 당사자들이 완벽하게 만족할 정도로 해결하고 난 뒤에 우리는 여성용 객실의 난로 주변(그냥 따뜻한지 보려고)에 둘러앉았다. 방은 확실히 좀 어두웠다. 하지만 누군가가 "물론 환할 거예요. 바다에서는"라고 말했고, 우리는 자신들이 왜 그렇게 생각하는지 설명하기 대단히 어려웠을 텐데도, 모두 "물론이죠, 물론"을 되풀이하며 맞장구를 쳤다. 또한 내 기억으로는 우리가 이 여성용 객실이 우리 특등실과 접해 있는 환경에서 또 다른 위안거리와 결과적으로 사시사철 그곳에 앉아 있을 엄청난 가능성을 발견하고는 낱낱이 파헤치다 순간적으로 침묵에 휩싸였을 때, 죄다 얼굴을 손에 기대고 난로를 쳐다보고 있던 우리 일행 중 한 명이 뭔가를 발견하게 된 남자처럼 엄숙한 태도로 "여기서 멀드[4] 클라레를 마시면 얼마나 맛있을까!"라고 내뱉은 말이 우리 모두에게 더할 나위 없이 강력한 충격을 주었던 것 같았다. 마치 선실이라는 게 본래의 포도주 성분을 향상시켜 다른 곳에서는 불가능한 완벽한 맛을 낼 수 있어서 그곳에 짜릿하고 진한 맛이 나는 뭔가가 있다는 소리처럼 들렸다.

소파 내장재에서, 예기치 않은 사물함 속에서 깨끗한 시트와 식탁보를 꺼내느라 분주한 여승무원도 있었다. 사물함은 작동 방식이 어찌나 교묘한지 그것들이 연달아 열리는 걸 지켜보다 보면 머리가 지근거렸고, 그녀가 처리하는 일들을 꽤나 정신없이 좇다 보니, 모든 구석구석과 가구 하나하나가 겉으로 보이는 것 이외의 다른 무엇이며, 외견상으로 효용성이 극히 미미한 비밀 짐칸이라는 단순한 함정이자 속임수가 들어설 자리라는 걸 깨달았다.

---

4) 설탕과 향신료를 넣어 데운 프랑스 보르도 산 적포도주.

1월의 항해를 선의의 거짓말을 섞어 자세히 얘기해준 여승무원에게 축복을! 지난해에 동승한 항해에선 아픈 사람이 아무도 없었고, 모두들 아침부터 저녁까지 춤을 추었고, 12일간의 '연속' 항해인 데다, 놀이와 기쁨과 즐거움만으로 어우러진 여행이었다고 정확하게 기억하는 그녀에게 축복을! 환한 얼굴과 나의 길동무에게는 옛날 고향의 소리 같은 유쾌한 스코틀랜드 어투를 쓰던, 잔잔한 바람과 맑은 날씨를 예언했고(전부 틀렸거나, 내가 그녀를 절반만 좋아했어야 했다), 지극히 여성다운 요령을 선보인 수만 가지 작은 조각들, 그렇다고 그 조각들을 정성껏 꿰매 모양과 형태와 틀을 만들어 특정하게 적용하지는 않았던 그녀에게 늘 행복이 함께 하길! 그럼에도 불구하고, 그녀는 한쪽 편 대서양에 있는 모든 젊은 어머니들이 다른 한쪽 편 대서양에 남겨진 그들의 어린 자녀들과 가까이 쉽게 손닿는 곳에 있다는 사실과, 여행 경험이 없는 사람들에게는 심각한 여행처럼 보이고, 그런 비밀을 알고 있는 이들에게는 그저 놀이에 불과한 여행이 찬미와 휘파람의 대상이 될 것이란 사실을 담담하게 보여주었다! 그녀 마음이 햇살처럼 밝고 그녀의 명랑한 두 눈에서 즐거움이 가시지 않기를, 영원히!

특등실은 상당히 빠르게 늘어났지만, 이 무렵에는 부피가 상당히 큰 것으로 팽창해 안에서 바다가 보이는 내닫이창을 자랑할 지경이었다. 그래서 우리는 의기가 충천해져서 다시 갑판으로 올라갔다. 그곳에서는 모든 것이 퍽이나 부산스럽고 활기차게 준비되던 터라 서리내린 그 맑은 아침에 혈액은 속도를 높여 혈관을 타고 신회하며 잉겁결에 즐거운 웃음소리를 터뜨렸다. 늠름한 배들은 모두 파도를 서서히 오르내렸고, 작은 배들은 하나같이 소란스레 물을 튀겨대고 있었으며, 부둣가에 무리 지어 서 있던 사람들은 '두려운 듯 즐거운' 기분으로 그 유명한 아메리카 고속 증기선을 가만히 바라보았다. 어떤 선원들은 '우유를 싣고' 아니, 다시 말해, 암소를 배에 태우고 있었고, 어떤 선원들은 얼음 창고에 식용육, 청과물, 힘없는 젖먹이 돼지, 송아지 머리 수십 개, 소고기, 송아지 고기, 돼지고기, 그리고 지나치게 많은 닭고기류 등 신선한 먹거리를 한가득 채워 넣고 있었다. 밧줄을 감기도 하고 낡은 밧줄을 풀어놓은 뱃밥[5]으로 바쁜 선원들도 있었고 무거운 꾸러미들을 짐 선반에 내려놓는 선원들도 있었다. 사무장의 머리는 승객들의 짐이 산더미처럼 쌓인 곳 한복판에서 어찌할 바를 모르는 통에 어렴풋이 보일락 말락 할 뿐이었다. 어디에서도, 누군가의 마음 가장 중요한 곳에서도 이 웅장한 항해를 준비하는 것 외에는 아무 일도 일어나는 것 같지 않았다. 이것은, 밝게 빛나는 차가운 태양, 상쾌한 공기, 찰랑거리는 물, 아주 살짝만 내딛어도 날카로우면서도 경쾌하게 우직거리는 갑판 위를 얇고 하얗게 덮고 있는 아침의 얼음과 더불어 너무나 유혹적이었다. 우리가 다시 해안 쪽으로 고개를 돌리자 정기선 돛대에서 명랑한 각양각색의 깃발로 배의 이름을 알려오고, 그 깃발들 옆으로 별과 줄무늬가 그려진 아름다운 미국 국기가 펄럭거리는 모습을 보았다. 그 국기가 3천 마일이 넘는 그 긴 거리와, 그리고, 그보다 더더욱 긴 총 6개월이라는 부재로, 줄어들고 빛바랜 만큼 배는 출항했다 다시 고향으로 돌아왔고, 리버풀의 코버그 독에는 이미 봄이 한창이었다.

　나는 내가 아는 약물 중에 훌륭한 정찬을 위한 무제한적인 주

---

5) 낡은 밧줄을 풀어 배의 이음새 부분을 메우는 데 사용하는 것.

문—특히나 나의 흠 잡을 데 없는 친구, 아델피 호텔[6]의 래들리 씨의 아끼지 않는 메뉴 구성에 맡겨졌을 때—에 통상 포함되는 터틀, 차가운 펀치[7]와 혹[8], 샴페인, 아주 약한 술이 기타 등등과 함께 상전벽해 같은 변화를 겪도록 독특하게 계산되는지, 일반 양 갈빗살과 한두 잔의 셰리주가 이질적이고 당혹스러운 재료로 바뀔 가능성은 별로 없을 것인지 묻지 않았다. 내 의견은, 이런 세부사항에 신경을 쓰든 안 쓰든, 항해 전날 밤에는 별로 중요한 문제가 아니며, 흔한 말로 '결국은 그게 그거'라는 것이다. 그건 그렇다 치고, 나는 그날 저녁 식사가 부인하기 어려울 정도로 완벽했고, 저녁 식사라는 게 그 모든 사항은 물론, 훨씬 더 많은 점을 이해하게 했으며, 우리 모두 저녁을 남기지 않고 죄다 먹어치웠다는 것을 알고 있다. 내일을 의미하는 어떤 암시도 어느 정도는 암묵적으로 회피했다는 것을 제외하면, 말하자면 마음 약한 교도소장과 다음날 아침이면 교수형에 처해질 신경과민 상태의 죄수 사이에 충만해 있을 것 같은 그런 분위기를 제외하면, 우리는 아주 좋은 시간을 보냈고, 모든 점에서 미루어볼 때 충분히 즐거웠다는 것도 알고 있다.

아침—그날 아침—이 되어 우리가 아침 식사를 하려고 만났을 때, 우리 모두 한순간도 대화를 끊지 않으려고 얼마나 애썼는지, 모두가 얼마나 놀라울 정도로 즐거웠는지 다들 궁금해했다. 말하자면, 쿼트당 5기니씩 하는 온실 완두콩의 맛이 하늘의 이슬과 공기와 비의 증가에 비례하는 만큼 그 작은 모임의 일원 개개인이 억지로 퍼마신 독주

---

6) 항해 전에 디킨스와 그의 부인이 묵었던 호텔.
7) 과일즙에 설탕, 양주 따위를 섞은 음료.
8) 독일산 백포도주.

도 그의 유쾌한 천성과 유사하기 때문이었다. 그러나 항해를 떠날 시각인 한 시가 가까이 다가올수록, 이런 수다스러움도, 아무리 끈질기게 수다를 떨려는 노력도 무색하게 조금씩 잦아들었다. 그러다 마침내, 이젠 사안이 사뭇 절망적이 되자 우리는 모든 가면을 벗어 던졌다. 그리고는 우리가 내일 이 시각에, 그 다음날 이 시각에 어디 있을 것인지 따위를 공공연히 추측하며, 수많은 메시지를 그날 저녁 시내로 돌아갈 사람들에게, 유스턴 스퀘어⁹⁾에 기차로 도착한 후 가장 짧은 시간 안에, 반드시 집이나 여러 다른 곳에 전달되도록 부탁했다. 그런 시간이 되면 부탁할 것과 기억나는 것들이 자꾸 떠오르는 법이라 우리는 계속 정신없이 바빴고, 그러는 사이 우리는 어쩌다, 말하자면, 승객들과 승객들의 친구들과 승객들의 짐이 빼곡히 들어찬 공간으로 녹아들어, 모두가 작은 증기보트의 갑판 위에서 뒤섞인 채 헐떡거리고 콧김을 내뿜으며 어제 오후의 선창 밖으로 빠져나와 지금은 강가 계류장에 정박해 있는 정기 기선으로 향했다.

　그리고 배가 나타났다! 모든 눈이 배가 정박해 있는 곳으로 쏠리고, 한겨울 이른 오후의 점점 모여드는 안개 사이로 희미한 형체만 보일 뿐이다. 모든 손가락이 같은 방향을 가리키고 "정말 아름다운 것 같아!" "어쩜 저리 미끈할까!" 등의 호기심과 탄성으로 웅성거리는 소리가 사방에서 들린다. 심지어는 모자를 한쪽으로 비딱하게 쓰고 양손을 주머니에 찔러 넣은 채 하품을 하며 또 다른 신사에게—배가 나룻배라도 되는 것처럼—'건너갈' 것인지 묻는 말로 그토록 많은 위로를 베풀었던 그 느긋한 신사도 체면을 버리고 그쪽을 바라보고는 '틀림없

---

9) 유스턴역. 리버풀까지 가는 연락 열차의 런던 철도 종착역.

군'이라고 말하려는 듯 고개를 끄덕였다. 고개를 끄덕이던 현명한 버레이 경[10]도 단 한 차례의 사고도 없이 열세 번이나 항해에 성공했던 (배에 탄 모든 사람이 진작 알고 있던 바이긴 하지만, 어떻게 알았는지는 알 수 없다) 이 느긋한 신사에 비하면 세력이 그 절반도 안 됐다! 정신없이 몰두하던 또 다른 승객은 그 불쌍한 프레지던트 호[11]가 가라앉은 지 얼마나 오래되었는지 소심하게 물어볼 것 같았다는 이유로 다른 사람들의 눈총을 받고 도덕적으로 짓밟히고 뭉개졌다. 그는 느긋한 신사 가까이에 선 채 희미한 미소를 띠고는 자기는 배가 아주 튼튼한 선박이라고 생각한다고 말한다. 그 말에 느긋한 신사는, 처음에는 질문한 사람의 눈을 잠깐 들여다보고, 다음에는 바람을 정면으로 받으며 아주 힘들게, 그래야지요, 라는 뜻밖이면서도 불길한 대답을 내놓는다. 그러자 사람들에 대한 느긋한 신사의 평가는 순식간에 바닥으로 고꾸라지고, 승객들은 반항하는 표정으로 그가 멍청이고 사기꾼이며, 분명 배에 대해 쥐뿔도 아는 게 없을 거라고 서로 속삭인다.

그러나 우리는 그 정기선 옆에 단단히 고정되고, 거대하고 붉은 배의 굴뚝은 씩씩하게 연기를 내뿜으며 지엄한 의도를 여실히 드러낸다. 거대한 운반용 나무틀, 대형 여행 가방, 여행용 손가방, 상자들이 벌써 손에서 손으로 전달되며 숨 돌릴 틈 없이 신속하게 배 위로 끌려 올라간다. 말끔하게 차려입은 항해사들이 통로에 자리를 잡고 승객들을 배 측면 위로 올려 보내기도 하고 부하들을 채근하기도 한다. 5분

---

10) 리처드 셰리던(1751~1816)이 1779년에 발표한 희곡 〈The Critic〉에 등장하는 인물. 버레이 경은 이 작품의 한 장면에 등장해 고개를 끄덕이는데, 그가 고개를 끄덕이는 이유는 다른 인물이 등장해서 부연 설명한다.
11) 1841년에 대서양에서 침몰한 증기선.

이 지나자 작은 증기선은 완전히 버려지고, 정기선은 뒤늦은 화물 공세에 시달리다 결국은 화물 천지가 되고 만다. 이 인간 화물은 순식간에 배 전체에 스며들어 구석구석에서 한 다스씩 서로 맞닥뜨리게 될 것이다. 제 짐을 들고 아래로 떼 지어 내려가다 다른 사람의 짐에 걸려 넘어지고, 잘못 들어간 객실에서 편안히 자리 잡고 있다가 다시 빠져나오면서 말할 수 없는 끔찍한 혼란을 야기하기도 하고, 잠긴 문을 열려고 하거나 지나다닐 수 없는 온갖 후미진 장소로 억지로 들어가려는 일에 미친 듯이 매달리기도 한다. 요정 같은 머리를 한 거친 남자 승무원들에게 이해할 수 없고 실행 불가능한 심부름을 시켜 산들바람이 부는 갑판 위를 이리저리 오가게 하는, 요컨대 괴상망측하고 황당무계한 소란을 피우게 한다. 이런 와중에, 친구는 물론 짐도 하나 없는 듯한 그 느긋한 신사는 허리케인이 휩쓸고 있는 갑판을 이리저리 어슬렁거리며 태연하게 시가를 뻐끔거린다. 이런 무심한 태도 덕에 그의 일거수일투족을 관찰할 여유가 있는 사람들의 평판에서 그의 위치가 다시 승격됨에 따라, 그가 돛대를 올려다보거나 갑판을 내려다보거나 배 옆을 넘겨다볼 때마다 그들도 그곳을 따라서 바라보며, 그가 어디에서 뭔가 잘못된 것을 보고 있는지 궁금해하는 만큼, 행여나 그렇다면 그가 그런 사실을 언급할 정도로 선량한 사람이기를 바라마지 않는다.

근데 여기 뭐가 나타난 걸까? 선장이 탄 보트다! 그리고 저기 선장이다. 이제, 우리 모두의 희망과 소망대로 아주 딱 맞는 적임자이기를! 균형 잡히고 다부진 몸에, 말쑥한 작은 사내. 불그레한 얼굴은 지체 없이 두 손으로 그와 악수하라는 초대장이다. 맑고 정직한 푸른 눈은 사람의 번득이는 이미지를 꿰뚫어보는 안목이 있다. "종을 울려라!" "댕, 댕, 댕!" 종소리가 다급하다. "자, 이제 해안 쪽으로—누가 해안 쪽으로?"—"유감스럽지만, 이 신사 분들입니다." 그들은 이제 멀리 떠나가고, 아직은 작별을 고하지 않았다. 아, 이제 작은 보트에서 그들이 손을 흔든다. "안녕! 안녕!" 그들에게서 세 번의 함성이, 우리에게서 세 번 더 많은 함성이, 그들에게서 세 번 더 함성이 들려오고, 그리곤 사라졌다.

앞으로 뒤로, 앞으로 뒤로, 앞으로 뒤로 다시 백 번! 이렇게 최신 우편물 행낭을 기다리고 있는 게 최악의 순간이다. 우리가 그런 마지막 함성이 터지는 가운데 떠날 수 있었더라면 의기양양하게 출발해서 좋았을 것이다. 그러나 여기, 눅눅한 안개 속에서 두 시간 이상 정박한 채 고향에 머무는 것도 아니고 해외로 나가는 것도 아닌 상태로 있으니 점차 멍하고 우울한 기분으로 깊이깊이 빠져들고 있다. 이윽고, 옅은 안개 속 점 하나! 뭔가가 나타난다. 우리가 기다리던 보트다! 우편선을 능가하는 모습이다. 선장이 확성기를 들고 외륜선 덮개 위로 나타나고, 항해사들은 각자 자기 자리를 잡는다. 모든 손들이 바짝 긴장한다. 승객들의 풀 죽었던 희망들이 되살아난다. 요리사들이 맛난 요리를 만들다 말고 잔뜩 호기심 어린 얼굴로 밖을 내다본다. 보트가 도착한다. 가방들이 되는대로 끌어 당겨져 당장은 아무 데나 내팽개쳐진다. 세 번의 함성이 더 울린다. 첫 함성소리가 우리 귓전에 울리는 순간, 이제 막 생명의 숨을 들이마신 강건한 거인처럼 배가 고동을 울린다. 두 개의 거대한 터빈이 처음으로 맹렬히 돌기 시작하고, 웅장하게 떠 있던 배는 불어오는 바람과 선미 쪽 조류를 타고 부딪치고 넘실거리는 바다를 당당히 가르며 나아간다.

2장
....
항해

그날 우리는 모두 다함께 식사를 했다. 적어도 86명은 되는 꽤나 엄청난 인원이었다. 배는 최대한 탑재한 석탄과 그만큼 들어찬 승객들로 꽤 깊게 물에 잠겨 있었고, 날씨도 바람 한 점 없이 고요한 덕에 배는 흔들림이 거의 없었다. 그래서 오찬이 절반도 끝나기 전에 자기불신이 강한 승객들조차 놀랍도록 용기를 냈으며, 아침에만 해도 "뱃멀미는 안 하세요?"라는 흔한 질문에 아주 단호하게 한다고 대답했던 사람들도 이제는 "아! 다른 사람보다 더 심하진 않아요"라는 어정쩡한 대답으로 질문을 슬쩍 넘겨버리거나, 그에 따른 명분은 뭐 하나 개의치 않고 "안 합니다"라고 배짱 좋게 대답하기도 했는데, 대답에 짜증도 약간 곁들인 것이, 마치 '저한테서 뭘 알아내려고 그러는가 싶네요, 선생, 무엇보다, 의혹이 들어맞나 보려고 말이죠!'라고 덧붙이는 듯했다.

이런 대담하고 자신감 넘치는 큰소리에도 불구하고, 내가 파악한 바로는 와인을 마시며 오랫동안 자리에 앉아 있는 승객은 거의 없었고, 모두가 탁 트인 바깥을 유난히 좋아했고, 한결같이 문에서 가장 가까운 자리를 원하고 탐냈다는 것이다. 티 테이블 역시 오찬 식탁만큼이나 빈자리가 많았고, 휘스트[12] 게임을 하는 사람도 예상보다 적었다. 그러나 오찬 때, 아주 얇게 썰어 샛노랗게 구운 양고기 다리 한쪽에다 시중을 받으며 진녹색 케이퍼를 뿌리고 나서는 느닷없이 곧바로 자리를 떴던 부인 한 명을 제외하면 아직 아픈 사람도 없었다. 기분을 가라앉히지 못한 채 걷고, 담배를 피우고, 물 탄 브랜디를 마시는 일 (하지만 항상 옥외에서)이 열한 시 무렵까지 이어졌고, 그즈음 '취침 시각'—일곱 시간의 경험이 있는 승객 중에 잠자는 이야기를 꺼내는 사람은 한 명도 없었다—이 밤의 이치가 되었다. 갑판 위에서 끊임없이 쿵쾅대던 부츠 뒷굽 소리도 무거운 침묵으로 바뀌고, 인간 화물도 전부 아래로 치워졌는데, 아마 나처럼 그곳으로 가기 두려웠던 나 자신 같은 극소수 낙오자들만이 예외였다.

그런 광경에 익숙하지 않은 사람에게는 선상에서 보내는 이런 시간이 퍽이나 인상적일 것이다. 그 후로도, 그리고 그 신기한 느낌이 오래 전에 사라진 뒤에도, 그 시간은 나에게 끊임없이 묘한 흥미와 매력의 대상이 되었다. 어둠을 뚫고 거대한 검은 덩어리가 항로를 똑바로 정확하게 지키며 나아간다. 달려드는 바다는 소리만 선명할 뿐 모습은 희미해서 잘 보이지 않는다. 배가 지나간 자리로 넓은 배의 자국이 하얗게 반짝거린다. 전방 망루에 있던 선원들이 반짝이는 수많은 별들을 몸으로 가리지만 않았다면 어두운 밤하늘 속에서 눈에 보이지도 않았을 것이다. 타륜을 잡은 조타수는 앞쪽에 있는 야광 종이[13] 덕에 지각 있는 존재나 신성한 시성처럼 어둠 속에서 한 짐 빛으로 환하

---

12) 카드 게임의 일종.
13) 조타수가 야간에도 배를 몰 수 있도록 방위 표시를 넣어 불이 들어오게 하는 나침반 표면에 부착된 두꺼운 종이.

게 빛을 발한다. 바람이 차단막, 밧줄, 사슬 사이로 우울한 한숨소리를 내뱉는다. 갈라진 틈이나 구석, 갑판 주변의 작은 유리조각 하나하나에서 불빛이 희미하게 새어나오는 모습이 마치 배 전체에 불을 한가득 숨겨놓고는 죽음과 파멸의 불가항력적 힘에 의해 출구란 출구에서 난폭하게 폭발할 것만 같았다. 처음에도, 그리고 그 시간과 그 시간이 찬미한 모든 대상들이 익숙한 존재가 되었을 때조차, 그것들이 제 고유의 모양과 형태를 고수하게 하는 것은 어렵고도 외롭고도 사려 깊기도 한 일이다. 그 대상들은 상상의 나래에 따라 달라지며, 저 멀리 두고 온 물건들을 닮아간다. 끔찍이 사랑했던 장소들이나 심지어 사람들을 쉽게 떠올릴 수 있는 모습으로 둔갑해서 그 자리에 대신 그림자들을 채워 넣기도 한다. 거리, 집, 방, 그리고 그곳들을 주로 차지했던 사람들과 너무나 흡사한 인물들. 나는 그들이 너무나 실제 같아서 깜짝 놀랐고, 그렇게 실제로 존재한다는 느낌이, 내가 보기에는, 그들의 부재를 상기시킬 수 있는 나의 모든 능력을 훌쩍 능가하는 것 같았다. 그런 거리, 집, 방, 인물들이 그런 시간이면, 내가 내 두 손만큼이나 속속들이 알고 있는 진짜 모습, 용도, 목적을 지닌 물건들로부터 수도 없이 홀연히 벗어나곤 했다.

　그러나 이날처럼 특별한 때에 두 손이, 게다가 두 발도 너무나 시렸던 나는 자정이 되자 발소리를 죽이고 아래로 내려갔다. 아래라고 딱히 편한 것도 아니었다. 답답한 느낌이 확 느껴졌다. 낯모를 냄새들이 그렇게 묘하게 뒤섞인 탓에 배 안 외에는 그 어디에도 없을 것 같고, 피부 구멍 곳곳에 스며들어 은은히 냄새를 풍기는 듯한 너무나 미묘한 향내의 존재를 의식하지 않을 수 없었다. 두 승객의 아내들(그중 한 명은 내 아내)은 벌써부터 소파에 드러누워 말없이 고통을 참아내고 있었다. 한 부인의 하녀(내 아내의 하녀)는 자신의 운명을 증오하며, 제 길에서 벗어난 상자들 틈에서 제 머리에 꽂힌 머리 마는 종이를 요란하게 두드리고 있는[14] 마루에 놓인 보따리일 뿐이었다. 모든 것이 엉뚱한 곳에서 넘쳐났고, 그런 것 자체가 견디기 힘든 짜증을 유발했다. 내가 1분 전에 완만한 내리막길의 비호를 받으며 그냥 열어두었던 문이, 몸을 돌려 닫으려고 보니 어느새 높은 꼭대기 끝에 올라가 있었다. 이제 온갖 널빤지와 목재가 삐걱거리는 걸 보니 배는 마치 고리버들을 엮어 만든 것 같았고, 이제는 바싹 마른 나뭇가지로 커다란 불길이 일어나는 것처럼 탁탁거리기까지 했다. 잠자는 것 외에는 달리 할 게 없었으므로 나는 잠을 청하러 갔다.

바람도 어지간히 잔잔하고 날씨도 건조해서 그다음 이틀 동안은 별반 다를 바가 없었다. 나는 침대에서 상당히 많은 책을 읽었고(지금까지도 뭘 읽었는지는 모르겠지만), 갑판에서는 약간 현기증을 일으켰고, 구역질이 말할 수 없이 치밀어 올라 물 탄 차가운 브랜디를 마셨고, 딱딱한 비스킷을 악착같이 먹어댔다. 앞으로 아플 일 외에는, 아프지 않았다.

사흘째 아침이다. 내가 아내의 기분 나쁜 비명소리에 잠에서 깨어난다. 아내가 무슨 위험한 일은 없는지 알아보라고 난리다. 나는 정신을 차리고 침대 밖을 바라본다. 물주전자가 거꾸러지며 생기에 찬 돌고래마냥 뛰어오르고 있다. 작은 물건들이 죄다 물에 떠 있는데, 내 신발만이 높게 물에 닿지 않은 채 한 쌍의 석탄 기릇배처럼 여행용 가방 위에서 오도 가도 못하고 있다. 갑자기 신발이 공중으로 튀어 오르

---

14) 원서 각주에 따르면, 절망에 사로잡혀 자기 머리를 때리는 모습.

고, 벽에 못으로 고정되어 있던 거울이 천장 위로 단단히 들러붙는 게 보인다. 동시에 방문이 완전히 사라지고, 새로운 문이 바닥에서 열린다. 그제야 특등실이 거꾸로 뒤집혔다는 걸 깨닫기 시작한다.

이런 신기한 상황에 들어맞도록 조금이라도 정리할 수 있기 전에, 배가 제자리로 돌아온다. 누가 "정말 다행이다!"라고 말하기도 전에 배가 다시 뒤집어진다. 누가 배가 잘못됐다고 울부짖기도 전에, 배는 앞으로 달려 나갔다 깨진 무릎과 점점 쇠약해져가는 다리로 각양각색의 구멍과 함성을 통과하며 끊임없이 비틀거리는 모습이 사실상 저절로 움직이는 생물처럼 보인다. 누군가가 경탄해마지 않기도 전에 배는 공중으로 높이 뛰어 오른다. 그렇게 잘 뛰어 오르는가 싶더니 물속으로 다시 깊이 뛰어 들어간다. 수면으로 떠오르기 전에 공중제비를 돈다. 배는 기운을 차리자마자 급하게 뒤로 움직인다. 그렇게 배는 계속해서 휘청거리고, 들썩거리고, 허우적대고, 뛰어 오르고, 뛰어 들고, 뛰어 넘고, 곤두박질하고, 고동치며, 요동치고, 뒤흔들며 나아간다. 이런 온갖 몸짓을 때로는 하나씩 순서대로, 때로는 모두 한꺼번에 온몸으로 겪어낸다. 사람들이 살려달라고 외치고 싶을 때까지.

한 남자 승무원이 지나간다. "승무원!" "네?" "무슨 일이시죠?" "이게 무슨 상황인가?" "풍랑이 좀 높아서요, 손님. 맞바람도 불고요."

맞바람! 삼손 15,000명이 배를 뒤로 밀어붙이고, 배가 1인치라도 전진하려고 할 때마다 배를 깜짝깜짝 놀라게 하느라 온힘을 쏟고 있는 상황에서 뱃머리에 붙은 한 인간의 얼굴을 떠올려보라. 부풀어 오른 거대한 몸통의 맥과 동맥 하나하나가 이런 학대를 견디다 못해 터져버리고 있는데도 전진하거나 아니면 죽어버리겠다고 맹세하는 배의 모습도 상상해보라. 바람은 울부짖고, 바다는 포효하고, 비가 내리치는 등 모든 것이 배를 상대로 맹렬하게 대항하는 모습을 상상해보라. 어둡기도 하고 사납기도 한 하늘과 두려운 마음으로 파도와 동조하며 대기에 또 다른 바다를 형성하는 구름을 그려보라. 여기에다, 갑판 위와 그 아래쪽에서 다급하게 탁탁거리는 발소리들, 선원들의 목이 쉰 커다란 고함소리, 갑판 배수구로 물이 콸콸거리며 들어오고 빠져나가는 소리, 이따금씩 거센 바다가 위쪽 널빤지를 때리면 지하실 안에서 들려오는 깊고 둔탁하고 육중한 천둥소리를 덧붙여보라. 그리고 그해 1월 아침의 맞바람이 있는 것이다.

나는 머리 위로 유리와 그릇 깨치는 소리, 승무원들이 굴러 떨어지는 소리, 술통이 풀려 뛰어다니는 소리, 포터맥주[15] 수십 병이 농땡이 치는 소리, 각양각색의 특등실에서 심하게 아픈 탓에 일어나 아침도 먹지 못한 승객 70명이 질러대는 또렷하면서도 결코 즐겁지 않은 소리 따위처럼 배에서 나던 소위 집에서나 듣던 소음에 대해서는 할 말이 없다. 내가 할 말이 아무것도 없는 까닭은 내가 사나흘 동안 이런 콘서트를 감상하며 누워 있었다고는 해도, 그런 소리가 25초 이상 들렸던 것 같지도 않고, 그런 시간이 지나간 뒤에는 뱃멀미가 너무 심해 다시 드러누웠기 때문이다.

그 시간을 일반적인 의미로 해석해보면 뱃멀미가 아니었을 수도 있다. 멀미였으면 싶기는 하지만, 본 적도 설명을 들은 적도 없는 몸 상태였던 것 같다. 그게 아주 흔히 있는 일이라는 것에 한 치의 의심도 없긴 하지만 말이다. 나는 하루 종일 아주 차분하고 만족스럽게 그곳

---

15) 흑맥주의 일종. 노동자와 시장 짐꾼(포터)들을 위해 처음 만들어졌다고 해서 포터라고 불림.

에 누워 있었다. 어떤 지루함도, 일어나거나 나아져야 한다는 또는 공기를 쐐야 한다는 욕망도 없이, 어떤 종류나 어느 정도의 호기심, 걱정, 후회도 없었다. 다만 이런 전체적인 무심함 속에 아내가 심하게 아프면서 나에게 말을 걸지 못한다는 사실로 나태한 기쁨 같은 것—그렇게도 무기력한 감정을 그럴 듯하게 포장하기 위해 제목을 붙여보면 사악한 즐거움이랄 수 있는 감정—을 느꼈던 기억은 나는 것 같다. 그와 비슷한 사례를 들어 내 마음의 상태를 설명해도 된다면, 폭도들이 치그웰에 있는 자기 술집을 습격했던 나이 많은 윌레트[16] 씨와 정확히 똑같은 상태였다고 해야 할 것이다. 그 어떤 것도 나를 놀라게 하지는 못했을 것이다. 고향 생각이라는 형태로 나에게 떠오를 수 있었던 한줄기 지성이 순간적으로 불을 밝히는 순간, 진홍색 코트를 입고 종을 든 도깨비 우체부가 내 앞에 있는 저 작은 도랑으로 백주 대낮에 멀쩡하게 들어가며, 게다가 물속을 걸어 다니느라 젖어서 사과까지 하고 낯익은 필체로 수신이 나 자신으로 되어 있는 편지를 내게 건넸더라도, 티끌만큼도 놀라는 모습을 보이지 말고, 지극히 만족해했어야 했다고 확신한다. 넵튠[17]이 직접 먹음직하게 구운 상어를 삼지창에 꽂고 걸어 들어왔더라도, 그런 사건을 날이면 날마다 벌어지는 아주 흔하디흔한 일로 생각했어야 했다.

한 번—한 번은—어쩌다 보니 내가 갑판에 있었다. 그곳에 어떻게 갔는지, 무엇에 홀려 거기에 갔는지는 지금도 모르겠지만, 아무튼 그곳에 있었다. 커다란 피코트[18]에 아무리 유약해도 제정신인 남자라면

---

16) 찰스 디킨스의 소설 ≪바너비 러지(Barnaby Rudge)≫에 등장하는 존 윌레트.
17) 로마 신화에 나오는 바다의 신.
18) 짧고 두터운 남색 모직 외투로 원래는 선원들이 주로 입었다고 함.

절대 신었을 리 없는 부츠도 신은 완벽한 차림이었다. 그렇게 서 있는
데 무언가를 붙들고 있는 듯한 자각이 들었다. 그게 무엇인지는 모르
겠다. 갑판장이거나 펌프인 것 같기도 하고 아니면 젖소였는지도 모
르겠다. 하루인지 1분인지 내가 그곳에 얼마 동안이나 있었는지도 모
르겠다. 아무렇지도 않게 무언가(넓디넓은 이 세상 전체에서 내가 까
다롭게 굴지 않는 그 어떤 것에 관해서)를 생각하려고 애썼다는 기억
은 난다. 그게 바다였는지, 그게 하늘이었는지 분간도 하지 못했는데,
술에 취한 듯한 수평선이 사방으로 마구 날아다니고 있었기 때문이었
다. 그러나 몸을 제대로 가누지 못하는 상태에서도 그 느긋한 신사가
방수포 모자에 털이 부스스한 푸른 항해용 정장 차림새로 내 앞에 서
있다는 건 알았다. 하지만 그게 그 남자라는 걸 알았다고 해도 그를
그의 옷차림과 구분할 정도로 머리가 돌아가지는 않아서 그를 도선사
라고 부르려고 했던 기억이 난다. 다시 무의식 속에서 허우적대다 정
신을 차려보니 그는 가버리고 없었고, 그 자리에 다른 모습이 보였다.
그것은 불안정한 거울에 대고 보는 것처럼 내 앞에서 흔들리고 요동
쳤다. 그러나 난 그게 선장이란 걸 알았다. 선장의 기분 좋은 얼굴에
영향을 받아 나도 애써 미소를 지었다. 그렇다. 심지어는 그런 때도
나는 애써 미소를 지었다. 그가 하는 몸짓을 보아하니 내게 말을 걸
고 있었다. 그러나 한참이 지나서야 그가 무릎까지 물에 빠져 있는 나
한테 조심하라는 말을 했다는 걸 깨달았다—물론 내가 왜 그러고 있
었는지는 모르겠다. 그에게 고맙다는 말을 하려고 했지만, 할 수 없었
다. 나는 내 부츠를—또는 내 부추가 있다고 여긴 곳을—간신히 가리
키며 궁상맞은 목소리로 "코르크 밑창"이라고 했다. 그러면서 물속에
앉으려고 했다고 한다. 내가 완전히 정신이 나간, 그때로서는 미치광

이 상태라는 것을 알게 된 선장이 나를 갑판 아래로 안내해주는 인간미를 발휘했다.

나는 몸이 괜찮아질 때까지 갑판 아래에 머물렀다. 뭐라도 먹어보라는 권유를 받을 때마다 물에 빠져 죽을 뻔한 사람이 다시 되살아나는 과정에서 겪는다는 그런 고통에 버금가는 고통을 당했다. 배에 탄한 신사가 우리 두 사람이 모두 아는 런던의 한 지인이 내 앞으로 보내는 소개장을 가지고 있었다. 맞바람이 치던 어느 날 아침에 그가 소개장을 명함과 함께 아래로 보냈다. 나는 그가 위에서 건강하게 있을지도 모르니 내가 휴게실로 그를 불러낼지도 모른다는 기대를 하루에도 수백 번은 하고 있을지 모른다는 생각에 한참을 시달렸다. 나는 그를, 불그레한 얼굴과 우렁찬 목소리로 뱃멀미가 무슨 말인지, 뱃멀미가 정말 보이는 것만큼 괴로운 것인지를 묻는 주철로 만든 이미지들(나는 이것들을 사람이라고는 부르지 않겠다) 가운데 하나라고 믿었다. 정말 뱃멀미에 너무 시달리다 보니 선의船醫한테 바로 그 신사의 복부에 커다란 겨자 습포제를 붙이지 않을 수 없었다는 말을 들었던 순간처럼 만족스럽고 감사한 마음을 그토록 완벽하게 느껴본 적은 평생 한 번도 없었던 것 같다. 그런 정보를 입수한 뒤부터 내 건강이 회복되기 시작했다.

그렇지만 바다에 나온 지 열흘 남짓 되었던 당시, 해 질 녘에 서서히 다가왔다가 자정이 되기 직전 한 시간 동안 잠시 잠잠했던 순간 말고는 다음날 아침까지 세기를 더해가며 맹렬하게 휘몰아쳤던 거센 돌풍이 육체적으로 도움이 되었다고 확신한다. 이상하게 잠잠했던 그 시간, 이후 폭풍이 몰려오는 사이에는 상상할 수 없을 정도로 끔찍하고 엄청나서 그냥 완전히 터져버리는 게 차라리 마음 편할 정도였던 무언가가 존재했다.

　그날 밤 거친 바다에서 고군분투하던 배의 노고를 나는 영원히 잊지 못할 것이다. 모든 것들이 사방에서 미끄러지고 부딪치고, 무엇이든 넘어지고 쓰러지지 않고는 물에 떠 있는 게 더욱 힘들어질 수 있다는 사실을 확실하게는 이해하기 어려웠던 순간에 누군가가 내가 자주 듣던 질문을 했다. 그러나 "그게 이것보다 더 지독할까요?" 난폭한 대서양에서 어느 혹독한 겨울밤에 증기선이 요동친다는 것은 생생하게 상상하는 능력이 누구보다 뛰어난 사람이라도 상상하기가 불가능한 일이다. 거센 파도가, 수백발의 대포가 동시에 울리는 것처럼 요란한 소리를 내며 후려치고 배 뒤를 거칠게 밀어붙일 때까지 배는 파도에 옆으로 쓰러지고, 꼬꾸라진 돛대는 다시 벌떡 튀어 오르더니 반대편으로 나가떨어지고, 배가 멈춰 섰다 비틀거리고 깜짝 놀란 듯이 몸통을 떨더니 심장에서 격렬하게 둥둥거리는 소리를 내며 달달 볶이다 광기를 부리는 괴물처럼 쏜살 같이 달려 나가면 성난 바다에 두들겨 맞고, 난타당하고, 뭉개지고, 깔려버리고, 천둥, 번개, 우박, 비, 바람이 한꺼번에 서로 잘났다고 아귀다툼을 벌이고, 널빤지란 널빤지는 죄다 신음소리를 내고, 못은 하나같이 비명을 질러대고, 거대한 바다에 떨어지는 한 방울의 물도 저마다 울부짖는 목소리를 지니고 있다고 말한다는 건 무의미하다. 모든 것이 더할 나위 없이 장엄하고, 무시무시하고, 끔찍하다고 말한다는 건 무의미하다. 글로는 표현할 도리기 없다. 생각으로도 어떻게 전달할 길이 없다. 그저 꿈에서나 가능한 가장 포악하고 격렬하고 격노한 모습을 다시 떠올릴 수 있을 뿐이리라.

　그렇다 하더라도, 나는 그런 두려움 속에서도 내가 처한 상황이 교묘할 정도로 터무니없어서 그런 불합리한 상황을 파악하는 감각이 그때도 지금만큼 뛰어났고, 그런 상황을 즐기기에 가장 유리한 상황에서 발생하는 여타 재미있는 사건을 지금 웃어넘기는 것과 마찬가지로 그때도 웃어넘기지 않을 수 없었다. 자정 무렵, 우리는 바닷물을 뒤집어썼다. 바닷물은 수많은 문들 위쪽에서 급작스레 열린 채광창을 통해 밀려 들어와 여성용 객실로 포효하듯 맹렬하게 쳐들어가는 바람에 내 아내와 어느 작은 스코틀랜드 부인—덧붙여 말하면, 여승무원을 시켜 선장에게 진즉에 찬사와 더불어 배가 번개에 맞지 않으려면 돛대 꼭대기와 굴뚝마다 피뢰침을 당장 달아야 한다는 메시지를 전달했던—을 말문이 막힐 정도로 기겁하게 만들었다. 그들과 앞서 말한 하녀 모두 극도로 겁에 질리는 바람에 그들을 어떻게 해야 할지 모르던 나는 기운을 돋우거나 마음을 가라앉히는 코디얼[19]이 자연스레 생각났고, 그 순간에는 물 탄 뜨거운 브랜디보다 더 나은 게 달리 떠오르지 않아 지체 없이 그것이 가득 담긴 텀블러를 하나 구해왔다. 그들은 서 있거나 잡지 않고는 앉아 있을 수도 없어서 기다란 소파—객실 전체에 길게 늘어져 있던 붙박이 가구—한쪽에 다 같이 모인 채 뭉쳐서 잠깐이나마 물에 빠져 죽을 것이란 생각에 서로 달라붙어 있었다. 내가, 나의 특효약을 가지고 그곳으로 다가가 가장 가까이에서 괴로워하는 사람에게 수많은 위로의 말과 함께 이 약을 막 처방하려던 순간, 그들이 한꺼번에 반대편 끝으로 천천히 굴러 내려가는 것을 보고 얼마나 참담했겠는가! 내가 그 끝으로 비틀비틀 걸어가서, 한 번 더 유리잔을 내민 순간, 배가 다시 요동치며 그들 모두가 다시 굴러가는 통

---

19) 과일 주스에 물을 타 마시는 단 음료.

에 나의 선의의 행동이 얼마나 무색해지고 말았는지! 나는 한 번도 그들에게 닿지 못하고 적어도 25분이나 소파 위와 아래로 그들을 싹싹 피해 다녔던 것 같다. 그들을 겨우 잡았을 때 줄곧 쏟고 있던 물 탄 브랜디는 찻숟가락 하나 정도밖에 남아 있지 않았다. 이들 무리를 완전체로 만들려면, 몸을 요리조리 피하는 이 당황한 기피자 속에 리버풀에서 턱수염을 깎고 머리를 빗은 게 마지막이었고, 옷가지(리넨은 포함되지 않음)라고 해봤자 거친 모직 바지 한 벌에 예전 리치몬드의 템스 강 위에서는 탄성을 자아냈던 푸른색 상의뿐인 데다 스타킹도 없이 슬리퍼는 한 짝만 신고 있는, 뱃멀미로 얼굴이 종잇장처럼 창백한 어떤 이의 존재를 인정해야 한다.

잠자리를 몹쓸 장난으로 만들어버리고, 어떻게든 나가떨어지지 않고 일어서려는 것을 불가능한 일로 만들어버리는 등 그 배가 다음날 아침 보여준 터무니없는 묘기에 관해서 나는 할 말이 없다. 그러나 정오에 내가 갑판에서 말 그대로 '허둥지둥'거리고 있을 때 내 눈에 들어온 완전히 삭막하고 황량한 듯한 장면은 본 적이 없었다. 바다와 하늘은 온통 흐릿하고, 무겁고, 균일한 납빛이었다. 우리 주변에 널브러져 있는 처량한 쓰레기 말고는 어떤 조망도 보이지 않았는데, 파도가 높게 일고 수평선은 커다란 검은 고리처럼 우리를 에워싸고 있었기 때문이었다. 공중이나 내륙의 다소 높은 절벽에서 바라봤다면 분명 위풍당당하고 거대한 모습이었으리라. 그러나 축축하고 요동치는 갑판에서 바라본 진망은 이지럽고 고통스럽다는 인상을 줄뿐이었다. 이젯밤 강풍이 몰아치는 동안 파도에 한대 얻어맞은 구명 보트는 호두껍데기처럼 으깨져 공중에 대롱대롱 매달려 있는 게, 그저 조각조각 이어진 널빤지 다발에 불과했다. 외륜 덮개의 나무판자도 수직으로 뜯겨버렸다. 비바람을 맞고 맨살을 드러낸 타륜이 빙그르르 선회하며 물방울을 갑판 주변에 마구 뿌려댔다. 소금이 딱딱하게 붙어 하얗게 변한 굴뚝, 두들겨 맞은 중간 돛대, 세워놓은 폭풍우용의 튼튼한 돛, 모조리 매듭으로 묶어놓은 엉키고, 젖고, 늘어진 삭구[20] 등 이보다 더 음울한 그림을 구경하기란 어려울 것이다.

　나는 이제 양해를 얻어 여성용 객실에서 편안히 자리를 잡고 있었다. 이 객실에는 우리 자신을 빼고 다른 승객은 네 사람밖에 없었다. 첫째, 3년 전부터 뉴욕에서 지내고 있는 남편을 만나려고 뉴욕으로 가고 있는 앞서 말한 작은 스코틀랜드 숙녀. 두 번째와 세 번째 승객은 어떤 미국인 집안과 관련 있는 정직한 요크셔 출신 청년으로 뉴욕에 거주 중이었는데, 겨우 2주 전에 결혼한 내가 지금껏 본 어여쁜 영국 시골 처녀 중에서 가장 아름다운 표본으로서 저쪽에 있는 아름답고 젊은 아내와 같이 있었다. 네 번째, 다섯 번째, 그리고 마지막으로 또 다른 부부가 있었다. 애정 어린 말을 자주 주고받는 것을 보면 그들 역시 신혼부부라는 것 말고는 달리 아는 바가 없다. 다만, 비밀스럽고, 도망치는 듯한 분위기의 이 부부는 상당히 매력적인 부인과 로빈슨 크루소보다 총을 더 많이 지니고 있던 남편은 사냥용 옷을 입고 커다란 개 두 마리를 배에 태우고 있었다. 좀 더 생각해보면 그가 뱃멀미 약으로 뜨겁게 구운 돼지와 에일 병맥주를 먹으려고 했던 기억이 난다. 그는 놀라운 인내심을 발휘하며 날마다 (주로 침대에서) 이런 약을 먹었다. 궁금한 분들을 위해 덧붙이자면, 그 약들은 전혀 소용이 없었다.

---

20) 배에서 쓰는 밧줄이나 쇠사슬 따위의 총칭.

악천후가 끈질기게 유례없을 정도로 이어지면서 우리는 대개 정오가 되기 약 한 시간 전에 다소 무기력하고 비참한 심정으로 이 객실로 비틀비틀 걸어 들어갔다. 그리고는 기운을 차리려고 소파에 누웠다. 그러고 있는 동안이면, 선장은 바람의 상태, 내일이면 바람이 바뀔 거라는 도덕적 확신(바다에서는 날씨가 내일이면 항상 좋아질 예정이다), 배의 항해 속도 따위를 전달하려고 객실에 잠깐씩 들르곤 했다. 관측할만한 해가 뜨지 않았기에 우리에게 전해줄 관측 결과는 하나도 없었다. 그러나 어느 하루를 자세히 설명하면 다른 날들이 죄다 어땠는지 짐작할 수 있을 것이다. 설명은 이렇다.

선장이 가버리자 우리는 그 장소에 불빛이 충분하면 독서로 심란한 마음을 달래기도 하고, 불빛이 여의치 않으면 졸거나 얘기를 나누기도 한다. 한 시에 종이 울린다. 여승무원이 김이 모락모락 나는 구운 감자를 담은 접시와 구운 사과, 돼지 얼굴, 차가운 햄, 소금에 절인 소고기나 어쩌면 희귀한 뜨거운 고기 조각에서 연기가 모락모락 올라오는 접시를 들고 내려온다. 우리는 이들 진미에 달려들어 먹을 수 있는 만큼 배불리 먹고는(우리는 이제 식욕이 왕성하다) 가능한 오랫동안 배부름을 유지한다. 불이 타오르기라도 하면(가끔씩) 우리는 꽤나 쾌활해진다. 불이 없는 경우에는 서로에게 몹시 춥다고 언급하며, 손을 비비고 코트와 망토로 몸을 감싸고는 저녁 식사 전까지 다시 드러누워 졸거나 얘기하거나, (앞서 말한 경우라면) 책을 읽는다. 다섯 시에 다시 종이 울린다. 아까 그 여승무원이 감자—이번에는 삶아서—와 약으로 먹어야 하는 구운 돼지도 빠뜨리지 않은 각양각색의 뜨거운 고기를 많이도 담은 또 다른 접시를 들고 다시 나타난다. 우리는 다시 식탁에 앉아(전보다 조금 더 활발하게) 디저

트로 약간 곰팡이가 핀 사과, 포도, 오렌지를 곁들인 식사시간을 질질 오래 끌다가 와인과 물 탄 브랜디를 마신다. 병과 유리잔들은 아직 탁자 위에 놓여 있고, 오렌지 따위들은 그들의 바람과 배의 항로에 따라 굴러다닌다. 그때 특별히 밤마다 초대를 받는 의사 선생이 내려와 우리가 저녁마다 하는 삼세판 승부에 끼어든다. 그가 오자마자 우리는 휘스트 게임을 할 자리를 만들고, 파도가 심한 밤이라 카드가 천 위에 놓여 있지 않자 속임수를 쓰듯이 주머니 속에 속임수를 고이 모셔둔다. 우리는 열한 시 무렵까지(잠시 차와 토스트를 먹은 시간은 빼고)휘스트 게임에 진지하게 임하며 모범을 보인다. 그때 선장이 다시 내려오는데, 방수모를 턱 밑에 묶고 도선사 코트를 입은 차림새라 그가 서 있는 바닥이 축축해진다. 이때쯤이면 카드 게임도 끝나고, 병과 유리잔들도 다시 테이블 위에 놓이고, 배와 승객과 흔한 일들을 화제 삼아 한 시간 동안 유쾌하게 이어진 대화가 끝나고 나면, (잠도 안 자고 기분도 언짢은 적이 없는) 선장은 다시 갑판으로 나가려고 코트 깃을 세우고, 악수를 하며 돌아다니다가 생일잔치에 가는 것만큼이나 즐겁게 웃음을 터뜨리며 악천후 속으로 사라진다.

일일 뉴스라면, 그런 상품이 바닥날 일은 없다. 이 승객은 어제 휴게실에서 뱅-에-윙[21] 게임으로 14파운드를 잃었다고 하고, 저 승객은 날마다 자기 샴페인을 병째로 마시며, 그가 어떻게 그렇게 하는지는(일개 점원에 불과한데), 아무도 모른다. 수석 엔지니어는 그런 때—날씨를 의미함—는 한 번도 없었고, 선원 넷은 아파서 하던 일을 인

---

21) 카드 게임의 일종. 21점 이상을 따는 게 목적인 라운드 게임.

계한 상태라 피곤해 죽을 지경임을 분명히 밝혔다. 몇몇 침상은 물에 잔뜩 잠겼고, 객실은 죄다 물이 샌다. 훼손된 위스키를 남몰래 들이켜 던 배의 요리사가 술에 취한 상태로 발견되었고, 정신이 들 때까지 소 방펌프에게 놀림을 당했다. 모든 남자 승무원들이 다양한 식사시간에 계단에서 굴러 떨어져 다양한 부위에 깁스를 하고 돌아다닌다. 제빵 사는 병이 났고, 페이스트리 요리사도 병이 났다. 신참 선원은 끔찍이 도 내키지 않았지만 전임 항해사 자리를 대신 맡아야 했고, 버팀목을 괴고 갑판 위에 있는 작은 집에 빈 통들을 채워 넣었고, 파이 껍질을 밀어서 펴라는 명령을 했는데, 그는 (잔뜩 성질이 나서) 쳐다보면 죽 는다고 난리다. 뉴스! 육지에서 일어나는 여남은 살해 사건들은 해상 에서 일어나는 이들 소소한 사건에는 별 관심이 없을 것이다.

우리는 삼세판 게임과 이 같은 화제들로 나뉘어 (우리 생각대로) 핼리팩스 항구로 달려가고 있었다. 열다섯 번째 밤으로 바람도 거의 없었고 달도 밝았—사실은 우리가 바깥쪽 출입구에 불을 켜놓고 도선사에게 맡겨 두었다. 그때 갑자기 배가 진흙층에 부딪쳤다. 말 할 것도 없이 갑판 위가 즉시 다급하게 쿵쾅거리기 시작했고, 순식간 에 갑판 양쪽으로 사람들이 잔뜩 몰려들었다. 우리는 몇 분인가 정신 없이 혼란스러웠는데, 무질서를 누구보다 좋아하는 사람이라면 간절 히 보고 싶어 했을 만큼 정신없는 상황이었다. 그러나 승객, 총, 물 통, 기타 무거운 물건들이 죄다 고물 쪽으로 옹송그리며 모여들어 뱃 머리가 가벼워진 덕에 배는 이내 다시 출발했다. 약간은 어떤 물체들 이(그 근방에 접근하면서 '전방에 위험이 있다!'라는 외침으로 아주 일치감치 알려주었던 물체들이었다) 꺼림칙하게 늘어서 있는 쪽으로 몰아가다, 노를 뒤로 열심히 젓기도 하고, 선수를 물이 끊임없이 줄어드는 곳으로 끌어올리고 난 뒤에, 우리는 배에 탄 사람들 중에는 어딘지 알아보는 사람 하나 없는 이국적인 모습의 낯선 곳에 닻을 던졌다. 사방으로 보이는 육지는 손짓하는 나뭇가지들이 쉽게 보일만큼 가까운 거리였다.

한밤의 정적 속에서, 며칠 사이 쉴 새 없이 덜컹대고 쾅쾅거리며 우리 귓전을 울리던 엔진이 불현듯 멈춰버리면서 생겨난 쥐죽은 듯한 고요 속에서 사람들의 얼굴 하나하나에 나타난 놀라 얼빠진 표정을 본다는 것이 참으로 이상했다. 그런 표정은 항해사들로 시작해 모든 승객을 거쳐 화부火夫들과 용광로 인부들한테까지 내려갔다. 화부와 화로 기사들이 한 사람씩 밑에서 올라와 기관실 승강구 주변에 자욱한 연기를 뿜으며 모여 낮은 목소리로 주목할 문제들을 비교했다. 육지에서 환성의 소리가 들리거나, 아니면 최소한 불빛 하나라도 보려는 심정으로 불꽃을 쏘아올리고 신호탄을 발사한 후—어떤 다른 광경이나 자연발생적으로 들려오는 소리도 없고 해서—육지로 보트를 보내기로 했다. 일부 승객들이 얼마나 친절하게 구는지 그런 모습을 구경하는 것도 재미있었다. 보트를 타고 자진해서 육지로 가겠다고 했는데, 물론 공익을 위한 일이지, 배가 불안하다거나 조수가 밀려 나가면 배가 한쪽으로 기울 수 있다고 생각했기 때문은 아무튼 아니었다. 그 불쌍한 도선사의 인기가 한순간에 폭락했다고 평해보는 것도 그만큼 재미있었다. 그는 리버풀에서부터 항해를 맡아왔고, 여행 내내 경험담 이야기꾼이자 기가 막힌 재담꾼으로 악명을 꽤나 떨치기도 했었다. 그러나 그의 농담에 크게 웃음을 터뜨렸던 사람들도 이제는 그의 면전에서 주먹을 현란하게 휘두르고, 욕설을 퍼붓고, 순전히 악당이라며 대드는 사람들이 여기 있었다!

보트는 손전등과 잡다한 신호용 파란 불빛을 싣고 이내 출발했다. 그리고 한 시간도 되지 않아 돌아왔다. 통솔을 맡았던 항해사는 엔간히도 큰 어린 나무를 뿌리째 뽑아 싣고 왔다. 자신들이 이용당하고 조난당할 것이며, 항해사가 실제로 상륙했거나, 아니면 특히 그들을 속여 죽일 음모를 꾸미려고 노를 저어 안개 속으로 살짝 들어가는 짓은 절대 하지 않았다고 믿을 수밖에 없는 일부 승객들의 의혹을 불식시키기 위해서였다. 선장은 처음부터 우리가 이스턴 항로라는 곳에 있는 게 틀림없다고 생각했고, 우리는 실제로 그곳에 있었다. 그곳은 우리가 존재해야 할 업무나 이유가 있다면 이 세상에서 결코 갈 것 같지 않은 장소 같았지만, 갑작스러운 안개와 도선사의 실수가 원인이었다. 우리는 제방, 바위, 온갖 모래톱에 둘러싸였지만, 근처에서 유일하게 찾을 수 있는 안전한 지점에서 즐겁게 표류했던 것 같다. 이런 보고와 썰물 때가 지났다는 확신으로 마음이 놓인 우리는 새벽 세 시에 선실로 들어갔다.

다음날 아홉 시 반쯤 나는 몸단장을 하고 있다가 위에서 시끄러운 소리가 들려 갑판으로 서둘러 올라갔다. 한밤중에 갑판을 떠날 때만 해도 어둡고 안개는 자욱한 데다 습했고, 사방에는 온통 황량한 언덕뿐이었다. 그런데 지금은 시속 11마일로 넓고 완만한 물줄기를 따라 미끄러지듯 아래로 내려가고 있었다. 배의 깃발들이 경쾌하게 나부꼈고, 선원들은 가장 멋진 옷으로 갈아입었고, 항해사들은 다시 제복 차림이었다. 태양이 영국의 화창한 4월의 어느 날처럼 환하게 빛났고, 양쪽으로 뻗은 육지에는 군데군데 얇게 쌓인 눈으로 줄무늬가 그려져 있었고, 하얀 목조 주택들, 문가에 서 있는 사람들, 전신장치, 게양된 깃발들, 모습을 드러내는 부두, 선박들, 사람들로 붐비는 선착장, 멀리서 들려오는 소음들, 고함소리, 부두를 향해 가파른 언덕길을 달려 내려가는 성인 남자들과 소년들, 모든 것이 말로 묘사하는 것보다 사용하지 않았던 우리 눈으로 보니 한결 더 밝고 흥겹고 신선하게 다가왔다. 우리는 희망에 찬 얼굴들이 깔린 부둣가로 들어섰다. 옆으로 다가간 우리의 배는 케이블을 강하게 당기는 요란한 소리가 나더니 단단하게 고정되었다. 우리를 맞으려고 배와 육지를 잇는 승강용 사다리를 내밀기가 무섭게, 그리고 아직 배에 닿기도 전에, 사다리 옆에 있던 수많은 우리 승객들이 쏜살같이 달려가 다시금 단단하고 반가운 땅 위로 뛰어내렸다!

나는 이곳 핼리팩스가 엘리시움[22]처럼 보였던 것 같지만, 몹시도 따분한 희귀한 곳이기는 했다. 그러나 핼리팩스와 그곳 주민들로부터 받은 유쾌한 인상을 지금 이 순간까지 간직하고 있다. 그곳으로 돌아갈 기회를 찾지 못하고, 그날 사귄 친구들과 한 번 더 악수를 나누지 못하고 고향으로 돌아온 게 후회되지 않는 것도 아니었다.

그날은 우연히도 입법의회와 주 의회가 열리는 날이었다. 어떤 의전儀典에서는 영국 의회의 새로운 회기 시작에 따른 방식이 너무나 그대로 복제되고, 작은 규모로 너무 엄중하게 거행되는 바람에 망원경을 거꾸로 잡고 웨스트민스터를 구경하는 것 같았다. 총독은 여왕폐하를 대표해서 의회 개회사라는 것을 전달했다. 그는 해야 할 말을 씩씩하게 제대로 해냈다. 건물 밖에서는 총독의 말이 끝나기 훨씬 전인데도 군악대가 영국 국가國歌인 '여왕 폐하 만세'를 힘차게 두드렸다. 백성들은 소리쳤고, 안에 있는 자들은 손을 비벼대고 밖에 있는 자들

---

22) 그리스의 축복받은 섬. 영웅들의 사후 고향으로 서쪽 먼 곳에 있다고 함.

은 머리를 흔들었다. 집권당은 그렇게 훌륭한 연설은 없었다고 떠들었고, 야당은 그런 한심한 연설은 없었다고 공언했다. 입법부 의장과 의원들은 그들끼리 말은 많이 하고 행동은 적게 하려고 난간에서 물러났다. 요컨대 모든 것이 계속 진행되었고, 앞으로도 계속 진행될 것 같았다. 비슷한 경우 영국에서도 꼭 그렇게 하는 것과 마찬가지로 말이다.

핼리팩스는 언덕 중턱에 자리 잡고 있었고, 맨 꼭대기는 아직 상당 부분 완성되지 않은 견고한 요새가 호령하고 있었다. 꽤 널찍하고 멋진 몇몇 거리들이 그곳 정상에서 물가까지 길게 이어지고, 그 거리들을 가로지르는 교차로들이 강과 나란히 나 있다. 집들은 대개 나무로 지어졌다. 시장에는 물건들이 넘쳐나고 먹거리도 엄청나게 싸다. 날씨는 1년 중 그런 계절의 그런 시기에 어울리지 않게 온화해서 썰매 타기는 불가능했다. 하지만 마당이나 후미진 곳에는 그런 탈것들이 많이 있었는데, 그중 일부는 고급스럽게 장식한 걸로 보아 애스틀리 곡마장[23]의 멜로드라마에 나오는 의기양양한 짐마차처럼 개조하지 않고 무대에 올랐는지도 모른다. 그날은 유난히 청명했고, 공기는 상쾌하고 깨끗했다. 생기 있고, 한창 성장 중인 데다 부지런하다는 게 이 소도시의 전반적인 면모였다.

우리는 우편물을 전달하고 교환하느라 그곳에서 일곱 시간을 정박했다. 마침내 우리 가방과 승객들(굴과 샴페인을 너무 자유롭게 즐기다가 인사불성인 상태로 인적이 드문 거리에서 드러누운 채 발견된 두세 명의 훌륭한 인물들을 포함해)을 전부 태운 뒤 엔진이 다시 돌아

---

23) 필립 애스틀리(1742~1814)가 세운 곡마장 가운데 하나.

가기 시작했고, 우리는 보스턴을 향해 서 있었다.

펀디 만에서 다시 돌풍이 부는 날씨를 만난 우리는 그날 밤 내내 그리고 그 다음날도 하루 종일 여느 때처럼 나자빠지고 이리저리 나뒹굴었다. 그 다음날 오후, 그러니까, 1월 22일 토요일에, 미국의 한 수로 안내선이 접안을 끝내고 난 뒤 이내 브리타니아 호가 리버풀을 출발한지 18일 만에 보스턴에서 전보를 받게 되었다.

미국의 첫 땅 조각들이 푸른 바다에서 마치 두더지 두둑처럼 살짝 모습을 드러내고, 그런 모습을 좇다 보니, 그 땅 조각들은 끝없이 이어지는 해안으로 서서히 그리고 거의 감지할 수 없을 정도로 부풀어 오르는 장면에 내가 눈을 크게 뜨게 되었던 것은 이루 말할 수 없는 호기심 때문이라고 해도 과언은 아니다. 살을 에는 바람이 우리 정면으로 불어왔고, 육지에는 된서리가 내렸고 추위도 혹독했다. 그러나 대기는 너무나도 지극히 깨끗하고, 건조하고, 밝아서 기온은 견딜만 했을 뿐만 아니라 기분이 아주 좋을 정도였다.

우리가 부두에 접안할 때까지 내가 주변을 둘러보며 얼마나 갑판에 머물렀는지, 나에게 아르고스[24]만큼이나 많은 눈이 있다 해도, 내가 눈을 얼마나 크게 뜨고 새로운 사물들에 사용했어야 했는지는 이 장에서 더는 논하지 않을 것이다. 워낙에 적극적이라 우리가 부두에 접근하자 목숨을 걸고 탑승하며 난리를 쳤던 일행은 고향에서 그렇게도 부지런을 떨던 계층과 같은 신문기자들이었다. 반면에, 일부는 목에 가죽 지갑을 매달고 손에는 하나같이 보통 크기의 신문을 들고 있었는데도, '흥겨운 분위기가 좋아서' 몸소 배에 오른 사람들은 편집장들

---

24) 그리스 신화에 나오는 백 개의 눈이 달린 거인.

이었다(소모사 털목도리를 한 신사가 내게 알려준 것처럼). 여기에서 는 이들 침입자들 중 한 인사가, 내가 이 자리를 빌려 깊이 감사해마 지 않는 즉석에서 호의를 보이며, 호텔방을 예약하려고 먼저 갔고, 곧 뒤를 따라나선 내가 어쩌다 보니 새로운 해상 멜로드라마에서 T. P. 쿡[25]의 걸음걸이를 엉겁결에 흉내 내며 그 긴 통로를 통과하고 있었다 고만 말해두겠다.

"점심, 부탁하네." 내가 웨이터에게 말했다.

"언제요?" 웨이터가 물었다.

"최대한 빨리 해주게." 내가 대답했다.

"당장Right away이란 말씀이시죠?" 웨이터가 물었다.

나는 잠시 망설이다 대충 "그게 아니고"라고 답했다.

"당장은 말고요?" 웨이터가 무척 놀라며 소리쳐서 나도 깜짝 놀랐 다.

나는 석연치 않게 그를 쳐다보며 말했다. "아니라고 한 것은, 내가 여기 내 방에서 하고 싶다는 말이지. 그게 아주 좋거든."

이 일로 나는 진심으로 웨이터가 정신이 나간 게 틀림없다고 생각 했다. 그의 귀에 대고 "당장Directly"이라고 속삭여준 또 다른 사람이 없 었더라면 지금도 그렇게 믿었을 것이다.

"아! 그렇군요!" 나를 속절없이 바라보며 웨이터가 말했다. "당장."

나는 그제야 'Right away'와 'Directly'가 같은 의미라는 것을 알았 다. 그래서 내가 좀 전에 한 대답을 뒤집었고, 10분 후에는 자리에 앉

---

25) 토머스 포터 쿡(Thomas Potter Cooke, 1786~1864), 멜로드라마 출연으로 유명해진 배우.

아 오찬을 들었는데, 그야말로 성찬이었다.

호텔(아주 고급 호텔) 이름은 트레몬트 하우스다. 그곳에는 내가 기억할 수 있거나 독자가 생각하는 것보다 회랑도 돌기둥도 광장도 복도도 더 많다.

3장

보스턴

미국의 모든 공공기관에는 예의를 최대한 갖추는 자세가 널리 퍼져 있다. 우리 정부 부처들로서는 이 점에 있어서 개선의 여지가 많지만, 그중에서도 특히 세관은 미합중국의 사례를 살펴보고 외국인을 혐오하고 모욕하는 태도를 누그러뜨리는 게 바람직할 것이다. 프랑스 관료들의 비굴한 탐욕은 족히 경멸할만하지만, 제 수중으로 들어오는 사람들을 하나같이 혐오스러워하고, 출입구에서 으르렁거리는 성질 못된 똥개를 기르는 나라를 욕되게 대하는 우리 국민들 역시 지독히도 상스럽고 무례하기는 마찬가지다.

미국에 도착한 나는 이 나라 세관에서 보여준 그와 대조적인 태도와 세관 직원들이 임무를 수행하면서 보여준 배려와 친절과 유쾌한 재치에 깊은 인상을 받지 않을 수 없었다.

부두에서 시간을 좀 지체한 탓에 우리는 어두워지고 나서야 보스턴에 도착했기 때문에, 도착한 다음날 아침, 그러니까 일요일에, 세관으로 걸어가는 길에서야 보스턴의 인상이 처음으로 들어왔다. 그나저나, 말하기 좀 그렇지만 우리는 그날 아침 교회에서 수도 없이 많은 좌석을 양보 받았으며, 정식으로 초대 받은 것은 우리가 미국에서 첫 오찬을 채 절반도 끝내기 전이었다. 그러나 내가 더 좋게 보이려는 타산 없이, 상식선에서 짐작해도 된다면, 성인으로 구성된 가족을 20가구나 40가구는 수용했을 만큼의 자리가 적어도 우리에게는 무료로 제공되었다. 우리에게 함께하는 기쁨을 달라고 정중히 요청했던 교리의 수와 종교의 형태는 아주 비슷비슷했다.

갈아입을 옷이 없어서 그날 교회에 갈 수 없었던 우리는 그렇게 베풀어준 친절을 빠짐없이 사양할 도리밖에 없었다. 게다가 내키지는 않았지만 채닝 박사[26]의 설교를 듣는 기쁨도 포기해야 했는데, 박사는 우연히도 그날 아침 아주 오랜만에 처음으로 설교에 나선 참이었다. 내가 이 저명하고 재주 많은 분(머지않아 나는 이분과 개인적으로 친분을 쌓는 기쁨을 맛보았다)의 이름을 언급하는 것은, 결국 그분의 뛰어난 능력과 성품, 그리고 노예제도라는 그 끔찍한 오점과 역겨운 치욕에 평생을 맞서오게 했던 용감한 박애정신을 향한 나의 미천한 흠모와 존경을 기록하고자 하는 희열을 맛보기 위함이다.

보스턴 얘기로 돌아가자. 내가 이번 일요일 아침, 거리로 나섰을 때, 공기는 더없이 맑고, 집들은 밝고 화사했으며, 간판들은 너무 요란한 색으로 칠해져 있고, 도금한 글자들은 샛노란 황금색이었고, 벽돌은 너무 새빨갛고, 돌은 너무 새하얗고, 블라인드와 구역 난간은 너무 진녹색이었고, 손잡이와 정문의 명패들은 놀랍도록 환하게 반짝거렸다. 모든 게 어찌나 가볍고 허해 보이던지 보스턴의 모든 도로가 꼭 팬터마임의 한 장면처럼 보였다. 상가에서는, 누구나 상인인 이곳에

---

26) 윌리엄 엘러리 채닝(William Ellery Channing, 1780~1842), 보스턴에 있는 페더럴 스트리트 교회의 목사, 반노예주의 운동에 참여. 여기서 말하는 박사는 의사가 아닌 학위를 말함.

서 내가 감히 누굴 장사꾼이라 칭해도 된다면, 장사꾼이 자기 점포 위에 거주하는 일은 흔치 않은 일이다. 따라서 집 한 곳에서 다양한 생업이 이루어지는 경우가 많아 집 정면 전체가 글을 새겨 넣은 간판들로 뒤덮여 있다. 거리를 따라 걸을 때도 나는 그런 간판 가운데 몇 개가 어떤 것으로 바뀔지 자신 있게 점찍으며 간판들을 계속 힐끔거렸다. 그리고 모퉁이를 돌 때면 항상 어릿광대와 판탈로네[27]가 튀어나올까 조심하곤 했는데, 나는 그들이 틀림없이 어디 출입구나 근처 기둥 뒤에 숨어 있을 거라고 믿어 의심치 않았다. 할리퀸[28]과 콜럼바인[29]에 비유하자면 나는 그들이 호텔 근처 아주 왜소한 한 시계공의 1층짜리 가게에서 기거하고 있다는 사실을 금방 알아냈다(팬터마임을 보면 그들은 항상 셋집을 맡아 돌보고 있다). 가게 앞문 전체를 온통 뒤덮을 지경인 다양한 부호들과 장치들 외에도 커다란 눈금판이 밖에 매달려 있어서 통과하려면 애를 좀 써야 하는 건 물론이었다.

교외지역은 어떻게 보면 시내보다 훨씬 알맹이가 없어 보인다. 녹색 미늘살창문을 단 하얀 목제 주택들(너무 하얘서 한쪽 눈으로 윙크를 하며 봐야 할 정도다)이 사방으로 뽀얗게 뿌려져 있는 모습이 땅속에 어떤 뿌리도 두고 있지 않은 듯하다. 작은 교회들과 예배당들은 너무나도 단정한 데다 밝고, 광택제가 진하게 발라져 있어서 모든 것이 어린아이의 장난감처럼 조금씩 줄어들다 작은 상자 속으로 쑤셔 넣어질 수도 있겠다는 생각이 들 정도였다.

---

27) Pantalone(영어로는 Pantallon). 이탈리아 전통극의 주요 등장인물. 꼭 끼는 빨간 조끼와 바지에 매부리코를 한 모습으로 묘사된다.
28) 전통 연극에 나오는 어릿광대. 다이아몬드 무늬의 알록달록한 옷을 입음.
29) 할리퀸의 상대역인 여자 어릿광대.

시내는 아름답고, 그래서 모든 이방인에게 아주 좋은 인상을 주는 것 같았다. 개인 가옥들은 대개가 크고 우아하고, 상점들은 지극히 훌륭하고, 공공건물들은 수려하다. 주 의회 의사당은 언덕 꼭대기에 세워져 있는데, 처음에는 경사가 완만하게 높아지며, 이후 거의 물가에서부터는 가파른 오르막이 나오는 언덕이다. 정면으로는 공유지라고 하는 녹색 구역이 펼쳐진다. 의사당 위치 자체가 아름다워서 꼭대기에서 내려다보면 시내 전체와 인근 지역의 전망이 파노라마처럼 펼쳐지는 매력적인 곳이다. 의사당에는 각양각색의 널찍한 사무실 외에도, 멋진 회의실이 두 개 더 있다. 주 하원에서 회의를 개최하는 회의실과 상원 회의가 열리는 회의실이다. 내가 이곳에서 목격한 의회 절차들은 한 치의 오차도 없이 엄숙하고 정중하게 진행되었으며, 그런 절차들을 통해 다른 사람을 배려하고 존중하는 태도를 심어주려는 게 확연했다.

보스턴의 지적 세련미와 우월함이 보스턴에서 3~4마일 안에 자리한 케임브리지 대학의 조용한 영향력과 상당한 관련이 있다는 것에는 의심의 여지가 없다. 이 대학에 거주하는 교수들은 학문과 학식이 높고 다양한 업적을 쌓은 신사들이며, 내 기억으로는 한 사람의 예외도 없이 문명 세계의 어느 사회를 상대해도 예의를 지키며 경의를 표할 사람들이다. 보스턴과 그 인근 지역에 거주하는 상류층 상당수와, 내가 이렇게 덧붙이는 게 잘못은 아닌 것 같은 그 지역 전문직에 종사하는 사람들 대다수가 케임브리지 대학 출신이다. 미국 대학들이 어떤 결점을 지니고 있든, 이 대학들은 어떤 편견도 전파하지 않고, 편협한 인물들을 키워내지도 않으며, 조금도 오래되지 않은 미신의 매몰된 유해를 파헤치며, 학생과 그들의 발전 사이에 결코 끼어들지 않으며,

종교적 의견으로 사람을 배척하지 않으며, 무엇보다 배우고 가르치는 전 과정에서 대학의 벽을 넘어 존재하는 하나의 세상, 그리고 넓은 세상도, 존재한다는 것을 인식한다.

보스턴이라는 작은 지역사회 속에서 이런 기관이 일구어낸 성과를 감지하기는 불가능에 가깝지만, 결코 적지 않은 분명한 영향을 목격하고, 이곳에서 창출해낸 인도주의적 분별력과 열망, 이곳에서 탄생한 애정 어린 교우관계, 이곳에서 배척한 허영과 편견의 규모를 곳곳에서 언급하는 일이 내게 형용할 수 없는 기쁨을 안겨주었다. 보스턴 사람들이 숭배하는 금송아지[30]는 대서양 너머에 있는 그 방대한 회계 사무실 곳곳에 세워져 있는 거대한 모형에 비하면 작은 피그미에 불과하다. 막강한 달러화는 더 나은 신들로 구성된 온전한 판테온에 에워싸여 비교적 하찮은 것으로 침몰한다.

무엇보다 나는 진심으로 매사추세츠 주의 수도인 이 도시의 모든 기관과 자선단체들이 가장 사려 깊은 지혜와 박애, 인류애가 만들어낼 수 있는 가장 완벽에 가까운 시설이라고 생각한다. 나는 지금껏 살아오며 궁핍이나 가족 사망과 같은 상황에서 행복을 깊이 사색하며 많은 영향을 받았지만, 이런 기관들을 방문했을 때보다 더 많은 영향을 받은 적은 없었다.

미국에 있는 그런 모든 기관의 위대하고 유쾌한 특색이란 주의 후원을 받거나 주의 도움을 받고, 또는 (도움이 필요하지 않은 경우) 주와 협력해서 행동을 취하며, 단연코 국민의 기관이라는 점이다. 나는

---

30) 이스라엘 백성들이 숭배했던 금송아지로 돈이나 부를 일컬음. 여기서는 달러를 의미한다. 디킨스에 따르면 보스턴이 미국의 다른 지역보다 달러에 대한 숭배가 약했다고 한다.

그러한 원칙과 그런 원칙이 근면한 계층들의 품격을 높이거나 깎는 경향이 있다는 점을 고려하면, 민간 재단에 대한 지원을 얼마나 아낌없이 하느냐는 문제와는 무관하게 공공자선단체가 민간재단보다 헤아릴 수 없을 정도로 더 바람직하다는 생각을 떨칠 수가 없다. 우리나라에서는 최근까지도 국민 대다수에게 특별한 관심을 드러내거나, 그들의 어려운 생활을 개선 가능한 존재로 인식하고, 지구 역사상 전례가 없던 민간자선단체들이 궁핍하고 고통 받는 사람들 속에서 무수한 선행을 행하기 위해 등장했음을 인정하는 것은 정부가 그리 선호하는 방식이 아니었다. 그러나 그런 국민들 속에서 행동을 취하거나 그들 편에 서지 않는 국가의 정부는 그들이 국민들에게 불어넣는 감사를 조금이라도 받을 입장이 아니며, 보호막이나 구호의 손길을 구빈원이나 교도소에서 찾아볼 수 있는 수준 이상으로 제공하지 못한다면, 가난한 사람들에게 정말 필요한 순간에 인정이 넘치면서도 방심하지 않는 상냥한 보호자라기보다는 오히려 교정하고 처벌하는데 급급한 가혹한 주인으로서 간주되는 것도 이상한 일은 아니다.

영국에서는 이런 기관들이 전화위복이라는 금언의 강력한 대상이 되기도 한다. 민법 박사 회관의 특권 사무소 기록들을 살펴보면 이런 사례들이 차고 넘친다. 엄청나게 부유한 어떤 노신사 혹은 노부인은 가난한 친척들이 주변에 널린 상황에서 평균을 낮게 잡아 일주일에 한 번 꼴로 유언장을 작성한다. 더할 나위 없이 좋았던 시절에도 성격 좋다는 평으로는 유명하지 않았던 노신사 또는 노부인이 이제는 머리끝에서 발끝까지 통증과 고통, 상상과 변덕, 분노와 불신과 의심과 혐오로 가득하다. 옛날 유언장을 취소하고 새로운 유언장을 작성하는 일이 결국은 그런 유언자가 존재하는 유일한 일이 되고 만다. 친척들과 친구들(이들 중 일부는 재산에서 커다란 몫을 물려받을 것을 확신하며 성장했고, 그 이유 때문에 어린 시절부터 특히 어떤 유용한 것을 추구하는 일에 헌신하는 자격을 박탈당한 상태였다)은 걸핏하면, 느닷없이, 즉석에서 유언장에서 삭제되었다가, 회복되고, 다시 삭제되는 통에 아주 먼 사촌에 이르기까지 집안 전체가 식을 줄 모르는 열병에 볼모로 잡혀 있는 신세다. 마침내 노부인이나 노신사가 살 날이 얼마 남지 않았다는 게 분명해졌다. 이런 사실이 분명해질수록, 노부인이나 노신사는 모든 사람이 그들의 죽어가는 늙은 친척에게 불리한 음모를 꾸미고 있음을 더욱 또렷하게 감지한다. 그러므로 노부인이나 노신사는 마지막 유언장—분명 이번이 마지막인 유언장—을 또다시 만들어 도자기 찻주전자에 감추고는 다음날 숨을 거둔다. 그 후 부동산과 동산 전체를 자선단체 여섯 곳이 서로 나눠 가지는 것으로 밝혀진다. 죽고 없는 유언자는 오로지 앙심으로 엄청난 선행을 베푸는 일에 기여하게 되었고, 이는 끓어오르는 분노와 고통을 톡톡하게 치른 대가였다.

보스턴에 있는 맹인을 위한 퍼킨스 시설 및 매사추세츠 보호소The Perkins Institution and Massachusetts Asylum for the Blind는 이 기관에 연례 보고서를 제출하는 수탁관리인 단체에서 관리한다. 매사추세츠 주에 사는 가난한 맹인들은 이곳에 무료로 입학할 수 있다. 인근 코네티컷 주나 메인, 버몬트, 뉴햄프셔 주의 맹인들도 본인이 속한 주에서 발행하는 증명서가 있으면 입학이 가능하다. 그게 안 된다면, 입학 첫 해 1년간의 숙식과 교육비로 약 20파운드, 두 번째 해에는 10파운드 가량의 영국 화폐를 지불하겠다는 보증을 서줄 친구를 찾아야 한다. 수탁관리인의 말에 따르면, "첫 1년이 지나면, 학생마다 당좌 계정이 개설되어 실제

숙식비가 청구되는데, 일주일에 2달러(영국 돈 8실링[31])보다 많은 사실 공짜나 다름없는 소액)는 넘지 않으며, 주 정부나 친구들이 지급한 돈도 계좌에 입금되며, 그가 사용하는 국채에 따른 소득도 입금된다. 따라서 주당 1달러 이상의 모든 소득은 그의 소유가 된다. 3년째가 되면, 그의 소득이 실제 숙식비를 지불하고도 남는지 알려준다. 남는다면, 가지고 있다가 수령할 것인지 아닌지는 그의 선택에 달려 있다. 생활비를 벌 능력이 안 된다고 결정된 사람들이 계속 남아 있지 못하는 까닭은 본 기관이 구호소로 변질되거나 벌통 속에 일벌 외에는 어떤 다른 벌을 보유하는 게 바람직하지 않기 때문이다. 육체적으로나 정신적으로 능력이 안 되는 사람들은 일할 자격이 없으며, 따라서 부지런하게 돌아가는 지역사회의 일원이 될 자격도 없으며, 그런 사람들은 그런 약자들에게 적합한 기관에서 부양하는 게 더 나을 수도 있다."

나는 아주 화창한 어느 겨울 아침에 이곳을 방문했다. 위로는 이탈리안 스카이 블루 색상의 하늘이 펼쳐져 있었고, 사방의 대기가 너무나 청명해서 시력이 좋지 않은 내 눈으로도 저 멀리 보이는 빌딩에 아주 가느다랗게 수놓아진 선과 조각들을 감상할 수 있었다. 미국에 있는 같은 부류의 대다수 여타 공공기관들과 마찬가지로 이곳도 시내에서 1~2마일 밖에는 떨어져 있지 않은 밝고 위생적인 위치에 있는 통풍이 잘 되고, 널찍하고, 근사한 건물이다. 고지대에 올라앉은 덕에 항구도 내려다보인다. 문에서 잠시 발을 멈추고, 전경—반짝이는 거

---

31) 8실링은 당시 영국 노동자의 주급이었다. 20실링이 1파운드로, 8실링은 5분의 2파운드였다.

품이 파도 위로 힐끗거리며 수면 위로 끊임없이 부풀어 오르는 모습
—이 얼마나 시원하고 자유로운지 마음에 새기고 있었을 때, 수면 아
래 세상도 수면 위 세상처럼 그날의 화사함으로 눈부시게 빛나며, 햇
빛에 흠뻑 젖어 재잘대는 것 같았다. 내 시선이 항해를 거듭하며 바다
위 한 선박, 하얗게 빛나는 작은 점, 정막하고, 깊고, 머나먼 푸른 하
늘 위로 유일하게 떠 있는 구름에 머무르다, 고개를 돌려 앞을 못 보
는 얼굴의 눈먼 소년이 저쪽으로 보내지는 것을 보았는데, 그 아이 역
시 몸 안에 어떤 감각이 있어서 그 장엄한 거리를 느끼는 것 같았다.
나는 그곳이 아주 환했으면 하는 비애 비슷한 감정과 그를 위해 그곳
이 더 어두웠으면 하는 이상한 소망을 동시에 느꼈다. 물론 그저 순간
적인, 그저 상상에 불과한 느낌이었지만, 그럼에도 불구하고 느낌만
은 강렬했다.

아이들은 여러 교실로 나뉘어 그들의 일과를 수행하고 있었고, 진
작 파한 몇몇 아이들만이 놀고 있었다. 여기에서는, 다른 수많은 기
관과 마찬가지로 교복을 입지 않는다. 나는 두 가지 이유에서 그 점이
아주 반가웠다. 첫째, 나는 분별없는 관습과 생각 부족만이 우리가 고
향에서는 그렇게 좋아라하는 제복과 배지를 감수하게 만드는 것이라
확신하기 때문이다. 둘째, 제복과 배지가 없다면 아이마다 그곳을 찾
은 방문객에게 각자의 개성을 손상시키지도 않고, 즉, 아무 의미 없는
똑같은 옷을 따분하고, 지겹고, 단조롭게 반복 착용해서 개성을 잃지
않고 자기 고유의 성격을 그대로 보여줄 수가 있기 때문인데, 이점은
정말 중요하게 고려해야 한다. 맹인들 사이에서조차 본인 외모에 대
해 무해한 자부심을 다소 북돋우는 지혜나 자선과 짧은 가죽바지[32]를
불가분의 동반자로 생각하는 어리석은 별스러움은 평소대로 논평할

필요가 없다.

질서정연함과 청결, 안락함이 건물 곳곳에 배어 있었다. 여러 학급의 학생들이 교사들 주변에 모여 그들에게 주어진 질문에 자발적이면서도 똑똑하게, 그리고 신나게 서로 먼저 대답하려고 하는 모습을 보고 있자니 나도 기분이 무척이나 좋았다. 놀고 있던 아이들도 다른 아이들만큼이나 신이 났고 소란스러웠다. 어떤 장애도 없는 어린아이들 사이에 존재하는 것보다 더 정신적이고 애정 어린 우정이 그들에게 존재하는 것 같았다. 하지만 나는 그럴 것이란 예상도 했었고 그런 것을 알아챌 준비도 되어 있었다. 그것은 고통 받는 사람들을 위한 하늘의 자비로운 배려라는 거대한 계획에 속한 일이기 때문이다.

그런 취지에서 따로 마련된 그 건물의 한 구역에는 교육을 마치고 기술은 습득했지만, 장애로 일반 공장에서 일하기 힘든 맹인들을 위한 작업장이 있다. 몇몇 사람들이 솔과 매트리스 따위를 만들면서 여기서 일하고 있었다. 건물의 다른 모든 곳에서도 포착되던 쾌활함과 근면, 질서정연함이 이 부서까지 확장되어 있었다.

종이 울리자 학생 모두가 어떤 안내나 인솔자 없이 널찍한 음악실로 갔다. 학생들은 그런 목적에 따라 창단된 오케스트라에서 다들 제자리를 잡았고, 즐겁다는 감정을 드러내며 그들 중 한 명이 연주하는 오르간 독주곡을 감상했다. 연주를 끝낸 연주자는 열아홉이나 스무 살쯤 된 소년으로 한 여자 아이에게 자리를 내주었다. 그녀의 반주에 맞춰 학생들은 다 함께 찬송가를 불렀고, 뒤이어 합창곡 같은 곡을 불

---

32) 자선학교마다 자기 학교의 학생들을 쉽게 알아볼 수 있도록 코트, 모자, 가죽바지나 배지 등을 제공했다고 한다.

렀다. 그들의 생활환경이 의심할 여지없이 행복했는데도 그들을 지켜보며 그들의 노랫소리를 듣는다는 것은 매우 슬픈 일이었다. 나는 내 바로 옆에서 얼굴을 그들 쪽으로 돌리고 있던 (병 때문에 당분간 사지를 쓰지 못하게 된) 한 맹인 소녀가 노래를 듣는 내내 소리 없이 눈물을 흘리고 있다는 것을 알고 있었다.

맹인들의 얼굴을 지켜보고, 그들이 자신의 마음속을 스쳐 지나가고 있는 것을 은폐하는 모든 행위로부터 얼마나 자유로운지 목격한다는 것은 야릇한 일이기도 하며, 그런 것을 알아차린 순간, 두 눈이 있는 인간이라면 자신도 가면을 쓰고 있다고 생각하며 얼굴을 붉힐지도 모른다. 그들의 얼굴 표정에서 결코 사라지지 않는 걱정스러운 표정의 그림자 하나, 그리고 우리가 어둠 속에서 더듬거릴 경우 우리 자신의 얼굴에서 즉각 감지할 수도 있는 것과 비슷한 표정을 고려하면, 하나 하나의 생각은 내면에서 떠오르는 순간 번개처럼 빠르고 자연처럼 정직하게 표현된다. 어떤 모임이나 궁정 객실에 모인 사람들이 단 한번이라도 맹인들과 여성들처럼 그들에게 쏠리는 시선을 자각 못하는 경우가 있을 수 있다면, 어떤 비밀이 드러날 것이며, 이 시력, 우리가 몹시도 불쌍히 여기는 시력 상실이 얼마나 많은 위선을 드러나게 할 것인가!

그런 생각이 떠오른 것은 내가 또 다른 교실에서 후각도 없고 미각도 거의 없는, 장님에다 귀머거리에 벙어리인 여자 아이, 외부 감각인 촉각 말고는 그녀의 연약한 골격 안에 인간의 모든 기능과 희망, 선량함과 애정의 힘을 보듬고 있는 아름다운 어린 존재 앞에 앉았을 때였다. 그곳에서 그녀는 내 앞에 있었다. 말하자면 한 줄기 빛이나 하나의 소리 입자도 통과하지 못하는 대리석 방에 세워져 있었다. 그녀의 애처로운 하얀 손이 벽 틈으로 살짝 엿보이며, 어떤 선량한 사람에게 도움을 청함으로써, 불멸의 영혼이 잠에서 깨어날지도 모르겠다.

내가 그녀를 바라보기 훨씬 전에, 도움의 손길이 왔다. 그녀 얼굴이 지성과 즐거움으로 눈부시게 빛났다. 그녀의 머리카락은 제 손으로 땋아 머리에 감아 묶여 있었다. 머리의 지적 능력과 지적 성장이 그 머리의 우아한 윤곽, 넓고 시원한 이마에서 아름답게 표현되었다. 스스로 매만진 그녀의 옷은 단정함과 단순함의 귀감이었다. 그녀가 뜨개질하던 일감이 그녀 옆에 놓여 있고, 그녀의 쓰기 책은 그녀가 기대고 있는 책상 위에 있었다.—그런 박탈 상태의 애처로운 파멸로부터 이런 온화하고, 상냥하고, 정직하고, 감사할 줄 아는 심성을 지닌 존재가 서서히 떠올랐다.

다른 원생들과 마찬가지로 그녀도 녹색 리본을 눈꺼풀 위로 두르고 있었다. 그녀가 옷을 입힌 인형 하나가 근처 바닥에 놓여 있었다. 인형을 집어 올린 나는 그녀가 자신이 달고 있는 것과 똑같은 녹색 리본을 만들어 인형의 가짜 눈을 동여맸다는 것을 알았다.

그녀는 학교 책상과 긴 의자로 만든 작은 울타리 안에 앉아 일지를 쓰고 있었다. 그러나 이렇게 하던 일을 곧 끝내고는 옆에 앉은 교사와 활발하게 대화를 나누었다. 그 불쌍한 학생이 제일 좋아하는 여교사였다. 그녀가 자신의 아름다운 여선생의 얼굴을 볼 수 있다고 해도, 그녀에 대한 사랑은 조금도 식지 않았을 것임을, 나는 확신한다.

나는 그녀를 지금의 그녀로 만들어준 인물이 작성한 글에서 그녀에 대한 단편적인 이야기 몇 가지를 발췌해보았다. 퍽이나 아름답고 감동적인 이야기라서 그대로 소개하는 게 좋을 것 같다.

그녀의 이름은 로라 브리지먼이다.『그녀는 1829년 12월 21일에 뉴햄프셔, 하노버에서 출생했다. 그녀는 밝고 푸른 눈에 매우 활달하고 예쁜 아기였다고 한다. 그러나 한 살 반이 되기 전까지는 너무 연약하고 허약해서 로라의 부모님은 딸을 계속 키울 수 있으리란 희망을 거의 포기한 상태였다. 로라가 겪는 심한 발작은 그녀가 견뎌낼 수 있는 힘의 한계를 뛰어넘어 그녀의 몸을 통째로 뒤흔드는 것 같았고, 목숨도 최소한의 기한을 받아놓은 것처럼 아슬아슬 했다. 그러나 한 살 반이 되자 원기를 되찾는 듯했고, 위험한 증상들도 가라앉았다. 20개월이 되어서는 더할 나위 없이 건강했다.

그러자 그때까지 성장이 부진했던 로라의 지적 능력이 급속도로 발전했다. 건강을 만끽했던 그 4개월 동안 로라는 상당 수준의 지적 능력을 보여주었던 것 같다(응석을 잘 받아주는 어머니의 설명이라는 점을 적절히 감안해서).

그러나 갑자기 다시 아프기 시작했고, 그녀의 병은 5주간 격렬하게 타올랐다. 그 사이 눈과 귀에 염증이 생겨 곪아 들어갔고, 그러다 안에 있는 내용물들이 흘러나왔다. 시력과 청력을 영원히 잃었는데도, 그 불쌍한 아이의 고통은 끝나지 않았다. 열이 7주 동안 들끓었고, 로라는 어두운 방에서 5개월 동안 침대에 갇혀 지냈다. 1년이 되어서야 도움을 받지 않고 걸을 수 있었고, 2년이 되어서야 하루 종일 앉아 있을 수 있었다. 그때서야 그녀의 후각이 거의 파괴된 상태고, 결과적으로 미각도 크게 둔해졌다는 걸 알게 되었다.

그 불쌍한 아이는 내 살이 되어서야 신체적으로 건강을 회복했던 것 같고, 따라서 인생과 이 세상을 배우는 도제생활에 입문할 수 있었다.

그러나 로라의 상황은 말이 아니었다! 무덤 속 같은 암흑과 침묵이 그녀를 에워쌌다. 어머니의 어떤 웃음에도 그녀는 웃음으로 답하지 않았으며, 아버지의 어떤 목소리로도 그녀에게 그 소리를 따라 하도록 가르치지 못했다. 형제자매는, 그녀의 손길을 거부하는 여러 형태의 물질에 불과했지만, 따뜻함과 이동 능력을 빼면 집안의 가구와 다르지 않았고, 따뜻함과 이동 능력이라는 점에서는 개나 고양이와도 다르지 않았다.

그러나 로라의 내면에 이미 뿌리를 내린 불멸의 영혼은 죽지도, 불구가 되지도, 훼손되지도 않았다. 영혼과 외부세계와의 대화 통로 대부분이 차단되었지만, 영혼은 남아 있는 다른 통로들을 통해 저절로 드러나기 시작했다. 걸을 수 있게 되자마자, 그녀는 방을, 그다음에는 집을 탐험하기 시작했다. 두 손에 닿는 모든 입자의 형태와 밀도와 무게와 열에 익숙해졌다. 어머니를 따라다니며 그녀의 손과 팔을 촉감으로 느꼈고, 집 여기저기서 정신없이 몰두했다. 그녀의 모방 기질 덕에 모든 것을 스스로 반복해서 따라 했다. 심지어는 바느질과 뜨개질을 조금 배우기도 했다.』

그러나 독자들이, 그녀와 대화를 나눌 수 있는 기회들이 아주, 아주 제한적이었고, 그녀의 비참한 상태에 따른 무형의 결과들이 곧 나타나기 시작했다는 이야기를 들을 필요는 거의 없을 것이다. 이성으로 교화되지 못한 사람들은 억지로 통제될 수밖에는 없으며, 이것이, 그녀의 심각한 장애와 결부되어 분명히 머지않아 그녀를 죽어가는 짐승보다 못한 상황으로 전락시켰을 것이다. 시기적절하고 생각지도 못한 구호의 손길이 없었다면 말이다.

『그 무렵, 나는 운 좋게 로라에 대한 이야기를 전해 듣고 즉시 하노버로 달려가 그녀를 만났다. 로라는 건강하게 보였다. 불안하면서도

―낙천적인 기질이 아주 뚜렷했고, 머리는 커다랗고 아름다운 모양이었고, 전체적인 신체기관도 원활하게 돌아갔다. 로라 부모는 딸을 보스턴으로 오게 하는 일에 쉽게 동의했고, 그리하여 1837년 10월 4일에 로라를 이 기관으로 데려왔다.

로라는 한동안 상당히 혼란스러워했다. 새로운 지역에 익숙해지고 그곳 원생들과 어느 정도 친해질 때까지 2주 정도를 기다린 끝에 그녀에게 다른 사람과 의사소통할 수 있는 자의적 기호들을 알려주는 시도가 이루어졌다.

두 가지 방법 가운데 하나를 채택할 예정이었다. 그녀가 이미 스스로 개시한 자연 언어라는 토대 위에 계속해서 기호 언어를 쌓아가거나, 흔히 사용하는 순전히 자의적인 언어만을 가르치는 방법, 즉, 아이에게 모든 물건 하나하나에 대한 기호를 알려주거나, 어떤 물건의 존재, 그리고 존재 방식과 존재 상태에 대한 그녀의 생각을 표현할 수 있도록 문자를 조합하는 방법을 알려주는 방식이었다. 기호를 쌓아가는 방법은 배우기는 쉽지만 효과가 미미했고, 자의적인 언어를 배우는 건 매우 어려워보였지만, 일단 성공하면, 효과가 뛰어났다. 따라서 나는 후자를 시도해보기로 했다.

첫 실험은 칼, 포크, 숟가락, 열쇠 등의 일상 용품을 채택해서, 그런 물건에 점자로 물건 이름을 박아 넣은 이름표를 붙이는 일이었다. 로라는 이 점자들을 아주 세심하게 손으로 만져보았고, 당연히, 이내 숟가락과 열쇠의 모양이 서로 다른 만큼 '숟가락' 점자의 구부러진 선들도 '열쇠' 점자의 구부러진 선들과 다르다는 것을 구별해냈다.

그런 다음, 물건 이름을 새겨 따로 떼어놓았던 작은 이름표들을 로라 손에 쥐여주었더니, 그것들이 물건에 붙어 있는 이름표들과 비슷하다는 걸 금방 눈치챘다. 그녀는 열쇠 이름표는 열쇠 위에, 숟가락 이름표는 숟가락 위에 놓는 식으로 그 유사성을 인식하고 있음을 드러냈다. 이 시점에서 자연스러운 칭찬의 신호로 머리를 토닥여서 로라를 격려해주었다.

그런 뒤에는 똑같은 과정을 로라가 다룰 수 있는 모든 물건으로 재차 반복했고, 그러다 보니 물건 위에 그에 맞는 이름표를 올려놓는 방법을 로라는 아주 쉽게 터득했다. 그러나 할 수 있는 유일한 지적 훈련이란 게 모방이나 기억에 따른 연습밖에는 없다는 게 분명했다. 로라는 이름표 책이 어떤 책 위에 놓여 있다는 걸 기억했는데, 처음에는 모방을 통해, 다음에는 기억을 떠올려 그 과정을 반복했다. 칭찬을 좋아하는 게 유일한 동기였고, 그런 물건들 사이에 존재하는 어떤 관계를 지적으로 인식하는 것 같지는 않았다.

얼마 후, 이름표 대신에, 글자를 하나씩 종잇조각에 써서 로라에게 주었다. 그것들을 옆으로 나란히 맞추면 책이나 열쇠 따위의 철자가 되었다. 그다음에는 종잇조각들을 섞어서 수북이 쌓아놓고 스스로 맞춰서 책이나 열쇠 등의 단어를 표현하라는 기호가 만들어지면, 그녀는 그렇게 해냈다.

그때까지, 그런 과정은 기계적으로 진행되었고, 그에 따른 성과는 아주 영리한 개에게 다양한 기술을 가르치는 것만큼이나 대단했다. 불쌍한 아이는 말없이 즐겁게 앉아 선생님이 가르치는 모든 것을 끈기 있게 따라 했지만, 이제 진실이 그녀에게서 빛을 발하기 시작했다. 그녀의 지적능력이 작동하기 시작해서, 마음속에 떠오르는 것을 스스로 기호로 만들어 다른 사람에게 보여줄 수 있는 방법이 세상에 존재한다는 것을 감지해낸 것이다. 그러자 곧바로 로라의 얼굴이 인간의 표정으로 환하게 밝아졌다. 그것은 더 이상 개나 앵무새가 아니었다. 그것은 다른 영혼들과의 새로운 연결고리를 간절하게 움켜쥐고 있는 불멸의 영혼이었다! 나는 이러한 진실이 그녀의 마음속에서 빛을 발하기 시작해 그녀의 얼굴까지 퍼져나갔던 순간을 알아낼 수 있을 것만 같았으며, 엄청난 장애가 극복되었고, 앞으로는 참고 또 참는, 하지만 솔직하고 정직한, 노력만을 활용해야 한다는 사실을 깨달았다.

여기까지의 결과를 급하게 언급하기도 하고, 쉽게 상상하기도 한다. 그러나 과정은 그렇지 않았다. 여러 주 동안 아무 득도 없는 것 같은 노력을 기울인 후에야 나타난 결과물이었기 때문이다.

위에서 기호가 만들어졌다는 말은 로라의 선생님이 행동을 수행하면, 그녀가 그의 손을 만지고, 그런 다음 그 행동을 따라 한다는 의미였다.

다음 단계는 각각의 알파벳 철자를 뒤집어 끼워 한 벌의 금속 활자를 만드는 일이었다. 자판에도 로라가 글자를 맞춰 넣을 수 있도록 사각형 구멍을 뚫었는데, 표면 위를 만져만 봐도 뒤집힌 철자들을 느낄 수 있게 하려는 목적이었다.

그런 다음, 연필이나 시계처럼 건네받은 물건에 맞게 로라는 물건 이름을 구성하는 글자들을 선택해서 글자판 위에 놓고 맞추고는 즐겁다는 듯 글자를 읽었다.

몇 주 동안 이런 방식으로 훈련받다 보니 로라의 어휘가 크게 늘었다. 그 후에는 글자판과 활자 같은 성가신 도구 대신에 자신의 손가락 위치로 각각의 문자를 표현하는 방법을 가르치는 중요한 단계에 접어들었다. 로라는 빠르고 쉽게 이 단계를 완수해냈는데, 그녀의 지적 능력이 교사의 도움으로 진즉에 작동하기 시작했던 덕이었고, 따라서 그녀의 발전 속도는 빨랐다.

이때가 바로 로라가 배우기 시작한 지 3개월쯤 되었을 때로 그녀의 사례를 다룬 첫 보고서가 작성된 시기였다. 보고서에는 다음과 같은 내용이 실려 있었다. '그녀가 농아용 수화를 이제 막 배우기 시작했고, 그녀가 빠르고 정확하게, 열정적으로 배우는 모습을 지켜보는 것은 기쁘고 경이로운 일이 아닐 수 없다. 교사는 로라에게 연필 같은 새로운 물건을 준 뒤, 그녀가 살펴보고 그 용도를 생각하게 내버려둔다. 그런 다음 자신의 손가락으로 문자에 맞는 기호를 만들어 물건의 철자를 쓰는 방법을 가르친다. 아이는 그녀의 손을 움켜쥐고, 각기 다른 문자들의 모양대로 손가락을 만져본다. 머리는 주의 깊게 귀를 기울이는 사람처럼 한쪽으로 고개를 돌리고, 입술은 벌린 채, 숨은 거의 쉬지도 않는 것 같다. 얼굴 표정이 처음에는 긴장했다가 수업을 이해할수록 점차 미소로 바뀐다. 그러더니 자신의 자그마한 손가락을 들어 올려 수화로 그 단어의 철자를 쓴다. 다음에는 활자를 가져다 문자를 맞춘다. 마지막으로는 자신이 맞혔다는 것을 확신하기 위해, 그 단어를 구성하는 활자 전체를 연필이나, 어떤 물건이 됐든 간에 그 위나 물건이 닿는 위치에 갖다 놓는다.'

그다음 한 해도, 자신이 다룰 수 있는 모든 물건들의 이름을 끊임없이 물어보는 로라의 열정을 충족시키고, 그녀에게 수화를 사용하도록 훈련시키고, 가능한 모든 방법을 동원해서 사물들의 물리적 관계에 대한 그녀의 지식을 확장시키고, 그녀의 건강을 적절히 보살피는 동안 다 지나갔다.

그해 말에 로라의 사례를 다룬 보고서가 만들어졌고, 다음은 그 보고서에서 발췌한 내용이다.

'로라가 한 줄기 빛도 보지 못하고, 아주 미세한 소리도 듣지 못하며, 있다고 하더라도 후각의 기능을 결코 활용하지 못한다는 사실은 의심의 여지가 없는 명백한 일이었다. 따라서 그녀의 정신은 한밤중 밀폐된 무덤 속처럼 칠흑 같은 어둠과 정막 속에 머물러 있다. 아름다운 경치도, 듣기 좋은 소리도, 기분 좋은 냄새도 인식하지 못한다. 그런데도 여전히 그녀는 한 마리 새나 양처럼 행복하고 장난스러워 보인다. 지적 능력을 활용하거나 새로운 생각을 습득하면 즐거워하는 게 눈에 보이는데, 표정이 풍부한 얼굴에 그런 감정이 확연하게 드러나기 때문이다. 결코 불평하는 법 없이 어린아이다운 쾌활하고 명랑한 모습뿐이다. 놀이와 장난을 좋아해서, 다른 아이들과 놀 때면 새된 그녀의 웃음소리가 무리 중에서 제일 크게 들릴 정도다.

혼자 남겨졌을 때는 뜨개질이나 바느질이라도 하면 아주 행복해 보이며, 몇 시간이고 분주하게 보낸다. 소일거리가 없을 경우에는, 상상으로 대화를 하거나 인상 깊었던 추억들을 떠올리며 즐거워하는 게 분명하다. 손가락으로 수를 세기도 하고, 최근에 배운 물건들의 이름을 농아용 수화를 써서 철자로 나타내기도 한다. 이런 외로운 자기성찰의 시간이면 로라는 추론하고, 곰곰이 생각하고, 논쟁하는 것 같다. 오른손 손가락으로 단어 철자를 잘못 쓰기라도 하면, 선생님이 하는 것처럼 못마땅하다는 표시로 즉각 왼손으로 오른손을 때린다. 철자가 맞으면, 머리를 스스로 토닥이며 즐거워하는 것 같다. 가끔은 일부러 왼손으로 단이 철자를 잘못 쓰기도 하는데, 잠시 짓궂은 표정을 짓고는 웃음을 터뜨리면서 잘못을 고쳐주기라도 하듯 오른손으로 왼손을 때리기도 한다.

그 한 해 사이에 로라는 농아용 수화를 사용하는 데 대단히 능숙해졌다. 자신이 아는 단어와 문장들을 상당히 빠르고 능숙하게 철자로 나타내는 바람에 수화에 능숙한 사람들만이 빠르게 움직이는 그녀의 손가락들을 눈으로 좇을 수 있을 뿐이다.

그러나 자신의 생각을 허공에 대고 쓰는 속도가 아무리 놀랍다 해도, 그녀가 다른 사람이 그런 식으로 쓰는 단어들을 쉽고도 정확하게 읽는 모습은 더더욱 놀라울 뿐이다. 자신의 두 손으로 다른 사람의 손을 감싸 쥐고 손가락 동작을 모두 따라 하면서, 한 글자 한 글자 그 의미를 마음속으로 전달한다. 이런 방식으로 로라는 맹인 놀이 친구들과 대화를 하며, 목적을 구현하는 데 있어서 그들끼리의 만남보다 더 강력하게 정신의 힘을 보여주는 사례는 없다. 두 무언극 배우가 그들의 생각과 느낌을 신체 동작과 얼굴 표정으로 그려내는 데 엄청난 재능과 기술이 필요하다 해도, 어둠이 그들 둘 모두를 뒤덮고, 게다가 그중 한 명이 소리를 못 듣는다고 하면 어려움은 훨씬 더 클 것이다.

두 손을 앞으로 벌리고 복도를 걷고 있던 로라는 만나는 사람 하나하나를 즉각 알아보며 그들에게 인지 기호를 전달한다. 그러나 상대가 그녀 또래의 소녀, 그중에서도 그녀가 제일 좋아하는 소녀일 경우에는, 순식간에 알아봤다는 환한 미소와 양팔을 휘감고 양손을 움켜쥐며 그 작은 손가락 위로 빠르게 기호를 전송하는 모습이 나타난다. 작은 손가락들이 눈부신 진화를 거듭한 덕에 한 지성의 전초기지에서 다른 한 지성의 전초기지로 생각과 감정이 전달된다. 질문과 대답이 오가고, 기쁨이나 슬픔을 주고받는다. 마치 모든 감각이 살아 있는 작은 어린아이들이 주고받는 것처럼 입맞춤하고 작별도 한다.'

그녀가 집을 떠나온 지 1년 6개월 만에, 로라의 어머니가 딸을 만나러 왔다. 두 사람은 흥미로운 장면을 연출하며 만났다.

로라 어머니는 자신의 불운한 아이를 벅찬 눈으로 바라보며 한동안 서 있었다. 어머니의 존재를 전혀 알아채지 못한 아이는 교실 주변에서 놀고 있었다. 곧 로라가 어머니와 부딪쳤고, 그 즉시 어머니의 손을 만지기 시작하더니 옷을 검사하며 자신이 아는 사람인지 알아내려고 했다. 그러나 어머니를 알아보는 일에 성공하지 못한 로라는 낯선 사람을 대하듯 어머니를 외면해버렸다. 불쌍한 여인은 사랑하는 자식이 자신을 알아보지 못한다는 사실을 깨닫고는 그 고통을 감출 도리가 없었다.

그때 어머니가 딸에게 집에서 걸곤 하던 구슬 목걸이를 건넸고, 아이는 그것을 이내 알아보았다. 아이는 몹시 기뻐하며 그것을 목에 걸고, 자기 집에 있던 목걸이라는 걸 깨달았다는 말을 하려고 나를 애타게 찾았다.

이제 어머니가 아이를 껴안으려고 했지만, 불쌍한 로라는 아는 사람들과 함께 있으려고 그녀를 밀쳐냈다.

그때 집에서 가져온 다른 물건이 로라에게 건네졌고, 그녀는 한껏 흥미로운 표정을 짓기 시작했다. 그 낯선 손님을 한결 더 찬찬히 검사하고, 그녀가 하노버에서 온 사람이란 사실을 알았다는 뜻을 내게 전달했다. 어머니의 애무를 가만히 받고 있기도 했지만, 그런 작디작은 신호에도 아랑곳하지 않고 아이는 그녀의 곁을 떠났다. 어머니의 심적 고통은 이제 보기에도 안쓰러웠다. 자신을 알아보지 못할 것이란 두려움을 안고 오긴 했지만, 사랑하는 자식한테 실제로 냉담한 취급을 당하고 보니 고통이 극에 달해 여성의 천성으로도 감내하기 어려웠다.

잠시 후, 자신을 다시 붙잡고 있는 어머니를 두고 로라의 마음속에서 이 사람이 낯선 사람일 리 없다는 어떤 희미한 생각이 문득 떠오른 듯했다. 그러자 로라는 어머니의 손을 아주 열심히 만져보았고, 동시에 그녀의 얼굴에도 관심 어린 표정이 격렬하게 나타났다. 안색이 아주 창백해지더니 갑자기 붉어졌다. 기대가 의심과 걱정을 상대로 싸우고 있는 듯했고, 로라의 얼굴에 엇갈린 감정들이 그렇게 강렬하게 그려진 적은 없었다. 이 고통스럽도록 불확실한 순간에 어머니가 로라를 옆으로 가까이 끌어당기며 다정하게 입맞춤했다. 그 순간 갑자기 진실이 로라에게 빛을 발했고, 동시에 모든 불신과 걱정이 그녀 얼굴에서 사라졌으며, 대신 기쁨에 넘친 표정으로 애타게 어머니 품에 안기며 그녀의 다정한 포옹에 자신을 내맡겼다.

이 일이 있은 뒤로는 구슬 목걸이는 안중에도 없었고, 그녀에게 준 장난감들은 완전히 외면당했다. 그녀가 기꺼이 그 낯선 사람을 떠났던 한순간만 제외하면 그녀의 놀이 친구들이 로라를 그녀의 어머니에게서 잡아당기려고 해봤자 이제는 아무 소용이 없었다. 로라는 나를 따라오라는 내 신호에 평상시처럼 즉각 복종하긴 했지만, 괴로워하며 마지못해 따르는 게 분명했다. 그녀는 혼란스럽고 두렵다는 듯 내게 바짝 달라붙었다. 잠시 후, 내가 로라를 어머니에게 데려가자, 어머니 품으로 튀어 올라 그녀에게 간절하게 달라붙었다.

이후 모녀가 헤어질 때에도 마찬가지로 아이의 애정과 지성과 결의가 빛을 발했다.

로라는 현관까지 어머니를 따라갔다. 현관에 도착할 때까지 내내 어머니에게 바짝 달라붙어 있었고, 그곳에서 잠시 걸음을 멈추더니 주변을 만져보고 가까이 있는 사람을 확인했다. 그녀가 아주 좋아하는 선생님이 있다는 걸 알자 한 손으로는 그녀를 잡고, 다른 한 손으로는 필사적으로 어머니를 잡고 잠시 서 있었다. 그러고는 어머니 손을 놓고, 손수건을 눈에 갖다 댔다. 그리고 돌아서서 흐느껴 울며 선생님에게 매달렸다. 그러는 사이 어머니는 자식의 감정만큼이나 깊은 감정을 안고 떠났다.

그 이전 보고서에는 로라가 다른 사람들의 지적 수준을 구별할 수 있으며, 새로 들어온 원생이 며칠이 지나 정신적으로 약하다는 사실을 알게 되면 이내 경멸하는 것 같았다고 언급되어 있다. 로라의 성격에서 이런 퉁명스런 면모가 지난해 내내 더욱 강하게 발달했다.

그녀는 친구와 동료로서 똑똑하고 제일 말이 잘 통하는 아이들을 선택하며, 지적으로 떨어지는 아이들과 같이 있기 싫어하는 게 분명하다. 하지만 그런 일은, 사실, 그런 아이들을 그녀가 하고 싶어 하는 게 분명한 자신의 의도에 부합하도록 만들 수 없는 경우에 한해서였다. 로라는 그런 아이들을 이용하며, 시중도 들게 했는데, 남에게 강요해서는 안 된다는 것을 안다는 태도를 보이기도 했고, 여러 가지로 그녀의 색슨 혈통을 드러내기도 한다.

로라는 다른 아이들이 선생님들과 그녀가 존경하는 사람들의 관심과 귀여움을 받는 것을 좋아하긴 하지만, 그렇더라도 너무 지나쳐서는 안 되는데, 지나칠 경우 그녀는 시샘을 내곤 한다. 로라는 제일 좋은 부분은 아니라도, 둘 중 더 큰 부분을 제 몫으로 차지하고 싶어 한다. 제일 큰 것을 차지하지 못하면 "우리 엄마는 날 사랑할 기리고요"라고 한다.

로라는 모방 성향이 매우 강해서 자신이 전혀 이해할 수 없는 게 뻔한 행동을 따라 하기도 하는데, 그런 행동은 내적 능력에 만족하는 것 외에 다른 기쁨을 그녀에게 주지는 못한다. 그녀는 눈이 보이는 사람들의 독서하는 모습을 본 경험이 있기라도 한 것처럼 반시간 동안이나 자신의 보이지 않는 눈앞에 책을 펴고 입술을 움직이며 앉아 있었다고도 했다.

어느 날 로라는 그녀의 인형이 아프다는 척을 하고는 갖은 동작을 하며 인형을 돌보더니 침대에 조심스레 뉘었다. 그리고 뜨거운 물병을 인형 발밑에 갖다 놓고는 줄곧 진심을 다해 웃었다. 내가 집으로 돌아오자 로라는 내게 가서 인형을 살피고 맥박을 짚어보라며 졸라댔다. 내가 인형 등에 물집이 생겼다고 하니까 그걸 아주 재미있어 하며, 좋아서 거의 비명을 지를 정도였다.

로라는 사회적 감정과 애착도 매우 강했다. 앉아서 일을 하거나 공부할 때, 그녀의 작은 친구들 중 한 명이 옆에 있으면, 몇 분마다 하던 걸 중단하고 눈으로 보면 감동스러울 정도로 진심을 다해 따뜻하게 껴안고 입을 맞추곤 한다.

혼자 남겨질 때면 로라는 뭔가에 몰두해 언뜻 즐거워 보이기도 하고, 꽤 만족해하는 것처럼 보이기도 한다. 언어의 옷을 입는다고 생각하는 선천적 성향이 강해서 손가락 언어로, 지금으로선 천천히 지루하게, 자주 혼잣말을 한다. 조용하게 있는 건 혼자 있을 때뿐이다. 근처에 누가 있다는 걸 감지하면, 그들 옆에 가까이 앉아 기호로 대화를 나누기 전까지는 가만히 있질 못한다.

지적인 성격의 로라가 지칠 줄 모르고 지식을 갈망하고 사물들의 관계를 재빨리 인식하는 모습을 관찰한다는 건 즐거운 일이다. 성격상 도덕적이기도 해서 끊임없이 즐거워하고, 존재를 열정적으로 만끽하며, 폭넓게 사랑하고, 자신감이 넘치고, 고통에 공감하고, 양심적이고 진실하며 전도유망한 면모를 지켜본다는 건 아름다운 일이다.』

이상이 로라 브리지먼의 단순하지만 매우 흥미롭고 교훈적인 이야기에서 발췌한 일부 내용이다. 그녀의 위대한 은인이자 친구의 이름은, 그 글을 작성한, 호위 박사다. 나는 이 보고서를 읽고 난 후 저 이름을 무심하게 흘려들을 수 있는 사람이 많지 않을 거라 생각하고 또 그러길 희망한다.

내가 방금 인용한 보고서 이후, 호위 박사의 추가 보고서가 발간되었다. 추가 보고서는 12개월 이상 로라가 정신적으로 빠르게 성장하고 발전했다고 기록하고 있으며, 그녀의 작은 역사를 작년 말까지 싣고 있다. 우리는 말로 꿈을 꾸고 상상의 대화를 나누며, 우리 자신을 대신해 말하기도 하고 밤마다 우리에게 허깨비의 모습으로 나타나는 우리의 그림자들을 대신해 말하기도 한다. 따라서 말 못하는 그녀가 자면서 수화 문자를 사용한다는 것은 참으로 놀라운 일이다. 잠에서 깨어나 꿈으로 무척 혼란스러울 때면 로라는 자신의 생각을 손가락으로 불규칙하고 혼란스럽게 표현한다. 그와 비슷한 상황에 처한 우리가 우리 생각을 알아들을 수 없게 소곤거리고 중얼거리는 것과 똑같이 말이다.

내가 로라의 일기장을 넘겨보니, 읽기 아주 쉬운 사각형 필체로 아무 설명 없이도 쉽게 이해할 수 있는 용어로 표현되어 있었다. 내가 그녀의 글 쓰는 모습을 다시 보고 싶다고 말하기가 무섭게 그녀 옆에 앉아 있던 선생님이 그들의 언어로 두 번인가 세 번 그녀에게 종이쪽지에 이름을 표시해보라고 했다. 나는 로라가 이름을 표시하면서 왼손으로 오른손을 계속해서 만지며 따라가는 것을 알았고, 오른손으로는, 물론 펜을 쥐고 있었다. 억지로 짜 맞춘 듯한 선은 전혀 없었고,

로라는 똑바로 막힘없이 글을 썼다.

　로라는 그때까지 방문객들의 존재를 전혀 깨닫지 못하고 있었다. 그러나 나와 동행한 그 신사의 손에 자신의 손을 얹는 순간 즉각 그의 이름을 자기 선생님의 손바닥에다 표현했다. 그야말로 그녀의 촉각이 이제는 아주 예민해져 일단 알았던 사람은 단숨에 알아볼 정도다. 내 생각에 이 신사는 그녀와 함께 있었던 적이 있긴 했지만, 몇 번 되지도 않는 데다 몇 달 동안 그녀를 본 적도 없는 사람이다. 로라는 낯선 사람의 손은 모두 그렇게 대하듯 내 손을 즉각 거부했다. 그러나 내 아내의 손은 아주 즐겁게 쥐었고, 그녀에게 입을 맞추고, 그녀의 옷을 소녀다운 호기심과 관심으로 살펴보았다.

　로라는 즐겁고 유쾌했으며, 선생님과 교류하며 순진무구하게 장난하는 모습을 많이 드러냈다. 좋아하는 놀이 친구이자 벗—그녀처럼 맹인인 소녀—이 조용하게, 그리고 모르게 다가와 똑같이 즐거워하며 옆 자리에 앉자 친구를 알아본 그녀의 기쁨을 목격한다는 것은 아름다운 일이었다. 내가 있는 동안 두세 차례 일어난 여타 사소한 상황만큼이나 그녀에게서 나오는 거친 소리가 처음에는 듣기 다소 괴로웠다. 그러나 선생님이 그녀의 입술을 만지면 즉각 그만두고, 웃음을 터뜨리며 다정하게 그녀를 껴안았다.

　나는 사전에 또 다른 방에 가보기도 했다. 그곳에는 많은 맹인 소년들이 그네를 타거나 기어오르는 등 다양한 운동을 하고 있었다. 우리가 들어서자 그들 모두 우리와 동행한 평교사를 향해 시끄럽게 떠들어대기 시작했다. "절 보세요, 하트 선생님! 제발, 하트 선생님, 절 좀 봐주세요!" 나는 이런 곳에서도, 그들의 날쌘 재주들을 누군가에게 보여야만 한다는 게 그들 건강상태에 따르는 특유의 불안을 여실히 보여주는 행동은 아닌가 하는 생각이 들었다. 그들 중에 웃음을 터뜨리고 있던 한 작은 친구는 다른 소년들과 거리를 두고 서서는 양팔과 가슴으로 체조를 하며 혼자 즐거워하고 있었다. 그 소년은 체조를 아주 좋아했는데, 특히 오른팔을 쑥 내밀다가 또 다른 소년에게 닿는 것을 좋아했다. 로라 브리지먼처럼 이 어린 소년도 귀가 먹고, 말도 못하고, 눈도 보이지 않았다.

이 학생의 첫 교습에 대한 호위 박사의 설명은 퍽이나 놀랍고 로라와도 긴밀히 연관되어 있어서 나는 짧게나마 발췌하지 않을 수가 없다. 그 불쌍한 소년의 이름은 올리버 캐스웰이고, 열세 살이며, 태어난 지 3년 4개월까지는 모든 기능이 완벽했다고 전제해본다. 당시 올리버는 성홍열에 걸렸고, 4주 후에 귀가 먹었다. 다시 몇 주 후에는 눈이 멀고, 6개월 후에는 벙어리가 되었다. 그는 마지막 기능을 박탈당했을 때의 불안감을 다른 사람들이 말하고 있을 때 그들의 입술을 자주 만지고, 그런 다음에는 제 손이 적절한 위치에 있다는 것을 확인하는 것처럼 제 손을 제 손 위에 겹쳐놓는 행동으로 보여주었다.

호위 박사는 이렇게 설명한다. 『지식에 대한 올리버의 갈망은 그 기관에 입학한 즉시 저절로 드러났다. 새로운 장소에서 그가 만지거나 냄새 맡을 수 있는 모든 것을 열심히 뜯어보는 행동을 보였던 것이다. 가령, 화로의 통풍조절장치 위를 걷다가는 즉시 몸을 구부려 만지기 시작하더니 이내 상부 판이 하부 판 위에서 움직이는 방식을 알아내기도 했다. 그러나 이것으로는 성이 차지 않아서인지 엎드려서 혀를 먼저 그중 한 판에, 다음에는 다른 하나에 대보고 나서야 그것들이 서로 다른 종류의 금속이라는 것을 알아낸 것 같았다.

그의 기호는 표현이 풍부했다. 웃고, 울고, 한숨짓고, 입 맞추고, 껴

안는 등의 순수한 자연 언어는 완벽했다.

　배의 움직임을 흉내 내서 손을 흔든다든가, 바퀴를 흉내 내 손으로 원을 그리는 것처럼 그가 억지로 유추해서 만든 일부 기호(그의 모방 능력에서 나온)는 이해하기가 쉬웠다.

　첫 목표는 이런 기호들의 사용을 중단시키고 대신 완전히 임의적인 기호들을 사용하게 하는 것이었다.

　나는 다른 사례에서 얻은 경험을 통해 예전에 채택했던 과정 중 일부 단계를 제외하고, 즉시 수화 언어에 들어갔다. 따라서 열쇠, 컵, 머그잔 등 이름이 짧은 일부 물건과 예비로 로라를 데리고 자리에 앉았다. 그리고 올리버의 손을 그중 한 물건 위에 올려놓은 다음 내 손으로 열쇠 글자를 만들었다. 그는 내 손을 양손으로 열심히 만졌고, 내가 그 과정을 반복하자마자, 내 손가락 동작을 그대로 따라 하려는 게 보였다. 몇 분 후에는 용케도 한 손으로는 내 손가락들의 움직임을 느끼고, 내민 다른 한 손으로는 그 동작을 그대로 따라 하려고 애를 썼으며, 잘 해낼 때면 아주 시원하게 웃음을 터뜨렸다. 로라는 호기심에 차서 심지어는 불안해하며 옆에 있었다. 그 두 명은 특이한 장면을 연출했다. 로라의 얼굴은 붉게 상기되며 초조해했고, 그녀의 손가락들은 모든 동작을 따라잡기 위해 바짝, 하지만 당황하게 만들지 않을 만큼은 허술하게, 우리 손가락들 사이에 엉켜 있었다. 그러는 동안 올리버는 신경을 집중하며 서 있었는데, 머리는 약간 옆으로 기울이고 얼굴은 위로 쳐들고, 왼손으로는 내 손을 잡고 오른손은 앞으로 내밀고 있었다. 내 손가락이 움직일 때마다 그의 표정에 깊은 관심이 드러났다. 동작을 흉내 낼 때는 걱정 어린 표정이 나타났고, 그러다가 본인도 그렇게 할 수 있다고 생각할 때면 미소가 은근히 배어나오다가 성공에 이르면 크게 기뻐하는 웃음으로 확산되었다. 올리버는 내가 그의 머리를 토닥거리는 걸 느꼈고, 로라는 진심으로 그의 등을 탁탁 두드리고 기뻐서 껑충껑충 뛰었다.

올리버는 30분 만에 여섯 글자 이상을 터득했으며, 자신이 해낸 것에, 적어도 칭찬을 받았다는 점에서 기뻐하는 것 같았다. 그때 그의 집중력이 떨어지기 시작해서 내가 다시 놀아주기 시작했다. 이 모든 것을 기호와 물건과의 관계를 인식하지 못한 채, 그저 흉내 내는 과정의 일환으로 내 손가락 동작을 따라 하고, 손을 열쇠나 컵 따위에 올려놓는 게 분명했다.

올리버가 놀이를 지루해해서 다시 탁자로 데려가자, 다시 모방 과정을 시작할 태세를 잔뜩 하고 있었다. 곧이어 열쇠, 펜, 핀이라는 글자를 만드는 법을 익혔고, 제 손으로 물건을 반복해서 놓게 하다 보니 결국은 내가 바라던 대로 물건과 기호와의 관계를 인식하게 되었다. 틀림없었다. 내가 핀, 펜, 컵 글자를 만들자 올리버가 이름에 맞는 물건을 선택하곤 했기 때문이었다.

이런 관계에 대한 올리버의 인식에는 눈부시게 번쩍이는 지능과, 그 빛나던 기쁨, 말하자면 로라가 처음 그런 관계를 인식했던 그 통쾌한 순간을 빛내던 기쁨이 수반되지는 않았다. 그러다 내가 탁자에 물건을 모두 올려놓고, 그 아이들과 약간 거리를 둔 채 올리버의 손가락을 열쇠 철자를 만들 수 있는 상태로 만들었더니 로라가 가서 열쇠를 가져왔다. 이렇게 하자 그 작은 친구는 상당히 재미있어 하며 집중력을 보이고 미소를 짓는 것 같았다. 그때 그에게 빵 글자를 만들어보게 했고, 그 즉시 로라가 가서 그에게 빵 조각을 가져다주었다. 올리버는 빵 냄새를 맡더니 입술에 대고는 잘 알겠다는 표정으로 머리를 곧

추 세우더니 잠시 생각에 잠긴 듯했다. 그러고는 '아! 이제 뭔가가 이 것으로 만들어질 수도 있다는 걸 알았어요'라고 말하는 것처럼 곧바로 웃음을 터뜨렸다.

이제 올리버도 학습 능력과 성향이 있다는 점, 교육을 받을 수 있는 최적의 대상이며, 끈질긴 관심만이 필요하다는 점이 분명해졌다. 따라서 나는 올리버를 한 총명한 교사에게 맡기며 그가 급속도로 발전할 것임을 추호도 의심치 않았다.』

이 신사 분이 그것을 참으로 기뻤던 순간이라고 부르는 것도 무리는 아니다. 로라 브리지먼이 현 상태에 이르리라는 요원한 기대가 그녀의 어두운 정신세계 위에서 반짝거렸던 순간 말이다. 그 순간을 기억하는 것이 그에게는 평생토록 순수하고, 퇴색하지 않는 행복의 원천이 될 것이며, 남에게 도움이 되는 고귀한 삶 끝에 찾아온 그의 말년에도 그 순간의 빛은 조금도 바래지 않을 것이다.

스승과 제자라는 이 두 사람 사이의 애정은, 그런 애정이 성장한 환경이 일반적인 생활환경과는 별개였던 만큼, 모든 일상적인 배려와 관심과도 크게 동떨어져 있다. 올리버는 이제 로라에게 더 높은 지식을 전하고, 우주의 위대한 조물주에 대한 어떤 적절한 생각을 전달하는 방법을 고안하는 일에 빠져 있다. 비록 그녀에게는 어둠과 침묵과 무취의 우주일지라도 그녀가 느끼는 기쁨과 즐거움은 그만큼 깊고 벅차다.

눈이 있으나 보지 못하고, 귀가 있으나 듣지 못하는 그대들이여, 슬픈 표정을 한 위선자들처럼, 인간들에게는 단식하는 것처럼 보일 수 있게 그대의 얼굴을 흉하게 망가뜨린 그대들이여, 건강하게 즐거워하고 적당히 만족할 줄 아는 방법을 귀머거리와 벙어리와 맹인들에게 배워라! 우울한 얼굴을 하고 스스로 성인임을 자임하는 자들이여, 이 앞도 못 보고, 귀도 안 들리고, 말도 못 하는 아이가 그대들에게 배우면 좋을 교훈을 가르쳐줄 수도 있다. 그녀의 저 불쌍한 손을 그대의 가슴에 다정하게 얹게 하라. 그 치유의 손길에는 위대한 주인의 손길과 비슷한 무언가가 있을 수 있기 때문이니, 그대들은 위대한 주인의 규율을 오해하고, 그의 교훈을 왜곡하고, 그대들 중 단 한 사람도 일상생활 속에서 저 타락한 죄인들 중에서도 최악의 죄인들 상당수가 아는 것만큼도 전 세계에 대한 그의 자비와 동정을 알지 못하며, 그대들은 지옥에 떨어지는 벌에 대한 장황한 설교를 할 때나 위대한 주인에게 후하구나!

내가 방을 나오려고 일어서는데 수행하던 사람의 예쁜 어린아이 한 명이 아버지에게 인사를 하려고 달려 들어왔다. 그 순간, 시력 없는 사람들 속에서 눈이 보이는 한 아이가 두 시간 전, 그 맹인 소년이 현관에서 그랬듯이 고통에 가까운 깊은 인상을 남겼다. 아! 전에도 반짝이고 다채로웠겠지만 한결 더 밝고 더 짙푸른 바깥세상이 저 안에서 생활하는 수많은 청춘들의 어둠과 얼마나 대조되었던가!

* * *

사우스 보스턴의 일부 자선기관들은 소위 그 취지에 탁월하게 어울린다는 위치에 다 같이 모여 있다. 그중 한 곳이 바로 정신질환자들을 수용하는 주립병원이다. 이곳은 회유와 친절이라는 교화 원칙들을 바탕으로 훌륭하게 관리되고 있는데, 20년 전이라면 이단보다 더 나쁜 것으로 취급되었을 것이고, 영국 한웰에 있는 우리의 영세한 정신병원에서 지극히 성공적으로 이행되어온 원칙들이었다. "미친 사람들에게도 믿고 신뢰한다는 마음을 보여주고 싶다는 열망을 드러내라." 복도를 따라 걷고 있는 우리 주변으로 환자들이 아무 제약 없이 모여들자 그곳 수련의가 말했다. 그 효과를 목격한 후 이 격언에 담긴 지혜를 부정하거나 의심하는 사람들에 대해, 그런 사람들이 아직도 살아있다면, 내가 할 수 있는 말이란 그들이 국민으로 있는 곳의 정신감정위원회 배심원으로는 결코 소환되지 않기를 희망한다는 것뿐이다. 그런 증거만으로도 그들이 정신 나간 사람들이란 확신이 들기 때문일 것이다.

이 시설의 각 병동은 길쭉한 회랑이나 복도처럼 생겼고, 환자들의 공동 침실은 복도 양쪽 방향으로 개방된다. 여기에서 환자들은 일을 하고, 책을 읽고, 스키틀[33] 등의 게임을 한다. 날씨 때문에 야외 운동이 허용되지 않으면, 그날은 모두 넘어간다. 이런 공동 침실들 가운데 한 곳에 희고 검은 미친 여자들 틈에 조용히 그리고 아주 당연한 듯이 그 의사의 부인과 두 아이와 함께 있는 또 다른 부인이 앉아 있었다. 이 부인들은 우아하고 당당한 아름다움을 지녔으며, 한눈에도 그곳에서는 그들의 존재조차 그들 주변에 모여 있는 환자들에게 매우 좋은 영향을 미치고 있다는 사실을 감지하는 게 어렵지 않았다.

벽난로에 머리를 기대고, 상당히 품위 있고 세련된 척하는 노부인이 마치 와일드파이어[34]만큼이나 수많은 장신구 쪼가리들로 한껏 치장하고 앉아 있었다. 특히 그녀의 머리에는 거즈 자투리와 면 자투리,

---

33) 볼링 핀처럼 생긴 아홉 개의 스키틀을 세워놓고 공을 굴려 쓰러뜨리는 게임.
34) 월터 스콧 경(1771~1832)의 ≪미들로시언의 심장(The Heart of Midlothian)≫에 나오는 미친 여인.

종잇조각들이 여기저기 흩어져 있고, 괴상한 잡동사니들이 사방에 수도 없이 들러붙어 있어서 마치 새둥지처럼 보였다. 노부인은 상상의 보석들로 환하게 빛이 났고, 의심할 여지가 없는 금테 안경을 부티 나게 쓰고는, 우리가 가까이 다가가자 아주 낡은 데다 기름에 찌든 신문을 우아하게 무릎 위로 떨어뜨렸다. 내가 감히 말하지만, 아마 어떤 외국 왕실에 그녀가 친히 나타났다는 기사를 읽고 있었을 것이다.

내가 이렇게 그녀를 특별히 묘사한 것은 그 의사가 환자들의 신뢰를 얻고 지켜나가는 방법을 보여주는 사례가 될 것이기 때문이다.

"이 분이." 의사가 내 손을 잡고 그 매혹적인 인물에게 아주 공손하게—나에게 아주 살짝 눈길을 주거나 속삭이거나 여하한 종류의 방백으로 그녀의 의혹을 사지 않으면서—다가가며 큰 소리로 말했다. "이 분이 이 대저택의 여주인이십니다, 선생님. 이 집이 부인의 소유입니다. 다른 누구도 이 집과는 일체 관계가 없습니다. 보시다시피, 거대한 시설이라 종업원들을 상당히 많이 필요로 합니다. 부인이 최초의 건축양식 그대로 살고 있는 모습을 보고 계시는 겁니다. 제가 찾아오면 맞아주고, 제 아내와 가족이 이곳에 묵는 것을 허락해줄 만큼 친절하시죠. 말할 필요도 없지만, 우리는 부인에게 많은 은혜를 입고 있습니다. 보시다시피 부인은 대단히 정중하십니다." 이 말에 그녀가 거들먹거리며 고개 숙여 인사를 했다. "그리고 제가 선생님을 소개하는 기쁨을 누리도록 허락하실 겁니다. 영국에서 오신 신사 분입니다, 부인. 폭풍이 몰아치는 항해 끝에 영국에서 막 도착했습니다. 디킨스 씨, 이 저택의 부인이십니다!"

우리는 장중함과 경의 등등을 한껏 드러내며 더할 나위 없이 정중하게 인사를 나누었다. 다른 미친 여자들은 그 우스운 상황(제 자신들의 경우 말고는, 이뿐만 아니라 다른 모든 사람들의 경우를)을 완벽하게 이해하며 몹시 재미있어하는 모양이었다. 그들이 앓고 있는 여러 종류의 광기의 특징이 그와 똑같은 방식으로 내게 전달되었고, 우리는 그들 하나하나가 무척이나 재미있어하도록 그냥 내버려 두었다. 그런 방식을 통해 의사와 환자들 사이에 환자들이 겪는 환각의 특성과 정도에 대한 어떤 빈틈없는 신뢰가 구축될 뿐만 아니라, 지독히도 말이 안 되고 터무니없는 망상을 그들 앞에 펼쳐 보여 그들을 깜짝 놀라게 할 어떤 이성적 순간을 포착할 기회가 만들어진다는 게 쉽게 이해되기도 한다.

이 정신병원의 환자 한 명 한 명은 매일 오찬을 들 때 나이프와 포크를 가지고 자리에 앉는다. 그들 중앙에 그 신사가 앉는다. 자신의 책무를 처리하는 그의 태도에 대한 나의 설명은 이렇다. 식사 때마다, 도덕적 영향력만을 발휘해 그들 중 가장 폭력적인 환자들이 다른 환자들의 모가지를 자르지 못하게 제어한다. 그러나 그런 영향력의 효과는 절대적인 확신으로 바뀌어, 치유의 수단으로는 말할 것도 없고, 심지어는 제어의 수단으로도 이 세상이 창조된 이후 무지와 편견과 잔인함이 생산해온 온갖 구속복과 족쇄와 수갑보다 백배나 더 효과가 있다고 밝혀진다.

노동 분야에서는 모든 환자들이 마치 정상인인 것처럼 작업에 맞는 도구를 그들에게 자유롭게 위임한다. 정원과 농장에서는 삽, 갈퀴, 괭이를 들고 일한다. 취미로는 걷기, 달리기, 낚시, 그림 그리기, 독서, 그리고 그런 취지로 제공되는 마차를 타고 공기를 쐬러 나가기도 한다. 자체적으로 빈민들을 위해 옷을 만드는 바느질 협회도 만들어 회의도 열고, 결의안을 통과시키면서도 정신이 온전한 집회에서 한다는 주먹다짐이나 사냥용 칼을 꺼내드는 상황에 이른 적은 단 한 번도 없이 모든 절차는 아주 매끄럽게 진행된다. 걸핏하면 화를 내서 다른 때라면 그들 자신의 살과 옷과 가구로 확장되었을 과민한 성질도 이런 과정을 거치며 해소된다. 그들은 유쾌하고, 조용하며, 건강하다.

일주일에 한 차례씩 무도회도 연다. 의사와 그의 가족, 간호사와 간병인들 모두 능동적으로 역할을 맡는다. 춤과 행진이 흥겨운 피아노 선율에 맞춰 교대로 펼쳐진다. 이따금씩 어떤 신사나 숙녀 분(그들의 능력은 사전에 확인되었다)이 노래를 하며 끼어들기도 한다. 살짝 위기가 와도 비명을 지르거나 울부짖는 분위기로 전락한 적은 없다. 이 부분에서 고백컨대 나는 그런 위험이 닥칠 것으로 예상했어야 했다. 초저녁이 되면 전원이 이 축제를 위해 모이고, 여덟 시에는 다과가 마련되고, 아홉 시에는 헤어진다.

무도회 내내 엄청난 공손함과 훌륭한 예의범절이 지켜진다. 그들 모두 의사의 말투를 따라 하고, 의사는 그들 속에서 바로 체스터필드[35]같은 사람처럼 행동한다. 다른 집회와 마찬가지로, 이런 유흥거리들은 여성들 사이에서 며칠 동안이나 다양한 화젯거리를 제공하고, 신사들은 이들 행사에서 빛나고 싶은 마음이 커서 간혹 개인적으로 '스텝' 연습을 하는 모습이 눈에 띄기도 하는데, 다 무도회에서 단연 돋보이는 인물이 되기 위해서다.

분명한 것은 이런 제도의 커다란 특징 하나는 그런 불행한 사람들에게조차 적절한 자존심을 주입하고 독려하는 데 있다는 점이다. 그

---

35) 필립 도머 스탠호프(1694~1773)는 체스터필드 가의 4대 백작으로 정치가 겸 작가였다. 혼외 아들인 필립 스탠호프에게 가정교육 차원에서 오랫동안 편지를 보낸 것으로 유명하다.

와 거의 똑같은 정신이 사우스 보스턴에 있는 모든 기관에 속속들이 배어 있다.

그곳에는 근면의 집이라는 하우스 오브 인더스트리[36]도 있다. 이 기관에서 늙거나 아니면 대책 없는 극빈자들을 전문으로 수용하는 부속 시설에는 이런 말을 벽에 페인트로 칠해놓았다. '주목 바람. 자치와 고요와 평화는 축복이다.' 그곳에 있다는 이유만으로 극빈자들을, 협박과 가혹한 통제를 그들의 악의에 찬 눈앞에서 흔들 필요가 있는 흉악한 성향의 사악한 인간들임에 틀림없다고 추정하거나 당연하게 받아들이지는 않는다. 그들은 바로 그곳 문턱에서 이 부드러운 호소와 직면한다. 실내에 있는 모든 것은 당연히 그래야 한다는 듯 무척이나 평범하고 단순하지만, 평화로움과 안락함을 고려해 배치되어 있다. 어떤 다른 배치도 더는 필요하지 않으며, 그곳으로 보호를 청할 정도로 궁핍해진 사람들을 상당히 고려하고 있음을 대변하는 곳이라, 즉각 감사한 마음을 느끼게 하고 바르게 행동하게 만든다. 건물은 어느 정도 여윌 대로 여윈 생명이 하루 종일 맥없이, 비통해하고, 몸서리치며 지내는 거대하고, 기다랗고, 두서없는 병실들로 나뉘는 대신, 방마다 햇빛과 공기가 들어오는 별도의 방들로 분리된다. 이런 방에서 더 나은 부류의 극빈자들이 생활한다. 그들은 이 작은 방들을 안락하고 그럴 듯하게 만들고자 하는 열망으로, 애써 노력해서 긍지를 느끼고 싶어 하는 동기가 생긴다. 나는 그곳이 깨끗하고 말끔했다는 것, 창턱 위에 놓여 있던 한두 가지 식물, 선반 위에 나란히 놓여 있던 그릇들, 회반죽을 바른 벽 위로 조그맣게 진열해놓은 색색의 인쇄물들,

---

36) 18~19세기에 영국의 여러 도시에 설립되었던 자선기관.

또는, 어쩌면, 문 뒤의 나무 시계 밖에는 기억나는 게 하나도 없다.

고아들과 어린아이들은 이곳과 분리는 되어 있지만 같은 기관에 속하는 옆 건물에 있다. 어떤 아이들은 극도로 왜소해서 계단도 그들의 자그마한 걸음걸이에 맞게 소인국 사람이 쓰는 것 마냥 작다. 마찬가지로 그들의 연령과 유약함을 배려한 마음이 그대로 나타나는 의자들은 진귀하기 짝이 없는 물건들로 어느 가난한 인형의 집에나 어울리는 가구들처럼 보인다. 나는 우리나라 빈민구제법 위원들이 이런 의자에 팔걸이와 등받이가 있다고 생각하는 것을 고소해하는 모습이 머릿속에 그려진다. 그러나 그들이 서머싯 하우스[37]의 이사회실을 점유하는 기간보다 작은 척추들의 연대가 더 오래되었기에 이러한 물품의 지급조차 매우 다행스럽고 친절한 일로 보였다.

여기에서도 나는 벽에 새겨진 글귀가 몹시도 마음에 들었다. 지켜야 할 도리를 있는 그대로 언급한 글귀는 기억하기도 쉽고 이해하기도 쉬웠다. '서로 사랑하라.' 그리고 그런 본질에 대한 솔직한 조언도 있었다. '신은 그가 창조한 작디작은 존재도 기억한다.' 이 작디작은 학생들의 책과 과제는 그들의 어린아이 같은 능력에 맞춰 그만큼 현명한 방법으로 재편되었다. 우리가 이런 수업들을 둘러보고 있었을 때, 작은 여자아이 넷(그중 한 명은 맹인이었다)이 즐거운 5월을 주제로 짤막한 노래 하나를 불렀는데, 내 생각에는 영국의 11월에 더 어울렸음직한 곡이었다. 노래가 끝나고 우리는 위층에 있는 그들의 침실로 올라갔다. 방에 배치되어 있던 물건들은 우리가 아래층에서 봤던 것들만큼이나 훌륭하고 품위가 있었다. 교사들의 계층과 품성도 그곳

---

37) 빈민구제법 위원들이 만나던 장소.

정신에 매우 걸맞다는 것을 알게 된 나는 그때까지 가난한 아이들을 두고 떠났을 때보다 한층 가벼운 마음으로 그곳 어린아이들에게 작별을 고했다.

하우스 오브 인더스트리와 연계되어 있는 병원도 있다. 병원은 질서정연했고, 반갑게도, 비어 있는 침대가 많았다. 그러나 여기에도 미국의 모든 실내에서 공통적으로 나타나는 한 가지 결점이 있었다. 난로에서 끊임없이, 가증스럽게, 숨이 막히도록 벌겋게 달아오르는 악령으로, 이 악령이 뿜어내는 호흡은 하늘 아래 가장 청정한 공기를 엉망으로 만들곤 했다.

이와 동일한 지역에 소년들을 위한 기관 두 곳이 있다. 하나는 보일스턴 학교라는 곳이다. 이곳은 방치되고 가난하고 범죄 전력이 없는, 그러나 그들을 허기진 거리에서 데려다 이곳으로 보내지 않는 한, 늘 그렇듯 곧바로 그런 구별에서 제거 당하게 될 소년들을 위한 보호시설이다. 다른 한 곳은 범죄 소년 교화소다. 두 기관이 한 건물에 있긴 하지만, 두 부류의 소년들은 서로 접촉할 수 없다.

보일스턴 소년들은 능히 짐작이 가능하듯 겉모습에서는 교화소 소년들보다 훨씬 더 유리하다. 내가 교실에 우연히 들렀는데도 그들은 영국이 어디 있는지, 영국의 인구는 어떻게 되는지, 영국의 수도는 어디인지, 영국의 정부 형태는 무엇인지 등의 질문에 책을 보지 않고도 정확하게 대답했다. 그들은 씨를 뿌리는 농부에 관한 노래도 불렀는데, "tis thus he sows(이렇게 그는 씨를 뿌리고)", "he turns him round(그가 그를 돌리고)", "he claps his hands(그는 손뼉을 친다)"와 같은 부분에서는 노래에 맞춰 율동도 했다. 그렇게 하니 더욱 재미있어졌고, 질서정연하게 함께 율동하는 데도 익숙해진 것이었다. 보일스턴 학생들이 보기에는 지극히 잘 배운 것 같기는 한데, 먹는 것보다 배우는 게 나을 바 없는 것 같았다. 그들보다 조끼가 꽉 차도록 통통해 보이는 소년들은 결코 보지 못했기 때문이다.

교화소 비행소년들은 상다수가 썩 유쾌한 얼굴이 아니었고, 이 시설에는 유색인종 소년들이 많았다. 내가 그들을 처음 본 것은 그들이 일하고 있을 때였다(바구니를 만들거나, 야자수 잎으로 모자를 생산하는 일). 그 후에는 학교에서 봤는데, 자유를 찬양하는 합창곡을 부르고 있었다. 일반인들이라면 죄수들 입장에서는 다소 부아가 치미는 특이한 주제라고 생각했을 것이다. 이 소년들은 네 반으로 나뉘고, 매 소년마다 숫자가 표시되고 팔에는 완장을 찬다. 새로운 입소생이 도착하면, 네 번째나 제일 하급반에 배속되며, 행동이 양호하면 일하면서 첫 번째 반으로 올라간다. 이 기관의 설계와 목적은 청소년 범죄자들을 단호하지만 친절하고 현명하게 대우해 교정하고, 감옥을 사기 저하와 부패가 아닌 정화와 개선의 장소로 만들고, 그들에게 행복에 이르는 길은 단 하나, 즉 철저한 근면성임을 새겨주고, 그들의 발걸음이 그쪽으로 이끌린 적이 없다면 어떻게 밟혀 뭉개지는지를 가르치고, 가다가 옆길로 새면 다시 제 길로 돌아오게 하는 데 있다. 한마디로 그런 소년들을 파멸에서 낚아채와 회개하고 유용한 구성원으로 사회에 복귀시키는 데 있다. 모든 관점에서, 그리고 인도적 차원과 사회 정책을 모두 고려하는 점에 관해서라면 그런 시설의 중요성은 언급할 필요가 없다.

끝으로 시설 하나를 더 소개한다. 주립 교화소는 침묵이 엄격하게 유지되지만, 재소자들은 서로를 보고, 함께 일하는 데서 위로와 정신적인 안도감을 얻는다. 이는 우리가 영국에 수입해서 지난 몇 년 간

성공적으로 운영해온 훈육 교도소를 개선한 시설이다.

　신생국으로 아직 인구 과잉 상태가 아닌 미국에서 관리하는 모든 교도소에는 재소자들을 위해 유익하고 돈벌이가 되는 일을 찾아 줄 수 있다는 커다란 장점이 있다. 반면에, 법을 어긴 적이 없는 정직한 사람들도 일자리를 구하는 일이 걸핏하면 허사가 되고 마는 우리 같은 상황에서는 죄수의 노동을 나쁘게 바라보는 편견이 매우 심해서 극복하기 힘든 정도인 것도 당연하다. 미합중국에서도 일반인들에게 불리할 게 불을 보듯 뻔한 데도 재소자의 노동과 일반인의 노동을 경쟁시키려는 원칙에는 이미 많은 사람들이 반대하고 나섰으며, 이들의 수가 몇 년이 흘러도 감소할 가능성은 없는 듯하다.

　하지만 바로 이런 이유 때문에, 영국 최상의 교도소들이 일견으로는 미국 교도소들보다 관리감독이 더 잘 되는 것처럼 보일 것이다. 쳇바퀴 돌리 듯 단조로운 일은 거의 또는 일체의 소음도 없이 진행되고, 5백 명의 남자들이 같은 방에서 어떤 소리도 내지 않고 뱃밥을 만든다. 이 두 노동은 죄수들끼리 개인적인 대화 한마디조차 나누는 일을 불가능에 가깝게 만들 정도로 예리하면서도 방심을 늦추지 않고 감독할 여지를 준다. 이와는 달리 베틀, 대장간, 쇠망치, 석공용 톱에서 나오는 시끄러운 소리가 소통의 기회—분명 다급하고 짧지만 그래도 기회는 기회—들을 마련하는 데 상당히 유리하게 작용한다. 이런 몇 가지 종류의 작업은 어쩔 수 없이 재소자들을 서로 아주 가까운 위치에서, 보통은 나란히, 그들 사이에 어떤 방벽이나 칸막이도 없이 그들의 본성이 그대로 드러나는 상태에서 일하게 할 수 밖에 없기 때문이다. 방문객 역시 수많은 남자들이 가령 그에게도 익숙한 일상적인 노동을 야외에서 하고 있는 장면에 강렬한 인상을 받기 전에 합리적 근거에 따라 판단하고 다소 숙고해볼 필요가 있다. 그러나 그런 인상의 강도는 똑같은 사람들이 똑같은 장소에서 똑같은 옷을 입고, 감옥에 갇힌 흉악범이나 하는 어디에서나 표가 나고 비하되는 일에 매진하고 있다는 생각이 주는 인상의 절반밖에는 되지 않을 것이다. 미국의 주립 교도소나 교화소를 방문했을 때, 처음에는 내가 정말로 수치스러운 형벌과 인내의 장소인 감옥에 와 있다는 게 나 자신도 믿기 어려웠다. 그러나 나는 지금까지도 감옥과는 비슷하지도 않은 그 인간미 넘치는 자랑거리가 그런 사안에 맞는 지혜나 철학에 뿌리를 두고 있는지 상당히 의문스럽기는 하다.

내가 이 주제에 대해 오해가 없기를 바라는 까닭은 나도 이 주제에 대해 깊고도 강한 관심이 있기 때문이다. 나는 악명 높은 범죄자의 모든 위선적인 거짓말이나 눈물을 쥐어짜는 연설을 신문기사나 일반적인 동정의 문제로 만들어버리는 병적인 감정으로 기우는 성향이 아닌 만큼이나, 영국을 조지 3세의 치세에 이르는 최근까지도 형법과 교도소 규정에 있어 지구상에서 가장 악랄하고 야만적인 국가 가운데 하나로 자리매김하게 한 그리운 옛 시절의 그 좋았던 오래된 관습으로 기우는 성향도 아니다. 그런 제도가 젊은 세대에게 어떤 도움이 될 것으로 여겼다면, 어떤 상류층 노상강도의 뼈를 발굴하는 일에 유쾌하게 동의했을 것이며(상류층일수록 더 유쾌하게), 그런 취지에 맞게 꽤나 높은 것 같은 어떤 표지판이나 출입구나, 혹은 교수대에 조금씩 그것들을 드러내놓는 일에도 동의했을 것이다. 내 이성 역시 이런 상류층 사람들이 완전히 무익하고 방탕한 악인들임을 확신하는데, 법과 감옥이란 게 그 흉악한 과정을 통해 그들을 냉담한 인간으로 만들거나 그들의 놀라운 탈출이 간수의 도움으로 이루어졌고, 간수들은 그들을 한창 칭송하던 시절에는 늘 그들 자신도 같은 흉악범이었고, 마지막 순간까지 상류층 인사들의 막역한 친구이자 술친구였기 때문이다. 동시에 나는, 모든 인간들이 알고 있거나 알아야 하듯이, 훈육 교도소 문제가 모든 지역사회에서 가장 중요한 문제 가운데 하나이며, 이 문제에 대해 전면적인 개혁을 단행하고 타국에 훌륭한 본보기로 보여주고 있는 미국이 엄청난 지혜와 엄청난 자비와 칭송받을 만한 정책을 선보였다는 것을 알고 있다. 우리가 본보기로 삼고 있는 미국의 제도와는 달리 결점이란 결점을 죄다 지니고 있는 우리나라 제도에도 나름대로 어떤 장점이 있음을 보여주고자 노력할 따름이다.

이런 말들을 하게 만든 교화소도 다른 교도소들처럼 담장이 아닌, 높고 울퉁불퉁한 말뚝으로 주변에 울타리가 쳐져 있는데, 우리가 동양의 인쇄물이나 그림에서 본 것처럼 코끼리를 울타리에 가두는 방식과 비슷하다. 죄수들은 얼룩덜룩한 옷을 입고, 중노동을 선고받은 죄수들은 못을 만들거나 돌을 깎는 일에 동원된다. 내가 그곳에 갔을 때, 보스턴에 한창 건립 중인 신축 세관 건물에 들어가는 돌을 작업하는 일에 중노동형을 받은 노동자들을 부리고 있었다. 그들은 돌을 능숙하고 빠르게 깎아내는 것처럼 보였는데, 그들 중 감옥 문 안에서 그런 기술을 습득하지 못한 죄수들은 (설령 있다고 한들) 거의 없었지만 말이다.

여성들은 커다란 방 하나에 모두 모여서 뉴올리언스와 남부 여러 주에 보낼 얇은 옷가지를 만들고 있었다. 그들도 남자들과 마찬가지로 침묵 속에서 부역을 당했다. 그리고 남자들처럼 그들의 노동을 도급 계약한 사람이나 그가 임명한 대리인에게 지나치게 감시를 당했다. 이것에 더해, 시시각각 걸핏하면 그런 취지로 임명된 교도관이 찾아오곤 한다.

　요리나 빨래 따위의 처리 방식은 내가 고향에서 보아온 방안에 크게 의존한다. 미국이 죄수들에게 야간에 부여하는 방식(일반적으로 야간을 채택함)은 우리 방식과는 다르며, 둘 다 단순하고 효과적이다. 5층짜리 감방은 사방 벽에 달린 창문으로 빛이 들어오는 높은 지대 중앙에 하나씩 위로 올려놓는 방식으로 자리 잡고 있다. 각 층마다 앞에는 가벼운 철로 만든 회랑이 있고, 회랑은 1층에 있는 아래 계단을 제외하면 같은 건축양식과 자재로 만든 계단으로 올라갈 수 있다. 이들 감방 뒤에는, 감방과 서로 등을 맞댄 채 반대쪽 벽을 바라보는 마찬가지로 다섯 줄로 된 나열된 감방이 있으며, 이 역시 비슷한 방식으로 접근 가능하다. 따라서 죄수들은 감방에 갇혀 있고, 교도관 한 명이 등을 벽 쪽으로 둔 채 1층에 자리 잡고 있다고 하면, 교도관은 한 번에 죄수의 절반만 감시하게 된다. 마찬가지로 나머지 죄수 절반도 반대편에 있는 또 다른 교도관에게 감시당하며, 모든 것이 거대한 건물 하나에 들어 있다. 이런 불침번이 부패하거나 자기 자리에서 잠이 들지 않는 한, 어떤 인간이 탈출한다는 것은 불가능하다. 감방 철문을 소리 내지 않고 억지로 열고 나온다 해도, 밖에 나와서 그곳에 위치한 다섯 회랑 가운데 한 곳으로 발을 내딛는 순간 아래층에 있는 교도관의 눈에 그대로 그리고 완전히 띌 것이 틀림없기 때문이다. 이런 감방들은 방마다 죄수 한 명이 잠을 자는 작은 바퀴 달린 침대가 있고, 그 이상은 아무것도 없다. 감방은 당연히 작고, 문은 앞이 막히지 않은 쇠창살로 블라인드나 커튼도 달려 있지 않아서, 안에 있는 죄수는 경비가 야간에 아무 때나 그 층을 순찰하더라도 그 경비의 감시와 점검에서 벗어나지 못한다. 죄수들은 날마다 부엌 벽의 배식구를 통해 따로따로 식사를 받고, 각자 제 식사를 자기가 잠자는 감방으로 가져와서 먹는다. 그곳에서 죄수는 식사를 하는 한 시간 동안 홀로 갇혀 지낸다. 이런 방식 전체가 감탄할만했다는 점에서 내게 충격적이었다. 따라서 우리가 앞으로 영국에 건립하는 새로운 교도소는 이런 방식에 따라 건설되기를 바라마지 않는다.

나는 이런 감옥에서는 어떤 칼이나 총기나 곤봉도 소지하지 못하게 되어 있다는 사실을 알게 되었다. 그런 뛰어난 현재의 관리 방식이 계속되는 한, 그 안에서는 공격용이든 방어용이든 어떤 무기도 필요할 것 같지는 않다.

사우스 보스턴에 있는 기관들이 바로 그렇다! 그런 기관들 하나하나에서 매사추세츠 주의 불운하거나 타락한 시민들은 신과 인간에 대한 그들의 의무를 다하도록 신중을 기해 교육받고 있으며, 그들의 상태가 허용하는 한 안락하고 행복할 수 있는 모든 합리적인 수단으로 둘러싸여 있고, 아무리 병이 들거나 가난하거나 타락해도 거대한 인간 가족의 일원으로서 항소 대상이 될 수 있으며, 강압적인 (비록 헤아릴 수 없을 정도로 더 약하긴 하지만) 손이 아닌 건강한 마음으로 판결 받는다. 지금까지 나는 이런 기관들을 다소 길게 설명해왔다. 첫째, 그들의 가치가 그걸 요구했기 때문이며, 둘째, 그런 기관들을 모델삼아, 우리가 방문할 수도 있는 설계와 목적이 동일한 다른 기관들이 이런저런 점에서 사실상 실패한 것이거나, 차이가 난다고 언급하는 일에 만족할 생각이기 때문이다.

나는 그 기관들이 집행 면에서는 불완전하지만, 의도만은 정직하다는 이 설명을 통해 나의 독자들에게 내가 느낀 희열과 내가 묘사하고, 나에게 허용된 광경들을 100분의 1만이라도 전달할 수 있길 바란다.

* * *

　웨스트민스터 홀의 번잡한 절차에 익숙한 영국인에게 미국의 법정
은 영국 법정이 미국인에게 이상하게 보이는 것만큼이나 이상하게 보
일 거라고 생각한다. (판사들이 검은색 무지 법복을 입는) 워싱턴의
대법원만 제외하고는, 사법집행과 관련한 가발이나 가운 같은 것은
없다. 법정 변호사와 일반 변호사들이기도 한 법조계 신사들(영국에
서는 그들의 역할 구별이 없기 때문에)이 그들의 고객들에게서 떨어
지지 않는 것은 우리의 파산자 구제 법원에서 변호사들이 그들의 고
객에게서 떨어지지 않는 것이나 매한가지다. 배심원은 집에 있는 것
처럼 사뭇 편안해하며, 상황이 허락하는 한 편안하게 있다. 증인은 단
을 약간 높인 위쪽에 있거나, 법정에 있는 사람들과 떨어져 있어서 소
송 절차가 휴정에 들어간 사이 처음 입장한 사람이라면 사람들 중에
서 증인을 골라내기가 어려울 것이다. 우연히 형사 재판이 진행되고
있었다면, 그의 시선이 열에 아홉은 죄수를 찾아 부질없이 피고석을
두리번거릴 것이다. 왜냐하면 그 신사 분은 법조계에서 가장 기품 있
는 장신구들 틈에 느긋하게 앉아 그의 변호인의 귀에 여러 제안들을
속삭이거나 작은 주머니칼을 사용해 오래된 깃펜으로 이쑤시개를 만
들고 있을 가능성이 높기 때문이다.

　보스턴의 여러 법원을 방문했을 때 나는 이런 여러 차이점에 주목
하지 않을 수 없었다. 처음에는, 그때 당시 심리중인 증인을 심문하
던 변호사가 앉아서 그렇게 하는 걸 보고 상당히 놀라기도 했다. 그러
나 그가 대답을 적는 일에 정신이 팔려 있는 걸 보면서, 그리고 그 혼
자뿐이고 '하급 변호사'[38] 하나 없다는 걸 기억하고 있던 나는 영국과

는 달리 이곳에서는 법이 그렇게 비싼 품목은 아니며, 우리가 없어서
는 안 된다고 생각했던 잡다한 절차들의 부재가 소송 비용서에 단연
코 아주 유리한 영향을 미치고 있다는 생각을 반추하며 재빨리 나 자
신을 달랬다.

법원마다 시민들에 대한 편의 제공을 위해 넉넉하고 널찍한 설비를
갖추고 있다. 미국 전역도 마찬가지다. 모든 공공기관은 국민들이 법
적 절차에 참석하고 관심을 가질 권리를 아주 완벽하고 명백하게 인
정하고 있다. 마지못해 공손한 태도를 6펜스[39]만큼씩 나눠주는 험상
궂은 문지기도 없고, 조금이라도 오만불손한 어떤 종류의 공직도 없
다고, 나는 진심으로 믿는다. 어떤 국립 기관도 돈을 추구하는 것으로
는 보이지 않으며, 어떤 공무원도 흥행사 노릇을 하지 않는다. 우리는
근년에 들어서 이런 훌륭한 사례를 모방하기 시작했다. 우리가 꾸준
히 그렇게 따라 하기를 바라마지 않으며, 때가 무르익으면 교구장과
사제단도 개조될 수 있기를 희망한다.

민사법원에서, 철도 사고로 인한 손해배상청구소송이 진행되고 있
었다. 증인들은 심문을 받았고, 변호사는 배심원단을 상대로 말을 하
고 있었다. 그 박식한 신사(그의 영국인 동포 몇몇처럼)는 될 대로 되
라는 식으로 장황하게 설명을 늘어놓았으며, 똑같은 말을 계속해서
반복하는 놀라운 능력을 지니고 있었다. 그의 대단한 주제는 '열차 기
관사 워렌'이었고, 모든 문장 하나하나를 내뱉을 때마다 그 속에 그

---

38) 아직 왕실 변호사가 되지 못한 하급 법정 변호사.
39) 6펜스는 당시 영국에서 가장 낮은 단위로 유통되던 은화로 값싼, 싸구려, 하찮다는 의미
　　로도 쓰인다. 1971년 전까지 영국에서는 12진법을 사용해서 6펜스가 딱 떨어지는 화폐
　　단위였다.

글귀를 정성껏 새겨 넣었다. 나는 15분가량 그의 말을 듣고 있었다. 그러다가 그 시간이 끝날 무렵 법정 밖으로 나오면서, 사건의 본안에 대해서는 아주 희미하게라도 깨달은 게 없는 걸 보고 새삼 다시 고향에 와 있는 듯한 느낌이 들었다.

재소자 감방에서 절도 혐의로 치안 판사의 심문을 기다리던 죄수는 소년이었다. 이 소년은 일반 교도소에 투옥되는 대신 사우스 보스턴에 있는 교화소로 이송되어, 그곳에서 직업 교육을 받고, 형을 사는 동안 어떤 존경할만한 장인의 도제가 될 것이다. 따라서 이런 범죄를 저지르다 붙잡힌 소년은 불명예스러운 삶과 비참한 죽음의 서곡이되는 대신 합리적인 희망이 존재하는 곳에서 악으로부터 자기 자신을 되찾아 사회의 가치 있는 구성원으로 거듭나게 될 것이다.

나는 상당수가 내게는 지극히 웃기게 보이는 우리나라의 장중한 법적 의식 절차를 대대적으로 찬미하는 사람은 결코 아니다. 이상하게 보일지도 모르지만, 가발과 가운에는 틀림없이 어느 정도의 보호 기능—그 배역에 맞는 옷을 차려 입음으로써 개인의 책임을 추방하는—이 있기 때문에, 영국 재판정에서 흔하게 연출되는 그런 거만한 태도와 표현, 진리를 변호하는 자의 직분을 그토록 역겹게 왜곡하도록 부추기고 있다. 그러나 나는 그런 부조리하고 모욕적인 낡은 제도를 벗어나기를 갈망하는 미국이 그 반대의 극단으로 치닫고 있는 것은 아닌지, 특히나 이처럼 모든 사람이 각자 서로 알고 지내는 도시라는 작은 지역시회에서 '친한 사람끼리 하는' 일상적인 행동을 통제하는 어떤 인위적인 장애물들로 사법 집행을 둘러싼다는 게 바람직하지 않은 것은 아닌지 의문을 갖지 않을 수 없다. 미국은 이곳뿐 아니라 다른 곳에서도 법관의 드높은 인품과 능력으로 필요한 모든 도움을 구

할 수 있으며, 현재도 그런 도움을 받고 있으며, 앞으로도 받을 자격
이 충분히 있다. 그러나 신중하고 정보가 충분한 사람들이 아닌 무지
하고 경솔한, 말하자면 일부 죄수들과 수많은 증인들을 포함한 계층
을 감동시키려면 중요한 무언가가 더 필요할 수도 있다. 이런 기관들
은, 단언컨대, 법 제정에 단단히 한몫 했기에 그런 사람들을 존중할
게 뻔한 원칙을 바탕으로 설립되었다. 그러나 경험에 따르면 이런 희
망은 결국 허황된 것이었다. 국민들이 크게 흥분하는 경우에는 법도
무력하고, 당장은 그 고유의 우월성을 주장할 수 없다는 사실을 미국
의 재판관들보다 더 잘 이해하고 있는 사람은 없기 때문이다.

보스턴의 사교계 분위기는 공손함과 정중함과 빼어난 교양 그 자체
다. 이곳 숙녀들은 의문의 여지 없이 얼굴이 매우 아름다워서, 그곳
에서 어쩔 수 없이 내 발길을 잠시 멈추기도 한다. 그들은 우리만큼이
나 교육을 많이 받으며, 수준이 더 나은 것도 떨어지는 것도 아니다.
이와 관련해 아주 놀라운 이야기들을 전해 듣기도 했다. 하지만 믿을
만한 이야기들은 아니었고 그렇다고 실망도 하지 않았다. 보스턴에는
지적인 취향을 드러내는 여성들을 일컫는 블루 레이디들이 있다. 대
다수 다른 지방의 그런 색깔과 성별을 지닌 철학자들처럼 그들도 현
재보다 우월하다고 평가 받길 꽤나 바란다. 마찬가지로 신교도 여성
을 일컫는 에번젤리컬 레이디도 있는데, 종교의 여러 유형에 대한 이
들의 애착과 연극에 대한 이들의 공포는 가히 모범적이다. 강연에 참
석하는 열정을 지닌 숙녀들도 계층과 여건을 망라해 어디서든 찾아볼
수 있다. 보스턴 같은 도시에 시골 생활 비슷한 생활이 널리 퍼져 있
는 것은 교회 설교단의 영향이 크다. 뉴잉글랜드의 교회 설교단이란
독특한 지방(언제나 유니테리언교[40] 목사는 제외한)이 전적으로 순진

무구하고 합리적인 놀이들에 대한 배격으로 등장하곤 했다. 교회와 예배당과 강연실은 예외 사항인 격앙된 감정을 표출하는 유일한 수단이며, 따라서 교회로 예배당으로 강연실로 숙녀들이 떼 지어 몰려가고 있는 상황이다.

독한 술처럼, 자극 없는 단조로운 가정생활에서의 탈출처럼, 기댈 것이 종교밖에 없는 곳이라면 어디든지 목사들 중에 가장 높은 자들을 공격해대는 목사들이야말로 만족시켜야 할 가장 확실한 대상이다. 영생의 길에 막대한 양의 유황을 흩뿌렸고, 길가에 핀 꽃들과 꽃잎들을 가장 혹독하게 짓밟았던 그들이 가장 정의로운 자로 뽑힐 것이며, 천국에 들어가는 어려움을 불굴의 의지를 가지고 상세히 설명하는 그들은 모든 진실한 신자들로부터 천국에 갈 것이 분명한 사람으로 여겨질 것이다. 비록 어떤 추론 과정을 거쳐 이런 결론에 도달하게 됐는지 설명하기는 힘들겠지만 말이다. 그건 영국도, 해외도 마찬가지다. 다른 흥분 수단인 강연에 관한 것이라면 거기에는 적어도 항상 새롭다는 장점이 있다. 하나의 강연이 너무나도 빨리 또 다른 강연의 뒤를 바짝 따라오는 탓에 기억에 남는 강연은 하나도 없다. 이번 달 강의는 다음 달에도 무사히 반복될 가능성이 있기에, 강의의 참신한 매력은 손상되지 않으며, 강의에 대한 관심도 수그러들지 않는다.

지상의 열매는 부패 속에서 성장한다. 이런 것들의 부패로부터 보스턴에는 초월주의자들로 알려진 한 철학자 종파가 갑자기 등장했다. 이런 명칭이 무엇을 의미한다고 생각하느냐고 묻는 순간, 나는 이해할 수 없는 것은 무엇이나 분명 초월적인 것이라고 이해하게 되었다. 이

---

40) 삼위일체론을 부정하고 신격의 단일성을 주장하는 기독교의 한 종파.

런 해명에 크게 위로 받지 못한 나는 그 질문을 좀 더 멀리까지 파고 들었고, 결국 초월주의자들은 내 친구 칼라일[41] 선생이나, 아니면 차라리 랠프 월도 에머슨 선생을 추종하는 사람들이라는 걸 알게 되었다. 이 신사는 에세이집을 집필했고, 그 안에는, 상당 부분 몽환적이고 공상적인 내용도 많지만(내가 그렇게 말하는 것을 그가 너그러이 양해해줄 것으로 가정하고), 진정성 있고 남자다우며, 정직하고 대담한 내용이 훨씬 많이 들어 있다. 초월주의에 간혹 괴팍한 면이 있기도 하지만(어떤 종파는 안 그렇겠는가?), 그런 단점에도 불구하고 유익한 특성도 상당하며, 그중에서도 특히 위선적인 말에 대한 진심 어린 혐오와 최대 백만 가지나 되는 그 불멸의 옷 속에서 그런 위선적인 말을 감지해내는 능력 등이 있다. 그러므로 내가 만약 보스턴 사람이라면, 나도 초월주의자가 되었을 것 같다.

내가 보스턴에서 강연을 들었던 전도사는 독특하게도 선원들에게 말을 건네는 테일러 씨[42] 뿐이었는데, 한때는 그 자신도 선원이었다. 나는 좁고 오래된 물가 도로에서, 선박 한가운데 있는 그의 예배당을 찾아냈는데, 화사한 푸른 깃발이 예배당 지붕에서 마음껏 흔들리고 있었다. 설교단 반대편 회랑에는 남녀 성악가들로 구성된 작은 성가대와 첼로와 바이올린이 있었다. 전도사는 이미 기둥 위에 올려놓은 설교단에 앉아 있었고, 전도사 뒤편은 생기 넘치고 다소 연극적인 모습의 채색 휘장으로 장식을 해놓았다. 그는 세월의 풍파를 겪은 험상

---

41) 토머스 칼라일(1795~1881), 영국의 평론가 및 역사가.
42) 에드워드 톰프슨 테일러(1793~1871), 선원이었다가 1829년에 보스턴에 있는 선원들을 위한 수상 예배당(Seamen's Bethel)에서 감리교 전도사가 됨. 허먼 멜빌(1819~1891)의 ≪모비딕(1851)≫에 나오는 매플 목사가 테일러를 바탕으로 만든 인물이라 함.

굳은 인상으로 쉰여섯이나 쉰여덟쯤 되어 보였다. 주름이 늘 그렇듯 얼굴에 깊이 새겨져 있었고, 검은 머리에 근엄하고, 예리한 눈을 지니고 있었다. 그러나 그의 용모가 주는 전반적인 인상은 유쾌하고 호감 가는 편이었다.

예배는 찬송가로 시작됐고, 즉석 기도가 뒤를 이었다. 그런 모든 기도가 으레 그렇듯 걸핏하면 반복되는 단점이 있었다. 그러나 교리는 명쾌하고 포괄적이었고, 보편적인 연민과 관용의 논조를 풍겼다. 그럴 수 있다고는 해도 그런 분위기가 신에 대한 이런 유형의 연설에서는 그리 흔한 특징은 아니다. 예배가 끝나자 전도사는 강연의 포문을 열며 신자 중에서 어떤 미지의 일원이 예배 시작 전에 설교단에 올려 놓았던 솔로몬의 노래[43]에서 한 구절을 가져왔다. "그 사랑하는 자를 의지하고 거친 들에서 올라오는 저 여인은 누구인가[44]!"

그는 그의 문장을 온갖 종류의 방법을 이용해 요리했고, 갖은 모양으로 뒤틀었지만, 그래도 언제나 기발하게, 저속한 능변을 통해 청취자들의 이해 수준에 철저하게 맞추어 나갔다. 그야말로 내가 틀린 것이 아니라면, 그는 자신의 능력을 과시하기보다는 듣는 이들의 공감과 이해를 살폈다. 그가 떠올리는 상상의 이미지는 모두 바다에서, 선원 생활에서 비롯한 사고에서 끌어온 것이었으며, 퍽이나 괜찮은 것도 많았다. 그는 청취자들에게 '그 영예로운 남자, 넬슨 경[45]'에 대해, 그리고 '콜링우드'[46]에 대해 이야기했고, 이른바 머리와 어깨를 잡아

---

43) 구약성서의 아가서.
44) 아가서 8장 5절.
45) 영국의 제독(1758~1805).
46) 넬슨 수하의 장성 중 한 명으로 넬슨이 사망했을 때 지휘권을 잡음.

끌듯이 억지로 끌어들이는 내용은 없었으나, 자연스러우면서도 그런 효과를 노리는 예리한 머리로 자신의 목적과 연관시켰다. 가끔씩 그가 자신의 주제에 지나치게 흥분하게 될 때면, 그의 거대한 4절판 성경책을 겨드랑이에 끼고 왔다 갔다 설교단을 오가는 특이한—존 버니언[47]과 버얼리의 밸푸어[48]를 뒤섞은—방식을 차용했고, 그러는 사이에도 모여 있는 신도들 한가운데를 변함없이 내려다보았다. 전도사가 이런 식으로 자신의 원고를 청취자들의 첫 모임에 적용하고, 교회의 경이로움을 그들 자신 속에서 신도를 형성하는 추정으로 그려보고 있었을 때, 그가 내가 설명한 대로 겨드랑이에 끼고 있던 성경책과 함께 멈추더니 다음과 같은 방식으로 강연을 이어갔다.

"이 사람들은 누굽니까—그들은 누구이며—이 사람들은 누구입니까? 그들은 어디에서 왔습니까? 그들은 어디로 갈 것인가?—올 것이다! 대답은 뭔가요?" 설교단에서 몸을 밖으로 기울이며, 오른손으로 아래쪽을 가리키며, "아래로부터!" 다시 몸을 뒤로 물리기 시작하고 앞에 있는 선원들을 쳐다보았다. "아래로부터 옵니다, 내 형제들이여. 여러분 위에 있는 사악한 것이 널빤지로 밀폐시켜놓은 죄악의 해치 그 아래로부터. 그곳이 바로 여러분이 생겨난 곳입니다!" 왔다 갔다 설교단을 오가며, "그리고 여러분이 갈 곳."—갑자기 말을 멈추며, "여러분은 어디로 가고 있습니까?" 높이!—아주 부드럽고, 위를 가리키며, "높이."—더 크게, "높이."—한결 더 크게. "그곳이 여러분이 가

---

47) 영국의 작가, 설교사(1628~1688).
48) 영국의 시인 겸 소설가, 월터 스콧의 ≪묘지기 노인(Old Mortality)≫의 등장인물로 찰스 2세에 대항하는 종교적 광신자. 테일러의 방식에 공격적이고 광적인 측면이 있는 것으로 해석됨.

는 곳입니다—순풍을 타고—한껏 말끔하고 단정하게, 영광된 천국을 향해 곧장 나아갑니다. 그곳에는 폭풍우도 악천후도 없으며, 사악한 무리는 못된 짓을 그만두고, 피곤한 자들이 쉬는 곳입니다." 또다시 왔다갔다 설교단을 오가며, "그곳이 여러분이 갈 곳입니다, 내 친구들이여. 바로 그겁니다. 바로 그곳입니다. 그곳이 항구입니다. 그곳이 천국입니다. 축복받은 항구—그곳에는 여전히 물이 있고, 바람과 조류가 맘껏 돌변해도, 해안가 바위로 밀려가거나 밧줄을 놓쳐 바다로 딸려가지 않는 곳입니다. 평화—평화—평화—완벽한 평화!"—또다시 걸으며, 겨드랑이에 낀 성경책을 가볍게 두드린다. "뭐라고요! 이 친구들이 거친 들에서 오는 거죠, 그렇죠? 그렇습니다. 유일한 작물이 죽음밖에 없는 죄악의 황량하고 황폐한 들판에서죠. 그러나 그들은 뭔가에 기대고 있을까요—그들은 아무것에도 기대고 있지 않을까요, 이 불쌍한 선원들이?"—성경책을 세 번 쾅 하고 두드린다. "오, 그렇습니다—네—그들은 그 사랑하는 분의 팔에 기대고 있습니다."—세 번 더 두드린다. "그 사랑하는 분의 팔에."—세 번 더 두드리고, 걷는다. "모든 선원에게는 도선사와 길잡이별과 컴퍼스가 모두 하나—여기 있습니다."—세 번 더. "자, 여기 있습니다. 그들은 선원 본연의 직무를 사나이답게 수행하며, 극한의 위기와 위험 속에서도 마음 놓고 지낼 것입니다, 이것으로."—두 번 더. "그들은 그 사랑하는 자의 팔에 기대 거친 들판에서 올 수 있습니다. 불쌍한 이 친구들도 올 수 있습니다, 그리고 위로—위로—위로 갈 수 있습니다!"—그 단어를 반복할 때마다 그는 오른손을 더 높이, 더 높이 쳐들었고, 결국 머리 위까지 손을 쳐들고는 그들을 낯설고, 넋이 빠진 모습으로 바라보며 가슴에는 의기양양하게 성경책을 대고 서 있었다. 그리고 나서야 그도 서서히 마음을 진정하고 하던 다른 내용의 설교로 넘어갔다.

나는 이 이야기를 그의 외모나 태도, 청중의 특징(이 점도 놀랍기는
했지만)과 연관해서 선택하긴 했지만, 그 전도사의 장점보다는 오히
려 그의 기이한 행동들을 하나의 사례로 인용해왔다. 그러나 그에 대
한 나의 호감은 첫째, 청중들에게 진정한 종교 의식이란 게 유쾌한 행
동이나 그들에게, 실로, 용의주도하게 요구하는 직분에 따른 의무의
철저한 이행과 모순되는 것도 아니라고 이해시키고, 둘째, 청중들에
게 천국과 천국의 자비를 조금도 독점하지 말라고 경고하는 그의 설
교에 크게 영향을 받고 더더욱 높아졌다. 나는 그전까지 그런 류의 전
도사 중 누구라도 이 두 가지 점을 그토록 현명하게 건드리는 설교를
들어본 적이 없었다(사실 지금까지 그런 문제를 건드리기라도 했다면
말이다).

나는 보스턴에서 이런 것들을 익히고, 향후 여행 일정을 잡고, 계속
해서 그곳 사교계와 어울리면서 시간이 훌쩍 지나가서 이 장을 좀 길
게 가져갈 기회가 있는지는 모르겠다. 그러나 내가 언급하지 않은 그
곳의 사회 관습을 아주 짧게나마 전할 수는 있겠다.

보통 오찬[49]은 두 시다. 오찬 파티는 다섯 시에 열리고, 이브닝 파
티에서도 늦어도 열한 시에는 저녁을 먹고, 따라서 무슨 일이 있어도,
설령 어떤 회합이 있었다 해도, 자정까지는 집에 들어간다. 보스턴에
서 열리는 파티나 런던에서 열리는 파티나 전혀 차이가 없다. 다만,
보스턴에서는 모든 모임이 좀 더 합리적인 시간에 열리며, 그곳에서

---

49) 영국 이민자들이 미국 땅에 도착했을 당시 '오찬(dinner)'은 정오에서 두 시 사이, 'supper
(저녁)'은 일몰 시간에 먹었다. 지금도 영국 농촌에서는 오찬을 dinner라고 부른다.

의 대화가 어쩌면 훨씬 더 시끄럽고 즐거울지도 모르며, 손님이 오면 대개 집 맨 꼭대기로 올라가 망토를 벗게 되어 있어서 분명 오찬 때마다 식탁 위에 닭고기류가 여느 때와는 다른 양이 올라와 있고, 저녁 식사 때면 적어도 뜨거운 굴 스튜를 담은, 그중 어느 한 그릇에 절반 밖에 자라지 못한 글래런스 공작[50]이라면 능히 빠져죽었을 만한 대형 그릇 두 개를 보게 될 것이라는 점은 달랐다.

보스턴에는 크기도 건축양식도 괜찮은 극장이 두 군데 있지만, 안타깝게도 후원이 부족한 상태다. 극장에 곧잘 다니는 일부 숙녀들은 마땅히 특별석 맨 앞줄에 자리한다.

어떤 호텔이든 흡연실은 없으며, 따라서 우리가 묵는 호텔에도 흡연실은 없었다. 하지만 바는 석조 바닥의 커다란 방으로 그곳에서 사람들은 밤새도록 서 있고, 담배를 피우고, 어슬렁거리는데, 말하자면, 농담을 하려면 그들이 있어야 되는 것처럼 들락날락한다. 그곳에서도 그 낯선 손님은 진 슬링, 칵테일, 생거리, 민트 줄렙, 쉐리 코블러, 팀버 두들 따위의 희귀한 주류의 신비한 세계로 처음으로 이끌려 들어간다. 술집은 기혼자나 미혼자나 하숙하는 사람들로 넘쳐나고, 그들 중 상당수는 주 단위로 숙식한다는 전제나 계약에 따라 잠을 자고, 그 비용은 그들이 잠자리를 청하는 곳이 하늘에 가까이 갈수록 줄어든다. 아침, 점심, 저녁 식사용 공용 식탁이 꽤나 멋진 홀에 놓여 있다. 함께 모여서 식사를 하는 인원은 한 명에서 2백 명, 때로는 그 이상까지 수가 다양하다. 날마다 이 주요 행시기 제각기 도래하는 시점이 끔찍한 징소리로 선포되면, 집 전체가 울리면서 바로 그 창틀을 흔들어

---

50) 에드워드 4세의 동생. 전설에 따르면 맘지 와인 통에 빠져 익사했다고 한다.

대는 통에 예민한 외국인들을 지독하게도 불안에 떨게 한다. 여성들이 쓰는 공용 식탁과 남성들이 쓰는 공용 식탁이 따로 있다.

우리가 쓰는 객실에는 오찬 때 어떤 현실적인 면을 고려해 식탁보가 깔리기만 하면 식탁 중앙에 크랜베리를 담는 거대한 유리 접시가 빠짐없이 등장했다. 주 요리가, 중앙에 놓인 거대한 납작 뼈 하나가 뜨거운 버터에서 수영을 하고, 가능한 모든 후추를 새까맣게 뿌려놓은 기형적인 비프스테이크가 아니라면, 아침 식사는 아침 식사가 아니었을 것이다. 침실은 널찍하고 통풍이 잘 되었지만, (대서양 이쪽 편에 있는 모든 침실이 그러하듯) 가구도 거의 없었고, 프랑스식 침대 틀에도 창문에도 커튼 하나 달려 있지 않았다. 그러나 범상치 않게 사치스러운 게 하나 있다면 채색 목재로 만든 옷장 모양을 꼽을 수 있는데, 옷장은 영국산 시계 상자보다 작거나, 이런 비교가 옷장의 크기를 간단하게 떠올리는데 충분하지 않다면, 내가 그것을 샤워실이라고 굳게 믿으며 열네 번의 낮과 밤을 보냈다는 사실로 미루어 짐작할 수 있을 것이다.

4장

⋮

미국의 철도. 로웰[51]과 로웰의 공장 제도

나는 보스턴을 떠나기 전 하루를 할애해 로웰로 답사를 떠났다. 로웰을 방문한 소감을 기록하는 데 이렇게 장을 따로 마련하는 것은 아주 소상하게 설명하려는 의도에서가 아니라, 그곳을 독자적인 어떤 물건으로 기억하는 나처럼 독자들도 그렇게 기억하기를 바라는 마음에서다.

나는 이번 기회에 처음으로 미국의 일반적인 철도에 대해 알게 되었다. 이곳에서 이루어지는 철도 사업이나 미국 전역에서 이루어지는 작업이나 상당히 비슷하기 때문에, 철도의 일반적인 특징들을 설명하기가 수월하다.

미국에는 영국과는 달리 1등석과 2등석 객차는 없는 반면에 신사용 객차와 숙녀용 객차는 있다. 이 두 객차의 가장 큰 차이점은 신사용 객차에서는 모든 사람이 담배를 피우지만, 숙녀용 객차에서는 아무도 담배를 피우지 않는다는 점이다. 흑인은 절대 백인과 같이 여행하지

---

51) 미국의 방적업자 프란시스 캐벗 로웰(1775~1817)의 이름을 딴 섬유산업의 거점 도시로 보스턴의 위성 도시 중 하나.

않기 때문에 흑인용 객차도 따로 있는데, 이런 객차는 거인국에서 바다에 빠지도록 상자에 넣어진 걸리버처럼, 거대하고, 서툴고, 어설픈 대형 상자 같다. 엄청난 덜컥거림, 엄청난 소음, 엄청난 장벽, 많지 않은 창문, 기관차, 비명, 그리고 종소리가 있다.

철도차량은 초라한 승합마차와 생김새가 비슷하지만, 크기는 더 넓어서 사람을 30명, 40명, 50명씩 태운다. 좌석은 끝에서 끝까지 뻗어 있는 대신 열십자로 놓여 있다. 좌석마다 정원은 두 명이다. 차량 양쪽에는 일렬로 길게 늘어선 좌석, 중앙에는 좁은 통로, 양끝에는 문이 하나씩 나 있다. 차량 중앙에 흔히 놓이는 석탄이나 무연탄 난로는 대개 빨갛게 달아올라 있다. 차량 안이 견딜 수 없을 정도로 답답하고, 여러분 자신과 여러분이 우연히 바라본 어떤 물체와의 사이에서 뜨거운 공기가 연기 유령처럼 나풀거리는 게 보인다.

숙녀용 객차에는 여성들과 함께 온 신사들이 꽤나 많다. 함께 탄 사람이 아무도 없는 여성들도 상당히 많은데, 어떤 여성이든 미합중국의 한쪽 끝에서 반대쪽 끝으로 혼자 여행[52]할 수도 있고, 어디에서나 아주 정중하고 사려 깊은 대우를 받을 것으로 믿어 의심치 않기 때문이다. 차장이나 집표원이나 경비나, 맡은 업무가 무엇이든 간에 제복은 입지 않는다. 그는 마음 내키는 대로 객차를 오가기도 하고, 드나들기도 한다. 두 손을 주머니에 꽂고 문에 기대기도 하고 어쩌다 이방인이 있으면, 째려보거나, 그 사람을 두고 승객들과 대화에 들어가기도 한다. 퍽이나 많은 신문이 뽑혀 나와 있지만, 일부만 읽힐 뿐이다. 모든 사람이 당신이나, 자기 구미에 맞는 다른 누군가에게 말을

---

52) 당시 영국에서는 중류층 여성이 혼자 여행하는 것을 부적절한 일로 여겼다.

건다. 당신이 영국인이라면, 그는 저 철도가 영국의 철도와 상당히 비슷할 것으로 예상한다. 당신이 '아닙니다'라고 하면, 그는 '그래요?'(추궁하듯)라며, 어떤 점에서 양국 철도가 다른지 묻는다. 당신은 주요 차이점을 하나씩 열거하고, 그때마다 그는 '그래요?'(여전히 추궁하듯)라고 한다. 그러고 나면 그는 영국에서는 당신이 더 빨리 여행하지는 못할 것이라고 짐작하고, 그렇지는 않다는 당신의 대답에, 다시 '그래요?'(여전히 추궁하듯)라며, 못 믿겠다고 할 것이 뻔하다. 오랫동안 가만있다가 그가 일부는 당신에게, 일부는 그가 쥐고 있는 지팡이 꼭대기 손잡이에 대고 '양키들이 상당히 진취적인 사람들인 것 같기도 합니다'라고 한다. 그 말에 당신이 '그렇습니다'라고 하면 그가 다시 '그렇습니다'(이번에는 긍정적으로)라고 한다. 당신이 창밖을 내다보면, 저 언덕 뒤에 그리고 다음 역에서 3마일쯤 가면, 똑똑한 위치에 영리한 소도시가 있으며, 그곳에서 당신이 내리기로 작정했을 것이라고 예상한다. 당신의 부정적인 대답은 자연스레 당신이 계획했던 루트[53](항상 라우트[54]로 발음)에 관한 더 많은 질문으로 이어진다. 당신이 어디를 가든, 그곳에 가면 엄청난 어려움과 위험에 부딪치게 되며, 모든 대단한 명소는 어디 다른 곳에 있다는 사실을 변함없이 깨닫곤 한다.

한 숙녀가 어떤 남성 승객의 자리를 마음에 들어 하면, 그녀와 함께 온 신사가 그에게 그런 사실을 알리고, 그 남자는 아주 공손하게 자리를 즉시 비워준다. 정치를 논히는 대회기 많고, 은행이나 면화 이야기

---

53) route, 경로 또는 노선이라는 의미.
54) rout, 완패라는 의미.

도 많이 한다. 조용한 사람들은 대통령직의 문제를 회피하는데, 3년 반이 지나면 새롭게 선거를 치르게 될 것이고, 당파적 정서가 매우 고조되는 분위기이기 때문이다. 즉, 이런 제도의 가장 커다란 입헌적 특징이 지난 선거의 악감정이 끝나면 곧바로 다음 선거의 악감정이 시작되기에 이런 점은 모든 강성 정치인들과 그들 조국의 진정한 연인들에게 말할 수 없는 위안이 된다. 소위, 99.25 명중 99명의 성인 남자와 어린 남자들에게는 말이다.

지선이 대로와 합류하게 될 때를 제외하고는 철로가 하나 이상 놓인 경우는 좀체 없다. 따라서 철로가 들어선 길은 폭이 아주 좁고, 깊게 파인 절개지가 있는 곳은 시야도 절대 넓지 않다. 깎아 만든 도로가 없으면 풍경의 특색은 늘 한결같다. 어떤 나무는 도끼로 베이고, 어떤 나무는 바람에 쓰러지고, 쓰러진 절반가량은 다른 나무 위에 얹혀 있고, 수많은 통나무에 불과한 나무들이 절반은 습지에 몸을 감추고, 나머지 절반은 썩어 바람이 든 나무 부스러기로 변한 것처럼 성장을 제지당한 나무들이 몇 마일씩 이어진다. 땅의 바로 그 토양은 이처럼 작디작은 부스러기들로 이루어지며, 고여 있는 물웅덩이는 하나같이 썩은 식물이 껍질처럼 뒤덮고 있고, 사방팔방의 나뭇가지, 나무줄기, 나무 그루터기들은 부식과 분해와 방치에 속하는 온갖 단계를 거치고 있다. 이제 아주 잠깐 동안 탁 트인 시골로 들어선다. 그곳에는 수많은 영국의 강만큼 넓지만, 이곳은 너무 작아 이름을 갖기도 힘든 어떤 투명한 호수나 웅덩이로 반짝거리고, 깨끗한 회색 집들과 근사한 현관, 단정한 뉴잉글랜드 교회와 학교가 있다. 그런 모습을 가까스로 보기도 전에 웨-엥! 거리더니 아까처럼 검은 화면이 나타난다. 발육을 제지당한 나무들, 그루터기, 통나무, 고인 물—모든 것이 방금 전과 너무 흡사해서 마술을 써서 다시 되돌아간 느낌이다.

기차는 숲속에 있는 여러 역에서 정차한다. 그곳에서 하차할 최소한의 이유가 있는 사람이 존재할 터무니없는 불가능성은 그곳에서 누가 승차하리라는 극단적인 절망과 맞먹을 수 있을 뿐이다. 기차는 출입구도 경찰도 신호도 없는 유료 고속도로를 가로질러 달린다. 있는 것이라고는 거친 목재 아치뿐인데, 그 위에 '종이 울리면, 기관차를 조심하세요'라는 글씨가 페인트로 적혀 있다. 기차는 휙 곤두박질쳐서 다시 숲속으로 뛰어들고, 이어 밝은 빛 속에 모습을 드러냈다가, 연약한 아치 위로 털커덕거리고, 무거운 지면 위에서 덜컹거리며, 눈 깜빡할 동안 빛을 차단하는 나무다리 아래로 쏜살같이 지나가더니, 갑자기 커다란 마을의 중심 도로에서 잠자던 메아리를 모조리 불러일으키고는, 되는대로, 허둥지둥, 무모하게, 도로 중심을 따라 황급히 달려 내려간다. 그곳에는—기계공들은 제 할 일을 하고 있고, 사람들은 문이나 창문에 기대고 있으며, 소년들은 연을 날리거나 구슬치기를 하고, 남자들은 담배를 피우고, 여자들은 얘기를 나누며, 아이들은 기어 다니고, 돼지들은 굴을 파고, 길들이지 않은 말들이 거꾸러지거나 뒷다리로 서 있는 곳에서 멀지 않은 선로—그곳에는—계속, 계속, 계속해서—객차와 함께 엔진이라는 미친 용이 눈물을 흘리고, 엔진의 장작불에서 쏟아지는 뜨거운 불꽃이 사방으로 튀어 오르며, 끼익 거리고, 쉬익 거리고, 고함치고, 헐떡거리고 나서야, 마침내 갈증 난 괴물은 물을 마시러 지붕이 있는 통로 밑에 멈춰 서고, 아까 그 사람들이 주변에 모여들면, 그제야 다시 숨을 돌릴 여유가 생긴다.

나는 로웰 정거장에서 그곳 공장 경영과 긴밀하게 관련되어 있는 한 신사를 만나 즐겁게 그의 안내를 받으며 로웰에서 나의 방문의 목적인 공장들이 소재한 구역으로 즉시 떠났다. 로웰은 이제 겨우 성년이 되었지만—내 기억이 도움이 된다면, 그곳은 21년 만에 가까스로 공업도시가 되었기 때문에—넓고, 인구도 많고, 한창 성장하고 있는 곳이다. 제일 먼저 눈을 사로잡은 젊은 로웰을 상징하는 그런 지표들은 늙은 나라에서 찾아온 방문객에게는 충분히 즐겁게 느껴지는 진기하고도 특이한 특징이다. 아주 지저분한 어느 겨울날이었고, 도시 전체에서 나에게 오래된 것처럼 보이는 것은 아무것도 없었다. 다만 노아의 홍수 이후 물이 빠지는 곳에, 어떤 부분은 거의 무릎 깊이까지 이르고, 그곳에서 서서히 침전하고 있었을지도 모르는 진창만은 예외였다. 어느 한 곳에는 나무로 지은 신설 교회도 있었는데, 뾰족탑도 없고, 아직 페인트칠도 되어 있지 않아서 아무런 설명도 붙어 있지 않은 거대한 포장상자처럼 보였다. 또 다른 곳에는 커다란 호텔이 있었는데, 호텔 벽과 주랑이 무척이나 바삭한 데다 얇고, 가벼워서 꼭 카드로 지어진 듯한 외관을 하고 있었다. 그래서 우리가 지나칠 때 나는 숨도 쉬지 않으려고 조심했고, 한 직공이 지붕 위로 나와 아무 생각 없이 쿵쿵거리는 모습을 보고는 그가 발아래 구조물을 짓밟다가 덜커덕 무너뜨리지는 않을까 몸이 떨렸다. 제분소 기계를 돌아가게 하는 바로 그 강은(모두 수력으로 작동하기 때문에) 밝은 색의 붉은 벽돌과 채색 목재로 갓 신축한 건물들 사이로 흐른다는 점에서 새로운 특징 하나를 얻고, 사람들이 보고 싶을 때면 졸졸거리고 텀벙거리는 어지럽고, 무심하고, 활기찬 젊은 강인 듯하다. 누구든 '빵집', '잡화점', '제본소' 등의 가게들이 하나같이 처음으로 덧문을 걷어내고, 어제 영업을 시작한 게 분명하다고 맹세할 정도다. 약국 바깥쪽 차양골조에 간판으로 내걸린 황금빛 절구와 절굿공이가 미합중국 조폐국에서 방금 출시된 것처럼 보인다. 내가 길모퉁이 어느 부인의 품에 안긴 태어난 지 일주일에서 열흘 정도 된 아기를 보았을 때, 나도 모르게 그 아기의 출생지는 어디일까 궁금해하고 있었다. 순간적으로 그 아기가 로웰처럼 젊은 도시에서 태어났으리라고는 생각지도 못했던 것이다.

로웰에는 공장이 몇 군데 있는데, 각 공장은 우리가 소유주들의 회사라고 칭해야 하는 범주에 속하지만, 미국에서는 주식회사라고 한다. 나는 이 공장들 중에서 모직가공 공장, 카펫 공장, 면직물 공장 등을 방문해서 모든 부문을 살펴보았고, 그 공장들이 어떤 종류의 준비나, 그들의 평범한 일과로부터 어떤 일탈도 없이 일상적으로 돌아가는 것을 목격했다. 여담이지만 나는 영국에 있는 우리나라 여러 공업 도시에 정통하며, 맨체스터나 여타 지역의 수많은 공장들을 같은 방식으로 방문한 경험도 있다.

내가 도착한 첫 번째 공장은 때마침 점심시간이 끝나 젊은 아가씨들이 작업에 복귀하던 참이라 내가 올라갔을 때 공장 계단에 잔뜩 몰려 있었다. 그들 모두 옷을 잘 차려입고는 있었지만, 그들 처지에 비해 지나친 것은 아니라는 생각이 들었는데, 나는 사회의 서민 계층이 복장과 외모에 신경 쓰고, 심지어는, 그들이 원한다면, 분수에 맞는 작은 장신구들로 치장하는 걸 보기 좋아하기 때문이다. 그런 것이 합리적인 범위 내로 국한될 경우, 나는 그런 종류의 자부심을 자존심의 훌륭한 요소로서 내가 고용한 어떤 사람에게라도 늘 독려하곤 했으며, 어떤 불쌍한 여성이 옷에 대한 애정에 몸을 맡겼다는 이유로, 내가 그렇게 독려하는 것을 제지당해서는 안 되는 것은, 내가 안식일의 진정한 의도와 의미에 대한 나의 해석이, 그런 특별한 날, 뉴게이트[55]에 있던 한 살인범의 다소 의심스러운 권한에서 비롯되었을지도 모르는 그의 타락에 근거해, 마음씨 착한 사람들에게 가하는 어떤 경고에 좌우되도록 용납하는 것이나 마찬가지다.

내가 언급했듯이 이곳 젊은 여자들은 모두 옷을 잘 차려입었는데, 그 말에는 지극히 깔끔했다는 의미도 반드시 들어간다. 그들은 실용적인 보닛[56]과 제법 따뜻한 망토와 숄을 하고 있었고, 그렇다고 나막신과 나무덧신 수준 이상은 아니었다. 더욱이 공장에는 이런 물건들을 상처 없이 보관할 만한 장소들이 있었고, 빨래하기 좋은 설비도 갖추어져 있었다. 그들은 건강하게 보였고, 그중 상당수는 남달리 건강해 보였으며, 예절과 행동거지가 젊은 여성들다워서 짐을 나르는 천박한 짐승들 같지는 않았다. 내가 그 공장들 중 한 곳에서(예리한 눈으로 이런 종류의 인물을 찾아봤지만, 찾지 못했다) 내가 상상할 수 있는 한 가장 혀 짧은 소리를 하고, 고상한 척 하고, 잘난 척 하고, 우스꽝스러운 젊은 존재를 보았다면, 정반대로 경솔하고, 생기 없고, 헤프고, 저속하고, 멍청한 존재를 떠올리며(그런 건 본 적 있다), 아주 흐뭇하게 그녀를 지켜보았어야 했으리라.

그들이 일하던 작업실은 그들만큼이나 정돈이 잘 되어 있었다. 어떤 창문에는 녹색 식물도 놓여 있어서 유리창에 그늘을 지우게끔 했고, 작업실은 모두 업무의 성격이 허용하는 한 공기도 깨끗했고, 전체적으로 청결하고 안락했다. 그렇게 많은 여성들 가운데, 상당수는 당시 갓 성인이 된 터라 연약하고 가냘픈 모습이었을 거라는 추정이 마땅하다. 틀림없이 그런 사람도 있었다. 그러나 그날 각양각색의 공장

---

55) 1902년까지 런던에 있던 유명한 교도소.
56) 턱 밑에서 끈을 매는 여자 · 어린이용의 챙 없는 모자.

에서 내가 목격했던 그 많은 사람들 중에서 내게 고통스러운 인상을 남긴 젊은 얼굴은 하나도 기억나지 않거나 골라낼 수 없음을 엄숙히 공언하는 바이다. 두 손을 움직여 매일 먹을 빵을 구해야 하는 불가피한 문제를 떠맡고 있는 어린 소녀는 한 명도 없었고, 있더라도 내게 그런 권한이 있었다면, 그런 일에서 벗어나게 해주었을 것이다.

그들은 근처에 있는 여러 하숙집에서 기거한다. 공장 주인들은 다른 사람들이 이런 하숙집들을 보유하지 못하도록 유난히 신경을 쓰고 있지만, 집에 드나드는 인물들에 대해서는 심히 엄중하고도 철저한 조회가 이루어지지는 않았다. 하숙인들이나 어떤 다른 사람이 그들에 대해 조금이라도 불평하면 전면적인 조사가 단행되고, 불평의 근거가 마땅하다고 판명되면 그들은 내보내지며, 그들의 업무는 더 적합한 사람에게 이양된다. 아이들 몇 명이 이들 공장에 고용되어 있긴 하지만, 많지는 않다. 미국의 법은 아이들이 1년에 9개월 이상 노동하는 것을 금하고 있으며, 나머지 3개월 동안은 교육을 받도록 규정하고 있다. 로웰에는 이런 취지로 설립된 학교들이 있으며, 다양한 종교적 신조를 지닌 교회와 예배당도 있어서 젊은 여성들은 교육받은 예배 방식을 따르기도 한다. 공장에서 약간 떨어진 위치이자 근처에서 가장 지대가 높고 쾌적한 곳에 병원이나 아픈 사람들을 위한 기숙사가 있다. 그곳은 인근에서 제일 좋은 저택으로 유명한 상인이 자신의 주거지로 지은 집이었다.

내가 앞서 설명했던 보스턴의 그런 기관과 마찬가지로, 이 건물도 병실로 분할되어 있지 않고, 편리한 방들로 나뉘어져 있으며, 각 방에는 아주 안락하게 꾸며놓은 집에나 있는 온갖 편의시설을 갖추고 있다. 원장인 담당의사도 같은 집에 거주하기 때문에 그의 가족 중에 환자가 생기면, 더할 나위 없는 치료를 받게 되거나 더 정성스럽고 각별한 보살핌을 받기도 한다. 여성 환자 한 명이 이런 시설에 있을 경우 주당 비용은 3달러, 영국 돈으로 12실링이 든다. 그러나 그런 회사에 고용된 여성들 가운데 지급할 돈이 부족해서 제외된 여성은 지금까지 한 명도 없다. 그들에게 그런 돈이 부족한 경우가 꽤 흔치 않은 일이라는 것은, 1841년 7월, 이들 여성 가운데 최소 978명이 로웰저축은행의 예금주였으며, 그들의 총 저축액은 19,000달러, 영국 화폐로는 2만 파운드에 달하는 것으로 추정되었다는 사실로 추측할 수 있다.

이제는 대서양 이쪽에 있는 다수 독자층을 경악하게 할 세 가지 사실을 언급하겠다.

첫째, 상당히 많은 하숙집에는 공동출자한 피아노가 있다. 둘째, 이런 젊은 여성들 거의 모두가 이동도서관에 가입해 있다. 셋째, 그들은 자체적으로 '오로지 공장에 재직 중인 여성들만이 집필한 원본 기사를 모아놓은' 로웰 오퍼링이라는 주간지를 창간했다. 이 잡지는 적절한 절차에 따라 인쇄, 출판, 판매되고 있으며, 나는 로웰에서 빼곡한 4백 페이지의 이 잡지를 가져다 처음부터 끝까지 읽어보았다.

이런 사실에 깜짝 놀란 다수 독자층은 한 목소리로 '어처구니가 없군!'이라며 탄식할 것이다. 내가 공손하게 그 이유를 물으면, 그들은 '이런 일들은 그들의 신분을 망각한 일이잖소'라고 답할 것이다. 그에 대해 이의를 제기하는 답변으로 나는 그들의 신분은 무엇인지 정중히 물어볼 것이다.

그들은 노동자 신분이다. 그래서 일을 한다. 그들은 이들 공장에서 하루 평균 열두 시간씩 일하는데, 이는 의심의 여지가 없는 노동이며, 꽤나 빡빡한 노동이기도 하다. 어떤 면에서는 그런 여흥거리에 빠지는 것이 그들의 사회적 신분에서 벗어난 일일 수도 있다. 영국에 있는 우리는 그런 계급을 현재 그들의 참모습으로 생각하고, 현재 그들의 모습일 수도 있다고는 생각하지 않는 것에 익숙해서 아직 노동자들의 '신분'에 대한 개념이 형성되지 않았다는 점을 전적으로 확신하고 있는 것인가? 나는 우리가 우리 자신의 감정을 살펴본다면, 그런 피아노와 이동도서관과 심지어는 로웰 오퍼링이 우리를 놀라게 하는 것이 그것들의 새로움 때문이지, 그것들과 옳고 그름의 어떤 추상적인 문제와의 연관성 때문은 아니라는 점을 깨닫게 되리라 생각한다.

나 자신도 오늘은 기분 좋게 마무리되고 내일은 기분 좋게 기대되는 직업에 종사하는 사람들의 신분 중에 더할 나위 없이 인간답고 칭찬할 가치가 없는 신분은 하나도 없다고 알고 있다. 나는 그 신분에 속한 동료에 대한 무지로 인해 그 신분에 속한 사람에게 더욱 견딜 만하게 제공되거나, 그 신분에 속하지 않는 사람에게 더 안전하게 제공되는 신분은 결코 알지 못한다. 나는 쌍방 간의 가르침, 개선, 합리적인 여흥의 수단을 독점할 권리가 있거나, 독점하려고 애를 쓰고 난 뒤에도, 그런 신분을 아주 오랫동안 유지해온 신분을 결코 알지 못한다.

로웰 오퍼링이 지닌 저작물로서의 장점 중에 내가 유일하게 언급하게 될 부분은 이 기사들이 이곳의 젊은 여성들이 하루 종일 열심히 일한 후에 집필해왔으며, 수많은 영국의 연보들과 비교해도 유리할 것이라는 사실을 감쪽같이 감추고 있다는 점이다. 잡지의 많은 이야기가 공장과 공장에서 일하는 사람들이라는 것, 그런 이야기들이 극기와 만족이라는 습관을 심어주고, 자비로움의 확장이라는 훌륭한 신조를 가르쳐준다는 걸 알면 기분이 좋아진다. 작가들이 집에 남겨두고 온 고독 속에서 역량이 발휘되듯이 자연의 미를 향한 강렬한 감정이 건강에 좋은 마을의 대기처럼 페이지 전체에서 숨을 쉰다. 이동도서관이 그런 주제를 공부하기 좋은 학교라고는 해도, 좋은 옷과 좋은 결혼, 좋은 집이나 좋은 인생을 암시하는 경우는 매우 드물다. 이 잡지가 간혹 꽤나 멋진 이름의 명사들과 계약을 맺는 것을 반대하는 사람이 일부 있을 수도 있었겠지만, 이것은 미국식이다. 매사추세츠 주 의회의 소관 업무 중에는 아이들이 부모의 취향에 따라 개선되는 것처럼 추한 이름을 예쁜 이름으로 변경하는 일도 있다. 이런 변경에는 비용이 거의 또는 하나도 들지 않기 때문에, 수많은 매리 앤이 매 회기 때마다 베블리나[57]로 엄숙하게 변경되기도 했다.

잭슨 장군이나 해리슨 장군[58](둘 중 누구인지는 잊어버렸지만, 그게 중요한 것은 아니다)이 로웰을 방문한 일이 있었는데, 그 장군이 파라솔과 실크 스타킹으로 한껏 치장한 이곳 젊은 여성들이 3마일 반이나 늘어선 그 사이를 걸어 통과했다고 한다. 하지만 나는 갑자기 시장에서 그 모든 파라솔과 실크 스타킹을 찾아 헤맨 일과, 어쩌면 그때껏 없던 수요를 기대해 어떤 가격을 불러도 그것들을 모조리 사들인 뉴잉글랜드 출신 투기꾼의 파산[59]보다 더 나쁜 결과가 잇따랐다는 것은 알지 못하기에, 나로서는 이 상황이 대단히 중요하게 여겨지지는 않는다.

---

57) 영국의 소설가 패니 버니(1752~1840)가 1778년에 익명으로 출판한 소설 ≪에블리나(Evelina)≫를 이용한 말장난. 당시 미국에서는 영국 소설의 인기가 매우 높았다. 디킨스는 에블리나가 너무 로맨틱한 척하는 이름이라고 생각한 듯하다.
57) 영국과 싸워 승리를 거둔 장군들. 앤드류 잭슨(1767~1845)은 미국의 7대 대통령, 윌리엄 헨리 해리슨(1773~1841)은 미국의 9대 대통령.
59) 수요가 많아 잘 팔리긴 했지만, 탐욕스러운 상인들이 원하는 만큼은 아니라서 재고로 많이 남았다고 함.

로웰을 충분히 설명하기에는 이 글이 짧은 데다, 로웰이 나와 모든 외국인—고향에서는 그런 사람들의 처지가 관심과 불안을 조성하는 억측의 대상이 되는—에게 전해준 기쁨을 표현하기에도 불충분하기에, 나는 이곳 공장들과 우리나라 공장들과의 비교를 삼가는데 신중을 기했다. 몇 년 전부터 우리나라 공업도시에 강렬한 영향을 미치고 있는 수많은 상황들 중 상당수는 이곳에서 발생한 것이 아니다. 말하자면, 로웰에는 생산 인력이 전혀 없다는 것이다. 이곳 젊은 여성들(주로 소작농의 딸들)은 다른 주 출신으로 몇 년 간만 공장에서 일하다 고향으로 아주 가버리고 말기 때문이다.

두 곳을 비교하면 선명하게 대조가 될 텐데, 선과 악, 살아 있는 빛과 가장 짙은 그림자와의 비교가 될 터이기 때문이다. 내가 그런 비교를 피한 이유는 뻔히 그렇게 될 뿐이라고 생각하기 때문이다. 그러나 내가 이 책에 눈이 머물는지도 모르는 모든 사람들에게 잠시 멈추고 이 도시와 극단적인 고통이 빈번하게 출몰하는 그 거대한 지역들과의 차이점을 숙고하고, 만약 그들이 한창 당파싸움과 당쟁 중일지라도 가능하면 그들에게서 그 고통과 위험을 청산할 수 있도록 노력해야함을 상기하고, 마지막이자 가장 중요한 것은 소중한 시간은 순식간에 지나간다는 것을 기억하기를 더더욱 진심을 다해 간청할 뿐이다.

나는 밤이 되어서야 같은 철도와 같은 종류의 객실을 이용해 돌아왔다. 승객들 중 한 명이 우리 일행에게(물론 나에게는 아니다) 미국 여행서들에 대한 진정한 원칙들은 영국 사람들이 써야 한다고 장황하게 설명하고 싶어 안달하는 바람에 나는 잠이 든 척을 했다. 그러나 오는 내내 창가에서 곁눈질로 밖을 내다보며, 오전에는 보이지 않았지만 지금은 어둠에 이끌려 뚜렷하게 드러난 장작불의 효과를 바라보는 것에서 남은 철도 여행의 즐거움을 충분히 느낄 수 있었던 것도 우리가 눈부신 불똥들이 불꽃 눈보라처럼 쏟아지며 빙빙 돌아가는 회오리 속에 여행하고 있었기 때문이었다.

5장

우스터, 코네티컷 강, 하트포드, 뉴헤이븐, 뉴욕까지

2월 5일 토요일 오후 보스턴을 떠난 우리는 다른 철도를 타고 우스터로 향했다. 우스터는 예쁘장한 뉴잉글랜드의 소도시로 월요일 오전까지 주지사 관저에서 신세를 지게 되어 있었다.

뉴잉글랜드(이중 상당수가 올드잉글랜드[60]의 마을이었으면)에 속하는 이 소도시들과 도시들은 미국 지방을 긍정적으로 보여주는 본보기며, 마찬가지로 이곳 주민들은 미국 지방 사람들을 호의적으로 보여주는 긍정적인 본보기인 셈이다. 주택의 잘 다듬어진 잔디밭과 푸른 목초지는 그곳에 존재하지 않으며, 풀밭은 우리의 장식용 땅뙈기와 초원들에 비하면 지나치게 무성하고 거칠고 사람의 손이 닿지 않은 자연 그대로의 상태다. 그러나 은은한 경사지, 완만하게 부풀어 오른 언덕, 나무가 우거진 계곡과 실개천은 지천에 깔려 있다. 작은 부락마다 하얀 지붕과 그늘진 나무들 사이로 교회와 학교가 엿보이고, 가옥은 하나같이 하얀색 중에서도 가장 하얀색이었고, 베니션 블라인

---

60) Old England, 뉴잉글랜드(New England)에 빗댄 말로, 영국 사람이 자기 나라를 부를 때 쓰는 애칭.

드[61]는 하나같이 녹색 중에서도 가장 진한 녹색이었고, 화창한 날의 하늘은 하나같이 파란색 중에서도 가장 파란색이었다. 우리가 우스터에 내렸을 때는 날카로운 건조한 바람과 살짝 내린 서리로 도로가 심하게 단단해지면서 고랑이 깊게 파인 바퀴 자국이 마치 화강암으로 이루어진 산등성이 같았다. 물론, 모든 사물에는 대개 새것이라는 면모가 존재했다. 모든 건물은 마치 그날 아침에 세워 도색하고, 월요일이면 거의 힘도 들이지 않고 해체할 수 있을 것처럼 보였다. 살을 에는 듯한 저녁 공기 속에서 예리한 윤곽 하나하나가 평소보다 백배나 더 날카로워 보였다. 깨끗하고 평범한 콜로네이드는 찻잔에 새겨진 중국의 어느 다리보다 전망이 더 나을 것도 없었지만, 유용성은 다리와 마찬가지로 제대로 계산된 것 같았다. 단독주택들의 면도칼 같은 모서리들은 쌩하고 불어오는 바람을 베어 전보다 더 날카롭게 울부짖으며 쓰라린 길을 가게 한다. 홀쭉하게 세워진 목제 가옥들은 그 뒤로 태양이 광채를 번쩍이며 넘어가고 있어서, 내부가 너무도 속속들이 들여다보여, 자신을 사람들의 시선으로부터 감출 수 있다거나 어떤 비밀들을 사람들의 시선이 닿지 않게 간직할 수 있다는 어떤 주민의 생각은 한순간도 받아들여지지 않았다. 빨갛게 타오르는 불이 커튼이 드리워지지 않은 어떤 외딴집 창문을 통해 환히 빛나는 곳에서도, 집은 이제 방금 불이 지펴져 따스함이 부족한 느낌이 들었다. 아늑한 방에 대한 생각을 일깨우는 대신, 저 동일한 난로 주변에서 처음 빛을 본 얼굴들로 환해지고, 따스한 커튼으로 불그레해진 집은 새로 바른 회반죽과 습기 찬 벽 냄새를 동시에 연상시켰다.

---

61) 납작한 가로대를 엮어서 만든 햇빛 가리개.

그날 저녁 나는 적어도 그렇게 생각했다. 태양이 밝게 빛나고, 교회 종소리가 맑게 울려 퍼지고, 수수한 사람들이 최고의 옷으로 차려입고 근처 도로에 활기를 띠며 멀리까지 이어진 길 여기저기로 흩어져 있던 다음날 아침은, 만물에 안식일의 평화로움이 유쾌하게 깃들어 있어서 기분이 좋았다. 오래된 교회라면 더 좋았을 테고, 일부 오래된 무덤에도 더 좋았을 터였다. 그러나 그와 마찬가지로, 건강에 좋은 휴식과 평온함이 그 현장에 널리 퍼져 있었고, 그것은 쉼 없는 바다와 다급하게 돌아가는 도시 다음으로, 사람들의 정신에 곱절이나 고마운 영향을 미쳤다.

다음날 아침 우리는 여전히 철도를 이용해 스프링필드로 넘어갔다. 그곳에서 우리가 향하고 있던 하트포드까지는 거리가 25마일밖에 되지 않지만, 그해 그 시절에는 길이 너무 나빠서 이동하는데 열 시간이나 열두 시간이 걸렸다. 그러나 다행히도, 겨울 날씨가 이례적으로 온화한 덕에, 코네티컷 강이 '열려' 있었고, 아니, 달리 말해, 얼지 않았다. 소형 증기선 선장은 그날 그 겨울의 첫 운행(남자의 기억 상, 나는 2월의 두 번째 운행이었음을 확신한다)에 나갈 참이어서, 우리가 배에 오르기만을 기다리고 있었다. 그리하여 우리는 늘 그렇듯 약간 늦게 배에 올랐다. 선장은 말을 내뱉은 대로 지키는 사람이라 곧바로 출발했다.

이유 없이 소형 증기선으로 불린 것은 분명 아니었다. 내가 물어본다는 걸 *까먹*기는 했지만, 배는 틀림없이 조랑말의 마력[62] 절반쯤밖에 못 미쳤던 것 같다. 난쟁이 유명인사 파프[63] 씨라면 일반 주택처럼

---

62) 마력으로 표현되는 말 대신 약하다는 의미로 조랑말을 썼음.

평범한 내리닫이창과 어울리는 선실에서 행복하게 살다 죽었을지도 모른다. 이들 창문에 선홍색 커튼이 아래쪽 창유리에 느슨하게 가로 지른 줄에 매달려 있어서 홍수 등의 물난리에 떠다니다 어디론가 떠내려가는 소인국 공영주택의 응접실처럼 보였다. 그러나 이런 방에도 흔들의자는 있었다. 미국에서는 어디를 가든 흔들의자가 없는 곳이 없다. 이 배가 몇 피트도 안 되게 얼마나 짧았는지, 아니면 몇 피트도 안 되게 얼마나 좁았는지 말하기도 두렵다. 길이와 폭이라는 말을 그런 측정에 적용한다면 용어 상 모순이 될 정도였으니 말이다. 그러나 우리 모두는 배가 급작스레 뒤집히지 않도록 갑판의 중심을 잡았고, 어떤 놀라운 응축 과정에 따라 가동 장치가 배와 용골 사이에서 작동했는데, 그 모습이 전체적으로 두께가 3피트 정도 되는 따뜻한 샌드위치 같았다고는 언급할 수 있겠다.

어디를 가나 비가 전혀 내리지 않는다고 생각한 적이 있긴 했지만, 스코틀랜드 고지대처럼 그날은 하루 종일 비가 내렸다. 강에는 둥둥 떠다니는 얼음 덩어리들이 가득했고, 우리 발밑에서 그 덩어리들이 끊임없이 우지직대고 우두둑거렸다. 수류에 밀려 강 중심을 따라 떠내려온 더 커다란 덩어리들을 피하려고 우리가 택한 진로의 물 깊이는 몇 인치를 넘지 않았다. 그런데도, 우리는 능숙하게 계속 나아갔고, 꽁꽁 동여맨 것으로 날씨에 반항하며 여행을 만끽했다. 코네티컷 강은 멋진 개울이며, 단언컨대, 여름철 강둑은 아름답다. 아무튼 선실의 어떤 젊은 여성에게 그렇다고 들었다. 어떤 특성을 소유하는 것에

---

63) 사이몬 파프(1789~1828), 키가 70cm밖에 안 되는 소인으로 호기심의 대상이 되어 전 세계를 돌며 무대에 올랐다.

그런 특성을 알아보는 안목이 포함된다면, 그녀야말로 미를 판단해야 마땅한 사람인데, 내 평생 그보다 더 아름다운 존재를 본 적이 없기 때문이다.

두 시간 반 동안 이런 색다른 여행(우리나라 굴뚝보다 훨씬 큰 대포에게 환영인사를 받은 작은 도시에 잠깐 들른 것을 포함)을 한 끝에, 우리는 하트포드에 당도했고, 곧바로 아주 안락한 호텔로 향했다. 다만, 여느 때처럼, 침실 조항은 예외였는데, 우리가 방문하는 거의 모든 곳의 침실은 이른 기상에는 퍽이나 유리했다.

우리는 이곳에서 나흘을 묵었다. 하트포드는 푸른 언덕에 둘러싸인 분지에 아름답게 자리 잡고 있었다. 토양은 기름지고, 숲이 무성하고, 정성껏 개량되어 있었다. 하트포드는 코네티컷 지방 입법부가 있는 곳으로, 이 슬기로운 기관은 지난 시절 엄격하기로 유명세를 탔던 법, '블루로'[64]를 제정했다. 진일보한 여타 법규 중에서도 이 문제의 법에 따르면, 일요일에 자기 아내에게 입맞춤한 사실이 드러난 시민은 누구나 처벌이 가능했다. 이 낡은 청교도 정신이 현재까지도 이 지역에 지나치게 많이 남아 있기는 하지만, 그런 영향 덕에 주민들의 매매 계약이 더 용이해지거나 그들의 거래 관계가 더 동등해진 것 같지는 않다. 청교도 정신이 다른 어디선가 그런 효과를 내고 있다는 소리는 들어본 적이 없으므로, 나는 여기서도 그런 효과를 전혀 거두지 못할 것으로 추론한다. 사실, 위대한 직업들과 엄격한 얼굴들에 관해서라면, 나는 이쪽 세상의 싱품만큼이나 저쪽 세상의 상품을 판단히는데 익숙하며, 상품을 자기 창가에 지나치게 멋지게 전시해놓은 중개인들을

---

64) Blue Laws. 도덕적으로 엄격하게 보이는 규정을 시행한 청교도적인 법, 일명 엄격한 법.

볼 때마다 그 안쪽 품목의 품질을 의심하곤 한다.

하트포드에는 찰스 왕의 헌장[65]이 숨겨져 있는 그 유명한 참나무가 서 있다. 지금은 한 신사의 정원 안에 자리하고 있다. 주 의회 의사당에 그 헌장 자체가 있다. 이곳 재판소도 보스턴에 있는 재판소와 똑같았고, 공공기관들도 그에 못지않게 훌륭했다. 정신병원은 감탄할 정도로 훌륭하게 운영되었고, 농아를 위한 기관도 마찬가지였다.

환자와 그들의 담당 의사 사이에 있는 일부 병실을 제외하고는, 내가 간병인들과 환자들을 구별했어야 했는지 정신병원을 구경하는 동안 속으로 수없이 되물었다. 물론 이 말은 단순히 그들 외모에만 국한되는 말인데, 광인들과의 대화란 게 아쉬울 게 없을 만큼 광적이기 때문이다.

짐짓 점잔을 빼는 한 작은 노부인이 있었는데, 곧잘 웃기도 하고 명랑한 모습으로 긴 복도 끝에서 옆걸음질로 내게 다가와서는, 의례 형언할 수 없이 정중한 태도로 이해할 수 없는 질문을 던졌다.

"폰트프랙트[66]가 영국 땅에서 아직 잘 나가고 있나요, 선생?"

"그렇습니다, 부인." 내가 대답했다.

"선생이 그를 마지막으로 봤을 때, 선생, 그는······."

"글쎄요, 부인. 지극히 건강했습니다. 제게 안부를 전해달라고 간청하더군요. 그렇게 건강해 보이는 건 처음이었습니다."

이 말에, 노부인은 아주 크게 기뻐했다. 나를 잠시 쳐다보더니, 나

---

65) 찰스 2세(1660~1685 재임)가 1662년에 코네티컷 자치정부를 승인하는 헌장에 서명했다. 제임스 2세(1633~1701)가 1686년에 이 헌장을 철회하기 위해 안드로스 총독을 파견하자 헌장을 이 참나무에 숨겼다고 한다.
66) 노부인이 지어낸 허구의 인물.

의 공손한 태도가 진심임을 확신이라도 한 것처럼 옆걸음으로 몇 발짝 물러났다 다시 옆걸음질로 다가왔다가, 갑자기 팔짝팔짝 뛰면서 (이 바람에 나도 다급하게 한두 걸음 뒤로 물러났다) 이렇게 덧붙였다.

"난 노아의 홍수 전에 태어난 아주 구닥다리라오, 선생."

내가 생각할 수 있는 최선의 말은 처음부터 그렇게 예상했었다는 말이었다. 따라서 나는 그렇게 말했다.

"참으로 뿌듯하고 즐거운 일이라오, 선생, 아주 구닥다리가 된다는 건." 노부인이 말했다.

"그럴 것 같습니다, 부인." 내가 대답했다.

노부인은 자기 손에 입을 맞추고, 다시 팔짝팔짝 뛰고, 히죽히죽 웃으며 회랑을 따라 아주 독특한 자세로 옆걸음질을 치며 내려가다, 다시 느릿느릿 우아하게 자신의 침실로 들어갔다.

건물의 또 다른 구역에는 얼굴이 아주 빨갛게 열에 들뜬 한 남자 환자가 침대에 누워 있었다.

"자," 그가 벌떡 일어나 취침용 모자를 벗어던지며 말했다. "마침내 전부 해결됐어요. 빅토리아 여왕과 그렇게 정리했어요."

"뭘 정리한 거죠?" 의사가 물었다.

"왜, 그 일 있잖아요." 나른하게 이마에 십자를 그으며 "뉴욕 포위 작전에 관한."

"아!" 불현듯 깨달은 남자처럼 내가 말했다. 그가 대답을 기다리는 듯 나를 쳐다보았기 때문이었다.

"그래요. 신호가 없는 집은 모조리 영국 군대의 폭격을 당할 거예요. 다른 주택은 어떤 피해도 입지 않을 겁니다. 어떤 피해도요. 무사하고 싶은 사람들은 깃발을 게양해야 합니다. 그것만 하면 되요. 깃발을 게양해야 합니다."

나는 그가 말하고 있는 순간에도, 자기가 하는 말에 일관성이 없다는 생각을 어렴풋이 하고 있는 것 같다는 생각이 들었다. 그는 이런 말들을 하자마자 다시 눕더니 신음 비슷한 소리를 내며 그의 뜨거운 머리에 담요를 뒤집어썼다.

또 다른 환자도 있었다. 젊은 남자로 그의 광기는 사랑과 음악이었다. 그는 아코디언으로 자작곡인 행진곡을 연주하고 나더니 내가 그의 방으로 들어갈까 봐 노심초사했다. 그래서 나는 즉시 들어갔다.

나는 그를 잘 알고 있다는 태도로, 그리고 있는 힘껏 그의 비위를 맞추면서 창가로 갔다. 보이는 전망이 아름다워서, 나는 크게 자랑삼아 인사말로 말을 건넸다.

"이 숙소 주변 지역은 정말 기분 좋은 곳입니다!"

"풋!" 손가락을 아코디언 건반 위로 무심히 움직이며 그가 말했다. "이런 기관으로선 과분한 거죠!"

내 평생 그렇게 깜짝 놀란 적은 없었던 것 같다.

"그냥 기분전환 삼아 여기에 온 거예요." 그가 냉랭하게 말했다. "그게 다예요."

"아! 그게 다라!" 내가 말했다.

"네. 그게 다예요. 그 의사는 똑똑한 남자죠. 전적으로 그가 시작한 일이고요. 농담이에요. 한동안은 그 농담이 맘에 드네요. 선생님이 농담하실 필요는 없어요. 하지만 전 다음 화요일에 나갈 것 같아요!"

나는 우리의 대화를 완전히 비밀로 여길 것이라며 그를 안심시키고, 의사에게 돌아갔다. 우리가 밖으로 나가려고 회랑을 지나가고 있는데 잘 차려 입은 한 부인이, 조용하고 차분하게 다가오더니 종이쪽지와 펜을 내밀고는 자필 서명을 해달라고 간청하기에, 나는 그 부탁을 들어주었고, 우리는 헤어졌다.

"밖에 있는 여성들과 저런 말을 주고받은 경우가 몇 번 있었던 것 같습니다. 저 부인이 미친 게 아니라면 좋겠는데요?"

"미쳤습니다."

"뭐에 사로잡혀 있는 거죠? 자필 서명?"

"아뇨. 그녀는 허공에서 목소리를 들어요."

'저런! 이렇게 목소리를 듣는다고 주장하는 현대판 가짜 예언자 몇몇을 가둬둘 수 있다면 좋을 텐데, 그리고 우선, 모르몬교도 한둘로 실험해보는 것도 좋을 텐데'라고 나는 생각했다.

이곳에는 아직 재판을 받지 않은 범죄자들을 위한 세계 최상의 교도소가 있다. 보스턴에 있는 교도소와 동일한 계획에 따라 마련된 아주 질서정연한 주립 교도소도 있는데, 다만, 이곳에는 보초가 항상 총을 장전한 상태로 교도소 벽에서 경비를 서고 있다. 당시 그곳에는 2백여 명의 죄수들이 수용되어 있었다. 내게 보여준 한 구역은 잠시 사용하지 않는 곳으로 몇 년 전 한밤중에 필사적으로 달아나던 탈옥수에게 보초가 살해당한 현장이었다. 남편을 살해한 죄로 16년간 감옥 생활을 하고 있는 한 여성도 가리켜 보여주었다.

"감옥 생활이 그렇게 긴데도 자유를 되찾을 수 있다는 생각이나 기대를 조금이라도 하는 것 같나요?" 안내하던 사람에게 내가 물었다.

"아, 세상에나 그럼요. 틀림없어요." 그가 대답했다.

"풀려날 가능성이 없지 않나요?"

"음, 전 모르죠." 그런데, 그런 건 국가가 답할 문제다. "그 여자의 친구들이 그녀를 안 믿거든요."

"그 사람들이 무슨 상관이죠?" 당연히 내가 물었다.

"글쎄요, 탄원을 하지 않으려고 하더라고요."

"하지만 탄원한다고 해도, 빼낼 도리가 없지 않나요?"

"저기, 처음에는 안 그랬어요, 아마, 두 번째 해까지도 아니었죠. 하지만 몇 년씩 하다보면 지치고 진저리가 날 수도 있는 거죠."

"아직도 하고 있나요?"

"물론이죠, 가끔 그럴 거예요. 정계 친구들이 가끔씩 할 거예요. 이래저래 꽤 자주 하겠죠."

나는 하트포드를 떠올리면 언제나 아주 유쾌하고도 감사한 생각이 들 것이다. 하트포드는 사랑스러운 장소며, 그곳에 있는 많은 친구들을 무관심하게 기억할 리는 없다. 우리는 11일 금요일 저녁에 적지 않게 아쉬워하며 그곳을 떠나 그날 밤 기차를 타고 뉴헤이븐으로 갔다. 가는 길에 차장과 나는 정식으로 서로를 소개했고(그런 경우 우리가 통상 그러는 것처럼), 여러 가지 한담을 나누었다. 우리는 세 시간의 여행 끝에 여덟 시경에 뉴헤이븐에 도착했고, 그날 밤을 최상의 여인숙에서 묵었다.

느릅나무 도시로도 알려진 뉴헤이븐은 멋진 소도시다. 수많은 거리에는(느릅나무 도시라는 별칭에 충분히 내포되어 있듯이) 웅장한 느릅나무 고목들이 줄줄이 심어져 있고, 똑같은 이 천연의 장신구들이 명성과 평판이 자자한 기관인 예일 대학을 에워싸고 있다. 이 기관의 여러 학과는 도시 한복판에 공원이나 공유지 비슷한 장소에 건립되어 있어서, 그늘진 숲속에서 어렴풋이 보이기도 한다. 따라서 영국의 오래된 대성당 경내에 와 있는 듯한 느낌도 든다. 나뭇가지에 난 잎들이 무성해지면 틀림없이 대단한 장관일 것이다. 심지어는 겨울철에도 이 잘 자란 나무들이 한창 성장하고 있는 도시의 번잡한 도로와 가옥 사이에 몰려 있어서 아주 진기한 모습을 연출한다. 소도시와 시골 사이에 모종의 타협이 이루어진 듯도 하고, 마치 제각기 도로 중간쯤에서 만나 악수를 나눴던 것 같기도 한 게, 신기하기도 하고 재미있기도 하다.

하룻밤을 쉰 뒤, 우리는 일찍 일어나 적당한 시간에 부두로 내려가 뉴욕으로 가는 정기선 뉴욕 호에 올라탔다. 이 배는 내가 목격한 최초의 대형 미국 증기선이었고, 분명 영국인의 눈에는 증기선이라기보다는 한량없이 물에 떠 있는 거대한 욕조처럼 보였다. 내가 떠날 때 아기였던 웨스트민스터 브리지 근처 욕조가 갑자기 거대해지더니, 고향을 뛰쳐나와 해외 곳곳에서 증기선으로 사업을 일으킨 것이 아니라면, 나도 정말 믿기 힘들었다. 그러니 미국에 와 있다는 게, 우리 방랑자들이 특히 산증인이 되고 있는 그 사실이 더욱 그럴듯해 보였다.

이곳 증기선과 우리나라 증기선의 외견상 최대 차이점은 배의 상당 부분이 물 밖에 있다는 것이다. 사방이 둘러막힌 주갑판은 통과 물건들로 가득한 게 쌓아올린 창고의 아무 2층이나 3층인 것 같았고, 산책 갑판이나 최상 갑판은 다시 그 꼭대기에 자리한다. 기계 장치의 한 부분은 늘 이 갑판 위쪽에 있으며, 그곳에서는 견고하고 우뚝하게 솟은 뼈대 속에 있는 연접봉이 톱질하는 위쪽 사람[67]을 쇠로 만들어놓은 듯이 열심히 돌아가는 게 보인다. 어떤 돛대나 삭구도 거의 없고, 높은

---

67) 큰 톱을 켤 때는 톱질 구덩이에 들어가서 톱질을 하는데, 한 사람은 위쪽에서 다른 한 사람은 구덩이 속에 들어감.

것이라고는 두 개의 높다란 검은 굴뚝 외에는 아무것도 없다. 키자루를 잡은 남자는 배 전면에 있는 작은 집에 갇혀 있고(타륜이 쇠사슬로 방향타와 연결되어 있기 때문에 갑판의 전장(全長)에서 움직임이 나타남), 승객들은, 날씨가 그야말로 아주 화창하지 않는 한, 대개 아래층에 모여 있다. 부두를 떠나자마자, 정기선의 그 모든 생기와 동요와 부산함이 중단된다. 배가 제대로 잘 가고 있을까 하는 생각이 오랫동안 가시지 않는 것은 배를 조종하는 사람이 아무도 없는 것처럼 보이기 때문이다. 게다가 이렇게 우둔한 기계가 하나 더 물을 튀기며 다가오기라도 하면, 음침하고, 다루기 힘들고, 꼴사납고, 배 모양과는 영 딴판인 레비아단[68]처럼 분개해 마지않을 것이다. 자기가 타고 있는 배가 바로 그 배의 맞장 상대라는 걸 까맣게 잊고서 말이다.

직원실은 항상 아래층 갑판에 있고, 그곳에서 요금을 지불한다. 여성용 객실, 수하물과 짐칸, 운전실, 그리고 간단히 말해 신사용 객실의 발견을 약간 곤란한 일로 만들어버리는 난처한 일들이 지독히도 다양하게 그곳에 존재한다. 아래층 갑판은 배 전장을 차지하는 일이 심심치 않고(이번 경우처럼), 각 옆으로는 침상 서너 층이 있다. 내가 뉴욕 호의 선실로 처음 내려갔을 때, 익숙지 않은 내 눈에는 벌링턴 아케이드[69]만큼이나 길어 보였다.

이번 항해에서 가로질러야 하는 해협은, 언제나 아주 안전하거나 즐거운 항로는 아니고, 일부 불운한 사고의 현장이었다. 비가 오는 아침인 데다 안개가 짙어서, 우리는 이내 육지를 시야에서 놓쳤다. 그러

---

68) 성서에 나오는 바다 속 괴물.
69) 1819년 완공된 영국 최초의 쇼핑 아케이드로.

나 그날은 고요했고, 정오가 다가올수록 환하게 밝아졌다. 우리는 식품 저장실과 비축한 병맥주를 탈탈 털고 난 후(어느 친구의 지대한 도움으로), 누워 잠이 들었는데, 어제의 피로로 무척이나 피곤했기 때문이었다. 그러나 나는 잠깐 자고 일어나 제때 서둘러서, 유명한 디드리히 니커보커의 《역사》[70]를 읽은 모든 독자들에게는 매력적인 곳이 아닐 수 없는 헬 게이트, 호그스 백, 프라잉 팬[71] 따위의 악명 높은 장소들을 보았다. 우리는 이제 좁은 해협으로 들어섰다. 양쪽으로는 제방이 가파르고, 보기 좋은 빌라들이 여기저기 흩어져 있었으며, 잔디밭과 나무들 덕에 눈에 들어오는 광경도 시원했다. 우리는 이내 순식간에 등대, 정신병원(저돌적으로 달려오는 엔진과 몰려오는 조류에 광인들도 덩달아 모자를 내던지며 으르렁거리고 난리였다!), 감옥 등의 건물들을 줄줄이 스쳐 지나갔고, 곧이어 웅장한 만이 나타났다. 그곳의 물은 이제 하늘을 올려다보는 자연의 눈처럼 구름 한 점 없는 맑은 햇살 속에서 불꽃을 튀겼다.

그때 우리 앞, 오른쪽으로, 정신없이 쌓아올린 듯한 건물들이 길게 뻗어 있었고, 여기저기에는 첨탑이나 뾰족탑이 밑에 있는 사람들을 내려다보고 있었고, 그리고 다시 여기저기에서는 굼뜨게 피어오르는 연기가 자욱했고, 앞쪽으로 보이는 숲처럼 빼곡한 선박 돛대들은 펄럭이는 돛과 흔들리는 깃발로 흥겨웠다. 그 틈바구니에서 반대편 해변으로 가로질러가는 증기 연락선에는 사람, 역마차, 말, 짐마차, 바

---

70) 작가 겸 외교관이었던 워싱턴 어빙(1783~1859)의 작품 《뉴욕의 역사(A History of New York)》를 패러디한 것이다.

71) 뉴욕시 이스트 리버(East River)의 헬 게이트 해협에는 호그스 백, 프라잉 팬처럼 소용돌이 등이 도사리는 위험 지역들이 있다.

구니, 상자들이 잔뜩 실려 있고, 다른 연락선들이 가로지르고 다시 가로지르고, 모든 것이 이리저리 이동하며 결코 가만히 놀고 있지 않는다. 이렇게 끊임없이 활동하는 곤충들 사이에서 당당하게 존재하는 두서너 척의 거대한 선박들은 느릿느릿 장엄한 속도로 움직이며 자부심이 더 높은 부류에 속하는 존재들처럼 그들의 보잘 것 없는 여행을 경멸하며 망망대해를 준비한다. 그 너머에서는 고원과 섬들이 비스듬히 움직이는 강물에서, 저 멀리에서, 맞닿을 듯한 하늘 못지않게 파랗고 밝게 반짝거린다. 웅성거리고 윙윙대는 도시의 소음, 짤랑거리는 캡스턴[72]소리, 땡땡 울려오는 종소리, 개 짖는 소리, 덜커덕거리는 바퀴 소리로 듣고 있는 귀 속이 얼얼했다. 모든 활기와 동요는 요동치는 물을 가로질러와서는 그들의 자유로운 동료애로부터 새로운 활기와 생기를 넘겨받았고, 그들의 명랑한 영혼에 공감하며, 수면에서 농을 치듯 반짝거리고, 배를 꼼짝 못하게 둘러싸고는, 양 옆 높이까지 물을 철썩이고, 당당하게 부두로 띄워 보내고, 다시 급하게 떠나서는 새로온 사람들을 맞이하고, 그들 앞에서 분주한 항구로 속도를 낸다.

---

72) 배에서 닻 등의 무거운 것을 들어 올리는 밧줄을 감는 실린더.

6장

⋮

뉴욕

미국의 이 아름다운 대도시는 보스턴만큼 깨끗한 도시도 결코 아니고, 거리도 죄다 비슷비슷한 게 많다. 가옥은 보스턴만큼 산뜻한 색도 아니고, 표지판도 그렇게 화려하지 않으며, 도금한 글자들이 그렇게 황금빛도 아니고, 벽돌도 그렇게 붉지 않으며, 돌도 그렇게 하얗지 않고, 블라인드와 난간도 그렇게 녹색이 아니며, 길에 면한 문의 손잡이와 도금도 그렇게 환하게 반짝이지 않는다는 것이 예외라면 예외다. 런던의 뒷골목처럼 색이 선명하다는 점에서는 어중간하고, 지저분한 색이라는 점에서는 긍정적인 뒷골목들이 많다. 흔히 파이브 포인츠[73]라고 불리는 구역은 불결하고 비참하다는 점에서는 그 유명한 세인트 자일스의 세븐 다이얼스[74] 등등의 지역과도 충분히 겨룰만하다.

대다수 사람들이 아는 바대로 거대한 산책로이자 도로로는 브로드웨이가 있는데, 널찍하고 번잡한 거리로서 배터리 가든에서 시골길의 반대편 종점에 이르는 길이가 4마일에 이를 것도 같다. (뉴욕의 대동

---

73) 브로드웨이와 바워리가 만나는 지점으로 범죄가 난무하던 가난한 지역.

74) 세인트 자일스 인 더 필즈(St. Giles-in-the-Fields) 교구의 악명 높은 슬럼가로 일곱 개의 거리가 서로 교차하는 지점.

맥인 이 도로에서 가장 좋은 지역에 위치한) 칼턴 하우스 호텔의 위층에 앉아 있다가 아래 생활을 내려다보는 것이 지루하다 싶으면 서로 팔짱을 끼고 신나게 나가 개울과 어울려보는 건 어떨까?

따사로운 날씨! 태양이 활짝 열린 이 창가에 있는 우리 머리 위를 따갑게 때리는 게 마치 햇빛이 볼록렌즈를 통해 한 데 모이는 것 같았다. 낮이 한창 절정에 이르고 계절은 비정상적이다. 브로드웨이처럼 이렇게 태양이 작열하는 거리가 지금껏 존재했다니! 보도의 돌들은 오가는 발길로 반들반들해지다 다시금 빛이 난다. 주택의 붉은 벽돌은 건조하고 뜨거운 가마 속에 들어 있었을지도 모르고, 승합마차의 지붕에선, 물이 위에서 쏟아질 경우, 쉬익 하는 소리와 함께 연기가 오르며 반쯤 타나만 불에서 나는 냄새가 날 것만 같다. 여기선 승합마차를 아끼는 법이 없나니! 마차 여섯 대가 지나가는 데 6분도 채 걸리지 않았다. 낡은 승합마차와 대형 4륜 마차도 수없이 많고, 2륜 마차, 쌍두 4륜 마차, 커다란 바퀴의 지붕 없는 2륜 마차, 다소 어설픈 제품으로 공용 마차와 크게 다르지 않지만 시내 보도 위를 지나다보면 나오는 진창길에 맞게 만들어진 개인전용 마차도 많다. 흑인 마부들과 백인은 밀짚모자, 검은 모자, 흰 모자, 윤이 나는 챙 모자, 모피 챙 모자를 쓰고, 칙칙한 색이나 검은색, 갈색, 녹색, 파란색, 노란색 난징 무명, 줄무늬 면과 리넨 코트를 입고, 그런데, 어느 한 경우(지나갈 때 봐라, 안 그러면 너무 늦는다)에는 제복 차림도 있다. 어떤 남부 공화당원은 그의 흑인들에게 제복을 입히고 술탄의 거만과 권력으로 의기양양해 하고 있다. 저기 보이는, 잘 다듬은 잿빛 말 한 쌍이 쌍두 4륜 마차를 멈춘 곳에—이제는 말 머리 쪽에—한 요크셔 출신 마부가 서 있는데, 이 지역에 온 지 아주 오래되지는 않은 이 사람은 도시를 반년이나 종횡무진으로 움직이면서도 한 번도 마주친 적 없는 승마화를 신은 동료 한 쌍을 찾아 애처롭게 두리번거린다. 하늘이시여 그 숙녀들을 구하시옵소서, 그들의 옷차림새란! 우리는 이 10분 만에, 다른 곳에서 10일 동안 봤어야 했던 색보다 더 많은 색을 보았다. 각양각색의 파라솔! 무지갯빛 실크와 사틴! 물결 모양의 얇은 스타킹과 꽉 끼는 얇은 신발, 펄럭이는 리본과 실크 술, 두건과 안감이 야한 풍성한 망토의 전시! 젊은 신사들은, 보다시피, 셔츠 칼라를 젖히고 구레나룻을 특히 턱 아래까지 기르기를 좋아하지만, 옷이나 태도에 있어서, 솔직히 말해, 사뭇 다른 부류의 인간인 그런 여성들에게는 접근하지 못한다. 책상과 계산대의 바이런들[75]이 속속 지나가는 가운데, 그대들 뒤에 있는 자들이 어떤 종류의 남자인지 어디 보자. 나들이옷을 입은 저 두 노동자 가운데 한 명은 한 손에 구겨진 종잇조각을 쥐고 어려운 이름을 판독하려고 하고, 다른 한 사람은 종잇조각을 찾아 문과 창문을 빠짐없이 둘러보고 있다.

둘 다 아일랜드 사람이다! 그들이 반짝이는 단추가 달린 꼬리 긴 푸른 코트와 우중충한 갈색조의 바지를 작업복이 꽤나 익숙한 남자들처럼 입는 것으로 정체를 감추고 있다면, 그들은 다른 사람들 틈에 있는 게 전혀 편하지 않은 사람인지도 모른다. 여러분의 공화국 모델은 저 두 노동자의 남녀 동포 없이는 진행되기 어려울 것이다. 땅을 파고, 캐고, 악착같이 일하고, 가사 노동을 하고, 운하를 만들고 길을 닦고,

---

75) 장차 점원이 되려는 화려한 차림의 남자들로 영국의 세계적인 낭만파 시인인 바이런처럼 미남에다 로맨틱하고 위엄 있게 보이고 싶어 한다.

국내개발이라는 거대한 작업공정을 실행할 사람들이 달리 누가 있겠는가! 자신들이 무엇을 찾고 있는지 파악하기에는 두 아일랜드인 모두 심하게 어리둥절해하는 상태에 있기도 하다. 조국에 대한 사랑과, 정직한 사람들에게는 정직한 서비스를, 정직한 빵을 위해서는 정직한 노동을 허용하는, 그게 뭐든 상관없이, 저 자유의 정신을 위해, 내려가 그들을 돕도록 하자.

좋다! 우리는 마침내 제대로 된 주소지에 도착했다. 주소가 정말 이상한 글자로 쓰여 있어서, 펜보다는 쓰는 사람이 쓰임새를 더 잘 아는 뭉툭한 삽자루로 휘갈겨 썼을지도 모르는 일이지만 말이다. 그들의 길이 저쪽에 있는데, 그들은 무슨 일로 그곳에 온 것일까? 그들은 저축한 돈을 들고 다닌다. 비축해 두려고? 아니다. 저 남자들, 그들은 형제다. 한 명은 혼자 바다를 건너왔고, 반년 동안 열심히 일하고, 열심히 살면서, 다른 한 명을 데려올 정도로 자금을 저축했다. 그런 일이 이루어졌고, 그들은 곁에서 함께 일했고, 또 다른 조건을 위해 고된 노동과 어려운 생활을 기꺼이 공유했으며, 그러고는 누이들이 왔고, 다음에는 또 다른 형제, 마지막으로는 그들의 노모가 왔다. 그럼 이제는 무엇을? 어째서, 그 늙은 노파는 낯선 땅에서 잠을 못 이루며, 고국의 오래된 묘지에 누워 있는 동포들 틈에서 죽기를 염원한다고 하는 건지, 어째서 그들은 어머니 뱃삯을 갚으러 가야 하는 건지, 어째서 신은 그녀와 그들과, 모든 소박한 마음과, 어린 시절의 예루살렘으로 고개를 돌린 모든 사람들이, 그들 아버지들의 차가운 난로 위에 제단 불[76]을 올리도록 돕는 것인지.

---

76) 노아는 홍수가 잦아들자 신에게 추수감사 제물을 바치기 위해 제단에 불을 피웠다.

햇볕에 달궈지고 물집이 잡히는 이 좁은 도로는 뉴욕의 증권거래소이자 롬바르드 스트리트[77]격인 월스트리트다. 수많은 벼락부자가 이거리에서 만들어졌고, 파산자도 그에 못지않게 많이 만들어졌다. 이제 이곳을 배회하는 바로 이 상인들도 ≪아라비안나이트≫의 그 남자처럼 그들의 튼튼한 상자에 돈을 보관했다가 다시 열어봤더니 시든 나뭇잎만 들어 있다는 사실을 발견했다. 아래쪽, 물가 옆이라 선박의 제1사장[78]이 건너편 보도까지 뻗어나가다 창문까지 뚫고 들어갈 정도의 기세인 이곳에 미국의 패킷 서비스[79]를 세계 최고의 수준으로 끌어올린 웅장한 미국 선박들이 자리 잡고 있다. 이 정기선들이 거리마다 차고 넘치는 외국인들을 이곳으로 데려왔다. 외국인들이 다른 상업도시보다 이곳에 더 많은 것이 아닐 수도 있지만, 다른 도시에는 그들이 특히 자주 들르는 장소가 있어서 그런 장소를 찾아내야 하지만, 이곳에서는 외국인들이 도시 구석구석에 배어들었다.

우리는 다시 브로드웨이를 건너야 했고, 상점과 술집으로 실어 나르는 깨끗한 얼음 덩어리와, 풍성하게 판매대에 올라와 있는 파인애플과 수박을 구경하며 뜨거운 열기를 좀 식혔다. 여기 널찍한 주택들이 들어선 멋진 거리들—월스트리트는 상당수 주택들을 퍽이나 자주 세웠다 허물었다 해왔다—을 보시죠! 이곳은 녹음이 짙게 우거진 광장이다. 쾌적한 집에는 항상 정다운 모습으로 기억되는 거주자들이 있고, 문도 열려 있어서 안에 심어놓은 식물들이 어느 정도 들여다보이며, 웃는 눈을 한 어린아이 하나가 창문 밖으로 아래쪽의 작은 개

---

77) 런던의 금융 중심지, 롬바르드 가(街).
78) 이물에서 앞으로 튀어나온 기움 돛대.
79) 1818년에 운행되기 시작한 우편물과 승객과 수하물 등을 나르던 정기선.

를 살짝 엿보고 있는지 확인해보자. 여러분은 이렇게 높은 깃대가 꼭대기에 자유의 여신상의 머리쓰개 비슷한 것을 달고 왜 뒷골목에 있는지 궁금할 것이고, 나도 궁금하다. 그러나 이 근방에는 높은 깃대에 대한 열정이 있고, 의향이 있는 경우 5분만 가면 이 깃대의 쌍둥이 형제도 볼 수 있다.

다시 브로드웨이를 그렇게 건너가면, 여러 유색 인종과 번쩍거리는 상점을 지나 길게 이어진 또 다른 중심가 바워리가 있다. 저쪽으론 철도가 보이는데, 그 철도를 따라 튼실한 말 두 마리가 20~40명의 사람과 커다란 목재 상자를 아무렇지도 않게 끌며 바삐 걸어간다. 이곳 상점들은 더 빈약하고, 승객들은 덜 명랑하다. 기성복과 미리 조리된 고기는 이 지역에서 사야하고, 마차들이 활기차게 선회하던 모습은 2륜 짐마차와 4륜 짐마차들이 묵직하게 덜커덕거리는 소리로 뒤바뀐다. 이런 표지판들이 강에 떠 있는 부표나 작은 풍선 모양으로 장대 끝에 수도 없이 매달려 흔들거리며, 위를 쳐다보는 순간 '온갖 종류의 굴 요리' 같은 광고가 보인다. 밤이면 배고픈 이들을 한껏 유혹하기도 하는데, 그때가 되면 무딘 촛불들이 내부에서 가물거리며 이 고상한 글귀들을 환하게 밝혀, 놈팡이들이 이 광고를 읽으며 오래 꾸물거릴수록 군침을 돌게 만들기 때문이다.

어느 멜로드라마 속 마법사의 대저택처럼, 가짜 이집트 양식으로 쌓아올린 일명 '더 툼[80]'이라는 유명 교도소의 이 음침한 앞모습은 도대체 뭐란 말인가! 안으로 들어가 보자.

음침하다. 길고, 좁고, 높다란 건물은 늘 그렇듯 난로로 후끈 달아

---

80) The Tombs, 이집트 양식을 본떠 1838년에 세워진 맨해튼 구치소.

올라 있고, 복도 네 개는 하나씩 위로 휘돌아서 겹쳐 있고 각각 계단으로 연결된다. 복도마다 양 측면 사이와, 복도 중앙에 건너다니기 몹시 편리한 다리가 놓여 있다. 다리마다 졸거나 책을 읽거나, 한가한 동료에게 말을 걸고 있는 남자가 한 명 앉아 있다. 각 층에는, 작은 철문이 두 줄로 서로 마주보며 늘어서 있다. 그 철문들은 모습은 용광로 문이지만, 차갑고 어두워서 안에 들어 있는 불길이 모두 꺼져버린 것 같았다. 문이 둘인가 세 개 열려 있었고, 머리를 힘없이 숙이고 있는 여자들이 수감자들에게 말을 걸고 있다. 내부 전체는 천장의 채광창으로 빛이 들어와 환했지만, 그 창도 재빨리 닫히고 말았다. 지붕에는 쓸모없는 송풍통 두 개가 축 처져 힘없이 매달려 있다.

열쇠를 든 남자 한 명이 나타나 우리를 안내한다. 잘 생긴 친구이며, 그 나름대로, 정중하고 친절하다.

"저기 시커먼 문이 감방인가요?"

"그렇습니다."

"전부 다 찼나요?"

"음, 거의 찼습니다. 이견의 여지가 없는 틀림없는 사실입니다."

"맨 아래 있는 자들이 해로운 게, 맞죠?"

"어유, 유색인종만 거기에 넣는데요. 정말이에요."

"죄수들은 언제 운동을 하나요?"

"어, 그런 건 거의 없는데요."

"구내에서 걷는 것도 전혀 안 하나요?"

"아주 드물게요."

"가끔은 하겠죠?"

"글쎄요, 드물어요. 운동을 안 해도 아주 번들번들합니다."

"하지만 사람이 12개월이나 여기서 지낸다고 생각해보시오. 이곳이 중범죄로 기소된 죄수들이 재판을 기다리거나 재구류되는 동안 지내는 구치소일 뿐이라는 건 알고 있습니다. 하지만 이곳 법에 따르면 범죄자들은 여러 가지 방법으로 재판을 미룰 수 있더군요. 새로운 재판 발의, 판결유예인가 뭔가 때문에 죄수가 12개월이나 여기에 있을 수도 있는 거지요. 그렇게 이해했는데, 아닌가요?"

"글쎄요. 아마 그럴 겁니다."

"12개월 내내 저 작은 철문 밖으로는 전혀 나오지 못할 거라는 건가요, 운동하려면요?"

"약간의 걷기는 가능하죠, 아마도—많이는 말고요."

"문 좀 하나 열어주시겠어요?"

"원하시면, 전부 열죠."

잠금장치가 끼익하며 덜커덕거리더니, 문 하나가 경첩을 따라 서서히 돌아간다. 안을 들여다보자. 텅 빈 작은 감방, 그 안으로 햇빛이 높은 벽 틈을 타고 새어 들어간다. 조악한 세탁 도구, 탁자, 침대틀이 있다. 침대틀에 예순 살의 남자가 책을 읽으며 앉아 있다. 그가 잠시 위를 쳐다보고는 불안하게 독하게 머리를 흔들더니 다시 책에 눈을 고정한다. 우리가 머리를 다시 빼내자, 문이 닫히고 전처럼 잠긴다. 이 남자는 그의 아내를 살해했고, 아마 교수형에 처해질 것이다.

"여기 얼마나 있었죠?"

"한 달이요."

"재판은 언제 받죠?"

"다음 회기에요."

"그게 언제죠?"

"다음 달이요."

"영국에서는, 어떤 사람이 사형을 언도 받으면, 그런 사람도 날마다 일정 시간에 공기도 쏘이고 운동도 합니다."

"그게 가능한가요?"

그는 해석하기 어려울 정도로 퍽이나 냉혹하게 이렇게 말하고는, 어슬렁어슬렁 여성 쪽으로 나아가며, 걸을 때마다 열쇠와 계단 난간으로 쇠로된 캐스터네츠가 맞부딪치는 것 같은 소리를 만들어낸다.

이쪽에 있는 각 감방 문에는 네모난 구멍이 뚫려 있다. 발소리가 들리자 걱정스레 구멍을 슬쩍 들어다보는 여자들도 있고, 수치스러워 몸을 움츠리는 여자들도 있다.—열 살이나 열두 살 정도의 저런 외로운 아기는 대체 어떤 죄를 저질러야 이런 곳에 갇힐 수 있는 걸까? 아! 저 소년은? 아이는 우리가 이제 방금 보았던 죄수의 아들이자, 자기 아버지에게 불리한 증인이기도 해서, 재판 때까지 신변 안전을 위해 이곳에 구류되어 있는 것뿐이다.

그러나 아이가 그 긴 낮과 밤을 보내기에 그곳은 너무 끔찍한 장소다. 이건 어린 증인을 다소 심하게 대하는 건데, 그렇지 않은가?—우리 안내자가 무슨 소릴 하는 거지?

"글쎄요, 아주 거친 생활은 아니에요, 정말이에요!"

그가 다시 자신의 금속 캐스터네츠를 짤랑거리며 우리를 한가로이 끌고 간다. 우리가 걸어갈수록 나는 그에게 물어볼 질문이 생긴다.

"사람들이 왜 이곳을 '더 툼'이라고 하나요?"

"아이고, 그건 위선적인 이름이에요."

"알아요. 왜죠?"

"처음 지어졌을 때, 여기서 자살 사건이 몇 번 일어났어요. 그래서 그런 이름이 생긴 것 같아요."

"제가 방금 본, 저 남자의 옷가지가 감방 바닥 여기저기에 흩어져 있던데요. 죄수들에게 정리를 잘하게, 그래서 그런 물건들을 치우라고 하지 않나요?"

"어디다 놔야 하나요?"

"바닥은 분명 아닌 것 같은데요. 무슨 말로 걸어놓으라고 하죠?"

그가 발길을 멈추더니 중요한 대답이라도 되는 듯 주변을 두리번거린다.

"저런, 그게 문제라는 거예요. 고리가 있으면, 목을 매거든요. 그래서 감방마다 모조리 빼버렸더니, 있던 자국 밖에는 남아 있지 않아요."

이제 그가 발걸음을 멈춘 교도소 구내는 끔찍한 공연 현장이 되어왔다. 이 좁고, 무덤 같은 장소로 사람들이 죽으러 끌려온다. 그 불행한 존재는 바닥에 세워진 교수대 밑에 서고, 목에 밧줄이 감기고, 신호가 떨어지면, 반대편 끝에 있는 추가 딸려 내려오며 그를 공중으로 홱 끌어올린다—시체다.

법에 따라 이런 비참한 광경에는 판사와 배심원, 시민이 총 25명까지 참석해야 한다. 그러나 이 지역사회에서는 교수형이 자취를 감추었다.[81] 방탕한 자들과 악질적인 인간들에게, 그런 행위는 여전히 소름끼치는 불가사의로 남아 있다. 범죄자와 그들 사이에는 교도소 담이라는 두꺼운 검은 베일이 끼어 있다. 그것은 그의 임종과 수의와 무덤에 드리워진 커튼이다. 담은 그에게서 생명과, 저 마지막 시각에 후

---

81) 이와는 달리, 영국에서는 공개 교수형이 1866년까지 지속되었다.

회하지 않는 배짱을 지닐 그 모든 동기를 차단하기에, 시야에 나타나고 존재한다는 것만으로도 지탱할 충분한 이유가 되는 일이 심심치 않다. 죄수를 대담하게 만드는 대담한 눈들은 없으며, 그 앞에서 악인의 이름을 옹호하는 악인은 한 명도 없었다. 냉혹한 돌담 너머에 있는 모든 것이, 미지의 공간이다.

다시 흥겨운 거리로 나가보자.

또다시 브로드웨이다! 여기에는 눈부신 색깔 옷을 똑같이 차려입고 혼자나 둘씩 짝을 지어 쌍쌍이 왔다 갔다 하는 여성들이 있고, 저쪽에는 우리가 그곳에 앉아 있는 동안 호텔 창문을 스무 차례나 지나갔다 다시 되돌아오는 아주 똑같은 밝은 푸른색 파라솔이 있다. 이곳에서 우리는 길을 건널 것이다. 돼지들을 조심하라. 뚱뚱한 암돼지 두 마리가 이 마차 뒤에서 타다닥 잰걸음을 하고 있고, 엄선된 여섯 마리 돼지 신사 일행은 이제 막 모퉁이를 돈 참이었다.

고향을 향해 홀로 어슬렁어슬렁 걸어가는 외로운 돼지 한 마리가 여기 있다. 이 돼지에겐 귀가 한쪽 밖에 없다. 도시를 배회하는 동안 떠돌이 개들에게 한쪽을 내주었기 때문이다. 그러나 한쪽 귀 없이도 아주 잘 지내고 있다. 끊임없이 이동하며, 신사답고 방랑자다운 삶을 살아가는 모습이 고향에 있는 우리 클럽 회원들의 삶에 대한 해결책인 것 같기도 하다. 돼지는 매일 아침 일정한 시각에 숙소를 떠나, 도시에 투신하고, 스스로 썩 만족할 만한 어떤 방법으로 하루를 보내고, 밤이면 다시 자기 집 문 앞에 규칙적으로 나타나는 것이, 질 블라스의[82] 기이한 스승과 비슷하다. 그는 자유롭고 편안하며, 태평하고, 무

---

82) 18세기 프랑스 소설가 르사주(Alain-René Le Sage)의 소설 ≪질 블라스(Gil Blas)≫의

심한 돼지 종으로 같은 성격의 다른 돼지들 사이에서 발이 넓은 편이지만, 그들과는 대화보다는 얼굴만 알고 있는 편이라, 굳이 발을 멈추고 인사를 나눌 필요 없이 도랑을 따라 꿀꿀거리며 내려가다가 양배추 줄기나 찌꺼기처럼 생긴 도시의 화젯거리나 잡담을 들춰내기도 하는데, 그 와중에도 자기 꼬리 외에는 어떤 꼬리도 견딜 수 없어 한다. 그는 꼬리가 아주 짧은 편인데, 역시 그곳에 살았던 그의 오랜 숙적인 개들이 그에게 남겨준 게 거의 없기 때문이다. 돼지는 모든 면에서 공화당을 지지하는 돼지라서, 원하는 곳에 갈 때마다 우월하지는 않더라도 대등한 입장에서 상류사회와 어울리는데, 그가 나타날 때마다 모두가 길을 비키고, 가장 오만한 부류도 그가 원하면 길을 양보하기 때문이다. 그는 위대한 철학자며, 앞서 언급한 개들 때문이 아니라면 거의 움직이지도 않는다. 사실, 가끔 그의 작은 눈이 도축된 친구의 시체가 푸줏간 문설주에 얹혀 있는 걸 보고 반짝거리는 모습을 볼 수도 있지만, 그는 "그런 게 인생이며, 모든 육체는 돼지고기다[83]"라고 꿀꿀거리며 제 코를 다시 진창에 처박고는 하수구 아래로 비틀비틀 걸어가며, 좌우간 여기저기 흩어진 양배추 줄기를 고대하는 돼지 주둥이 하나는 줄었다며 스스로를 위로한다.

이 돼지들은 도시에서 쓰레기 더미를 뒤지는 동물들이다. 추잡한 짐승들이다. 낡은 말갈기 트렁크 뚜껑 같은 갈색 등은 대개가 부실하고, 건강에 좋지 않은 검은 부스럼으로 여기저기 얼룩투성이다. 그들은 다리도 길고, 야위었으며, 그런 뾰족한 주둥이는, 그들 중 한 마리

주인공. 질 블라스의 스승은 옷을 빨아 저녁에 가져오게 하는 일만 시킨다.
83) 모든 육체는 풀이요, 그의 모든 아름다움은 들의 꽃과 같으니(이사야 40장 6절)의 패러디.

를 옆으로 앉도록 설득할 수 있다면, 그 누구도 돼지와 닮은 주둥이라고는 알아보지 못할 것이다. 그들은 시중을 받은 적도, 먹이를 받아먹은 적도, 몰이를 당하거나 잡힌 적도 없지만, 어려서부터 그들 자신의 자원 위로 내던져지고, 그 결과 불가사의하게 다 안다는 듯한 존재가 된다. 모든 돼지는 어느 누가 알려주는 것보다 자신이 어디에 살고 있는지 훨씬 잘 알고 있다. 저녁이 점점 다가오는 이 시간이면, 그들이 수십 마리씩 끝까지 쉬지 않고 먹으며 잠자리로 어슬렁어슬렁 돌아가는 모습을 보게 될 것이다. 그들 중 배가 터지도록 먹거나 개들이 걱정되는 어떤 어린 것은 돌아온 탕아처럼 움씰거리며 집을 향해 잰걸음을 치지만, 이런 경우가 흔치 않은 것은 완전한 평정심과 자립심, 요지부동한 침착성이 그들의 가장 중요한 자질이기 때문이다.

이제 거리와 상점에 환하게 불이 들어오고, 시선이 환한 가스 분출구가 점점이 흩어져 있는 긴 도로를 따라 내려가다 보니, 옥스퍼드 거리나 피커딜리[84]가 떠오른다. 여기저기에서 지하저장고로 내려가는 한 줄 널찍한 돌계단이 나타나고, 채색 램프는 볼링장이나 텐-핀장으로 발길을 이끈다. 텐-핀[85]은 기회와 기술이 어우러진 게임으로 입법부에서 나인-핀을 금지하는 법률을 통과시켰을 때 만들어졌다. 아래로 향하는 다른 계단에는 굴—지하저장고—의 행방을 쾌적한 은신처로 표시하는 다른 램프들이 달려 있다고, 전하는 바이다. 그곳의 놀라운 요리가 거의 치즈접시만큼이나 커다란 굴로 만들어낸 것이라는 이유만이 아니라(아니면 그리스어 교수들 중 가장 다정한 당신[86]을 위

---

84) 런던의 번화가.
85) 나인-핀 볼링게임으로 도박이 성행하자 나인-핀 게임을 금지하는 주들이 생겨났고, 이에 따라 일부 볼링장 주인들은 간단히 핀의 수를 늘리는 편법을 쓰기도 했다.

해!), 위도 상 이 지역에서는 온갖 종류의 생선, 고기, 가금이 공급되기에, 굴만 삼키는 사람들은 남과 어울리기를 좋아하지 않지만, 이를테면, 그들이 종사하는 업의 본질에 따라 그들 자신을 억누르고, 그들이 먹는 것의 수줍은 성격을 그대로 따라 하며, 커튼 달린 특별석에 따로 떨어져 앉아 2백 명이 아닌 두 명씩 어울린다.

그러나 거리는 참으로 고요하다! 순회 밴드도 없다. 바람도 현악도 없나? 없다. 하나도. 낮에는, 펀치와 주디 인형극[87]도, 인형극도, 춤추는 개도, 저글링 하는 사람도, 마술사도, 오케스트리온이나 손풍금이라도 없나? 없다. 하나도. 아니다, 하나는 기억난다. 손풍금 하나와 춤추는 원숭이—천성적으로 까불던 성격이 아둔하고 멍청한, 공리주의 유파 원숭이로 빠르게 쇠퇴한—한 마리. 그것 외에, 활기찬 것은 아무것도 없다. 그렇다, 빙글빙글 돌아가는 우리에 갇힌 흰쥐처럼 생기라고는 없다.

오락거리는 전혀 없나? 없다. 건너편에 강연장이 하나 있는데, 그곳으로부터 저 환한 불빛이 계속 새어 나오는 게, 어쩌면 일주일에 세 차례 이상 여성들을 위한 저녁 예배가 있는지도 모르겠다. 젊은 신사들을 위해서는 회계사무실, 상점, 술집이 있다. 이곳 창문들을 통해 보이는 것처럼 술집은 상당히 바글거린다. 망치가 땡땡 얼음 덩어리를 깨부수는 소리와, 두들겨 맞은 얼음 조각들이 서로 섞이며 내는 소리처럼, 이 잔에서 저 잔으로 시원하게 콸콸 쏟아지는 소리를 잘 들어

---

86) 코넬리우스 콘웨이 펠튼(1807~62), 하버드 대학 그리스 학과 교수로 디킨스와 친분을 쌓은 인물.

87) 줄에 매단 인형을 이용해 아내인 주디와 늘 싸우는 펀치에 대한 이야기를 들려주는 영국의 전통 아동극.

봐라! 오락거리가 전혀 없다고? 여송연을 빨아대고 독한 술을 들이켜는 이 사람들은, 우리 눈에는 그들이 모자와 다리를 비틀 대로 비틀면서, 재미있어하는 거 빼고는 뭘 하고 있는 걸까? 50개의 신문들은 뭐란 말인가, 저 조숙한 어린애들이 거리에서 신문이라고 고함을 쳐대고, 안에 철이 되어 보관되는 신문들이 있는데, 그것들이 오락거리가 아니라면 뭐란 말인가? 김빠지고, 싱거운 오락거리가 아닌, 훌륭하고 강력한 물건이다. 술자리 남용과 불한당 인사들을 취급하고, 절름발이 악마[88]가 스페인에서 그랬듯이 개인주택의 지붕을 벗겨내고, 온갖 수준의 잔인한 취향을 상대로 매춘을 알선하고 뚜쟁이 질을 하며, 가장 게걸스러운 구멍처럼 주조된 거짓말을 게걸스레 먹어치운다. 공직 생활을 하는 모든 사람에게 가장 천박하고 비도덕적인 동기를 주입하고, 칼침을 맞고 엎어진 정치적 통일체[89]로부터 깨끗한 양심과 선행의 모든 사마리아인들을 겁주어 쫓아내고, 고함과 호각과 더러운 손들이 치는 손뼉으로 가장 불쾌한 해충과 가장 사악한 맹금류를 공격한다.—오락거리는 하나도 없다!

　다시 계속 가보도록 하자. 어떤 콘티넨탈 극장이나 돌기둥을 빼앗긴 런던 오페라 하우스처럼, 맨 아래에 상점들이 들어서 있는 어느 호텔의 이 황야를 지나, 파이브 포인츠로 뛰어든다. 그러나 우리는 먼저 대사막[90]에서 만났더라면 예리하고 훈련을 잘 받은 장교로 알았을 이

---

88) 프랑스 소설가 르사주(Le Sage, Alain Rene, 1668~1747)의 소설 ≪절름발이 악마(the Halting Devil)≫에 등장하는 악마 아스모데는 염소 다리를 지닌 난쟁이로 마드리드 주택의 지붕들을 잡아 끌어내리는 것으로 드러난다. 사회 상황을 풍자한 작품이다.
89) 조직된 정치 집단으로 여겨지는 한 국가의 모든 국민.
90) 사하라 사막.

두 명의 경찰 책임자를 우리의 호위대로 삼아야 한다. 어떤 직업은, 그런 일이 수행되는 곳이라면 어디에서나, 남자들에게 똑같은 성격을 찍어놓는 경향이 있는 게 사실이다. 그러니 이 두 사람도 보 스트리트[91]에서 생기고, 태어나고, 성장했을는지도 모를 일이었다.

우리는 밤이든 낮이든 거리에서 한 명의 거지도 보지 못했지만, 어슬렁거리는 다른 종류의 사람들은 많이 보았다. 이제 우리는 빈곤과 비참함과 범죄가 만연한 곳으로 향한다.

이곳이 바로 그런 곳이다. 이 좁은 길들은 좌우로 갈라지고, 어디서나 배설물과 쓰레기 냄새가 코를 찌른다. 그런 삶이 그 밖의 다른 곳에서와 마찬가지로 이곳에서도 영위되며, 여기에서도 같은 열매를 맺고 있다. 문간에 있는 거칠고 부어오른 얼굴들은 고향은 물론 드넓은 세계 도처에도 그와 동일한 상대가 있다. 방탕한 행동으로 바로 그 집들은 일찍 낡았다. 무너져 내리는 썩은 기둥과, 술에 취해 벌어진 싸움으로 다친 눈처럼, 어둑한 곳에서 노려보는 것처럼 보이는 덧대고 깨진 창문들을 보라. 저 돼지들 중 상당수가 이곳에 산다. 그들이 한 번이라도 그들 주인이 왜 네 발로 기어 다니지 않고 꼿꼿하게 서서 걷는지 궁금해한 적이 있을까? 그들이 왜 꿀꿀거리지 않고 말을 하는지 궁금해한 적이 있을까?

지금까지는 거의 모든 집이 상스러운 선술집이고, 술집 벽에는 워싱턴, 영국 여왕 빅토리아, 흰머리독수리[92]의 컬러 인쇄물이 걸려 있다. 술병들이 꽂혀 있는 비둘기 집 모양의 정리함에는 판유리 조각과

---

91) Bow Street. 런던의 중앙 경찰 재판소가 있는 거리.
92) 미국을 상징하는 새.

색색의 종잇조각도 들어 있는데, 여기에도 장식적인 취향이 어느 정도 가미되어 있기 때문이다. 선원들이 이곳에 자주 드나든다는 이유로 바다 그림이 한 다스씩 걸려 있는데, 선원과 그들 연인과의 작별을 그린 그림과, 발라드에 나오는 윌리엄, 그의 검은 눈의 수잔, 대범한 밀수업자 윌 워치, 해적 폴 존스[93] 등의 초상화들이다. 이들 그림에 빅토리아 여왕의 눈 그림과 더불어 워싱턴의 눈 그림이, 그들의 면전에서 상연되는 연극 장면들 중 대다수 장면에 머물 듯이, 이상한 동지애를 발휘하며 머물러 있다.

그 지저분한 거리가 우리를 인도한 이곳은 어떤 장소인가? 불결한 주택들이 모여 있는 광장 비슷한 곳으로, 개중 일부 주택은 무너질 듯한 옥외의 나무 계단으로만 올라갈 수 있다. 걸을 때마다 밑에서 삐걱거리며 흔들리는 이 계단 너머에는 무엇이 있는가?—촛불 하나로 어렴풋하게 불을 밝히고, 초라한 침대 속에 감추었을지도 모르는 것만 빼면 편안한 것이라고는 전무한 방 하나. 그 옆에 한 남자가 앉아 있다. 팔꿈치를 무릎에 대고 이마를 두 손에 파묻고 있다. "저 남자는 뭐 때문에 괴로워하는 거죠?" 맨 앞의 경관이 묻는다. "열이요." 그가 쳐다보지도 않고 침울하게 대답한다. 이 같은 장소에서, 열병을 앓는 머릿속에 어떤 공상들이 떠오를지 상상해보라!

이 어두컴컴한 계단의 흔들리는 널판을 헛디디지 않도록 조심스레

---

93) 존 게이(1685~1732)의 작품 ≪나정한 윌리엄이 검은 눈의 수잔에게 선넨 삭별: 발라드(Sweet William's Farewell to Black-Ey'd Susan: A Ballad, 1720)≫. 존 폴 존스(1747~92)는 영국을 급습한 전적으로 유명해진 미국 해군 장교였다. 그의 이름은 존 폴이었지만, 서인도제도에서 반항하는 수석 승무원을 죽인 이후 법의 심판을 피하려고 폴 존으로 개명했다. 그는 소설화되어 희곡으로 만들어진 제임스 페니모어 쿠퍼의 ≪해적(The Pirate)≫에 등장한다.

올라가, 나와 함께 더듬거리며 이 늑대 같은 굴속으로 들어가 보자. 한 줄기 빛도 한 모금의 공기도 들어올 것 같지 않은 곳이다. 한 흑인 사내가 그 경관 목소리—그가 잘 알고 있는—에 깜짝 놀라 잠에서 깼지만, 용무가 있어서 온 것이 아니라는 그의 다짐에 안심하고는 거들먹거리며 촛불을 켜려 한다. 성냥불이 잠시 가물거리며 땅바닥의 거대한 먼지투성이 넝마 더미를 드러내다 꺼져버리자, 전보다 더 짙은 어둠이 내려앉는다. 그런 극단의 상태에도 여러 정도가 있을 수 있다면 말이다. 흑인 사내는 비틀거리며 계단을 내려가더니 활활 타는 초를 한 손으로 가리며 이내 다시 돌아온다. 그러자 넝마 더미가 꿈지럭거리고, 서서히 일어나는 게 보이고, 바닥은 잠에서 깨어난 흑인 여자들 더미로 온통 뒤덮여 있다. 그들의 하얀 이가 재잘거리고, 그들의 빛나는 눈이 놀라움과 두려움으로 사방에서 반짝이며 깜빡거린다. 어떤 이상한 거울에 깜짝 놀란 표정의 한 아프리카인의 얼굴이 수도 없이 반복해서 비치는 것 같다.

이곳의 다른 계단들을 역시 조심스레 딛고(여기에는 우리만큼 호위를 잘 받지 못한 사람들을 위한 덫이나 함정이 있다) 집 꼭대기로 올라갔다. 그곳에서는 헐벗은 대들보와 서까래가 머리 위에서 만나고, 고요한 밤이 지붕 틈새로 아래를 내려다본다. 잠자고 있는 흑인들로 바글거리는 이 비좁은 우리 중 한 우리의 문을 열어보라. 쳇! 안에는 숯불이 피어 있다. 옷, 아니 살타는 냄새가 나는 것은 그들이 화로에 너무 가까이 모여 있는 탓이다. 저 블라인드에서 피어오르는 증기로 숨이 막힌다. 모든 모퉁이로부터, 이들 어두컴컴한 은신처에서 주변을 둘러보면 어떤 인물이 반쯤 잠에서 깬 상태로 기어 다니는 모습이 흡사 심판의 시간이 코앞에 다가오자 음란한 무덤들이 하나같이 제

망자를 포기하고 있는 것 같다. 그곳에서는 개들이 드러누우려고 울부짖고, 여자와 남자와 소년들이 잠을 자러 슬그머니 도망치면, 쫓겨난 쥐들은 어쩔 수 없이 더 좋은 숙소를 찾아 떠나간다.

여기에도 무릎 깊이까지 진창으로 포장된 좁은 길과 뒷골목, 그들이 춤을 추고 게임을 하는 지하실이 있다. 지하 벽에는 선박과 요새와 깃발과 흰머리독수리를 아무렇게나 그린 밑그림들이 수도 없이 장식되어 있다. 거리 쪽으로 트인 폐허가 된 집들, 그곳에서, 넙적하게 갈라진 벽 틈으로 폐허가 된 다른 집들이 흐릿하게 시야로 들어온다. 마치 악과 불행의 세상이 달리 보여줄 게 없다는 듯 약탈과 살인에서 이름을 따온 무시무시한 공동주택. 혐오스럽고 기가 꺾이고 부패한 모든 것이 여기 존재한다.

우리를 이끌던 선도자가 '알맥[94] 클럽'의 걸쇠 위에 손을 얹더니 계단 아래에서 우리에게 큰 소리로 외친다. 파이브 포인츠 멋쟁이들의 사교장은 내리막길로 접근하기 때문이다. 안으로 들어가 볼까? 잠깐뿐이다.

한창 때다! 알맥의 여주인이 잘도 나가는구나! 풍만하고 투실투실한 한 물라토[95] 여성은 눈은 반짝거리고, 머리는 알록달록한 손수건으로 앙증맞게 치장을 했다. 그녀 뒤로 잔뜩 차려입고 멀찌감치 떨어져 있는 남자 주인은 선박의 남자 승무원처럼 말끔한 푸른 재킷 차림에 작은 손가락에는 두툼한 금반지를 끼고, 반짝이는 황금 회중시계

---

94) 런던의 사교장 Almack's Assembly Rooms가 원조. 뉴욕의 알맥은 여종업원 등이 노래하고 춤을 추는 클럽의 이름으로, 디킨스가 다녀간 이후에는 디킨스 플레이스로 이름이 바뀌었다.
95) 흑백 혼혈.

끈을 목에 두르고 있지는 않다. 그가 우리를 보고 얼마나 반가워하는 지! 우리가 무엇을 부탁해야 기뻐할까? 춤? '주기적인 고장'[96]인데 바로 끝날 겁니다, 손님.

뚱뚱한 흑인 바이올린 주자와 탬버린을 연주하는 그의 친구가 그들이 앉은 봉긋한 작은 관현악단석 널판을 발로 쾅쾅 구르며 흥겨운 가락을 연주한다. 생기발랄한 젊은 흑인 한 명이 집결시켜놓은 다섯이나 여섯 쌍이 무대로 나오는데, 이 흑인이 무도회장의 재사이자 가장 위대한 춤꾼[97]으로 알려진 청년이다. 그는 줄기차게 야릇한 표정을 짓고 있고, 입이 귀에 걸리도록 끊임없이 활짝 웃고 있는 나머지 모든 사람들의 기쁨조다. 춤꾼들 중에는 크고, 아래로 처진 검은 눈에 여주인의 패션을 따라 머리쓰개를 한 어린 물라토 소녀 두 명이 있다. 그들은 전엔 한 번도 춤을 춘 적이 없는 것처럼 수줍어하거나 수줍은 체하며, 손님들 앞에서 지나치게 시선을 내리깔고 있어서 그들의 파트너들은 톱니처럼 째진 기다란 속눈썹 밖에는 볼 수가 없다.

하지만 춤은 시작된다. 신사들은 저마다 맞은편 숙녀 쪽으로 자신이 원하는 만큼 오랫동안 나아가고, 맞은편 숙녀도 그쪽으로 나아간다. 모두가 그렇게 오랫동안 춤추다보면 이 운동도 시들해지기 시작하고, 그때가 되면 갑자기 그 생기발랄한 영웅이 그들을 구하러 돌진해 들이온다. 곧바로 바이올린 주자는 크게 웃어짖히며 전력을 다하고, 탬버린에도 새로운 활력이 솟아난다. 춤꾼들 사이에서 새롭게 웃음이 터져 나오고, 여주인도 새롭게 미소 짓고, 남자 주인도 새롭게

---

96) 'A regular break-down'이라는 춤 이름.
97) 윌리엄 헨리 레인(1825~53), '주바'로도 알려짐. 민스트럴쇼에 출연하며 미국 및 유럽 전역을 순회했다.

자신감이 생기고, 다름 아닌 촛불들도 새롭게 불을 밝힌다. 단독으로 셔플, 둘이서 셔플, 컷, 크로스컷. 손가락을 튕기고, 눈을 굴리고 무릎을 안쪽으로 향하고, 다리 뒤쪽을 앞으로 보이며, 탬버린을 치는 그 사내의 손가락들 외에는 아무것도 아닌 것처럼 발가락과 뒤꿈치로 빙그르르 돈다. 두 왼쪽 다리로, 두 오른쪽 다리로, 두 나무다리로, 두 철사 다리로, 두 용수철 다리—온갖 종류의 다리와 전혀 다리가 아닌 것—로 춤을 춘다. 이것이 그에게 뭐란 말인가? 어떤 직업이나 춤에서, 그의 주변에서 천둥처럼 울리는 독려의 갈채를 받아본 적이 있는가. 파트너도 자신도 중심을 잃을 정도로 춤을 추게 하는 바-카운터로 눈부시게 도약해서, 마실 것을 요구하는 것으로 춤을 끝내며 아무나 흉내 낼 수 없는 하나의 소리로 1백만 가짜 짐 크로우[98]가 웃듯 낄낄거린다!

이렇게 병든 지역에서조차 질식할 듯한 무도장의 분위기를 겪은 뒤라 공기는 신선하다. 이제, 우리가 더 넓은 거리로 들어서는 만큼 불어오는 공기도 그만큼 더 신선하고, 별도 다시 밝아 보인다. 여기는 다시 '더 툼'이다. 시립 초소는 그 건물에 있다. 그곳도 당연히 우리가 방금 떠나온 명소들의 뒤를 잇는다. 저곳을 구경하고 나서 잠자리에 듭시다.

뭐라고! 경찰 규율을 어긴 일반 범죄자들을 이런 구멍에다 처넣는다고요? 어떤 죄를 저질렀다는 사실이 입증되지 않은 남녀가 여기 완전히 새까만 어둠 속에서 밤새도록, 당신이 우리에게 밝혀주는 저 시

---

98) 아프리카 미국인들을 일컫는 경멸조의 이름. 가짜 짐 크로우는 민스트럴 쇼(백인이 흑인으로 분장하고 흑인 가곡 등을 부르는 쇼)에 등장하는 민스트럴을 가리키기도 한다.

들시들한 램프를 휘감고 있는 역겨운 수증기에 둘러싸여 이 더럽고 불쾌한 악취를 호흡하면서 지낸다니! 아, 이런 감방들만큼 상스럽고 역겨운 지하감옥들은 이 세상에서 가장 포악한 제국의 명예를 해치게 될 것이다! 자네, 저들을 보시오. 당신은 그들을 매일 밤 감시하고 열쇠를 보관하고 있소. 그들이 어떤 사람들인지 아시오? 배수관이 도로 밑에 어떻게 깔렸는지, 항상 정체되어 있다는 점 빼고, 어떤 점에서 이 인간 하수관들이 다른지는 알고 있소?

글쎄, 그는 몰라요. 그는 젊은 여자들을 바로 이 감방에다 한 번에 스물다섯 명씩 가둬왔고, 그들 중에 어떤 기품 있는 얼굴이 있는지는 당신도 거의 모를 겁니다.

제발! 지금 감방 안에 들어간 그 야비한 존재가 나오지 못하도록 문을 닫고, 유럽의 오래된 소도시 중에 최악의 소도시의 모든 악덕과 태만과 극악무도한 행위에서 타의 추종을 불허하는 장소 앞에 칸막이를 세워라.

사람들을 정말 재판도 없이 밤새도록 저 컴컴한 돼지우리에 남겨 둔단 말인가?—매일 밤마다. 시계는 저녁 일곱 시에 맞춰진다. 치안판사는 오전 일곱 시에 재판을 연다. 그게 첫 죄수가 석방될 수 있는 가장 이른 시각이고, 그에게 불리한 증언을 하는 경찰관이 출두할 경우에는, 아홉 시나 열 시까지는 석방되지 못한다.—그러나 얼마 전, 한 사람의 사례처럼, 그들 중 누구 하나라도 그 사이에 사망한다면? 그때는, 아까 그 사람이 그랬던 것처럼, 한 시간 안에 쥐에게 반쯤 먹히고, 그러면 끝이다.

멀리서 들려오는 거대한 종들의 이 견딜 수 없는 조종소리와 요란한 바퀴소리와 고함소리는 무엇인가? 화재다. 그리고 반대 방향의 저

진한 붉은 빛은 무엇인가? 역시 화재다. 그리고 우리 앞에 서 있는 이 새카맣게 타서 검게 그을린 담벼락은 무엇인가? 화재가 났던 주거지다. 얼마 전 발표된 공식 보고서에 따르면 이런 대형 화재 중에는 전적으로 사고가 아닌 화재도 있으며, 투기와 진취적 기상이 발휘될 현장을 불길에서조차 발견했다는 암시 이상이 있었다. 그러나 이번이 그렇다고는 해도, 어젯밤에도 불이 났고, 오늘밤에도 두 건의 불이 났기에, 사람들은 내일도 적어도 한 건의 화재는 발생할 것이라는 전망에 승산이 반반인 내기를 걸지도 모른다. 그러니까 편히 쉬려고 저걸 들고 가는 우리도 잘 자라고 인사하고, 위층에 올라가 잠을 청합시다.

* * *

뉴욕에 머물고 있던 어느 날, 나는 롱아일랜드나 로드아일랜드에 있는 여러 공공기관들을 방문했다. 그중 한 곳은 정신병원이다. 건물은 훌륭하고, 널찍한 공간과 우아한 계단이 돋보인다. 건축물 전체가 아직 완성된 상태는 아니지만, 이미 상당한 크기와 규모의 건물 중 하나로 환자들의 대규모 수용도 가능하다.

이 자선기관을 살펴보고 상당한 위안을 얻었다고는 못하겠다. 병동은 더 청결하고 더 질서정연했을지도 모르겠다. 그러나 다른 곳에서는 참으로 긍정적인 인상을 주었던 저 유익한 기관의 모습을 이곳에서는 전혀 찾아볼 수 없었다. 모든 것이 시들하고, 불안하고, 정신병원 같은 분위기를 풍겼기에 매우 고통스러웠다. 긴 산발머리에 몸을 웅크리고 있는 침울한 멍청이, 흉측하게 웃으며 손가락질을 하면서 횡설수설하던 미치광이, 그 공허한 눈과 험악한 야생의 얼굴, 우울하게 손과 입술을 뜯으며, 손톱을 우적우적 먹어치우던 자들. 그곳에서 그들 모두는 어떤 위장도 없이 민낯을 고스란히 드러낸 추함과 공포에 떨고 있었다. 시선을 둘 곳이라고는 텅 빈 담벼락 외에는 아무것도 없는 헐벗고, 칙칙하고, 삭막한 장소인 식당에는 여자 한 명이 홀로 갇혀 있었다. 자살하려고 작정한 여자라고 했다. 뭔가 그녀의 결의를 더욱 굳건히 할 수 있는 게 있었다면, 그것은 단연코 그런 생활에 따른 참을 수 없는 단조로움이었다.

이들 홀과 길쭉한 방들이 끔찍할 정도로 꽉 들어차 있다는 사실이 커다란 충격으로 다가와 나는 체류기간을 최단시한으로 줄이며 건물 내에서 다루기 힘들고 폭력적인 환자들이 더 철저하게 감금당하고 있는 구역을 둘러보는 일도 거절했다. 내가 이렇게 글을 쓰는 순간에도 이 기관을 총괄하던 그 신사에게 관리할 능력이 충분하고, 그가 자신의 모든 권한을 활용해서 그곳의 효용성을 높이는데 기여해왔음을 믿어 의심치 않는다. 그러나 당파적 감정의 파렴치한 투쟁이, 고통 받고 퇴화된 인간들이 찾는 이 슬픈 도피처로도 옮겨온 것이라고 생각되지는 않을까? 우리의 본성이 노출되는 가장 끔찍한 재앙을 당한 방황하는 정신들을 감시하고 통제하려는 눈들이 정계의 어떤 비열한 측의 안경을 썼음에 틀림없다고 여겨지지는 않을까? 정당이 상황에 따라 요동치고 달라짐에 따라, 그리고 그들의 비열한 풍향계가 이리저리 흔들림에 따라 이와 같은 기관의 관리자도 임명되고, 면직되며, 계속 갈아치워진다고 여겨지지는 않을까? 매주 백 번씩이나, 손길이 닿는 곳에서 건전하게 살아가는 모든 것을 병들어 엉망으로 망쳐버리는 미국의 시뭄[99]과 같은 저 편협하고 해로운 정당 정신을 좀 새롭게 치장해서 아주 너절하게 표현하는 일에 나는 억지로 관심을 가져보기도 했었다. 그러나 나는 이 정신병원의 문턱을 넘었을 때만큼 깊은 혐오와 헤아릴 수 없이 경멸스러운 감정을 느끼며 그런 일에 등을 돌려본 적은 없었다.

이 건물과 지근거리에 자리한 암즈 하우스[100]라는 또 다른 건물은, 이를테면, 뉴욕의 구빈원이다. 이곳도 대형기관으로, 내가 그곳에 들렀을 당시 거의 천 명에 달하는 빈민들을 수용하고 있었던 것 같다. 그곳은 통풍이 제대로 되지 않았고 조명 상태도 열악했다. 지나치게 청결하지도 않았고—그래서 내게 인상 깊었는데, 전체적으로 아주 불편했다. 그러나 거대한 상업 중심지이자, 미국 각지 뿐 아니라 전 세계 도처에서 몰려오는 일반 휴양지인 뉴욕에는 부양해야 할 극빈자들이 늘 넘쳐나고, 따라서 이런 점에서 특유의 어려움을 겪고 있는 노동자들도 많다. 뉴욕은 대도시며, 모든 대도시에는 수많은 선과 악이 뒤섞이고 뒤범벅이 되어 있다는 사실을 잊지 말아야 한다.

같은 구역에 어린 고아들을 돌보고 양육하는 기관, '더 팜'[101]이 있다. 이곳을 구경하지는 못했지만, 잘 운영되고 있으리라 생각한다. 모든 병든 자들과 어린아이들을 기억하는 성공회기도서의 저 아름다운 구절을 미국인들이 얼마나 유념하고 있는지 알기에 그 어디에서보다 수월하게 운영되리라 믿는다.

나는 롱아일랜드 교도소 소속에다, 그곳 죄수들이 노를 젓는 배를 타고 수로를 따라 이들 기관에 가게 되었다. 누런색 바탕에 검정색 줄무늬 죄수복을 입고 있는 그들은 마치 한물간 호랑이들처럼 보였다.

---

99) 아라비아 사막의 모래 폭풍으로 사막의 뜨겁고 건조한 바람을 말한다.
100) Alms House.
101) The Farm.

그들은 나를 동일한 수송수단에 태워 바로 그 교도소로 데려갔다.

그곳은 오래된 교도소며, 내가 이미 설명한 계획안에 실려 있는 지극히 선구자적인 기관이다. 내가 이런 말을 듣고 반가웠던 것은 그곳이 의문의 여지 없이 아주 별 볼 일 없는 곳이기 때문이다. 그러나 가장 별 볼일 없는 그곳은 보유 재력으로 만들어진 데다, 규율도 잡힐 수 있는 만큼 제대로 잡힌 곳이다.

여자들은 그런 취지로 세워진 지붕 있는 헛간에서 일한다. 내 기억이 옳다면, 그곳에 남자들이 일할 만한 장소는 전혀 없고, 그런데도, 그들 대다수는 근처에 있는 어떤 채석장에서 노동을 한다. 날이 정말 아주 습했던 탓에 채석장 일이 중단되었고, 죄수들은 감방에 있었다. 이 감방들을 상상해보자. 수는 2~3백 개 정도 되고, 각 방마다 한 사람씩 갇혀 있다. 이 자는 두 손을 창살 틈으로 삐죽이 내밀고 문 앞에서 바람을 쏘이고, 이 자는 침대에 있고(한낮임을 기억하자), 이 자는 쿵하고 바닥에 자빠져서는 야수처럼 머리를 창살에 박고 있다. 비를 퍼부어라, 밖에, 억수같이. 영구 불멸의 난로를 중앙에 놓아라. 마녀의 가마솥처럼 뜨겁고 숨이 턱턱 막히고, 김이 피어오른다. 흠뻑 젖어 흰곰팡이가 핀 우산 천 개와 반쯤 세탁된 리넨이 잔뜩 쌓인 빨래바구니 천 개에서 나올 것 같은 온갖 심심한 악취들을 덧붙여 떠올려봐라, 그러면 그날과 같은 교도소가 나타난다.

이에 반해, 싱싱에 있는 주립 교도소는 본보기 교도소다. 그곳과 마운트 오번에 있는 주립 교도소가 나는 침묵 제도[102]를 시행하는 최대이자 최고의 사례라고 생각한다.

---

102) 죄수에게 침묵을 과하는 방식.

뉴욕의 또 다른 지역에는 극빈자들을 위한 구호소가 있다. 이 기관의 목적은 여자든 남자든 흑인이든 백인이든 아무 구별 없이 어린 범법자들을 갱생시키고, 유용한 직업교육을 하고, 존경할 만한 장인의 도제로 들어가게 하고, 사회의 가치 있는 일원이 되게 하는 데 있다. 구호소의 디자인은 보스턴의 구호소와 유사하게 보일 것이지만, 칭찬하고 존경할 만한 기관이라는 점에서는 조금도 뒤지지 않는다. 이런 숭고한 자선기관을 살펴보는 동안 담당 감독관이 이 세상과 세속적인 인물들에 대해 과연 충분히 알고 있는지, 그들의 나이와 그들의 과거 생활로 따지면, 사실상 여성이나 다름없는 젊은 미혼 여성들을 마치 어린아이처럼 취급하면서 커다란 실수를 저지르지는 않았는지(분명 내 눈에 터무니없는 인상을 남겼거나, 아니면 그들 눈에도 내가 상당히 착각을 한 문제) 의구심이 들었다. 그러나 이 기관은 대단한 지성과 경륜을 겸비한 신사 조직의 빈틈없는 조사를 늘 받고 있기 때문에 관리가 잘 되지 않을 리는 없을 것이다. 그리고 이런 사소한 사항에 있어서 내가 옳고 그른지의 여부는 과대평가하기도 어려울 그 기관의 환경과 성격에는 중요하지도 않다.

이런 기관들 외에도 뉴욕에는 훌륭한 병원과 학교, 학문기관과 도서관, 감복할만한 소방서(꾸준한 훈련으로 사실 그래야 마땅한 수준처럼)와 온갖 종류의 자선단체들이 있다. 교외에는 널따란 공원묘지가 있는데, 아직 완성되지는 않았지만, 날마다 나아지고 있다. 내가 그곳에서 목격한 가장 슬픈 묘지는 '이방인들의 묘였다. 이 도시의 각양각색의 호텔에 헌신한.'

주요 극장이 세 곳 있다. 그중 파크와 바워리 극장 두 곳은 거대하고 우아하며 당당한 건물인데, 내가 이렇게 글로 남긴다는 게 안타깝

긴 하지만, 현재는 거의 버려진 상태다. 세 번째 극장인 올림픽은 보드빌[103]과 풍자극을 올리는 자그마한 공연장이다. 올림픽은 조용한 유머와 독창성이 장기인 희극배우 미첼[104] 선생이 매우 훌륭하게 운영하고 있는데, 그는 런던의 연극 애호가들이 지금도 기억하고 높이 평가하는 배우이기도 하다. 그만한 자격을 갖춘 나도 이 신사에 대해 그의 좌석들이 대개 꽉 들어차는 편이고, 극장에는 매일 밤마다 유쾌하게 떠들썩한 소리가 울려 퍼진다고 기록하게 되어 기쁘다. 정원과 야외 오락시설을 갖춘 니블로[105]라는 작은 여름 극장은 거의 잊고 있었는데, 이곳도 연극에 들어가는 소도구나 뭐 그런 재미난 이름으로 불리는 분야가 힘들게 겪고 있는 전반적인 불황을 면치 못하고 있다.

뉴욕 주변 시골은 그림 같은 풍경이 압도적이고도 절묘하다. 날씨는, 내가 진작 암시한 바대로 아주 따뜻한 편이다. 저녁 시간에 아름다운 만에서 부드러운 바다 미풍이 불어오지 않았다면 어땠을까, 하는 질문으로 나 자신이나 나의 독자들을 열 받게 하지는 않겠다.

이 도시 최고 사교계의 분위기는 보스턴의 분위기와 비슷하다. 여기저기 중상주의 정신이 좀 더 많이 주입되어 있긴 하지만, 대체로 세련되고 교양이 넘치며, 언제나 친절하다고 할 수 있다. 주택과 식탁에 둘러앉은 사람들은 우아하며, 날이 저물면 더욱 쾌활해지기도 한다. 아마 외모와 관련해 열띤 논쟁이 있을 수도 있고, 재산이나 부유한 생활을 과시할 것도 같다. 여성들은 퍽이나 아름답다.

---

103) 노래, 춤, 곡예, 촌극 등 다양한 볼거리로 꾸며지는 공연.
104) 윌리엄 미첼(1798~1856), 배우이자 매니저, 1836년 미국으로 이민을 가서 1839년 올림픽을 인수했다.
105) 윌리엄 니블로가 개장한 유원지.

나는 뉴욕을 떠나기 전에 정기선 조지 워싱턴 호를 타고 고향으로 돌아가는 항해표를 확보하는 일을 처리했다. 배는 6월에 출항한다고 했다. 두서없는 내 여정이 어떤 사고로 지연되지 않는 한 미국을 떠나기로 한 달이었다.

　나는 영국에 돌아가고, 사랑하는 모든 이들에게 돌아가고, 무의식 속에서 내 본질의 일부가 되어버린 여러 가지 일로 다시 돌아갈 때도, 이 배를 타고 마침내 이 도시부터 나와 함께 했던 친구들과 작별하는 순간 내가 견뎌냈던 만큼의 슬픔을 느끼리라고는 생각도 못했다. 나는 그렇게 멀리 떨어져 있고 그렇게 최근에야 알게 된 어떤 장소의 이름이 내 마음 속에서 그곳과 함께 이제는 그것을 둘러싸고 모여드는 정겨운 추억들이 연상되리라고는 생각도 못했다. 이 도시에는 지금껏 라플란드[106]에서는 가물거리다 꺼져버렸던 세상 어두컴컴한 겨울날을 나에게 환하게 밝혀줄 사람들이 존재한다. 그들의 존재가 고향에서도 희미해지기 전에 그들과 나는 우리의 생각과 행동 하나하나와 뒤섞이고, 유아기 때 요람 머리맡에서 출몰하다 나이를 먹을수록 우리 삶의 풍경을 차단하는 저 고통스런 말을 주고받았다.

---

106) 유럽 최북부. 스칸디나비아 반도 북부 지역.

7장

필라델피아와 그곳의 독방 감금

 뉴욕에서 필라델피아에 이르는 여정은 철도와, 두 번의 연락선으로 이루어지며, 보통 다섯 시간에서 여섯 시간이 걸린다. 우리가 기차에 승객으로 올라타 있을 때는 맑은 저녁이었다. 나는 우리 자리 옆 출입구 근처의 작은 창문으로 눈부신 일몰을 구경하고 있었는데도 내 신경은 우리 바로 앞 신사용 객실의 창문에서 흘러나오는 어떤 놀랄 만한 장면에 쏠려 있었다. 한동안 나는 객실 안에 수없이 많던 부지런한 사람들이 깃털 침대를 찢어 그 안에 들어 있던 깃털을 바람에 날리며 만들어내는 장면이라고 생각했다. 이윽고 그들이 단지 침을 뱉고 있을 뿐이라는 생각이 번뜩 들었고, 실제로도 정말 그랬다. 저 객실이 수용할 수 있는 승객 중 그렇게 재미있고 줄기차게 가래침을 뿌려댈 수 있는 사람이 많았다는 점을 감안하고라도, 나는 지금도 그 장면을 어떻게 이해해야 할지 모르겠다. 그 후에 습득한 모든 타액 현상의 경험에도 불구하고 말이다.

 나는 이 여행에서 온순하고 겸손한 젊은 퀘이커교도를 알게 됐는데, 청년은 엄숙한 어조로 자신의 아버지가 냉착피마자유를 발명한 사람이라고 속삭이며 먼저 대화의 포문을 열었다. 나는 이번이 문제의 그 유용한 약물이 대화 촉진제로 사용된 첫 경우라고 짐작하며 이곳의 사정을 언급한다.

우리는 그날 밤 늦게 필라델피아에 당도했다. 취침 전에 객실 창밖을 바라보던 나는 길 건너편에 하얀 대리석으로 훌륭하게 지은 건물 한 채를 보았는데, 마치 유령이 슬퍼하는 것처럼 음산해 보였다. 나는 그렇게 보이는 이유가 음침한 밤 분위기 때문이라고 여겼고, 그래서 아침에 일어나자마자 건물 계단과 주랑 현관이 드나드는 사람들로 잔뜩 북적거릴 거라 기대하며 다시 밖을 내다보았다. 그러나 출입구는 여전히 굳게 닫혀 있었고, 어젯밤과 마찬가지로 차갑고 음산한 공기만이 맴돌았다. 건물은 마치 그곳의 음울한 담벼락 안에서는 돈 구즈만[107]의 대리석상 만이 처리할 만한 일이 있는 것처럼 보였다. 나는 서둘러 그곳의 이름과 취지를 물었고, 그러자 놀라움이 가셨다. 그곳은 수많은 거금의 무덤이자, 투자의 거대한 지하 묘지인 추억의 미합중국 은행[108]이었다.

이 은행의 영업 중단은 온갖 파괴적 결과를 초래하며 필라델피아에 어두운 그림자를 드리웠고(내가 사방에서 들은 바대로), 아직도 그 불황의 그늘은 가시지 않은 상태였다. 그러니 꽤나 칙칙하고 기가 죽은 것처럼 보이는 것도 당연했다.

필라델피아는 멋진 도시이기도 하지만, 지나치게 규칙적이라 오히려 정신이 산란했다. 한두 시간 시내를 돌아다녀보니 구부러진 거리

---

107) 모차르트의 돈 조반니에 살해당한 자가 석상의 모습으로 자신을 죽인 자에게 나타나 그를 지옥으로 끌고 간다는 이야기가 등장한다.
108) 미합중국제일은행. 1794년 사무엘 블로젯(1757~1814)이 대리석으로 지은 세계 최초의 시중 은행.

가 하나라도 있으면 세상이라도 내주었을 텐데,라는 생각이 들 정도였다. 그곳은 퀘이커교의 영향으로 코트 칼라는 뻣뻣해지고 모자챙이 쫙 펴진 것 같았다. 머리카락은 쪼그라들어 짧은 머리로 매끈해졌고, 두 손은 저절로 접혀 그들 나름의 차분한 합의에 따라 내 가슴에 포개졌고, 마켓 플레이스[109]보다는 마크 레인[110]에 있는 하숙집들을 인수하고 옥수수에 투자하면 떼돈을 벌겠다는 생각이 본의 아니게 나를 엄습했다.

필라델피아는 깨끗한 물이 더할 나위 없이 풍족하게 공급되고 있어서 어디서든 뿜어져 나오고, 내뱉듯 쏟아지고, 틀면 나오고, 마구 버려지기도 한다. 필라델피아 근처 고지대에 자리한 급수시설은 공원처럼 멋들어지게 배치되어 유익한 만큼 장식적인 효과도 뛰어나며, 최상의 수준으로 깨끗하게 관리되고 있다. 강에는 이 지점에 댐이 들어서 있어서 자체 발전으로 어떤 높은 탱크나 저수지로도 흘러들어갈 수밖에 없기에, 그곳에서 도시 전체, 이를테면 주택 맨 꼭대기 층까지 아주 쥐꼬리만한 비용으로 물이 공급된다.

공공기관도 다양하게 들어서 있다. 그중에 아주 훌륭하기는 하지만—퀘이커교도 시설이라—일반인들에게는 커다란 혜택을 제공하지 못하는 한 병원, 프랭클린[111]의 이름을 딴 조용하고 색다른 옛 도서관, 늠름한 환전소 겸 체신부 등이 있다. 퀘이커교도 병원과 관련한 웨스트[112]의 그림도 한 점 있는데, 이 기관의 기금 조성을 위해 전시된 작

---

109) 이 지역의 마켓 스트리트와 브로드 스트리트가 만나는 교차지점에 1814년에 세워진 시장.
110) 마켓 플레이스의 남동쪽에 있어서 상업 중심지와 가깝다.
111) 벤저민 프랭클린(1706~90), 정치가이자 작가이자 박애주의자.
112) 벤저민 웨스트(1738~1820), 필라델피아에서 태어났지만 이탈리아에서 그림 공부를 하

품이다. 소재는 병든 자를 치유하는 우리의 구세주며, 그것은 아마 어디에서나 볼 수 있을 정도로 사람들이 애호하는 그 거장의 대표작일 것이다. 이것이 격조 높은 찬사인지 궁색한 찬사인지는 독자의 취향에 달렸다.

같은 방에 미국의 유명 화가 설리[113] 선생이 아주 특징을 잘 잡아 실물과 똑같이 그린 초상화도 있다.

내가 필라델피아에 머문 기간은 아주 짧았지만, 그곳 사교계를 접하게 된 점은 매우 흡족하게 생각한다. 일반적인 특징 면에서 필라델피아는 보스턴이나 뉴욕보다 지방색이 더 짙고, 셰익스피어와 글라스 하모니카[114]에 관해 우리가 ≪웨이크필드의 목사≫에서 읽었던 것과 똑같은 주제를 그렇게 고상하게 토론하는 티를 좀 풍기며 안목과 비평 능력을 갖춘 척하는 태도가 이 공명정대한 도시에 만연해 있다고 말해야만 할 것 같다. 필라델피아 근처에는 작고한 지라드[115]라는 거부가 설립한 지라드 대학의 눈부신 대리석 구조물이 미완성인 채로 남아 있다. 이 건물이 최초 설계대로 완성된다면, 아마 가장 호화로운 현대식 구조물이 될 것이다. 그러나 그의 유산은 법적 분쟁에 휘말린 데다 아직 미해결 상태라 공사는 중단된 상황이다. 따라서 미국의 수많은 여타 대규모 사업과 마찬가지로, 이 공사 역시 지금 진행되고 있다기보다는 오히려 조만간 끝장날 것으로 보인다.

고 1763년 런던에 정착했으며 런던 왕립미술원 원장이 되었다. 성경이나 역사적인 장면을 주로 그렸다.

113) 토마스 설리(1783~1872), 영국 출신의 미국 화가.

114) 회전식 유리 그릇에 각각 다른 양의 물을 담아 조음한 악기.

115) 스테판 지라드(1750~1831), 그가 남긴 유산으로 1833년에 백인 고아 소년들을 위한 지라드 대학을 설립했다.

시 외곽에는 펜실베이니아 주 특유의 계획안에 따라 운영되는 이스턴 페니텐셔리라는 거대한 형무소가 서 있다. 이곳에서는 융통성 없고, 엄격하고, 끔찍한 독방 수감 제도를 실시한다. 나는 독방 감금을 실행하는 것은 잔인하고 잘못된 것이라고 생각한다.

독방 수감의 의도는 친절하고, 인간적이며, 교화를 위한 것임을 충분히 확신한다. 그러나 나는 이런 제도의 형무소 규율을 고안해낸 사람들과 이 제도를 시행하는 저 너그러운 신사들이 자신들이 무슨 짓을 하고 있는지는 모른다고 믿는다. 수년씩 지속되는 이 끔찍한 형벌이 그 피해자들에게 가하는 그 어마어마한 고문과 고통의 양을 가늠할 수 있는 사람들은 극히 드물다고 본다. 나 자신도 그 고통의 정도를 짐작해보고, 그들 얼굴에 쓰여 있는 고통을 직접 목격하고, 내가 확신컨대 그들이 내면에서 느끼는 고통으로 추론해본 결과, 나는 피해자 자신들 외에는 그 누구도 헤아릴 수 없고, 어떤 인간도 똑같은 인간에게 가할 권리가 없는 그런 고통 속에 지독한 인내가 깊이 자리 잡고 있음을 더욱 확신하게 되었다. 나는 이렇게 서서히 그리고 날마다 두뇌의 불가사의한 부분들을 함부로 건드리는 일이 육체에 대한 어떤 고문보다 헤아릴 수 없을 만큼 나쁘다고 판단한다. 그런 형벌이 남기는 무시무시한 표시와 흔적은 육체에 남는 상처처럼 눈과 촉각으로 감지할 수 없기 때문이며, 그로 인한 상처는 겉으로 드러나지도, 인간의 귀로는 들을 수도 없는 울부짖음을 강요하기 때문이다. 그러므로 독방 감금이 잠들어버린 인간성을 불러일으키지 않는 은밀한 형벌로서 그대로 유지되는 것을 더욱 비난하는 바이다. 나에게 '찬성' 혹은 '반대'라고 말할 권한이 있다면, 투옥 기간이 짧은 어떤 경우에 독방 감금을 시도하도록 허락할 것인지 숙고하며 주저한 적이 한 번은 있었다. 그러나 지금은 어떤 보상이나 명예 없이도 내가 낮에는 탁 트인 하늘 아래를 행복한 사람으로 걸어 다니거나, 밤이면 침대에 드러누울 수 있는 것은, 한 인간이, 일정 시간 동안, 무조건, 자신의 조용한 감방에서 이런 미지의 형벌을 당하고 있으며, 나는 추호도 그 명분이나 그것에 동의하지 않겠다는 자각이 있기 때문임을 엄숙히 밝히는 바이다.

나는 공식적으로 그곳 경영과 관련된 신사 두 명을 대동하고 이 교도소를 방문했고, 그날은 이 감방 저 감방을 둘러보며 재소자들과 얘기하는 것으로 시간을 보냈다. 가능한 최고의 예우로 모든 시설이 내게 공개되었다. 어떤 것도 내가 보지 못하도록 감추거나 숨기지 않았으며, 내가 찾던 정보도 낱낱이 공개되고 숨김없이 제공되었다. 이 교도소의 완벽한 질서는 아무리 칭찬해도 과하지 않으며, 이 제도를 관리하는데 직접적으로 관련 있는 모든 사람들의 훌륭한 동기에 대해서도 어떤 의문이 있을 수 없다.

교도소 본체와 바깥쪽 담벼락 사이에는 널찍한 정원이 있다. 우리는 거대한 출입구에 난 쪽문을 통해 그곳으로 들어간 뒤 우리 앞쪽 길을 반대편 끝까지 따라가다 커다란 방으로 들어갔는데, 그곳에서부터 일곱 개의 기다란 통로가 사방으로 퍼져 나간다. 통로마다 양 옆에는 일정 수의 낮은 독방 문들이 길고 길게 이어져 있다. 위에도 아래와 마찬가지로 독방들이 늘어선 통로가 있었는데, 다만 그곳 감방에는 좁다란 뜰이 딸려 있지 않았고(1층 감방괴는 달리), 감방 크기도 좀 더 작았다. 이들 감방 중에 방 두 개는 차지해야 날마다 한 시간 안에, 나머지 방 하나하나에 붙어 있는 그 칙칙한 통로에서 최대한 누릴 수 있는 공기와 운동이 그만큼 부족해도 상쇄된다고 보는 것 같다. 따라서 이 위층의 모든 죄수들은 서로 이웃하고 서로 소통이 되는 감방 두 개를 사용한다.

가운데 지점에 서서, 칙칙한 평정과 고요가 깔려 있는 이 음산한 복도들을 내려다보는 것은 끔찍한 일이다. 이따금씩 어떤 외로운 직공의 북이나 제화공의 마지막 작업에서 나른한 소리가 들리기는 하지만, 두꺼운 벽과 육중한 지하감옥 문에 억눌리며 주변의 적막을 더욱 심오하게 할 뿐이다. 이 침울한 집에 들어온 모든 죄수의 머리와 얼굴 위로 검은 복면이 끌어당겨져 있다. 죄수와 살아 있는 세계 사이에 드리워진 커튼의 상징인 이 검은 수의를 입은 죄수는 그의 형기가 완전히 종료될 때까지 결코 다시는 빠져나오지 못하는 감방으로 끌려간다. 그는 아내와 아이들, 집이나 친구들, 어떤 특정한 사람에 관한 소식을 전혀 듣지 못한다. 교도관들을 만날 때도 있지만, 그런 때를 제외하고는 인간의 표정을 쳐다보거나 인간의 목소리를 결코 듣지 못한다. 그는 산 채로 파묻힌 남자이며, 서서히 몇 년에 걸쳐 밖으로 파헤쳐질 예정이며, 그러는 사이 모든 것에 무감각해지고 오로지 고문 같은 불안과 무시무시한 절망이 있을 뿐이다.

죄수의 이름과 그가 저지른 죄와 수감 기간은 그에게 매일 음식을 전달하는 간수에게도 알려져 있지 않다. 그의 감방 문에는 번호가 달려 있고, 교도소장과 도덕 교관이 한 권씩 사본을 지니고 있는 책에는 그의 전과 목록이 있다. 이런 책들 외에 교도소에는 죄수의 존재를 기록하는 어떤 자료도 없다. 그가 2년이란 지루한 세월을 똑같은 감방에서 산다고 해도, 마지막 순간까지 그곳이 형무소 건물 어디에 위치하는지, 어떤 유형의 인간들이 주변에 존재하는지, 긴긴 겨울밤이면 근처에 살아 있는 사람들이 존재하는지, 아니면 거대한 형무소의 어떤 적막한 모퉁이에서 자신과 그 독방의 공포를 가장 가까이에서 공유하는 사람과의 사이에 담과 복도와 철문을 두고 있는 것인지 알 도리가 없다.

모든 감방은 2중문으로 되어 있다. 바깥쪽 문은 튼튼한 참나무로 되어 있고, 그 안쪽은 쇠창살이 달린 철문인데, 여기에 음식이 전달되는 배식구가 있다. 그는 성경책과 석판과 연필을 가지고 있으며, 일정한 제한 하에, 그런 취지로 제공되는 책들과 펜과 잉크, 종이를 가지고 있기도 한다. 면도칼, 접시, 깡통, 물동이가 벽에 걸려 있거나 작은 선반 위에서 반짝거린다. 깨끗한 물을 감방마다 갖다 놓으면 죄수는 좋을 대로 끌어다 쓸 수 있다. 낮에는 침대틀을 벽에 기대 접어 올리면 안에서 일할 자리가 늘어난다. 그가 쓰는 베틀이나 작업대, 물레바퀴가 그곳에 있다. 그곳에서 그는 일하고, 자고, 깨어나고, 계절이 몇 번 바뀌었는지 따져보며 늙어간다.

내가 처음 본 남자는 베틀에 앉아 일을 하고 있었다. 그는 그곳에서 6년을 있었는데, 내 생각에 3년은 더 있어야 할 것 같았다. 그는 장물을 인수한 일로 유죄 판결을 받았지만, 투옥된 지 오래되었는데도 죄를 부인했고, 가혹행위를 당했다고 했다. 그게 그의 두 번째 범죄였다.

우리가 안으로 들어가자 그가 하던 일을 멈추며 안경을 벗고 그에게 주어지는 모든 질문에 자유롭게 답했다. 하지만 항상 처음에는 낯선 듯 머뭇거리다가 낮고, 생각에 잠긴 목소리로 대답했다. 그는 자신이 만든 종이 모자를 쓰고 있었고, 그걸 알아봐주고 칭찬받으면 기뻐했다. 식초병으로 시계추를 삼는 등 하찮은 잡동사니로 네모난 벽시계 같은 것을 아주 솜씨 좋게 만들어내는 재주도 있었다. 내가 그가 만들어낸 작품에 관심 있어 하는 걸 보고는 아주 뿌듯하게 시계를 올려다보며 좀 더 멋지게 고칠 생각이어서 망치나 깨진 유리조각이 좀 있으면 "머지않아 음악소리도 나올 것"이라고 했다. 그는 자신이 짜던 방적사에서 색을 뽑아 벽에다 몇몇 형상도 어설프게 그려놓았다. 그중 문에 그려놓은 한 여성의 그림을 그는 '호수의 여인[116]'이라고 불렀다.

내가 시간을 내어 이들 작품을 살펴보자 그가 미소를 지었다. 그러나 내가 고개를 들어 그를 쳐다보았을 때, 나는 그의 입술이 떨리는 모습을 보았고, 그의 심장 박동 수를 셀 수 있을 정도였다. 나는 어떻게 그런 말이 나왔는지는 잊었지만, 그에게서 아내가 있다는 말이 에둘러 나오게 되었다. 그 말에 그가 머리를 흔들더니 옆으로 비켜서며 두 손으로 얼굴을 감쌌다.

"하지만 이젠 체념하지 않았나!" 잠깐 멈칫하더니 그 신사들 중 한 명이 소리쳤다. 그러는 사이 그가 좀 전의 태도를 되찾았다. 그가 그런 절망 속에선 사뭇 무모한 것 같은 한숨을 내쉬며 대답했다. "아 그럼요, 아 그럼요! 체념하고말고요." "좀 나은 인간이 된 것 같나?" "글쎄요, 그랬으면 좋겠습니다. 그렇게 될 수 있다고 바라는 건 확실해요." "시간이 좀 빨리 가나?" "시간은 아주 길답니다, 신사양반님들, 이렇게 사방 벽으로 갇혀 있으면 말이죠!"

그는 하늘만이 얼마나 진저리가 나는지 아실지니, 라고 말하는 것처럼 주변을 뚫어져라 쳐다보았다. 그리고 그렇게 움직이며 마치 뭔가를 깜빡 잊었다는 듯이 일순 이상하게 멍해졌다. 그리곤 무겁게 한숨

---

116) 월터 스콧이 지은 서사시 〈The Lady of the Lake〉(1810).

을 내쉬자마자 안경을 쓰고 다시 일하기 시작했다.

또 다른 감방에는 절도죄로 5년의 징역형을 받은 독일인이 있었는데, 이제 징역형 2년이 끝난 상태였다. 그도 똑같은 방식으로 얻은 색으로 사방 벽과 천장의 구석구석까지 아주 아름답게 칠을 해놓았다. 뒤쪽에다 몇 피트짜리 자리를 아주 말끔하게 마련해 가운데 작은 침대를 만들어놓았는데, 여담이지만, 마치 무덤처럼 보였다. 그가 모든 물건을 통해 보여준 취향과 창의성은 누구보다 탁월했지만, 이보다 더 풀이 죽고, 비탄에 잠기고, 불행한 인간을 상상하기란 어려울 것이다. 나는 고통스럽고 불행한 심정이 고스란히 담긴 그런 황폐한 그림은 본 적이 없었다. 내 마음이 피를 흘리는 것처럼 고통스러웠다. 눈물이 그의 뺨으로 흘러내렸고, 그가 한 방문객을 옆으로 잡아끌더니 불안하게 떨리는 양손으로 꼼짝 못하게 그의 코트를 움켜쥔 채 암울하게만 보이는 그의 형량이 감형될 희망은 전혀 없는 것인지 물었다. 눈을 뜨고 쳐다보기에는 너무나 고통스러운 광경이었다. 나는 이 남자의 불행보다 더 강한 인상을 남긴 불행을 본 적도 들은 적도 없었다.

세 번째 감방에는 키가 훤칠하고 강건해 보이는 흑인 강도가 있었는데, 나사 등을 만드는 그에게 딱 맞는 업에 종사하고 있었다. 그의 형기는 거의 끝나갔다. 그는 꽤나 솜씨 좋은 도둑이었을 뿐 아니라 무모함과 배짱, 전과기록으로도 악명이 자자했다. 그는 자신의 성과를 장황하게 늘어놓으며 우리를 즐겁게 만들었고, 그런 이야기를 하도 감칠맛 나게 해대는 바람에, 훔친 금은제 식기류나 은테 안경을 끼고 창가에 앉아 있는 노부인들을 지켜보다가(그는 건너편 도로에서도 그들이 낀 금속을 알아보는 안목이 있는 게 분명했다) 나중에 물건을 털었다는 짜릿한 일화들을 들려줄 때는 실제로 군침을 삼키는 것처럼 보이기도 했다. 이 친구는 누군가 약간의 추임새라도 넣으면 더할 나위 없이 혐오스러운 말투로 그의 직업적인 추억담을 마구 뒤섞어 댔을 것이다. 그러나 그가 저 감옥에 들어오게 된 날을 축성하며, 살아 있는 한 다시는 강도짓을 저지르지 않겠다고 공언하는 그 지독한 위선을 능가할 수 있을 거라고 봤다면 그것은 나의 커다란 착각이다.

허락된 또 한 사람은 하나의 사치로서 토끼를 키우고 있었다. 그 결과 방에서 숨이 턱턱 막혀오는 냄새가 꽤 났던 탓에 감방 문에 서 있던 그를 복도로 나오라고 불렀다. 그는 당연히 이에 응했고, 거대한 창문에서 평상시와 다른 햇빛 속에 말라빠진 얼굴을 가리며 서 있는 모습이 마치 무덤에서 소환되어온 것처럼 창백하고 섬뜩해 보였다. 그는 흰 토끼를 가슴에 안고 있었는데, 그 작은 동물은 바닥에 내려놓자마자 감방으로 살며시 도로 들어갔고, 소환에서 풀려난 그가 토끼를 따라 벌벌 떨며 기어들어가는 모습을 보자, 그 둘 중 어떤 점에서 그 인간이 더 고귀한 동물인지 설명하기 매우 어려웠을 것이란 생각이 들었다.

영국인 도둑도 한 명 있었는데, 그가 7년 형기 중에 그곳에서 지낸 건 단 며칠에 불과했다. 이마가 좁고 얇은 입술의 잔악해 보이는 자로 얼굴이 하얬다. 아직 찾아온 방문객들에게 어떤 관심도 보이지 않았고, 형벌이 추가되지만 않는다면, 가지고 있던 제화공 칼로 나를 기꺼이 찌르고도 남을 인물이었다. 겨우 어저께 감옥에 들어온 독일인도 있었는데, 우리가 들여다봤더니 침대에서 일어나 엉터리 영어로 일이 너무 고되다는 푸념을 늘어놓았다. 시인도 한 명 있었다. 그는 24시간마다 이틀씩, 하루는 자신을 위해, 하루는 감옥을 위해 일한 후에, 배

(그는 직업이 선원이었다)와 '사람을 미치게 하는 와인 컵'과 고향 친구들에 관한 시를 썼다. 그런 죄수들이 아주 많았다. 방문객들을 보고 얼굴이 붉어지는 자들이 있는가 하면 얼굴이 새파래지는 자들도 있었다. 어떤 두세 명의 죄수는 병이 심하게 나는 바람에 재소자 간병인과 같이 있었다. 그중 한 명, 그러니까 감옥에서 다리가 절단된 뚱뚱한 늙은 흑인은 간병인으로 고전문학 학자이자 성공한 의사를 옆에 두고 있었고, 이 의사도 죄수이긴 마찬가지였다. 예쁘장한 유색인 소년이 계단에 앉아 별 시답지 않은 일을 하고 있었다. "그럼, 필라델피아에는 어린 범죄자들을 위한 수용소가 전혀 없나요?" 내가 물었다. "있습니다. 헌데 백인 아동만을 수용하죠." 범죄에 빠진 고귀한 귀족사회라!

11년이 넘도록 그곳에서 지낸 선원도 있었는데, 몇 달만 있으면 자유의 몸이었다. 11년간 독방 생활이라니!

"자네 형기가 다 돼 간다는 말을 들으니 참으로 기쁘네." 그가 뭐라고 했을까? 아무 말도. 왜 그는 제 양손을 빤히 바라보고, 손가락에 붙은 살을 뜯어내고, 때때로 아주 잠깐 그의 머리가 허옇게 쇠는 것을 지켜본 저 헐벗은 벽들을 향해 눈을 치켜뜨는 걸까? 가끔씩 그래왔으니까.

그는 왜 한 번도 사람들을 똑바로 쳐다본 적 없이, 살과 뼈를 갈라놓는 일에 골몰하고 있는 것처럼 제 손등을 늘 잡아당기는 걸까? 그의 유머일 뿐이다. 그 이상은 아무것도 없다.

석방을 고대하지도 않으며, 그 시간이 다가오고 있어도 기쁘지 않으며, 한땐 석방을 기대한 적도 있었지만, 그건 아주 오래 전이었고, 만사에 완전히 관심을 잃었다고 말하는 것 역시 그의 유머다. 무력하고, 찌그러지고, 부서진 사람이라는 것이 그의 유머다. 그리고 하늘에 맹세코 그는 자기 유머에 전적으로 만족해하고 있도다!

인접한 감방에는 젊은 여자 셋이 있었는데, 그들을 기소한 검사를 털자는 음모에 가담한 죄로 모두 동시에 유죄 판결을 받았다. 조용하고 외롭게 살아오면서 그들은 상당히 아름답게 성장했다. 아주 슬픈 표정을 짓고 있어서 가장 근엄한 방문객을 눈물이 나도록 감동시켰을 지는 모르겠으나, 그런 남자들의 사색을 일깨울 만한 비애에는 이르지 못했다. 한 명은 어린 소녀였다. 내가 기억하기로는 스무 살도 안 됐다. 그녀의 눈처럼 하얀 방에는 전에 있던 죄수의 작품이 걸려 있었고, 그녀의 풀죽은 얼굴 위로 찬란한 태양이 높은 벽 틈을 타고 환하게 내리비쳤고, 그 틈으로 맑은 푸른 하늘의 가느다란 한 조각을 볼 수 있었다. 그녀는 깊이 뉘우치고 있었으며 조용했다. 그녀는 체념 상태가 되었다고 말했고(그리고 나는 그녀를 믿었다), 그래서 마음의 평화를 얻었다고 했다. "한마디로, 여기서 행복한가?" 나의 동료 한 사람이 물었다. 그녀는 안간힘을 쓰며—지독하게 안간힘을 쓰며—행복하다고 대답했다. 그러나 눈을 치켜 올리고 하늘 높이 언뜻 나타나는 저 자유를 접하자 불쑥 눈물을 터뜨리며 말했다. "걔는 그러려고 노력했어요. 어떤 불평도 하지 않았고요. 그러나 가끔은 걔가 저 한 감방에서 벗어나고픈 욕망을 느끼는 것도 당연한 일이었어요. 그건 어쩔 수가 없었다고요." 그녀는 흐느꼈다. 가여운 것!

그날 나는 감방과 감방을 돌아다녔다. 내가 본 모든 얼굴, 혹은 내가 들은 모든 말, 혹은 내가 주목한 모든 사건은 그 고통 그대로 내 마음속에 존재한다. 그러나 이후 내가 피츠버그에서 목격한 동일한 방 안대로 운영되는 어느 교도소를 더 즐겁게 훑어보기 위해 그런 것들은 이제 넘어가기로 하자.

내가 저 형무소를 같은 방식으로 살펴보게 되었을 때, 형무소 소장에게 맡고 있는 죄수들 중에 머지않아 풀려날 사람이 있는지 물어보았다. 그가 답하길, 다음날이면 형기가 끝나는 사람이 한 명 있지만, 감옥 생활은 겨우 2년에 불과하다고 했다.

2년! 나 자신의 인생—축복과 삶을 편안하게 해주는 것들과 행운에 둘러싸여, 감옥 밖에서 영화롭고 행복한—에서 2년이란 시간을 찬찬히 돌아보며 그 시간이 얼마나 큰 차이가 있는지, 독방에 갇혀 보내는 저 2년이란 시간이 얼마나 길게 느껴질지 생각해보았다. 내일이면 석방될 이 남자의 얼굴이 이제 내 앞에 있다. 고통에 찌들었던 다른 모든 얼굴들보다 행복에 겨운 그의 얼굴을 더욱 잊지 못할 것 같다. 그가 독방 감금이란 제도는 좋은 제도이며, 시간이 '고민하다 보니 사뭇 빨리' 지나갔고, 한 남자가 일단 자신이 법을 어겼으니 그것에 만족해야 한다고 느끼면 그는 '어떻게든 살아간다'는 등등의 말을 하는 것이 얼마나 쉽고 자연스러웠는지!

"저렇게 이상하게 조마조마해 하면서 그가 당신 말에 뭐라고 대답하던가요?" 안내원이 감옥문을 잠그고 복도에 있는 내게로 오자 내가 물었다.

"아! 자기 부츠 밑창이 걷는데 지장 있지 않을까 걱정된다는군요. 들어올 때도 많이 닳았었거든요. 그러니 수선해서 준비하게 해주면 내게 몹시 감사할 거라나요."

저 부츠는 그의 발에서 벗겨져 그의 옷가지들과 함께 치워졌었다, 2년 전에!

나는 그 기회를 이용해 석방 바로 전의 그들의 행동거지에 대해 물으며, 덧붙이길 그들이 몹시 떨고 있을 것 같다고 했다.

대답은 이랬다. "글쎄요, 그렇게 많이 떨리는 일은 아니지요. 떤다고 해도, 신경계를 완전히 교란시킬 정도는 아니죠. 그래도 장부에 서명도 못하고, 때로는 펜도 쥐질 못하고, 이유도 모르고, 자신들이 어디 있는지도 모르는 모습으로 주변을 둘러보고, 1분에 스무 번씩이나 일어섰다 다시 앉기도 합니다. 사무실에 있거나, 데려올 때처럼 후드를 씌워 어디로 데려가거나 하면 그래요. 정문 밖에 나가게 되면, 걸음을 멈추고 처음에는 한쪽 길로 다음에는 그 반대쪽으로 향해요. 어디로 가야 할지도 모르니까요. 가끔은 술에 취한 것처럼 비틀대기도 하고, 할 수 없이 담벼락에 기대기도 하고, 아주 형편없지만, 금세 달아나 버려요."

나는 이 독방들 사이를 걷고 그 안에 있는 인간들의 얼굴을 쳐다보며 그들의 처지에 어울리는 생각과 감정을 상상해보려고 했다. 방금 벗겨진 후드와 그들에게 끔찍할 정도로 단조로운 것으로 드러난 그들의 감금 상황을 상상해보았다.

처음에 그 남자는 어리벙벙해한다. 그의 감금 생활은 흉측한 환상이고, 그의 옛 생활이 현실이다. 그는 침대 위로 몸을 던지고, 그곳에서 절망스러워 자포자기의 심정으로 누워 있다. 조금씩 그곳의 참을 수 없는 고독과 황량함이 밀려오며 그를 이런 인사불성에서 일깨우고, 쇠창살 달린 문의 배식구가 열리자 겸손하게 일거리를 달라고 애걸복걸하며 간청한다. "할 일을 좀 주세요, 안 그러면 미쳐 날뛰고 말거예요!"

일이 생겼다. 하다말다 하면서 노동에 적응한다. 그러나 때때로 저런 석조 관에서 낭비될 게 틀림없는 그 여러 해의 세월이 불타오르는 듯한 느낌과, 그의 시선과 지식으로는 보이지 않는 저 사람들의 추억을 지독히도 간파한 덕에 자리에서 일어나 양손이 위를 향한 머리 위에서 깍지를 끼고는 좁은 방을 위아래로 성큼성큼 걸어 다니는 동안 머리를 담벼락에 처박으라고 유혹하는 유령의 소리를 듣게 되는 고통이 엄습한다.

다시금 침대에 쓰러지고, 그곳에 누워 신음소리를 낸다. 갑자기 벌떡 일어나 어떤 다른 사람이 근처에 있는지, 건너편에 저것과 같은 또 다른 감방이 있는지 궁금해하며 신경을 곤두세우고 귀를 기울인다.

아무런 소리도 들리지 않는다. 그러나 그 모든 것에도 불구하고 다른 죄수들이 근처에 있을 것이다. 자신이 이곳에 들어오리란 생각은 거의 꿈도 꾸고 있지 않았을 때, 감방은 죄수들이 서로의 소리를 듣지 못하도록 철저하게 지어진다는 소리를 들어봤던 기억이 난다. 간수들이 죄수들의 소리를 들을 수 있긴 하지만 말이다. 가장 가까운 사람은 어디 있을까—오른쪽, 아니면 왼쪽? 아니면 양쪽에 한 명씩? 지금은 어디 앉아 있을까?—얼굴을 불빛 쪽으로 하고? 아니면 이리저리 걷고 있을까? 어떤 옷을 입었을까? 여기 오래 있었을까? 많이 야위었을까? 창백하다 못해 유령 같을까? 그도 옆방 죄수에 대해 생각할까?

그런 생각을 하는 동안 그는 감히 숨을 쉬거나 귀를 기울이지도 못하고 자신을 향해 등을 돌리고 있는 어떤 인물을 떠올리고는, 그 인물이 이다음 감방에서 왔다 갔다 움직이는 상상을 한다. 그 얼굴을 전혀 알지는 못하지만, 구부정한 사내의 어두운 형상일 것으로 확신한다. 그는 반대쪽 감방에다 역시나 얼굴을 그에게 숨기고 있는 또 다른 인물을 집어넣는다. 매일매일, 그리고 걸핏하면 한밤중에 잠에서 깰 때마다, 이 두 사람을 마음이 산란해질 정도로 생각한다. 그는 그들을 한 번도 바꾸지 않는다. 그곳에서 그들은 늘 그가 처음 상상했던 그 모습 그대로며—오른쪽에는 노인, 왼쪽에는 젊은이가 있다—그들의 숨겨진 이목구비에는 그를 죽도록 고문하고, 그를 몸서리치게 만드는 미스터리가 있다.

그 진저리나는 날들이 장례식 문상객처럼 침통한 속도로 지나가고, 그도 감방의 하얀 벽 속에 끔찍한 무언가가 있으며, 그 하얀색이 지긋지긋하고, 그 매끈한 표면에 몸이 오싹해지고, 그를 괴롭히는 혐오스런 모서리가 하나 있다는 느낌이 서서히 들기 시작한다. 그는 잠에서 깨는 아침마다 침대보 밑으로 머리를 숨기고, 자신을 내려다보는 섬뜩한 천장을 보며 몸서리친다. 평화로운 햇빛이 그의 형무소 창문이라는 변함없이 갈라진 틈사이로 한 추악한 유령의 얼굴을 슬쩍 들여다본다.

서서히 그러나 확실하게 조금씩, 저 증오스러운 귀퉁이에 대한 공포가 부풀어 오르더니 자나 깨나 그를 괴롭히고, 그의 휴식을 침범하고, 그의 꿈을 끔찍하고, 그의 밤을 두려운 것으로 만들었다. 처음에는, 그 모퉁이가 이상하게도 싫었다. 흡사 그의 뇌 속에다, 그곳에 있어서는 안 되는 똑같은 모양의 무언가를 낳아 그의 머리를 고통으로 뒤트는 느낌이 들었다. 그런 뒤로는 모퉁이가 두렵기 시작하더니 모퉁이 꿈을 꾸기 시작했고, 그것의 이름을 속삭이고 가리키는 사람들의 꿈을 꾸기 시작했다. 그러자 모퉁이를 쳐다보는 것도, 심지어는 모퉁이 쪽으로 등을 돌리는 것도 견딜 수 없었다. 이제 모퉁이는 밤이면 밤마다 어떤 그림자, 즉 유령—쳐다보기도 끔찍하지만, 새인지 짐승인지 소리 죽인 인간의 형상인지 그로선 구별할 수 없는 침묵을 지키는 그 무엇—이 잠복해 있는 장소다.

그는 낮에 감방에 있을 때면 밖에 있는 그 작은 뜰이 두렵다. 뜰에 있을 때는 감방에 다시 들어가기가 무섭다. 밤이 오면 모퉁이에 유령이 서 있다. 그가 용기를 내 모퉁이 자리에 서서 유령을 몰아낸다 해도(절망스러워 한 번은 그랬다), 유령은 그의 침대에 둥지를 튼다. 새벽녘이면 항상 같은 시간에 어떤 목소리가 그의 이름을 부르며 크게 소리친다. 어둠이 짙어지면서, 그의 베틀이 살아나기 시작하고, 그것조차도, 그의 위안은 동이 틀 때까지 그를 지켜보는 어떤 소름끼치는 형상이다.

다시 서서히 조금씩 이 끔찍한 망상들이 하나씩 차례대로 떠나간다. 가끔씩 불현듯 되돌아오기도 하지만, 간격은 점점 길어지고, 형상이 주는 충격도 점점 줄어든다. 그는 자신을 찾아온 신사와 종교적인 문제들에 관한 이야기를 나누었고, 그의 성경을 읽고, 석판에 축문을 써서 일종의 보호물이자 하늘과의 친교를 보증하듯 걸어놓았다. 그는 이제 이따금씩 그의 아이들이나 아내의 꿈을 꾸지만, 그들이 이미 죽었거나 자신을 버렸음을 확신한다. 그는 걸핏하면 감동해서 눈물을 흘리며, 온화하고, 순종적이고, 기가 꺾였다. 때로는 옛 고통이 다시 찾아오기도 한다. 아주 사소한 일이 고통을 되살리곤 한다. 심지어는 익숙한 소리나 공기에 감도는 여름철 꽃들의 향내로도. 그러나 지금은 고통이 오래 지속되지 않는다. 바깥세상은 환상이 되었고, 이 독방 생활이 슬픈 현실이 되었기 때문이다.

그의 투옥기간이 짧다면—내 말은 짧을 리가 없기에 비교직이란 의미다—마지막 반년은 전체 투옥 기간 중에서 최악이라고 해도 과언이 아닐 지경이다. 그때가 되어 감옥에 불이 나면 그도 그 폐허 속에서 함께 타버리고, 자신은 감옥 담장 안에서 죽을 수밖에 없는 운명이라거나, 억울하게 붙들려 또다시 형을 받게 될 것이라거나, 그게 뭐든 대개 그의 석방을 가로막는 어떤 사건이 틀림없이 일어날 것이라는 생각에 휩싸이기 때문이다. 이런 생각은 자연스러운 일이며, 이와 반대되는 추론을 하는 것은 불가능하다. 사회생활에서 오랫동안 분리되고 지독한 고통을 당하고 난 뒤이기 때문에, 어떤 사건도 자유와 동료 인간들에게 복귀한 존재보다 그에게는 더 그럴 듯한 일로 여겨지기 때문이다.

그의 감금 기간이 아주 길었다면, 석방이라는 생각만으로도 그를 당혹스럽고 혼란스럽게 한다. 바깥세상과, 그 외로운 세월 동안 그에게 바깥세상이었을 수도 있는 것을 생각하면, 무너진 그의 가슴이 일순 파르르 떨릴지도 모르지만, 그뿐이다. 감방 문은 그 모든 희망과 관심을 향해 너무 오랫동안 닫혀 있었다. 그를 이런 위기에 처하게 하고, 더는 그의 부류가 아닌 그의 종족과 어울리도록 내보내는 것보다는 맨 처음에 그를 교수형에 처하는 게 더 나았으리라.

이 죄수들의 얼굴에는 하나같이 말라빠진 얼굴에 똑같은 표정이 내려앉았다. 나는 그 표정을 무엇에 비유해야 할지 모르겠다. 우리가 맹인이자 귀머거리의 얼굴에서 볼 수 있는 저 팽팽한 긴장 같은 것이 공포 비슷한 것과 뒤섞여 있는 게, 마치 그들 모두가 남몰래 공포에 질려 있었던 것 같았다. 내가 들어가 본 작은 방 하나하나에서, 내가 들여다본 모든 창살문에서, 나는 사람을 섬뜩하게 하는 똑같은 표정을 본 것 같았다. 뛰어난 그림에 홀린 것처럼 그 표정은 내 기억에 살아 있다. 이 독방의 고통에서 갓 풀려난 자를 섞어 백 명의 사람을 내 눈앞에서 가두 행진을 시켜보면, 내 그를 콕 집어 지목해낼 것이다.

독방 감금은 내가 말했던 바대로 여자들의 얼굴을 인간답고 세련되게 만든다. 이것이 고독 속에서 이끌려나온 그들의 더 나은 천성 때문인지, 아니면 그들이 인내심이 더 많고 고통을 더 오래 겪어온, 더 온순한 인간이기 때문인지 나는 모른다. 그러나 정말 그렇다. 그럼에도 불구하고, 내 생각에 독방 감금이라는 형벌이 남성과 마찬가지로 여성에게도 극도로 잔인하고 잘못된 것이라는 점을 덧붙일 필요도 거의 없다.

독방 감금이 야기하는 정신적 고통—너무나 극심하고 엄청난 고통이라 상상에 의존한 독방 감금의 모습과 그 진짜 모습과는 분명 커다란 괴리가 있다—과는 별도로 그런 형벌은 인간의 마음을 마모시켜 병들게 하고, 결국 세상의 거친 접촉이나 번잡한 행동에 적응하지 못하게 만든다고 나는 굳게 확신한다. 이런 형벌을 겪은 사람들은 틀림없이 도덕적으로 불건전하고 병든 상태로 다시 사회로 들어간다는 것이 나의 확고한 생각이다. 기록에 따르면 남자들 중 완벽하게 고독한 삶을 스스로 선택하거나, 아니면 그런 처벌을 당하게 된 경우가 상당수에 이르지만, 강건하고 지적으로 활력 넘치는 현자 중에서조차, 생각이 다소 산란하게 이어지거나 어떤 음울한 환각 상태에서, 그 형벌의 효과가 확실하게 나타나지 않은 사람을 한 사람이라도 떠올리기는 힘들다. 허탈감과 의심을 품고, 독방 감금 상태에서 태어나고 자란 괴물 같은 유령들이 만물을 추하게 만들고, 하늘의 얼굴을 어둡게 만들며 땅 위를 거들먹거리며 걸었도다!

이 죄수들 사이에서 자살은 보기 드문 일이다. 사실 알려진 바가 거의 없다. 그러나 이런 환경에서는, 비록 그렇게 주장하는 경우가 많다고는 해도, 그런 제도를 옹호하는 어떤 주장을 합리적으로 추론해내기란 불가능하다. 마음의 병을 연구하는 사람들은 모두가 성격 전체를 변모시키고 융통성과 자기저항의 모든 힘을 파괴하게 될 극단적인 우울과 절망이 한 인간 내면에서 작용할 가능성이 있지만, 그럼에도 불구하고 자기파괴까지는 이르지 않는다는 것을 더할 나위 없이 충분히 이해하고 있다. 이것이 일반적인 주장이다.

독방 감금이 오감을 무디게 하고, 조금씩 신체 기능을 좀먹는다고 나는 깊이 확신한다. 필라델피아의 바로 이 시설에서 나와 함께 있었던 사람들에게 나는 그곳에서 오랫동안 지냈던 죄수들은 귀머거리였다고 말했다. 이런 사람들을 줄기차게 지켜보는 버릇이 있는 그들은 그런 생각에 아연실색하며 근거 없고 허황된 상상으로 간주했다. 그러나 그들의 관심을 맨 처음 끈 바로 그 죄수—그들이 나름대로 선택하고 나의 순간적인 느낌(그에게는 알리지 않은)으로 확인해준—는 진정 어린 태도로 그런 일이 어떻게 일어났는지 생각나지는 않지만 귀가 점점 들리지 않는다는 것은 의심할 수 없는 사실이라고 말했다.

독방 감금은 대단히 불공평한 형벌이며, 최악의 인간에게는 거의 영향을 미치지 않는다는 것은 의심할 여지가 없다. 독방 감금이 죄수들에게 대화는 전면 차단한 상태로 같이 일하도록 허용한 다른 규제들에 비해 교정의 수단으로 효과가 뛰어나다는 주장을 나는 조금도 믿지 않는다. 나에게 거론된 교정 사례들은 하나같이 침묵 제도로도 충분히 똑같이 생겨났을지도 모르는 동일한 유형이었으며, 나는 그게 어떤 사례든 그런 사실을 마음속으로는 전혀 믿어 의심치 않는다. 흑인 강도와 영국인 절도범 같은 남자들에 관해서는 가장 열정적인 독방 감금 찬성론자들조차 그들의 개종을 좀처럼 기대하지 않는다.

나에게는 지금껏 건전하다거나 유익한 점이라고는 없는 것이 그 기괴한 독방에서 성장하며, 심지어는 개라든가 짐승 중에 더 영리한 어떤 동물도 그 영향을 받으면 수척해지고 침울해지고 쓸모없게 될 것이라는 반대 주장은 그 자체로도 이런 제도를 반대하는 충분한 논거가 될 것처럼 보였다. 그러나 이외에도, 우리는 독방 감금이 얼마나 잔인하고 가혹한지, 독방 생활은 항상, 이곳에서 야기됐던 것처럼, 가장 개탄할 만한 본성에게 특이하고도 뚜렷하게 거부당하기 쉽다고 생각한다. 게다가 그런 선택이 이 독방 감금 제도와 형편없거나 무분별한 제도와의 사이에서가 아니라, 독방 감금 제도와 효과도 좋고 전체적인 방안과 실행 면에서도 뛰어난 제도와의 사이에서 이루어진다는 사실을 상기해보면, 그렇게 희망도 가망도 없고, 논란의 여지도 없이, 그렇게도 많은 폐해가 따르는 형벌 방식을 폐기할 만한 충분한 근거가 되고도 남으리라 확신한다.

나는 향후 독방 감금의 계획을 좀 줄여보고자 이와 관련된 신기한 이야기를 전하는 것으로 이번 장을 마무리하고자 한다. 이번 방문에 즈음해서 이해관계가 있는 몇몇 신사에게 전해들은 이야기였다.

이곳 교도소 감독관들의 정기모임에 참석한 필라델피아의 한 노동자가 이사회 앞에서 독방에 넣어달라고 간곡히 요청했다. 어떤 동기로 그런 이상한 요구를 하게 되었는지 묻자 그는 술에 취하고 싶은 자신의 성향을 억누를 수도 없고, 허구한 날 술에 빠져 사는 탓에 너무나 불행한 데다 신세를 망칠 지경이기도 하고, 저항할 능력도 없어서, 술의 유혹의 손길이 닿지 않는 곳에 갇혀 있기를 바라며, 이것 말고 더 나은 방법은 생각나지 않는다고 대답했다. 이에 대한 대답으로, 감옥이란 법에 따라 재판을 받고 형을 언도 받은 죄인들을 위한 곳이며, 따라서 그 어떤 엉뚱한 목적으로도 사용해서는 안 된다고 그에게 알려주었고, 술은 삼가면 분명히 끊을 수 있기 때문에 독한 술을 삼가도록 권했으며, 그는 요구 결과에 지나치게 불만스러워하며 다른 훌륭한 충고를 받고 물러갔다.

그는 다시, 다시, 또다시 돌아왔고, 너무도 진지하고 끈질기게 구는 바람에 결국 그들은 함께 다시 상담을 하고 결론을 냈다. "우리가 이제 그를 거부한다면, 그는 분명히 입소 자격을 갖추고 말 것입니다. 그러니 우리가 그를 가두도록 합시다. 얼마 안 가 떠나는 걸 기뻐하게 될 것이고, 그럼 그때 그를 풀어주면 됩니다." 따라서 그의 투옥이 자발적이며, 자의에 의한 것이라는 취지로 그에게 불법 감금에 대한 어떤 조치도 취하지 못하도록 진술서에 서명하도록 했다. 참석한 간수에게 낮이든 밤이든 그가 그런 취지로 감방 문을 두드리면 그를 석방하도록 명할 권한이 있음을 그에게 주지하도록 요청했다. 하지만 일단 석방되면 다시는 입소가 허락되지 않는다는 사실도 이해하기를 원했다. 이런 조건들이 합의되었고, 그는 여전히 같은 심정이었기에, 그를 형무소로 안내해 감방에 가두었다.

이 감방에서, 자기 앞 탁자 위에 놓인 술 한 잔을 맛보지 않고 남겨둘 만큼은 마음이 단단하지 않던 그 남자는—이 감방에, 독방 감금 상태에서, 날마다 구두를 만드는 자신의 업에 몰두하며 거의 2년을 남아 있었다. 그의 건강이 2년의 기한이 끝나갈 무렵 나빠지기 시작했으므로 담당 의사는 그에게 가끔은 정원에서 일해야 한다고 권고했고, 그도 그 생각을 상당히 마음에 들어 했던 만큼, 이 새로운 심심풀이를 퍽이나 즐겁게 시작했다.

어느 여름날 이곳에서 아주 열심히 땅을 파고 있던 그에게 교도소 외부 출입구에 마침 우연히 열려 있던 쪽문 너머로, 생생히 기억나는 먼지 자욱한 도로와 햇볕에 그을린 들판이 보였다. 그 길은 살아 있는 어떤 사람과 마찬가지로 그에게도 자유롭게 열린 길이었다. 하지만 그는 머리를 쳐들고, 햇빛에 온통 눈부시게 빛나는 그 문을 보자마자, 죄수의 본능에 따라 자기도 모르게 삽을 내던지고는 그의 다리가 그를 들고 뛴다고 할 정도로 순식간에 달아났고, 결코 뒤도 한번 돌아보지 않았다.

8장

워싱턴. 입법부와 대통령 관저

우리는 아주 추웠던 어느 날 아침 여섯 시에 증기선을 타고 필라델피아를 떠나며 워싱턴을 향해 얼굴을 돌렸다.

차후에 그런 일이 종종 일어났던 것과 마찬가지로, 이날도 한창 여행길에 있던 우리는 미국에 정착하고, 그들 나름의 일로 여행 중이던 몇몇 영국인들(영국에서 영세농을 하던 농부거나, 어쩌면, 시골 술집 주인)과 우연히 만났다. 미국의 대중교통수단을 타고 그 안에서 사람을 거칠게 밀어붙이는 사람들의 모든 등급과 부류 중에서 견디기도 참기도 가장 힘든 길동무가 대개는 이들이다. 우리의 이 동포들은 최악의 미국 여행객들이 지닌 모든 불쾌한 특징들로 혼연일체가 되어 차마 눈뜨고 보지 못할 정도로 자만심과 우월감에 차서 거들먹거리며 뻔뻔하게 굴기도 한다. 그들이 상스러울 정도로 스스럼없이 다가와, 무례하게 꼬치꼬치 캐묻는 데 있어서는(그들은 고향의 예법에 의거한 낡은 규제에 원수를 갚고 싶어 안달하는 것처럼 퍽이나 다급하게 자기주장들을 한다), 나의 관찰 범위 내에 있던 고향의 어떤 표본들보다 우월하다. 그런 자들을 만나 그들이 하는 소리를 듣고 있을 때면 나는 이 세상 어떤 다른 나라에 그들에게 그 나라의 자손이라는 자격을 청구하는 영광을 부여할 수 있었다면, 합리적인 벌금에 기꺼이 굴복하고 말았을 만큼 애국심이 강하게 불타오르는 일도 숱하게 많았다.

워싱턴이 담배 냄새가 나는 타액의 사령부로 불릴 수도 있는 만큼, 나는, 아무 데서나 담배를 질겅질겅 씹다가 가래침을 뱉는 저 두 가지 혐오스런 관행이 이즈음 불쾌하기 시작하더니, 이내 너무나 역겹고 구역질나는 느낌이 들었음을 숨김없이 고백해야 할 때가 되었다. 미국의 모든 공공장소에서 이 지독히도 더러운 행위가 하나의 관행으로 인정받고 있다. 법정에서는 판사도 자신의 타구가 있으며, 포고布告를 알리는 관원도 자신의 타구가 있으며, 증인도 죄수도 자신들의 타구가 있고, 배심원들과 방청객들에게도 타구가 제공되는데, 이는 자연스럽게 끊임없이 침을 뱉기를 열망하는 게 뻔한 사람들이 그만큼 많기 때문이다. 병원에서는 의과대학생들에게 벽에 공지를 붙여 그들의 담배 액을 그런 용도로 제공된 상자에 뱉고, 계단을 변색시키지 않도록 요청하고 있다. 공공건물에서는 방문객들에게 동일한 공공기관을 통해 씹는담배나, 내가 이런 종류의 사탕절임에 박식한 신사 양반들이 그렇게 칭하는 소리를 들었던 일명 '플러그'의 진액을 국가에서 마련한 타구에 내뿜어줄 것을 간청하고 있다. 그러나 일부 지역에서는 이런 관행이 매 끼니와 모닝콜, 사회생활에 따른 모든 활동과 불가분하게 뒤섞여 있다. 나 자신이 택한 경로를 따라오게 되는 이방인도 그런 관습이 워싱턴에서 꽃을 활짝 피우고 한창 절정에 다다르고, 놀라올 정도로 무분별하게 성행하고 있음을 금방 깨닫게 될 것이다. 그가 과거 관광객들이 그 정도를 과장했던 것이라고 확신하게(부끄럽게도 내가 한때 그랬듯이) 둬서는 안 된다. 그런 것 자체가 불쾌함을 과장한 것으로, 이보다 더한 불쾌함은 있을 리 만무하다.

이 증기선에 올라타니 평상시처럼 셔츠 칼라를 뒤집어서 접고 아주 커다란 지팡이로 무장한 젊은 신사 둘이 있었다. 그들은 갑판 중앙에서, 멀리서 보면 네 걸음 정도 떨어져 있는 자리 둘을 잡더니 담배 갑을 꺼내 서로 맞은편에 앉아 담배를 씹기 시작했다. 15분도 채 지니지 않아 전도유망한 이 청년들이 그 깨끗한 갑판 위로 누런 비를 빗발처럼 사방으로 뿌려댔다. 그런 방식으로 경계선 안으로는 어떤 침입자도 들어올 엄두를 못내는 일종의 마법의 동그라미가 마련되었고, 그들은 기필코 얼룩이 마를 새도 없이 계속해서 동그라미를 다시 채워 넣는다. 이때가 아침 식사 전이었기 때문에, 나는 어느 정도 구역질이 올라오기는 했지만, 그래도 그 침 뱉는 자들 중 한 명을 유심히 바라보았고, 그가 담배를 씹기에는 어린 나이라는 것과 그 자신도 내심 불편하게 느낀다는 점을 분명하게 알 수 있었다. 이런 사실을 발견하자 커다란 기쁨이 밀려왔으며, 나는 그의 얼굴이 점점 창백해진다는 표를 내고, 그의 왼쪽 뺨에 있던 담배공the ball of tobacco이 그의 억눌린 고통으로 떨리는 것도 보았지만, 그래도 나이가 자기보다 더 많은 친구를 따라 그가 침을 뱉고, 씹고, 다시 침을 뱉는 모습을 지켜보면서 그의 모가지에 달려들어 몇 시간이고 계속하라고 매달릴 수 있을 것 같은 심정이었다.

우리 모두는 아래 객실에 자리를 잡고 편안히 아침 식사를 하고 있었다. 영국에서 아침 식사를 할 때보다 더 서두르거나 산만한 분위기는 전혀 없었고, 우리의 대다수 역마차 연회 때보다도 훨씬 정중한 태도가 발휘되었던 것은 분명했다. 우리는 아홉 시 즈음 기차역에 도착한 후 객차에 실려 계속 길을 갔다. 정오에는 다시 기차에서 내려 또다른 증기선을 타고 드넓은 강을 건넜고, 반대편 해안에 위치한 철도의 연장선에 발을 내딛었다. 그리고 객차에 실려 계속 나아갔다. 그리고는 이후 약 한 시간 동안 길이가 각각 1마일씩인 나무다리와, 제각기 그레이트 건파우더와 리틀 건파우더[117]로 불리는 샛강 두 곳을 건너갔다. 두 샛강의 물은 캔버스등오리[118] 떼로 검게 어두워졌고, 이 오리들은 가장 맛있는 먹거리이자 연중 그 계절만 되면 근처 여기저기에서 쉽게 눈에 띄었다.

이 다리들은 목재로 지어졌고, 난간이 없으며, 폭도 기차가 겨우 통과할 정도여서 아주 작은 사고에도 기차는 부득이 강물로 곤두박질치게 되어 있었다. 다리는 놀라운 장치들이고, 무언가가 통과할 때면 더할 나위 없이 쾌활해지곤 한다.

우리는 식사를 위해 지금은 메릴랜드 주에 속하는 볼티모어에서 멈춰 섰고, 그곳에서 처음으로 노예의 시중을 받았다. 사고 팔리며, 이를테면 그들의 조건에 따라 무리 지어지는 인간으로부터 어떤 서비스를 받는 기분이 부러움을 살만한 느낌은 아니다. 이 제도는, 아마도, 반감은 최소화하고 정도는 최대로 완화한 형태로 볼티모어 같은 도시에 존재한다. 그래도 그것은 노예제도며, 그것과 관련해서는 내가 아무 죄도 없는 무고한 사람이라 해도, 그런 제도가 존재한다는 사실만으로도 나는 수치감와 자책감이 가득 차올랐다.

오찬을 들고 난 우리는 철도로 다시 내려가 워싱턴으로 가는 객차에 자리를 잡고 앉았다. 다소 일찍 도착해서, 마침 특별히 할 일도 없고 외국인에 대한 궁금증이 발동한 저 남자들과 소년들이 내가 앉은

---

117) Great Gunpowder, Little Gunpowder.
118) 포토맥 강과 서스퀘해나 강 주변에서 발견되는 오리 종류.

객차 주변으로 다가와서는(관습에 따라), 창문들을 죄다 내리고 머리와 어깨를 안으로 쑤셔 넣더니 저들의 팔꿈치로 편리하게 몸을 고정하고는 나의 용모라는 주제에 대한 주석들을 마치 내가 봉제 인형이라도 되는 것처럼 아주 무관심하게 비교하기 시작했다. 나는 내 코와 눈과, 내 입과 턱이 생각이 바뀔 때마다 지은 다양한 표정들과, 이런 경우에서처럼 뒤에서 바라본 내 머리는 어떤 모양인지에 대한 타협 없는 정보를 그렇게 많이 입수한 적은 없었다. 어떤 신사들은 그들의 촉각을 발휘하는 것에서 그치기도 했고, 소년들(미국에서는 놀라울 정도로 조숙한)은 그런 정도로는 만족하지 못하고 거듭 돌격해 들어오곤 했다. 이제 수많은 신예 사장들이 머리에 모자를 쓰고 두 손은 주머니에 꽂고 내 방으로 들어와서는 두 시간 동안 꼬박 나를 뚫어지게 쳐다보았다. 이따금씩 코를 비틀거나 물주전자를 쭉 들이켜는 것으로 기분전환을 하거나 창문으로 걸어가 아래 거리의 다른 소년들에게 올라와서 같이 하자고 청하며 소리쳤다. "그가 여기 있어! 어서! 형제도 모조리 데려와!" 그런 성격의 환대를 다르게 간청하는 소리였다.

우리는 그날 저녁 여섯 시 반 즈음 워싱턴에 도착했고, 그 길에 서 있는 아름다운 국회의사당을 바라보았다. 웅장하고 당당한 언덕 위에 자리 잡은 코린트 양식의 멋진 건물이다. 호텔에 도착한 나는 그날 밤 그 장소를 더는 보지 못했다. 너무나 피곤해서 그저 반갑게 잠자리에 들었다.

다음날 아침, 아침 식사를 마치고 나는 한두 시간 정도 거리를 산책하고, 거처로 돌아와 앞뒤 창문을 위로 제치고 밖을 내다본다. 여기는 내 마음도 눈앞도 상쾌한 워싱턴이다.

특히 가구 중개인, 꾀죄죄한 식당 주인, 새 장수들이 차지하고 있는 작은 상점이나 가옥들 빼고는, 그곳을 차지하고 있는 특이한 것들은 모조리 보존하고 있는(워싱턴은 그렇지 않다) 시티 로드와 펜톤빌[119]의 최악의 지역들을 선택하라. 그리고 몽땅 태워 버려라. 나무와 회반죽으로 다시 세우고, 폭은 약간 넓히고 세인트 존스 우드[120]도 일부 치워버려라. 모든 민간 주택 바깥에는 녹색 블라인드를 치고, 모든 창문에는 빨간색 커튼과 흰색 커튼을 걸어라. 모든 도로를 쟁기로 일구고, 그렇게 해선 안 되는 모든 장소에 투박한 잔디를 수도 없이 심어라. 아무 데나 돌과 대리석으로 근사한 건물 세 채를 지어라. 하지만 모두가 다니는 길에서 완전히 벗어날수록 더 좋을 것이다. 하나는 우정공사, 하나는 특허청, 하나는 재무부로 칭하라. 오전에는 타는 듯이 덥게, 오후에는 얼어 죽을 정도로 춥게 만들고, 가끔씩 바람과 흙먼지를 일으키는 회오리바람도 불게 하라. 벽돌 없는 벽돌 공장은 거리가 자연스레 생겨날 것으로 기대되는 모든 중심 지역에 남겨둬라. 그것이 워싱턴이다.

우리가 지내는 호텔은 작은 집들이 길게 이어진 건물로 앞으로는 도로가 있고 뒤로는 공유지가 있는데, 그곳에 커다란 트라이앵글이 걸려 있다. 노예를 찾을 때면 누군가가 이 트라이앵글을 노예의 존재를 필요로 하는 집의 수에 따라 한 번에서 일곱 번까지 친다. 모든 노예는 항상 불려 다니는 형편이고, 따라서 불러도 나타나지 않기 때문에 이 생기발랄한 엔진은 하루 종일 완전 가동된다. 옷가지들은 같은 마당에서 마르는 중이고, 면 수건을 머리에 묶은 여자 노예들이 호텔

---

119) The City Road, Pentonville, 런던 북부에 위치함. 노동계층 지역.
120) St. John's Wood, 시티 로드보다 서쪽에 위치한 상류층 지역.

일로 이리 저리 뛰어다니고 있다. 흑인 남자 종업원들은 손에 접시를 들고 가로질러갔다 다시 가로질러간다. 거대한 개 두 마리가 작은 광장 중앙에 있는 헐거운 벽돌 더미 위에서 놀고 있다. 어떤 돼지 한 마리는 배를 뒤집고 햇볕을 쏘이며 "그거 편하군!"이라고 하며 꿀꿀거린다. 남자도, 여자도, 돼지도, 개도, 어떤 동물도 하루 종일 미친 듯이 땡땡거리는 트라이앵글에는 눈곱만큼도 관심이 없다.

나는 앞 창문으로 걸어가 길 건너에 있는 기다랗게, 제멋대로 뻗어 있는 주택들을 바라본다. 그 줄줄이 이어진 주택들은 한 층 높이로, 거의 반대편에서 끝이 나지만, 왼쪽으로 살짝 치우치며, 부스스한 잔디가 난 비애에 젖은 불모지 한 떼기에 자리 잡고 있었고, 그 땅은 술에 빠져 길을 잃어버린 작은 지역의 한 토막처럼 보인다. 달에서 떨어져 나온 유성 같은 게 이런 공터 위에 되는 대로, 게다가 잘못 서 있는 특이하고 한쪽으로 기울고 외눈박이 같은 목재 건물은 교회와 비슷해 보이는데, 첨탑에서 밖으로 삐져나온 차茶 상자보다 커다란 것만큼이나 기다란 깃대가 달려 있다. 창문 아래에는 약간의 4륜 마차가 무리 지어 있고, 노예 마부들은 우리가 묵은 호텔 계단에서 햇볕을 쪼이며 한가로이 서로 얘기를 나누고 있다. 바로 근처에 있는 가장 눈에 띄는 집 세 채는 가장 초라한 집들이다. 그중 한 집—창가에 물건을 둔 적도 없고, 문을 열어둔 적도 없는 상점—에 커다란 글씨로 '도시의 점심The City Lunch'이라고 페인트칠이 되어 있다. 어디 다른 곳으로 향하는 뒷문처럼 보이지만, 그 자체가 독립된 건물인 또 다른 집에서는 어떤 스타일의 굴도 조달이 가능하다. 아주, 아주, 작은 양복점인 세 번째 집에는 바지가 주문에 따라 고정되는데, 달리 말하면, 남성용 바지들이 치수에 맞게 만들어지는 것이다. 저게 워싱턴에서 우리가 묵었던 거리다.

워싱턴은 웅대한 거리의 도시City of Magnificent Distances로도 불리지만, 웅대한 뜻을 품은 도시City of Magnificent Intentions로 불리는 게 더 제격인지도 모르겠다. 국회의사당 꼭대기에서 워싱턴 전체를 조망하기만 하면 워싱턴을 기획한 야심만만한 어느 프랑스인[121]의 방대한 설계를 한꺼번에 이해할 수 있기 때문이다. 무에서 시작해 어디로도 이어지지 않는 넓은 가로수길, 주택과 도로와 주민만이 부족한 1마일 길이의 거리들, 공공건물로만 완공되어야 하는 공공건물들, 장식할 거대한 도로가 부족할 뿐인 거대한 도로 장식들이 워싱턴의 주요 특징들이다. 사람들은 한창때가 지나고, 대다수 주택들이 그곳 주인들과 함께 도시에서 영원히 사라졌다고 생각할는지도 모른다. 도시 애호가들에게 그곳은 겉만 번지르르한 잔치이며, 상상력이 떠돌아다니는 기분 좋은 들판이고, 과거의 위대함을 기록한 명료한 비문 하나 없이 죽은 프로젝트를 위해 세워진 기념물이다.

워싱턴은 현재 모습 그대로 남아 있을 것 같다. 워싱턴은 원래 서로 상충하는 여러 주의 시샘과 이해를 방지하는 수단이자, 아주 그럴듯하게는, 미국에서도 무시할 수 없는 고려 사항인 군중과 멀리 떨어진 위치 때문에 정부의 소재지로 채택되었다. 워싱턴은 그곳 나름의 교역이나 상업 활동이 없으며, 대통령과 대통령 기관, 회기 중에 워싱턴에서 지내는 입법부 의원들, 여러 부처에 고용되어 있는 정부 관리 및 관료들, 호텔과 숙박업소의 운영자들과 탁자를 공급하는 무역상들 이

---

121) 피에르 찰스 랑팡(Pierre C. L'Enfant, 1754~1825), 프랑스 태생의 건축가. 미국의 수
도 워싱턴을 설계함.

외의 인구는 거의 혹은 전무하다. 날씨는 건강에 아주 유해하다. 나는 워싱턴에서 살지 않아도 될 사람 중에 그곳에서 살려고 하는 사람은 거의 없을 것으로 생각한다. 이민과 투기의 물결, 저 빠르고 무심한 조류가 저렇게 무디고 느린 물을 향해 언제든 밀려들 것 같지는 않다.

국회의사당의 주요 특색은 당연히 입법부의 상하 양원이다. 그러나 이외에도 의사당 중앙에 지름 96피트에 높이 96피트의 멋들어진 원형 홀이 있는데, 이 홀의 둥그런 벽은 여러 칸으로 나뉘어 역사적인 그림들로 장식되어 있다. 이중 네 작품은 혁명적 투쟁의 주요 사건들을 주제로 삼고 있다. 이 그림들을 그린 작가는 트럼불 대령[122]이고, 그 역시 주요 사건들이 발생한 시기에 워싱턴의 참모로 활약하기도 했는데, 그런 배경에서 그림들 특유의 관심이 출발하고 있다. 최근에는 이곳에 그리너프[123]의 거대한 워싱턴 조각상도 들어섰다. 물론 대단한 장점들도 있지만, 나는 동상의 주제가 다소 부담스럽고 폭력적이라는 인상이 들었다. 그러나 동상이 서 있는 안쪽에서 구경하는 것보다는 더 밝은 곳에서 봤으면 좋았을 텐데, 하는 생각도 들었다.

의사당 안에는 아주 쾌적하고 널찍한 도서관이 있다. 전면에 있는 발코니에 올라서면 내가 방금 언급했던 조망과 더불어 인근 시골의 아름다운 경치도 만끽할 수 있다. 의사당 건물을 장식하고 있는 여러 구역 중 한 곳에 정의의 조각상이 있다. 안내 책자에는 이렇게 적혀 있다. '작가는 처음에 좀 더 누드 형태로 만들 생각이었지만, 이 나라의 국민 정서가 그것을 허용하지 않을 것이라는 경고를 받았으며,

---

122) 존 트럼불(John Trumbull, 1756~1843), 독립전쟁 당시 조지 워싱턴의 참모를 역임하기도 했고 화가로 역사적 순간을 담은 그림들을 많이 그렸다.
123) 호라티오 그리너프(Horatio Greenough, 1805~52), 미국의 조각가.

따라서 스스로 조심하면서 반대의 극단으로 갔던 것 같다.' 불쌍한 정의! 정의의 여신은 주피터 신전 카피톨에서 입고 있는 옷보다 미국에서 훨씬 더 이상한 옷을 걸치게 되고 말았다. 그녀가 그런 옷이 만들어진 이후 재봉사를 갈아치우고, 미국의 국민 정서가 그녀의 사랑스러운 모습을 감추고 있는 옷을 지금 당장 잘라내지 않았기를 희망해보자.

하원은 반구형으로 듬직한 기둥들이 떠받치고 있는 아름답고 널찍한 홀이다. 방청석 일부는 여성을 위해 마련되어 있어 그곳에서 여성들은 연극이나 음악회에 온 것처럼 앞줄에 앉기도 하고 그곳을 드나들기도 한다. 의장석에는 지붕처럼 캐노피가 있고, 하원의 바닥보다 상당히 높이 위로 올라가 있다. 의원마다 안락한 의자와 각자 사용하는 책상이 있는데, 일각에서는 오랜 회기와 단조로운 연설로 흐르는 동향을 보이는 가장 유감스럽고 부적절한 배치라고 비난하기도 한다. 하원은 우아한 회의실로 보이지만, 사실상 공청이라는 점에서는 매우 형편없는 회의실이기도 하다. 상원은 규모가 더 작은 데다 이런 비난에서 자유로우며, 설계된 용도에 대단히 훌륭하게 맞춰져 있다. 의회 회기는 해당 날에 열리고 의회 형태가 옛 국가 영국의 형태를 모델로 삼고 있다는 것은 내가 덧붙일 필요도 거의 없다.

여타 장소를 계속 방문해나가는 동안 나는 가끔씩 워싱턴의 의원 수뇌부에 상당히 커다란 인상을 받지 않았는지에 대한 질문을 받곤 했다. 말하자면, 그들의 수장이나 대표가 아닌, 말 그대로 그들의 머리카락이 자라나고, 따라서 각 입법자들의 골상학적인 성격이 드러나는 그들의 독자적이고 개인적인 머리들에 대해서 말이다. 나는 "없어요, 압도당한 기억은 전혀 없습니다"라는 대답으로 질문자를 분개해 아연실색하게 만들었다. 어떤 위험에 처하든 내가 단언했던 대답을 여기서 거듭 밝혀야겠기에 가능한 짧게 이 주제에 대한 내가 받은 인상을 추가로 이야기해보겠다.

우선—내 몸속의 무언가를 존경하는 기관이 좀 미성숙한 탓일 수도 있다—나는 어떤 입법 기관을 보고, 정신이 아찔했다거나 뿌듯한 마음에 눈물이 날 정도로 기뻤던 기억은 없다. 나는 하원을 한 인간처럼 담담한 경험도[124] 있고, 상원에서는 나약함이 아닌 잠에 굴복한 적도 있다. 나는 자치구와 자치주 선거들을 지켜봤지만, (어떤 당이 승리하든 상관없이) 승리했다고 어쩔 수 없이 모자를 공중에 던져 망가뜨리거나, 우리의 영광스런 헌법을 언급하는 어떤 말을 숭고할 정도로 순수한 우리 무당파 유권자들이나 나무랄 데 없이 청렴한 우리 무소속 의원들에게 목이 쉬도록 소리 높여 외쳐본 적은 없다. 그런 나의 흔들리지 않는 불굴의 정신을 겨냥한 지독히도 거센 공격을 견뎌왔기에 그런 문제에 관한 한 내가 냉담할 정도로 차갑고 무감각한 성품을 지니게 된 듯하다. 그러므로 워싱턴에 있는 국회의사당의 살아 있는 기둥들에 대한 나의 인상들을 이렇게 자유로운 고백이 요구하는 수준으로 감안해서 받아들여야 할 것이다.

내가 이 공공기관에서 자유와 해방이라는 신성한 이름으로 긴밀하게 묶여 있는 사람들 집단이 그들의 모든 토론에서, 전 세계가 존경의 눈으로 지켜보는 가운데 저 쌍둥이 여신의 이름이 지체 없이 주어지고, 그들 자신의 성격과 그들 동포의 성격이 주어진 저 영원한 원칙들을 칭송하는 것만큼이나, 저 두 여신의 순수한 존엄을 주장하는 장면

---

124) 디킨스는 1829년에 의회 프리랜서 기자로 일했다.

을 본 적 있던가?

일주일밖에 되지 않았다. 자신을 낳아준 조국에 불후의 영광이었던 한 백발의 노인은 조상처럼 조국에 기여했고, 부패 속에서 자란 벌레들이 그저 수많은 오염 알갱이에 지나지 않게 된 후로도 오랫동안 기억에 남을 한 백발의 노인이자, 자신을 낳아준 조국에 영원한 영광이었는데, 바로 이 노인이 이 기관 앞에서 이 나라의 저주받은 남녀들과 그들의 태어나지도 않은 자식들을 물건으로 취급하는 저런 거래의 파렴치한 행위를 감히 주장했다는 죄로 기소되어 재판을 받느라 며칠이나 서 있었던 것이, 겨우 일주일 밖에는 되지 않았다. 그렇다. 그런 일이 벌어지는 사이 똑같은 도시에서 공개적으로 과시되고, 대중의 찬사를 받기 위해, 금박을 입히고 틀에 끼워 반짝반짝 닦아, 수치스럽기는커녕 자랑스럽게 이방인들에게 드러내고, 그 얼굴은 벽을 향하지 않고, 그 자체를 끌어내려 불태우지 않은 것이 바로 모든 인간은 평등하게 창조되었다고 엄숙하게 선언한 미국의 13개 주 연합의 만장일치 선언이자, 그들의 창조주가 부여한 양도할 수 없는 생명권과 자유권과 행복추구권이다!

이와 똑같은 기관이 조용히 앉아서 그들과 같은 부류의 어떤 사람이 거지들이 술에 취해 거부한 선서를 하고 다른 사람의 목을 이 귀에서 저 귀까지 베어버리겠다고 으름장을 놓는 소리를 들은 이후 한 달도 되지 않았다. 그곳에서 그는 집회의 보편적 정서가 아닌, 누구 못지않게 좋은 사람에게 박살난 상태로 그들 속에 앉아 있었다.

앞으로 일주일이 남아 있었고, 그곳에 그를 보냈던 사람들에게 그의 의무를 다하려면, 어떤 공화국에서 그들의 감정을 표현하는 자유와 해방을 주장하고 그들의 기도를 널리 알리려면, 또 다른 기관이 필요했다. 재판을 받고, 유죄 판결을 받고 나머지 사람들은 그를 가혹하게 혹평할 것이다. 그는 실로 중대한 죄를 저질렀다. 지난 수년간 그는 일어나 말했다. "팔려나온 남녀 노예들은, 소와 다름없이 기른 게 분명하고, 쇠고랑에 서로서로 묶인 채, 지금 당신네 평등의 사원 창문 아래로 활짝 트인 거리를 따라 지나가고 있소! 보시오!" 그러나 행복추구권에 개입한 사냥꾼들의 부류는 수도 없이 많고, 게다가 그들은 가지각색으로 무장하기도 한다. 그들 중 일부의 양도할 수 없는 권리라는 것은, 바로 고양이와 굵은 채찍과 총의 개머리와 철제 마구를 갖추고 자신들의 행복을 추구하며 전투를 시작하고, 자신들의 견해를 철컥거리는 쇠사슬과 피비린내 나는 채찍 자국의 음악에 맞춰 나왔다[125]!(항상 자유를 칭송하며),라고 외치는 것이다.

석탄을 운반하는 인부들이 그들이 받은 가정교육을 잊고 서로에게 가하는 말이나 서로 한바탕 벌이는 싸움처럼 그렇게 많은 입법자들이 상스러운 위협을 가하며 어디에 앉아 있었을까? 사방팔방에. 회기가 열릴 때마다 그런 종류의 일화가 탄생했고, 출연하는 배우들도 모두 그곳에 있었다.

내가 이 집회에서, 구舊세계의 거짓과 악폐 일부를 신新세계에서 바로잡겠다고 헌신한 사람들로 구성된 기관이 공적 생활에 이르는 길을 정화하고, 지위와 능력에 이르는 더러운 길을 포장하고, 공익을 위해 토론하고 법을 제정하며, 그들에게도 정당이 아닌 그들의 조국이 있다는 점을 알아본 적이 있었던가?

나는 그 사람들 속에서 최악의 도구들이 지금껏 굴려왔던 고결한

---

125) 여우 사냥을 할 때 여우 굴에서 나오는 여우를 보고 외치는 소리.

정치 조직을 가장 비열하게 왜곡하고 있는 바퀴들을 보았다. 야비한 불법 선거, 공무원들과의 부정한 뒷거래, 악의적인 신문들을 방패삼아 욕설을 퍼부을 문필가들을 고용해서 정적에 가하는 비겁한 공격, 주장하면 먹히는 탐욕스러운 악당들에게 비굴하게 굽실거리는 것은, 매일 그리고 매주 그 바퀴들이 파멸이란 새로운 작물의 씨를 돈 위주 방식에 따라 뿌리고 있으며, 이 방식은 예리함만 빼면 만사에 있어서 오래된 분쟁의 원인으로, 국민의 마음속에서 모든 나쁜 성향이 일어나도록 방조하고 부추기며, 국민의 마음에서 비롯되는 그 모든 유익한 영향들을 인위적으로 억압한다. 이런 것들을, 한마디로, 정치 조직 중에서도 가장 타락하고 가장 염치없는 형태로서 사람들로 붐비는 홀의 모든 구석구석에서 노려보고 있는 부정직한 파벌이라고 한다.

　나는 그들 속에서 지성과 교양, 즉 미국의 진실하고 정직하고 애국심에 찬 심장을 보았던가? 여기저기로 그 심장의 피와 생명의 방울들이 떨어졌지만, 영리나 보수를 목적으로 저런 길을 정하고 마는 자포자기의 심정으로 흘러드는 모험가들을 물들이진 못했다. 정치 투쟁을 지나치게 격렬하고 거칠게 만들어버리고, 가치 있는 사람들의 모든 자존심을 극단적으로 파괴해서 민감하고 연약한 성격의 사람들은 거리를 두게 되고, 그들은, 변변치 않지만, 점검받지 않은 그들의 이기적인 견해를 위해 끝까지 싸우도록 남겨지게 되는 것이 이 사람들과 그들의 방탕한 기관들 사이에서 벌어지는 게임이다. 이렇게 아귀다툼을 벌이는 모든 씨움 중에서도 가장 저급한 이런 투쟁이 계속 진행 중이며, 다른 나라에서는 자신들의 지성과 신분과는 상관없이, 가장 법을 제정하고 싶어 하는 자들은 이 지점에서 그런 타락으로부터 가장 멀리 튀어나간다.

상하원 모두와 모든 정당에 있는 국민들의 대표 중에 고매한 인격과 뛰어난 능력을 지닌 인물도 존재한다는 사실을 내가 굳이 언급할 필요는 없다. 유럽에서도 유명한 그런 정치가들 가운데 가장 중요한 분들은 이미 설명했으므로, 내가 내 나름의 지침으로 개인들에 대한 언급은 모두 자제하겠다고 했던 원칙을 벗어날 이유는 없다고 본다. 그들을 가장 우호적으로 평가한 글들을 내가 충분하면서도 진심 어린 마음 이상으로 지지하며, 개인적인 교류와 자유로운 대화 덕분에 내 마음 속에서는 매우 의심이 강한 속담에서 예견한 결과가 아닌 흠모와 존경이 늘어났다는 말을 덧붙이는 것으로 충분할 것이다. 그들은 굉장히 눈에 띄고, 속이기 어렵고, 즉각 행동하며, 사자 같은 활력과, 다양한 성취를 일구어낸 재주꾼들이며, 눈과 표현이 이글거리는 걸 보면 인디언이고 강력하고 너그러운 충동에 있어서는 미국인들이다. 지금은 영국 왕실에서 제 나라의 장관으로 있는 저명한 신사가 해외에서도 그 나라의 고매한 성격을 유지하고 있는 것처럼 그들 또한 조국에서는 국가의 명예와 지혜를 대변한다.

　나는 워싱턴에 머무는 동안 거의 매일 양원 모두를 방문했다. 하원을 처음 방문한 날, 그들은 여러 갈래로 나뉘어 의장의 결정에 반대했지만, 결국 의장이 이겼다. 두 번째 방문한 날에는, 발언에 나섰던 의원이 누군가의 웃음으로 빌인이 중단되자, 아이가 또 다른 아이와 싸울 때처럼 웃음을 흉내 내며 이렇게 덧붙였다. "그는 훌륭한 신사 분들을 반대파로 만들고, 그들을 이내 울상 짓게 할 겁니다." 그러나 발언이 중단되는 일은 드물어서 발언자의 말을 대개는 조용히 듣는 편이다. 우리와 언쟁하는 것보다 더 많은 언쟁이 벌어지고, 우리가 기록해온 모든 문명사회에서 신사들이 주고받는데 익숙한 협박보다 더 많은 협박을 주고받는다. 그러나 농장 안마당의 모조품들이 아직 대영 제국의 의회에서 수입되지는 않았다. 가장 흔하게 실천하며 음미하는 듯한 수사적 특징은 동일한 아이디어나 하나의 아이디어의 그림자를 새로 생긴 단어로 끊임없이 반복하는 것이다. 밖에서의 질문은 '그가 무슨 말을 했습니까?'가 아니라 '그가 연설을 얼마나 오래 했나요?'다. 그러나 이런 말들은 어디에서나 흔히 볼 수 있는 한 가지 원칙을 과장한 것에 불과하다.

상원은 품위 있고 점잖은 기관이며, 절차는 상당히 엄중하고 질서 정연하게 진행된다. 양원에는 모두 멋지게 카펫이 깔려 있지만, 이런 카펫들은 존경해 마지않는 모든 의원에게 제공되는 타구를 대개가 무시하는 바람에 이런 카펫들이 처하게 된 상태와, 사방으로 뿜어대고 양탄자 위를 가볍게 건드리는 방식에서 보여준 비범한 실력 향상은 설명할 여지가 없다. 나는 이곳을 처음 방문한 모든 사람들에게 바닥은 내려다보지 말고, 어쩌다 물건을 떨어뜨렸더라도, 설령 그것이 지갑이라도, 무슨 일이 있어도 장갑을 끼지 않은 손으로는 집어 들지 말도록 강력히 권고한다고 말할 도리 밖에는 없을 것이다.

우선, 조금도 과장하지 않고 말하면, 얼굴이 잔뜩 부은 존경하는 의원님들을 그렇게 많이 구경한다는 게 다소 놀랍기도 하고, 그들이 어떻게든 담배를 움푹하게 들어간 뺨 안쪽으로 집어넣으려고 하다가 이런 모습이 되었다는 걸 알게 되는 것도 그에 못지않게 놀랍다. 한 존경하는 신시 분이 기울어진 의지에 등을 기대고 앉아 앞에 놓인 책상에 양다리를 올려놓고는 주머니칼로 간편한 '씹는담배'의 모양을 잡다가 꽤나 씹을 만해지면 입 속에 있던 오래된 담배를 장난감 총을 발사하듯 발사하고는, 대신 이 새 담배를 급하게 처넣는 모습을 지켜보는 것도 참으로 이상한 일이다.

담배를 줄기차게 씹어대는 노련한 골초 노인도 항상 훌륭한 명사수는 아니라는 걸 보고 깜짝 놀랐으며, 그런 모습을 보니 영국에서 귀가 따갑도록 들어왔던 말, 즉 미국에서는 일반인도 소총을 능숙하게 다룬다는 이야기에 다소 의구심을 갖게 되었다. 나를 찾아왔던 몇몇 신사들은 대화 도중에 다섯 걸음 떨어진 곳에 놓인 타구를 번번이 놓쳤으며, 한 신사는(하지만 그는 근시인 게 분명했다) 닫힌 창들을 세 걸음이나 떨어진 곳에 있는 열린 창문으로 잘못 보기도 했다. 내가 식사하러 나갔을 때는, 식사 전에 여성 두 명과 몇몇 신사들과 난로에 둘러앉아 있었는데, 그중 한 명이 난로에 정확히 여섯 번을 미치지 못한 일도 있었다. 그러나 내가 그가 난로를 겨냥한 게 아니기 때문에 그렇게 된 것이라고 생각하고 싶은 것은 난로 울타리 앞에 더 간편하고, 그의 취지에 더 적합할지도 모르는 하얀 대리석 바닥돌이 깔려 있었기 때문이다.

워싱턴의 특허청은 미국의 진취적인 정신과 독창성을 보여주는 놀라운 본보기다. 특허청에서 보유하고 있는 엄청난 수의 모형들은 발명품을 겨우 5년간 누적해놓은 결과인데, 그전에 보유하고 있던 발명품들은 화재로 전소되고 말았다. 발명품 모형들이 전시되어 있는 우아한 구조물은 공사가 중단되었어도 네 개의 면 중 한 개의 면만이 세워져 있는 걸 보면 실용성보다는 오히려 디자인에 중점을 둔 건물이다. 특허청은 아주 아담하면서도 매우 아름다운 건물이다. 한 부서에서 보관하는 희귀하고 신기한 수집 물품 중에는 여러 유력자들이 그들에게는 공화국에서 파견한 첩보원이나 다름없는 외국 궁궐의 미국 대사들에게 선사했던 선물들이 포함되어 있고, 그런 선물은 법에 따라 받은 사람들이 보유할 수 없도록 되어 있다. 고백컨대 나는 이것이 정직과 명예에 대한 국가적인 기준을 돋보이게 하기는커녕 매우 고통스러운 전시라고 생각한다. 명성과 지위가 있는 신사가 코담뱃갑이나 금은 장식이 화려한 검이나 동양의 숄을 선물 받는다고 자신의 직분에서 벗어나 부패될 가능성이 있다고 여기는 것은 높은 수준의 도덕적 감정일 리도 없고, 자신이 임명한 종복을 신뢰하는 국가는 신하들을 그런 비열하고 너저분한 의혹의 대상으로 만드는 국가보다 더 나은 대접을 받을 가능성이 큰 것은 분명하다.

교외 지역의 조지타운에 위치한 제스윗 대학[126]은 쾌적한 위치에 자리 잡고 있으며, 내가 구경까지 할 기회가 있었던 걸로 보아 운영도 잘 되고 있는 것 같다. 로마가톨릭교회 소속이 아닌 상당수 사람들도 이런 기관들을 이용하고, 그런 기관에서 아이들 교육을 위해 제공하는 기회들을 유리하게 활용하는 것 같다. 포토맥 강 위에 있는 이 근처 고지대들은 그야말로 그림 같고, 워싱턴의 불결한 것들로부터 자유로운 것 같다. 시내에 있을 때는 타는 듯이 뜨거웠던 공기가 그 고도에서는 꽤나 시원하고 상쾌했다.

대통령 관저는 내가 그것과 비교할 수 있는 다른 어떤 종류의 기관보다 안과 밖이 모두 오히려 영국 클럽 하우스와 사뭇 비슷하다. 주변에 꾸며놓은 경내는 정원에 있는 산책로처럼 예쁘장하고, 보기 좋게 배치되어 있지만, 마치 어제 조성해놓은 듯한 느낌이 들어서 그런 아름다움들을 과시하는 데는 크게 긍정적인 효과를 주지 못한다.

내가 처음 이 관저를 방문한 것은 워싱턴에 도착한 이튿날 아침이

---

126) 후에 조지타운 대학교가 된 조지타운 대학으로 1789년에 설립되었다.

었다. 공직에 있던 어느 신사가 나를 그곳으로 데려갔는데, 나를 자진해서 대통령[127]에게 소개할 정도로 퍽도 친절한 분이었다.

우리는 커다란 홀에 들어섰고, 아무도 대답하지 않는 종을 두세 차례 울린 후에, 더는 어떤 예식도 없이 1층에 있는 여러 방을 쭉 걸어 통과했는데, 마침 다른 신사들(대부분 모자를 쓰고, 양손은 주머니에 꽂은 채)은 다이빙선수들처럼 아주 여유롭게 걷고 있었다. 개중에는 여자들을 데려와 경내를 구경시켜주는 사람도 있었고, 의자나 소파에 느긋하게 앉아 있거나, 재미가 없는 바람에 완전히 탈진해서 따분하게 하품을 해대는 이들도 있었다. 이런 사람들 대다수는 그곳에서 특별히 할 일이 없기 때문에 누구라도 아는 다른 것을 주장하기보다는 차라리 자신들의 우월성을 주장하고 있었다. 소수의 사람만이 대통령이 제 개인의 이익을 위해 거기 있는 가구를 조금이라도 가져갔다거나 붙박이 세간들을 팔아먹지 않았다는 점을 확인이라도 하려는 것처럼 이동 가능한 물건들을 면밀하게 살펴보고 있었다.

이렇게 빈둥거리며 시간을 보내는 사람들은 강과 근처 시골의 아름다운 전망이 내다보이는 테라스 쪽으로 문이 열린 예쁘장한 응접실 여기저기에 흩어져 있기도 하고, 이스턴 드로잉 룸이라고 불리는 더 널찍한 접견실에서 한가로이 걷고 있었다. 우리는 이들을 힐끗 쳐다본 뒤 위층에 있는 또 다른 방으로 올라갔는데, 그곳에도 청중을 기다리던 어떤 방문객들이 있었다. 우리 안내원을 쳐다보고는 평범한 옷에 노란 실내화를 소리 나지 않게 끌고 다니며, 더 조바심을 내던 사람들의 귀에 뭐라고 소곤거리던 한 흑인이 알아봤다는 표시를 내더니

---

127) 존 타일러(1790~1862), 미국의 제10대 대통령.

그의 내방을 알리려고 미끄러지듯 나가버렸다.

우리는 사전에 거대하고, 아무 장식도 없는 목제 책상이나 탁자가 빙 둘러 갖춰진 또 다른 방도 들여다보았는데, 이곳 책상이나 탁자 위에는 여러 신사들의 입에 오르내리던 신문들이 잔뜩 놓여 있었다. 그러나 이 방은 우리나라 공공기관의 휴게실이나 우리나라에서 진료를 보는 의사의 식당 못지않게 답답하고 지루한 게 무료함을 달랠만한 방법이 전혀 없었다.

그 방에는 열다섯 명에서 스무 명 정도 되는 사람들이 있었다. 큰 키에, 강단 있고 억세 보이는 한 할아버지는 서부에서 왔는데, 피부는 햇빛에 그을려 가무잡잡했고, 갈색이 도는 흰 모자는 무릎에 올려놓고, 아주 커다란 우산 하나를 다리 사이에 끼고 있었다. 그는 의자에 꼿꼿이 앉아 카펫을 보며 내내 인상을 찌푸린 채, 대통령을 자신이 말해야 하는 것에 '고정'시키기로 작정했고, 그런 태도를 조금도 누그러뜨리지 않겠다는 듯 입 주변의 단호한 주름들을 씰룩거렸다. 켄터키 농부로 신장이 6피트 6이나 되는 또 한 사람은 모자를 쓰고, 손은 윗옷 뒷자락 밑에 넣고, 벽에 기댄 채 신발 밑에 있는 시간의 머리가 말 그대로 그를 '죽이고' 있기라도 한 것처럼 발뒤꿈치로 바닥을 차고 있었다. 세 번째는 계란형 얼굴에 까다롭게 보이는 남자로 반질반질한 검은 머리카락을 바짝 자르고, 면도한 구레나룻과 턱수염이 푸른 점까지 이어져 있었는데, 굵은 막대기를 빨아대다 이따금씩 그게 어떤 모양이 되어가나 보려고 입에서 꺼냈다. 네 번째 사람은 휘파람을 부는 것 말고는 아무것도 하지 않았다. 다섯 번째 사람은 침 뱉는 것 외에는 아무것도 하지 않았다. 사실 이 신사들 모두 그 마지막 사항에 있어서 무척이나 끈질기고 힘이 넘쳐난 데다, 카펫 위에 자신들의 호감을 아주 풍성하게 베풀어놓았기에 나는 대통령 관저의 하녀들이 높은 봉급, 아니, 좀 더 품위 있게 말해서, 엄청난 금액의 '상여금'(공무원의 경우에 급여에 해당하는 미국 말이다)을 받는 것도 당연하다고 여겨진다.

우리가 이 방에서 기다린 지 얼마 되지 않아 그 흑인 전령이 되돌아와서는 우리를 더 작은 규모의 또 다른 방으로 안내했고, 신문으로 뒤덮인 사무용 탁자 같은 곳에 바로 대통령이 앉아 있었다. 그는 다소 초췌하고 불안해 보였는데, 그런 것도 당연한 노릇이었다. 모든 이들과 전쟁을 치르고 있었기 때문인데, 그래도 그의 표정은 온화하고 쾌활해 보였으며, 그의 태도는 특히나 꾸밈이 없는 데다 신사답고 사람의 마음을 끌었다. 그런 그의 전반적인 몸가짐과 태도가 그의 직위에 아주 제격이라는 생각이 들었다.

나 같은 방문객이 예의에 벗어나지 않게 정찬 초대를 거절할 수 있도록 용인하는 공화제 법원의 현명한 법도를 따르라는 권고에 따라, 나는 이 관저에 한번 되돌아갔을 뿐이었는데, 내가 워싱턴을 떠나기로 한 일정을 마무리한 후에 그 며칠 전으로 날짜를 잡은 초대장이 도착했기 때문이었다. 어떤 특정한 밤, 아홉 시에서 열두 시 사이에 열리고, 다소 이상하게는, 알현[128]이라고도 하는 일반적인 모임에 속하는 모임이 열린 때였다.

나는 아내와 함께 열 시 정도에 갔다. 관저 경내는 마차와 사람들로 상당히 붐볐는데, 내가 알아볼 수 있는 한, 손님을 맞이하거나 내려주

---

128) 디킨스는 이런 모임은 밤늦게 열렸기에, 문자 그대로는 '기상'이라는 뜻을 지닌 이 명칭 (Levee)을 이상하게 여겼다.

는 어떤 확실한 규칙은 없는 것 같았다. 굴레를 앞뒤로 움직이거나 말들 눈앞에서 경찰봉을 흔들어대며 놀란 말들을 진정시키는 경찰관이 한 명도 없는 게 분명했다. 나는 남들에게 거슬리지 않는 사람 중에는 머리를 심하게 맞아 의식을 잃는다거나 그들의 등이나 배가 날카롭게 찔리거나 어떤 약한 방법으로든 정지 상태가 되면 움직이지 않도록 보호받은 사람은 단 한 명도 없었음을 기꺼이 맹세하겠다. 그러나 혼란도 무질서도 전혀 없었다. 우리가 탄 마차가 순서대로 현관에 도착했을 때도 어떤 고함이나 욕설, 함성이나 뒷걸음질 등 여타 소란은 전혀 없었다. 우리는 마치 런던 시 경찰이 총 동원되어 호위를 받은 것마냥 무척이나 수월하고 편안하게 마차에서 내렸다.

1층에 위치한 방들이 환하게 불을 밝히고 있었고, 군악대가 홀에서 연주를 하고 있었다. 그중 좀 더 작은 접견실에 둥그렇게 모인 사람들 중심에 대통령과 그의 며느리가 있었다. 관저 안주인 노릇을 하던 그녀는 아주 재미있고, 우아하며 교양 있는 숙녀이기도 했다. 이 사람들 속에 있던 한 신사가 그런 의전들을 도맡아하는 사람처럼 보였다. 나는 다른 관료들이나 수행원들은 아무도 보지 못했고, 아무도 필요하지 않았다.

내가 이미 언급했던 그 거대한 접견실과 1층에 있는 그 나머지 방들은 모두 사람들로 바글거렸다. 그곳에 함께 모인 사람들이, 우리말로 따지면 선정된 사람들은 아니었는데, 함께 모인 사람들이라는 말에는 아주 다양한 계급과 계층의 사람들이라는 의미를 함축하고 있었기 때문이다. 그러나 방안에 그득한 그 단정하고 예의바른 태도는 어떤 무례하거나 불쾌한 일이 있어도 무너지지 않았다. 어떤 순서나 표 없이도 구경하도록 입장을 허락받아 홀에 잔뜩 모여 있던 각양각색의 사람들 속에서도 모든 사람들은 하나같이 자신이 그 기관의 일부이며, 그 기관이 적절한 성격을 보전하고 그런 모습을 가장 멋지게 보이는 것이 제 책임인 양 느끼는 것 같았다.

이 손님들 역시, 신분은 어떻든지 간에, 어떤 세련된 취향과 지적 재능에의 공감, 위대한 능력을 평화롭게 발휘함으로써 그들 동포의 가정에 새로운 매력과 새롭게 연상되는 것들을 발산하고, 다른 나라에서 그들의 성격을 드높인 저 사람들에게 감사함이 없는 것도 아니라는 사실은, 최근 스페인 왕실에 장관으로 임명되었고, 그날 밤 해외로 떠나기 전 처음이자 마지막으로 그의 새로운 지위를 걸치고 그들 속에 있었던 나의 친애하는 친구 워싱턴 어빙이 보여준 접대로도 백분 성실하게 증명되었다. 나는 광기 어린 미국 정계에서 이 너무도 매력적인 작가만큼 진심을 다해 헌신적으로 애정 어린 사랑을 받았던 공인은 없었을 것으로 확신한다. 내가 그 어떤 공공집회보다 이 열렬한 대중을 더 존경한 것은 그들이 한 마음으로 시끄러운 연설가들과 공무원들에게 등을 돌리고 너그럽고 정직한 충동에 이끌려 조용히 활동하는 그 사람 주변으로 몰려들어, 온 마음을 다해 그가 그들 속에 쏟아놓았던 아름다운 상상의 창고에 대해 그에게 감사해하는 모습을 보았을 때였다. 그가 오랫동안 그런 보석들을 아낌없이 베풀기를, 그리고 그들이 오랫동안 그를 소중하게 기억하기를!

* * *

우리가 워싱턴에서 머무는 기간에 할애했던 기한이 이제 끝이 났고, 우리는 다시 여행을 시작해야 했다. 우리가 더 오래된 이 소도시들 사이를 여행하며 지금까지 횡단했던 철도의 거리는 저 거대한 대륙에서는 아무것도 아닌 것으로 치부되기 때문이다.

처음에는 남부—찰스톤까지—에 갈 작정이었다. 그러나 이번 여정이 차지하게 될 기간과, 워싱턴에서도 걸핏하면 우리를 아주 힘들게 했던, 계절이 때 아니게 일찍 더워지기 시작한 점을 고려하고, 게다가, 마음속으로, 노예제도를 끊임없이 사색하는 생활에 따른 고통을, 내가 아껴야 할 시간에, 그 제도가 걸치고 있을 게 뻔한 가면이 벗겨지는 장면을 목격하고 따라서 그 피지배자에게 이미 수북이 쌓여 있는 그 많은 사실에 어떤 항목이라도 더 추가하려던 그 지극히 불확실한 기회들과 비교 검토하게 되자, 내가 이곳에 있으리라고는 생각지도 못했던 영국의 집에서 나한테 자주 들려오곤 했던 오랜 속삭임들에 귀를 기울이고, 도시들이 동화 속 궁전처럼 서쪽의 미개척지와 숲 속에서 쑥쑥 자라나는 꿈들을 다시 꾸기 시작했다.

내가 나침반의 저 방향을 향해 여행하고자 하는 나의 열망에 굴복하기 시작했을 때 대다수 사람들에게 받았던 충고는, 관습을 따르면 재미없는 경험으로 충만하리라는 거였다. 내 길동무는 내가 기억할 수 있거나, 할 수 있다면 목록으로 나열할 수 있는 것보다 더 많은 위해와 위험과 불편으로 겁박을 당했다. 그러나 그런 것들에 관해서라면, 증기선에서 일어나는 폭발과 마차에서 일어나는 고장들이 최소한의 위험에 속한다고 말하는 것만으로도 충분했을 것이다. 그러나 내가 의지할 수 있었던 가장 우수하고 가장 친절했던 권위지가 간략히게 설명해준 서쪽 경로를 선택하고, 이런 방해 요소들을 크게 신뢰하지 않았기 때문에 나는 이내 내 행동 계획에 대한 결정을 내렸다.

이번에는 남쪽으로 이동해서, 버지니아 주 리치몬드로만 갈 것이다. 그다음에는 방향을 돌려서, 우리 진로를 극서부 지방으로 정할 것이다. 새로운 장에서도 독자들이 함께 해줄 것을 간곡히 청하는 바이다.

2부

1장

포트맥 강의 야간 증기선. 버지니아 철도와 흑인 기관사.

리치몬드. 볼티모어. 해리스버그 우편물과 도시 구경.

운하용 보트

우리는 우선 증기선을 타고 계속 길을 갈 예정이었다. 그래서 새벽 네 시가 출발 시각이면 대개는 배에서 잠을 청하기 때문에, 우리는 그런 탐험을 시작하기에는, 실내화가 더할 나위 없이 소중하고, 익숙한 침대가, 한두 시간으로 따지면, 굉장히 쾌적해 보이는, 그런 아주 불편한 시각에 배가 정박해 있던 곳으로 내려갔다.

밤 열 시다. 열 시 반이라고 하자. 달빛, 따스하기도 하고, 어지간히 흐리기도 한 때다. 증기선(기계 장치를 지붕 꼭대기에 달고 있어서, 모양은 어린이용 노아의 방주와 다르지 않다)이 느릿느릿 위아래로 출렁이다 강물이 거추장스런 동물 사체를 가지고 장난치듯 일으킨 물결에 목재 부두에 어설프게 쾅하고 부딪친다. 부두는 도시에서 좀 멀리 떨어져 있다. 여기 아래에는 아무도 없다. 우리가 탔던 마차가 사라져버리자 증기선 갑판 위에 침침한 램프 한두 개가 생명이 남아 있다는 유일한 신호다. 널빤지 위로 우리 발걸음 소리가 들리자마자 선천적으로 부산스러운 뚱뚱한 흑인 여자가 약간 어두컴컴한 계단에서 나타나 내 아내를 여성용 객실로 데려간다. 도피처로 내려간 그녀의 뒤를 거대한 망토와 외투 꾸러미가 따라간다. 나는 아침까지 조금도 잠을 자지 않는 것이 아니라, 부두를 오락가락하겠다고 씩씩하게 다짐한다.

나는 근처에 있는 것이 아닌, 멀리 두고 온 온갖 것들과 사람들을 생각하며 산책을 시작한 후 반 시간 정도는 왔다 갔다 하며 걸어 다닌다. 그런 다음 다시 배에 올라 타, 그 램프들 중 하나의 불빛 속으로 들어가 시계를 쳐다보며 시계가 멈췄던 게 틀림없다고 생각하고, 보스턴에서부터 함께 했던 그 충실한 비서[129]는 어떻게 된 건지 궁금해한다. 그는 우리의 출발을 기념해서 돌아가신 우리의 집주인(적어도 어떤 육군 원수인 게 틀림없다)과 훌쩍거리며, 아마 두 시간 더 지체할는지도 모른다. 나는 다시 걷는다. 하지만 날은 점점 더 침침해진다. 달이 진다. 내달 6월이 어둠 속에서 한층 멀리 있는 것 같고, 내 발소리가 울리는 게 신경에 거슬린다. 날씨는 또 추워졌다. 그런 외로운 환경 속에서 말동무 없이 오락가락하는 게 그리 즐거운 일은 아니다. 그래서 결의에 찼던 내 다짐을 깨고, 어쩌면 자는 게 낫겠다고 생각한다.

나는 다시 배에 올라타고, 신사용 객실 문을 열고 안으로 들어간다. 아무튼 나는—그곳이 너무 조용하다고 생각해서인지—그곳에 아무도 없다고 믿게 되었다. 그곳에 잠의 모든 단계, 형태, 태도, 유형에 속하는 잠자는 사람들이 그득하다는 사실이 끔찍하게도 놀랍다. 침대에

---

129) 조지 워싱턴 퍼트넘(1812~96), 미국 여행 내내 디킨스와 동행했다.

도, 의자에도, 바닥에도, 탁자에도, 특히 난롯가에도 혐오스런 나의
적이 가득하다. 나는 앞으로 한 걸음 더 나아가다 바닥에 담요를 둥글
게 말고 누워 있는 흑인 사환의 반짝이는 얼굴 위로 미끄러진다. 그가
벌떡 일어나더니, 반쯤은 아파서, 반쯤은 접대용으로 싱긋 웃으며 내
귀에 대고 내 이름을 소곤거리고는 잠자고 있는 사람들 틈바구니 속
에서 더듬거리며 나를 나의 침상으로 이끈다. 침상 옆에 선 내가 이렇
게 잠자고 있는 승객들 수를 세어보니 마흔 명이 넘는다. 더 세어봤자
소용없기에 나는 옷을 벗기 시작한다. 의자도 모조리 들어차 있고, 옷
을 걸어둘 만한 게 달리 아무것도 없으므로 나는 옷을 바닥에 내려놓
는다. 내 손을 더럽힐 수밖에 없는 까닭은 이 바닥도 똑같은 원인으로
국회의사당 카펫이나 매한가지 상태이기 때문이다. 나는 내 자리로
올라가 몇 분간 커튼을 열어놓고 그 사이 내 동료 여행객들을 다시 둘
러본다. 이왕 그리 됐으니, 나는 그것이 그들 위로, 그리고 세상 위로
떨어지게 내버려두고, 잠을 청한다.

항해가 시작되면 당연히 잠에서 깬다. 상당히 소란스럽기 때문이
다. 그러자 막 동이 트기 시작한다. 모두가 같은 시각에 잠에서 깨어
난다. 곧바로 차분해지는 이들도 있고, 눈을 비비고 한쪽 팔꿈치에 기
대고 주변을 돌아보고는 자신들이 어디 있는지 깨닫고는 무척 당황해
하는 이들도 있다. 하품하는 이들이나 불평하는 이들이나 거의 모두
가 침을 뱉고, 몇몇은 자리에서 일어나기도 한다. 나는 일어난 사람에
속한다. 상쾌한 공기 속으로 나가지 않고도 선실 공기가 더할 나위 없
이 극도로 불쾌하다는 것이 이내 느껴지기 때문이다. 나는 급히 옷을
챙겨 입고 2등 객실로 내려가 이발사에게 면도를 받고 몸을 씻는다.
승객용 세면 겸 화장용 도구는 일반적으로 회전식 수건 두 개, 작은

나무 대야 세 개, 물통 한 개와 물 뜨는 국자 한 개, 6제곱인치의 거울, 똑같이 생긴 노란 비누 두 개, 머리용 빗과 솔로 구성되며, 양치할 수 있는 것은 아무것도 없다. 나만 빼고 모두가 그 빗과 솔을 사용한다. 모두들 내가 내 물건을 사용하는 모습을 빤히 쳐다보고, 그중 두세 명의 신사가 내 편견을 두고 농담을 주고받고 싶은 마음이 굴뚝같기는 하나, 실제로 그러지는 않는다. 몸단장을 끝내고, 최상갑판으로 올라가 두 시간 동안 왔다 갔다 걷는 강행군을 시작한다. 태양이 찬란하게 떠오르고 있다. 우리는 워싱턴이 파묻혀 있는 마운트 버논을 지나가고 있다. 강은 넓고 빠르게 흘러가고, 강둑은 아름답다. 그날이 한껏 영광스럽고 화려하게 다가오며, 시시각각 더욱 찬란해진다.

우리는 여덟 시에 내가 밤을 보낸 선실에서 아침 식사를 한다. 하지만, 창문과 문들이 모두 활짝 열려 있어서 이제는 충분히 상쾌하다. 식사를 신속하게 처리하면서도 뻔히 보이는 다급함이나 탐욕스러움은 없다. 우리가 여행하며 먹었던 어떤 아침 식사보다 더 길고, 질서정연하고, 품위가 있다.

아홉 시가 지나자마자 우리는 배에서 내릴 예정인 포토맥 강에 도착한다. 그런 다음 이번 여정에서 가장 기이한 부분이 다가온다. 역마차 일곱 대가 우리를 태워갈 준비를 하고 있다. 준비가 된 마차도 있고, 아직 준비가 안 된 마차도 있다. 마부 중에는 흑인도 있고, 백인도 있다. 마차마다 말이 네 필씩 딸려 있는데, 마구를 씌운 말이나 안 씌운 말이나 모두 다 그곳에 있다. 증기선에서 내린 승객들이 마차 안으로 들어간다. 짐은 요란한 외발 손수레로 운반 중이다. 겁에 질린 말들이 출발하려고 들썩거린다. 흑인 마부들은 원숭이 떼처럼 서로에게 재잘거리고 있고, 백인 마부들은 가축을 모는 사람들처럼 소리를 질러댄다. 여기서 마부가 손봐야 하는 온갖 종류의 일에서 가장 중요하게 챙겨야 할 일은 시끄러운 소리를 최대한 많이 만들어내는 것이다. 마차는 프랑스 마차 같은 모습이지만, 실제론 턱도 없이 미흡하다. 마차는 용수철 대신 더할 나위 없이 질긴 가죽 밴드에 매달려 있다. 마차들을 선택한다거나 구별할 수 있는 방도는 거의 없고, 영국의 한 풍물장터에서 지붕을 달고, 굴대와 바퀴 위에 올려서, 채색 캔버스로 커튼을 단 그네의 객차 부분에 비유될 수 있을지도 모른다. 마차는 지붕에서 바퀴 타이어까지 진흙투성이고, 처음 만들어진 이후 청소는 한 번도 한 적이 없다.

　증기선을 타고 있을 때 받았던 표에 1번이라는 표시가 되어 있어서 우리는 1호 마차 소속이다. 나는 코트를 마차 위에 던져놓고, 아내와 그녀의 하녀가 안으로 들어가도록 천천히 들어 올린다. 한 발짝만 움직여서 바닥에서 1야드 가량 떨어지면 흔히 의자에 닿게 된다. 의자가 없는 경우 여자들은 섭리에 맡긴다. 마차는 안에 아홉 명을 태우고, 문에서 문까지 좌석 하나가 가로놓여 있는데, 영국에서는 거기에 다리를 걸쳐놓곤 했으니 마차에 타고, 다시 내리고 하는 일보다 해내기 어려운 곡예가 딱 하나 있을 뿐이다. 이제 승객은 밖에 한 사람뿐이고, 그가 마차 위에 올라앉는다. 내가 그 사람이므로, 내가 위로 올라간다. 그들이 짐을 마차 지붕에 끈으로 동여매며 뒤편의 상자 같은 것 속으로 쌓아올리는 동안, 마부를 살펴볼 수 있는 좋은 기회가 생긴다.

　그는 정말 아주 새카만 흑인이다. 지나치게 헝겊을 덧대 꿰맨(특히 무릎 부위에) 희고 검은 점이 뒤섞인 허접한 정장차림에 회색 스타킹과 어둡지 않은 발목까지 닿는 거대한 하이로 부츠와 아주 짧은 바지차림이다. 짝이 안 맞는 장갑 두 개도 꼈는데, 하나는 알록달록한 소모사 장갑이고, 다른 하나는 가죽 장갑이다. 들고 있는 아주 짧은 채찍은 가운데가 부러져 끈을 감아놓았다. 거기에 춤이 낮고, 테가 넓은 까만 모자를 쓴 모습이 영국인 마부!를 광적으로 흉내 낸 것 같은 속내를 희미하게 내비치고 있다. 그러나 내가 이런 관찰을 하고 있는 순간 어떤 책임자가 "출발!"이라고 외친다. 우편 마차가 4두 짐마차로 선두에 나서고 다른 모든 역마차들이 1호 마차를 필두로 줄줄이 그 뒤를 따른다.

그런데, 영국인이라면 '좋아All right!'라고 외칠 것 같은 때마다 미국인들은 '가자Go ahead!'라고 외치는 것이, 어느 정도는 양국의 국민성을 보여주는 것 같다.

처음 반마일은 두 개가 나란히 뚫려 있는 구덩이 위로 헐거운 널빤지를 놓아 만든 다리를 가로지르는 길이라 바퀴가 굴러갈 때마다 널빤지가 기운다. 그리고 강으로 들어간다. 강은 바닥이 진흙이고 구덩이가 숭숭 뚫려 있어서 말의 몸이 절반씩 계속해서 갑자기 사라지다가 한동안 다시 보이지 않는다.

그러나 우리는 이런 것도 지나 길 자체에 들어서는데, 이 길도 늪과 자갈 채굴장이 교대로 이어진다. 엄청난 장소가 우리 코앞에 다가오자, 흑인 마부가 눈알을 굴리며, 입은 아주 동그랗게 말아 올리고는, 속으로 '전에도 자주 해봤지만, 이번엔 충돌하겠는걸'이라고 생각하는 것처럼 두 선두 사이를 똑바로 바라본다. 그는 양손에 고삐를 쥐고 농시에 홱 잡아당기기노 하고 끌어당기기도 한다. 두 다리로는 애식하게도 고인이 된 듀크로[130]가 성질이 불같던 그의 준마 두 마리로 그

---

130) 앤드류 듀크로(Andrew Ducrow, 1793~1842), 영국 서커스 공연가로 영국 곡예 마술

랬던 것처럼 흙받기판 위에서 춤을 춘다(물론 자기 자리는 지키면서).
그 지점에 당도한 우리는 습지에 빠져 거의 마차 창문까지 가라앉고
한쪽으로 45도 기울어져 그곳에 처박힌다. 안에서 무서운 비명소리가
나고, 마차가 멈춰 서고, 말들이 버둥거린다. 나머지 마차 여섯 대도
모두 멈춰 서고, 그들의 마흔두 마리 말들도 마찬가지로 버둥거린다.
그러나 함께 있다는 이유만으로 우리와 이신전심이 된다. 그때 다음
사건들이 일어난다.

흑인 마부 (말들에게). "이랴!"

아무 일도 일어나지 않는다. 안에서 다시 비명소리가 난다.

흑인 마부 (말들에게). "야!"

말들이 뒷다리로 하늘을 차며 흑인 마부에게 진흙을 튀겨댄다.

안에 있던 신사가(밖을 내다보며). "아니, 도대체 무슨……."

신사는 진흙탕 세례를 받고 다시 머리를 끌어당기고는, 질문을 끝
내거나 대답을 기다리지도 않는다.

흑인 마부(여전히 말들에게). "이랴! 이랴!"

말들이 마차를 구멍에서 거칠게 잡아당기고, 질질 끌어당기면서 강
둑 위로 잡아당긴다. 경사가 너무 가팔라서 흑인 마부의 다리가 허공
으로 날아갔다가, 다시 지붕 위 짐 사이로 되돌아온다. 그러나 즉각
정신을 차리고 소리친다(계속 말들에게).

"끼랴!"

아무 소용도 없다. 오히려 마차는 뒤로 구르기 시작해서 2호 마차
위로 향하고, 2호 마차는 3호 마차 위로, 3호 마차는 다시 4호 마차

(馬術)의 아버지로 불린다.

위로 굴러가는 등 거의 4분의 1마일이나 뒤에 있던 7호 마차에서 나오는 욕설과 악담이 들릴 때까지 계속된다.

흑인 마부 (전보다 더 크게). "끼랴!"

말들이 강둑 위로 올라가려고 다시 안간힘을 쓰지만, 마차는 다시 뒤로 굴러간다.

흑인 마부 (전보다 더 크게). "끼−이−랴!"

말들이 필사적으로 바둥거린다.

흑인 마부 (정신을 가다듬으며). "야, 이랴, 이랴, 끼랴!"

말들이 다시 안간힘을 쓴다.

흑인 마부 (더욱 힘차게). "워워! 야. 이랴, 이랴. 끼랴. 워워!"

말들이 거의 성공해간다.

흑인 마부 (눈알이 머리에서 튀어나오며). "얏, 자. 이얏, 저기. 야. 이랴, 이랴. 끼랴. 워워. 얏!"

말들이 강둑 위로 냅다 올라가더니 다시 무시무시한 속도로 건너편으로 달려 내려간다. 그들을 막기란 불가능하고, 맨 아래쪽에는 잔뜩 물이 고인 깊은 웅덩이가 있다. 마차는 무섭게 굴러간다. 안에서 비명 소리가 난다. 진흙탕 물이 우리 주변으로 날아든다. 흑인 마부가 미친 사람처럼 춤을 춘다. 갑자기 어떤 특이한 수단 덕분에 우리는 모두 무사해지고, 멈춰서 숨을 고른다.

흑인 마부의 흑인 친구 하나가 울타리에 앉아 있다. 흑인 마부가 그를 알아보고는 할리컨처럼 머리를 빙빙 돌리고, 눈도 돌리고, 어깨를 으쓱거리고 입이 귀에 걸리도록 싱글거린다. 그가 갑자기 멈춰 서더니 나를 돌아보며 말한다.

"건너갈 거예요, 선상님, 잽싸게요. 건너가고 나면 괜찮으실 거예요, 선상님. 집에 할멈이, 선상님." 죽어라 킥킥거린다. "밖에 계신 신사 분은 선상님, 집에 있는 할멈을 곧잘 기억하시대요, 선상님." 다시 싱글거린다.

"아무렴요. 우리가 할멈을 잘 보살필 거예요. 걱정 잡아 붙들어 매세요."

흑인 마부가 다시 싱글거린다. 하지만 또다시 웅덩이가 나타나고, 그걸 넘자, 또 다른 둑이 우리 코앞에 나타난다. 마부가 갑자기 멈추며 소리친다(다시 말들에게). "워. 워. 그럼. 워. 가만. 야. 이랴. 끼랴. 워워. 가만." 하지만 "얏!"을 외치고 나서야 우리는 바로 그 마지막 난국으로 빠져들고, 한창 어려움을 겪다 거의 불가능해 보이는 것으로부터 탈출한다.

그런 식으로 우리는 두 시간 반 동안 10마일 정도를 이동한다. 꽤 많은 사람들이 타박상을 입기는 했지만 뼈가 부러지는 일은 없으며, 요컨대, 그 거리를 '잽싸게' 통과한다.

이런 특이한 유형의 마차 여행은 프레더릭스버그에서 종료되며, 그곳에는 리치몬드로 가는 철도가 있다. 그 지방을 통과해 방향을 잡는 것이 생산적인 때도 있었다. 그러나 그곳 토질은 경작지를 강화하는 대신 촉성 재배에 막대한 노예 노동을 이용하는 제도로 피폐해진 탓에 지금은 나무가 제멋대로 자란 모래사막과 별반 나을 것도 없다. 삭막하고 재미도 없는 그런 측면 때문에, 나는 이런 끔찍한 제도의 폐해들 중 하나로 피폐해진 대상을 발견하게 된 것이 진심으로 반가웠고, 동일한 곳에서 제일 풍요롭고 제일 번성하고 있는 경작 방식이 나에게 제공해줄 수 있었던 것보다 메마른 땅을 살펴보게 되어 더욱 기뻤다.

노예제도가 보금자리를 틀고 있는 다른 모든 지역에서와 마찬가지로, 이 지역에서도, (나는 이 제도를 가장 열렬하게 지지하는 사람들조차 이런 점을 인정하는 소리를 자주 들었다), 노예제도와 떼려야 뗄 수 없는 파멸과 부패의 분위기가 사방팔방에서 감돈다. 헛간과 광들이 썩어 없어지고 있으며, 헛간들은 덕지덕지 기워져 있고 반쯤은 지붕도 없다. 통나무집들(버지니아에서는 진흙이나 나무로 만든 굴뚝을 외부로 나게 해서 짓는다)이 어떻게 손볼 수 없을 만큼 더럽다. 어디에도 웬만큼 안락한 구석이라고는 조금도 찾아볼 수 없다. 철길 옆 그 비참한 서식지들, 엔진 연료를 공급하는 그 널따란 목재 더미, 객차 문 앞 땅바닥에서 개와 돼지들과 함께 굴러다니는 흑인 아이들, 무거운 짐을 지고 살금살금 지나가는 두발 달린 짐승들. 어둠과 실의가 그들 모두의 위로 내려앉아 있다.

우리가 이번 여행을 시작했던 기차에 달린 흑인용 객차에는 방금 매입된 한 어머니와 그녀의 아이들이 타고 있었다. 그녀의 남편이자 아이들의 아버지는 그들의 옛 주인과 함께 뒤에 남겨졌다. 아이들은 목적지까지 가는 내내 울어댔고, 어머니는 고통을 고스란히 담아놓은 그림 같았다. 생명, 자유, 행복 추구의 옹호자가 그들을 구입했고, 같은 기차에 탔고, 우리가 멈출 때마다 내려서 그들이 안전한지 살펴보았다. 신드바드의 모험에서 이마 한가운데서 타오르는 석탄처럼 빛나는 눈 하나가 달린 흑인은 이 백인 신사에 비하면 자연의 귀족이었다.

우리가 호텔에 도착한 것은 저녁 여섯 시에서 일곱 시 사이였다. 호텔 앞과 현관문까지 일렬로 쭉 이어진 널찍한 계단의 맨 꼭대기에는 두세 명의 시민이 흔들의자에 앉아 중심을 잡으며 시가를 피우고 있었다. 우리는 호텔이 아주 크고 우아한 시설이라고 여겼으며, 여행객들이 꼭 대접받고 싶어 하는 수준의 융숭한 대접을 받았다. 기후가 건조한 까닭에 하루 중 어떤 시간에도 그런 널따란 바에서 어슬렁거리는 사람들이 부족한 적이 없었거니와 시원한 술을 혼합하는 일도 끊인 적이 없었고, 이곳에서 그들은 더 명랑한 사람들이 되었고, 밤이면 그들에게 음악을 연주해주는 악기들이 있었고, 그런 음악을 다시 듣는다는 것은 예기치 않은 경험이었다.

다음날, 그리고 다음날도, 우리는 마차를 타거나 걸어서 시내 주변을 돌아다녔다. 시내는 제임스 강이 굽어보이는 여덟 개의 언덕 위에 멋지게 자리 잡고 있다. 반짝거리는 개울은 여기저기에 선명한 섬들이 점점이 박혀 있거나 깨진 바위 위로 콸콸 흘러간다. 아직 3월 중순밖에 되지 않았는데도, 이곳 남부 기온에 따른 날씨는 극도로 따뜻했다. 복숭아나무와 목련은 꽃으로 만발했고, 나무는 초록으로 물들어 있었다. 언덕 사이 저지대에는 '블러디런[131]'이라는 계곡이 있는데 예전에 그곳에서 벌어진 인디언들과의 끔찍한 충돌에서 생겨난 이름이다. 그곳은 그런 투쟁을 벌이기에는 제격인 장소며, 내가 보았던 다른 모든 장소들처럼 지금은 이 세상에서 너무도 빠르게 사라지고 있는 저 자연 그대로의 사람들의 어떤 전설과도 연관되어 있었기에 내 호기심을 크게 자극했다.

리치먼드는 버지니아 지방 의회의 소재지며, 그늘이 드리워진 그곳 입법부 청사에서는 일부 연설자들이 뜨거운 정오가 되도록 말을 장황하게 늘어놓아 사람들을 졸리게 하고 있었다. 그러나 줄기차게 되풀

---

131) Bloody Run. 1676년에 인디언 서스케하나녹 부족과 백인 정착민들 사이에 벌어진 전투 이름.

이 된 탓에 이 헌법에 따른 절차를 구경하는 일도 나한테는 많고 많은 교회 제의실祭衣室이나 재미없는 건 매한가지였다. 따라서 나는 이곳 대신 수만 권의 책들을 짜임새 있게 소장하고 있는 공립 도서관의 휴게실과, 노동자들을 모두 노예들로 채운 담배 제조공장을 방문하게 된 것이 사뭇 반가웠다.

나는 이곳에서 담배를 따고, 굴리고, 납작하게 누르고, 말리고, 통에 채워 상표를 붙이는 전 과정을 살펴보았다. 이렇게 처리된 담배는 모두 씹기 위한 제품으로 가공 중이었고, 저장고를 보면 그 한 곳의 양만으로도 미국의 모든 턱들을 채우고도 남을 것이라고 생각했을 것이다. 이런 모양의 담배는 우리가 소를 살찌우려고 먹이는 깻묵처럼 보이는데, 그 결과에 대한 언급이 없더라도 씹어볼 마음이 썩 당기지는 않는다.

그곳 노동자들의 상당수는 강건한 남자들로 보였으며, 그때 당시 그들 모두가 조용히 일만 하고 있었다는 것은 굳이 말할 필요도 없다. 오후 두 시 이후면 한 번에 일정한 횟수만큼 노래를 부르는 것이 허용되었다. 내가 그곳에 있는 동안 그 시각이 되자, 스무 명쯤이 찬송가를 여러 부분으로 나누어 부르기 시작했는데, 그들은 일을 하면서도 노래를 엉터리로 부르는 법이 없었다. 내가 떠나려고 하던 참에 벨이 울리자 그들 모두가 저녁 식사를 위해 길 건너편 건물로 쏟아져 들어갔다. 나는 그들이 식사하는 모습을 보고 싶다고 몇 번이나 말했지만, 갑자기 내가 이런 열망을 건넸던 신사가 약간 귀머거리가 된 것 같아서 계속 요구하기가 어려웠다. 조만간 그들의 모습에 대해 얘기할 거리가 생길 것이다.

그 다음날, 나는 강 반대편 둑에 있는 1,200에이커나 되는 대규모

농장을 방문했다. 여기서 다시, 내가 농장 주인과 함께, 농장에서 노예들이 사는 곳인 일명 '구역'으로 내려가긴 했지만, 그들이 사는 어떤 헛간으로도 들어오라는 청을 받지 못했다. 그곳에서 내가 본 것은 근처에서 반쯤 벌거벗은 아이들이 무리지어 햇볕을 쬐거나 더러운 땅바닥에서 뒹굴고 있는 참으로 터무니없이 참혹한 오두막들뿐이었다. 그러나 나는 이 신사 양반이 인정 있는 탁월한 주인으로 50명의 노예들은 유산으로 물려받은 것이며, 인간을 물건으로 사고파는 업자는 아니라고 믿고 있으며, 내 나름의 관찰과 신념에 따르면 그는 다정한 성품의 훌륭한 사람이라는 확신이 들기도 한다.

그 대농장 주인의 집은 통풍이 좋고, 시골에 어울리는 거주지로 그 같은 장소에 대한 디포[132]의 묘사를 저절로 떠올리게 했다. 그날은 날씨가 매우 따뜻했지만, 블라인드는 모두 닫아놓은 채 창문과 문들은 활짝 열어 두어서 그늘진 서늘함이 방들을 바스락거리며 통과해서 바깥의 눈부신 빛과 열기가 사라진 이후의 절묘하게 상쾌한 느낌이 들었다. 그 창문들 앞으론 탁 트인 현관이 있고, 그곳에서는 그들이 더운 날씨라고 부르는 날—그걸 뭐라고 부르든 간에—이면 해먹을 매달고, 마실 것을 들이켜며 잠깐씩 잠을 청하는 호사를 누린다. 더위를 식히는 그들의 멋진 음료들이 그런 해먹 안에서 어떤 맛이 나는지는 모르겠지만, 내 경험상, 이들 지역에서 그들이 만드는 얼음더미에 박하술과 셰리 코블러[133]는 이후 여름이면 만족스러운 기분을 느끼려는 사람들이 생각할 수도 없는 음료라고 기록해도 될 것 같다.

---

132) 대니얼 디포(Daniel Defoe, 1660~1731), 영국의 소설가.
133) 셰리주를 넣은 찬 음료수.

포트맥 강에는 다리 두 개가 놓여 있다. 하나는 철도가 놓인 다리였고, 다른 하나는 아주 정신 나간 일로서 이웃에 사는 어떤 할머니의 개인 재산이라 읍내 사람들에게 통행세를 물리는 다리였다. 돌아오는 길에 이 다리를 건너다 입구에, 모든 사람들에게 천천히 마차를 몰도록 주의를 주는 안내문이 페인트칠 되어 있는 것을 보았다. 이를 어긴 사람에 대한 처벌로는 백인인 경우에는 5달러의 벌금이고, 흑인인 경우에는 열다섯 개의 줄무늬였다.

리치몬드로 들어서는 길 위로 불룩 튀어나와 있는 부패와 어둠이 리치몬드 시내 위에서도 똑같이 서성거린다. 리치몬드 거리에는 예쁘장한 별장들과 경쾌해 보이는 주택들이 들어서 있고, 자연은 그 시골 주변 위로 미소를 보내고 있다. 그러나 노예제도 자체가 숭고한 미덕들과 손에 손을 맞잡고 있는 것처럼, 그 당당한 주거지들을 거칠게 떠밀고 있는 것도 바로 비참한 공동주택들, 파손된 채 방치되어 있는 울타리들, 붕괴되어 폐허 더미가 되어가고 있는 담들이다. 겉모습 아래 숨겨진 것들을 암울하게 암시하는 이런 것들과, 그와 동일한 여러 다른 흔적들은 억지로라도 눈길을 끌기도 하고, 보다 생기 넘치는 특징들이 잊히는 순간 우울하게 기억되기도 한다.

다행히도 그런 것들에 익숙하지 않은 사람들에게는, 그런 거리와 육체노동이 이루어지는 장소에서 나타나는 표정들 역시 충격적이다. 노예들이 당하는 고통과 처벌이 그들을 불구로 만들고 고문을 가하는 자들에게 부과되는 벌금에 비해 너무 지나치다는 것을 노예들에게 알려주는 것을 금하는 법이 있다는 사실을 아는 모든 사람들은 지적인 표정을 나타내는 눈금에서 그들의 얼굴이 매우 낮은 수준임을 알게 될 각오를 해야 한다. 어디서나 이방인의 눈과 마주치는 피부가 아닌 마음의 어둠, 자연의 손이 찾아낸 보다 올바른 모든 성격들 중에서 사람을 짐승 취급하고 안 좋은 기억을 애써 지우려는 성격은 그의 최악의 믿음을 헤아릴 수 없을 정도로 능가한다. 말들 사이에서 살다가 갓 도착해, 떨리는 공포를 안고 그와 같은 종류 위로 놓인 높은 여닫이창에서 보이기 시작한 위대한 풍자가의 머리에서 탄생한 저 여행가가 저런 광경에 불쾌해하거나 기세가 꺾인다 해도 처음으로 이런 얼굴들 일부를 쳐다본 사람들보다는 분명 덜할 것이다.

나는 그들 중 마지막을 오랫동안 고난한 일을 하는 비참한 사람의 모습으로 남기고 떠났다. 그는 자정까지 하루 종일 앞뒤로 뛰어다니고, 몰래 눈을 붙이며 짬짬이 계단을 대걸레질하고 난 뒤 새벽 네 시에는 어두컴컴한 통로를 씻어내고 있었다. 나는 길을 가다 노예제도가 존재하는 곳에서 살지 않는 운명을 타고난 것과 내 의식이 노예가 흔들어주는 요람에서 그 폐해와 공포에 결코 둔감해지지 않았다는 것에 감사했다.

나의 의도는 애초에 제임스 강과 체서피크만*을 거쳐 볼티모어로 가는 것이었다. 그러나 증기선 중 한 척이 어떤 사고로 선착장에 나타나지 않은 데다, 그에 따라 운송수단이 불확실해지는 바람에 우리는 우리가 왔던 방식대로 워싱턴으로 돌아갔고(이 증기선에는 탈출한 노예를 쫓아 순경 두 명이 타고 있었다), 그곳에서 다시 하룻밤을 묵고, 다음날 오후에 볼티모어로 계속 나아갔다.

내가 미국에서 조금이라도 경험해본 꽤 많은 호텔 중에서 가장 편안한 곳이 이 도시의 바넘 호텔이다. 그 영국인 여행객은 미국에서 처음이자 아마 마지막으로 침대에 커튼이 쳐진 걸 보게 될 것이며, 몸을 씻을 만한 물도 충분히 있을 가능성이 클 것인데, 이런 경우는 절대

흔한 일이 아니다.

메릴랜드 주의 주도인 이곳은 번잡하고 부산한 소도시로, 다양한 종류의 교역, 특히 수로 무역을 통한 교역이 상당히 활발하게 이루어지고 있다. 이 도시가 가장 선호하는 시내 저 구역은 깨끗한 곳이라고는 눈을 씻어도 찾을 수 없는 게 사실이다. 그러나 위쪽 지역은 성격도 크게 다르고, 기분 좋은 거리와 공공건물들도 많다. 그중에서도 맨 꼭대기에 조각상이 서 있는 늠름한 워싱턴 기념비, 의과대학, 영국군과의 교전을 기념해 노스 포인트에 세운 배틀 모뉴먼트가 단연 돋보인다.

이 도시에는 매우 훌륭한 형무소가 있으며, 주립형무소도 그곳의 여러 기관 중 하나다. 이 주립형무소에서 기이한 사건이 두 건 있었다.

하나는 부친을 살해한 죄로 재판을 받은 젊은 남자의 사건이었다. 전적으로 정황상일 뿐인 증거는 심하게 상충되기도 하고 미심쩍은 면이 많았다. 그를 혹하게 해서 그렇게 엄청난 죄를 저지르도록 했을 수 있다는 어떤 동기도 설정하기 불가능했다. 그는 재판을 두 번 받았고, 두 번째 재판에서 유죄 판결을 내리기를 그렇게도 주저한 배심원들도 결국에는 과실치사, 또는 2급 살인죄[134] 판결을 내렸다. 언쟁이나 도발이 없었던 것이 확실했던 만큼 살인을 저지르지 않았을 수도 있었지만, 어쨌든 그가 유죄라면, 그는 의심할 여지 없이 살인이라는 가장 광범위하면서도 최익의 의미에서 살인죄였다.

이 사건의 두드러진 특징은 그 불운한 망자가 자신의 아들에게 정

---

134) 1796년 쇄신된 범죄 분류. 일부 주에서만 시행되었고 영국에는 없었다.

말 살해당하지 않았다면, 그의 형제에게 살해당한 게 틀림없다는 점이었다. 증거는 저 두 사람의 중간에 아주 비범한 방식으로 놓여 있었다. 모든 의심스러운 점들을 따져보면, 죽은 자의 형제가 목격자였다. 그 죄수에 대한 모든 설명(개중 일부는 아주 그럴듯함)은 머릿속에서 이루어진 재구성과 추론을 통해 그의 머릿속에 자기 조카에게 죄를 뒤집어씌우는 음모로서 주입되어 있었다. 범인은 둘 중 한 명이 틀림없었고, 배심원들은 거의 똑같이 비정상적이고, 설명할 수 없고, 이상한 두 쌍의 의혹 사이에서 결정을 내려야했다.

다른 하나는 어떤 증류주 제조장에 들어가서 술이 들어 있는 구리 계량통을 훔친 한 사내의 사건이었다. 그는 쫓기다 그 물건을 지닌 상태로 붙잡혔으며, 2년형에 처해졌다. 형기 만료로 감옥에서 나오자마자 그는 같은 증류주 제조장을 찾아가 똑같은 양의 술이 들어 있는 똑같은 구리계량통을 훔쳤다. 그자가 감옥으로 돌아가길 원했다고 가정할 만한 이유는 눈곱만큼도 없었다. 그야말로 범죄를 저질렀다는 사실 외에는 모든 것이 그런 가정과 정면으로 배치되었다. 이 특이한 사건을 설명하는 방법은 두 가지뿐이다. 하나는, 그가 계획했던 이 구리계량통 때문에 그렇게 많은 고난을 겪고 나자 자신에게 그 물건에 대한 일종의 권리가 생겼다는 착각에 빠졌다는 것이다. 다른 하나는 오랫동안 그것에 대해 생각하다 보니 그에게 편집증이 생겼고, 세속적인 구리통에서 천상의 황금통으로 부풀어 오르는 마음에 저항하는 건 불가능하다는 생각에 사로잡히게 되었다는 설명이다.

나는 이곳에서 이틀간 머문 후 얼마 전 세워놓았던 여행 계획을 굳게 고수하기로 맹세하고 더 이상의 지체 없이 서부 여행에 나서기로 했다. 따라서 짐을 가능한 범위 내로 줄이고(짐도 상당 부분은 반드시 필요한 것도 아니어서, 이후 우리가 캐나다에 가게 되면 그쪽으로 보내도록, 뉴욕으로 다시 보내는 방법으로), 도중에 들른 금융회사에서 필요할 신용증명서를 확보해놓고, 게다가 마치 우리가 저 행성의 바로 그 중심으로 들어가고 있는 것처럼 우리 앞에 있는 나라에 대한 명확한 생각을 지닌 채 이틀 동안 석양을 구경하고 난 후, 우리는 오전 여덟 시 반에 또 다른 철도를 이용해 볼티모어를 떠나, 60마일 가량 떨어진 요크 시에 도착했다. 이른 오찬 무렵에 도착한 그 호텔은 4두 마차의 출발지였으며, 그곳에서 우리는 해리스버그로 계속 여정을 이어나갈 계획이었다.

이 수송수단, 즉 내가 운 좋게 확보한 이 마차는 기차역까지 우리를 마중 나왔는데, 여느 때와 다름없이 진흙투성이에 크고 거창했다. 그 호텔 문 앞에는 더 많은 승객들이 기다리고 있었기 때문에, 마부는 목소리를 평상시대로 혼잣말하는 것처럼 낮추는 동시에 곰팡이가 핀 자기 마구가 말상대라도 되는 것처럼 마구를 쳐다보며 속삭였다.

"커다란 마차가 필요할 것 같더라니까."

나는 속으로 그렇게 커다란 4두 마차는 크기가 어떻게 될지, 얼마나 많은 사람을 태우도록 설계되었을지 궁금해하지 않을 수 없었다. 우리 목적에 비해 턱없이 작았던 그 마차는 영국의 육중한 심야 마차 두 대보다 컸던 것 같았고, 어쩌면 프랑스 승합마차의 쌍둥이 형제였을지도 몰랐다. 그러나 나의 의혹도 눈 깜짝할 사이에 진정되고 말았는데, 식사를 끝내자마자, 비대한 거인처럼 양 옆을 흔들며 바퀴 달린 거룻배 비슷한 게 덜커덩거리며 도로 위로 올라왔기 때문이었다. 마차는 한참이나 머뭇거리기도 하고 뒤로 물러났다 여관 문 앞에 멈춰섰다. 다른 움직임이 멈추면 육중하게 좌우로 구르는 것이 마치 축축

한 마구간에서 감기라도 걸린 것만 같았고, 그러는 사이 만년에 수종
水腫에 걸려 걷는 것보다 조금이라도 더 빨리 움직여야 했던 사람들은
바람이 불지 않아 마음이 심란했다.

"끝내 해리스버그 우편물도 여기 없고, 게다가 보기에도 더럽게 밝
고 말쑥하다면 말이야." 노신사가 다소 흥분해서 소리쳤다. "빌어먹을
우리 어머니!"

나는 빌어먹는다는 게 어떤 기분인지, 한 남자의 어머니가 다른 누
구보다 그런 과정을 충분히 즐기는지 아니면 무시하는지는 잘 모르지
만, 문제의 노부인이 이런 불가사의한 예식을 참아내는 것이 해리스
버그 우편물의 추상적인 밝음과 명민함에 관한 그녀 아들의 정확한
예지력에 달려 있었다면, 그녀는 그에 따른 고통을 겪었을 게 분명했
다. 그러나 그들이 열두 명의 사람을 안에 들여놓고, 짐(커다란 흔들
의자나 꽤나 큰 식탁 같은 사소한 물건들을 포함한)을 마침내 지붕 위
에 단단히 묶어놓자, 우리는 위엄 있게 출발했다.

또 다른 호텔의 출입구에는 태워야 할 또 다른 승객이 있었다.

"자리 좀 있어요, 아저씨?" 새로운 승객이 마부에게 소리친다.

"뭐, 자리는 충분하죠." 마부는 아래를 내려다보거나, 그를 바라보
지도 않고 대답한다.

"자리라고는 전혀 없소이다. 선생." 한 신사가 안에서 소리친다. 또
다른 신사도(역시 안에서) 조금이라도 더 많은 승객을 안으로 들이려
는 태도는 '전혀 온당치 않을 것으로' 본다며 그의 말에 힘을 실어준
다.

새로운 승객은 조금도 걱정하는 표정 없이 마차를 쳐다보고, 그다
음에는 마부를 올려다본다. "이제, 어떻게 해결하실 셈이죠?" 그렇게

말한 후, 잠깐 말을 멈추더니 다시 이렇게 말한다. "제가 꼭 타야 해서요."

마부는 챗열을 비틀어 매듭을 만드는 일에 신경 쓰며 그런 질문에 더는 관심을 두지 않는다. 그런 일은 그 자신이 아닌 다른 사람의 일이며, 승객들이 알아서 해결하는 게 더 좋다는 뜻을 분명히 밝히는 태도다. 이런 상황에서는 여러 문제가 또 다른 종류의 해결책으로 보이는 경우도 있는데, 그때 마침 마차 안 구석에서 숨이 막힐 지경이 된 또 다른 승객이 희미하게 소리친다. "제가 내릴게요."

이런 일이 마부에게 안도감을 주거나 자축할 사안은 전혀 아닌데, 마차에서 어떤 일이 일어나든 추호도 흔들리지 않는다는 게 그의 확고부동한 철학이기 때문이다. 세상만사 중 마차가 그의 마음속에서는 가장 하고 싶지 않은 일처럼 보일 것이다. 그러나 그런 교환이 성사되고, 그러고는 제자리를 포기한 승객은 마차 본체 위에 세 번째 좌석을 만들며 그가 가운데라고 부르는 자리에 끼어 앉는다. 말하자면, 그의 몸의 반은 자기 다리에 싣고, 나머지 반은 마부의 다리에 싣고서 말이다.

"자 갑시다, 선장." 지시를 내리는 대령이 소리친다.

"가자!" 선장이 그의 패거리인 말들에게 외치니, 우리가 길을 떠난다.

우리는 시골 술집에서 쉬었다. 몇 마일을 달리다 보니, 마차 지붕 위에 올라 짐 속에서 술에 취해 있다 이후 다친 데 없이 미끄러진 신사가 멀리서 보니 우리가 그를 발견했던 선술집으로 다시 굴러가는 게 보였기 때문이다. 우리는 또 여러 차례에 걸쳐 우리의 화물과 더 많은 작별을 고했으므로 말을 갈아야 할 때 즈음에는 밖에 있는 사람은 다시 나 혼자뿐이었다.

마부들도 항상 말과 함께 바뀌는데, 그들도 마차만큼이나 지저분한 게 보통이다. 첫 마부는 영국인 제빵장이처럼 몹시도 초라한 차림이었다. 두 번째 마부는 러시아 농부 같았는데, 헐렁한 자줏빛 모직물 겉옷에 털 달린 깃, 허리에 얼룩덜룩한 소모사 허리띠를 두르고, 회색 바지와 연푸른 장갑에 곰가죽 모자를 쓰고 있었기 때문이다. 이때쯤 비가 억수같이 내리기 시작했고, 게다가 냉기 서린 눅눅한 안개는 피부까지 뚫고 들어왔다. 나는 잠시 쉬는 틈을 이용해 다리를 쭉 뻗어보고 방한 외투에서 물을 털어내기도 하면서, 한기를 몰아내려고 그 흔한 반反금주 처방제라도 들이켤 수 있는 게 반가웠다.

내가 다시 내 자리로 올라갔을 때, 새로운 꾸러미 하나가 마차 지붕에 놓여 있는 것을 보고는, 갈색 가방에 담긴 다소 커다란 바이올린이라고 여겼다. 그러나 몇 마일을 가다 보니, 한쪽 끝에는 번들거리는 모자가 있고 다른 한쪽 끝에는 진흙투성이 신발 한 켤레가 있어서 더 유심히 살펴봤더니, 그게 양팔을 억지로 주머니 속으로 깊이 쑤셔 넣어 몸 옆에 단단히 붙들어 맨 황갈색 코트를 입은 작은 소년이라는 걸 알게 되었다. 나는 그 소년이 마부의 친척이거나 친구라고 추측하는데, 얼굴을 내리는 비 쪽으로 향한 채 수하물 꼭대기에 반듯이 누워 있었기 때문이다. 다만 자세를 바꿀 때마다 그의 신발이 내 모자에 닿을 때면, 잠자는 것처럼 보이기도 했다. 드디어 우리가 잠시 멈춰 설 때 즈음, 이 녀석이 천천히 3피트 6의 높이까지 일어나더니 시선을 내게 고정한 채, 얌전하게 하품을 하며, 정답게 두둔하는 상냥한 분위기에 반쯤 풀어져 높은 억양으로 말했다. "음, 낯선 아저씨, 이게 영국의 오후나 다름없을 것 같은데, 그죠?"

처음에는 별거 없던 풍경도 마지막 10마일이나 12마일 정도는 아름다웠다. 우리가 지나는 길은 기분 좋은 서스케하나 계곡을 관통하며 구불구불 휘어졌고, 녹색 섬이 셀 수도 없이 점점이 박힌 서스케하나 강은 우리의 오른쪽에 있었고, 왼쪽으로는 부서진 바위로 울퉁불퉁하고 소나무들로 어두컴컴한 가파른 오르막이 있었다. 휘감듯 움직이며 백 가지 환상적인 형상을 만들어가는 안개가 수면 위에서 침통하게 움직였고, 저녁이면 내리는 어둠이 모든 것에 신비로운 느낌과 침묵을 내리며 만물의 흥미를 한껏 돋웠다.

　우리는 이 강을, 지붕이 달려 있고 사방이 가려져 있는 데다 길이가 거의 1마일[135])이나 되는 목재 다리를 타고 건넜다. 날은 지독히도 컴컴했는데, 거대한 빛줄기에 당황해서 가능한 모든 각도로 다리를 건넜다가 다시 건넜고, 다리 바닥에 널따랗게 갈라진 틈이란 틈으로는 빠르게 흘러가는 강물이 저 멀리 아래쪽에서 수많은 눈처럼 어슴푸레하게 빛났다. 우리는 등불 하나 없었고, 말들이 불빛이 가물가물 꺼져가는 점으로 보이는 저 먼 곳을 향해 이곳을 통과하며 비틀거리고 버둥거릴 때면 가도 가도 끝이 없는 길처럼 보였다. 내가 끔찍한 꿈을 꾸고 있는 게 아니라면, 우리가 그 다리를 공허한 소음들로 채우며 무겁게 덜커덕거리며 건너가고, 고개를 숙여 위쪽의 서까래를 피하고 있다는 것이 정말 처음에는 믿기 힘들었다. 그런 장소를 고생스럽게 통과하는 꿈을 자주 꾸기도 했고, 그런 때조차 "이게 현실일 리 없어"라고 목소리를 높인 것 같았기 때문이다.

　그러나 마침내 우리는 희미한 불빛들이 축축한 바닥에서 침침하게

---

135) 약 1.6킬로미터.

반사되고, 아주 유쾌한 도시 위로는 환하게 빛을 비추지 않는 해리스버그 거리에 나타났다. 우리는 이내 한 아늑한 호텔에 여장을 풀었다. 이 호텔은 우리가 이제껏 묵었던 수많은 호텔보다 작고 화려함도 훨씬 덜 했지만, 기억 속에서는 그 모든 호텔을 압도했는데, 그곳 주인이 내가 그때까지 대해야 했던 사람들 중에서 가장 친절하고 사려 깊고 신사다운 사람이었기 때문이다.

우리는 오후까지 여정을 진행하지 못하게 되어 있었으므로, 다음날 오전 나는 아침 식사를 끝내고 주변을 둘러보려고 밖으로 나갔다. 게다가 독방 제도를 운영하는 모범 형무소를 정식으로 안내받기도 했다. 교도소는 그때 막 건립된 터라 아직 재소자가 없었다. 시내에는 이곳 최초의 정착민인 해리스[136](그 후 나무 아래에 묻혔다)를 적의에 찬 인디언들이 주변에 화장용 장작더미를 쌓고 묶어놓았다가 반대편 강변에 있던 우호적인 무리들이 적시에 등장해서 그를 구해냈다는 한 오래된 나무의 몸통도 있고, 지방입법부(이곳에는 그런 기관들에 속하는 기관이 또 하나 있는데, 현재 한창 논의 중이다)와 여타 여러 진기한 명소들이 있다.

나는 이따금씩 불쌍한 인디언들과 맺었다는 수많은 조약을 아주 관심 있게 살펴보았다. 조약들은 비준하는 시기에 서로 다른 추장들에 의해 서명되었으며, 영연방 국무장관실에 보관되어 있다. 그들 자신의 손으로 직접 했다고 밝혀진 이 서명들은 그들의 이름을 따왔던 동물들이나 무기들을 대충 그린 그림들이다. 따라서 거대한 거북이라는

---

136) 존 해리스(John Harris), 영국인으로 그가 1719년 교역소와 나룻배 터를 세운 곳이 후에 해리스버그가 되었다.

추장은 펜으로 거대한 거북이의 구부러진 윤곽을 그리고, 버펄로는 버펄로를 스케치하고, 전쟁용 손도끼라는 뜻의 워 해치트는 손도끼를 대충 그리는 것으로 자신을 표시한다. 마찬가지로 더 애로우, 더 피시, 더 스캘프, 더 빅 카누도 모두 그런 서명들이다.

나는 튼실한 엘크혼 활에 실린 화살을 머리까지 가장 길게 잡아당길 수 있었거나, 크랩[137]이 교구 기록부를 곰곰이 숙고하며 떠올렸던 소총 탄환으로 구슬이나 깃털을 갈라놓을 수 있었던 손으로 만든 이 미약하고 약간 떨리는 작품들과, 기다란 고랑을 끝에서 끝까지 반듯하게 쟁기질을 하곤 했던 사내들이 펜으로 그린 불규칙한 스케치들을 바라보며 그들에 대한 생각을 떨칠 수가 없었다. 그들의 손과 심장을 솔직하고 정직하게 그곳에 내려놓고, 머지않아 백인들에게 믿음을 깨고, 관례와 계약에 어긋나는 트집을 잡는 방법을 배울 수밖에 없었던 그 단순한 전사들에 대해 비통한 생각들이 떠오르지 않을 수 없었다. 남을 쉽게 믿었던 빅 터틀이나 사람을 의심하지 않는 리틀 해치트가 그에게 거짓으로 읽어주고, 서명해서 양도하고, 땅의 새 임자들에게 쫓겨나기 전까지는 그게 무엇인지도 모르는 조약에 자신의 표시를 얼마나 많이 남겼는지도 궁금하다. 참으로 야만적인 일이 아닐 수 없다.

이른 오찬에 앞서 호텔 주인이 입법부 의원 몇 명이 호텔을 방문하는 영광을 우리에게 제안했노라고 발표했다. 주인은 친절하게도 아내의 작은 응접실을 우리에게 양보했었기에, 내가 그들을 안으로 안내해달라고 주인에게 부탁하자 그 예쁘장한 카펫을 바라보며 괴로운 듯

---

137) 조지 크랩(George Crabbe, 1754~1832), 영국의 시인으로 1807년에 ≪교구 기록부(The Parish Register)≫라는 작품을 남겼다.

불안해했다. 하지만, 그 시간에 응접실에는 아무도 없었기에 그를 불편하게 만든 원인이 내게는 일어나지 않았다.

이들 신사들 중 몇몇이 타구를 선호하는 편견을 받아들이는 데 그치지 않고 잠시라도 손수건이 지닌 종래의 불합리성에라도 빠졌더라면, 당사자들 모두가 좀 더 즐거웠을 것이며, 물리적 차원에서 조금이라도 그들의 독립성을 훼손하지 않았을 것이라는 생각이 든다.

비는 여전히 줄기차게 내렸고, 오찬 후 우리가 운하용 보트(우리가 계속해서 타고 갈 수송수단이었기 때문에)를 타는 곳으로 내려갔을 때 날씨는 사람들이 구경하고 싶을 만큼 좋아질 것 같지도 않았고 습한 것도 고집스러울 만큼 습했다. 우리가 사나흘을 보낼 예정이었던 이 운하용 보트도 쾌적한 모습은 전혀 아니었다. 야간에 승객을 하선시키는 문제와 관련해 불편한 의혹들과 연루되어 있어서, 그런 시설물의 국내 설비를 두고 광범위한 조사에 들어간 상태였기 때문이었는데, 충분히 당혹스러울 만했다.

그러나 그게 저기 있었다. 밖에서 보면 작은 객실이 하나 딸린 거룻배 같았고, 안에서 보면 시장의 포장마차 같은 거였다. 신사들은 여느 구경꾼들과 마찬가지로 싸구려 경이들로 가득한 저런 이동 박물관들 중 하나에 타고 있고, 여자들은 난쟁이와 거인들이 같은 시설에 있을 때의 방식을 따라 붉은 커튼으로 따로 떨어져 있어서, 그들의 사생활이 거의 독점으로 전달되었다.

우리는 이곳에 앉아서 선실 양쪽으로 작은 탁자들이 줄줄이 이어져 있는 모습을 조용히 바라보며, 기차가 도착할 때까지 빗방울이 보트 위로 후두두 떨어지고, 강물에서 울적하게 뛰어놀며 첨벙대는 소리를 듣고 있었다. 이렇게 남은 우리 승객들에게 바친 이 기차의 마지막 공훈이란 우리 출발이 달랑 연기되었다는 것이다. 기차는 수많은 상자들을 실어왔는데, 지붕 위에서 부딪치고 떨어지는 게, 짐꾼의 어깨바대 없이 마치 우리 머리 위에 놓아둔 것처럼 고통스러울 지경이었다. 난롯가에 가까이 다가간 몇몇 신사들의 축축해진 옷에서는 다시 김이 피어오르기 시작했다. 이제는 전보다 더 흠씬 퍼붓는 그 휘몰아치던 비가 창문이라도 열 여지를 주었다면, 혹은 우리 인원이 30명 이하였다면, 좀 더 편안한 생각이 났을 거란 건 분명했다. 그러나 그만큼 생각할 시간도 거의 없었다. 말 세 필이 끄는 객차는 견인용 밧줄에 매달려 있고, 선두 말 위의 소년은 채찍을 갈겼고, 마차는 삐꺽거리며 불만스레 신음소리를 냈고, 우리는 우리의 여정을 시작했다.

2장

⋮

운하 보트와 운하 보트의 내수경제와 승객들에 대한 부연 설명.

엘러게이니 강을 가로질러 피츠버그에 이르는 여정. 피츠버그

비가 정말 고집스럽게 내리는 통에 우리는 전부 아래에 머물러 있었다. 난롯가의 축축한 신사들은 난로의 활동에 힘입어 점차 곰팡이가 피어올랐다. 건조한 신사들은 좌석에 있는 대로 길게 누워 있거나 얼굴을 탁자에 대고 불편하게 잠을 자거나, 중간키 남자가 머리를 지붕에 찧어서 머리에 민둥산을 만들지 않고는 드나들기 힘든 객실을 위아래로 왔다 갔다 했다. 여섯 시 즈음에 그 작은 탁자들을 모두 모아 기다란 탁자를 만들고는 모두가 자리에 앉아 차, 커피, 빵, 연어, 청어, 간, 스테이크, 감자, 피클, 햄, 토막살, 블랙푸딩, 소시지를 먹었다.

"들어보실래요?" 내 맞은편 이웃이 우유와 버터에 감자를 으깨 만든 요리를 건네며 청했다. "장식으로 곁들인 이 음식들fixings도 좀 맛보실래요?"

이 '픽스fix'라는 단어처럼 다양한 임무를 수행하는 단어도 거의 없다. 픽스는 갈렙 퀴템[138]에 해당하는 미국 어휘다. 어떤 시골 소도시의

한 신사에게 도움을 청하면, 그의 하인이 지금은 주인이 '몸단장fixing himself' 중이지만 곧바로 내려올 거라고 알린다. 그런 말을 들으면 그가 옷을 입는 중이라고 이해해야 한다. 증기선을 같이 탄 어떤 승객에게 아침 식사가 곧 준비될 것인지 물어보면, 그럴 것 같다고 대답한다. 그가 아래층에 마지막으로 있었을 때, 사람들이 '식탁을 차리고fixing the tables' 있었기 때문인데, 달리 말해 식탁보를 깔고 있었다는 것이다. 짐 꾼에게 짐을 가져다달라고 하면, '금방 준비해놓을 테니fix it presently' 불안해하지 말라고 애원한다. 몸이 아프다고 하소연하면, 아무개 의사에게 부탁하면 순식간에 '고쳐줄 것fix you'이라는 말을 듣게 된다.

어느 날 밤, 내가 묵고 있던 호텔에서 멀드 와인 한 병을 주문했는데, 와인이 오기까지 한참을 기다렸다. 마침내 와인이 주인의 사과의 말과 함께 탁자에 놓여졌다. 호텔 주인은 와인이 '제대로 준비fixed properly'되지 못했을까 염려했다. 내가 이 일을 한 번 떠올린 것은, 역마차 오찬에서 어떤 근엄한 신사가 그에게 설익은 로스트비프를 갖다준 남자 종업원에게 '전능한 신의 양식을 조작했는지fixing' 따지는 소리를 우연히 들었을 때이다.

초대받아 내게 주어질 때도 이 정도는 벗어나 있던 그 음식은 다소 탐욕스럽게 처분되었으며, 솜씨 좋은 곡예사의 손만 제외하면, 그곳 신사들이 날이 넓은 나이프와 두 갈래 포크를, 내가 그때까지 보았던 그와 똑같은 무기들이 넘어가는 것보다 그들 목구멍 아래로 더 멀리 쑤셔 넣었던 것은 틀림없다. 하지만 여성들이 자리에 앉을 때는 가만

---

138) 조지 콜먼 2세(George Colman the younger, 1754~1832)의 1800년도 작품 〈The Review〉에 등장하는 만능 재주꾼.

히 앉아 있거나, 그들에게 위안이 될 만한 공손한 행동을 조금이라도 생략하는 남자는 단 한 명도 없었다. 나는 미국을 이러 저리 돌아다니는 동안 단 한번도, 어떤 경우에도, 어디서든, 여성이 아주 눈곱만큼의 무례한 행동이나, 불손이나 심지어는 무관심의 대상이 되는 모습을 본 적이 없다.

식사가 끝날 무렵, 그렇게 빨리 내린 탓에 고갈되었을 것 같던 비도 거의 멈췄고 해서 갑판으로 나가는 일이 가능해졌다. 아주 작은 갑판인 데다 한가운데 덮어놓은 방수포 아래로 잔뜩 쌓은 짐 때문에 훨씬 작아 보이기도 했지만, 갑판에 나가는 일은 커다란 마음의 위로가 되었다. 갑판 양쪽에 나 있는 길이 너무 좁아서 배 바깥의 운하로 굴러 떨어지지 않고 앞뒤로 오간다는 것은 하나의 과학이었다. 처음에는 5분마다 타륜을 잡고 있는 남자가 "다리!"라고 외칠 때마다, 가끔은 거의 납작하게 엎드리라고 "낮은 다리"라고 외칠 때마다 잽싸게 몸을 숙여야 한다는 게 역시 좀 당황스러웠다. 그러나 관행은 사람을 어떤 것에도 익숙하게 만드는 법이고, 이런 것에 순식간에 익숙해질 만큼 다리도 셀 수 없이 많았다.

밤이 오고, 우리가 앨러게니 산맥의 전초기지인 첫 산줄기가 보이는 곳까지 다가가면서, 지금까지 시들했던 풍경이 점점 뚜렷해지며 눈길을 잡아끌었다. 폭우가 내린 후라 축축해진 지면에서는 김이 뽀얗게 올라왔고, 개골거리는 개구리소리(이들 지역에서 그렇게 시끄러운 소리가 나는 것은 믿지 못할 정도다)는 흡사 종을 매단 수많은 요정 마차가 공중을 통과해서 우리와 보조를 맞추는 것처럼 들렸다. 여전히 구름이 자욱한 밤이었지만, 달빛도 보였다. 우리가 서스케하나 강을 건너며─강 위쪽에, 회랑 두 개가 서로 위아래로 놓인 특이한 나무다리가 있어서 그곳에 모여 있던 보트 두 대도 아무런 혼선 없이 지날 갈 수 있었다―내려다본 강은 거칠면서도 웅장했다.

내가 이런 배를 타면 잠자리와 관련해 처음에는 약간 반신반의하고 의구심이 들었다는 말을 전에 한 적이 있었다. 열 시 정도까지도 나는 그때처럼 모호한 심정이었다. 아래로 내려가자 외관상 작은 8절판 크기 책들을 올려놓도록 설계된 기다란 벽걸이 3단 책장이 객실 양쪽에 걸려 있었다. 이 장치들(그런 장소에서 그런 문학적 준비물을 발견한 것을 경탄하며)을 아주 주의 깊게 쳐다보며, 선반마다 아주 작은 시트와 담요가 있다는 걸 알게 되었고, 그러면서 승객들이 바로 도서관이고, 따라서 아침까지 이 선반들 위에서 옆으로 정리되어 있어야 한다는 점을 어렴풋이 이해하기 시작했다.

나는 일부 승객들이 탁자에 앉아 있는 보트 선장의 주변에 모여 도박꾼들 같은 우려와 열정을 잔뜩 담은 얼굴 표정을 하고 제비를 뽑고 있는 모습을 보고 더더욱 그런 확신이 들었다. 손에 작은 마분지 조각을 들고 그들이 뽑은 선반에 해당하는 번호를 찾아 선반들 속에서 더듬거리는 승객들도 있었다. 어떤 신사는 자기 번호를 찾는 순간 옷을 벗고 잠을 청하러 기어들어가며 선반을 차지했다. 흥분했던 도박꾼이 코를 골아대는 잠꾼으로 진정되기까지의 그 신속함이란 내가 여태껏 목격했던 가장 야릇하게 보이는 결과 중 하나였다. 여성들로 말하자면, 그들은 조심스레 잡아당겨 가운데다 핀을 꽂은 붉은 커튼 뒤에서 이미 자리에 누워 있었다. 이 커튼 뒤로 안에서 하는 기침이니 재채기나 속삭이는 소리가 모조리 고스란히 들려오긴 했지만, 그래도 우리는 그들 사회를 생생하게 의식할 수 있었다.

나는 권력자의 배려로 이 붉은 커튼 근처 모퉁이 쪽 선반 하나를 차지하게 되었다. 잠자는 사람들의 거대한 무리에서 다소 떨어진 곳이라 그의 배려에 지대한 감사를 표하며 그 장소로 물러갔다. 나중에 측정해보니 선반은 평범한 배스 [139] 포스트 판[140] 편지지 딱 한 장 넓이였고, 나는 처음에 그 안으로 들어가는 최선의 방법에 약간은 의구심이 들었다. 내 선반이 맨 아래층이기도 해서, 결국 나는 바닥에 그냥 눕기로 작정하고, 천천히 굴러다니다가, 그 매트리스를 건드리면 바로 멈추면서, 그게 무엇이든 그 쪽을 제일 위로 한 채 밤새도록 그렇게 하고 있었다. 다행히도 정확하게 그 적절한 순간에 나는 등을 대고 누워 있었다. 위를 쳐다보다가 반 야드[141]나 되는 자루 모양(그의 무게가 지나치게 **빽빽한** 가방으로 구부러져 있던 것)을 보고 가느다란 끈이 무게를 지탱하지 못할 것처럼 보이는 아주 육중한 신사가 내 위에 있다는 걸 알고는 소스라치게 놀랐다. 나는 밤사이 그가 아래로 떨어질 경우 내 아내와 식구들이 겪을 슬픔을 생각하지 않을 수 없었다. 그러나 여성들을 놀라게 할 정도로 몸을 버둥거리지 않고는 다시 일어날 수도 없었고, 일어난다 해도 달리 갈 곳도 없었기에, 나는 그 위험에 눈을 감은 채 그곳에 그냥 그대로 있었다.

주목할 만한 두 가지 상황 중 하나는 논란의 여지가 없는 사실로써 이 보트들을 타고 여행하는 사회 계층에 관한 것이다. 그들은 전혀 잠들지 못할 정도로 초조해하거나, 현실과 이상이 범상치 않게 뒤섞여 있을 꿈속에서 가래침을 뱉어댄다. 밤새도록, 그리고 매일 밤, 이 운하에는 침을 뱉는 폭풍과 사나운 비바람이 더할 나위 없이 휘몰아친

---

139) 우편 박물관이 있는 영국의 배스(Bath).
140) 약 40×50센티미터 크기.
141) 약 46센티미터.

다. 한번은 신사 다섯 명(리드[142]의 폭풍의 법칙 이론을 엄격하게 수행하려고 수직으로 이동하는)이 떠받치고 있던 허리케인의 한가운데에 내 코트가 있었기 때문에 나는 다음날 아침 코트를 갑판에 올려놓은 다음, 다시 입을만해질 때까지 페어워터[143]에 대고 비벼 털었다.

우리는 오전 다섯 시에서 여섯 시 사이에 일어났다. 우리 중에는 갑판 위로 올라가 선반을 해체하는 기회를 스스로 챙기는 이들도 있었고, 그날 아침이 추웠던 관계로 녹슨 난롯가에 잔뜩 모여 새롭게 지핀 불을 소중히 다루며 그들이 밤새도록 그렇게 아끼지 않았던 저 자발적인 기증품들로 화살대를 채우는 이들도 있었다. 세정시설은 원시적이었다. 갑판에 사슬로 묶인 주석 바가지가 있었는데, 씻을 필요가 있다고 생각하는 신사들(많은 이들이 이런 허약함에 초연했다)은 모두 그것으로 운하에서 더러운 물을 길어 올려 같은 방식으로 묶인 주석 대야에 쏟았다. 회전식 수건도 있었다. 그리고 빵과 치즈와 비스킷 바로 근처 빗장에 있는 작은 거울 앞에는 공용 빗과 머리 솔이 걸려 있었다.

여덟 시에 선반들이 해체되어 치워지면서 탁자들이 다시 붙여지자 모두들 자리에 앉아서 다시 차, 커피, 빵, 버터, 연어, 청어, 간, 스테이크, 감자, 피클, 햄, 토막살, 블랙푸딩, 소시지를 먹었다. 이 잡다한 음식을 혼합해 한꺼번에 접시에 올려놓는 걸 선호하는 이들도 있었다. 신사마다 자기 양만큼의 차, 커피, 빵, 버터, 연어, 청어, 간, 스테이크, 감자, 피클, 햄, 토막살, 블랙푸딩과 소시지를 먹어치우고 나면,

---

142) 윌리엄 리드(William Reid, 1791~1858), 폭풍을 연구한 영국의 기상학자.
143) 물의 저항을 줄이기 위한 배의 유선형 구조.

일어나 걸어 나갔다. 모두가 모든 걸 해치우자, 남은 찌꺼기도 깨끗이 치워졌다. 새롭게 이발사 역할을 맡은 듯한 남자 종업원 한 명이 함께 있던 사람들의 수염을 면도하고 싶은 만큼 면도했고, 남은 사람들은 구경을 하거나 신문을 읽으며 하품을 했다. 점심은 다시 아침 식사나 진배없었지만, 차와 커피가 빠졌고, 저녁 식사와 아침 식사는 아주 똑같았다.

이 배에 탄 사람 중에는 낯빛이 햇살처럼 밝고, 희끗희끗한 정장 차림의 사내가 한 명 있었는데, 상상할 수 있는 한 가장 캐묻기 좋아하는 인물이었다. 그는 질문 말고는 달리 말을 하지 않는 취조의 화신이었다. 앉거나 서 있거나, 가만히 있거나 움직이거나, 갑판을 걸어 다니거나 식사를 하거나, 그곳에는 커다란 의문 부호를 눈마다 하나씩, 쫑긋 세운 귀에는 두 개, 들창코와 턱에도 두 개 더, 입가 주변에는 적어도 반 다스 이상을, 그리고 금발 더벅머리에 덮인 이마에서 깔끔하게 빗겨진 머리카락 속에는 가장 많은 의문 부호를 매단 그가 있었다. 옷에 달린 단추마다 말했다. "뭐?" "그게 뭐죠?" "당신이 말했어요? 그걸 다시 말씀해주시겠어요?" 그는 마법에 걸려 남편을 광분하게 만드는 신부처럼 항상 정신이 말똥말똥했고, 항상 들떠 있었으며, 항상 대답을 갈구했고, 항상 답을 찾아 헤맸지만 결코 찾아내진 못했다. 그렇게 호기심 많은 사람은 두 번 다시 없었다.

나는 당시 커다란 두꺼운 털 코트를 입고 있었고, 우리가 부두에서 완전히 사라지기 전에, 그가 내게 코트 가격, 그것을 어디서 언제 구입했고, 그게 무슨 털이고, 무게는 얼마나 되고, 무엇을 희생시켰는지 등 코트에 관해 물었다. 그런 다음 내 시계에 관심을 보이며 그게 얼마인지, 그게 프랑스 시계인지, 그걸 어디서, 어떻게 구했는지, 그걸

샀는지 아니면 얻었는지, 얼마나 가는지, 마개 구멍은 어디 있는지, 밤마다 아니면 아침마다 그걸 차는지, 아니면 차는 걸 까먹은 적도 있는지, 그런 적이 있다면, 그땐 어떻게 하나요?라고 물었다. 내가 마지막으로 가본 곳은, 내가 다음에 들를 곳은, 그다음에 들를 곳은, 대통령을 만난 적은 있는지, 대통령이 뭐라고 했는지, 내가 뭐라고 했는지, 내가 그렇게 말했을 때 그가 뭐라고 했을까? 뭐라고요? 어 지금요! 말해주세요!

어떤 말을 해도 그를 만족시킬 수 없다는 걸 깨달은 나는 스무 개나 마흔 개의 질문을 받고난 뒤로는 그의 질문을 회피했고, 특히 코트를 만든 모피 이름과 관련해서는 무지함을 내세웠다. 나는 이게 그 원인이었는지 말하기는 힘들지만, 이후 그 코트가 그의 마음을 사로잡았다. 그는 내가 걸을 때마다 대개 내 뒤에 바짝 붙고, 내가 움직이면 자신도 같이 움직이면서 코트를 더 자세히 살펴보았을 수도 있고, 걸핏하면 목숨을 걸고 나를 쫓아 좁은 장소로 달려 들어와서는 손으로 옷등을 스쳐보기도 하고 반대방향으로 털을 쓰다듬으며 만족했을는지도 모른다.

배에는 마침 다른 부류의 또 다른 괴짜도 있었다. 가냘픈 얼굴에 홀쭉한 중키의 중년 남성으로 내가 한 번도 본 적 없을 정도로 먼지처럼 칙칙한 색깔의 정장 차림이었다. 그는 여정 초반기에는 말 한마디 없이 조용했다. 사실 나는 위대한 인물들이 종종 그러하듯, 여러 상황에 이끌려 그가 모습을 드러내기 전까지는 그를 봤다는 기억도 나지 않는다. 그를 유명하게 만든 동시다발적 사건들은 간략하게 다음과 같이 발생했다.

운하가 산기슭까지 뻗어 있고, 그곳에서 물론 배가 멈춰 선다. 승객들이 육상 운송으로 운하 건너편으로 수송되고, 그 후에는 또 다른 운하 보트에 실려 갔기 때문에, 처음 실려 간 승객들 외에 나머지 승객들은 반대편에서 대기한다. 운하를 항해하는 보트는 노선이 두 개인데, 하나는 익스프레스 호고 다른 하나(더 저렴한 노선)는 파이오니아 호다. 파이오니아 호는 산에 먼저 도착해서 익스프레스 호 손님들이 올라올 때까지 기다리기 때문에 두 노선의 승객들은 운하를 동시에 건너게 된다. 우리는 익스프레스 호에 함께 올랐다. 그러나 산을 가로질러 두 번째 보트에 도착했을 때, 그 소유주들에게는 파이오니아 호 손님들도 마찬가지로 모두 그 배에 실어야겠다는 생각이 들었다. 그리하여 우리는 인원이 최소 45명은 되었고, 승객들의 증가라는 게 밤에 잠을 잘 수 있다는 전망을 밝게 해주는 그런 류의 증가는 아니었다. 우리 쪽 사람들은 그런 경우 사람들이 보통 그러하듯 이것에 대한 불만을 토로했지만, 그럼에도 불구하고 그들은 배에 실린 모든 화물을 배가 그대로 싣고 끌려 나가는 꼴을 당했고, 결국 우리는 운하 아래로 내려갔다. 고향에서라면 나도 거칠게 항의를 했어야 했겠지만, 여기에서는 외국인이라 가만히 침묵을 지켰다. 그런데 이 승객은 그렇지 않았다. 그는 갑판에 있는 사람들 가운데로 길을 뚫으며(우리는 거의 전부 갑판에 있었다), 어느 누구에게도 말을 걸지 않고, 다음과 같이 혼잣말을 했다.

"이런 일이 니들한텐 적합할 수도 있겠지, 그럴 수도 있지, 하지만 내겐 아니거든. 다운 이스터[144]와, 보스턴에서 자란 사람들에게는 아주 잘 어울리는지 모르겠지만, 내 몸에는 천만의 말씀이지. 저런 것에

---

144) 뉴잉글랜드 사람을 말함.

두 가지 길은 없어. 내가 그렇다고 하잖아. 지금! 나는 미시시피의 갈색 산림 출신이고, 그래, 햇빛이 나를 비출 때도, 약간만 비춘다고. 내가 사는 곳에서는 태양이 희미하게 가물거리진 않아, 태양은 안 그래. 안 그렇다고. 난 갈색 산림에 사는 사람이야. 아무렴. 나는 조니 케이크[145]가 아냐. 내가 사는 곳에 부드러운 피부란 없어. 우리는 거친 사람들이거든. 그렇고말고. 이런 다운 이스터들이나 보스턴에서 자란 사람들이라면, 내가 그러면 좋겠지만, 나는 그런데서 자랐거나 그곳 출신도 아니야. 아니지. 이 사람들은 약간 손질이 필요해, 그럼. 나는 그들에게는 부적절한 사람이지, 그래. 그들은 날 좋아하지 않을 거야, 그럴 거야. 그런 게 이렇게 쌓여가고 있잖아, 산더미처럼 지나치게 말이야." 이 짧은 문장들 하나하나가 끝날 때마다 그는 홱 돌아서서 반대쪽으로 걸어갔다. 짧은 문장을 하나 끝내면 불현듯 자신을 단속하고 다시 돌아서면서 말이다.

내가 이 갈색 산림에 사는 사람의 말 속에 어떤 끔찍한 의미가 숨겨져 있는지를 전한다는 건 불가능한 일이다. 그러나 나는 나머지 승객들이 일종의 감탄에 마지않는 공포에 휩싸여 구경했다는 것, 보트는 이내 부두로 다시 되돌아갔고, 파이오니아 승객들 중에서 떠나버리도록 현혹되거나 협박을 당한 사람들은 그 수만큼 보트에서 제거되었다는 것쯤은 알고 있다.

우리가 다시 출발했을 때, 배에 탄 사람들 중에 가장 대범한 정신을 지닌 일부 승객이 앞으로 이런 개선이 이루어질 명백한 경우에 대해

---

145) 뉴잉글랜드 사람들. 옥수수가루로 만드는 팬케이크로 주로 뉴잉글랜드 지방에서 찾아볼 수 있기 때문에 뉴잉글랜드 사람들을 일컫는 별칭으로도 쓰인다.

실례를 무릅쓰고 이렇게 말했다. "대단히 감사하오, 선생." 그러자 갈색 산림에서 자란 사내(손을 흔들며, 아까처럼 여전히 이리 저리 오가며)가 대답했다. "아닙니다. 당신은 저와 출신이 다릅니다. 선생님은 자유롭게 행동할 수 있습니다. 그래요. 전 달라요. 뉴잉글랜드 사람들과 조니 케이크는 그들이 원한다면 그렇게 할 수 있어요. 전 조니 케이크가 아니에요. 그럼요. 전 미시시피의 갈색 산림 출신이라고요, 정말이에요."—아까와 마찬가지로 이러쿵저러쿵. 그는 그의 공직을 고려해서 투표를 통해 밤에 탁자 중 하나를 그의 침대로 사용하도록—탁자 경쟁이 상당히 치열하다—만장일치로 선택되었고, 남은 여정 내내 난롯가에서 가장 따뜻한 구석을 차지했다. 그러나 나는 그가 그곳에 앉아 있는 것 외에 달리 어떤 일을 하는지 전혀 알아내지 못했고, 그가 다시 말하는 소리도 듣지 못했는데, 피츠버그의 캄캄한 어둠 속에서 한창 수하물을 소란스럽고 혼란스레 내려놓는 와중에 객실 계단에서 시가를 피우며 앉아 있는 그에게 걸려 넘어질 때 그가 무시하듯 짧게 비웃으며 혼자 중얼거리는 소리를 들을 때까지 말이다. "난 조니 케이크가 아냐—아니라고. 난 미시시피의 갈색 산림 출신이지, 그래, 빌어먹을!" 나는 이 시점부터 그가 다시는 그렇게 말하는 것을 중단하지 않았다고 주장하고 싶지만, 나의 여왕과 조국이 그렇게 하도록 강요한다고 해도 이야기의 저 부분을 확인하는 선서를 할 수는 없었다.

그러나 우리는 우리 이야기 순서에 맞게 아직 피츠버그에 당도하지 못했으므로, 나는 이미 언급했던 음식들에서 피어오르는 그 수도 없이 맛있는 악취 외에도, 아주 가까운 작은 바에서 풍겨 나오는 진, 위스키, 브랜디, 럼주의 냄새와 조미료처럼 확실한 담배의 퀴퀴한 냄새가 곁들여져 있었기 때문에, 그날 먹었던 식사 중에 아침 식사가 가장 바람직하지 않은 식사였다고 말하는 것으로 말을 계속 이어가겠다. 남자 승객들 가운데 상당수는 그들이 입은 린넨 속옷에 각별하게 굴었다는 것과는 거리가 멀었는데, 일부 승객의 내의는 씹고 있는 입의 가장자리에서 똑똑 떨어지다 그 자리에서 말라버린 작은 개울처럼 노랬다. 공기 역시, 방금 전에 치워졌고, 메뉴에 언급되지 않은 일종의 사냥감이 식탁보에 이따금씩 등장하는 것으로 우리가 어쩔 수 없이 떠올리게 되는 침대 서른 개의 산들바람 같은 속삭임에서 전혀 자유롭지 못했다.

그러나 이런 기이한 점들에도 불구하고—그런 것들조차 내게는 적어도 그들 나름대로의 유머가 있었고—이런 방식의 여행에는 당시에도 내가 진심으로 즐겼으며, 되돌아보는 지금도 매우 즐겁게 느껴지는 점들이 상당히 많았다. 심지어는 새벽 다섯 시에 목을 횅하게 드러내고 더러운 객실에서 지저분한 갑판으로 뛰어가고, 얼음 같은 물을 떠올리고, 머리를 그 속에 처박고, 그 차가움이 너무나 상쾌해서 정신이 번쩍 들어 다시 머리를 꺼냈던 일도 즐거운 추억이었다. 그 시간과 아침 식사 사이에 배를 끄는 길에서 빠르고 활기차게 걸으면 정맥과 동맥 하나하나가 건강하게 따끔따끔 아파오는 것 같았다. 빛이 만물에서 어슴푸레 빛을 발하며 하루를 열 때의 그 절묘한 아름다움, 사람들이 깊고 푸른 하늘을 쳐다본다기보다는 오히려 꿰뚫어보며 갑판 위에 누워 빈둥거릴 때 배의 그 굼뜬 움직임, 밤이면, 그렇게 아무 소리도 내시 않고, 검은 나무들로 음침하기도 하고, 때로는 눈에 보이지 않는 사람들이 난로 주변에서 웅크리고 누워 있는 저 높이 붉게 타오르는 한 지점에서는 거칠어지기도 하는 험한 경사로를 미끄러지듯 지나가던 그 속도, 타륜이나 증기의 소음, 또는 보트가 지나가면 경쾌하게 찰랑거리는 강물소리 말고는 다른 어떤 소리에도 아랑곳하지 않고 밝게 빛나던 별들의 반짝거림, 이 모든 것들이 순수한 즐거움 그 자체였다.

그다음에는 어떤 오래된 나라에서 찾아온 이방인들에게는 호기심으로 가득한 새로운 정착촌들과 외딴 통나무집들과 목조 가옥들이 있었다. 진흙으로 만든 단순한 오븐을 밖에 갖추고 있는 오두막집들, 사람들이 사는 상당수 구역이나 진배없을 정도로 양호한 돼지들의 숙소, 닳고 닳은 모자, 낡은 옷가지, 낡은 판자, 담요와 종잇조각들로 여기저기 덧댄 깨진 창문들, 수를 세기 어렵지 않은 오지단지와 옹기 같은 가정용품들을 늘어놓은 문 없는 옥외에 서 있는 집에 직접 만든 찬장들이 있었다. 밀밭마다 여기저기 두툼하게 박혀 있는 거대한 나무들의 그루터기들을 보느라 눈이 아파왔고, 수많은 썩은 나무줄기와 비틀어진 가지들이 그 유해한 물속에 잠겨 있는 그 영원한 습지와 한산한 소택지는 좀처럼 눈에서 놓칠 수가 없었다. 정착민들이 나무들을 태워 넘어뜨리고, 그들의 상처 입은 육신이 살해된 존재들의 시체처럼 사방에 누워 있는 사이, 여기저기에 숯이 되어 까맣게 된 거인이 말라 죽은 두 팔을 하늘 높이 들어 올리며 그의 적들에게 저주를 퍼붓는 것처럼 보이는 광활한 지대와 맞닥뜨리는 일은 참으로 슬프고도 괴로운 일이었다. 가끔씩 밤이면 어떤 고독한 협곡을 꼬불꼬불 통과하는 길이 스코틀랜드의 어느 산길처럼 달빛에 빛을 발하며 차갑게 번쩍거리기도 하고, 가파른 작은 산들로 사방이 빈틈없이 막혀 있는 게 우리가 통과해왔던 더 좁다란 길 말고는 어떤 출구도 없는 것 같았다. 어느 바위투성이의 산중턱이 열려 있는 것처럼 보였고, 그리고, 우리가 그 음침한 목구멍 속으로 들어갈 때 달빛을 가로막으며 우리의 새로운 진로를 그늘과 어둠으로 감싸버리기 전까지 말이다.

우리는 금요일에 해리스버그를 떠났었다. 일요일 아침에는 기차로 건너다니는 산의 기슭에 도착했다. 경사면이 열 군데나 있다. 다섯 군데는 오르막이고, 다섯 군데는 내리막이다. 오르막이면 마차들은 위로 끌어당겨지고, 내리막이면 고정 엔진을 이용해 서서히 내려가게 했다. 사이사이에 낀 비교적 평평한 지대는 경우에 따라 때로는 말의 힘을 빌려, 때로는 엔진의 힘으로 횡단했다. 가끔은 눈이 핑핑 돌아가는 절벽의 맨 가장자리에 선로가 놓여 있기도 해서, 마차 창문에서 바라보는 여행객은 돌 같은 어떤 울타리도 없이 시선을 수직으로 내리깔고 저 아래 깊숙이 박힌 산을 뚫어져라 바라본다. 그러나 여정은 아주 세심하게 진행되어, 마차는 딱 두 대씩만 같이 움직이고, 여러 예방 조치들이 적절히 취해지기는 하지만, 그런 위험들이 있다고 해서 두려워할 필요는 없는 길이다.

그렇게 살을 에는 듯한 바람을 맞으며 산 정상을 따라 빠르게 이동하며 햇빛과 부드러움이 가득한 계곡을 굽어보며, 나무 꼭대기를 관통해 여기저기 흩어져 있는 통나무집들, 문으로 달려가는 어린 아이들, 우리 귀에 들리지는 않지만 눈에는 보이는 사람들에게 불쑥 튀어나와 짖어대는 개들, 겁에 질려 잽싸게 집으로 도망치는 돼지들, 그네들의 조야한 정원에 나와 앉아 있는 가족들, 무관심한 듯 멍청하게 위를 쳐다보고 있는 젖소들, 셔츠 바람으로 아직 완성되지 않은 자신의 집들을 살펴보며 내일 작업할 계획을 짜는 남자들을 내려다본다는 것은 지극히 멋진 일이었고, 우리는 회오리바람처럼 그들 위 높은 곳에서 계속 마차를 타고 갔다. 우리가 식사를 하고, 마차 자체의 중량 외에는 다른 어떤 동력도 없이 가파른 길을 따라 덜커덕덜커덕 내려가면서, 풀어진 엔진이 우리 뒤를 오랫동안 홀로 윙윙거리며 따라오는 거대한 한 마리 곤충처럼, 녹색과 황금빛 등에 햇빛을 받아 너무 찬란하게 빛나는 바람에 날개 한 쌍을 활짝 펴고 높이 솟아 날아가 버렸다고 해도, 내가 상상한 바대로, 조금이라도 놀랄 이유가 있는 사람은 아무도 없었을 만한 장면을 보는 것 또한 즐거운 일이었다. 그러나 우리가 운하에 당도하자 엔진은 아주 사무적인 태도로 우리 앞에서 멈추었고, 그리고는 우리가 부두를 떠나기 전에 이미, 우리가 왔던 방식대로 그 길을 횡단하는 수단을 타려고 우리의 도착을 기다렸던 승객들을 태우고 다시 이 산을 헐떡거리며 올라가고 있었다.

월요일 저녁에는, 운하 둑에서 일어나는 용광로 같은 불꽃과 쟁강쟁강 망치질하는 소리가 우리 여정의 이 부분이 말미에 도달했음을 경고했다. 물이 가득찬 방대하고, 낮고, 목재로 만든 공간이었기 때문에 해리스버그의 다리보다 더 낯설었던 또 다른 꿈의 장소—앨러게니 강 건너의 긴 송수로—를 통과한 이후, 우리는 항상 물에 인접해 있어서 그게 강인지, 바다인지, 운하인지 아니면 도랑인지 끔찍이도 헷갈렸던, 그래도 모두 피츠버그에 있던, 빌딩 뒤편과 정신이 나간 방청석과 계단 위로 모습을 드러냈다.

피츠버그는 영국의 버밍엄과 비슷하다. 적어도 피츠버그 사람들은 그렇게 이야기한다. 그곳 거리와 상점, 가옥, 짐마차, 공장, 공공건물, 인구를 제쳐두면 아마 비슷할는지도 모른다. 엄청난 양의 연기가 주변을 감도는 것만은 분명한 피츠버그는 도시 내 제철소들로도 유명하다. 내가 이미 언급한 바 있는 교도소 외에도 피츠버그에는 예쁘장한 무기 공장과 여러 다른 기관들이 들어서 있다. 피츠버그는 앨러게니 강가에 매우 아름답게 자리 잡고 있으며, 앨러게니 강 위로는 다리 두 개가 놓여 있다. 이웃 고지대에 살포시 뿌려져 있는 부유층의 교외 주택들도 예쁘다고 할 만하다. 우리는 꽤나 훌륭한 어느 호텔에 투숙했고, 감탄할 정도로 훌륭한 대접도 받았다. 여느 때처럼 호텔은 투숙객으로 만원이었고, 아주 널찍했고, 숙소의 각 층으로 이어지는 널따란 주랑도 있었다.

우리는 이곳에서 사흘간 묵었다. 우리의 다음 기착지는 신시내티였다. 이번에는 증기선 여정이었고, 서부 행 증기선들이 그런 계절에는 일주일에 한두 번씩 폭발하는 게 보통이었기 때문에, 당시에 강물에 정박해 있던 그쪽 방향 증기선들의 상대적인 안정성과 관련해 의견을 수렴하는 게 바람직했다. 메신저라는 배가 최우선으로 추천되었다. 배는 2주간 정도는 매일 확실하게 출발한다고 광고는 하고 있었으나, 아직 출발한 배는 없었고, 배의 선장도 그런 문제에 아주 확고한 의지를 조금이라도 가지고 있는 것 같지는 않았다. 그러나 이런 일은 관례일 뿐이다. 법이 자유롭고 독립적인 한 시민을 속박해 대중과의 약속을 지키게 만든다면, 국민의 자유는 어떻게 되는 걸까? 게다가, 배는 교역의 방식이다. 승객들이 교역의 방식에서 미끼 구실을 하고, 사람들이 교역하는 방식에 불편을 느낀다면, 예리한 무역상인인 어떤 남자는 이렇게 말할 것이다. '우리가 이걸 중단해야 하는 건가?'

공고가 지닌 그런 심오한 엄숙함에 감명을 받은 나는(당시에는 이런 용도에 무지했다) 헐떡거리면서 당장 배에 오르려고 서둘렀지만, 배가 4월 1일 금요일까지는 출발히지 않을 게 확실히다는 정보를 개인적으로 그리고 은밀히 받았기에, 우리는 그 사이 아주 편하게 시간을 보내다 그날 정오에 배에 올랐다.

3장

서부 행 증기선을 타고 피츠버그에서
신시내티까지. 신시내티

메신저 호는 부둣가에 떼 지어 모여 있는 여러 고압 증기선들 중 하나였다. 상륙장이 되는 불룩한 지대에서는 내려다보이고, 뒤로는 강 반대편에 강둑이 치솟아 있어서인지 메신저 호는 물 위에 그렇게나 많이 떠 있는 모형들보다 크지 않게 보였다. 배는 하Ｆ갑판에 타고 있던 더 가난한 사람들을 제외하면 40명 가량의 승객을 태우고, 30분이나 30분이 채 지나지 않아 제 갈 길을 나섰다.

우리가 스스로 마련한 자그마한 특등실에는 침상이 두 개 딸려 있었고, 여성용 객실에서 문이 열리는 구조였다. 방이 배 선미에 있는 만큼 이런 '위치'에는 분명 좋은 점이 있었고, '증기선은 주로 전방에서 폭발하기 때문에' 우리는 최대한 멀리 후미 쪽에 있으라는 매우 엄중한 권고를 수도 없이 받았었다. 우리가 머무는 동안 그런 불가피한 발생이나 상황들이 한 번 이상 충분히 실험되었기에 이러한 권고가 불필요한 주의는 아니었다. 이런 자축할 원인 외에도, 크기가 얼마나 좁으냐에 상관없이, 혼자 있을 수 있는 어떤 장소가 있다는 것은 이루

말할 수 없는 위안거리가 되었고, 이 객실을 포함해 줄줄이 이어진 작은 방에는 제각각 여성용 객실에 있는 유리문 외에도 선체 외부 좁은 통로 쪽으로 열려 있는 유리문이 하나 더 있었는데, 다른 승객들은 거의 오지도 않는 데다, 편안히 앉아 변화무쌍한 경치를 바라볼 수 있어서 우리는 아주 흔쾌히 우리의 새 숙소를 차지해버렸다.

내가 이미 설명했던 미국 토박이 정기선들이 우리가 익히 물 위에서 봐왔던 어떤 것과도 다르다고 한다면, 이 서부 행 선박들은 우리가 보트에 대해 익히 지니고 있는 모든 생각보다 훨씬 더 이국적이다. 나는 그 배들을 어디에 비유해야 할지, 혹은 어떻게 설명해야 할지 잘 모르겠다.

우선 그 배들은 돛대, 밧줄, 도르래, 삭구 등 보트 같은 데서 쓰는 장비도 없고, 그 배들 모양에서 보트의 선수, 이물, 뱃전, 용골 중 하나를 떠올리도록 고안된 것은 하나도 없다. 그 배들이 물속에 있다는 것과 한 쌍의 외륜 덮개만 제외하면, 높고 건조한 산꼭대기에서 알려지지 않게 운행하기 위해 일반 배와는 반대처럼 보이는 형태를 의도했을는지도 모른다. 심지어는 갑판도 보이지 않고, 불에 타버린 솜털 같은 발화장치로 덮여 있는 길고, 까맣고, 추한 지붕만 있을 뿐이다. 그 지붕 위로 높이 솟아 있는 철제 굴뚝 두 개, 귀에 거슬리는 배기판, 유리로 된 조정장비실이 있다. 다음에는, 시선이 물 쪽으로 내려가는 순서에 따라 특등실들의 측면, 출입구, 창문들이 마치 취향이 다양한 여남은 사람이 세운 작은 거리를 꾸미기라도 하듯 기이하게 서로 뒤섞여 있다. 그 모든 것이 겨우 물가 몇 인치 위에 떠 있는 한 불결한 거룻배에 얹힌 들보와 기둥이 떠받들고 있다. 이 상부 구조와 이 거룻배의 갑판 사이의 좁은 공간에는, 불어오는 바람과 항해 길에 몰려오는 폭풍우에 따라 측면 쪽이 열리는 용광로 숯불과 기계장치가 있다.

밤에 이들 보트 가운데 하나를 지나가며, 내가 방금 묘사한 대로 드러난, 그 거대한 몸뚱이의 불이 무너지기 쉽게 쌓아올린 채색 목재 더미 밑에서 격하게 날뛰며 포효하는 모습을 보면, 그 기계장치가 어떻게든 지켜지거나 호위를 받는 것이 아니라 하갑판에 모여 있는 게으름뱅이들과 이민자들과 아이들 무리 한가운데서 제 일을 다 하면서도 기계장치의 비밀들에 대한 지식이 6개월간 정체되어 있었을 수도 있는 무모한 사람들의 관리를 받게 되면, 사람들은 불가사의란 치명적인 사고가 수도 없이 일어날 것이란 게 아니라, 어떻게든 여행을 무사히 끝나게 되는 것임을 즉각 느끼게 된다.

안에는 배의 전체 길이와 맞먹는 길고 좁다란 객실이 하나 있으며, 그곳으로부터 문이 열려 있는 특등실들이 양쪽으로 자리한다. 선미 쪽에는 객실의 작은 부분이 여성용으로 분할되어 있고, 바는 그 반대편 끝 쪽에 있다. 중앙에는 길쭉한 탁자가 하나 놓여 있고, 한쪽 끝에는 난로가 있다. 세정도구는 갑판 전방에 놓여 있다. 운하 보트에 있는 것보다는 훨씬 양호한 편이긴 하지만, 그렇다고 월등히 나은 편은 아니다. 온갖 형태의 여행에 있어서, 개인위생과 건강에 좋은 목욕 방식에 관한 미국의 관습이 극도로 태만하고 불결해서 나는 질병이 발생하는 상당 원인이 이런 비위생적인 태도 때문이라고 강력히 확신하는 편이다.

우리는 메신저 호에서 사흘간 머물 예정이며, 신시내티에는 월요일 아침에 도착할 것이다(사고만 일어나지 않는다면). 식사는 하루에 세 번 나온다. 아침은 일곱 시에, 점심은 열두 시 반에, 저녁은 여섯 시쯤이다. 식사 때마다 식탁 위에 각종 접시가 수도 없이 차려지긴 하지만 음식은 아주 소량만 담겨 있다. 그래서 강력하게 '늘어'놓은 걸 이리저리 봐도, 커다란 덩어리보다 더한 것을 찾아보기는 힘들다. 다만 비트 뿌리를 얇게 저민 것과 말린 쇠고기 조각과 인디언 옥수수, 사과소스, 호박 등 노란 피클이 복잡하게 엉킨 것을 상상하는 사람들은 예외다.

어떤 사람들은 이 모든 소소한 진미들(그리고 옆에 있는 설탕 절임들)이 그들의 구운 돼지에 풍미를 더한다고 상상하기도 한다. 그들은 대개 아침과 저녁으로 뜨거운 옥수수 빵(반죽한 바늘꽂이만큼이나 소화에 좋을 정도)을 전대미문일 정도로 많이 먹는 저 소화불량에 걸린 숙녀와 신사들이다. 이런 관습을 지키지 않고, 대신 여러 차례로 나누어 먹는 사람들은 보통 나이프와 포크를 빨며 명상을 하다 다음에 먹을 음식을 결정하곤 한다. 그런 다음에는 입에서 잡아 당겨 꺼낸 나이프와 포크를 접시에 내려놓고는 음식을 먹으며 다시 명상에 돌입한다. 점심에는 식탁 위 커다란 주전자에 가득한 냉수 외에는 마실 게 아무것도 없다. 어떤 식사 때라도 식사 중에 다른 사람에게 말을 거는 사람은 아무도 없다. 승객들은 하나같이 아주 침울하고, 마음을 억누르는 엄청난 비밀들이 있는 것처럼 보인다. 대화도 웃음도 유쾌함도 서로 어울리는 것도 없이, 다만 침을 뱉고 있을 뿐인데, 그런 일은 식사가 끝날 때면 난롯가 주변에서 말없이 동료애를 형성하며 이루어진다. 남자들은 저마다 따분하고 나른하게 앉아 아침, 점심, 저녁 식사가 기분전환이나 즐거움과는 결코 짝이 될 수 없는 불가피한 자연 현상이라도 되는 듯 음식을 삼킨다. 우울한 침묵 속에서 음식을 마구 삼켜 넣었던 것처럼 제 자신도 우울한 침묵 속에 삼켜 가둬둔다. 그러나 이런 동물적인 관례들로 인해, 독자들은 함께 있던 승객들 중 모든 남성 승객들이 책상에서 죽어 넘어져 고인이 된 회계장부 담당자가 우울한 망령이라고 상상할는지도 모르는데, 그만큼 그들은 피곤에 찌들어 사무적이고 계산적인 태도를 보인다. 근무 중인 장의업자들도 그들 옆이라면 쾌활하게 보일 정도고, 이곳 음식들과 비교하면 장례용으로 구운 고기[146]는 흥겨운 잔칫집에서나 나옴직한 음식일 것이다.

　사람들 또한 모두 비슷비슷하다. 성격이 다양하지가 않다. 똑같은 용무로 여행을 하며, 똑같은 생각들을 똑같은 방식으로 말하고 행동하며, 지루하고 즐겁지 않은 일을 똑같이 되풀이한다. 모두가 그 기다란 식탁에 앉아 있으면, 옆 사람과 뭐라도 다른 사람은 찾아보기 힘들다. 반대편에 수다스러운 턱을 지닌 열다섯 살짜리 어린 소녀가 앉아 있다는 게 참으로 다행스러운 일이다. 그 소녀를 공정하게 평가하자면, 그녀는 자기 턱과의 약속을 지키며 자연의 필적을 완벽하게 알아본다고 할 수 있는데, 활기 없는 여성용 객실의 평안을 침범한 적 있는 그 모든 작은 수다쟁이들 가운데 그녀가 바로 최초이자 최고의 수다쟁이기 때문이다. 그녀보다 좀 멀리―거기 있던 식탁에서 더 멀리 아래쪽에―앉아 있는 그 아름다운 아가씨는 뒤에 앉아 있는 검은 구레나룻이 있는 젊은 남성과 겨우 지난달에 결혼한 사이였다. 두 사람은 남자가 4년간 살아왔고, 그녀는 가본 적 없는 극 서부 지방에 정착할 예정이었다. 두 사람 모두 요전 날 역마차가 전복되는 사고를 당해서(전복 사고가 그리 흔하지 않은 다른 곳에서라면 불길한 전조), 최근 당한 부상의 흔적이 남아 있는 신랑의 머리에는 여전히 붕대가 감겨 있다. 여자도 동시에 다쳐서 며칠간 의식을 못 찾았는데, 지금은

---

146) 햄릿이 어머니의 빠른 재혼을 언급한 대사에 나오는 구절. 디킨스는 항해 전에 포스터가 리버풀에서 구입해준 포켓용 셰익스피어 책을 지니고 다녔다.

그녀의 눈만큼이나 반짝반짝 빛을 발하고 있다.

식탁 더 아래쪽에 아직도 앉아 있는 한 남자는 새로 발견된 구리 광산을 '개발'하기 위해, 신혼부부의 목적지보다 몇 마일 더 멀리 갈 예정이다. 그는 마을—말하자면 몇몇 목조 가옥과 구리를 제련하는 도구들—을 실어 가고 있다. 그는 그곳에서 살아갈 사람들도 실어 간다. 그들 중에는 미국인들도 아일랜드인들도 있는데, 모두 하갑판에 모여 있다. 그곳에서 그들은 지난 밤 총을 쏘기도 하고 찬송가를 부르기도 하며 밤이 훌쩍 지나도록 즐거운 시간을 보냈다.

그들과 식탁에 20분간 남겨져 있던 극히 소수의 사람들이 일어나 가버린다. 우리 역시 일어나서 나간다. 우리가 묵는 작은 특등실을 통과해 조용한 외부 복도에 있는 우리의 자리를 다시 차지한다.

항상 멋진 널따란 강이지만, 어떤 곳은 다른 곳보다 훨씬 더 넓다. 그다음에는 대개 숲으로 뒤덮인 녹색 섬이 등장해 강물을 개울 두 개로 갈라놓는다. 우리는 이따금 몇 분씩 멈춰 서는데, 어떤 작은 도시나 마을(이곳에서는 모든 곳이 도시라서 도시라고 불러야할 듯하다)에서, 아마 승객들을 위해 목재를 받기 위한 것일 수도 있다. 그러나 강둑은 대부분 나무들이 웃자란 몹시도 적막한 곳으로, 그 부근은 이미 잎이 무성한 진녹색이다. 이 적막한 장소들은 인간이 산다는 표시나 인간의 발자국 흔적이 조금도 없이 몇 마일씩 몇 마일씩 몇 마일씩 이어진다. 파랑어치[147] 말고는 주변에서 움직이는 건 아무것도 보이지 않고, 이 새의 색은 니무도 선명하고 고와서 날아다니는 꽃으로 보일 정도다. 좀 더 가다보면 봉긋 솟은 지대 아래 자리 잡은, 조그만

---

147) 북아메리카에 서식하는 철새.

공간의 개간지가 딸린 통나무집이 푸른색 연기를 뭉게뭉게 하늘로 올려 보내고 있다. 통나무집은 꼴사나운 커다란 그루터기들이 잔뜩 들어찬 척박한 밀밭 모퉁이에 서 있는 게 저속한 도마처럼 보인다. 이제막 개간한 땅이 보이기도 한다. 베어 넘어진 나무들이 땅 위에서 여전히 나뒹굴고, 그 통나무집에선 이제 겨우 아침이 시작됐을 뿐이다. 우리가 이런 개간지를 지나가면, 그곳 정착민들은 도끼나 망치에 몸을 기대고는 세상에서 온 사람들을 아쉬운 듯 쳐다본다. 아이들이 땅에 세워놓은 집시 텐트처럼 보이는 임시 막사에서 기어 나오며 손뼉을 치고 고함을 지른다. 개는 주변을 두리번거리며 우리를 슬쩍 쳐다보기만 하다 주인 얼굴을 다시 올려다본다. 일상적인 일이 조금이라도 지연되면 불편해하거나 쾌락을 주는 것은 질색이라는 듯이 말이다. 그리고 여전히 똑같은 변치 않는 전경이 펼쳐진다. 강물에 강둑이 쓸려 내려갔고, 위풍당당한 나무들은 거꾸러져 개울 속에 처박혀 있다. 그 자리에 너무 오랫동안 박혀 있던 탓에 말라비틀어져 회색빛 뼈대만 앙상한 나무들도 있었다. 방금 베어 넘어간 나무들은 뿌리에 여전히 흙을 묻힌 채 새 순과 가지를 앞으로 뻗고 강물에서 녹색 머리를 감고 있다. 눈에 보이는 것처럼 거의 미끄러져 내려가고 있는 나무들도 있다. 아주 오래전에 익사한 나무들은 허옇게 바랜 큰 가지들이 흘러가는 강물 한가운데서 뻗어 나와 지나가는 보트를 움켜쥐고 물속으로 잡아끌려는 것처럼 보인다.

이와 같은 풍경을 통과하며 다루기 버거운 기계는 귀에 거슬리고, 음침한 방식을 택하는데, 노가 회전할 때마다 고압을 못이긴 커다란 폭발음을 한바탕 토해낸다. 저쪽 거대한 봉분 속에 묻혀 누워 있는 인디언들을 깨울 수도 있겠다는 생각이 들 것이다. 이 봉분은 수령이 퍽이나 오래되어 강건한 떡갈나무와 숲속의 여타 다른 나무들도 그 땅속에 뿌리를 박고 있고, 높이도 높디높아 자연이 그 주변에 심어놓은 작은 산들 속에서도 작은 산을 이루고 있다. 바로 그 강은, 흡사 수백 년 전 다행히도 백인의 존재를 모른 채 이곳에서 그렇게도 즐겁게 살다 절멸한 부족들을 사람들과 함께 동정이라도 하듯이, 이 봉분 부근에서는 잔물결을 일렁이며 살며시 빠져나가고, 오하이오에는 거대한 무덤의 시내라는 의미의 빅 그레이브 크리크[148]보다 눈부시게 반짝거리는 장소는 없다.

나는 위에서 언급했던 그 작은 선미 복도에 앉아 이 모든 경치를 바라본다. 저녁이 서서히 풍경 위로 가만히 내려앉아 내 앞에서 그 모습을 바꿔놓는 때가 되면 우리 배는 가던 길을 멈추고 일부 이민자들을 하선시킨다.

남자 다섯, 여자 다섯, 그리고 어린 여자아이 한 명. 그들이 지닌 재산은 가방 하나, 커다란 궤짝 하나와 낡은 의자가 전부다. 오래되고, 등받이가 높고, 엉덩이가 닿는 부분을 골풀로 만든 의자 하나. 그 자체가 고독한 정착민 한 명. 그들이 보트를 타고 노를 저어 상륙하는 동안, 증기선은 물이 얕아 약간 멀리서 보트가 돌아오기를 가만히 기다리고 있다. 그들은 높은 강둑 기슭에 내려지고, 그 강둑 꼭대기에는 길게 이어진 꼬부랑길로만 드나들 수 있는 통나무집이 몇 채 자리 잡고 있다. 점점 땅거미가 내려앉고 있지만, 태양은 물속에서 그리고 몇몇 나무 꼭대기에서 불처럼 새빨갛게 타오른다.

---

148) Big Grave Creek, 오하이오 강과 접하는 도시인 마운즈빌 한가운데서 발견된 거대한 봉분의 이름을 딴 시내다.

남자들이 먼저 보트에서 내려 여성들이 배 밖으로 나오도록 돕고, 그 가방과 궤짝과 의자를 내린다. 노잡이들에게 '안녕'을 고하고, 그들을 위해 보트를 떠밀어버린다. 노가 물속에서 처음으로 첨벙거리자 무리 중 가장 나이 많은 여자가 물가 가까이에 있던 그 낡은 의자에 말 한마디 없이 앉는다. 궤짝은 여럿이 앉아도 될 만큼 넓적했지만, 나머지 사람들 중에 앉는 사람은 아무도 없다. 그들은 갑자기 돌이 되어버린 것처럼 배에서 내린 자리에 모두 그대로 서서 보트를 눈으로 뒤좇는다. 그렇게 그들은 말없이 꼼짝도 안 하며 남아 있다. 노부인과 그녀의 낡은 의자는 해변 위에 놓인 가방과 궤짝 중간에 있고, 아무도 그들에게 주의를 기울이지 않는 상황에서 눈이란 눈은 모조리 보트에 고정된다. 다가온 배를 단단히 고정하고, 선원들이 뛰어 올라타니 엔진이 움직이기 시작하며 우리는 다시 귀에 거슬리는 소리를 내며 나아간다. 그곳에서는 아직도 그들이 손 한 번 흔들지 않고 서 있다. 나는 내 안경을 통해 거리가 멀어지고 점점 컴컴해지는 어둠속에서 그들이 한 점 점으로 밖에는 보이지 않을 때까지 그들을 보고 있다. 낡은 의자에 앉은 노부인과 그녀 주위에 있는 나머지 모든 사람들은 조금의 미동도 보이지 않는다. 이렇게 나는 서서히 그들을 시야에서 놓치고 만다.

밤은 어둡고, 우리는 밤을 더 캄캄히게 만드는 니무기 우거진 강둑의 그림자 속에서 앞으로 나아간다. 큰 나뭇가지들이 얽히고설킨 거무스름한 미로를 한참이나 미끄러지듯 통과한 후, 우리는 높은 나무들이 불타고 있는 공터로 들어선다. 가지와 잔가지 하나하나의 모양이 심홍빛으로 드러나고, 미풍에 살랑거리고 헝클어지는 가지들은 불속에서 아무 하는 일 없이 빈둥거리는 것처럼 보인다. 그것은 우리가 책에서 읽은 마법에 걸린 숲의 전설 속에서나 나옴직한 장면이다. 이런 고귀한 작품들이 그렇게나 끔찍하고, 외롭게 수척해지는 모습을 본다는 것, 그런 작품들을 만들어낸 마법이 이 지역에 다시 그들과 비슷한 것을 키워내기까지 얼마나 많은 세월이 오가야 하는지를 생각해 본다는 것은 슬픈 일이다. 그러나 그런 때가 오리라. 그리고 그 가지들이 변해서 남은 잿더미 속에서, 수세기 동안 진행된 태중의 성장이 뿌리를 박았을 때, 가만히 있지 못하는 먼 옛날 사람들이 이렇게 다시 사람이 살지 않게 된 벽지로 향할 것이고, 어쩌면 출렁이는 바다 밑에서 지금은 꾸벅꾸벅 졸고 있을 그들의 머나먼 도시 친구들은, 지금 존재하면서도 그들에게는 아주 오래되어 어떤 귀에도 낯설게 들리는 언어로, 도끼소리 한 번 난 적 없고, 야생 덤불로 덮인 지대는 한 번도 인간의 발이 닿지 않았던 원시림을 읽게 될 것이다.

한밤중과 수면이 이 장면들과 생각들을 완전히 덮어버린다. 아침이 다시 밝아오며, 보트가 정박한 널따란 포장된 부두 앞의 생기발랄한 도시의 집 꼭대기들을 금빛으로 빛나게 한다. 다른 보트들과 깃발들과 움직이는 타륜들과 사람들의 콧노래가 주위에 넘쳐나는 것이 천 마일 내에는 고독하거나 말이 없는 땅이 1루드[149]도 없는 모양이다.

신시내티는 아름다운 도시로 쾌적하고, 왕성하게 성장 중이어서 활기가 넘친다. 나는 빨갛고 하얀 깨끗한 가옥들, 말끔하게 포장된 도로들, 밝은 타일로 만들어진 보도를 갖춘 이 도시처럼 처음 얼핏 보기만 해도 이방인에게 그렇게 긍정적이고 기분 좋은 인상을 주는 장소를 좀처럼 보지 못했다. 좀 더 안다고 해도 매력이 반감 되지도 않는다.

---

149) 영국의 지적 단위. 4분의 1 에이커, 약 1,011.7평방미터.

거리는 널찍해서 바람이 잘 통하고, 상점들은 대단히 훌륭하며, 개인 주택들은 눈에 띄게 우아하고 말끔하다. 이 개인주택들의 다양한 스타일에 존재하는 창의적이고 환상적인 측면은, 증기선의 재미없는 사람들을 겪은 이후 그런 특징들이 여전히 존재한다는 확신을 전달해준다는 면에서 더할 나위 없이 반갑게 느껴진다. 이런 예쁘장한 주택들을 장식해서 매력적으로 변모시키는 성향은 나무와 꽃의 문화와, 손질이 잘 된 정원들의 배치로 이어지고, 거리를 따라 걷는 사람들에게 그런 모습들이 시야에 들어온다는 것은 형언할 수 없을 정도로 상쾌하고 기분 좋은 일이다. 나는 이 소도시의 외견과 그와 인접한 마운트 오번 교외지역에 상당히 매혹되었다. 그곳으로부터 원형 경기장식 언덕에 자리 잡고 있는 신시내티는 그림처럼 뛰어난 아름다움을 형성하며, 그런 모습이 대단히 유리해 보인다.

우리가 도착한 날 이곳에서 우연히 대규모 금주 집회가 열렸다. 우리가 투숙한 호텔의 창문 아래로 행군 순서대로 아침에 출발한 행진이 지나가고 있어서 나는 운 좋게 금주 행진을 구경하게 되었다. 행렬에는 수천 명의 남자들과 다양한 '워싱턴 보조 금주협회Washington Auxiliary Temperance Societies' 회원들이 참여했고, 집회를 통제하는 경찰들이 말을 타고 행렬 위아래로 활달하게 천천히 오가는 사이 선명한 색색의 스카프와 리본들이 그들 뒤에서 호사스레 펄럭거렸다. 악대도 있었고 플래카드도 셀 수 없이 많았다. 전체적으로 기운차고, 휴일 같은 집회였다.

나는 그중에서도 특히 아일랜드 사람들을 구경하는 게 즐거웠는데, 그들은 어떤 독특한 협회를 구성하고, 녹색 스카프로 단결하고, 그들의 전통악기 하프와 매튜 신부[150]의 초상화를 머리 위로 높이 치켜들고 있었다. 그들은 예전처럼 명랑하고 쾌활해 보였으며, 먹고 살기 위해 (이곳에서) 지독하게 일하고 그들 앞에 어떤 유형의 힘든 노동이 놓이든 해내고 마는 그곳에서 가장 독립적인 사람들이라고 나는 생각했다.

플래카드는 훌륭하게 채색되어 거리에서 멋지게 휘날렸다. 바위를 세게 치는 일도 있었고 물이 뿜어져 나오는 일도 있었고,[151] 양조주 통 꼭대기에서 그에게 튀어오를 참인 것 같은 뱀을 때려죽이려는 '손도끼의 상당 부분'을 쥐고 있는 금주가도 있었다(그 주창자가 혹시나 얘기했었던 것처럼). 그러나 그런 구경거리에서 이 부분의 주요한 특징은 배를 만드는 목수들 사이에서 전해지고 있는 어마어마한 비유적 장치인데, 한편에서는 증기선 알코올 호가 엄청난 굉음과 함께 보일러가 터지면서 폭발하는 것으로 나타나고, 다른 한편에서는 품행이 좋은 금주라는 의미의 템퍼런스 호가 순풍에 힘입어 항해를 떠나는 것으로 선장과 선원과 승객들은 흡족해한다.

시내를 한 바퀴 돌고난 행렬은 어떤 약속된 장소로 갔고, 그곳에서, 인쇄된 프로그램에 나와 있는 대로, '금주곡들을 노래하는' 여러 무료 학교 어린이들의 환대를 받을 예정이었다. 나는 이 작은 휘파람새들의 노래를 듣거나 이런 신기한 종류의 목소리 환대에 대한 내용을 기록할 수 있도록 제때 그곳에 가지는 못했다. 적어도 내게는 신기한 일이었는데 말이다. 그러나 나는 넓게 탁 트인 장소에는 협회마다 자체 플래카드를 중심으로 모여서 협회 자체 연사의 말에 귀를 기울이며

---

150) 시어볼드 매튜(1780~1863), 천주교 신부로 미국을 방문해서 금주 운동을 이끌기도 했다.
151) 출애굽기 17장 6절에 나오는 이야기.

조용히 관심을 기울이고 있다는 것을 알게 되었다. 내가 약간이나마 들은 내용을 토대로 판단해보면 그 연설들은 젖은 담요들이 차가운 물과 그 정도의 관계는 있다고 주장할 수 있을 만큼 행사에 맞게 각색된 게 분명했다. 그러나 핵심은 그날 하루 종일 나타난 청중의 행동과 등장이었으며 그 점은 감탄할 정도로 훌륭했고 장래도 밝았다.

신시내티는 영광스럽게도 무료 학교로 유명하다. 무료 학교가 너무 많다 보니 신시내티 주민의 자식 중에 해마다 평균 4천 명의 학생들에게 제공되는 교육이라는 수단이 부족한 자식은 없을 것이다. 내가 이런 기관 중에 수업시간에 들른 곳은 단 한 곳뿐이었다. 어린 개구쟁이들(6세에서 10세나 12세까지 다양한 연령대로 보였다)이 가득한 남학생 반에서는 교사가 학생들에게 대수학 문제를 즉석에서 풀어보게 하는 것이 어떻겠느냐고 제안했다. 나는 그런 학문에서 실수를 찾아낼 수 있는 확신이 전혀 없었기 때문에, 약간 놀라며 제안을 정중히 거절했다. 여학생 반에서는 읽기 수업을 제안했고, 나는 그런 기술에는 웬만큼 동등하다고 느꼈기 때문에, 수업을 한 번 기꺼이 들어보겠다고 했다. 따라서 책이 배포되었고, 얼추 여섯 명의 여학생이 교대로 영국사에 나오는 구절들을 읽었다. 그러나 그것은 그들의 능력을 터무니없이 벗어난 무미건조한 편집으로 보였다. 그들이 아미앵 조약[152]과 본질이 같은 여타 가슴 떨리는 주제(열 마디도 이해하지 못하는 게 뻔한)에 관한 따분한 구절 서너 개를 어물어물 읽어 내려가자, 나는 상당히 흡족해하는 뜻을 표했다. 그들이 배움의 사다리에서 이렇게 높

---

152) 나폴레옹 전쟁 당시인 1802년 영국과 프랑스가 맺은 조약인데 일시적으로 양국의 긴장이 해소되었지만 평화는 1년밖에 지속되지 못했다.

은 단에 올라선 것이 손님을 놀라게 하려는 뜻이었을 뿐이고, 다른 때에는 좀 더 낮은 단계를 유지할 것이란 가능성이 높긴 했지만, 그 학생들이 자신들이 이해하는 보다 쉬운 내용들을 공부하는 소리를 들었더라면 한결 더 기쁘고 만족스러웠을 것이라는 아쉬움이 남았다.

내가 방문했던 다른 모든 곳에서와 마찬가지로, 여기에서도 판사들은 인품이 고결하고 조예가 깊은 신사들이었다. 잠시 몇 분간 들렀던 한 법정도 내가 이미 언급했던 법정들과 비슷했다. 골치 아픈 동기를 심리하고 있었고, 방청객은 많지 않았고, 목격자들과 변호사와 배심원이 충분히 우스꽝스럽고 아늑하게 일종의 한 집안을 이루고 있었다.

내가 어울렸던 사교계는 지적이고, 정중하고, 유쾌했다. 신시내티 주민들은 자신들의 도시가 미국에서 가장 흥미로운 도시라는 점을 자랑스럽게 여긴다. 이유는 충분하다. 현 상황에서는 아름답고 왕성하게 번창하고 있으며, 지금은 인구가 5만 명에 달하지만, 신시내티가 서 있는 대지가 원시림이었고, 시민들이 강변 위로 여기저기 흩어져 있던 통나무집에 살던 소수의 정착민에 불과했던 시절 이후 52년이 흘렀기 때문이다.

4장

다시 서부 행 증기선으로 신시내티에서 루이빌까지,

루이빌에서 세인트루이스까지는 또 다른 세인트루이스 호로

오전 열한 시에 신시내티를 떠난 우리는 증기선 파이크 호를 타고 루이빌을 향해 출발했다. 우편물을 싣고 있던 파이크 호는 우리가 피츠버그에서 올 때 타고 왔던 증기선보다 등급이 몇 단계 높은 정기선이었다. 이번 항해는 열두 시간이나 열세 시간 이상은 걸리지 않기 때문에 우리는 그날 밤에 하선할 준비를 했다. 다른 곳에서 잠을 청할 수 있을 때면, 특등실에서 잠자는 영예를 탐하지는 않았다.

마침 이 배에 승선한 사람 중에는 여느 때처럼 따분한 승객들 외에 피치린이라는 인디언 촉토 부족 추장도 있었다. 내게 카드를 보내온 그와 나는 기꺼이 오랜 대화를 나누었다.

피치린은 영어를 완벽하게 구사했지만, 내게 말하기로는 성년이 될 때까지 영어를 배워보지도 못했다고 했다. 그는 책도 많이 읽었고, 스콧의 시에서 강렬한 인상을 받은 것 같았다. 특히 주제들이 그가 나름내로 추구하는 지향점들과 취향이 맞는다는 점에서 〈호수의 여인〉 도입부와 〈마미온〉[153]의 대규모 전투 장면에 지대한 관심을 보이며 기

뼈했다. 그는 그가 읽은 모든 내용을 정확하게 이해하는 듯했고, 그가 허구가 내보이는 신념에 공감한 것이라면 그 어떤 허구라도 너무나 열심히 그리고 진심으로, 내가 보기엔 거의 격렬할 정도로 이해하는 듯했다. 피치린은 우리의 평범한 일상복 차림이었고, 그 옷은 추장의 멋진 풍채에 헐겁게, 그리고 무심하면서도 우아하게 걸려 있었다. 내가 인디언 고유의 옷을 입은 그의 모습을 보지 못해 유감이라는 말을 꺼내자마자 그는 어떤 무거운 무기를 휘두르는 것처럼 오른팔을 들어 올렸고, 잠시 후 다시 팔을 내리며 그의 종족은 옷 말고도 많은 것들을 잃어버리고 있으며, 머지않아 지구상에서 그런 모습을 더는 보이지 않을 거라고 대답했다. 그러나 그는 고향에서는 종족의 옷을 입는다고 당당하게 덧붙였다.

그는 미시시피 강 서쪽에 위치한 고향을 17개월 동안이나 떠나 있다가 이제 돌아가는 중이라고 했다. 그동안은 그의 부족과 미국 정부 사이에 걸려 있던 일부의 협상 문제들로 인해 주로 워싱턴에 머물렀다는 것이다. 협상은 아직 타결되지 않았으며(그는 우울하게 말했다), 앞으로도 그럴 가망이 없을까 두려워했다. 소수의 불쌍한 인디언들이 백인들처럼 사업 수완이 뛰어난 사람들을 상대로 무슨 일을 할 수 있었겠는가. 그는 워싱턴에 대한 애정이 전혀 없었다. 시내와 도시에 이내 질리고 말았고, 숲과 대초원을 갈망했다.

나는 피치린 추장에게 의회에 대한 생각을 물었다. 그는 미소를 지으며 인디언 눈에는 위엄이 부족하다고 답했다.

그는 죽기 전에 영국에 가보고 싶다는 희망을 밝혔고, 그곳에서 볼

---

153) 1808년에 발표된 W. 스콧의 서사시.

수 있는 위대한 것들에 지대한 관심을 표명했다. 내가 수천 년 전에 멸종된 한 종족의 살림살이 유적들이 보전되어 있는 영국 박물관의 전시실 이야기를 꺼내자, 그가 아주 주의 깊게 경청했는데, 그 모습에서 자기 부족 사람들이 점차 사라지고 있다는 점과 연관해서 생각하고 있다는 걸 어렵지 않게 읽을 수 있었다.

이를 계기로 우리는 그가 높이 평가하는 캐틀린[154]의 작품에 대한 얘기를 나누기 시작했고, 나는 그 자신의 초상화도 소장품으로 들어 있다는 것과 거기 모인 초상화들이 전부 기분 좋을 만큼 '정확하다'는 것도 알게 되었다. 그는 쿠퍼[155]가 붉은 사내the Red Man를 훌륭하게 그려 냈다고도 했다. 내가 그와 함께 고향에 가서 버펄로 사냥을 해본다면 나도 그렇게 그려낼 것이며, 같이 사냥을 너무 해보고 싶다고도 했다. 내가 사냥을 가더라도 버펄로에게 크게 해를 입히고 싶지는 않다고 하자, 그는 대단한 농담이라며 마음껏 웃어 젖혔다.

그는 대단한 미남이었다. 내가 보기에 마흔은 좀 넘은 것 같았다. 긴 검은 머리, 매부리코, 넙적한 광대뼈, 햇볕에 그을린 피부, 아주 밝고, 예리하고, 검고, 꿰뚫는 듯한 눈을 지니고 있었다. 그는 촉토 인디언들이 2만 명밖에 남지 않은 데다 그 수도 하루가 멀게 줄어들고 있다고 했다. 그의 형제 추장 몇몇은 어쩔 수 없이 문명인이 되었고, 백인들이 아는 것을 그들도 알아야 했는데, 그게 그들의 유일한 생존 기회였기 때문이었다. 그러나 그들은 수가 많지 않았고, 나머지 사람들

---

154) 조지 캐틀린(George Catlin, 1796~1872). 1830~1838년에 여러 아메리카 인디언들의 초상화를 그린 것으로 유명한 미국의 화가.
155) 제임스 페니모어 쿠퍼(James Fenimore Cooper, 1789~1851). 미국의 작가. 오대호 주변을 배경으로 개척자를 주제로 한 《모히칸족의 최후》 등 소설 다섯 편을 썼다.

은 예전 모습을 그대로 유지했다. 그는 이렇게 곱씹었다. 그들이 정복자들에게 스스로 동화되려고 하지 않는다면, 문명사회의 전진에 밀려 틀림없이 전멸하고 말 것임을 수차례나 거듭 밝혔다.

작별 인사로 악수를 나누면서 나는 영국을 퍽이나 보고 싶어 하는 그에게 꼭 영국에 와봐야 한다는 말을 건넸다. 언젠가 그곳에서 만나기를 고대하며 융숭하게 환대하고 기꺼이 접대하겠노라고 약속한다고도 했다. 그는 이런 확언에 기뻐하는 게 분명했지만, 쾌활하게 웃으며 재미있다는 듯이 머리를 흔들며 영국 사람들이 예전에 붉은 사내들의 도움이 필요했을 때는 그들을 매우 좋아했지만, 이후로는 그들을 별로 좋아하지 않았다고 대답했다.

그가 작별을 고했다. 내가 그때까지 봤던 대로 자연이 빚어낸 당당하고 완벽한 신사의 모습이 보트에 있는 사람들 틈에서 또 다른 부류의 존재가 되어 나아갔다. 이후 얼마 지나지 않아 그가 자신의 초상화 석판을 내게 보내왔다. 아주 흡사했지만 실물만큼 잘생긴 모습은 아니었다. 나는 우리의 짧은 만남을 기념하기 위해 그 석판을 정성을 다해 보관했다.

자정에 루이빌에 도착한 이날의 여정에 따른 풍경에서는 흥미로운 점이 별로 없었다. 우리는 호화로운 호텔인 골트 하우스에서 잠을 청했고, 앨러게니에서 수백 마일 떨어진 곳에 있다기보다는 오히려 파리에 있는 것처럼 아주 후한 대접을 받으며 그곳에서 묵게 되었다.

루이빌은 우리의 여정을 붙들어 맬 정도로 흥미로운 것들을 보여주지 못했기에 우리는 다음날 또 다른 증기선 풀턴 호를 타고 여행을 계속 이어갔고, 포틀랜드라는 어느 교외지역에서 정오경에 증기선에 승선하기로 했는데, 그곳에서는 운하를 통과하느라 증기선이 약간 지체

되기도 했다.

아침 식사 후, 그 틈을 이용해 우리는 정연하고 기운찬 루이빌을 둘러보았다. 직각으로 배치되어 있는 거리에는 어린 나무들이 심어져 있었다. 역청탄을 사용하는 탓에 건물들이 연기로 뽀얗고 검게 그을려 있었지만, 어느 영국인은 그런 외견에는 충분히 이골이 난 뒤라 그걸로 왈가왈부할 마음은 나지 않는다. 거래가 부산스럽게 이루어지는 것 같지는 않았다. 미완성으로 남아 있는 건물들과 개수공사들이, 도시 전체가 '전진'이라는 열정으로 지나치게 사치스럽게 지어진 데다, 권력을 그렇게 무리하게 행사한 데서 비롯된 반작용에 시달리고 있는 중이라는 암시를 던지는 듯했다.

우리가 포틀랜드로 가는 길에 지나쳤던 한 '치안판사 사무실'은 치안기관이라기보다는 오히려 초등학교와 훨씬 비슷하게 생겨서 재미있게 여겨졌다. 이 무시무시한 기관은 거리 쪽으로 문이 열리는 작고 느긋하고, 아무짝에도 쓸모없는 앞쪽 응접실에 불과했다. 그곳에서 햇볕을 쏘이고 있는 두서너 명의 인물(내 추측으로는 치안판사와 그의 부하들)은 바로 권태와 휴식으로 만들어진 모형들이었다. 그것은 고객이 부족해서 업무에서 은퇴한 정의의 모습을 완벽하게 그려낸 그림으로, 정의의 여신은 칼과 저울은 팔아치우고, 두 다리를 탁자 위에 뻗고 편안히 졸고 있었다.

이 시점에서, 다른 곳처럼 이들 지역에서도 도로는 모든 연령의, 사방에 드러누워 깊이 잠이 들었거나 숨겨진 진미를 찾아 꿀꿀거리는 돼지들로 완벽하게 활기가 넘쳤다. 나는 이런 기묘한 동물들에게 항상 남모를 호감을 품고 있었고, 다른 모든 것들이 실패로 돌아갔을 때 그들의 절차를 바라보면서 끊임없이 솟아오르는 즐거움의 원천을 발견했다. 오늘 아침 우리가 마차를 타고 지나가는 길에 내가 목격한 어린 돼지 두 마리 사이에서 벌어진 작은 사건이 당시에는 인간들에게 너무 흔히 일어나는 일이라 형언할 수 없을 정도로 웃기고 기괴했지만, 그 이야기를 전하는 이 시점에는 썩 재미없을지도 모르겠다.

한 젊은 신사(최근에 똥 더미를 뒤졌다는 증거로 코 주변에 지푸라기 몇 개가 튀어나온 아주 예민한 살찐 돼지 한 마리)가 깊은 사색에 잠겨 유유히 산책하고 있는데, 느닷없이 그에게는 보이지 않던 진창 구멍에 드러누워 있던 그의 형제가 축축한 진흙을 뒤집어 쓴 유령처럼 깜짝 놀란 바로 그의 눈앞에서 벌떡 일어났다. 돼지의 모든 핏덩어리가 그렇게 끓어오른 적은 한 번도 없었다. 그는 적어도 세 발짝을 뒤로 물러나서 잠시 뚫어지게 쳐다보고는 최선을 다해 쏜살처럼 달아났다. 지나치게 조그만 그의 꼬리가 산란하게 흔들리는 시계추처럼 빠르면서도 무섭게 흔들렸다. 그러나 그 돼지는 아주 멀리 가버리기 전에, 이 소름끼치는 외모의 본질을 논리적으로 따져보기 시작했다. 따져볼수록 달아나는 속도가 점차 느려졌다. 마침내 발을 멈추고 급히 태도를 바꾸었다. 그곳에, 그를 뒤덮은 진흙이 햇빛을 받아 번들거리고, 그의 행동에 지독하게 놀라 바로 아까 그 구멍에서 달아나기 시작한 그의 형제가 있었다! 그는 이 사실을 확신하고, 누군가가 더 좋은 것을 보기 위해서 그가 손으로 눈을 가렸다고 말할 수 있을 정도로 조심스레 확신하자마자, 그 형제 돼지가 한 차례 빠른 걸음으로 돌아와서는 그에게 덤벼들며 그의 꼬리 일부를 즉석에서 떼어갔다. 앞으로는 하는 일에 신중하고, 그의 가족에게 더는 허튼 수작을 부리지 말라는 경고였다.

우리는 운하에서 수문을 서서히 통과하는 과정을 기다리고 있는 증기선을 발견하고는 배에 올라탔다. 이후 곧바로 이름은 포터이고, 스타킹을 신고 7피트 8인치의 보통 키에 어떤 켄터키 거인[156]의 형상을 한 새로운 부류의 손님을 맞이하게 되었다.

이 거인들만큼 역사가 거짓임을 그토록 완벽하게 증명했다거나 모든 연대기편자들이 그토록 잔인하게 명예를 훼손해놓은 인종도 없었다. 세계 곳곳에서 포효하며 약탈을 저지르고, 끊임없이 식인 저장고를 채워 넣고, 지속적으로 불법을 저지르며 장을 보러 다니는 대신, 그들은 알고 지내는 어떤 사람에게나 더할 나위 없이 온순한 사람들이다. 인간을 잡아먹기보다는 오히려 우유와 채소 위주의 식단을 선호하며 평온한 삶을 위해서라면 어떤 것도 감내하는 사람들이다. 그들의 성격이 상냥하고 온순하다는 사실이 너무나 확고해서 이 악의 없는 사람들의 대량학살 덕에 이름을 날린 이 젊은이[157]를 나는 신의 없는 도적놈으로 간주한다고 고백하는 바이다. 그는, 박애주의적인 동기를 내세우면서도 은연중에는 그들의 성 안에 비축해놓은 재물과 그것을 약탈할 희망에만 좌우되었기 때문이다. 내가 이런 의견 쪽으로 기울어지게 된 계기는, 저런 공적을 세운 역사가조차, 자신의 영웅에 대한 그의 모든 편애에도 불구하고, 대량 학살당한 문제의 괴물들이 기질이 순진무구하고 소박한 데다, 지극히 정직하고 남을 쉽게 믿고, 더할 나위 없이 터무니없는 이야기도 참말인 듯 귀를 기울이고,

---

156) 1894년 〈Strand Magazine〉의 'Giants and Dwarfs II'라는 제목의 기사에는 켄터키는 키 큰 사람들을 위한 위대한 장소라고들 하며, 수염을 깎으려면 사다리를 타야 했던 유명한 미국 신사가 태어난 곳인 것 같기도 하다는 내용이 실렸다.
157) 동화에서 자신을 칼로 찌르는 척해 거인을 자살하도록 속여먹은 거인을 죽인 잭(Jack the Giant Killer)으로 추정된다.

쉽게 속아 함정에 빠지고, 심지어는 (웨일스 거인의 경우에서처럼) 어느 집주인의 친절한 대접이 과해서, 그들의 손님들이 날랜 손재주와 간교한 말장난 같은 부랑자의 기술에 능할 수 있다는 암시를 주기보다는 차라리 스스로 할복하고 말았다는 점을 기꺼이 인정한다는 걸 알았기 때문이었다.

켄터키 거인은 이런 견해의 진실을 밝혀주는 또 다른 실례일 뿐이었다. 그는 무릎 부위가 약했고, 기다란 얼굴에는 진실성이 묻어나서 5.9피트짜리에게도 격려와 지지를 얻어내려는 노력이 먹혔다. 그는 겨우 스물다섯 살에 불과하며 최근까지도 성장세가 멈추지 않았는데, 그의 반바지 자락을 더 늘려야 한다는 걸 깨달았기 때문이었다고 했다. 열다섯 살 때만 해도 키가 작았고, 그 시기에는 영국인 아버지와 아일랜드인 어머니로부터 신장이 너무 작아서 가족의 명예를 지켜내지 못하는 존재로 타박을 당했다고 했다. 그는 건강이 좋지 않았지만 지금은 나아졌다고 덧붙였다. 그래도 그가 너무 심하게 마셔댄다고 속삭이는 키 작은 사람들이 없지는 않다.

나는 그가 전세 마차를 몬다는 걸 알고 있다. 그가 뒤에 있는 발판 위에 서 있지 않고도, 가슴에 닿는 지붕을 따라 드러눕지 않고도, 턱을 마차 본체에 대고 있지 않고도 어떻게 마차를 모는지 이해하기 어렵겠지만 말이다. 그는 총을 하나의 골동품으로 지니고 다녔다. 그 총에 '작은 라이플총'이라는 세례명을 붙여 진열장 밖에 진열해두었다면, 흥번에서 어떤 소매업을 하든 떼돈을 벌어들였을 것이다. 그가 모습을 드러내고 잠시 말을 하면서, 그의 주머니 도구를 꺼내 좌우로 흔들어대며 선실을 걸어 다녔다. 6피트가 넘는 남자들 틈이다 보니 가로등 기둥 사이를 걸어 다니는 등대처럼 보였다.

이후 몇 분 지나지 않아, 우리는 운하를 빠져 나왔고, 다시 오하이오 강으로 접어들었다.

이 배의 준비 방식도 메신저 호와 비슷했고, 승객도 똑같은 종류의 사람들이었다. 우리는 똑같이 따분한 방식으로, 똑같은 규칙에 따라, 똑같은 시간에, 똑같은 종류의 음식을 먹었다. 함께 있던 사람들은 똑같이 엄청나게 은닉해놓은 것들로 압박을 당하고 있는 것 같았고, 즐긴다든가 쾌활하다든가 하는 능력도 거의 없었다. 나는 평생 이런 식사 때문에 고민했던 때만큼 무기력하고, 지루하게 짓눌렸던 적은 없었다. 바로 그때를 떠올리면 무겁게 내리눌려 순간적으로 비참해지곤 한다. 나는 우리의 작은 객실에서 무릎을 꿇고 책을 읽고 글을 쓰는 도중에도 우리를 식탁으로 소환하는 시각이 다가오는 게 정말 끔찍하게 무서워서, 그 시간이 흡사 고행이나 벌이라도 되는 것처럼 다시 빠져나갈 수 있으면 그만큼 기쁘기도 했다. 건강한 유쾌함과 유익한 독주毒酒들이 정찬의 일부가 되기라도 하면 나는 내 빵 껍질을 르사주의 유랑 주인공과 함께 분수에 적셔 그들의 유쾌한 즐거움을 만끽할 수 있었다. 그러나 업무를 보듯 갈증과 허기를 외면하고, 동물마다 최대한 빨리 제 야후[158]의 여물통을 비우고는 뚱하니 슬며시 빠져나가고, 자연스러운 욕구를 그저 탐욕스레 충족시키는 것만 남은 이런 사교성 성체를 맛보기 위해 그렇게나 많은 동료 동물들과 같이 앉아 있다는 게 내 기질과는 너무나 맞지 않다 보니 나는 이런 초상집 잔치를 떠올리는 일이 일평생 지속될 악몽이 될 것임을 믿어 의심치 않는다.

이 배에는 다른 배에는 없는 위안거리도 있었다. 선장(무뚝뚝하지

---

158) 걸리버 여행기에 나오는 사람 모양을 한 짐승.

만 마음씨 착한 친구)이 데려온 풍채 좋은 그의 아내가 식탁의 같은 쪽 끝 우리 근처에 앉아 있던 몇몇 숙녀 승객들과 마찬가지로 활발한 데다 사교성이 좋은 성격이었기 때문이다. 그러나 전체 무리의 침울한 영향력에 정면으로 맞설 만한 것은 달리 있을 리 만무했다. 그들속에는 이 지구 역사상 가장 익살스러운 말동무라도 작살내고 말았을 자력 같은 따분함이 내재되어 있었다. 한마디 농담이 범죄가 되었을 정도였고, 한 번의 웃음은 이빨을 드러내는 공포로 잦아들었을 것이다. 그토록 진저리나게 무거운 사람들과, 그토록 규칙적으로 단조롭게 걷고 따분하고 견딜 수 없을 정도의 무거움과, 온화하고 명랑하고 솔직하고 사교적이고 애정 어린 모든 것에서 활기를 띠는 소화불량 덩어리는 이 세상이 시작된 이래 그 어디에서도 한 자리에 있어 본적이 없는 게 분명했다.

우리가 오하이오 강과 미시시피 강이 합류하는 지점에 접근할수록 풍경이 그 기세를 점점 드높인 것도 아니었다. 나무는 성장을 저해 당했고, 강둑은 낮고 평평했다. 정착촌과 통나무집들은 수가 점점 감소되어 그곳 주민들은 우리가 그때껏 접했던 어떤 주민들보다 병약하고 가여웠다. 하늘에는 어떤 새소리도, 어떤 상큼한 향기도 없었고, 어떤 빛도 그림자도 빠르게 지나가는 구름으로부터 이동해오지 않았다. 매시간, 뜨겁고 눈도 깜빡이지 않는 하늘의 변화 없는 섬광이 그 단조로운 사물들을 똑같이 내리비추었다. 매시간, 강물이 시간 자체만큼이나 나른하고 천천히 굽이쳐 흘러갔다.

마침내 사흘 째 되던 날 아침에 우리는 우리가 그때까지 목격했던 어떤 곳보다 황폐한 지점에 도착하고 보니 그동안 지나쳤던 그 더할 나위 없이 적막했던 장소들이 그에 비하면 흥미로운 점들로 가득하다고 생각될 정도였다. 두 강의 합류지점은 그지없이 평평하고 낮고 늪지 같아서 한 해의 어떤 계절에 있든 집 꼭대기까지 침수되는 지대는 열병과 학질과 죽음의 온상이자, 괴물 같은 대표들에 대한 신념을 바탕으로 영국에서 골든 호프Golden Hope 소속의 한 광산[159]으로 과장되어 투기 대상이 되다 결국 수많은 사람들에게 파멸을 안겼던 장소이기도 하다. 반쯤 지은 가옥들이 썩어 없어진 황량한 습지, 즉 몇 야드 공간을 위해 여기저기 벌목되고, 그러고는 무성하고 유해한 초목이 가득 들어차고, 그 해로운 그늘에서는 이쪽으로 이끌려온 불쌍한 떠돌이들이 기력이 쇠해 죽어 매장되는 곳, 그 앞에서 맴돌고 소용돌이치는 증오에 찬 미시시피 강은 남쪽으로 진입하며 보기에도 무시무시한 진흙투성이 괴물을 지루하게 만드는 곳이며, 질병의 온상, 보기 흉한 매장지, 희망이 조금이라도 번뜩인다고 한들 도무지 기뻐할 줄 모르는 무덤으로, 땅에서든 공기에서든 물에서든 칭찬할 만한 단 하나의 특성도 없는 곳, 그곳이 바로 이 황량한 카이로다.[160]

그러나 강들의 위대한 아버지(하늘에 찬송을)로서 자신을 닮은 어린 자식을 한 명도 두지 않은 이 미시시피 강을 어떤 말로 묘사할 것인가! 때로는 너비가 2~3마일에 이르기도 하고, 진흙탕을 한 시간에 6마일씩 실어 나르는 거대한 하천이며, 도처에 깔린 큼지막한 통나무들이나 산림 전체로 막히고 차단되는 그 거세고 거품이 일어나는 수류는, 이제는 거대한 부잔교에서 저절로 한 쌍이 되고 나면 그 틈바

---

159) 1837년 다리우스 B. 홀브룩이 설립해 런던에서 채권을 판매한 카이로시티와 운하회사 (Cairo City and Canal Company)의 '거품' 붕괴를 가리킨다.
160) 디킨스는 이 구절을 이용해 그가 자신의 또 다른 작품 ≪마틴 추즐위트(Martin Chuzzlewit)≫에서 에덴이라고 풍자한 장소를 묘사한다.

구니에서 말라죽은 풀처럼 게으른 거품이 일어나 수면 위로 떠오르고, 이제는 괴물 같은 사체들 마냥 굽이쳐 지나가면 그들의 얽히고설킨 뿌리들이 헝클어진 머리카락처럼 보이고, 이제는 대형 거머리들처럼 하나씩 흘깃거리고, 이제는 부상당한 뱀처럼 똬리를 튼 작은 소용돌이에서 계속해서 빙글빙글 몸부림친다. 낮은 강둑들과 난쟁이 같은 나무들과 개구리들이 떼 지어 있는 습지들, 흔치 않은 비참한 오두막들, 뺨이 움푹 꺼지고 창백한 그곳 주민들, 아주 뜨거운 날씨, 배의 틈이란 틈을 뚫고 들어오는 모기들, 모든 것에 묻어 있는 진흙과 진액들, 그 어느 면에서도 기분 좋은 것이라고는 없지만, 밤마다 어두컴컴한 수평선 위에서 깜빡거리는 악의 없는 섬광이 있다.

우리는 이틀 동안 이 음험한 강을 애써 거슬러 올라갔다. 둥둥 떠다니는 목재에 쉴 새 없이 부딪치거나, 그보다 더 위험한 장애물들이나 나뭇가지들이나 뿌리를 강물 아래로 깔고 보이지 않게 숨어 있는 나무둥치인 표류목들을 피하느라 운항이 중단되기도 했다. 밤이 칠흑같이 어두워지면, 선수에 배치되어 망을 보는 선원은 강물이 잔물결만 일으켜도 어떤 거대한 장애가 코앞에 있음을 알아채고 엔진을 멈추라는 신호로 옆에 있는 종을 친다. 그러나 이 종은 항상 밤이 되어야 할 일이 생기고, 종이 울린 후에는 뭔가에 강하게 부딪치는 바람에 침대에 머문다는 건 전혀 쉽지 않은 일이 되고 만다.

이곳의 날이 저무는 광경은 눈이 부시도록 멋지다. 붉은빛과 황금빛으로 히늘을 깊이 물들이며 우리 위 홍예의 종석에까지 다다른다. 태양이 강둑을 넘어감에 따라 강둑 위 더할 나위 없이 가냘픈 풀잎은 나뭇잎 줄기에 난 동맥만큼이나 뚜렷하게 눈에 보이는 것 같았다. 태양이 천천히 가라앉으면, 수면 위 빨간 황금빛 줄무늬도 함께 가라앉는 것처럼 점차 흐릿해졌다. 떠나는 한낮의 새빨갛게 달아오른 모든 색들이 조금씩 창백해지고 나면 어둠침침한 밤이 되었다. 풍경은 전보다 천 배나 더 외롭고 음산해졌고, 풍경의 모든 작용도 하늘과 함께 어두워졌다.

우리는 이 미시시피 강 위에 있는 동안 이 강의 진흙탕 물을 마셨다. 원주민들이 건강에 좋다고 여긴 강물은 묽은 죽보다 더 불투명한 물이다. 필터 상점에서 그와 비슷한 물을 본 적이 있었지만, 그 외에는 아무 데도 없었다.

우리는 루이빌을 떠난 지 나흘 째 되는 날 밤에 세인트루이스에 당도했고, 나는 이곳에서 한 사건의 결말을 목격했다. 사건 자체는 아주 사소했지만, 여행 내내 내 관심을 불러일으킬 정도로 아주 즐겁게 구경했다.

어린 아기를 데리고 배에 탄 한 작은 여성이 있었다. 작은 여성과 어린 아기 모두 쾌활하고 준수하고 눈매가 시원하고, 보기에는 금발인 것 같았다. 그 작은 여성은 병든 모친과 함께 뉴욕에서 오랜 시간을 보냈고, 자신들의 주인을 진심으로 사랑하는 여성들이 처하기를 갈망하는 그런 상황에 처하게 되어 세인트루이스에 있는 고향을 떠나 있었다. 결혼 후 한두 달 만에 그를 떠났기 때문에 아기는 모친의 집에서 태어났고, 그녀는 12개월 동안 남편을 보지 못했다(이제 그에게 돌아가고 있다).

그런데, 보나마나, 이 작은 여성만큼 기대와 부드러움과 사랑과 걱정으로 가득한 작은 여성은 없었다. 하루 종일 그녀는 '그가' 부두에 나와 있을 것인지, '그가' 그녀의 편지를 받았는지, 다른 사람을 통해 아기를 하선시킨다면, '그가' 길거리에서 아기를 알아볼 것인지 궁금해했다. 그는 평생 아기에게 눈길 한 번 준 사람이 아니라는 것을 알고 있었기 때문에 그가 아이를 알아본다는 것은 관념적으로는 가능성이 매우 희박한 일이었지만 젊은 여성에게는 충분히 그럴 수 있는 일로 여겨졌다. 그녀는 그만큼 천진한 작은 사람이었고, 그처럼 밝고, 기쁨에 넘치고 희망적인 상태였기에 마음에 달라붙어 있던 이 문제를 아무 거리낌 없이 모조리 털어놓는 바람에 다른 모든 여성 승객들도 그녀만큼이나 그런 정신 상태로 들어가게 되었고, 선장(아내에게 그 이야기를 전해들은)은 경이로울 정도로 음흉하게 굴었음을, 나는 장담하는 바이다. 우리가 식탁에서 만날 때마다 잊고 있기라도 한 것처럼 그녀가 세인트루이스에서 어떤 사람이 마중 나올 것으로 기대하고 있는지, 그녀가 우리가 그곳에 도착한 날 밤에 배에서 내리고 싶어 할 것인지(선장은 그렇지 않을 것으로 추정했다)를 물어보며 그런 류의 건조한 농담을 수도 없이 던졌다. 얼굴이 쭈글쭈글해서 마른 사과 같은 한 작은 노파도 있었는데, 그녀는 이때다 싶어 사별과 같은 상황에 처한 남편들의 성실성에 의구심을 나타냈다. 인간의 애정의 가벼움에 대해 훈계를 해도 될 만큼 나이를 먹은 부인(애완용 작은 개를 데리고 있는)이 한 명 더 있었지만, 때때로 아기 돌보는 일을 돕거나, 그 작은 여성이 아이를 아이의 아버지 이름으로 부르며 기쁜 마음으로 아기 아버지에 관한 온갖 기상천외한 질문들을 아이에게 해댈 때면 다른 사람들과 웃음을 터뜨릴 정도로 나이가 많지는 않았다.

우리가 목적지까지 20마일이 채 남지 않자, 이 아기를 꼭 재워야 한다는 게 그 작은 여성에게는 재난과도 같은 일이었다. 그러나 그녀는 전과 똑같이 유쾌하게 이를 극복하고 손수건을 머리에 묶고 밖으로 나와 나머지 사람들이 있던 그 작은 통로로 들어왔다. 그러자, 그녀는 주변 곳곳에서 걸림돌이 되었고! 유부녀들이 드러냈던 농담의 대상이 되었고! 독신녀들이 보여준 동정의 대상이 되었고! (이내 울음을 터뜨리고 말았을) 그 작은 여성도 사람들이 농담을 할 때마다 아주 커다란 웃음을 터뜨리곤 했다!

마침내, 세인트루이스의 불빛이 보였고, 여기는 부두였고, 저것들은 계단이었다. 그리고 얼굴을 두 손으로 가리고 전보다 더 많이 웃으며(또는 웃는 것처럼 보인) 그 작은 여성은 자기 선실로 뛰어 들어가 꼼짝도 하지 않았다. 나는 그런 흥분이 주는 매혹적인 모순에 휩싸인 그녀가 '그가' 자신을 찾는 소리를 듣지 않으려고 귀를 막아버렸음을 믿어 의심치 않지만, 그녀가 그렇게 하는 것을 보지는 못했다.

그러고는, 엄청난 인파가 배 위로 몰려왔다. 배는 그때까지 단단히 고정되지 않고 다른 배들 틈에서 상륙 장소를 찾아 주변을 맴돌고 있었다. 모두들 그녀의 남편을 찾았다. 아무도 그를 보지 못했다. 우리 모두의 한복판에—그녀가 어떻게 그곳에 갔는지는 하늘만이 안다—멋지고 잘생기고 건장한 젊은 친구의 목을 양팔로 꼭 감싼 채 매달려 있는 그 작은 부인이 있었다! 잠시 후, 정말로 그 작은 손으로 기뻐 박수를 치며 그녀가 다시 나타나서는 잠든 아기를 바라보도록 작은 선실의 작은 문으로 그를 끌어당겼다!

우리는 프랜터스 하우스라는 대형 호텔로 갔다. 통로는 길고 벽은 휑하고, 공기 순환이 잘 되도록 방문 위에 채광창이 달려 있는 영국의 여느 병원처럼 세워진 호텔이었다. 호텔에는 기숙하는 사람이 상당히 많았다. 우리가 마차를 타고 올라왔을 때, 불빛이 창문에서 아래의 거리까지 불꽃을 튀기며 반짝이는 게 어떤 축하 행사로 설치된 조명 같앉다. 프랜터스 하우스는 훌륭한 호텔이며, 그곳 소유주들은 손님들에게 편의시설을 제공하려면 더할 나위 없이 후하게 대접해야 한다는 생각을 지닌 사람들이다. 어느 날 내가 우리 방에서 아내와 둘이서만 식사를 하다 갑자기 식탁 위에 놓인 접시를 세어보았더니 접시가 자그마치 열네 개나 되었다.

세인트루이스의 옛 프랑스 구역에 나 있는 도로들은 좁고 굴곡이 많았고, 일부 가옥들은 아주 기이하고 아름다운데, 목재로 지어지고 창문 앞 통로는 무너져 내릴 것 같아 계단이나 어쩌면 거리에 나 있는 사다리로 드나들게 되어 있다. 이 구역에는 야릇한 작은 이발소들과 술집들도 있고, 플랑드르에서나 볼 수 있는 두 짝 여닫이 창문이 반짝거리는 말도 안 되게 낡은 셋집도 많다. 이들 오래된 주거지들 가운데 일부에는 지붕으로 뽐을 내듯 들어가 있는 높은 다락방 박공창이 달려 있어서 왠지 프랑스인이 어깨를 으쓱거리는 모습 같기도 하고, 노쇠해서 한쪽으로 기울어진 게 어떻게 보면 프랑스인들이 머리를 갸우뚱거리는 것으로 보이는데, 마치 미국의 진보에 경악을 금치 못하며 인상을 쓰고 있는 것 같다.

부두와 창고들이 이런 가옥들로 이루어지고, 사방으로 새로운 건물들이 들어서 있고, 여전히 '진행' 중인 대단히 방대한 계획들이 수도 없이 많다고 새삼스레 말할 필요는 거의 없다. 그러나 일부 아주 훌륭한 집들, 널찍한 도로들, 대리석 정면의 상점들은 이미 완성 상태에 있다고 할 정도로 진행되어 있었고, 시내는 몇 년 후면 상당히 개선될 가능성이 많다. 하지만 우아하다거나 아름다운 면에서는 결코 신시내티의 상대가 될 성 싶지는 않다.

이곳에 초기 프랑스 정착민들을 따라 전래된 로마 가톨릭교가 광범위하게 전파되어 있다. 공공기관 중에는 제수이트 대학, '성심여자 the Ladies of the Sacred Heart' 수도회, 제수이트 대학 부속 대형 예배당도 있다. 내가 방문했을 때 한창 건립 중이던 예배당은 그 이듬해 12월 2일에 봉헌될 계획이었다. 이 건물을 설계한 건축가는 제수이트 대학의 신부이며, 공사는 그의 단독 지휘 하에 진행되고 있다. 오르간은 벨기에에서 보내올 예정이다.

이들 기관 외에도 성 프란시스 샤비에르[161]에게 헌정된 로마 가톨릭 성당과 제수이트 교회 신도였던 작고한 어느 주민의 기부로 건립된 병원도 있다. 이곳 교회에서 인디언 부족들에게 선교사를 파견하기도 한다.

유니테리언 교회는 이 외딴 장소에서도 미국의 대다수 여타 지역에서와 마찬가지로 대단히 중요하면서도 뛰어난 한 신사를 대변한다. 가난한 사람들이 이 교회를 기억하고 축복하는 데는 그만한 이유가 있는데, 교회가 어떤 종파나 자기중심적 의견 없이 그들의 편에서 합리적인 교육의 대의를 지원하고 있기 때문이다.

이 도시에는 이미 무료 학교가 세 곳 건립되어 활발하게 운영되고 있다. 건설 중에 있는 네 번째 학교도 머지않아 문을 열 것이다.

자신이 사는 지역이 유해하다는 사실을 인정하는 사람은 아무도 없으며(그가 그곳을 떠나지 않는 이상), 그러므로 나는 세인트루이스 기후가 더할 나위 없이 건강에 좋다는 점에 의문을 제기하고, 여름과 가을철에는 틀림없이 열병이 발생하는 편일 것이라는 내 생각을 넌지

---

161) Saint Francis Xavier(1506~1552), 가톨릭 선교사이자 로마 가톨릭 교회 소속 예수회의 공동 창설자. 성 프란치스코 하비에르라고도 한다.

시 비치는 데 있어서 세인트루이스 주민들과 의견이 다를 게 분명하다. 따라서 세인트루이스가 매우 덥고, 거대한 강 사이에 자리하고 있으며, 강 주변에 물이 빠지지 않는 방대한 습지 지대가 있다는 사실을 단순히 추가하는 것으로 독자는 독자 나름대로 의견을 형성하도록 맡겨두겠다.

　나는 내가 돌아다니며 들른 곳 중 가장 먼 지점에서 되돌아가기 전에 대초원을 보고 싶은 마음이 간절했고, 세인트루이스의 몇몇 신사들도 나를 기쁘게 접대하고픈 마음이 마찬가지로 간절했다. 따라서 나는 출발하기 전 하루 일정을 잡아 세인트루이스에서 30마일 이내에 있는 루킹글래스 대초원Looking-Glass Prairie 답사에 나섰다. 나의 독자들이 고향에서 그렇게 먼 거리에 떨어져 있는 그런 집시 무리가 어떤 부류의 존재들인지, 그 무리가 어떤 종류의 사물들 속에서 이동하는지를 알아보는 데 반대하지는 않을 것이라 여기며, 나는 또 다른 장에서 그날의 짧은 여행을 설명할 예정이다.

5장

루킹글래스 대초원으로의 짧은 여행과 돌아오는 길

대초원을 뜻하는 프레리라는 단어는 파라아어paraaer, 파리어러parearer, 파로어러paroarer 등 다양하게 발음된다고 할 수 있다. 그중에서 파로어러가 아마 가장 선호하는 발음인 듯하다.

우리는 전부 열네 명이었고, 모두 젊은 사내들이었다. 이렇게 외딴 정착촌이란 사회에서 그런 구성은 특이하지만 아주 자연스런 특징이기도 하다. 주로 장년기에 접어든 모험심 강한 사람들이 대다수였고, 개중에는 머리가 희끗한 사람도 거의 없다. 여성도 없었고, 고된 여행이었기 때문에, 우리는 정확하게 새벽 다섯 시에 출발하기로 했다.

나는 네 시에 호출을 받았기에 아무도 기다리게 하지는 않을 거라는 확신이 들어 아침으로 빵과 우유를 좀 먹다가 창문을 열고, 일행 전체가 바쁘게 움직이며 여행 준비가 성대하게 진행되는 모습을 기대하며 거리를 내려다보았다. 그러나 모든 것이 너무나 조용했고, 거리는 새벽 다섯 시면 다른 어느 곳에서든 익숙히 보아왔던 어찌해볼 도리가 없는 양상을 나타냈기에 나는 다시 자는 게 좋겠다고 생각하고, 그렇게 잠을 청하러 갔다.

나는 다시 일곱 시에 잠에서 깼다. 그때쯤에는 일행이 소집되어 함께 모여 있었고, 아주 튼튼한 차축이 달린 가벼운 마차 한 대, 어설픈 소화물 운반차 같은 바퀴 달린 어떤 물건 하나, 아주 오래되고 비현세적인 구조물의 2중 4륜 쌍두마차 한 대, 뒤에 커다란 구멍이 있고 지붕이 부서진 2륜 마차 한 대, 진작 가고 있어야 했던 말 등에 타고 있는 마부 한 명도 모여 있었다. 나는 친구 세 명과 함께 첫 번째 마차에 올라탔다. 나머지 사람들은 나머지 마차에 탔다. 대형 광주리 두 개가 가장 가벼운 마차에 단단히 고정되었다. 엄밀하게는 주둥이가 작은 큰 병으로 알려진 고리버들 틀에 담긴 대형석재용기 두 개는 안전하게 보관하도록 일행 중 '가장 난폭하지 않은 자'에게 위임되었다. 행렬이 나룻배를 향해 이동하기 시작했고, 나룻배는 이런 지역에서의 방식대로 남자들과 말들과 마차들을 전부 통째로 싣고 강을 건너기로 되어 있었다.

우리는 예정된 진로대로 강을 건넜고, 어느 습지에서 한쪽으로 잔뜩 기울어지고, '양복점'이라는 아주 커다란 글씨가 문에 페인트로 칠해진, 바퀴 달린 작은 나무상자 앞에 집합했다. 우리는 진행 순서와 가야할 길을 결정한 후 다시 한 번 출발해서 꺼림칙한 블랙 홀로우[162], 표현을 좀 완화해서 아메리칸 보텀이라는 곳을 통과하기 시작했다.

그 전날은 덥다고 말할 수는 없었는데, 그 말이 기온에 대한 생각을 전달하기에는 약하고 미적지근한 용어이기 때문이다. 도시 전체가 화염에 휩싸여 불타는 것 같았다. 그러나 밤에는 비가 억수같이 내리기 시작하더니 밤새도록 쉼 없이 쏟아졌다. 우리에겐 아주 튼실한 한 쌍의 말이 있었지만, 시커먼 진흙과 물이 뒤섞인 진창길이 끊이지 않고

---

162) 미시시피 강의 범람원.

이어진 길을 통과하다 보니 한 시간에 2마일 남짓밖에는 이동하지 못했다. 진창길은 깊이만 빼고는 어떤 변화도 없었다. 이제 겨우 마차에 올라탄 지 30분밖에 되지 않았는데, 이제는 차축도 보이지 않았고, 이제는 마차가 거의 창문까지 진창에 빠질 정도였다. 사방천지에서는 개구리들이 시끄럽게 개굴거리는 소리가 울려 퍼졌고, 개구리들은 돼지들(자신들이 이 나라의 자연발생적 종양인 것처럼 건강에 유해하게 보이는 상스럽고 추한 종자)과 더불어 그곳을 온통 독차지하고 있었다. 여기저기서 통나무집을 지나갔다. 그러나 그 비참한 오두막집들은 서로 널찍하니 떨어져서 드문드문 흩어져 있었는데, 이 지역은 토양이 매우 기름지긴 했지만 그런 죽음에 가까운 분위기 속에서 생존할 수 있는 사람들은 극히 소수에 불과했기 때문이다. 길 양편에는, 그런 이름을 붙일 만하다면 '덤불'이 무성하게 자라 있었고, 끈적거리고 썩고 불결한 물이 곳곳에 고여 있었다.

이들 지역에서는 말이 열기에 비지땀을 흘릴 때마다 1갤런 정도의 냉수를 먹이는 게 관례라서 우리는 다른 주거지에서 한참 떨어져 있는 숲속 어느 통나무 여인숙에 그런 용건으로 잠시 들렀다. 여인숙은 물론 방 하나에 지붕도 벽도 휑하고 고미다락 하나만 위에 달려 있었다. 그 구원의 목사는 침실 가구처럼 날염된 면 셔츠와 누덕누덕한 바지 차림의 가무잡잡한 젊은 미개인이있다. 어린 소년 두 명도 있었는데, 거의 벌거벗은 채로 우물 옆에 한가로이 누워 있었다. 그들과 목사와 여인숙에 있던 여행객이 모습을 드러내고 우리를 쳐다봤다.

그 여행객은 희끗희끗한 턱수염을 우툴두툴하게 2인치 가량 기르고 같은 색조의 텁수룩한 콧수염에 눈썹이 엄청나게 커다란 할아버지였다. 그런 눈썹 덕에, 팔짱을 끼고 발가락과 뒤꿈치에 번갈아 의지하고 우리를 주시하며 서 있는데도, 그의 졸리고 반쯤 술에 취한 시선이 보이지 않을 정도였다. 일행 중 한 명이 나서서 인사를 건네자 그가 다가와서는 턱을 비비며(턱은 징이 박힌 구두 밑에 깔린 기운찬 자갈처럼 그의 굳게 각질이 잡힌 손 밑에서 벗겨졌다) 자신은 델라웨어에서 왔고 최근에 성장이 멈춘 나무들이 빈틈없이 빼곡하게 자리 잡고 있는 습지 중 한 곳을 가리키며 '저 아래' 농장을 구입했다고 했다. 그는 두고 온 가족을 데리러 세인트루이스에 '가는 중'이라고 덧붙였지만, 이런 짐들을 데리러 가는 일이 전혀 다급한 것 같지는 않았는데, 우리가 떠나려고 할 때도 오두막으로 어슬렁어슬렁 돌아가는 모습이 돈이 남아 있는 한 그곳에서 머물 작정인 게 분명해 보였기 때문이다. 그는 당연히 대단한 정치꾼이어서 우리 일행 중 한 사람에게 상당히 자세하게 자신의 의견을 피력했다. 하지만 나는 그가 두 가지 감정만으로 결론 냈다는 것밖에는 기억나지 않는데, 하나는 어떤 사람은 영원하고, 어떤 사람은 다른 사람들을 전부 폭파시켜버린다!는 것으로, 이것은 이 같은 문제에 있어서 일반적인 신념을 결코 나쁘게 축약한 것은 아니라는 주장이었다.

말들이 타고난 몸집의 두 배 정도로 부풀어 오르자(이곳에서는 이런 유형의 팽창이 말들의 보행에 도움이 된다고 생각하는 듯했다), 우리는 다시 출발했고, 진흙과 진창, 안개, 지겨운 열기, 덤불과 관목에 빠짐없이 따라오는 개구리와 돼지들의 음악에 맞춰 헤쳐 나가다 보니 정오가 가까워졌고, 그제야 우리는 벨빌이라는 곳에 멈춰 섰다.

벨빌은 덤불과 습지 정중앙에 목제 가옥들이 적게나마 옹기종기 모여 앉은 지역이었다. 그중 상당수에는 특이하게도 붉고 노란색의 선명한 문들이 달려 있었다. 얼마 전 여행 중에 그곳을 찾은 화가가, 내가 들은 바에 따르면, '밥벌이하며 여행하는' 사람이었기 때문이다. 당시 개정 중인 형사법원에서는 말을 훔친 죄로 죄인 몇 명의 재판이 진행되고 있었다. 숲에 거의 드러내놓고 키울 수밖에 없는 온갖 종류의 가축은 지역사회에서 인간의 생명보다 훨씬 가치가 높았기 때문에 말 도둑들에게 가혹한 처벌을 내릴 가능성이 컸고, 가축이 중요하다는 이유에서 배심원들은 사실이든 아니든 가축 절도죄로 기소된 사람들에게 모조리 유죄 판결을 내리곤 하는 것이다.

술집에서 키우는 말들과 판사와 목격자들이 도로에 임시로 아무렇게나 설치된 걸이에 묶여 있었는데, 그걸로 보아 숲길은 거의 무릎까지 진흙과 진창이라는 걸 짐작할 수 있다.

이곳에는 호텔이 하나 있었고, 이 호텔에는 미국의 모든 호텔과 마찬가지로 공용 식탁이 들어갈 만큼 커다란 식당이 있었다. 식당은 묘하고, 어기적거리는 지붕 낮은 바깥채로 올이 굵은 갈색 캔버스 천으로 만든 식탁보와 저녁 식사 시간에 초를 꽂아놓는 주석 촛대가 벽에서 불쑥 튀어나와 있는 절반은 외양간이고 절반은 부엌이었다. 마부는 커피와 준비해놓은 먹을거리를 좀 먹으려고 미리 나가 있었고, 커피와 먹을거리는 이때쯤 준비가 끝나가고 있었다. 그는 '옥수수 빵과 곁들이는 요리'보다는 우선 '고운 밀가루와 정백하지 않은 밀가루를 섞어 만든 빵과 닭고기 요리'를 주문했었다. 거부한 옥수수 빵과 곁들여 먹는 음식들 속에는 돼지고기와 베이컨만 들어 있다. 고운 밀가루와 정백하지 않은 밀가루를 섞어 만든 빵과 닭고기 요리에는 구운 햄과 소시지와 송아지고기 커틀릿과 스테이크와, 꽤나 광범위한 시적 해석에 따르면, 어떤 숙녀나 신사의 소화기관에서도 닭을 편안하게 '요리'할 수 있을 것 같은 특성의 고급 요리들이 포함된다.

이 여인숙 문 기둥 중 한 곳에 황금색으로 '크로커스 박사[163]'라는 글이 새겨진 주석판이 달려 있고, 이 주석판 옆에 붙은 종이 한 장에는 크로커스 박사가 그날 저녁 벨빌 주민을 위해 1인당 얼마라는 입장료로 골상학 강연을 할 예정이라는 공고가 적혀 있었다.

나는 닭고기 요리가 준비되는 동안 위층에 잘못 올라갔다가 우연히 그 의사 선생의 방을 지나치게 되었다. 방문도 활짝 열려 있었고, 방도 텅 비어 있어서 나는 실례를 무릅쓰고 안을 슬쩍 들여다보았다.

침대 머리에 틀에 끼워져 있지 않은 초상화 하나가 걸린 것 외에는 휑하니 가구 하나 없는 쓸쓸한 방이었다. 내가 그 그림을 의사의 초상화라고 생각하는 까닭은 이마가 완전히 드러난 데다, 화가가 이마의 골상학적 발달을 크게 강조했기 때문이었다. 침대에는 낡은 패치워크 이불이 덮여 있었다. 방에는 카펫도 커튼도 없었다. 풍로 하나 없이 나뭇재로 가득한 축축한 벽난로, 의자, 아주 조그만 탁자, 가구 중 맨 마지막에 이름이 나오는 가구 위에는 웅장한 순서로 여섯 권 가량의 기름투성이의 낡은 책들로 구성된 의사의 장서가 진열되어 있었다.

이제, 그 의사의 장서는 어떤 사람도 자신에게 뭐라도 이로운 것을 손에 넣을 가능성이 있을 것 같은 전 지구상에 남아 있는 마지막 방을 둘러보는 게 분명했다. 그러나 문은, 내가 얘기했던 것처럼, 사람을 유혹하듯 열린 채였고, 의자와 초상화와 탁자와 책들과 힘을 합쳐 솔직하게 말을 꺼냈다. "들어오세요, 신사여러분, 들어오세요! 아프면 안 돼요, 신시여러분, 여러분은 곧비로 건강해질 수 있을 데니끼요. 크로커스 박사님이 여기 계세요, 신사여러분, 고명하신 크로커스

---

163) 돌팔이 의사를 일컫는 은어.

박사님! 크로커스 박사님이 여러분을 치료하기 위해 이곳까지 오셨습니다, 신사여러분. 크로커스 박사님에 대해 들어본 적이 없다면, 그건 여러분 잘못입니다, 신사여러분, 여러분이 세상에서 살짝 떨어진 이곳에 살고 계시기 때문입니다. 크로커스 박사님의 잘못은 아닙니다. 안으로 들어오세요, 신사여러분, 들어오세요!"

내가 다시 계단을 내려갔을 때 아래 복도에는 크로커스 박사 본인이 있었다. 많은 사람들이 법원에서 몰려들어왔었고, 그들 틈에서 나온 목소리 하나가 호텔 주인에게 소리쳤다. "대령! 크로커스 박사를 소개하시오."

"디킨스 씨," 대령이 말한다. "크로커스 박사십니다."

그 말이 떨어지기가 무섭게 큰 키에 잘생긴 스코틀랜드인이지만, 치유라는 평화로운 기술을 지닌 전문가라는 직업에 비해 외모는 다소 사납고 호전적인 크로커스 박사가 오른팔을 앞으로 내밀고, 가슴은 가능한 멀리 활짝 펼치며 무리 속에서 불쑥 튀어나와 말한다.

"같은 동포입니다. 선생님."

이에 크로커스 박사와 나는 악수를 나눈다. 크로커스 박사는 린넨 블라우스, 녹색 리본이 달린 커다란 밀짚모자에, 장갑은 끼지 않은 채, 내 얼굴과 코는 모기에 쏘이고 벌레에 물린 자국으로 잔뜩 꾸며져 있을 거란 그의 예상에 내가 결코 부응하지 못한 것처럼 보인다. 나는 그렇게 보이지 않았을 것이다.

"이 지역에 오래 계셨나요, 박사님?" 내가 묻는다.

"3~4개월 됐습니다, 선생님." 박사가 답한다.

"고국으로 곧 돌아갈 생각이신가요?" 내가 묻는다.

크로커스 박사는 말로 대답하는 대신 나에게 애원하는 듯한 시선을 보내며 "뭐라고 하셨죠, 괜찮으시다면 좀 더 크게 다시 말씀해주시겠어요?"라며 너무 솔직하게 말해서 나는 질문을 되풀이한다.

"고국으로 곧 돌아갈 생각입니다, 선생님!" 박사가 내가 물은 대로 대답한다.

"고국으로요, 박사님." 내가 대답한다.

크로커스 박사는 고개를 돌려 모인 사람들을 보며 자신이 일으킨 효과를 관찰하고는 양손을 비비며 아주 큰 목소리로 말한다.

"금방은 아직 아닙니다, 선생님, 아직은 아니에요. 아직은 그곳에서 저를 보지 못할 겁니다, 선생님. 그러기에는 제가 자유를 지나치게 좋아하거든요, 선생님. 하, 하! 이렇게 자유로운 나라에서 자신을 떼어낸다는 게 남자로서는 참으로 쉽지 않은 일입니다, 선생. 하, 하! 그렇고말고요! 하, 하! 어쩔 수 없을 때까지는 그럴 생각이 조금도 없습니다, 선생. 암요, 암요!"

크로커스 박사는 이 마지막 말들을 하면서, 알겠다는 듯이 머리를 흔들며 다시 웃음을 터뜨린다. 옆에서 구경하던 사람들 상당수도 박사를 따라 일제히 머리를 흔들고 웃으며 '크로커스는 정말 똑똑한 일류 사나이라니까!'라고 말하는 것처럼 서로를 쳐다본다. 내가 크게 착각한 것이 아니라면, 상당히 많은 사람들이 그날 밤 강연에 참석했으며, 그들은 그때까지 살아오면서 골상학이라든가 크로커스 박사에 대해서는 생각해본 적도 없는 사람들이었다.

벨빌에서 출발해 우리는 계속 길을 가며 똑같이 황폐한 듯한 불모지를 통과했고, 줄기차게, 한순간도 쉬지 않고, 똑같은 음악이 따라다녔다. 그러다 오후 세 시에 레바논이라는 마을에서 한 번 더 멈춰 섰다. 다시 말들을 부풀리고, 더불어 말들이 무척이나 고파하는 옥수수도 좀 먹이기 위해서였다. 나는 이런 의식을 잠시 미뤄두고 마을 안으로 들어갔고, 그곳에서 20여 마리의 황소들에게 잡아끌려 빠르게 언덕 아래로 내려오고 있는 실물 크기의 한 가옥을 만났다.

그 여인숙은 아주 청결하고 훌륭한 숙소라서 이번 여행의 감독들은 그곳으로 돌아가 가능하면 그곳에서 하룻밤을 묵기로 했다. 이런 방침이 결정되고, 말들도 원기를 충분히 회복한 후 우리는 다시 계속 나아갔고, 그러다 해 질 녘이 되어서야 대초원과 조우하게 되었다.

대초원에 관해서 그렇게나 많이 듣고 책도 많이 읽었지만, 내가 받은 인상이 왜, 또는 얼마나 실망스러웠는지 설명하기는 어려울 것이다. 석양을 바라보는 방향으로 내 눈앞에 광활한 평지가 펼쳐져 있었다. 끊임없이 펼쳐진 평지에 가느다랗게 한 줄로 늘어선 나무들만이 거대한 공백에 간신히 보이는 긁힌 자국처럼 있을 뿐이었다. 대초원은 홍조 띤 하늘과 만나 그 안에 잠긴 듯했는데, 하늘의 화려한 색깔들이 뒤섞이고 멀리 떨어진 쪽은 푸른빛이 점점 은은해졌다. 그곳에 대초원이, 그런 직유가 허용된다면, 물이 없는 평온한 바다나 호수처럼 놓여 있었고, 그날이 그 위로 내려앉고 있었다. 몇 마리 새가 여기저기를 선회하고, 고독과 침묵은 주변에서 최고의 세도를 부리고 있었다. 그러나 풀은 아직 키가 높지 않았고, 땅에는 휑하니 거무스름한 밭들이 보였다. 눈에 띄는 소수의 야생화도 초라하고 빈약했다. 그림은 거창할지라도, 상상의 여지를 남기지 않는 초원의 바로 그 단조로움과 광활함이 초원을 길들이며 그 감흥을 꺾었다. 나는 스코틀랜드의 황야가 불러일으키고, 심지어는 우리 영국의 고원들이 일깨워주는 그런 해방감과 흥분을 거의 느끼지 못했다. 외롭고 거칠었지만, 메마른 단조로움에 숨이 막히도록 답답했다. 나는 그 대초원을 가로

지를 때도 다른 모든 것을 까맣게 잊고 그 모습에 넋을 빼앗길 정도는 아니라고 느꼈다. 내가 본능에 따라 행동해야 했던 것처럼, 내 발 밑에는 헤더 꽃들이 있거나 저 너머로는 바위투성이 해안이 있었지만, 저 멀리, 걸핏하면 뒤로 물러나는 수평선을 자꾸 흘깃 쳐다보며 다시 물이 불어 지나갔으면 싶었다. 대초원은 잊힐 경치가 아니라, 내 생각에는(아무튼 내가 그것을 보았기 때문에), 상당히 즐겁게 기억하기 힘들거나, 사후에도 그 구경거리를 다시 갈망하게 되기는 힘든 경치인 것 같다.

우리는 물 때문에 외떨어진 통나무집 근처에서 야영을 하고 평원에서 자리를 잡고 식사를 했다. 바구니에는 닭고기 구이, 버펄로 혀(어쨌거나, 끝내주는 진미), 햄, 빵, 치즈, 버터, 비스킷, 샴페인, 셰리주, 펀치를 만드는 레몬과 설탕, 그리고 상당량의 우악스러운 얼음이 들어 있었다. 음식은 맛이 좋았고, 접대하는 사람들은 친절하고 쾌활한 전형적인 인물들이었다. 나는 그 유쾌했던 파티를 이후 즐거운 추억으로 종종 떠올리곤 하는데, 더 오래된 친구들과 고향과 더 가까운 곳에서 연회를 할 때도 대초원에서 만났던 유쾌한 내 길동무들을 쉽게 잊지는 못할 것이다.

우리는 그날 밤 레바논으로 돌아가는 길에 오후에 잠시 머물렀던 그 작은 여인숙에 투숙했다. 청결함과 안락한 점에서는 영국에서 아늑한 범주로 손꼽히는 여느 영국식 선술집과 비교해도 손색이 없었을 것이다.

다음날 새벽 다섯 시에 일어난 나는 마을 주변을 산책했다. 주택 가운데 그 어떤 집도 오늘 주변을 어슬렁거리며 돌아다니지 않았는데, 어쩌면 가옥들로선 이른 시간이었을 수도 있었다. 그래서 여인숙 뒤편에 있는 농장 주변의 뜰을 돌아다니며 내 나름대로 즐거운 시간을 보냈다. 이 여인숙에서 특히 볼만한 점들은 대충 만든 헛간들을 이상하게 뒤죽박죽 섞어 만든 마구간과 시원한 여름 휴양지로서 지은 조잡한 주랑과 깊은 우물과 겨울철에 채소를 안에다 보관하는 거대한 흙더미와 비둘기 집이었다. 비둘기 집의 작은 구멍들은, 모든 비둘기 집에 나 있는 작은 구멍들과 마찬가지로, 주변에서 점잔을 빼며 걷고 있는 포동포동하고 가슴이 부풀어 오른 새들이, 비록 들어가려고 심혈을 기울인 적도 없긴 하지만, 입장하기에는 터무니없을 정도로 작아 보인다. 이제 그런 것에 대한 흥미도 소진된 나는 여인숙의 객실 두 곳을 살펴보았다. 두 객실에는 워싱턴과 메디슨 대통령과 얼굴이 하얀 젊은 여성(파리들로 인해 주근깨가 잔뜩 나 있는)의 칼라 인쇄물이 장식되어 있었고, 그 여성은 황금목걸이를 들어 올려 구경꾼들의 탄성을 자아냈고, 감탄하며 다가오는 모든 사람들에게 그녀가 '열일곱 살에 불과하다'는 사실을 알렸다. 내 생각에 그보다는 더 나이가 들어 보이기는 했지만 말이다. 그중 최고의 방에는 집주인과 그의 어린 아들을 그린 키트캣[164] 크기의 유화 초상화 두 점이 걸려 있었다. 두 사람 모두 매우 대범해 보였고, 캔버스 안에서 밖을 어떤 가격도 싸다고 했을 만큼 강렬하게 노려보고 있었다. 두 초상화가 벨빌의 현관문들을 붉은색과 황금색으로 어루만진 화가가 그린 것처럼 보인 것은 내가 그의 스타일을 금방 알아본 덕분이었다.

아침 식사 후에 우리는 우리가 어제 선택했던 방법과는 다른 식으로 돌아가기 시작했다. 열 시에는 독일 이민자들의 야영지를 발견했

---

164) 모델의 양손은 포함되지만 보통 초상화 크기의 절반보다 작은 초상화.

는데, 그들은 수레로 짐을 나르면서 활활 타오르게 만들었던 불을 그때 마침 두고 떠나는 참이어서 우리는 그곳에서 멈춰 잠시 쉬어가기로 했다. 불이 있어서 기분이 아주 좋았다. 어제는 더웠지만, 오늘은 꽤 춥기도 하고 바람도 심하게 불었기 때문이었다. 우리가 마차를 타고 가다 보니 옛 인디언 무덤 중에서 더 몽크스 마운드The Monk's Mound라는 무덤이 멀리서 어렴풋하게 보였다. 오래 전, 그곳에 외로운 수도원을 설립한 트랩 대수도원의 규율을 맹신한 광신도 집단을 추모한 것으로, 그 당시 정착민이 천 마일 내에 단 한 명도 없었던 것은 악천후에 모두 휩쓸려 가버렸기 때문이었다. 그 비통한 참사를 혹시라도 사회적으로 매우 혹독한 어떤 손실을 당한 것이라고 생각하는 이성적인 사람은 거의 없을 것이다.

오늘의 진로는 어제의 진로와 특징이 동일했다. 늪과 덤불과 끊임없는 개구리의 합창과 무성한 것들의 꼴사나운 성장, 유해하게 김을 뿜어대는 땅이 있었다. 여기저기서, 역시 걸핏하면 우리는 어떤 새로운 정착민의 물품을 잔뜩 싣고서 혼자 고장나버린 짐마차를 만났다. 이런 수송수단 중 하나가 진창에 깊숙이 빠진 모습은 보기에도 처량맞았다. 차축은 부러지고, 바퀴는 옆에 한가로이 놓여 있고, 남자는 도움을 찾아 몇 마일이나 멀리 가버렸고, 그들의 유랑 중인 집의 수호신들 사이에 앉아 아이를 품고 있는 여자는 버림받고 인내심이 바닥난 그림 같았고, 진창에 애처롭게 웅크리고 앉아 있는 짐마차 황소들이 입과 콧구멍에서 짙은 증기 구름을 내뿜고 있는 통에 주변의 그 모든 습기 찬 안개와 연무가 황소 떼에서 곧장 뿜어져 나온 것처럼 보였다.

곧이어 우리는 다시 한 번 양복점 앞에 모였고, 전과 마찬가지로,

나룻배를 타고 세인트루이스로 넘어갔다. 도중에 세인트루이스의 결투장인 블러디 아일랜드Bloody Island라는 지점을 지나갔는데, 총을 쏘며 접전을 벌여 그곳에서 죽음을 초래했던 최후의 전투를 기려 그렇게 명명되었다. 양측의 전투병들은 땅 위에 쓰러져 죽었고, 일부 이성적인 사람들은 지역사회의 커다란 손실이 전혀 아니었던 그들을 몽크스 마운드의 음울한 광인들이라고 생각할는지도 모른다.

6장

신시내티로 복귀. 신시내티에서 콜럼버스까지,

그리고 콜럼버스에서 샌더스키까지 역마차 여행.

마지막으로, 이리 호수를 거쳐 나이아가라 폭포까지

나는 오하이오 주 내륙을 관통하며, 나이아가라로 가는 길목에 있는 샌더스키라는 소도시에서 말 그대로 '5대호와 부딪치기'를 갈망하였기에 우리는 왔던 방식대로 세인트루이스에서 되돌아왔다가 신시내티까지 지난번에 갔던 길을 다시 따라가야 했다.

우리가 세인트루이스에 작별을 고하기로 한 날은 아주 화창한 날이었다. 내가 아침에 얼마나 일찍 출발할 예정인지를 모르고 있던 증기선은 오후까지도 서너 차례 출발이 지연되었다. 우리는 강가에 있는 캐론델레트라는 제대로 된 이름에다가, 텅 빈 주머니라는 뜻의 비드포세Vide Poche라는 애칭으로 불리기도 하는 오래된 프랑스 마을로 향했고, 그곳에서 우리를 태울 배도 주선했다.

그 마을은 초라한 초가집 몇 채와 여인숙 두서너 채로 이루어져 있었다. 이곳 여인숙들의 식품 저장실의 상태는 마을에서 두 번째 목적지를 찾는 게 당연한 구실로 보였는데, 어디 한 곳의 식품 저장실에도 먹을거리가 일체 없었기 때문이었다. 하지만 우리는 반마일 정도나 되돌아가고 나서야 마침내 햄과 커피를 구할 수 있는 외딴 집 한 채를 발견했고, 그곳에서 배가 도착하기를 기다리며 묵어가기로 했다. 현관 앞 풀밭에서는 멀리 떨어져 있는 배도 시야에 들어올 것이다.

우리가 묵기로 한 집은 말끔하고 꾸밈이 없는 마을 여인숙이었다. 우리는 안에 침대가 있는 야릇하게 작은 방에서 간단하게 식사를 했다. 방은 낡은 유화 그림 몇 점으로 장식해놓았는데, 그 그림들이 그려졌던 시기에는 가톨릭 예배당이나 수도원에서는 그렇게 장식하는 게 아마 의무였을지도 모르겠다. 식사는 아주 훌륭했고, 차려지는 것도 매우 정갈했다. 여인숙은 독특한 노부부가 운영하고 있었고, 우리는 그들과 오랫동안 얘기를 나누었고, 그들은 서부에 사는 그런 부류의 사람들을 아주 제대로 대변하는 사람들이었다.

주인은 무미건조하고, 거칠고, 무정한 늙은 남자로(막 쉰 살이 된 것 같으니 그렇게 늙은 것도 아니었다) 영국과의 마지막 전쟁에 시민군으로 참전했었고, 군에서는 전투를 제외한 온갖 종류의 일에 복무한 경험이 있으며, 전투는 아주 가까이에서 목격했었다고, 그는 덧붙였다. 아주 가까이에서. 그는 변화를 열망하는 마음을 억누를 수 없어서 평생을 끊임없이 이동하며 살아왔고, 그때도 여전히 그의 오래된 지아의 아들이었다. 자신을 집에 묶어둘 만한 핑계거리 생기지면, 구식 소총을 깨끗이 청소하고 내일 아침 텍사스로 떠날 것이라고 (그의 모자와 엄지손가락을, 우리와 집 앞에 서서 이야기를 나누면서도 노부인이 앉아 있는 방의 창문을 향해 살짝 흔들면서) 그가 말했기 때문이었다. 그도 바로 이 대륙에 적합한 수도 없이 많은 카인의 후예 중 한 명이었다. 그들은 태어나면서부터 위대한 인간의 군대에서 개척자로

서 복무할 운명을 타고난 듯하고, 해마다 전초기지를 확대해가는 일에 기꺼이 참여하고, 집을 계속해서 뒤에 남기고 떠나며, 결국은 뒤를 잇는 유랑 세대에 의해 그들의 무덤도 수천 마일 뒤에 남겨진다는 사실은 신경도 쓰지 않고 죽는다.

그의 아내는 가정적이고, 상냥한 늙은 영혼으로 남편과 함께 '이 세상의 여왕 도시에서 왔다'는데, 그곳은 필라델피아를 말하는 것처럼 보였다. 그러나 이런 서부 시골에 대한 애정은 눈곱만큼도 없었고, 그리고 사실 그곳을 조금이라도 감내해야 할 이유도 거의 없었다. 그녀의 자식들이 한창 젊고 아름다운 나이에 한 명씩 차례대로 이곳에서 열병으로 죽어가는 모습을 지켜봤기 때문이었다. 그들을 생각하면 가슴이 미어지며, 그녀의 옛 고향에서 너무나 멀리 떨어진 저 척박한 곳에서 이런 이야기를 이방인들에게라도 꺼내면 약간이나마 마음이 풀려 슬픈 즐거움이 되었다고 했다.

저녁이 되어갈 즈음 배가 나타나 우리는 그 불쌍한 노부인과 유랑민처럼 떠도는 그녀의 남편에게 작별을 고하고, 가장 가까운 곳에 상륙장을 준비하고, 이내 다시 메신저 호에 올라 미시시피 강을 따라 흘러 내려갔다.

미시시피 강을 거슬러 올라가면서, 서서히 그 흐름과 맞서는 여행에 넌더리가 난다고 한다면, 어지러운 물살을 타고 아래로 쏜살같이 내려가는 일은 더 나쁘다고 해야 할 지경이다. 당시 시간당 12마일이나 15마일의 속도로 나아가던 배가 시커먼 어둠속이라 미리 볼 수도 피할 수도 없는 둥둥 떠다니는 통나무들이 뒤엉킨 미로를 통과하려면 속도를 더 높여야했기 때문이었다. 밤새도록 종은 단 한 차례 5분 동안만이라도 조용히 있은 적이 없었고, 종이 울릴 때마다 배는 다시 휘청거리며 한 차례 얻어맞기도 하고, 순식간에 열두 차례나 연속으로 당하기도 하는데, 개중에는 가장 약한 충격에도 부서지기 쉬운 배의 용골이 파이 껍질이라도 되는 것처럼 부서지고도 남을 것만 같았다. 날이 어두워진 후 불결한 강물을 내려다보니 흡사 괴물들과 함께 살아 움직이는 것 같았다. 이들 검은 덩어리들이 수면 위에서 굴러다니거나, 머리부터 먼저 다시 위로 불쑥 솟아오르면 배는 그런 장애물들이 가득한 여울목을 헤치며 나아가다 물밑에서 순간적으로 몇몇 장애물들을 몰아붙였다. 엔진은 드문드문 멈추기도 했고, 그렇게 되면 배는 앞뒤로는 물론 사방팔방에서 주변으로 수도 없이 모여든 이 불쾌한 장애물들로 완전히 갇히는 바람에 물에 둥둥 떠다니는 섬의 중앙이 되어버렸다. 그런 장애물들이 시커면 구름이나 바람이 몰려오기 전 떠나버리듯 어디론가 떠나가고, 수로의 길이 점차 열릴 때까지 부득이 쉬어갈 도리 밖에는 없었다.

그러나 다음날 아침 일찍이 케이로라는 혐오스러운 습지가 다시 보이기 시작했다. 그래서 우리는 목재를 받기 위해 그곳에서 멈춰 서며 시동 목재가 거의 묶여 있지 않은 한 거룻배 옆에 배를 갖다 댔다. 그 거룻배는 강둑에 정박해 있었고, 배 한쪽에 '커피 하우스'라는 페인트칠이 되어 있었다. 그 배는 그곳 사람들에게 미시시피 강에 잠겨 집을 한두 달 잃게 되면 급히 피신할 수 있는 물 위의 파라다이스일 것 같았다. 그러나 이 지점에서 시선을 돌려 남쪽을 바라본 우리는 저 감내하기 어려운 강이 그 거룻배의 진흙투성이 몸체와 보기 싫은 화물을 갑자기 뉴올리언스 방향으로 끌어당기는 것을 흡족하게 바라보았고, 물살을 가르며 뻗어 있는 노란 선을 지나 다시 그 깨끗한 오하이오 주 쪽을 바라보았는데, 나는 그것이 미시시피 강을 더 많이 구경하려고 그랬던 것은 아니었다고 믿는데, 다만 무서운 꿈과 악몽에서만은 예외였을 것이다. 미시시피 강을 그곳의 반짝이는 이웃들에게 남기고 떠나는 일은 고통에서 편안함으로 전이되거나, 끔찍한 꿈에서 깨어나 행복한 현실로 돌아오는 것과 비슷했다.

우리는 나흘 째 밤에 루이빌에 도착해 그곳의 훌륭한 호텔을 이용하는 기쁨을 만끽했다. 다음날은 아름다운 우편기선 벤 프랭클린 호를 타고가다 자정 직후 신시내티에 당도했다. 이 무렵 선반에서 잠자는 것도 지겨워진 우리는 곧바로 뭍에 내리기 위해 깨어 있었다. 통로를 더듬거리며 다른 배들의 어두컴컴한 여러 갑판을 가로지르고 복잡하게 얽힌 엔진 기계부품과 새어나오는 당밀 통들의 틈을 비집고 우리는 거리에 도착했고, 우리가 전에 묵었던 호텔 문지기를 큰 소리로 깨웠고, 다행스럽게도 곧바로 무사히 투숙하게 되었다.

우리는 신시내티에서 하루만 휴식을 취한 다음 샌더스키로의 여정을 재개했다. 여정은 두 종류의 역마차 여행으로 구성되었고, 내가 이미 슬쩍 쳐다보았던 이 두 역마차에는 미국에서 통용되는 이런 수송 방식의 주요 특징들이 내포되어 있기에, 나는 독자들을 우리의 동료 승객으로 간주하고, 최대한 신속하게 그 거리를 주파할 것임을 맹세하고자 한다.

우선 우리 목적지는 콜럼버스다. 신시내티에서 120마일 정도 떨어진 곳이지만, 가는 내내 도로에 쇄석이 깔려 있어서(보기 드문 축복!) 그곳까지 가는 속도가 시간당 6마일에 달한다.

우리는 오전 여덟 시에 거대한 우편 마차를 타고 출발한다. 우편 마차의 커다란 뺨이 하도 발그레하고 부풀어 오른 바람에 피가 머리로 솟아오르는 성향으로 힘들어하는 것처럼 보인다. 승객 열두 명을 안에 태우려는 걸 보면 수종에 걸린 게 분명하다. 그러나 덧붙이기 놀라운 점이라면 마차는 거의 새것이라고 할 정도로 아주 깨끗하고 반짝반짝 빛나며, 신시내티 거리를 즐겁게 덜커덕거리며 통과한다.

우리는 경작이 충분하게 이루어져 앞으로 풍작을 맞이할 가능성이 농후한 아름다운 시골을 관통한다. 가끔은 인디언 옥수수의 억세게 뻣뻣한 줄기가 지팡이 무더기처럼 보이는 들판을 지나기도 하고, 때로는 녹색 밀밭이 미로처럼 뒤엉킨 그루터기 틈바구니에서 봉긋하게 솟아나고 있는 울타리 친 땅을 지나기도 한다. 원시적으로 보이는 지그재그 울타리는 어디에서나 흔하게 볼 수 있는 꼴사나운 것이기도 하지만 농장은 말끔하게 정돈되어 있다. 이런 차이점들만 제외하면, 영국의 켄트 지방을 여행하고 있다는 착각이 들 정도다.

우리는 말에게 물을 먹이려고 늘 따분하고 조용한 길가 여인숙에 곧잘 멈추기도 한다. 마부가 말에서 내려 양동이에 물을 가득 채운 후 말들의 머리로 가져간다. 마부를 돕는 사람 하나 없고, 주변에 어슬렁거리며 서 있는 이도 거의 없고, 헛간에서 우스갯소리를 같이 할 사람도 없다. 이따금씩 우리가 말을 바꾸고 나면, 다시 출발하기가 어려워지기도 하는데, 어린 말을 길들이는 보편적인 방식에서 어려움이 발생하기 때문이다. 즉, 말을 붙잡고, 말의 뜻에 어긋나는 마구를 씌우고, 더는 아무것도 알려주지 않고 역마차에 붙들어 매는 일이다. 그러나 수도 없이 발길질을 해대고 난폭하게 아등바등 거리고 난 뒤에 우리가 어떻게든 올라타면 전처럼 다시 덜커덕거리며 나아간다.

이따금씩 우리가 마부를 교체하려고 멈춰 설 때면, 반쯤 취한 게으름뱅이 두셋이 손을 주머니에 찌른 채 어기적어기적 나오거나, 흔들의자에 앉아 뒷발질을 하는 모습이 보이거나, 창턱에서 빈둥거리거나 주랑 안쪽 난간에 앉아 있을 것이다. 그들은 우리에게도, 서로에게도 할 말이 있는 경우가 별로 없었지만, 그곳에 할 일 없이 앉아 마차와 말들을 빤히 쳐다본다. 여인숙 남자주인도 대개는 그런 사람들 틈에 끼어 있는 데다, 그 무리 전체에서도 여인숙 일과는 가장 관련 없는 사람처럼 보인다. 사실 그는 마부가 마차와 승객들과 관계가 있는 것처럼 여인숙과도 관계가 있다. 그의 행동반경에서 무슨 일이 일어나든지 그는 도통 무관심하고, 마음도 아무 걱정 없이 편안하다.

마부를 자주 교체한다고 해서 마부의 성격이 변하거나 다양해지는 것은 아니다. 마부는 항상 지저분하고 부루퉁하고 말이 없다. 마부가 어떤 식으로든 똑똑하거나 도덕적이거나 현실적일 수 있다면, 실로 놀라운 능력을 숨기는 재능을 지닌 것이다. 그는 마부석 옆에 앉아 있는 사람에게도 결코 말을 거는 법이 없으며, 그에게 말이라도 걸면 (대답한다 해도) 퉁명스럽게 대답하기 마련이다. 그는 길 위에 있는 어떤 것도 지적하지 않으며, 어떤 것을 쳐다보는 일도 별로 없는게, 말하자면, 어느 모로 보나 일과 주로 생활에 아주 진저리가 난 것 같다. 그의 마차의 주요 업무와 관련한 그의 일은 내가 말했던 것처럼 말들과 관련된 일이다. 마차는 사람이 안에 타고 있기 때문이 아니라 말에 붙어 바퀴가 굴러가는 대로 가기 때문에 마차는 그다음이다. 가끔은 오랜 여정이 끝날 때쯤이면 마부는 불현듯 선거용 노래를 음도 맞지 않게 단편적으로 쏟아내기도 하지만, 얼굴은 전혀 노래하는 얼굴이 아니다. 단지 목소리로민 부르는 노래이며 그것도 흔한 일은 아니다.

그는 노상 씹고 노상 뱉으며, 손수건으로 번민하는 법이 없다. 마부석 승객에게는, 특히 바람이 승객 쪽으로 불기라도 하면, 유쾌하지 않은 결과가 나타난다.

　마차가 멈춰 서서, 안에 탄 승객들의 목소리가 들릴 때마다, 혹은 구경꾼이라도 있어서 승객들이나 승객 중 한 명에게 말이라도 걸거나, 승객들이 서로 말을 걸때마다, 간단한 문구 하나가 더 이상은 특이할 수 없을 정도로 거듭 되풀이된다. 평범하고 별 것 없는 '네, 그렇습니다'라는 이상도 이하도 아닌 말이지만, 온갖 상황에 적절히 조절되기도 하고 대화가 끊길 때마다 그 순간을 메우기도 한다. 다음과 같이.

　시간은 오후 한 시다. 배경은 이번 여정에서 우리가 머무르며 식사하기로 되어 있는 곳. 마차가 여인숙 출입문으로 다가온다. 날씨는 따사로웠고, 일부 게으름뱅이들이 여인숙 근처에서 빈둥거리며 다 함께 하는 오찬을 기다리고 있다. 그들 중에 갈색 모자를 쓴 퉁퉁한 신사가 보도 위 흔들의자에서 몸을 앞뒤로 흔들고 있다.

　마차가 멈추자 밀짚모자를 쓴 신사가 창문을 내다본다.

　밀짚모자. (흔들의자에 앉아 있는 퉁퉁한 신사에게) 제퍼슨 판사님이시죠?

　갈색 모자. (여전히 몸을 흔들며 감정을 조금도 드러내지 않고 천천히 말한다.) 네, 그렇습니다.

　밀짚모자. 따뜻한 날씨입니다, 판사님.

　갈색 모자. 네, 그렇습니다.

　밀짚모자. 지난주는 갑작스레 잠깐 춥기도 했어요.

　갈색 모자. 네, 그렇습니다.

　밀짚모자. 네, 그렇습니다.

　잠시 침묵. 그들은 아주 진지하게 서로를 바라본다.

밀짚모자. 지금쯤 기업 사건을 맡고 계실 것으로 봤는데, 판사님, 지금이죠?

갈색 모자. 네, 그렇습니다.

밀짚모자. 판결은 어떻게 되었나요, 판사님?

갈색 모자. 피고 측이 이겼소. 선생.

밀짚모자. (물어보듯이) 그런가요?

갈색 모자. (단언하듯이) 네, 그렇습니다.

둘 다. (생각에 잠긴 듯 각자 도로 아래를 응시한다.) 네, 그렇습니다.

다시 침묵. 그들은 다시 서로를 바라보는데, 아까보다 훨씬 더 진지하다.

갈색 모자. 이 마차가 오늘은 다소 늦는 것 같군요.

밀짚모자. (의구심을 나타내듯이) 네, 그렇습니다.

갈색 모자. (자신의 시계를 바라보며) 네, 그렇습니다. 거의 두 시간을요.

밀짚모자. (아주 크게 놀라 눈썹을 치켜 올리며) 네, 그렇습니다!

갈색 모자. (단호하게, 자신의 시계를 들어 올리며) 네, 그렇습니다.

안에 있던 다른 모든 승객들. (그들끼리) 네, 그렇습니다.

마부. (아주 퉁명스럽게) 아닙니다.

밀짚모자. (마부에게) 이런, 이봐 난 모르겠네. 마지막 15마일을 오는데 꽤나 오래 걸렸어. 그게 사실이라네.

마부는 아무 대답도 하지 않고 지금까지 그의 공감과 감정에서 제외되었던 주제는 어떤 주제라도 거짓 없이 끼어들 작정을 하고 있는 사이, 또 다른 승객이 말한다. "네, 그렇습니다." 밀짚모자를 쓴 신사가 그의 공손한 태도를 인정하듯 그에게 대답한다. "네, 그렇습니다."
그러자 밀짚모자가 갈색 모자에게 마침 그(밀짚모자)가 그때 들어가 앉은 저 마차가 새로운 마차냐고 묻는다. 그 질문에 갈색 모자가 대답한다. "네, 그렇습니다."

밀짚모자. 그렇게 생각했었죠. 바니시 냄새가 좀 지독하던데요, 판사님?

갈색 모자. 네, 그렇습니다.

안에 있던 다른 모든 승객들. 네, 그렇습니다.

갈색 모자. (대체로 같이 있는 사람들에게) 네, 그렇습니다.

함께 한 무리의 입담이 그때까지 꽤나 혹사당하고 있었기에, 밀짚모자는 문을 열고 나가고, 나머지 사람들도 모두 내린다. 우리는 곧이어 여인숙에 묵은 투숙객들과 식사를 하고, 차와 커피 외에는 마실 게 아무것도 없다. 차와 커피는 둘 다 아주 형편없고 물은 더 별로여서 나는 브랜디를 청한다. 그러나 그곳은 금주 호텔이며, 독주는 사랑과 돈 때문에 마시는 게 금지되어 있다. 여행객들의 마지못해하는 목구멍으로 불쾌한 술들을 터무니없이 강요한다는 게 미국에서는 결코 흔치 않은 일은 아니지만, 나는 그렇게 주춤거리는 집주인들의 양심 때문에 그들의 식사의 질과 그들의 비용 규모 사이에서 균형을 이례적으로 멋지게 유지했다고는 끝내 깨닫지 못했다. 오히려 반대로 알코올을 함유한 액체의 판매에 따른 이윤 손실을 보상하는 식으로 하나를 감소시키고 다른 하나는 강화했던 것은 아닐까 생각했다. 결국, 아마 그렇게 유약한 양심을 지닌 사람들에게 가장 솔직한 방식이란 술집 경영을 완전히 그만두는 일일 것이다.

점심을 끝낸 우리는 현관문에 준비되어 있는(그 틈에 마차를 교체했기 때문에) 또 다른 운송수단을 타고 우리의 여정을 재개한다. 따라서 저녁때까지 같은 종류의 시골을 계속 통과하다 차와 저녁 식사를 위해 발길을 멈춰야 하는 소도시에 도착한다. 우체국에 우편 행낭을 전달한 후, 평범한 상점과 주택들(포목상들은 항상 일종의 표시로 선홍색 천 조각을 문에 걸어놓았다)이 줄줄이 늘어서 있는 으레 널찍한 거리를 통과하다 보니 저녁 식사가 마련되어 있는 호텔에 도착한다. 이곳에는 투숙객이 많았기 때문에, 우리는 여느 때처럼 대규모 일행이자 아주 우울한 일행으로서 자리에 앉는다. 그러나 탁자 상석에는 토실토실한 여주인과 반대편에는 단순한 웨일스인 교사가 그의 아내와 아이와 함께 앉아 있다. 그는 고전을 가르치려고 성과보다는 가능성이 더 크다는 추측에 따라 이곳에 왔다. 식사가 끝날 때까지 고전은 흥미로운 주제가 되기에 충분하며, 또 다른 마차가 준비된다. 우리는 그 마차를 타고 휘영청 밝은 달빛을 받으며 자정까지 다시 한 번더 길을 나선다. 마차를 다시 교체하려고 멈추고 한 초라한 방에서 반시간 정도 기다린다. 연기 자욱한 벽난로 위에는 흐릿해진 워싱턴의 석판화, 탁자 위에는 웅장한 냉수 주전자가 놓여 있다. 우울한 승객들은 냉수로 기운을 북돋우느라 크게 힘쓰는 바람에 한 명도 빠짐없이 상그라도 박사[165]의 예민한 환자가 될 것 같다. 그들 사이에는 등치가 아주 큰 소년처럼 담배를 씹고 있는 아주 작은 소년도 있고, 빈둥거리며 시에서 시작해 그 아랫부분까지 모든 주제를 수학적이며 통계적으로 이야기하는 데다 항상 똑같은 기조로, 정확하게 똑같은 강세로, 매우 심사숙고해서 말하는 신사도 있다. 그가 이제 막 밖으로 나와서는

---

165) 르사주의 《질 브라스》에 등장하는 돌팔이 의사.

내게 납치를 당해 어떤 선장과 결혼하게 된 어떤 젊은 숙녀의 삼촌이 어떻게 이 지역에 살고 있는지, 이 삼촌은 퍽이나 용감하고 사나워서 앞서 언급된 선장을 영국까지 따라가 '그를 발견한 곳이 어디든 거리에서 그를 사살하려한다 해도' 그에겐 놀랄 일도 아닐 거라는 이야기를 전해주었다. 그런 강력한 조치의 실행에 있어서 당장은 다소 반대하는 편이었던 나는 반쯤 졸리기도 하고 몹시 지치기도 했지만, 가만히 있지는 않았다. 그러니까 삼촌이 그런 방법을 썼거나 그와 비슷한 속성을 지닌 어떤 다른 작은 변덕을 충족시켰다면, 어느 날 아침 런던 중앙형사법원 올드 베일리에서 조급하게 처형당한 자신을 발견하게 될 것이며, 영국에서 꽤나 오랫동안 머물기 전에 유언장을 원할 게 분명할 것이기 때문에 떠나기 전에 유언장을 작성하는 게 그에게 좋을 거라고 장담했다.

우리가 밤새도록 나아가다 날이 조금씩 밝아오기 시작하면, 이내 따사로운 태양의 기분 좋은 첫 햇살이 우리 위로 비스듬히 눈부시게 다가온다. 태양이 눅눅한 잔디와 흐릿한 나무들과 불결한 오두막집 위로도 빛을 비추는 모습은 더할 나위 없이 쓸쓸하고 슬펐다. 숲속의 한 황무지에서 풀이 자라나는 것도 고인 물 위에서 풀이 자라나는 것처럼 습하고 유해하다. 그곳에서는 독버섯이 질척질척한 땅 위에 어쩌다 새겨진 발자국 속에서도 자라나고, 오두막집 벽과 마룻바닥의 벌어진 틈에서도 기생곰팡이처럼 싹이 튼다. 따라서 그 황무지는 도시의 문턱에 누워 있는 소름끼치는 녀석이다. 하지만 몇 년 전에 그곳이 매입되긴 했지만, 소유주를 찾을 도리가 없어서 주 정부에서 그곳을 매립하는 일이 불가능했다. 따라서 그 황무지는 개간과 개발이 한창 진행되는 와중에도 어떤 거대한 범죄 때문에 저주받고, 추잡해지고 악취를 풍기게 된 땅처럼 그곳에 그대로 남아 있다.

우리는 일곱 시 가까이 돼서 콜럼버스에 도착해 좀 쉬면서 그날 낮과 밤을 그곳에서 보냈다. 닐 하우스라는 아직 완공되지 않은 대형 호텔의 훌륭한 객실들은 이탈리아식 대저택의 방들처럼 검은 호두나무 목재를 반들반들하게 윤을 내 화려하게 치장해놓았고, 보기 좋은 주랑과 석조 베란다를 면하고 있었다. 콜럼버스는 깨끗하고 예쁘장하며, 규모는 의당 훨씬 더 커져 '갈 예정'이다. 이곳에는 오하이오 주 의회가 자리하고 있어서 어느 정도의 배려와 중요성을 부여받고 있다.

다음날은 우리가 원하는 방향으로 가는 역마차가 없었기에 나는 적당한 비용을 대고 우리를 샌더스키 행 철도가 있는 작은 도시 티핀으로 실어갈 '임시' 마차를 빌렸다. 이 임시 마차는 내가 설명한 대로 역마차가 그렇듯 말과 마부를 교체하는 평범한 4두 역마차였지만, 이번만큼은 우리 여행만을 위한 전용 마차였다. 적당한 역에서 말을 갈기도 하고 낯선 사람들에게 방해받지 않도록 말 주인들은 여행하는 내내 우리와 동행할, 따라서 그렇게 우리를 수행하며 우리를 참아내도록 마부석에 대리인을 태워 보냈고, 그 외에도, 맛좋은 냉고기와 과일과 와인이 가득한 바구니를 싣고 우리는 다음날 아침 6시 30분에 다시 의기양양하게 출발했다. 우리만 따로 여행할 수 있어서 더할 나위 없이 거친 여행도 만끽할 수 있을 정도로 기분이 무척이나 좋았다.

출발은 좋았지만, 우리 기분은 이랬다. 그날 우리가 거쳐 갔던 길은 셋 페어에서는 절대 그렇지 않았던 기분을 폭풍전야 수준까지 흔들어놓고도 남았던 게 분명했다. 한 번은 우리가 한꺼번에 마차 바닥으로 내팽개쳐져서 무슨 더미처럼 쌓이기도 했고, 또 한 번은 지붕에 머리를 부딪치는 일도 있었다. 이제, 마차 한쪽이 진창에 깊이 빠져버려 우리는 반대편을 붙들고 있는 중이다. 이제, 마차는 두 뒷말의 꼬리에 짐이 되어 있고, 이제 허공에서 필사적으로 자리를 박차고 일어나고 있고, 네 마리 말은 하나같이 넘어갈 수 없을 것 같은 언덕 꼭대기에 선 채, '우리한테서 마구를 벗겨. 그러니까 안 되잖아'라고 말하는 것처럼 차갑게 마차를 돌아보고 있다. 이런 길에서 기적처럼 그 언덕을 틀림없이 넘고 마는 마부들은 습지와 늪들을 나선형으로 밀고 들어가며 마차를 심하게 비틀고 돌리고 하는 바람에 창문 밖을 내다보면 양손에 고삐 끄트머리를 쥔 마부가 언뜻 보면 아무것도 모는 게 없거나 말놀이를 하는 것처럼 보이고, 선두의 말들이 불현듯 마차 뒤에서 나타난 길을 마치 뒤에서 벌떡 일어나는 게 무엇인지 알고 있는 것처럼 빤히 노려보는 모습을 보는 건 아주 흔한 상황이었다. 그 길의 상당 부분은 나무줄기가 늪으로 굴러 떨어져 그곳에서 자리를 틀며 만들어진 소위 통나무길이라는 길 위에 있었다. 육중한 마차가 통나무에서 통나무로 굴러 떨어지면서 아주 희미하게 덜커덕거리기만 해도 인체의 뼈란 뼈를 모조리 탈구시켜버렸던 것만 같았다. 런던의 세인트 폴 대성당 꼭대기를 승합마차를 타고 올라가려고 하지 않는 이상, 어떤 다른 상황에서도 그와 비슷한 흥분을 연속해서 경험하기란 불가능할 것이다. 그날 그 마차는 우리가 마차를 타며 익숙하게 된 어떤 위치나 자세나 움직임 같은 것을 결코, 단 한 차례도 보이는 법이 없었고, 유형에 상관없이 바퀴로 굴러다니는 수송수단의 진행 과정을 맛봤던 사람의 경험에 눈곱만큼도 접근하지 못했다.

그러나 날은 화창했고 기온은 산뜻했다. 우리는 여름을 서쪽에 남겨두고 떠나왔었고, 지금은 봄을 빠르게 두고 떠나고 있었지만, 나이아가라와 고향을 향해 달려가고 있었다. 우리는 한낮에 기분 좋은 숲에서 내려서는 쓰러진 나무 위에서 식사를 하고 가난한 농군에게는 우리가 지닌 최고의 파편들을 남겨두고 돼지들(캐나다에 있는 우리의 식량 보급부로서는 퍽이나 다행스럽게도 이런 시골 지역의 바닷가 모래알처럼 수없이 몰려 있는)에게는 최악의 파편들을 맡긴 채 다시 즐겁게 앞으로 출발했다.

날이 저물며 점점 더 좁아진 길이 결국은 그마저도 숲속에서 사라져버리자 마부는 본능에 따라 길을 찾는 모양이었다. 다행스럽게도 우리는 적어도 그가 잠이 들 것이란 위험은 전혀 없다는 사실을 알고 있었다. 이따금씩 바퀴가 보이지 않는 그루터기에 거칠게 덜컥 하고 부딪칠 때마다 마부가 꽤나 단단히 그리고 꽤나 신속하게 마부석에 붙어 있으려고 기꺼이 붙잡고 늘어졌기 때문이었다. 난폭하게 몰아댈 위험이 거의 없어서 무서워할 이유도 없었는데, 파손된 땅을 건너는 일이었던 만큼 말들은 걷는 게 고작이었고, 주춤거리는 것에 관해서라면 그럴 여지도 없었으며, 야생 코끼리 떼도 그런 숲에서 그런 마차가 바싹 뒤따라온다 해도 달아날 도리가 없었을 것이다. 따라서 우리는 비틀거리며 나가는 것만도 자못 만족스러웠다.

이런 나무 그루터기들은 미국 여행에서나 볼 수 있는 진기한 특색이다. 나무 그루터기들이 날이 어두워질수록 익숙지 않은 눈에 나타나는 다양한 환상은 그 수와 사실성에 있어서 정말 놀라울 따름이다. 자, 외로운 들판 한복판에 세워진 고대 그리스 항아리가 있고, 이제는, 무덤에서 울고 있는 여인이 있고, 이제는 흰색 조끼를 입고, 엄지손가락을 상의 암홀마다 찔러 넣고 있는 아주 평범한 노신사, 이제는 책을 뚫어져라 보고 있는 한 학생, 이제는 몸을 웅크리고 있는 흑인한 명, 이제는 말, 개, 대포, 군인, 망토를 벗어던지고 불빛 속으로 나아가는 곱사등이가 있다. 그들은 종종 환등기에 비치는 수많은 유리만큼이나 나를 즐겁게 해주며, 내 명에 따라 모양을 구현하는 것이 아니라 내가 명하든 말든 그들 자신을 내게 강요하는 것 같았다. 이상한 말이지만, 나는 그들의 모습에서 오래전에 잊힌 어린이 책의 그림들 중에 내가 잘 알고 있던 인물들과 닮은 모습을 알아보았다.

그러나 이런 즐거움에도 불구하고 날은 이내 아주 어두워졌고, 나무들이 하도 빽빽하게 모여 있던 탓에 그들의 마른 가지들이 마차 양쪽을 후드득거리며 부딪쳐서 우리 모두는 어쩔 수 없이 머리를 안에 가만히 둬야 했다. 세 시간 내내 번개가 번쩍이기도 했다. 번개는 매번 너무 밝았고, 푸르고, 길었다. 그렇게나 생생한 번개가 빼곡한 가지 사이로 쏜살같이 날아들었고, 천둥은 나무 꼭대기 위에서 침울하게 우르릉거렸기에 그런 시간에는 우거진 숲에서 제공하는 것보다 더 나은 이웃을 구할 수 있을 거란 생각을 떨쳐버릴 수가 없었다.

마침내, 밤 열 시와 열한 시 사이에 멀리서 어렴풋이 반짝이는 불빛 몇 개가 보였고, 우리가 아침까지 머물러야 하는 인디언 마을인 어퍼 샌더스키가 우리 앞에 나타났다.

그 지역에서 유흥을 즐길 수 있는 유일한 집인 통나무 여인숙의 사람들은 이미 잠자리에 들어간 뒤였지만, 우리가 문을 두드리자 이내 나와서는 오래된 신문을 엮어 태피스트리를 만들어 벽에 붙여놓은 부엌이나 뭐, 휴게실 비슷한 곳에서 우리에게 차를 내왔다. 내 아내와 나에게 보여준 침실은 크고 천장이 낮은 유령 같은 방이었다. 시들어버린 가지가 난로에 잔뜩 들어 있었고, 잠금장치 하나 없이 서로 마주

보고 서 있는 문 둘은 모두 시커먼 밤과 야생의 시골로 향해 있었고, 한쪽 문이 항상 다른 한쪽 문을 못 쓰게 하도록 만들어져 있었다. 가정집 건축에서는 흔하지 않은 특징으로 나는 지금도 예전에 그런 것을 봤던 기억은 나지 않으며, 잠자리에 든 이후에도 그런 점에 할 수 없이 신경을 써야 해서 다소 당혹스럽기도 했는데, 여행 경비로 거액의 금화를 여행 가방에 넣어두었기 때문이었다. 그러나 그런 짐 일부는 얇은 널판 벽에 쌓아두어서 이런 어려움도 이내 해결되어, 그날 밤 나의 수면은 크게 영향을 받지 않았을 것으로 생각한다. 비록 그렇게 되지는 않았다 해도 말이다.

나의 보스턴 친구[166]는 또 다른 손님이 이미 어마어마하게 코를 골고 있는 지붕 어딘가로 잠을 청하러 올라갔다. 그러나 인내의 한계를 뛰어넘도록 물어뜯긴 그가 다시 모습을 드러냈고, 결국은 여인숙 앞에서 바람을 쏘이고 있던 마차로 피신했다. 나중에 알고 보니 그것은 아주 현명한 조치가 아니었다. 돼지들이 그의 냄새를 맡으며, 마차를 안에 어떤 종류의 고기가 들어 있는 파이 비슷한 것으로 착각해서 마차 주위에서 섬뜩하게 꿀꿀거리는 바람에, 그는 다시 밖으로 나올 엄두를 못 내고 아침까지 오들오들 떨며 그곳에 누워 있었기 때문이었다. 그가 마차 밖으로 나왔을 때도 브랜디 한 잔으로 그를 따뜻하게 해주는 것 또한 불가능했다. 인디언 마을에서는 입법기관에서 아주 훌륭하고 현명한 의도에 따라 여인숙 경영인들의 증류주 판매를 금지하고 있기 때문이었디. 그러나 그런 조심도 별 효과는 없었다. 인디언들이 행상인들에게 더 비싼 가격으로 더 나쁜 주류를 조달하는 데 실

---

166) 디킨스의 비서 조지 퍼트넘.

패하는 법은 없기 때문이다.

그곳은 와이언도트 인디언 부족이 거주하는 정착촌이었다. 아침 식사를 하던 무리 중에 온화한 성격의 한 노신사가 있었다. 그는 오랫동안 미국 정부에 고용되어 인디언들과 협상을 진행해왔고, 얼마 전 이 인디언들과 일정 연액年額에 대한 보답으로 내년에 그들에게 제공된 미시시피 강 서부이자, 세인트루이스에서 약간 떨어진 어떤 땅으로 옮겨가기로 한 협정을 체결한 당사자였다. 그가 인디언들이 유아기를 보낸 친숙한 장소와, 특히 그들 부족의 매장지에 강한 애착을 드러내는 감동적인 이야기를 전해주었다. 그는 그런 이동을 수 없이 목격했으며, 그럴 때마다, 비록 그들 자신의 이익을 위해 떠나는 것임을 안다고는 해도, 항상 고통스러웠다. 이 부족이 떠나느냐 남아 있어야 하느냐의 문제는 그런 용도로 세워진 오두막에서 하루 이틀 전에 그들 간에 논의 되었으며, 오두막의 통나무는 여인숙 앞 부지에 그대로 놓여 있었다. 논의의 발언이 끝나자 찬성 측과 반대 측이 양쪽으로 늘어섰고, 남자 성인 한 명씩 차례대로 투표를 했다. 결과가 드러난 즉시, 소수파(상당히 수가 많았다)는 기꺼이 나머지 사람들에게 굴복하고, 모든 종류의 반대를 철회했다.

우리는 그 후 이들 불쌍한 인디언들 가운데 덥수룩한 조랑말을 타고 있던 인디언들을 좀 만났다. 그들은 더 상스러운 부류의 집시들과 상당히 비슷해서 내가 영국에서 그들 중 누구라도 볼 기회가 있었다면, 의당 그들이 유랑하며 끊임없이 이동하는 민족에 속하는 사람들이라는 결론을 내렸을 게 분명했다.

점심을 끝낸 직후 이 도시를 떠나며 우리는 가능하면 어제보다 좀 더 험한 길을 택해 다시 출발했고, 정오쯤에 티핀에 도착해 그곳에서 임시 마차와 헤어졌다. 두 시에 우리는 기차에 올라탔다. 기차는 이동 속도가 퍽이나 느리고, 구조는 평범하고, 땅이 축축하고 늪이 많았는 데도, 그날 저녁 식사 시간에 맞춰 샌더스키에 도착했다. 우리는 이리 호수 가장자리에 자리한 안락한 작은 호텔에 들어 그날 밤을 그곳에 서 묵었고, 다음날 버펄로 행 증기선이 나타날 때까지 그곳에서 기다 리는 것 외에 다른 선택의 여지는 없었다. 굼뜨고 지루한 샌더스키는 영국의 철지난 어느 온천 도시의 뒷모습과 흡사했다.

우리를 편안하게 지내도록 하는데 아주 세심하게 신경 쓰던 호텔 주인은 잘 생긴 중년 남자로서 그가 '자라난' 이 나라의 뉴잉글랜드 지 방에서 이곳으로 왔다. 그가 모자를 쓴 채 방을 끊임없이 드나들고, 그렇게 자유롭고 편안하게 대화를 나누려고 멈춰 서고, 우리 소파에 앉아 주머니에서 신문을 꺼내들고는 편하게 읽었다고 내가 말하는 것 은 단순히 이런 특징들을 이 나라의 특성으로 언급하려는 것뿐이다. 불만사항이라거나 나를 불쾌하게 했다는 말은 전혀 아니다. 고향에서 라면 단연코 불쾌했을 것이다. 그곳에서는 그런 행동이 관습도 아니 고, 그런 게 관습이 아닌 곳에서는 무례한 행동이기 때문이다. 그러나 미국에서는 마음씨 착한 이런 부류의 친구의 유일한 바람이라면 그 의 손님들을 넉넉하고 훌륭하게 대접하는 것뿐이다. 따라서 나는 그 가 여왕의 근위 보병 제1연대에 입학하는데 딱 맞는 능력을 갖추지 않 았다고 그와 말다툼을 벌일 권리가 없는 것과 마찬가지로, 우리의 영 국식 규칙과 기준에 따라 그의 처신을 가늠할 권리도 없고, 그럴 마음 도 없다는 게 나의 솔직한 심정이다. 이 호텔의 위층 하녀인 재미있는 늙은 아주머니를 헐뜯을 마음도 거의 없다. 그녀는 우리가 식사할 때 마다 시중을 들러 들어와서는 가장 편안한 의자에 평안하게 앉아 커다란 핀을 꺼내 이를 쑤시고, 남아서 그런 의식을 거행하고, 식탁을 치울 시간이 될 때까지 계속해서 우리를 아주 진중하고 침착하게(때 때로 우리에게 훨씬 더 많이 먹도록 압박을 가하며) 주시한다. 우리는 마무리되기를 원하던 일이 무엇이나 대단히 공손하고 즉각적으로, 그리고 이곳에서만이 아니라 다른 곳에서도 그랬으면 하는 열망과 함께 이루어졌으며, 우리가 원하는 것이라면 무엇이든 대개가 열정적으로 앞질러 처리되었다는 것만으로 충분했다.

우리는 이 호텔에서 이른 점심을 하고 있었다. 도착한 다음날이 일 요일이었는데, 마침 시야에 들어온 증기선이 이내 부두에 정박하던 차였다. 그 배가 버펄로로 가는 중이라는 걸 알고 우리는 재빨리 서둘 러 배에 올랐고 곧이어 배는 샌더스키를 뒤에 멀찌감치 남기고 출발 했다.

배는 5백 톤급으로 고압이긴 했지만 엔진을 당당하게 갖춘 대형 선 박이었다. 그런 배는 내가 화약 공장 1층에 투숙하고 있다면 경험하 고 싶을 것 같은 느낌을 늘 내게 전달했다는 생각이 든다. 배에는 곡 물 가루와 갑판 위에 비축되어 있던 어떤 상품을 담은 통들이 실려 있 었다. 약간의 대화와 친구 한 명을 소개하기 위해 올라온 선장은 사생 활을 영위하는 술의 신 바커스처럼 이런 통들 중 한 통에 걸터앉아 주 머니에서 대형 접칼을 꺼내들더니 말할 때마다 가장자리를 얇게 벗겨 내며 통을 조금씩 '깎기' 시작했다. 그가 너무나 부지런하고 애정 어린 호의를 담아 깎아냈기 때문에 이내 호출되어 가지 않았더라면 분명 통이 통째로 사라져버려 곡물 가루와 깎아놓은 부스러기 외에는 아무 것도 남지 않았을 것이다.

우리는 평평한 장소 한두 곳에도 들렀다. 낮은 댐들이 이리 호수까지 뻗어 있었고, 호수 위에는 땅딸막한 등대들이 돛 없는 풍차처럼 서 있어서 전체 풍광이 독일의 풍경을 담은 삽화처럼 보였다. 이곳을 구경한 후 우리는 자정에 클리블랜드에 당도했고, 그곳에서 다음날 아침 아홉 시까지 밤새도록 머물렀다.

나는 이곳과 관련해 상당한 호기심을 품고 있었다. 샌더스키에서 신문이라는 형태로 나온 그곳의 대표적인 문헌을 본 적이 있었는데, 얼마 전 미국 정부와 대영제국과의 쟁점을 조정하려고 애슈버턴 남작이 워싱턴에 도착한 주제에 그야말로 아주 강한 입장을 취하고 있었다. 말하자면, 독자들에게 미국이 유년기 때 영국을 '물리쳤고', 청년기 때 다시 영국을 '물리쳤던' 것과 마찬가지로, 성년이 된 미국이 한차례 더 확실하게 영국을 '물리쳐야'하며, 웹스터 씨[167]가 곧 있을 협상에서 본인의 직분을 다하고, 그 영국의 남작을 신속하게 다시 고향으로 보내버린다면, 그들은 2년 안에 '하이드 파크에서는 〈양키 두들 Yankee Doodle〉[168]을 웨스트민스터의 주홍색 법정[169]에서는 〈헤일 콜롬비아 Hail Columbia〉[170]!'를 부르게 될 것임을 모든 진실한 미국인들에게 자사의 명예를 걸고 맹세한다는 내용을 독자들에게 전달했던 것이다. 나는 클리블랜드가 예쁘장한 소도시라는 걸 알게 되었고, 내가 방금 인

---

167) 미국 국무장관인 대니얼 웹스터(Daniel Webster), 미국과 당시 영국의 식민지였던 캐나다 사이의 국경 문제를 해결한 웹스터-애슈버턴 조약을 영국의 알렉산더 베어링(애슈버턴 남작)과 체결했다.
168) 1755년에 셔크부르크(Dr Shuckburgh)가 작곡한 곡으로 프랑스와 전쟁 때 영국군에서 사용되었다가, 후에 아이러니하게도 미국 독립전쟁 때 군가로 유행해 미국의 준국가(準國歌)라고 일컬어짐.
169) 판사들의 주홍색 가운.
170) 1798년 조셉 홉킨슨이 작곡한 미국의 국가.

용한 신문사 외관을 구경할 수 있어서 만족스러웠다. 그 문제의 문장을 작성한 재담가를 직접 만나는 기쁨을 누리지는 못했지만, 나는 그가 그 나름대로 비범한 사람이며, 어떤 상류사회에서 높은 평판을 누리고 있음을 믿어 의심치 않는다.

배에 있던 한 신사는 우리가 있던 특등실과 그 신사와 그의 아내가 함께 대화를 나누던 객실 사이의 얇은 칸막이를 통해 무심코 알게 된 사이라서 나는 뜻하지 않게 가시방석에 앉은 아주 불편한 입장이 되었다. 왜 그랬는지 혹은 무엇 때문인지는 모르겠지만, 내가 그의 마음속에서 끊임없이 떠오르며 그를 상당히 불쾌하게 만드는 모양이었다. 우선 그가 말하는 소리가 들렸고, 그런 상황에서 가장 터무니없던 부분은 그가 내 귀에 대고 그렇게 말하는 것 같았다는 것이고, 그가 내 어깨에 기대고 속삭였다고 해도 그보다 더 직접적으로 나와 대화를 나눌 수는 없었을 것이다. "여보, 보즈[171]가 아직 배에 있어." 상당히 오래 한숨을 돌리고 난 뒤, 불평하듯 그가 덧붙였다. "보즈가 몸을 아주 바짝 숨기고 있더라고." 그렇게 말할 만도 했다. 나는 몸이 썩 좋지 않아 책을 끼고 드러누워 있었기 때문이었다. 나는 그 이후에 그와 나 사이에 어떤 일이 있었다고 생각했지만, 그건 내 착각이었다. 그는 한참 동안 말이 없었고, 나는 그렇게 말이 없는 동안 그가 이쪽저쪽으로 끊임없이 몸을 뒤척이며 잠을 청하려고 안간 힘을 썼을 것으로 생각한다. 그가 다시 침묵을 깨며 말을 했다. "난 보즈가 앞으로 책을 쓰면 그 속에 우리 이름을 전부 넣을 것 같아!" 보즈와 한 배를 타고 있다는 상상에서 비롯된 그런 결과에 그는 괴로운 듯 신음소리를 냈고, 다시

---

171) Boz, 찰스 디킨스의 필명.

잠잠해졌다.

우리는 그날 밤 여덟 시에 이리 시에 도착해서 그곳에서 한 시간 동안 정박했다. 다음날 새벽 다섯 시에서 여섯 시 사이에는 버펄로에 도착해 그곳에서 아침 식사를 했다. 그 위대한 폭포가 코앞에 있다고 생각하니 다른 곳에서는 진득하니 기다릴 수가 없어서 기차를 타고 같은 날 아침 아홉 시에 나이아가라로 출발했다.

그날은 날씨가 우울했다. 냉하고 으스스하게 추운 데다 습한 안개가 잔뜩 깔려 있었고, 그 북부 지역의 숲은 살풍경하니 겨울처럼 쓸쓸했다. 기차가 멈출 때마다, 포효하는 소리가 들리면 강물이 폭포를 향해 굴러가는 것으로 보아 틀림없이 그 쪽에 폭포가 있다고 생각하는 방향으로 쉬지 않고 눈에 힘을 가하며, 그때마다 물보라를 보게 되리라 기대했다. 우리가 멈춰 선지 채 몇 분도 되지 않아, 아니 멈춰 서기도 전에, 나는 두 개의 거대한 흰 구름이 지구의 심연에서 서서히 웅대하게 피어오르는 광경을 목격했다. 그게 전부였다. 드디어 기차에서 내렸다. 그러자 처음으로, 엄청나게 거센 물줄기소리를 들었고 발 아래 땅이 떨리는 게 느껴졌다.

강둑은 아주 가파르고, 비와 반쯤 녹은 얼음으로 미끄러웠다. 어떻게 내려갔는지 기억나는 건 별로 없지만, 이내 밑바닥에 가 있었고, 나와 같이 강을 건너고 있던 영국 장교 두 명과 함께 부서진 바윗덩이로 올라갔다. 폭포에서 나오는 시끄러운 소리에 귀가 먹먹했고, 물보라로 눈이 반 정도밖에는 보이지 않았고, 몸은 속살까지 흠뻑 젖어버렸다. 우리는 미국 측 폭포 자락에 있었다. 나는 거대한 물살이 상당히 하늘 높이 솟은 곳에서 거꾸로 떨어지는 모습을 바라볼 수 있었지만, 모양이나 형세가 막연하게 거대한 느낌 외에는 어떤 모습인지 짐작도 못했다.

우리가 작은 나룻배에 앉아 거대한 두 폭포 바로 앞으로 잔뜩 부풀어 오른 강을 건너면서 나는 그 정체를 깨닫기 시작했다. 하지만 얼마간 충격을 받아서인지 그 정경의 방대함을 이해할 도리가 없었다. 테이블 록에 당도하고 나서야, 그리고 세상에, 선명한 녹색 물의 엄청난 낙차를 구경하고 나서야 폭포의 힘과 웅장함을 총체적으로 감지할 수 있었다.

그리곤 나의 조물주와 내가 얼마나 가까이 서 있는지 느꼈던 순간, 그 가공할만한 장관의 첫인상과 영원히 지워지지 않는 인상—즉각적이면서도 영원불멸의 인상—은 평화였다. 마음의 평화, 평온, 망자에 대한 조용한 회고, 영원한 안식과 행복에 대한 고도의 사색이 있을 뿐 우울함이나 공포의 감정은 전혀 아니었다. 나이아가라는 순식간에 내 심장 위에 미의 표상으로 각인되어, 심장 박동이 멈출 때까지 그곳에 변함없이 지워지지 않고 영원히 남아 있을 것이다.

아, 우리가 그 마법의 땅에서 보낸 잊지 못할 그 열흘 동안, 일상의 갈등과 근심이 내 시야에서 물러나 저 멀리 얼마나 작아져버리고 말았는지! 참으로 여러 목소리들이 우렛소리가 나는 물에서 말을 해 오고, 이 세상에서 사라진 얼굴들이 번득이는 깊은 물속에서 나와 나를 마주 보고, 천상의 약속이 그 천사들의 눈물인 수많은 색조의 물방울 속에서 반짝이며 사방으로 빗발치듯 퍼져나가며, 변화무쌍한 무지개가 만들어내는 찬란한 아치 주변에서 쌍둥이처럼 서로 합쳐졌는지!

나는 그러는 동안 내내 처음에 갔던 캐나다 측 나이아가라에서 꿈쩍도 하지 않았다. 나이아가라 강을 다시 건너가지도 않았다. 반대편에 사람들이 있다는 걸 알고 있었고, 그런 장소에서는 이상한 무리를 피하는 게 당연한 일이기 때문이었다. 온종일 이리저리 왔다 갔다 하며 사방팔방에서 폭포를 구경하고, 급물살이 가장자리에 다가갈수록 더욱 거세지다가도 아래 깊은 구렁으로 쏜살같이 빠져들기 전에 잠시 쉬어가는 것 같기도 한 거대한 말발굽 폭포 가장자리에 서 있기도 하고, 미시시피 강이 하류로 흘러갈수록 상승하는 물살을 가만히 응시하고, 인접한 고지대에 올라 강물이 숲을 통과하는 모습을 끝까지 따라가며 휘감듯 흘러가는 급류가 무시무시한 낙하를 감행하기 위해 서두르는 장면을 바라보고, 3마일 아래의 장엄한 바윗덩이들의 그림자 속에서 머뭇거리다가 눈에 전혀 보이지 않는 원인으로 산란해진 강물이 부풀어 올랐다 소용돌이쳤다 메아리를 깨웠다 하면서 수면 저 아래서 물살이 거대하게 뛰어오르며 또다시 교란 당하는 모습을 구경하고, 태양과 달이 빛을 밝히고, 석양에 붉어지고, 저녁이 느릿느릿 위로 떨어지면 잿빛으로 변하는 나이아가라가 내 앞에 존재하고, 하루하루 그쪽을 바라보고, 밤이면 깨어나 끊임없이 들려오는 그 목소리를 듣는다는 것, 그것으로 족했다.

나는 모든 조용한 계절마다 지금도 그 강물이 하루 종일 계속해서 휘돌고 뛰어오르고, 포효하며 낙하하고, 무지개는 여전히 백 피트 아래 물살 위에 걸쳐 있다고 생각한다. 아직도 태양이 강물을 비추면, 강물도 황금 용액처럼 빛을 발한다. 아직도 음울한 날이면 강물은 눈처럼 떨어지거나 거대한 백악질 절벽의 표면처럼 부서져 사라져버리는 것 같거나, 짙은 흰 연기 같은 바위를 굴러 떨어뜨린다. 그러나 그 거센 물살은 하류에 오면 늘 생을 마감하는 듯하고, 강물의 깊이를 헤아릴 수 없는 무덤으로부터는 결코 쓰러지지 않는 무시무시한 물보라와 안개 유령이 한결같이 솟아오르고, 유령은 어둠이 그 심연 위에 머물고, 노아의 홍수—빛—가 일어나기 이전 최초의 홍수가 신의 명령에 따라 천지창조로 돌진해왔던 이래 이 장소에 늘 똑같이 무섭도록 엄숙하게 출몰해왔다.

7장

캐나다의 토론토, 킹스턴, 몬트리올, 퀘벡, 세인트존스.
다시 미국으로 건너가 레바논, 셰이커교도 마을, 웨스트포인트

나는 미국의 사회적 특징들과 캐나다에 있는 영국 영지들의 사회적
특성들을 비교하거나 대조하는 일을 삼가고 싶다. 이런 이유 때문에,
캐나다에 있는 영국 영지들을 거친 우리의 여정을 아주 간략하게 설
명하는 것으로 끝낼 것이다.

그러나 나이아가라를 떠나기에 앞서 나이아가라 폭포를 방문해서
본 점잖은 여행객의 시선에서 벗어날 도리가 없었을 혐오스런 상황
하나를 언급해야겠다.

테이블 록의 한 안내인의 오두막집은 테이블 록의 작은 기념품들이
판매되는 곳이기도 하고, 관광객들이 그런 취지로 비치해놓은 장부에
자신의 이름을 기재하는 곳이기도 하다. 이런 장부들이 다량 보존되
고 있는 보관실 벽에는 다음과 같은 당부의 말이 붙어 있다. '방문객
여러분, 이곳에 보관 중인 장부와 앨범에 나와 있는 말과 시적 표현들
을 그대로 베끼거나 인용하지 말아주세요.'

이런 안내문이 없었더라면, 나는 그 장부들을 여느 응접실에 놓인

책들처럼 그 장부들이 아무렇게나 흩뜨려져 있는 탁자 위에 그냥 놔두고 말았을 것이다. 틀에 넣어 벽에 걸어놓은 각운이 용두사미식으로 끝나는 어떤 스탠자[172]들의 엄청난 아둔함에 꽤나 흡족해하면서 말이다. 그러나 이 안내문을 읽고 나자 그렇게 세심하게 보관하는 별것 아닌 것들을 구경하고 싶은 호기심이 발동해서 장부 몇 장을 넘겨봤더니 인간 돼지들이 가장 좋아하는 야비하고 추잡한 음담패설로 여기저기 난리가 아니었다.

인간 중에 자연의 가장 위대한 제단의 계단에 야비하게 모독을 가하는 데서 기쁨을 느낄 만큼 추잡하고 하잘 것 없는 짐승 같은 자들이 존재한다는 사실을 깨닫는 것은 그야말로 치욕스런 일이다. 그러나 이것들이 그들과 비슷한 돼지들의 기쁨을 위해 축적되고 어떤 눈이라도 구경할 수 있는 공공장소에 보관된다는 것은 그것들을 기록한 영어의 치욕이자(비록 여기게 기재되어 있는 것들 중 영국인들이 기재한 것은 거의 없기를 바라마지 않지만 말이다), 그것들을 보존하고 있는 영국 측의 불명예가 아닐 수 없다.

나이아가라에 있는 영국군 숙소는 아름답고 경쾌하게 자리 잡고 있다. 일부는 나이아가라 폭포 위쪽 평지의 커다란 외딴집들을 쓰기도 하는데, 원래는 호텔로 설계된 곳들이었다. 저녁 시간에 그곳 여자들과 아이들이 발코니에 기대, 남자들이 현관문 앞 잔디밭에서 야구 등의 게임을 하는 것을 지켜보는 장면은 그쪽을 지나가는 일을 하나의 낙으로 만들어버린 유쾌하고 생기 넘치는 한 폭의 작은 그림 같았다.

나라와 나라 사이의 국경선이 나이아가라에서 만큼이나 좁은 주둔

---

172) 4행 이상의 각운이 있는 시구.

지에서는 군대에서의 탈영이 걸핏하면 일어날 법도 하다. 군인들이 반대편에서 그들을 기다리는 행복과 독립이라는 더할 나위 없이 거칠고 광기 어린 희망을 품게 되면, 그런 장소가 불성실한 마음속에 넌지시 심어주는 반역자 놀이의 충동은 수그러지지 않는다고 생각하는 게 당연할는지도 모른다. 그러나 탈영하는 자들이 이후 행복하다거나 만족해하는 경우는 아주 드문 일이며, 그들이 자신들이 실망시킨 것에 대한 고통을 고백하고, 용서나 관대한 처분을 확신하지 못하면서도 복무하던 곳으로 복귀하고픈 진심 어린 열망을 고백했다는 사실이 여러 사례를 통해 밝혀졌다. 그럼에도 불구하고 그들 가운데 상당수 전우들은 이따금씩 그와 비슷한 행동을 하며, 이런 목적으로 강을 건너려다 목숨을 잃는 경우도 결코 드물지 않다. 얼마 전에는 수영으로 강을 건너려다 익사한 군인도 몇 명 있었다. 그중 한 명은 뗏목으로 이용한 탁자에 몸을 맡길 정도로 광적이었는데, 결국 소용돌이에 휩쓸려버렸고, 소용돌이 속에서 심하게 훼손된 그의 시체가 며칠이나 빙글빙글 맴돌기도 했다.

나는 나이아가라 폭포소리가 너무 심하게 과장된 건 아닌가 싶다. 강물을 받아들이는 그 거대한 유역의 깊이를 감안하면 이 말이 훨씬 그럴 듯하게 들릴 것이다. 우리가 그곳에 머무는 동안에는 바람이 극도로 높이 불거나 사납게 분 적은 없었지만, 3마일 밖의 석양이 지는 아주 조용한 시간에도 폭포소리를 들어본 적은 없다. 우리가 자주 시도해보았음에도 말이다.

증기선이 토론토로 출발하는 지점(아니면 반대편 해안의 루이스턴 부두를 사용하기 위해 들르는 지점이라고 하는 게 좋겠다)인 퀸스톤은 짙푸른 색의 나이아가라 강이 통과하는 상쾌한 계곡에 자리 잡고 있다. 퀸스톤으로 가려면 그곳을 비호하듯 둘러싼 고원들 속의 꼬부랑길을 따라가야 하며, 길을 따라가다 바라본 퀸스톤은 더할 나위 없이 아름다운 그림 같다. 이들 고지대 중 가장 눈에 띄는 곳에 미국 군대와의 전투에서 승리를 거둔 후 사망한 브록 장군[173]을 추모하기 위해 지방의회에서 세운 기념비가 서 있었다. 중죄인으로 현재 투옥되어 있거나 최근에 투옥된 레트[174]라는 이름의 사내라고 추정되는 어떤 부랑자가 2년 전에 이 기념비를 폭파해버리는 바람에 지금은 기다란 철제 난간 조각이 기념비 꼭대기에 힘없이 매달린 채 야생 아이비 가지나 부러진 덩굴 줄기처럼 이리저리 흔들리는 우울한 잔해만이 남아 있을 뿐이다. 이 조형물은 보기보다 훨씬 더 중요한 의미가 있기 때문에 공공자금으로 복원되어야 하며, 사실 복원이란 것도 의당 오래 전에 이루어졌어야 했다. 첫째, 이 기념비는 영국의 옹호자 중 한 명을 기리기 위해 세운 기념비를 그가 사망한 바로 그 현장에 이런 상태로 내버려둔다는 것은 영국의 권위를 깎는 일이기 때문이다. 둘째, 기념비의 현재 모습을 구경하고 기념비를 이렇게 되도록 만들었지만, 처벌을 면했던 범법 행위를 상기하게 되면 국경선을 둘러싼 이곳 영국 국민들의 감정을 달랜다거나, 국경선을 둘러싼 갈등과 반감도 진정될 가능성이 별로 없기 때문이다.

　나는 이곳 선창가에 서서 승객들이 우리가 기다리는 배보다 앞서 떠나는 증기선에 오르는 모습을 지켜보며, 자신의 몇 가지 물건을 한데 모으고 있는 어느 하사관 아내의 걱정스러운 심정을 공감하고 있

---

173) 아이작 브록 경(1769~1812), 영국군 소장으로 캐나다 부총독을 지냈다.
174) 벤자민 레트(1814~58), 네이비 아일랜드 애국자들(Patriots on Navy Island)의 일원. 기념비 폭파를 비롯해 국경선을 둘러싼 여러 사건에 연루되었다고 한다.

었다. 그녀는 산란해진 한쪽 눈을 부리나케 짐을 배에 싣고 있는 짐꾼에게 매섭게 고정해놓고, 다른 쪽 눈은 그녀의 가재도구 가운데 가장 쓸모없는 것 같은데도 그녀의 각별한 애정을 받고 있는 듯한 무테 욕조를 뚫어져라 바라보고 있었다. 그때 서너 명의 병사가 신병 하나를 데리고 배에 올라탔다.

그 신병은 체격도 다부지고 균형도 잘 잡힌 꽤 유망한 젊은 친구였지만, 전혀 맑은 정신이 아니었다. 실제로 며칠 동안 거의 술에 절어 있던 사람 같은 분위기를 있는 대로 풍겼다. 그 친구는 지팡이 끝에 매단 작은 꾸러미를 어깨에 둘러멘 채 짧은 파이프를 입에 물고 있다. 신병이 대개 그렇듯 그도 지저분하고 너저분했으며, 신발은 상당한 거리를 걸어서 왔음을 드러내고 있었지만, 아주 익살맞게 옆 군인과 악수를 하고 등을 철썩 때리며, 한가롭게 으르렁거리는 개처럼 줄기차게 떠들고 웃어댔다.

병사들은 이 젊은이와 함께 웃었다기보다는 그를 비웃는 편이었고, 손에 든 지팡이들을 바로잡으며 번들거리는 목도리 너머로 그를 차갑게 쳐다보며 이렇게 말하는 것 같았다. '계속해봐, 인마, 그럴 수 있을 때! 앞으로는 철 좀 들 걸!' 그때 신이나 야단법석을 떨며 선내 통로 쪽으로 뒷걸음치던 신참이 갑자기 그들 눈앞에서 배 밖으로 떨어지며 배와 선착장 사이 강물 속으로 풍덩 빠지고 말았다.

나는 이 병사들이 순식간에 돌변하는 모습만큼이나 훌륭한 장면을 목격한 적이 없었다. 신참이 떨어지기 직전에 보였던 그들의 직업적인 태도, 그들의 딱딱하고 강압적인 자세는 사라지고, 어느새 더할 나위 없이 강력한 힘이 들어찼다. 명령을 내리기도 전에 그들은 다시 신참을 물 밖으로 꺼냈다. 발부터 먼저. 그래서 상의 아랫자락이 그의 눈을 덮은 채 펄럭거렸고, 몸에 지니고 있던 물건들은 죄다 거꾸로 매달렸고, 올이 다 드러난 낡아빠진 그의 옷에 있는 올이란 올에서는 물이 줄줄 흘러나왔다. 그러나 그를 똑바로 세우고 그에게 아무 이상이 없다는 걸 확인하자마자, 그들은 다시 군인으로 돌아가 한층 더 차분하게 자신들의 번들거리는 목도리를 살펴보았다.

반쯤 정신이 돌아온 신병은 잠시 주변을 흘깃거렸다. 처음에는 생명 보존에 대해 어느 정도 감사를 표해야 한다는 충동이 일었던 것 같다. 하지만 그는 아주 무관심한 태도로 군인들을 쳐다보며, 그 무리를 단연 가장 걱정스러워하던 병사가 욕을 퍼부으며 그에게 건네준 젖은 파이프를 입에 찔러 넣고, 양손은 물기 어린 주머니에 꽂고, 옷에서 물을 조금도 털어내지 않고 휘파람을 불며 배에 올라탔다. 아무 일도 없었던 것처럼 보이려고 했다기보다는, 일부러 그런 짓을 했고, 그 일이 대성공을 거두었음을 온몸으로 대변하는 듯했다.

이 배가 부두를 떠나자마자 우리가 탈 증기선이 나타나 이내 우리를 싣고 나이아가라 입구로 나아갔다. 그곳에서는 한쪽에선 미국 성조기가 다른 한쪽에선 영국 국기가 펄럭이고 있었는데, 두 국기 사이의 간격이 하도 좁아서 양쪽의 보초들이 상대 국가에서 주고받는 암호를 다 들을 수 있을 정도다. 그곳에서부터 우리는 내륙해인 온타리오 호수로 들어섰고, 여섯 시 반에는 토론토에 도착했다.

토론토 주변 지역이 매우 납작한 평지라서 풍경에 흥미로운 구석은 없었지만, 도시 자체는 생기와 활기와 번잡스러움과 발전하는 모습이 넘쳐났다. 도로는 훌륭하게 포장되어 있고 가스등이 환하게 불을 밝혔다. 주택들은 널찍하고 고급스러웠고, 상점들도 훌륭했다. 개중 상당수는 영국에서 성장가도를 달리는 자치정부 소재지에서나 구경할 만한 상품들을 창문가에 진열해놓기도 하고, 그런 주요 도시의 명예를 손상시키지 않을 상점들도 보인다. 이곳에는 훌륭한 석조 교도소도 있고, 게다가 웅장한 교회, 법원, 공공사무소, 수많은 넓은 개인주택들, 자기편차를 관찰하고 기록하는 정부 천문대도 있다. 토론토의 공공기관 중 하나인 컬리지 오브 어퍼 캐나다[175]에서는 순수학문을 다루는 학과마다 건전한 교육이 아주 저렴한 비용으로 제공되며 학생 1인의 연간 교육비는 영화英貨 9파운드[176]를 넘지 않는다. 학교는 토지의 형태로 상당한 규모의 기부금을 보유하고 있으며, 소중하고 유익한 기관으로 자리 잡고 있다.

불과 며칠 전에도 한 신설 대학의 초석이 총독의 손으로 직접 놓여졌다. 당당하고 널찍하게 세워질 이 건축물은 이미 건설이 완료되어 일반인들이 지나다니는 공도로 사용되는 기다란 가로수길로 드나들게 될 것이다. 주요 도로의 여러 이면 도로의 보도에도 마루처럼 판자를 깔아놓았으며, 관리 상태도 훌륭하고 보수도 말끔하게 되어 있는 것으로 보아 계절에 상관없이 건강에 좋은 운동을 할 수 있도록 잘 정비된 것 같다.

이곳에서 정치적 견해 차이가 격화되어 결국 불명예스럽고 수치스러운 결과로 이어졌다는 사실이 심히 유감스럽다. 얼마 전에 이 도시의 한 창문에서 선거 당선자들을 향해 총격이 가해지고, 그중 한 명의 마부가 비록 중상은 아니었지만 실제로 총상을 당하는 일이 발생했다. 그러나 한 명이 동일한 사건으로 사망했고[177], 그의 죽음을 야기한

---

175) 어퍼 캐나다 컬리지(Upper Canada College), 1829년에 어퍼 캐나다 부총독 존 콜번이 세운 사립학교로 지금도 존립한다.
176) 당시 영국 노동자들의 6개월 치 임금에 해당한다.

바로 그 창문에서 살인범의 방패가 되었던(그가 죄를 저지른 순간뿐만 아니라 죄의 결과로부터) 바로 그 국기가 총독이 실시한 공식 행사에 즈음해서 또다시 내걸렸다는 것이 내가 지금 언급하고 있는 내용이다. 무지개의 온갖 색깔 중에서 그렇게 사용될 수 있는 색은 하나뿐이며, 내가 그 국기가 오렌지색[178]이었다는 말을 굳이 언급할 필요는 없겠다.

토론토를 떠나 킹스턴으로 향한 시간은 정오다. 다음날 오전 여덟 시경이면 여행객은 여정의 막바지에 접어들고 있을 것이다. 그 여정은 온타리오 호의 증기선을 타고 이루어지며, 배는 포트호프와 활기찬 데다 한창 성장하고 있는 작은 소도시 코버그에도 들를 예정이다. 방대한 양의 밀가루가 이들 선박이 싣는 화물의 주요 물품이다. 우리가 탄 배가 코버그에서 킹스턴 사이를 지나갈 때는 배에 밀가루가 1,080통이나 실려 있었다.

현재 캐나다 정부 소재지인 킹스턴은 매우 빈곤한 소도시인데, 최근 발생한 화재 참사로 상업 중심지가 외형상 훨씬 더 참혹해진 상황이다. 실제로, 절반은 불에 타버린 듯하고, 절반은 아직 구축되지 못한 것이 킹스턴이라고 할 수도 있겠다. 총독 관저는 우아하지도 넓지도 않지만, 인근에서 중요하다고 손꼽을 수 있는 거의 유일한 건물이다.

이곳에도 관리감독이 훌륭하고 현명하게 이루어지고, 모든 면에서 탁월하게 규제되어 칭송해마지않는 교도소가 있다. 남자 죄수들

---

177) 1841년에 총에 맞아 사망한 제임스 던(James Dunn)의 사건을 가리킴.
178) 1795년 아일랜드 신교도가 조직한 비밀결사 오렌지단(Orange Society)의 깃발 색.

은 교도소를 새로 지을 때 제화공, 밧줄 제조공, 대장장이, 재봉사, 목수, 석공들로 활용되어 완공 시기를 크게 앞당기기도 했다. 여자 죄수들은 바느질에 투입되었다. 그들 중에 그곳에서 거의 3년을 지낸 스무 살 된 아름다운 아가씨가 있었다. 그녀는 캐나다의 반란사태 시기에[179] 자칭 네이비 아일랜드[180] 애국자들에게 비밀문서를 전달하는 사람으로 활동하며, 아이처럼 옷을 입고 코르셋 비슷한 스테이스에 문서를 숨겨 전달하기도 하고, 남자아이처럼 옷을 입고 모자 안감에 문서를 숨겨 전달하기도 했다. 남장을 하면 항상 남자처럼 말을 탄다는 게 그녀에게는 아무것도 아니어서, 여느 남자처럼 어떤 말도 다룰 수 있었고 그 지역 최고의 채찍만 있다면 4두 마차도 몰 수 있었다. 그녀는 국가를 위한 임무 중 하나를 수행하려고 자신이 손에 넣을 수 있는 첫 번째 말을 훔쳐냈고, 이 범법 행위로 내가 그녀를 목격한 장소로 오게 되었다. 그녀는 꽤나 사랑스러운 얼굴의 소유자였지만, 독자들이 그녀의 전과이력에 대한 이 간단한 설명으로 상상할 수 있는 것만큼이나 그녀의 빛나는 눈 속에는 숨어 있는 악마가 있어서 감방 창살 사이로 사뭇 날카롭게 밖을 내다보았다.

이곳에 있는 대단히 견고한 방탄 요새는 위치도 과감해서 임무를 훌륭하게 수행할 능력이 됨을 믿어 의심치 않는다. 킹스턴이 국경선에 너무 인접한 탓에 어려운 시기에는 국경선이 현재의 취지로 오랫동안 유지되기는 힘들 것 같은 생각이 들기도 하지만 말이다. 소규모 해군 조선소도 있는데, 그곳에서는 정부 증기선 두 척이 건조 중에 있

---

179) 1837년 어퍼 캐나다의 독립을 요구하며 일어났던 반란 사태.
180) Navy Island. 나이아가라 강에 있는 사람이 살지 않는 작은 섬.

었고, 공정도 활발하게 진행되고 있었다.

우리는 5월 10일 오전 아홉 시 반에 킹스턴을 떠나 몬트리올로 향했으며, 증기선을 타고 세인트로렌스 강을 내려갔다. 거의 어느 지점에서도, 특히 바람이 천 개의 섬 사이에서 불어오는 시점에 이번 여정을 시작하는 순간 목격한 이 웅대한 강의 아름다움은 상상하기 힘든 정도다. 그곳의 모든 섬들은 끊임없이 이어져 있고, 나무들이 우거져 온통 푸르고 무성하며, 크기도 줄었다 커졌다 하는 것처럼 다양해서 한데 묶어놓으면 구경하는 데 반 시간이나 걸리는 반대편 강둑처럼 보일 정도로 커다란 섬들도 있고, 널따란 가슴 위에 움푹 들어간 보조개에 불과할 정도로 작은 섬들도 있다. 모양도 헤아릴 수 없을 만큼 다양하고, 섬에서 자란 나무들이 선사하는 아름다운 형태도 수없이 결합하며 이루어진 모든 것이, 범상치 않은 감흥과 즐거움으로 가득한 그림 같은 장면을 연출한다.

오후가 되자 우리는 강물이 묘하게 끓어오르며 거품을 일으키고, 물이 흐르는 힘과 곤두박질치는 격렬함이 가공할 만한 수준에 달하는 급류를 타고 쏜살같이 내려갔다. 일곱 시에는 디킨슨 랜딩에 도착했다. 그곳에서 여행객들은 두서너 시간 역마차로 나가기 시작하는데, 강을 타고 항해하면 중간에 나타나는 급류가 증기선들도 통과하지 못할 정도로 위험하고 난해한 물길이기 때문이다. 그렇게 두 수로를 잇는 연수육로가 수도 많고 길이도 긴 데다 길도 형편없고 이동속도도 느린 탓에 몬트리올과 킹스턴을 통과하는 길이 다소 지루하기도 하다.

우리는 강변에서 약간 떨어진 널따랗고 탁 트인 시골 지역을 지나갔다. 세인트로렌스의 위험 지구에서 경고하듯 켜놓은 환한 불빛들이 생생하게 빛을 밝히고 있었다. 밤은 어둡고 생경했으며, 가는 길은 황량할 지경이었다. 다음 증기선이 정박해 있는 부두에 도착했을 땐 거의 열 시가 다 된 시각이라 우린 곧바로 배에 올라 잠자리에 들었다.

증기선은 그곳에 밤새도록 정박해 있다 동이 트자마자 출발했다. 아침은 천둥을 동반한 격렬한 폭풍우로 시작해서, 아주 눅눅했지만, 점차 잦아들더니 이내 화창해졌다. 아침 식사 후 갑판으로 향하던 나는 강물을 따라 아주 거대한 뗏목배가 둥둥 떠 있는 모습을 보고 깜짝 놀랐다. 뗏목 위에 30~40여 채의 나무집들과 적어도 그 수만큼의 깃대가 꽂혀 있는 게 마치 해상도로처럼 보였다. 나는 이후에도 이런 뗏목들을 수도 없이 구경했지만, 그렇게 큰 것은 보지 못했다. 세인트로렌스에서 끌어온 (영국에서는 '팀버', 미국에서는 '럼버'라고 하는) 목재는 모두 이런 식으로 물에 띄워 아래로 내려 보낸다. 뗏목이 목적지에 도착하면 작게 잘라 나무 자재로 판매되고 뱃사공들은 되돌아가 더 많은 나무를 끌어온다.

여덟 시에 다시 뭍에 도착한 우리는 쾌적하고, 훌륭하게 가꾸어진 시골을 역마차로 네 시간에 걸쳐 통과했는데, 어느 모로 보나 완벽하게 프랑스 전원 같은 곳이었다. 오두막집들의 생김새, 공기, 언어, 농부들의 차림새, 상점과 선술집들의 갑판, 길가의 성모 마리아 성지와 십자가들이 그 면면이었다. 평범한 노동자들과 소년들은 거의 모두, 비록 신발은 신지 않았지만, 허리에 밝은 색깔(주로 붉은색)의 허리띠를 두르고 있었다. 밭이나 마당에서 일하기도 하고, 온갖 농사일도 맡아하는 여성들은 한 명도 빠짐없이 테가 넓을 대로 넓은 커다란 납작 밀짚모자를 쓰고 있었다. 마을 골목길에는 가톨릭 사제 및 자선 수녀회가 있었고, 교차로 모퉁이와 기타 공공장소에는 구세주 형상이 서 있었다.

정오에 우리는 또 다른 증기선에 올라탔고, 세 시경에는 몬트리올에서 9마일 밖에 있는 라신에 도착했다. 그곳에서 우리는 강을 떠나 육로를 통해 나가기 시작했다.

몬트리올은 세인트로렌스 외각에 기분 좋게 자리하고 있고, 뒤쪽으로는 도드라진 고지대가 이어지는데, 고지대 주변은 마차를 타고 돌아다니기 아주 그만인 곳이다. 도로는 시대를 막론한 대다수 프랑스 소도시에서처럼 대개가 좁고 울퉁불퉁하지만, 보다 현대적인 시내 구역의 도로는 널찍해서 바람이 잘 통한다. 그런 거리에는 고급 상점들이 다양하게 들어서 있고, 시내나 교외지역이나 모두 멋들어진 개인 주택들이 많다. 화강암으로 지은 부두는 그 아름다움과 견고함과 규모가 놀라울 따름이다.

이곳에는 최근에 세워진 가톨릭 대성당이 있는데, 높은 첨탑 두 개 중 하나는 아직 미완성인 상태다. 이 건축물 정면의 탁 트인 공간에 쓸쓸하고 엄숙한 모습으로 사각형 벽돌 탑이 서 있다. 이 탑은 모습이 기이하고 범상치가 않아 그곳의 지자연하는 사람들이 결국은 당장 무너뜨리기로 결정했던 건축물이다. 이곳 총독관저는 킹스턴의 총독관저보다 훨씬 훌륭하며, 도시 자체는 활력이 넘치고 부산스럽다. 한 교외지역에는 6마일[181] 정도 길이의 널빤지 길(보행용 길은 아님)이 나 있는데, 그 역시 유명한 도로다. 이 근방에서 탈것에 올라타면 하나같이 탄력spring이 붙어서 재미가 배가 되었으며, 여기에서는 봄spring도 눈부시게 빨라서 황량한 겨울에서 한창 혈기왕성한 여름으로 도약하는

---

181) 약 9.6킬로미터.

데 하루밖에 걸리지 않는다.

퀘벡으로 가는 증기선들은 야간 여행을 한다. 말하자면, 저녁 여섯 시에 몬트리올을 떠나 다음날 새벽 여섯 시에 퀘벡에 도착한다. 몬트리올에 머무는 동안(2주도 넘었다) 우리도 이 여행길에 올라 그 흥취와 아름다움에 흠뻑 매료되기도 했다.

미국의 지브롤터격인 퀘벡은 그 아찔한 고지대, 이를테면 공중에 매달린 성채, 그림처럼 가파른 거리들, 위압적인 출입구들, 모퉁이를 돌 때면 눈앞에 불쑥 나타나는 찬란한 경치들 덕에 그곳을 찾는 사람들에게 한마디로 유일무이하고 영원히 지워지지 않는 인상을 남긴다.

그곳은 잊을 수도 없고, 마음속에서 다른 장소들과 뒤섞일 수도 없고, 여행객이라면 떠오르는 수많은 장면 속에서 순간적으로 변경될 수도 없는 장소다. 더할 나위 없이 그림처럼 아름다운 이 도시의 현실 말고도 사막을 감흥이 넘쳐나는 곳으로 변하게 할 만한 추억들이 주변에 잔뜩 몰려 있다. 울프[182]와 그의 용감한 전우들이 영광스럽게 기어오른 위태로운 바위투성이 절벽도, 그가 치명적인 부상을 입은 아브라함 고원도, 몽칼름[183]이 기사도 정신을 발휘해 수호한 요새도, 그가 아직 살아 있을 때 포탄이 폭발하며 그를 위해 파놓았던 군사들의 무덤도 그들이나 역사적으로 용감무쌍한 사건들 속에 전혀 포함되어 있지 않다. 용감한 두 장군을 영원히 추모하고 그들의 이름을 함께 기

---

182) 제임스 울프(James Wolfe, 1727~1759), 프랑스와 인디언의 전쟁(또는 7년 전쟁)에서 영국군의 부사령관을 역임했고, 프랑스와 아브라함 고원 전투에서 퀘벡을 쟁취해 캐나다에서 영국이 우위를 점하는데 기여했으나 전투에서 치명상을 입어 사망했다.
183) 몽칼름 드 생베랑(Montcalm de Saint-Veran, 1712~1759), 프랑스와 인디언의 전쟁에서 프랑스군을 이끌었으나 역시 치명상을 입고 사망했다.

록해두는 것 역시 두 위대한 국가의 고귀하고도 소중한 기념물이다.

퀘벡은 공공기관과 가톨릭 성당과 자선단체가 많은 곳이지만, 주로 옛 총독관저 자리와 요새에서 봐야 퀘벡의 빼어난 아름다움을 조망할 수 있다. 목초지와 숲, 높은 산과 물이 풍부한 교외지역이 눈앞에 절묘하게 펼쳐지고, 수마일 씩 이어지는 캐나다 마을들은 길고 하얀 줄무늬 모양으로 번쩍이는 게 풍경을 따라 흐르는 정맥처럼 보인다. 당장이라도 손에 잡힐 듯한 언덕배기 오래된 소도시의 박공과 지붕과 굴뚝 꼭대기가 잔뜩 뒤섞여 있고, 아름다운 세인트로렌스 강은 햇빛 속에서 불꽃이 일듯 반짝거리고, 바위 아래 자그마한 배들을 보면 멀리 있는 배의 삭구가 불빛에 반사된 거미집처럼 보이고, 갑판 위 여러 가지 통들은 장난감처럼 작아 보이고, 바쁘게 돌아가는 선원들은 그 수만큼의 꼭두각시들 같다. 이 모든 장면을 요새에 있는 어느 움푹 들어간 창문에 끼워 그늘진 방안에서 바라본다면 사람의 시선이 머물 수 있는 가장 눈부시고 매혹적인 그림이 될 것이다.

그해 봄에는 영국이나 아일랜드에서 새롭게 도착한 대규모 이민자들이 퀘벡과 몬트리올 사이를 통과해 캐나다 변경의 미개척지와 신개척지로 향했다. 아침에 몬트리올 부둣가를 산책하며 이민자들이 공용 부둣가에서 그들의 궤나 상자 주변에 수백 명씩 모여 있는 모습을 보는 게 즐겁다면(내가 자주 그렇게 느꼈던 것처럼), 이런 증기선에 올라타 그들의 동료 승객이 되어, 함께 어울리며 눈에 띄지 않게 그들을 보고 듣는 일도 몹시 흥미로운 일이다.

우리가 퀘벡에서 몬트리올로 타고 돌아온 배는 그런 이민자들로 북적거렸고, 밤이면 갑판 사이에 (적어도 잠자리가 있는 사람들은) 잠자리를 깔고 우리가 묵은 선실 문 바로 코앞에 잔뜩 모여 자는 바람에 드나드는 통로가 꽉 막혀버리기도 했다. 그들은 거의 다 영국인들로 대다수는 글로스터셔 출신이었다. 기나긴 겨울 항해 길에 오른 상태였지만, 아이들이 얼마나 깨끗하게 관리되었는지, 그 가난한 부모들이 하나같이 사랑과 극기에 있어서 얼마나 지치지도 않았는지 보기만 해도 놀라웠다.

쓸데없는 소리일 수도 있고, 모든 것이 끝날 때까지 쓸데없는 소리를 한다 해도, 가난한 사람들이 부자들보다 더 도덕적이 되는 것은 훨씬 더 어려운 게 사실이며, 그렇기 때문에 가난한 사람들의 내면에 있는 선이 더 밝게 빛나기도 한다. 여러 고급스러운 저택에서 최고의 남편이자 최고의 아버지로 살아가는 남자는 양쪽 모두의 자격에 따른 그의 개인적인 진가를 따져볼 때 한껏 칭송받아 마땅하다. 그러나 그를 이곳, 이 사람들로 북적이는 갑판으로 데려와 보자. 그의 아름다운 젊은 아내에게서 비단드레스와 보석을 벗겨내고, 땋은 머리를 풀어놓고, 이마에는 때 이른 주름을 잡아넣고, 창백한 뺨은 걱정과 지독한 결핍으로 여위고, 조잡한 누더기 옷을 입혀 한물 간 모습으로 꾸미고, 그녀를 눈에 띄게 하거나 치장할 거리가 그의 사랑밖에는 없다고 가정해서 시험대에 올려보자. 세상 속에서의 그의 신분도 바꾸면 그의 무르팍으로 기어오르는 저 어린아이들 속에서 그의 부와 이름이 적힌 이력이 아닌, 그의 일용할 양식을 서로 먹겠다고 바동거리는 어린 것들과, 그나마 부족한 그의 음식을 노리는 수많은 침입자들과, 그의 모든 안락을 더욱 더 작은 양으로 나누려는 사람들을 수없이 보게 될 것이다. 그에게 더할 나위 없이 감미로운 아이들의 애정 어린 표현 대신, 아이들에게 따를 수 있는 모든 고통과 결핍, 질병과 고난, 불평, 변덕, 성마른 인내를 베풀고, 아이들이 유아다운 상상의 나래를 펴는 대신 춥고 목마르고 배고픈 것을 지껄이게 해보자. 그의 부성애가 이모든 것을 무사히 이겨낸다면, 그는 끈기 있고 주의 깊고 다정한 아버지가 되어 아이들의 삶을 보살피며 늘 그들의 기쁨과 슬픔에 마음을 쓰게 될 것이다. 그런 다음, 그를 다시 의회와 종교계와 사계四季법원[184]으로 보내고, 그가 하루벌이 생활을 하고, 하루 벌어 살기 위해 열심히 노동하는 사람들의 타락에 벌금을 부과하는 얘기를 듣는다면, 목소리를 높여 그렇게 말하는 관료들에게 그 가난한 자들이 그들 계층과 비교하면 일상생활에서는 대천사나 다름없으며, 결국은 그들이 천국을 겸허하게 포위하고 말 것임을 전하도록 하라.

일생동안 작은 구원이나 변화를 수반한 그런 현실이 그의 현실이라면 우리 중 어느 누가 그가 어떤 사람일 것이라고 말할 수 있단 말인가! 고향에서 멀리 떨어진 채 집도 없고 가난하고 유랑 신세에다 여행과 고단한 삶으로 지쳐 있는 이 사람들을 돌아봐라. 그들이 그들의 어린 자녀를 얼마나 고집스레 돌보며 키우는지 보라. 늘 자녀가 원하는 것을 먼저 고려하고, 그런 후에야 자신들이 원하는 바를 절반만 채우고 있는 모습을. 그야말로 여성들은 온화한 희망과 신념의 전형이며, 남자들에게는 여성들의 본보기가 참으로 힘이 되었다. 한순간이라도 불쾌하거나 거칠게 불평하는 소리가 그들 사이에서 불거져 나온 적은 정말 너무 너무 드물었다. 나는 나도 비슷한 사랑과 명예가 있지만 그보다 더 강력한 사랑과 명예가 내 가슴에서 빨갛게 타오르는 것을 느끼며, 그곳에 있는 천성이 대개 무신론자인 수많은 이들이 생명의 책에 있는 이 간단한 교훈을 읽게 되기를 신게 소망했다.

---

184) 과거 잉글랜드에서 계절별로 연 4회 열려 가벼운 사건들을 다루던 법정.

＊ ＊ ＊

우리는 5월 30일 몬트리올을 떠나 다시 뉴욕으로 향하며 세인트로 렌스 강 반대편 기슭에서 증기선을 타고 라 프레리로 건너갔다. 그런 다음 챔플레인 호수 가장자리에 있는 세인트존스까지는 철도를 택했 다. 캐나다에서 받은 우리의 마지막 환영 인사는 그곳의 쾌적한 막사 에 있던 영국 장교들(우리가 방문한 매 순간을 환대와 우정으로 잊을 수 없는 추억을 만들어준 신사 계급)로부터 나왔으며, '지배하라 브리 타니아여[185]'가 우리 귓속을 맴도는 가운데 떠나온 그곳도 이내 아스 라이 멀어져 갔다.

그러나 캐나다는 지금까지도 그랬고 앞으로도 영원히 내 추억 속 에서 중요한 한 자리를 차지하게 될 것이다. 캐나다를 본연의 모습대 로 이해할 자세가 되어 있는 영국인은 거의 없다. 캐나다는 소리 없이 전진하며, 오래된 갈등들이 해결되고 있으며, 빠르게 잊히고, 국민정 서와 민간기업 모두 건전하고 건강한 상태며, 체제상 고름이 흐르거 나 열이 나는 곳은 아무 데도 없고, 건강과 활력이 꾸준하게 약동하며 고동치는 모습이 희망과 가능성으로 가득하다. 캐나다를 사회 발전 의 행보에서 뒤쳐진 대상, 방치되고 잊힌 채 수면 중이라 활동을 멈추 고 기회를 놓치고 있는 대상으로 생각하는 것에 익숙했던 나에게 노 동 수요와 임금 비율, 바삐 돌아가는 몬트리올의 부두들, 화물을 들여 오고 풀어놓는 선박들, 여러 항구의 선적 규모, 통상과 도로와 토목사

---

185) 맹목적 애국주의에 찬 노래로 19세기 제국주의가 맹위를 떨치던 시기에 영국의 국가(國 歌)로 채택되기도 했다.

업과 지속되도록 만들어진 모든 것들, 훌륭하고 특색 있는 공영 신문들, 정직하게 부지런히 일하면 손에 넣을 수 있는 합리적인 편안함과 행복의 양은 정말 대단한 놀라움들이었다. 호수에 편리하고 청결하고 안전하게 정박되어 있고, 선장들은 성격과 행동이 신사답고, 선상 사교계의 규정들은 세련되고 더할 나위 없이 편안한 증기선들은 고향 영국에서 의당 높이 평가받는 그 유명한 스코틀랜드 선박들보다 빼어나다. 여인숙들은 대개가 형편없는 편이다. 호텔에 투숙하는 관행이 이곳에서는 미국에서만큼 일반적인 일도 아니며, 소도시마다 사회에서 커다란 부분을 형성하는 영국 장교들이 주로 연대 식당에서 거주하고 있기 때문이긴 하지만, 그 외에는 어느 모로 보나 캐나다 여행객들이 내가 아는 어떤 곳에서도 훌륭한 편의시설을 제공받게 될 것이다.

우리를 챔플레인 호수에서 싣고 세인트존스에서 화이트홀까지 데려다준 배는 내가 칭송해 마지않긴 하지만 그 정도는 마땅히 칭송 받아야 하는 미국 배다. 내가 그렇게까지 얘기하는 것은 그 배가 우리가 퀸스톤에서 토론토까지 타고 갔던 배보다, 아니면 우리가 토론토에서 킹스턴까지 탔던 배보다, 아니면 모름지기 내가 덧붙일 수 있는 이 세상 어떤 배보다 월등하기 때문이다. 벌링턴 호라고 불리는 이 증기선은 단정하고 우아하고 질서정연한 면모를 절묘할 정도로 완벽하게 구현해낸 배다. 갑판은 응접실이고, 객실은 까다롭게 선택된 가구들을 비치하고 인쇄물과 그림과 악기들로 꾸며놓은 귀부인의 내실이나 다름없고, 선박 구석구석은 품위 있는 편의시설과 아름다운 장치로 이루어진 더할 나위 없이 진귀한 물건이다. 이런 결과들이 오로지 그의 창의적 발상과 탁월한 취향에서 비롯된 이 배의 지휘관 셔먼 선장은 한 번 이상의 곤경에서 용감하고도 훌륭하게 자신을 부각시키는 데 성공한 인물이었다. 이용 가능한 다른 수송수단이 없던 어느 한 시기(캐나다의 반란 시기)에 영국군을 호송할 도덕적 용기를 발휘함으로써 특히 영국군 사이에서 유명했다. 그와 그의 배는 그 자신의 동포와 우리네 동포 모두로부터 널리 존경받고 있으며, 그가 활동하는 분야에서 이 신사보다 대중적인 존경을 한 몸에 받은 사람은 일찍이 그 누구도 없었다.

이 물에 떠다니는 궁궐을 타고 우리는 이내 미국으로 다시 넘어왔고, 그날 저녁에는 예쁘장한 소도시 벌링턴에 들러 한 시간 정도 머물렀다. 우리는 하선하기로 되어 있던 화이트홀에 다음날 아침 여섯 시에 도착했다. 호수가 그 위치에 오면 폭이 아주 좁아지고, 야간 항해에 따른 어려움도 있어서 이런 증기선들이 야간에 숨을 고르며 몇 시간을 꼼짝 하지만 않는다면, 더 일찍 도착했을지도 모른다. 호수의 폭이 정말 어느 한 지점에서 대폭 줄어드는 바람에 밧줄로 이리 비틀 저리 비틀 잡아당기며 가야할 지경이다.

화이트홀에서 아침 식사를 마친 우리는 올버니로 가는 역마차에 올랐다. 올버니는 바삐 돌아가는 대도시며, 우리는 그곳에 그날 오후 다섯 시에서 여섯 시 사이에 도착했다. 이제 다시 여름이 절정인 곳으로 넘어온지라 낮에 한창 더울 때 이동한 뒤였다. 일곱 시에는 대형 증기선 노스리버 호를 타고 뉴욕으로 출발했다. 배는 승객들로 만원이라 상갑판은 막간이면 붐비는 극상 특별석에 딸린 복도 같았고, 하갑판은 토요일 저녁 토트넘 코트 로드[186] 같았다. 그러나 그럼에도 우리는

---

186) 런던 중심부 피츠로비아 지구의 주요 도로.

깊은 잠을 잤고, 다음날 새벽 다섯 시를 지나자마자 뉴욕에 도착했다.

최근의 피로를 풀고 기운을 되찾는 차원에서 이곳에서 그날 낮과 밤을 머문 후에 우리는 다시 한 번 미국에서의 마지막 여정에 오르며 출발했다. 영국으로 출항하기 전 아직 닷새나 남았기에 나는 셰이커 교도들이 사는 '더 셰이커 빌리지'를 방문하고픈 마음이 굴뚝같았다.

이곳을 찾아가기 위해 우리는 다시 허드슨 시만큼이나 거리가 먼 노스리버로 올라갔고, 그곳에서 우리를 30마일 밖에 있는 레바논으로 싣고 갈 임시 마차를 빌렸다. 물론 내가 프레리 여행을 했던 날 밤에 잠을 청했던 마을과는 또 다른 별개의 레바논이었다.

꼬부랑길이 통과하는 시골은 풍요롭고 아름다웠으며, 날씨는 아주 화창했다. 립 밴 윙클과 유령 같은 네덜란드인들이 폭풍우 치던 어느 잊을 수 없는 오후에 나인핀스 놀이를 했던 캐츠킬 산맥이 몇 마일씩 이어지며 장중한 구름처럼 푸르스름한 저 멀리서 탑처럼 우뚝 솟아 있다. 우리는 아직은 건설 중이었지만 나아갈 방향은 잡은 선로가 산기슭을 가로지르고 있는 가파른 작은 산을 오르기 시작했다. 그러다 어느 순간 우연히 아일랜드의 식민지 하나를 발견했다. 번듯한 오두막을 지을 수 있는 방법이 가까운 곳에 있었기 때문에 참으로 어설프고, 거칠고 형편없는 그 가축우리 같은 집들을 만난다는 건 경이로운 일이 아닐 수 없었다. 가장 좋은 집들도 날씨를 막아주기가 벅찼고, 가장 형편없는 집들은 눅눅한 초가지붕과 토담의 널따란 틈으로 사정없이 비바람이 들어왔다. 문도 창문도 없는 집들도 있고, 무너지기 일보 직전이어서 말뚝이나 장대로 대충 받쳐놓은 집들도 있었는데, 죄다 폐허나 진배없었고 불결했다. 소름끼칠 정도로 못생긴 노파들과 아주 풍만한 젊은 여자들, 돼지들, 개들, 남자들, 아이들, 아가들, 단지들, 주전자들, 똥 더미들, 불쾌한 쓰레기, 악취가 진동하는 밀짚, 고 인 물 등은 모조리 떨어져 덩어리로 서로 뒤엉킨 채 하나같이 시커멓 고 더러운 오두막의 세간살이가 되었다.

밤 아홉 시에서 열 시 사이에 우리는 따뜻한 공중목욕탕과 어떤 대 단한 호텔로 유명한 레바논에 도착했다. 나는 그곳이 건강이나 쾌락 을 찾아 이곳에서 원기를 회복하고 싶어 하는 사람들의 사교적인 취 향에는 아주 적합하리라 믿어 의심치 않지만, 내게는 전혀 편안하지 가 않았음을 어떻게 설명할 도리가 없다. 우리는 응접실이라고 하는 침침한 촛불 두 개가 켜져 있는 거대한 방으로 안내되었다. 그 방으로 부터 계단이 한 줄로 내려가다 식당이라고 불리는 또 다른 광막한 황 무지로 이어졌다. 우리 침실은 여러 줄로 길게 늘어선 회반죽을 바른 작은 방들이 틈에 끼인 데다, 황량한 복도 양쪽에서 열리게 되어 있는 게 감방과 너무 흡사해서 잠자리에 들었을 땐 그 안에 그대로 갇혀 있 기를 반쯤은 기대하며 나도 모르게 밖에서 열쇠 돌리는 소리가 나는 지 귀를 기울였다. 근처 어딘가에 공중목욕탕이 있어야 한다는 건, 그 것 말고는 다른 세정시설이 미국에서조차 내가 그때까지 목격했던 것 만큼이나 얼마 되지 않았기 때문이다. 사실, 여기 침실들은 의자 같은 일반적인 사치품조차 희귀해서 어떤 것도 충분히 제공된 것은 아니라 고 하는 게 좋겠지만, 밤새도록 벌레에게는 아주 아낌없이 뜯겼던 기 억은 떠오른다.

그러나 그 집은 아주 쾌적한 위치에 자리 잡고 있었고, 아침 식사도 썩 괜찮았다. 아침 식사 후 우리는 2마일 가량 떨어져 있는 우리의 목 적지를 방문하러 나섰다. 그곳으로 가는 길은 이내 '셰이커교도 마을' 이라고 페인트칠이 되어 있는 손가락 모양의 도표가 일러주었다.

우리는 마차를 타고가다 한 무리의 셰이커 일행을 지나쳤다. 도로 작업 중이었던 그들은 챙 넓은 모자 중에서도 가장 챙이 넓은 모자를 쓰고 있어서 어떻게 보아도 뱃머리 장식인 것처럼 뻣뻣하게 경직된 듯한 사람들인 것 같아 나는 그들에 대한 관심만큼 안타까운 마음도 들었다. 이내 우리는 마을 초입에 당도했고, 셰이커교도들이 만든 제품을 파는 곳이자 원로들의 본가인 어느 집 문 앞에서 내려 셰이커교도의 예배를 구경하게 해달라고 허락을 구했다.

권한을 지닌 어떤 사람에게 이 요청이 전달되는 사이 우리는 음침한 어느 방으로 들어갔다. 그곳에는 음침한 모자 몇 개가 음침한 못에 매달려 있었고, 거의 몸부림을 쳐가며 째깍거리는 음침한 시계 하나가 음산하게 시간을 알려주는 것이, 마지못해 군소리를 내가며 음침한 침묵을 깨는 것만 같았다. 방 벽에 나란히 붙어 있는 딱딱하고 등 높은 의자 여섯 개나 여덟 개도 눈곱만큼이라도 그중 어느 것에 앉아야 하는 의무감을 초래하기보다는 차라리 바닥에 앉고 말겠다고 했을 정도로 음침한 분위기를 강력하게 내뿜었다.

곧이어 이 방으로 음침한 늙은 셰이커교도 한 명이 성큼 걸어 들어왔다. 눈이 그가 입은 외투와 조끼에 달린 커다랗고 둥근 금속 단추만큼이나 냉정하고 둔하고 무정해서 차분한 악귀 비슷하게 보였다. 우리의 열망을 전해들은 그는 자신도 회원으로 있는 원로단에서 낯선 사람들의 볼썽사나운 방해로 예배에 차질이 생겨 앞으로 1년간 예배당을 공개하지 않는다는 공시를 불과 며칠 전에 올린 신문 하나를 꺼내 보였다.

이런 합리적인 조정에 반박할 만한 주장을 조금도 내놓을 수 없었기 때문에 우리는 셰이커교도의 물품들을 약간이나마 구매하기 위한 허가를 청했고, 그러한 부탁은 음산하게 수락되었다. 따라서 우리는 같은 집의 복도 반대편에 있던 상점으로 갔는데, 그곳에서는 조잡한 황갈색 옷을 입고 살아 움직이는 어떤 대단한 인물이 물건을 맡고 있었다. 원로는 그 인물이 어떤 여자라고 했고, 내 생각에도 여자 같았다. 그런 추정을 나 스스로 의심하지 말았어야 좋았을 뻔했지만 말이다.

도로 반대편에는 그들이 예배를 올리는 장소가 있었다. 서늘하고 깔끔한 목조 건물로 커다란 창문에 녹색 블라인드가 쳐져 있어서 널찍한 여름 별장처럼 보였다. 이곳에 들어갈 수는 없었고, 이리저리 왔다 갔다 하거나, 그 건물과 마을에 있는 다른 건물들(주로 목재로 지은 건물들로 영국의 헛간처럼 검붉은 칠을 했고, 영국의 공장처럼 여러 층으로 이루어졌다)을 쳐다보는 것 외에는 마땅히 할 수 있는 일도 없었기 때문에, 나는 우리가 물건을 구매하는 사이 내가 애써 수집한 그 초라한 결과 이상으로 독자들에게 전달할 내용이 없다.

이 사람들은 그들의 특이한 예배 방식 때문에 셰이커교도라는 호칭이 붙었다. 모든 연령의 남녀가 마주보며 춤을 추는데, 남자들은 춤을 추기 전에 먼저 모자와 코트를 벗어 벽에 엄숙하게 걸어놓는다. 그리고는 피를 흘리고 있는 것처럼 리본으로 셔츠 소매를 묶는다. 그들은 웅웅거리고 콧노래를 부르며 아주 지칠 때까지 터무니없을 정도의 빠른 걸음으로 앞뒤로 번갈아 왔다 갔다 하며 춤을 춘다. 그걸 보고난 인상은 말로 어떻게 표현할 수 없을 만큼 어처구니없다고 하는데, 그 예배당을 방문했던 사람들이 전해줘서 내가 지금 갖고 있는 이 의식에 대한 한 인쇄물을 보고 판단하더라도, 이는 그지없이 정확한 표현으로, 지극히 괴상한 건 분명하다.

그들은 한 여성에게 좌우되며, 원로 의회의 도움을 받는다고는 해도 그녀의 지배는 절대적인 것으로 여겨진다. 그녀는 예배당 위에 있는 어떤 방에서 엄격하게 격리된 채 살아간다고 하며, 세속인의 눈에 나타난 적은 단 한 번도 없다. 만약 아무튼 그녀가 상점을 맡고 있던 여성과 닮았다면, 그녀를 어떻게든 비밀로 한다는 것은 대단한 자선 행위며, 이 자비로운 조처에 내가 전적으로 동의한다고 아무리 역설한다고 한들 지나친 일은 아니다.

이 정착촌의 재산과 수입은 모두 공동으로 비축해서 원로들이 관리한다. 그들은 속세에서 남부럽지 않게 살았고, 지금은 검소하고 검약한 사람들을 개종시켜왔기 때문에, 자산이 늘어나는 것으로 보이며, 무엇보다 토지를 대규모로 매입할수록 늘어났던 것 같다. 레바논에 있는 이곳이 셰이커교도의 유일한 정착촌은 아니며, 내 생각에 적어도 세 군데는 더 있는 듯하다.

그들은 훌륭한 농부들이며 그들이 지은 농산물은 수요가 높고 품질이 좋기로 유명하다. '셰이커 씨앗', '셰이커 허브', '셰이커 증류수'는 소도시와 대도시 상점에서 공동으로 판매 공지되기도 한다. 가축을 키우는 솜씨도 뛰어나며 그런 짐승들에게도 다정하고 인정 많은 사람들이다. 따라서 셰이커교도들이 키우는 가축들은 시장에 나오자마자 당장에 팔려나간다.

셰이커교도들은 스파르타식을 본떠 커다란 공용 식탁에서 함께 먹고 마신다. 남녀의 결합도 없어서, 모든 셰이커교도들은 남자나 여자나 평생 독신으로 지낸다. 이것이 화제가 되어 소문이 무성하기도 하지만, 여기서 다시 내가 그 상점 여성을 거론하며 밝혀야 하는 것은 상당수 셰이커교도 자매들이 그녀를 닮았다면, 그런 모든 비방은 터무늬없는 억측의 가장 강력한 징표를 얼굴에 나타내는 것이나 마찬가지라는 점이다. 그러나 그들이 너무 젊은 탓에 자기 자신들의 마음도 제대로 알지 못하고, 이런 저런 점에서 결의가 몹시 굳지 못한 사람들을 개종자로 받아들인다는 점을 도로에서 작업 중이던 일행 중 어떤 젊은 셰이커교도들은 극단적으로 어리다는 내 주관적인 관찰을 바탕으로 주장하는 바이다.

그들이 거래를 추진하는 솜씨가 좋다고 하지만, 그들은 거래할 때, 심지어는 말을 거래할 때도 정직하고 공정해서 어떤 드러나지 않은 이유 때문에 그런 거래 분야와는 거의 불가분의 관계로 보이곤 하는 저 도둑놈 성향에 굴하지 않는다. 모든 점에서 그들은 그들 나름의 방식을 조용하게 유지하며, 음울하고, 침묵을 지키는 공동체에서 살아가고, 다른 사람들과 교류할 마음을 거의 드러내지 않는다.

이것으로 충분하고도 남았지만, 그럼에도 불구하고 나는 마음이 셰이커교도들 쪽으로 기울지도 않고, 그들을 상당히 긍정적으로 바라보고, 혹은 그들에 대한 아주 관대한 해석을 내리기도 힘들다는 점을 고백한다. 나는 계층이나 종파와는 상관없이 인생에서 인생 나름의 건강한 장점들을 떼어내고, 젊은이들에게서 그 순진무구한 즐거움들을 빼앗고, 원숙함과 노련함에서 그 나름대로의 즐거운 장식적 요인들을 뽑아버리고, 무덤을 향한 좁은 통로로만 살아가는 성격 나쁜 사람을 혐오하며, 솔직히 지독하게 싫어한다. 그 가증스러운 인물이 이 지구상에서 충분히 활동하며 영향력을 행사힐 수 있었다면, 기장 위대한 인간들의 상상들을 손상시키고 황폐화하고, 아직 태어나지 않은, 짐승보다 나을 게 없는 그들 같은 인간들 앞에서 불후의 이미지를 높이는 능력 속에 남아 있었을 게 틀림없었을 가증스러운 인물을 혐오하고 싫어한다. 나는 챙이 아주 넓은 이런 모자와 아주 음침한 이 코트들 속에—완고하고 엄숙한 얼굴의 신앙심으로, 요컨대 그런 복장과는 상관없이, 그런 신앙심으로 어느 셰이커교도 마을에서와 마찬가지로 머리카락을 바짝 자르던지, 아니면 힌두사원에서처럼 손톱을 길게 기르던지 상관없이—이 가난한 세상의 혼인잔치에서 물을 포도주가 아닌, 쓰디 쓴 담즙으로 만들어버리는 우주만물의 적들 중 최악의 적이 있다고 본다. 우리 인간의 공통점인 어떤 다른 애정이나 희망이 인간의 본성에 속하듯이, 인간의 본성에 속하는 무해한 상상들과 순수한 기쁨과 환락들에 대한 애정을 산산이 부숴버리겠다고 맹세한 사람들이 틀림없이 존재한다면, 그들이 나를 위해 상스럽고 방탕한 사람들 속에서 공개적으로 정체를 드러내고 서 있도록 하자. 이 지독한 천치들은 그들이 불멸의 길 위에 있지 않음을 알고 있으며, 따라서 그들을 경멸하고 즉각 외면할 것이다.

우리는 늙은 셰이커교도들을 진심으로 혐오하고 젊은 셰이커교도들은 진심으로 불쌍히 여기며 셰이커교도 마을을 떠났다. 젊은 셰이커교도들을 불쌍히 여긴 마음은 그들이 나이가 들고 현명해질수록 달아날 가능성도 커졌다는 사실로 누그러졌고, 그런 일이 보기 드문 일도 아니었다. 우리는 그 전날 왔던 방식대로 레바논으로, 다음에는 허드슨으로 돌아갔다. 그곳에서 뉴욕 행 증기선을 타고 노스리버를 따라 내려갔지만, 뉴욕에 도착하기 네 시간 전에 웨스트포인트에 들러 그날 밤과 다음날 하루 종일, 그리고 그 다음날 밤도 그곳에서 머물렀다.

노스리버의 아름답고 사랑스러운 고지 중에서도 가장 아름답고, 진녹색의 고지와 파괴된 요새로 둘러싸여 있고, 멀리 떨어진 뉴버그 시를 내려다보고, 햇빛이 물들어 반짝이는 물길을 따라 자리 잡고 있으며, 간혹 소형 보트가 있어서, 갑작스러운 돌풍이 구릉지 도랑으로부터 불어오면 그 하얀 돛이 새로운 침로로 휘어지고, 에워싸는 것 외에도 사방이 워싱턴[187]의 추억과 독립전쟁 사건들로 채워져 있는 이 아름다운 곳에 미국 육군사관학교[188]가 있다.

학교는 이보다 더 적절한 땅에 서 있을 수도 없으며, 어떤 땅도 이보다 더 아름답기는 힘들 것이다. 교육 과정은 혹독하지만, 훌륭하게 짜여 있고, 남성들에게 어울린다. 6월, 7월, 8월 내내 그 젊은 사내들은 대학이 서 있고, 일 년 내내 매일같이 군사훈련이 실시되는 그 널찍한 평지에서 야영을 한다. 국가가 모든 사관생도들에게 요구하는 이 학교의 교육 기간은 4년이다. 그러나 훈련의 엄격한 성격 때문인지, 아니면 속박을 참지 못하는 국민성 때문인지, 아니면 두 원인이 결합된 탓인지, 이곳에서 학업을 시작한 생도 중에 끝까지 학업을 마치기 위해 남아 있는 생도는 절반이 넘지 않는다.

사관생도의 총수가 의회 의원의 총수와 똑같기 때문에, 하원의원 선거구마다 이곳으로 생도 한 명을 보내며, 하원의원이 생도 선택에 영향력을 행사한다. 장교직도 똑같은 원칙에 따라 배분된다. 그 각양각색의 교수들의 집도 아름다운 곳에 자리 잡고 있으며, 이방인들이 묵는 더할 나위 없이 훌륭한 호텔도 있다. 완전한 금주 호텔(포도주와 술은 학생들에게 금지)이자 다소 불편한 시간, 정확히 말해서 일곱 시에 아침 식사, 한 시에 점심, 해 질 녘에 저녁 식사를 다 함께 하는 단

---

187) 워싱턴이 1779년 이곳에 자신의 본거지를 두었다.
188) 웨스트포인트 사관학교는 1802년 뉴욕 주 오렌지카운티에 설립되었다.

점이 있기는 했지만 말이다.

　여름 초입, 한창 녹색으로 물들어갈 즈음—그때가 6월 초였다—이 조용한 은둔처의 아름다움과 신선함이란 실로 절정에 달해 있었다. 그곳을 6일에 떠나 뉴욕으로 돌아갔고, 그 다음날 영국으로 출항하게 된 나는 우리를 미끄러지듯 스쳐갔고, 선명하게 생각해보면 점차 엷어지는 잊을 수 없는 그 마지막 아름다움들 속에 그들이 대다수 남자들의 마음속에서 평범한 기색은 조금도 없이 생생하게, 캐츠킬 산맥과 슬리피 할로우[189]와 태펀지[190]처럼 세월의 먼지가 쌓여도 쉬이 늙거나 빛바래지 않는 모습으로 생각난다는 게 기뻤다.

189) 어빙의 소설 ≪슬리피 할로우의 전설≫에 등장하는 마을 이름.
190) 허드슨 강의 넓은 구간.

8장

고향으로 가는 항해

6월 7일 화요일 오랫동안 고대하던 아침처럼 바람의 상태가 그렇게 궁금한 적은 한 번도 없었고, 앞으로도 다시는 그렇게 궁금하지 않을 것 같다. 어떤 항해 권위자가 하루 이틀 전에 내게 "서쪽에 있는 것이라면 어떤 것도 상관없다"라는 말을 했다. 그래서 날이 밝자마자 침대에서 쏜살같이 일어나 창문을 열어젖힌 나에게 밤새 갑자기 나타난 활기 넘치는 북서풍이 경의를 표해온 순간, 바람이 너무나 신선하게, 살랑거리며 수없이 연상되는 행복한 기억들과 함께 다가왔기에, 그 장소를 떠올릴 때면 나침판의 저쪽 방위에서 불어오는 산들바람을 특별하게 여기게 되었고, 그 나침판의 저쪽 방위를 나 자신의 바람이 마지막으로 그 덧없는 한 모금을 내쉬며, 이 인간세상의 달력에서 영원히 물러날 때까지 아마 소중하게 간직할 것 같다.

도선사는 이 유리한 날씨를 이용하는데 주저함이 없었고, 어제는 성신없이 붐비던 신착징에 붙들려 있어서 교역에서 영원히 은퇴한 것 같았던 선박도 바다로 나갈 기회가 있었는지 이제는 16마일은 족히 바다로 나와 있었다. 우리가 증기선을 타고 그 선박을 빠르게 따라붙었을 때 멀리 정박해 있던 배의 모습은 그야말로 장관이었다. 높다란 돛대들은 하늘을 배경으로 우아한 선들을 그어대며 존재감을 드러냈고, 밧줄과 원재圓材 하나하나는 실로 그은 듯 섬세한 윤곽을 나타냈다. 우리가 모두 배에 오르고, 닻이 "즐겁게 선원이여, 오 즐겁게!"라는 씩씩한 합창에 맞춰 올라오고, 배가 예인해가는 증기선을 당당하게 따라가는 모습 또한 장관이었다. 그러나 그중에서도 가장 용감하면서도 호기롭던 모습은 예선 밧줄이 떠내려가자, 범포가 돛대에서 펄럭이며 그 하얀 날개를 펼치는 순간 아무것에도 얽매이지 않고 혼자만의 방향으로 배가 치솟듯 나아가는 장면이었다.

우리가 있던 후부 1등 선실에는 승객이 전부 열다섯 명밖에 되지 않았고, 대다수는 캐나다에서 온 사람들로 일부는 이미 서로 알고 있는 사이였다. 그날 밤은 거칠고 폭풍이 일 것 같았는데, 그다음 이틀간도 마찬가지였다. 그러나 이틀은 순식간에 지나갔고, 우리는 솔직하고 사내다운 성격의 선장이 위협적으로 느껴져 신경 쓰다 보니, 뭍에서든 바다에서든 서로 잘 지내야 한다는 결심이라도 한 것처럼 이내 유쾌하고 편안한 일행이 되었다.

우리는 여덟 시에 조식, 열두 시에 조찬, 세 시에 저녁을 먹고, 일곱 시 반에는 차를 마셨다. 우리는 유흥거리가 많았지만, 그중에서 정찬을 마련할 낌새는 없었다. 첫째, 정찬 자체를 위해, 둘째, 정찬의 그 유별난 길이 때문인데, 말하자면 요리가 나올 때마다 한참을 쉬었다 먹는 시간을 모두 포함해서 식사 기간이 자그마치 두 시간 반이나 되기 때문이다. 정찬이야말로 불변의 유흥거리였다. 이들 연회의 따분함을 달래려고, 돛대 아래 있던 식탁의 낮은 끝 쪽에 상류 협회가 만들어졌고, 이곳의 저명하신 겸손 의장께서 내가 앞으로 조금이라도 자기를 에둘러 표현하지 말도록 금하고 있다. 그 모임은 아주 명랑하고 유쾌한 단체이기에, 그곳 공동체 나머지 사람들은 물론, 3주 동안 이곳 소속의 주요 인사들의 놀라운 유머에 히죽거리며 웃고 살았던 흑인 사환도 무척이나 좋아했다(편견은 일단 제쳐놓고).

게다가, 우리에게는 체스 두는 사람들을 위한 체스도 있었고, 휘스트, 크리비지[191], 책, 주사위놀이, 셔플보드 게임도 있었다. 날씨가 화창하든 찌푸렸든, 잠잠하든 바람이 불든 상관없이 우리는 모두 갑판에 모여 끼리끼리 왔다 갔다 하거나, 보트에서 늦잠을 자거나, 배 옆 너머로 몸을 기울이거나 느긋한 무리들과 함께 수다를 떨었다. 아코디언을 연주하는 사람도 있고, 바이올린을 켜는 사람도 있고, 유건 나팔(대개는 새벽 여섯 시에 시작했다)을 부는 사람도 있어서 음악이 부족하지는 않았다. 그런 악기들이, 가끔씩 그랬던 것처럼(모두들 자신의 연주에 격하게 만족했기 때문에), 하나같이 배의 서로 다른 곳에서, 동시에, 서로의 음악이 들리는 범위 내에서 서로 다른 음을 연주하면서 내는 동시다발적 효과는 지극히도 섬뜩했었다.

이 모든 유흥거리가 시들해지면, 어떤 돛이 보이기 시작하곤 했다. 어쩌면 어떤 배의 영혼이 멀리 안개 낀 곳에서 아련히 나타나거나 우리 곁을 바짝 지나치는 바람에 우리의 안경을 통해 갑판에 있던 사람들이 보이기도 하고, 배 이름과 나가는 방향을 쉽게 알아보기도 했다. 몇 시간이나 다 같이 돌고래 떼와 참돌고래 떼가 배를 에워싸며 빙글빙글 돌고 뛰고 잠수하는 모습이나, 언제나 날아다니며 뉴욕 만에서부터 우리를 호위하며, 2주 동안 내내 선미 주변에서 퍼드덕거렸던 저 작은 마더 캐리스 치킨스[192]를 지켜보기도 했다. 며칠 동안은 바람

---

191) 2~4명이 하는 카드게임의 일종.

이 쥐죽은 듯 고요하거나 아주 가벼운 미풍만 불어와서 선원들은 낚시를 하며 불운한 돌고래를 잡아 올렸고, 돌고래는 갑판 위에서 오색 창연한 자신의 무지개 빛깔에 휘감긴 채 숨을 거두었다. 이후 그 돌고래를 잡은 날부터 돌고래가 죽은 날을 하나의 시대로 구분할 정도로, 이 일은 우리의 별 볼일 없던 일정표에 기록된 중요한 하나의 사건이었다.

이런 것들 말고도 항해가 대엿새 지속되자 빙산에 대한 말들이 많아지기 시작했다. 그 떠도는 섬들이 우리가 뉴욕 항을 떠나기 하루 이틀 전 항구로 입항했던 배들에게 이례적으로 많이 목격되었던 터라 날씨가 갑자기 추워지고 기압계 수온이 떨어지면 근처에 빙산이 존재할 위험이 있으니 조심하라는 경고를 받았다. 이런 징후들이 지속되는 동안 경계도 두 배로 늘렸고, 어두워진 이후에는 빙산에 부딪쳐 야간에 물속으로 가라앉은 배들에 대한 무서운 이야기들을 속삭이기도 했지만, 바람이 다행히도 남쪽 방향을 유지하면서 눈에 띄는 빙산 하나 없이 날씨도 이내 다시 화창해지고 따사로워졌다.

매일 정오의 관찰과 배의 방향에 따른 후속 작업은, 추측한 대로, 우리 생활에서 최고로 중요한 하나의 특징이었다. 선장의 예상에 빈틈없이 의문을 품는 사람들도 부족하지 않았다(지금은 전혀 그렇지 않다). 선장은 등을 돌리자마자 나침판 없이 해도에 약간의 끈과 주머니수건 끄트머리와 촛불끄개 끝을 들이대며, 자신의 계산이 약 천 마일 정도 틀렸음을 분명하게 입증하곤 했다. 이 불신자들이 고개를 흔들고 인상을 쓰며, 항해에 대해 열변을 토하는 소리를 듣는 건 아주

---

192) Mother Carey's chickens, 선원들이 부르던 바다제비의 애칭.

유익한 일이었는데, 그들은 항해에 관해 뭔가를 알아서가 아니라, 날씨가 잠잠하거나 역풍이 불어오면 그때마다 늘 선장을 불신하곤 했다. 사실 청우계 자체도 이런 부류의 승객들만큼이나 변화무쌍하지는 않다. 이 승객들은 배가 바다를 보무도 당당하게 통과하면, 감복으로 사뭇 창백해지며 선장이 지금껏 알려진 선장들 중에서 최고라고 단언하며 심지어는 기부금 접시를 돌리자는 뜻을 내비칠 정도였다가, 다음날 아침 산들바람이 멎고, 돛이란 돛이 할 일 없는 공중에서 무익하게 매달려 있을 때면, 그들의 풀죽은 머리를 다시 흔들어대며 걱정으로 맛이 간 입술을 하고 선장이 뱃사람이길 바란다고 말은 하면서도 순식간에 그를 미심쩍어하곤 한다.

차분해지면 바람이 모든 규칙과 선례에 따라 오래 전에 마땅히 발생했어야 하는 그 유리한 구역에서 불어왔는지 궁금해하는 게 소일거리가 되기도 했다. 휘파람을 불며 열정적으로 바람을 찾던 1등 항해사는 그의 인내심으로 많은 존경을 받기도 하고, 그 불신자들로부터도 1류 항해사로 인정받기도 했다. 오찬이 한창 진행되는 동안 여러 음울한 표정들이 객실 채광창을 통해 펄럭이는 돛대를 향해 위쪽으로 향했다. 슬픈 마음에 대담해진 어떤 이는 우리가 7월 중순 경에 상륙할 것임을 예언했다. 배에는 항상 희망에 찬 사람이 있는가 하면 실의에 찬 사람도 있기 마련이다. 실의에 찬 성격은 이번 항해 동안 허울만 실의에 찼지 매 끼니 때마다 희망에 찬 사람에게 그레이트웨스턴호(우리보다 1주일 늦게 뉴욕을 떠났다)가 지금쯤 어디에 있다고 생각하는지, '커나드[193]' 정기기선은 지금쯤 어디에 있다고 생각하는지, 요

---

193) 사무엘 커나드 경(1787~1865)이 1838년에 설립한 해운회사(The North American

즘의 증기선과 비교해 범선을 뭐라고 생각하느냐고 묻는 말로 그에게 승리를 거두었는데, 평생을 그런 종류의 귀찮은 공격에 지독히도 시달려온 탓에 평화와 평온을 위해 그 역시 어쩔 수 없이 실의에 찬 척을 했기 때문이었다.

재미있는 사건들이 목록에 추가로 올라와 있기는 했지만, 여전히 또 다른 관심거리도 있었다. 거의 백 명의 승객들이 머물던 최하급 3등 선실은 빈곤에 찌든 작은 세상이었다. 우리가 그곳 승객들이 낮에 공기도 쏘이고, 음식도 만들고, 종종 음식을 먹기도 하던 갑판 쪽으로 고개를 숙이며 그들 중에 얼굴을 알게 된 사람들도 생기다 보니, 그들의 이력과 어떤 기대를 품고 미국에 갔었는지, 무슨 볼일이 생겨서 고향으로 돌아가고 있는지, 생활 형편은 어떤지에 대한 호기심이 발동했다. 이들을 책임지고 있던 목수로부터 얻은 이들에 관한 정보는 이상하기 짝이 없는 이야기가 많았다. 미국에 불과 3일밖에 머무르지 않은 이들도 있었고, 3개월밖에 머무르지 않은 이들도 있었으며, 미국에 타고 갔던 배를 다시 바로 타고 지금 귀국길에 오른 사람들도 있었다. 뱃삯을 마련하기 위해 옷가지들을 팔았던 탓에 걸친 게 넝마밖에는 없는 사람들도 있었고, 먹을 게 없어서 다른 사람들의 자선에 기대 생활하는 사람들도 있었다. 그리고 항해 전이 아닌, 항해 거의 막바지에 이르러, 어떤 한 남자는 자신의 비밀을 함구하고 동정도 구하지 않았기 때문에, 1등 선실에서 먹고 난 접시를 설거지하도록 밖에 내놓으면 거기에 담긴 뼈와 비계 찌꺼기를 먹는 것 외에는 달리 먹을 게 없었다는 사실이 밝혀지기도 했다.

Royal Mail Steam-Packet Company)로 이후 커나드 해운회사가 되었다.

이런 불운한 사람들을 수송하고 실어 나르는 제도는 전체적으로 철저하게 손을 볼 필요가 있다. 어떤 계층이 정부의 보호나 도움을 받을만하다면, 기본적인 생계수단을 찾아 고국을 떠난 계층일 것이다. 이 가난한 사람들을 위해 선장과 항해사들의 위대한 동정심과 인간애가 할 수 있는 것이라면 무엇이든 이루어졌지만, 그들에겐 훨씬 더 많은 것이 필요하다. 법에 따라 적어도 영국 측은 그들 가운데 너무 많은 사람이 한 배에 타지 않게 하며, 그들을 수용하는 시설이 괜찮은지, 즉 사기를 꺾거나 낭비 요소가 없도록 살펴봐야 한다. 또한 인도적 차원에서 어떤 사람도 정식 항해사에게 사전에 비축한 식량이 있는지 검사받고 항해하는 동안 적당히 먹고 살만큼은 식량을 지니고 있다는 판결을 받지 않으면 배에 오르지 못하도록 포고해야 한다. 법에 따라 주치의가 승선해야 한다고 규정하고는 있지만, 항해 도중 성인들이 병에 걸리기도 하고 아동들이 사망하는 일이 비일비재한 데도 이런 배에는 의사가 한 명도 없다. 무엇보다, 군주국이든 공화국이든 모든 정부는 그런 상황에 개입해서 그런 제도를 폐지해야 할 의무가 있다. 그런 제도 때문에 이민자들을 거래하는 어느 무역회사는 소유주들로부터 한 배의 중갑판 전체를 그들이 얻어낼 수 있는 조건으로 매입해서, 선실의 편의시설이나 침상 숫자나 최소한의 남녀 구분이나 그들 자신의 직접적인 수익은 눈곱만큼도 언급하지 않고 중갑판이 수용할 수 있는 만큼의 불쌍한 사람들을 배에 승선시킨다. 심지어 이런 반행이 그런 사악한 제도의 최악의 사례는 아니다. 그들이 꾀어낸 승객들 전부에 대해 수익의 일부를 받는 그런 회사의 유괴주선업자들은 빈곤과 불만이 팽배한 지역들을 끊임없이 순회하며, 이민을 부추기는 실현 불가능한 터무니없는 유인책들을 펼쳐 보이며 귀가 얇은 이들을 더 비참한 나락으로 꼬여내고 있기 때문이다.

배에 타고 있던 모든 가족의 이야기도 거의 똑같았다. 뱃삯을 지불하기 위해 저금하고, 돈을 빌리고, 매달리고, 모든 것을 팔아 축친 후에 그들은 황금으로 포장된 거리들을 발견하게 되리란 기대를 품고 뉴욕으로 갔고, 결국은 매우 단단하고 진짜 돌로 포장된 거리들을 발견하고 말았다. 경기는 활기가 없었고, 노동자들은 부족하지 않았다. 일자리를 구해야 했지만, 임금을 받을 수는 없었다. 그들은 떠났을 때보다 한층 더 가난해져서 돌아오고 있었다. 그들 중 한 사람은 젊은 영국인 기술공이 보낸 공개서한을 지니고 있었는데, 뉴욕에서 겨우 2주일을 보낸 그 기술공이 맨체스터 인근에 사는 친구에게 자신을 따라오도록 강력하게 독려하려고 보낸 편지였다. 항해사 한 명이 그 편지를 진귀한 물건처럼 내게 가져왔다. 내용인즉 이랬다. '이곳이 그 나라야, 젬. 나는 미국이 좋아. 여기에는 전제정치란 게 없어. 그게 장점이야. 각양각색의 일자리가 헛되게 쓰이고 있고, 임금은 최고야. 넌 직업을 고르기만 하면 돼, 젬. 그거야. 난 아직 정하지 못했지만, 금방 정할 거야. 목수가 되어야 할지 재단사가 되어야 할지 지금 당장은 아직 마음을 완전히 정하지 못했거든.'

또 다른 부류의 승객도 있었고, 그 외에 한 부류가 더 있다면, 조용한 미풍을 맞으며 우리 사이에서 끊임없이 대화와 관찰 대상이 되는 승객이었다. 이 자는 영국인 선원으로 똑똑하고, 다부진 체구의, 모자에서 신발까지 군함 복무 경력이 있는 영국인이었지만, 그때는 미국 해군에서 근무 중이어서 휴가를 받아 친구들을 만나러 고향에 가는 길이었다. 그가 배에 올라타며 뱃삯을 지불하려고 하자, 그에게 능력 있는 수병이니 그런 일을 잘 처리해서 돈을 절약하는 게 낫지 않겠느냐는 말이 넌지시 건네졌지만, 이런 충고에 크게 분개한 그는 이렇게 말하며 거절했다. "배를 탈 때 신사처럼 굴지 않는다면 그는 사람도 아니죠." 따라서 그들은 그의 돈을 받았고, 그는 배에 오르자마자 배낭을 선원들로 엉망진창이 될 선원실에 집어넣고, 일손들이 나타나기가 무섭게, 누구보다 먼저 고양이처럼 돛대 위로 올라갔다. 항해하는 동안 내내 그는 처음에는 밧줄을 잡다가, 다음에는 활대 맨 바깥쪽에 있다가, 나중에는 눈코 뜰 새 없이 사방에서 뱃일을 돕고 있었지만, 태도에는 차분한 기품이 배어 있었고 얼굴에서 과장되지 않은 웃음이 떠나지 않는 모습이 마치 솔직하게 이렇게 말하는 것 같았다. '제가 신사니까 이러는 거예요. 제가 좋아서 그런다는 걸 알아주세요!'

드디어, 그리고 마침내, 바람이 불 것 같은 조짐이 본격적으로 나타났고, 우리는 바람보다 먼저 범포의 솔기 하나하나가 제자리에 놓이자 바다를 가르며 씩씩하게 나아갔다. 그 찬란한 선박의 움직임은 장관이었다. 여러 돛들로 그림자가 지긴 했지만 무서운 속도로 파도를 타는 배의 모습에 사람들의 마음은 형언할 수 없는 자부심과 환희로 넘쳐났다. 배가 포말이 보글거리는 골짜기로 뛰어들 때면, 하얀색으로 깊이 단을 댄 그 녹색 파도가 고물 쪽으로 달려오며, 제멋대로 배를 위로 뜨게 만들다가도 배가 다시 기울어지면 주변에서 소용돌이치지만, 여전히 그들의 오만한 여주인을 위해 늘 배에게 순종하는 모습을 내가 얼마나 보고 싶어 했던가! 우리는 계속, 계속 날아갔고, 바다를 밝히는 빛이 달라짐에 따라 이제는 양털 하늘의 축복받은 구역으로 들어갔다. 낮에는 태양이 우리를 밝게 비추었고, 밤이면 달빛이 밝게 비추었다. 똑바로 고향 쪽을 가리키는 풍향계는 순풍과 즐거운 우리의 마음을 고스란히 가리키는 지표나 마찬가지였다. 그러다 어느 화창한 월요일 아침, 동이 트던 순간—6월 27일, 나는 그날을 쉬이 잊지 못할 것이다—우리 앞에 옛 케이프 클리어[194](그곳에 축복이 내리길)가 이른 아침의 안개 속에서 마치 한 점 구름처럼 나타났다. 그때까지 하늘의 타락한 자매—고향—의 얼굴을 가리고 있던, 우리에게는 더할 나위 없이 밝고 반가운 구름이었다.

망망대해에서 바라본 그곳은 어스레한 점에 불과했지만, 그곳이 있어서 일출은 더욱 기분 좋은 장면이 되었고, 더불어 항해 중에는 부족해 보이던 인간적인 관심 같은 것도 솟구쳤다. 다른 곳과 마찬가지로 그곳에서도, 낮의 귀환은 새로운 희망과 기쁨을 느끼는 어떤 감각과 불가분의 관계에 있다. 그러나 황량하고 광막한 바다에 환한 빛을 비추며, 그 광활하게 넓은 외로움 속에서 바다의 길잡이가 되어주는 햇빛은 엄숙한 광경을 선사한다. 바다를 어둠과 불확실성 속에 감춰두는 매일 밤도 그 광경을 압도하지는 못한다. 월출은 고독한 바다에 더 잘 어울리며, 우수 어린 웅장한 분위기도 감돌아 그 부드럽고 온화한 힘이 슬프게 하면서도 위로가 되는 것 같다. 나는 아주 어렸을 때 달빛이 물에 반사되어 하늘로 통하는 길이 나타나면 그 길로 착한 사람들의 영혼이 신께 올라간다고 상상하던 일이 떠올랐다. 고요한 밤에 바다에서 하늘에 떠 있는 달을 바라보고 있노라니 수시로 이 오래된 감정이 밀려오곤 했다.

월요일 이날 아침에는 바람이 퍽이나 가벼웠지만, 여전히 4분의 1 직각 우 방향에 머물렀고, 따라서 우리는 천천히 케이프 클리어를 뒤에 남기고 아일랜드 해안이 보이는 범위 내에서 계속 나아갔다. 우리

---

194) 아일랜드 남서부 최극단 지점.

모두가 얼마나 즐거웠고, 조지워싱턴 호에 얼마나 충성스러웠는지, 서로 축하하느라 얼마나 바빴으며, 리버풀에 도착하는 정확한 시간을 알아맞히는 데 얼마나 무모했는지는 어렵지 않게 상상도 되고, 쉽게 이해가 되기도 할 것이다. 게다가, 우리는 그날 오찬에 선장의 건강을 위해 마음껏 축배를 들기도 했고, 짐을 꾸리면서 들떠 있기도 했고, 가장 쾌활한 두세 명은 그날 밤 조금이라도 눈을 부쳐야 한다는 생각을 해안에 그렇게 가까이 오면 잠잘 필요가 없는 것이라며 거부했지만, 그런데도 불구하고 잠을 자러 가서 깊이 잠이 들어버리기도 했다. 우리는 여정의 끝에 가까워질수록 깨어나기 두려운 기분 좋은 꿈을 꾸는 것만 같았다.

다음날도 산들바람이 다시 상냥하게 불어왔고, 우리는 다시 한 번 당당하게 바람을 앞서 나아갔다. 이따금씩 돛을 짧게 하고 고향으로 돌아가고 있는 영국 배를 어렴풋하게 보기라도 하면 우리는 범포가 1인치씩 쇄도해 나갈 때마다 그 배를 가볍게 스쳐 지나가며 뒤로 멀찌감치 따돌렸다. 저녁이 가까워오자 날씨가 흐려지면서 비가 부슬부슬 내리기 시작했고, 이내 빗줄기가 턱없이 굵어진 탓에 우리는 이를테면 구름 속을 헤치고 나아갔다. 그래도 우리는 유령선처럼 휩쓸듯 나아갔고, 수많은 간절한 눈들은 돛대 망루에서 홀리헤드를 찾아 망을 보는 선원을 올려다보았다.

이윽고 기다리고 기다리던 그의 외침이 들려왔다. 동시에 앞쪽에 있던 연무와 박무를 뚫고 반짝이는 불빛 하나가 빛을 비췄다. 그리곤 이내 사라졌다가, 곧 다시 되돌아왔다가, 또다시 금방 사라졌다. 불빛이 되돌아올 때마다 배 위에 있던 모든 사람의 눈들도 그 불빛처럼 밝게 번쩍거렸다. 우리는 모두 배 위에 서서 홀리헤드의 바위에 자리 잡은 이 회전등을 바라보며 불빛이 얼마나 찬란하고 얼마나 다정하게 경고하는지 찬양하고, 찬미했는데, 요컨대 지금까지 내걸렸던 어떤 다른 신호등보다 낫다는 것이었다. 그러는 사이 불빛은 또다시 우리 뒤 저 멀리서 희미하게 깜빡거렸다.

그러자, 도선사를 위해 대포를 발사해야 할 때가 되었다. 대포 연기가 사라지기 일보직전에, 돛대머리에 등을 단 작은 배 한 척이 어둠을 뚫고 우리 쪽으로 빠르게 접근해왔다. 곧이어 우리 돛이 뒤로 젖혀지자 작은 배가 나란히 따라붙었다. 목이 쉰 도선사가 더블 상의와 숄을 모진 풍파를 이겨낸 그의 콧마루까지 잔뜩 끌어올려 몸을 감싼 모습으로 갑판 위 우리 사이에 떡하니 서 있었다. 나는 그 도선사가 50파운드를 담보 없이 무한정 빌리고 싶어 했다면, 그의 배가 뒤처지기 전이나, (마찬가지로) 그가 가져온 신문에 실린 모든 뉴스거리가 배 위에 있던 모든 이들의 공동재산이 되기 전에, 그에게 돈을 빌려주겠다고 우리끼리 약속을 했어야 하지 않았을까 생각한다.

그날 밤 우리는 꽤 늦게 잠자리에 들었고, 다음날 아침 꽤 일찍 모습을 드러냈다. 여섯 시에는 뭍에 오를 준비를 하고 갑판에 모여, 리버풀의 첨탑과 지붕과 연기를 쳐다보았다. 여덟 시에는 우리 모두 리버풀의 한 호텔에 앉아 마지막으로 다 같이 먹고 마셨다. 아홉 시에는 돌아가며 악수를 하고, 우리의 사교 모임을 영원히 해체했다.

우리가 덜커덕거리는 기차를 타고 통과하며 바라본 시골은 풍요로운 정원처럼 보였다. 들판(너무 작아 보였다!)과 산울타리와 나무들의 아름다움과, 예쁘장한 오두막집들, 꽃밭, 오래된 교회 경내, 고풍스런 가옥들, 잘 알려진 물건 하나하나, 즉, 여름날의 짧은 기간에 밀려들어온 그 어느 여정의 강렬한 즐거움들과 오랜 세월의 환희는 결국 고향과 고향을 소중하게 만드는 모든 것으로 끝이 난다. 어떤 말로 표현하기 힘들고, 나의 펜으로도 설명하기 어렵다.

9장

노예제도

미국의 노예제도—나는 노예제도에 따른 잔학한 행위들에 대해 충분한 증거와 근거 없이는 한 마디도 쓰지 않을 것이다—를 옹호하는 사람들은 세 가지 유형으로 분류할 수 있다.

첫째, 인간을 가축으로 소유하는 다소 온화하고 합리적인 사람들로서, 인간 가축을 그들의 상업 자본에 속하는 돈으로서 소유한다. 그러나 관념적으로는 이런 제도의 소름 끼치는 속성을 인정하고, 노예제도가 만연한 사회에서 발생할 수 있는 위험 요인들을 인식한다. 즉, 그런 위험 요인들이 아무리 요원하다거나 더디게 일어난다 해도 언젠가는 심판의 날과 마찬가지로 그 죄를 지은 자의 머리 위로 떨어지게 될 것으로 확신한다.

둘째, 노예들을 사육하고, 이용하고, 사고, 파는 사람들로 이들은 이 유형의 시기가 피비린내 나는 종말을 고할 때까지 온갖 위험을 무릅쓰고 노예를 소유하고, 사육하고, 이용하고, 사고, 팔 것이다. 이들은 어떤 다른 주제와는 비교할 수 없을 만큼 엄청난 증거가 존재하며, 매일같이 발생하는 일들로 그 막대한 증거가 더욱 늘어나고 있는데도 노예제도의 잔혹 행위를 끈질기게 부인한다. 이들은 이 순간에도 아니 다른 어떤 순간에도, 미국이 그 나름의 목적을 위해 노예제도를 영속화하고, 노예에게 매질을 가하고, 부리고, 고문할 수 있는 자신들의 권리 행사를 어떤 인간 권한으로부터 문제제기도 당하지 않고, 어떤 인간 권력으로부터 공격도 받지 않게 한다면, 미국을, 내전이든 외국과의 전쟁이든, 아무튼 전쟁에 기꺼이 휘말리게 할 장본인들이다. 이들이 자유를 거론한다면, 그 말은 그들과 같은 인간을 학대하고, 야만스럽고 잔인하고 가혹하게 굴 수 있는 자유를 말하는 것이다. 이들 중에서도 공화제 미국에서 자신이 소유하는 땅에서 살아가는 사람들은 하나같이 성난 주홍색 옷을 입은 칼리프 하룬 알라시드보다 더 가혹하고 더 잔인하고 책임감은 덜한 폭군이다.

셋째, 수도 별로 없고 영향력도 크지 않은 부류로 자신보다 우월하거나 동등한 사람을 견뎌내지 못하는 우아한 상류층 사람들이다. 이들 계층에게 공화주의란 이런 의미가 된다. "나는 어떤 사람이 나보다 위에 있는 것을 참지 못하며, 아랫것들은 너무 가까이 접근해서는 안 된다." 자발적 예속을 불명예로 간주하고 회피하는 나라에서 이들의 자부심은 노예들에 의해 충족되는 게 틀림없으며, 이들의 양도할 수 없는 권리들은 흑인들이 받는 부당한 대우 속에서 성장할 수 있을 뿐이다.

아메리카 공화국에서는 인간의 자유라는 대의(역사가 다루어야 할 이상한 대의!)를 진일보시키려고 노력했지만 무위로 돌아갔던 여러 활동에서 첫 번째 부류의 사람들이 존재를 충분히 고려하지 않았다는 주장들이 간혹 있어 왔으며, 두 번째 부류와 혼돈된 상태에서 첫 번째 부류를 거의 이용도 하지 않는다는 주장도 있었다. 이것은 틀림없는 사실로서, 그런 부류들의 금전적 희생과 개인적 희생의 고귀한 사례들이 이미 증가한 상태고, 따라서 그런 사람들과 노예 해방을 주장하는 사람들 사이의 간극이 어떤 식으로든 넓어지고 깊어졌다는 점이 상당히 유감스럽다. 이런 노예의 주인 중에 자신들의 비정상적인 힘을 상냥하게 행사하는 수많은 친절한 주인들이 논란의 여지없이 존재한다니 더욱 그렇기도 하다. 그러나 이러한 불의가 인류애와 진리를 통해 처리해야 하는 상황과 불가분의 관계에 있다는 것은 두려워해야 할 일이다. 노예제도는 그 혹독한 영향력에 부분적으로 저항할 수 있는 일부 용감한 사람들이 있을 수 있다는 이유로 더욱 견뎌내야 하는 문제는 결코 아니다. 분노에 찬 기세가 계속 유지되는 과정에서 그 기세에 죄지은 무리 중 비교적 무고한 극소수 사람들을 휩쓸어간다고 해서 정직한 분노의 성난 기세도 가만히 머물러 있어서는 안 된다.

노예제도를 옹호하는 사람들 중에 비교적 좋은 사람들이라는 이런 사람들이 공통으로 취하는 입장은 이렇다. "노예제도는 나쁜 제도입니다. 할 수만 있다면 나 혼자서라도 이런 제도를 기꺼이 없앨 용의가 있습니다. 아주 기꺼이 말이죠. 그러나 영국에 있는 당신들이 생각하는 것만큼 노예제도가 그렇게 나쁜 것은 아닙니다. 당신들은 노예 폐지론자들의 주장에 속은 것입니다. 우리 집 노예 대부분은 나를 상당히 많이 따른답니다. 여러분들은 내가 그들을 가혹하게 대해서는 안 된다고 하겠지만, 나는 노예를 비인간적으로 대하는 것을 여러분이 일반적인 관례로 생각하든 안 하든 이 판단은 여러분에게 맡길 것입니다. 노예제도가 그들의 가치도 훼손하고 그들 주인의 이해와도 명백하게 배치될 경우에 말입니다."

훔치고, 도박하고, 건강과 정신적 능력을 술로 낭비하고, 거짓말하고, 맹세를 저버리고, 증오를 부채질하고, 필사적으로 보복하거나 살인을 저지르고 하는 일이 특정인에게 이로운 일인가? 아니다. 이 모든 것은 파멸에 이르는 길이다. 그렇다면 왜 사람들은 그들을 짓밟는가? 그 모두가 인간의 사악한 속성에 속하는 성향이기 때문이다. 그대 노예제도 옹호자들을 인간의 격정, 짐승 같은 욕망, 잔학함, 무책임한 권력 남용(모든 세속적인 유혹 중에서 거부하기 가장 힘든)이란 목록에서 완전히 지워 없애라. 그렇게 하기 전이 아닌, 그대가 그렇게 했을 때, 우리는 노예들을 매질해서 불구로 만들어버리고, 그들의 목숨과 팔다리를 절대적으로 장악하는 것이 주인에게 도움이 되는 일인지 물을 것이다!

그러나 또다시, 이 부류는, 내가 마지막으로 거론한 부류인 거짓 공화국에서 탄생한 야비한 귀족과 더불어 목소리를 높여 주장한다. "여러분이 비난하는 잔학함을 예방하는 데는 여론이면 충분합니다." 여론! 아니, 노예제도가 합법화된 노예 주州들의 여론은 노예제도이다, 그렇지 않은가? 노예주들의 여론은 노예들을 그들 주인의 온화한 자비에 이미 넘겨버렸다. 여론은 법을 제정했고, 노예들을 보호하는 법안을 거부했다. 여론은 채찍의 챗열을 묶고, 낙인을 찍는 쇠도장을 가열하고, 총을 장전하고 살인자를 수호했다. 여론은 노예 폐지론자가 남부로 가는 일을 감행할 경우 살해 위협을 가하고, 벌건 대낮에 동쪽에 있는 첫 도시를 통과하는 그의 허리를 밧줄로 묶고 끌고 다닌다. 여론은 몇 년 전에 세인트루이스 시의 서서히 타오르는 불 속에서 노예를 산채로 불태웠다. 지금까지도 여론에 따라 판사식에 앉은 저 존경하는 판사는 살인자들을 재판하도록 선정된 배심원들에게 살인자들의 더할 나위 없이 끔찍한 행위는 여론에 따른 행동이었고, 그런 여론이었기 때문에, 국민 정서가 만들어낸 법률에 의거해 처벌 받아선

안 된다는 지시를 내렸다. 여론은 이런 교조적 주장에 우레와 같은 갈채를 보내며 찬양했고, 죄수들이 예전처럼 저명하고 영향력 있고 지체 있는 사람으로서 도시를 활보하도록 석방했다.

여론이여! 입법부에서 여론을 대변하는 계층의 힘에 있어서 지역사회의 어떤 다른 계층보다 헤아릴 수 없을 정도로 우월한 계층은 어떤 계층인가? 노예 주인들이다. 그들이 자신들의 12개 주에서 백 명의 의원을 파견할 때, 자유 신분의 인구가 거의 두 배에 달하는 14개의 자유 주[195]들은 142명만을 선출하고 있을 뿐이다. 대통령 후보들이 누구 앞에서 가장 겸손하게 고개를 숙이며, 누구에게 가장 살갑게 아첨을 하며, 자신들의 비굴한 항변을 소리 높여 외치면서 누구의 취향에 가장 열심히 영합하고 있는가? 항상 노예 주인들이다.

여론이여! 워싱턴에 있는 하원의원들의 주장대로 자유 남부의 여론을 들어봐라. 노스캐롤라이나가 말했다. "저는 의장님을 대단히 존경합니다. 저는 의장님을 하원의 위원으로도 대단히 존경하며, 개인적으로도 무척 존경하고 있습니다. 그런 존경 이외의 그 어떤 것도 제가 탁자로 달려가 콜롬비아 특별지구의 노예제 폐지를 위해 방금 제출된 청원서를 발기발기 찢어버리는 걸 막지는 못합니다." 사우스캐롤라이나는 말한다. "저는 현재와 같은 모습의 무지하고, 격분하는 야만인들인 노예 폐지론자들에게 경고합니다. 운 좋게 그들 중 누가 우리 수중에 떨어진다면, 중죄인의 죽음을 기대해도 좋을 겁니다." "어떤 노예 폐지론자라도 사우스캐롤라이나 주 경계선 안으로 들어오게 하라." 세 번째 의원이 소리쳤다. 온건한 캐롤라이나의 동료의원이다. "그래

---

195) Free States, 노예를 사용하지 않는 주들.

서 우리가 그를 잡을 수 있다면, 재판해서, 연방 정부를 비롯해 지구 상에 있는 모든 정부의 방해를 무릅쓰고, 우리는 그를 교수형에 처할 것입니다."

여론이 이 법을 제정했다.—이 법은 워싱턴에서는, 미국의 자유의 아버지의 이름을 딴 그 도시에서는, 어떤 치안판사도 흑인이 거리를 지나가기만 하면 족쇄를 채워 감방에 처넣을 수 있다고 천명했다. 해당 흑인이 어떤 위법 행위를 했느냐는 물을 필요도 없다. 판사는 "나는 이 자를 도망자로 생각하기로 했다"고 말하며 그를 투옥한다. 여론은 이런 일이 벌어지면 법관에게 그 주인에게 와서 흑인을 찾아가거나, 아니면 투옥으로 발생하는 비용을 지불하기 위해 그를 팔아버릴 것이란 경고와 함께 그 흑인을 신문에 공시할 수 있는 권한을 부여한다. 그러나 그가 자유 신분의 흑인이라고 한다면, 그래서 그에게 어떤 주인도 없다면, 그가 자유의 몸이 될 것이란 추정이 당연할는지도 모른다. 그렇지 않다. 그는 간수에 대한 보상 차원에서 매매된다. 이런 일이 다시, 또다시 그리고 또다시 반복해서 발생해왔다. 그는 자신의 자유를 증명할 방법이 없다. 조언자도, 얘기를 전달해줄 사람도, 어떤 종류의 도움도 구할 수 없다. 그의 사건을 둘러싼 어떤 조사도 이루어지지 않고, 어떤 심리도 진행되지 않는다. 수년간 일하며 자신의 자유를 샀을 수도 있는 자유 신분의 그 흑인은 어떤 범죄도 저지르지 않고, 범죄를 저지르려는 흉내도 내지 않았는데, 어떤 절차도 없이 투옥된다. 그리고 투옥 비용을 지불하기 위해 팔려간다. 이처럼 믿기 힘든 일이 벌어지고 있지만, 그게 법이며, 심지어 미국의 법이다.

다음은 여론이 반영된 사건들이며, 이는 신문 제목으로 나타난다.

'흥미로운 소송 사건'

'다음과 같은 사실에서 비롯된 한 흥미진진한 사건이 대법원에서 현재 재판 중이다. 메릴랜드에 사는 한 신사가 그의 나이 많은 노예 부부에게 법적 자유는 아닐지라도 수년간 상당한 자유를 허용했었다. 이렇게 살아가던 그들에게 딸이 태어났고, 이 딸도 그들처럼 자유롭게 성장하다 자유 신분의 흑인과 결혼한 후 그와 함께 펜실베이니아로 살러 갔다. 그들은 자녀 몇 명을 낳고 평온하게 살던 중 이들의 원주인이 사망하자 그의 상속자가 그들을 되찾으려고 했다. 그러나 치안판사는 끌려온 그들 앞에서 자신에게 사건을 재판할 권리가 없다는 판결을 내렸다. 따라서 주인이 그 부인과 아이들을 야간에 붙잡아 다시 메릴랜드로 데려갔다.'

'흑인 현찰 매입', '흑인 현찰 매입', '흑인 현찰 매입'은 빽빽하게 들어찬 기다란 신문 칼럼을 따라 대형 대출기업에서 낸 광고 제목이다. 흑인 도망자는 양손에 수갑을 찬 채, 승마 부츠를 신은 무뚝뚝한 표정의 추격자 발아래에 웅크리고 있고, 그를 잡은 추격자가 그의 목을 움켜쥐고 있는 목판화는 즐거운 기사 내용에 어울리는 볼거리를 제공한다. 신문 사설은 '신과 자연의 온갖 법칙과 모순되는 노예 폐지라는 그 혐오스럽고 불쾌한 주장에 반대한다.' 그 자상한 엄마는 자신의 멋진 베란다에서 신문을 읽다 이 유쾌한 기사에 동의하듯 미소를 지으며 치맛자락에 매달리며 칭얼거리는 제 어린 자식에게 '흑인 어린애들을 때릴 수 있는 채찍'을 주겠노라며 달랜다.—그러나 작든 크든 그 흑인들은 여론의 보호를 받는다.

이런 여론을 또 다른 방식으로 실험해보도록 하자. 본 실험은 세 가지 관점에서 중요하다. 첫째, 널리 발행되는 신문에서 노예 도망자들을 세세하게 묘사해놓은 글들을 보면, 노예 주인들이 여론을 얼마나 지독하게 두려워하고 있는지 보여준다는 점. 둘째, 노예들도 제 신분에 얼마나 지극히 만족하고 있으며, 그들이 달아나는 일이 얼마나 드문 일인지 보여준다는 점. 셋째, 그들을 그려낸 그림들처럼, 상처나 흔적, 혹은 어떤 잔인한 학대 자국으로부터 그들이 온전하게 벗어나 자유를 획득한다는 것이 거짓말쟁이 노예 폐지론자들이 아닌 그들 자신의 정직한 주인들에게 달렸음을 드러내고 있다는 점이다.

다음은 일반 신문에 실린 광고에서 사례로 뽑아본 광고들이다. 그 중 가장 오래된 광고가 등장한 때가 불과 4년 전이며, 같은 성격의 다른 광고들도 날마다 꾸준히 수도 없이 실리고 있다.

'도망, 흑인 여자, 캐롤라인. 목에 끼는 쇠스랑의 쇠발 하나가 꺾여 있음.'

'도망, 흑인 여자, 베치. 오른쪽 다리에 쇠고랑을 차고 있음.'

'도망, 흑인 남자, 마누엘. 낙인 자국이 많음.'

'도망, 흑인 여자, 패니. 목 주변에 쇠테를 두르고 있음.'

'도망, 열두 살 가량의 흑인 남자아이. 목에 개 사슬을 매고 있는데 그 위에 '드 램퍼트'라고 새겨져 있음.'

'도망, 흑인, 혼. 왼발에 쇠고랑을 달고 있음. 또한, 그의 아내 그리스는 왼쪽 다리에 쇠고랑을 달고 있음.'

'도망, 제임스라는 흑인 남자아이. 상기 남자아이가 도망갈 때 낙인이 찍힌 상태였다고 함.'

'투옥, 자기 이름이 존이라고 하는 남자. 무게가 4~5파운드 정도 나가는 철제 차꼬를 오른쪽에 달고 있다.'

'경찰서 유치장에 구금, 흑인 하녀 마이라. 채찍 자국과 발에 낙인

자국이 있음.'

　'도망, 흑인 여자와 두 아이. 달아나기 며칠 전에, 내가 그녀의 얼굴 왼쪽을 뜨거운 인두로 지졌다. M자를 새기려고 했다.'

　'도망, 헨리라는 흑인 남자. 왼쪽 눈이 빠짐. 왼팔과 왼팔 밑에 칼에 찔린 자국이 좀 있고, 매질 자국은 수없이 많음.'

　'현상금 백 달러, 폼페이라는 흑인 녀석, 마흔 살. 왼쪽 턱에 낙인이 찍혀 있다.'

　'투옥, 흑인 남자. 왼발에 발가락이 하나도 없음.'

　'도망, 레이첼이라는 흑인 여자. 엄지발가락만 빼고 발가락을 전부 잃음.'

　'도망, 샘. 얼마 전에 총알이 손을 관통했고 왼팔과 옆구리에도 총을 몇 발 맞았다.'

　'도망, 나의 흑인 노예 데니스. 상기 흑인은 왼팔 어깨와 팔꿈치 중간에 총을 맞아 왼팔이 마비되었다.'

　'도망, 사이몬이라는 나의 흑인 노예. 등과 오른팔에 심한 총상을 당했다.'

　'도망, 아서라는 흑인. 가슴과 양팔에 칼로 인한 상처가 상당히 많음. 신의 은총을 얘기하길 무척 좋아함.'

　'나의 노예 이삭을 찾아주면 25달러 보상. 이마에 맞아서 생긴 상처가 있고, 등에는 총상으로 인한 상처가 있다.'

　'도망, 매리라는 흑인 여자아이. 눈 위에 작은 상처가 있음. 이가 많이 없고, A자 낙인이 뺨과 이마에 찍혀 있음.'

　'도망, 흑인, 벤. 오른손에 상처가 있고, 엄지손가락과 집게손가락을 지난 가을 총에 맞아 다쳤음. 뼈 일부가 떨어져 나감. 등과 엉덩이

에 커다란 상처 한두 개가 있음.'

'감옥에 구금, 흑백 혼혈, 이름은 톰. 오른쪽 뺨에 상처가 있고, 화약으로 얼굴 화상을 당한 듯함.'

'도망, 네드라는 흑인 남자. 손가락 세 개가 손바닥 있는 데까지 잘려 있음. 목 뒤에 칼로 인한 반원에 가까운 상처가 있음.'

'교도소에 수감됨, 흑인 남자. 이름이 조사이아라고 함. 등에 심하게 매질 당한 상처가 있고, 허벅지와 엉덩이 서너 군데에 이렇게 (J M) 낙인이 찍혀 있음. 오른쪽 귀 가장자리가 물어뜯기거나 찢겨나감.'

'50달러 현상금, 내 친구 에드워드. 입 꼬리에 상처가 있고, 팔과 팔 밑에 자상 두 개가 있고, 팔에 E자가 찍혀 있음.'

'도망, 흑인 남자아이 엘리. 한쪽 팔에 개에게 물린 상처가 있음.'

'다음은 제임스 서제트 농장에서 달아난 흑인들. 랜달, 귀 하나가 잘렸음. 밥, 눈이 하나 없음. 켄터키 톰, 턱이 부러짐.'

'도망, 앤소니. 귀 하나가 잘려나가고, 왼손은 도끼에 잘림.'

'흑인 짐 블레이크에게 50달러 현상금. 양쪽 귀가 조금씩 잘리고, 왼손 중지가 두 번째 마디까지 잘려나감.'

'도망, 마리아라는 흑인 여자. 뺨 한쪽에 자상이 있음. 등에도 상처가 좀 있음.'

'도망, 흑백 혼혈 계집아이, 매리. 왼팔에 자상, 왼쪽 어깨에 상처 자국, 윗니 두 개가 빠짐.'

마지막 문장을 설명해보자면, 여론이 흑인들에게 확보해주는 여러 축복 중에 폭력을 써서 그들의 치아를 뽑아내는 일반적인 관례도 있다고 해야 할 것 같다. 밤이나 낮이나 그들 목에 쇠고랑을 씌우고, 개로 위협하는 일들은 너무나도 흔하디흔한 일이라 언급할 필요도 없는 관습들이다.

'도망, 나의 노예 파운틴. 귀에 구멍이 있고, 이마 오른쪽에 상처가 있고, 뒷다리에 총을 맞은 적이 있고, 등에 채찍 자국이 있음.'

'나의 흑인 노예 짐에게 250달러 현상금. 오른쪽 허벅지에 총에 맞은 자국이 많다. 총탄이 몸 바깥쪽, 엉덩이와 무릎 관절 사이 중간쯤에 박혀 있다.'

'투옥됨, 존. 왼쪽 귀가 짧게 잘려 있음.'

'체포, 흑인 남자. 얼굴과 몸에 상처가 아주 많고, 왼쪽 귀를 물어 뜯김.'

'도망, 흑인 여자아이, 이름은 매리. 뺨에 상처가 있고, 하나의 발가락 끝이 잘려나감.'

'도망, 나의 흑백 혼혈 여자, 주디. 왼쪽 팔이 부려졌다.'

'도망, 나의 흑인 노예, 레비. 왼손에 화상을 입었고, 내 생각에 집게손가락 끝이 떨어진 것 같다.'

'도망, 흑인 남자, 이름은 워싱턴. 가운뎃손가락 일부와 새끼손가락 끝이 없음.'

'25달러 현상금, 흑인 노예, 샐리. 허리를 못 쓰기는 하지만 걷기는 함.'

'도망, 조 데니스. 귀 한쪽에 작은 자국이 있음.'

'도망, 흑인 남자아이, 잭. 왼쪽 귀가 조금 잘려 있음.'

'도망, 흑인 남자, 이름은 아이보리. 양쪽 귀 끝이 조금씩 잘려나감.'

귀에 대해 이야기하다 보니, 뉴욕의 한 유명 노예 폐지론자가 예전에 머리 바로 옆까지 바짝 잘라내 일반 편지에 담아 보내온 흑인의 한쪽 귀를 받은 적이 있다는 얘기를 꺼내도 될 것 같다. 귀가 그렇게 절단되도록 원인을 제공했던 그 자유로운 신분이자 무소속이었던 신사는 자신의 '목록'에 그 표본도 넣겠다는 요청을 정중하게 담아 귀를 다시 돌려보냈다고 한다.

나는 이 목록을 부러진 팔들, 부러진 다리들, 상처가 깊은 살, 빠진 치아, 갈가리 찢긴 등, 개에 물린 자국, 셀 수 없이 많은 시뻘건 낙인 자국들을 넣어 더 확대할 수도 있지만, 나의 독자들은 이미 충분히 구역질이 나고 기분도 불쾌할 것이므로, 지금부터는 다른 주제로 바꾸겠다.

이런 광고들은, 비슷한 종류가 매년, 매달, 매주, 매일 만들어질 수도 있고, 가족들 사이에서는 당연한 일이고, 시사 뉴스거리이자 한담거리로 냉정하게 읽힐 수도 있기 때문에, 노예들이 여론의 덕을 얼마나 많이 보는지, 여론이 그들을 얼마나 상냥하게 대변하는지 보여주는 데 도움이 될 것이다. 그러나 노예 주인들과 그들 상당수가 속한 사회계층이 행동에 있어서 얼마나 여론을 따르는지, 말하자면 그들의 노예가 아니라 그들 서로서로를 따르는지, 그들이 자신들의 격노를 제어하는 데 얼마나 익숙한지, 그들끼리는 어떤 태도를 취하는지, 그들이 잔혹한지 온화한지, 그들의 사회관습이 잔인하고, 피비린내 나며, 폭력적이거나 문명과 품위라는 낙인을 지니고 있는지 알아보는 것도 가치 있는 일일 수 있다.

또한 이런 확인에 있어서 노예 폐지론자들에게서 나온 증거가 전혀 편파적이 아닐 수도 있기에 나는 다시 한 번 그들 지신의 신문에 관심을 돌려서, 이번에는 미국을 방문하는 동안 매일매일 실렸고, 내가 미국에 머무는 동안 발생한 사건들과 관련된 기사들만 다뤄볼 것이다. 앞부분과 마찬가지로 이 발췌기사 중 이탤릭체 부분은 나 자신이 덧붙인 글이다.

이 사건들이 전부 사실상 합법적인 노예 주(州)들에 속하는 지역에서 발생하지는 않았다는 것으로 보일 것이다. 비록 대다수 사건과 최악의 사건도 나머지 사건들이 지속적으로 발생하는 것처럼 그 지역에서 발생하기는 했지만 말이다. 그러나 사건 현장의 위치가 노예제도가 합법인 지역과 매우 가깝고, 잔학 행위를 가하는 계층과 나머지 계층이 대단히 유사하다는 점은 관계 당사자들의 성격이 노예 구역에서 형성되었고, 노예제도로 인해 잔인해졌다는 추론으로 이어진다.

'끔찍한 비극'

'우리는 위스콘신 주, **더 사우스포트 텔레그래프**에서 보내온 전보를 통해 브라운 카운티의 존경하는 의회 의원님인 찰스 C. P. 아른트가 그랜트 카운티의 의원 제임스 R. 빈야드가 쏜 총에 맞아 **의회 회의실 바닥**에서 숨진 사건을 알게 된다. 그랜트 카운티 보안관 지명을 두고 발생한 **사건**이었다. E. S. 베이커 씨가 아른트 씨의 지명과 지지를 받았다. 이 지명에 반대한 빈야드는 그 자리가 자신의 형제에게 돌아가기를 원했다. 논의가 진행되면서 아른트는 성명을 발표했고 빈야드가 이를 허위라고 표명하며, 폭력과 모욕적 언사를 사용하며 대체로 인신공격을 일삼았고, A 씨는 아무런 대응도 하지 않았다. 휴회가 끝난 후, A 씨는 빈야드에게 다가가서 인신공격을 철회하도록 요구했고, 빈야드는 거듭 불손한 언사를 쓰며 이를 거절했다. 그러자 아른트 씨가 빈야드에게 일격을 가했고, 한 걸음 뒤로 물러난 빈야드는 총을 꺼내 그를 쏴 죽였다.

이 사건은 빈야드 측에서 먼저 야기한 것처럼 보인다. 왜냐하면 온갖 위험을 무릅쓰고 베이커의 지명을 무산시키려고 작정했고, 자신이 패배하자, 패배로 인한 분노와 복수를 불운한 아른트에게 돌렸기 때문이다.'

'위스콘신의 비극'

'위스콘신 주 입법부 회관에서 발생한 C. C. P. 아른트의 살인사건으로 위스콘신 지역에서 국민들의 분노가 고조되고 있다. 위스콘신 주의 여러 카운티에서 열린 수차례 회의를 통해 **지역 입법부 의원들이 남몰래 총기를 소지하는 관례**를 비난했다. 우리는 그 잔인한 짓을 저지른 제임스 R. 빈야드의 제명된 이야기를 알고 있었기에, 자기 아들이 살해당하는 장면을 목격하리라고는 꿈도 꾸지 않고 아들을 찾아온 고령의 아버지가 있는 앞에서 빈야드가 아른트를 살해하는 장면을 목격한 사람들에게 이렇게 제명된 이후, **던 판사가 보석금을 받고 그를 석방했다는** 소식을 듣고 놀라움을 금치 못할 뿐이다. 마이너스 프리 프레스는 위스콘신 주민의 정서에 가해진 그런 무지막지한 짓에 **상응하는 비난을 통해** 자사의 의견을 피력한다. 빈야드는 아른트 씨가 손이 닿는 근거리에 있었고, 아른트를 죽일 작정을 했을 때, 물론 그렇게 밝힌 적은 없지만, 빈야드는 아주 가까운 거리에 있었기 때문에 맘만 먹으면 아른트에게 상처만 입힐 수도 있었지만, 그는 그를 죽이기로 했다.'

'살인'

'우리는 14일 어느 세인트루이스 신문에 실린 한 편지로 인해 아이오와 주 벌링턴에서 벌어진 가공할만한 잔학 행위에 주목하게 된다.

교량 공사장에서 일하던 한 남성이 그곳 시민인 로스 씨와 문제가 생겼다. 로스 씨의 처남이 콜트식 자동권총을 그에게 주었고, 거리에서 B 씨를 만나 **그에게 총열에 든 총알 다섯 발을 발사했고, 총알 하나하나는 제각기 주효했다.** B 씨는 부상이 심해 죽어가고 있었지만, 총을 되받아 쏴서 현장에서 로스를 살해했다.'

'로버트 포터의 끔찍한 죽음'

'이달 12일 '카도 가제트'를 통해 우리는 로버트 포터 대령의 무시무시한 죽음에 대해 알게 된다. 자기 집에서 로즈라는 한 적병에게 습격당한 포터는 소파에서 벌떡 일어나 총을 움켜쥐고는 잠옷을 입은 채 집에서 달려 나갔다. 2백여 야드를 가는 동안에는 그의 속도가 추격하는 적보다 빨랐던 것 같았지만, 이내 덤불에 걸려 잡히고 말았다. 로즈는 그에게 **아량을 베풀 작정이며** 살아날 기회를 주겠다고 말했다. 그러고는 포터에게 도망가도 된다고 하며, 어느 정도 거리가 떨어질 때까지는 따라가지 않겠다고 했다. 포터는 명령이 떨어지기가 무섭게 달아나기 시작했고, 총이 발사되기 전에 호수에 당도했다. 그는 당장 물속으로 뛰어들 충동이 일어나 그렇게 했다. 로즈는 그를 바싹 추격했고, 그가 물속에서 떠오르면 총을 쏘도록 부하들을 호숫가에 배치했다. 몇 초가 지나자 포터가 숨을 쉬러 올라왔고, 그의 머리는 수면에 닿기도 전에 총을 맞아 지독한 벌집이 되었고, 그는 다시 가라앉아 다시는 떠오르지 않았다!'

'아칸소에서 벌어진 살인'

'우리는 며칠 전 세네카 연맹에서 세네카족, 쿼포족, 쇼니족의 혼합

연맹의 부 대리인 루스 씨와 아칸소 주 벤턴 카운티, 메이즈빌의 토마스 G. 앨리슨 앤 Co. 상사商社의 제임스 길레스피 씨 사이에 **심한 싸움이 벌여졌고**, 이 일로 제임스 길레스피가 사냥칼에 살해당했다는 소식을 들어서 알고 있다. 양측 사이에 어떤 어려움이 한동안 존재했던 것 같다. 길레스피 중령이 지팡이로 공격을 시작했다고 한다. 길레스피가 총 두 개를 쏘고 루스 씨가 총 하나를 쏘아대며 싸움은 더욱 격렬해졌다. 그러다 루스가 결코 실수가 없는 무기 중 하나인 사냥칼로 길레스피를 찔렀다. 길레스피 중령은 진보적이고 열정이 넘친 사람이었기에 그의 죽음이 매우 안타깝다. 위 사건이 인쇄에 들어간 중이었기 때문에, 우리는 앨리슨 중령이 시내에 있던 시민 몇몇에게 먼저 공격을 가한 사람은 루스 씨라고 말했다는 사실을 알게 되었다. **이 사건은 사법적 조사를 받아야 할 사안**이므로 세부사항은 밝히지 않겠다.'

'비열한 행동'

'막 미주리강에서 도착한 증기선 템스 호를 통해 우리는 5백 달러 현상금이 걸린 전단지를 손에 넣었다. 지난달 6일 밤에 인디펜스에서 미주리 주 주지사 라이번 W. 보그스를 암살한 자에게 걸린 돈이었다. 보그스 주지사는 비망록에 따르면 죽은 것이 아니라 생명에 치명적인 상처를 입었던 것이라고 한다.

상기 내용을 적은 이후, 템스 호 직원으로부터 다음의 세부내용이 적힌 짧은 편지를 받았다. 보그스 주지사는 지난달 6일 금요일 밤에 인디펜스에 있던 자기 집 방에 앉아 있다가 어떤 괴한의 총에 맞았다. 총성을 들은 어린 그의 아들이 방으로 달려가 보니 주지사는 의자에 앉은 채 턱을 떨구고 머리가 뒤로 젖혀져 있었다. 아버지가 입은 부상을 발견한 즉시 경보를 발령했다. 발자국이 창문 아래 정원에서 발견되었고, 찾아낸 권총은 화약이 너무 과하게 들어가 있었고, 발사한 괴한의 손에서 내동댕이쳐진 것 같았다. 무겁게 장전된 산탄 세 발이 치명적이었다. 한 발은 입을 관통했고, 다른 한 발은 머리를 맞혔고, 나머지 한 발은 머리 안이나 근처를 맞혔는데, 전부 목과 머리 뒤를 맞혔다. 주지사는 7일 오전까지 살아 있었지만, 친구들이 볼 때 회복할 가능성은 전혀 없었고, 의사들의 실낱같은 희망만 있을 뿐이었다.

한 남자가 용의 선상에 올랐고, 보안관이 이때쯤 그를 수중에 넣었던 것 같다.

권총은 인디펜던스의 한 제빵사로부터 며칠 전 훔쳐낸 총 두 자루 가운데 하나였고, 사법 당국은 나머지 총 하나에 대한 세부사항을 발표했다.'

'결투'

'운 나쁜 **사건**이 금요일 저녁 사라트르 거리에서 발생했다. 이 사건으로 존경해마지 않는 우리 시민 중 한 분이 칼에 복부를 찔리는 중상을 입었다. 우리는 어제 뉴올리언스 지역신문 비Bee를 통해 다음과 같은 내용을 알게 되었다. 지난 월요일 이 신문의 프랑스 측에서 발행한 한 기사에, 일요일 아침 온타리오와 우드베리의 발포에 대한 대응으로 대포를 발포하고, 그로 인해 뉴올리언스의 평화를 지키느라 밤새도록 보초를 서는 군인들의 가족들을 크게 놀라게 한 포병대대에 대한 비난의 글이 포함되어 있었다. 이에 분개한 해당 대대의 지휘관인 C. 갤리 중령은 신문사를 방문해서 그런 기사를 작성한 사람의 이름을 요구했다. 따라서 P. 아핀 씨의 이름이 그에게 넘겨졌고, 당시 마침 아핀은 그 자리에 없었다. 그리고는 신문사 소유주 중 한 명과 말다툼이 오갔고, 결국 결투 신청으로 이어졌다. 양측의 친구들이 사건을 정리하려고 했지만 소용이 없었다. 금요일 저녁 7시 즈음, 갤리 중령이 사라트르 거리에서 P. 아핀 씨를 보고 말을 걸며 다가갔다. "당신이 아핀 선생이신가?"

"네, 그런데요."

"그렇다면 (적당한 욕설을 써가며) 당신이—라는 말을 해야겠군요."

"당신이 한 말을 잊지 않도록 해드리지, 중령."

"하지만 내 지팡이로 당신 어깨를 부러뜨릴 거라고 했을 텐데."

"알고 있소. 하지만 아직은 안 맞았는데."

이 말에 지팡이를 손에 들고 있던 갤리 중령이 아핀의 얼굴을 후려쳤고, 아핀은 주머니에서 단검을 꺼내 갤리 중령의 복부를 찔렀다.

부상이 치명적일 것이란 두려움이 일었다. **우리는 아핀 씨가 기소되어 형사재판에 나왔을 때 경비를 세웠다는 점을 알고 있다.'**

'미시시피에서의 난투극'

'지난달 27일에 미시시피 주 리크 카운티 사라트르 근처에서 제임스 코팅엄과 존 월번 사이에 벌어진 싸움으로 존 월번이 제임스 코팅엄이 쏜 총에 맞아 회복할 수 없을 정도로 심하게 다쳤다. 이번 달 2일에는 사라트르에서 A. C. 샤키와 조지 고프가 서로 싸우다 고프가 총에 맞아 사경을 헤매고 있다고 한다. 샤키는 당국에 자수하려고 했지만, **마음을 바꾸고 달아났다!'**

'개인적인 충돌'

'며칠 전, 스파르타에 위치한 한 호텔 술집 주인과 베리라는 남자 사이에 싸움이 일어났다. 베리가 좀 소란스럽게 굴자 **질서를 잡겠다고 작심한 술집 주인이 총을 쏘겠다고 베리를 위협했고**, 이 말에 베리는 총을 꺼내 술집 주인을 쏘아 쓰러뜨렸다. 마지막 설명에 따르면 술집 주인이 죽지는 않았지만 회복할 희망은 아주 적었다.'

'결투'

'증기선 **트리뷴** 호의 직원이 우리에게 지난 화요일에 빅스버그의 한 은행 임원 로빈스 씨와 빅스버그 센티넬의 편집장 폴 씨가 또다시 결투를 벌였다고 알려준 내용이다. 그 이야기에 따르면, 두 사람은 각기 총을 여섯 자루씩 지니고 있었고, '발사!'라는 말이 떨어진 후, **그들이 원하는 만큼 빠르게 총을 쏘기로 되어 있었다.** 폴은 총 두 자루를 헛쏘고 말았다. 로빈스의 첫 발이 폴의 허벅지를 맞혔고, 쓰러진 폴은 더는 총을 쏠 수가 없었다.'

'클라크 카운티에서의 난투극'

'지난달 19일 화요일 워털루 근처 클라크 카운티(미주리 주)에서 **유감스러운 난투극**이 벌이겄다. 이 싸움은 원래 맥캐인 씨와 맥앨리스터 씨의 동업 문제를 해결하는 것에서 시작되었고, 두 사람은 증류 사업에 종사하고 있었는데, 그러다 맥앨리스터가 맥케인의 총에 맞아 쓰러져 죽는 사고가 발생했다. 맥앨리스터가 맥케인 소유의 위스키 7배럴을 차지하려고 했기 때문인데, 강제 공매에서 1배럴당 1달러에 맥앨리스터에게 넘어가버렸던 것이다. 맥케인은 즉각 달아났고 **최근까**

지도 잡히지 않았다.

　이 불행한 싸움으로 인근 지역이 상당한 흥분에 휩싸이게 되었는데, 양측 모두 그들에게 기대고 사는 대가족이 있었던 데다 지역사회에서 평도 좋았기 때문이었다.'

　나는 그 터무니없는 어리석음 때문에 이런 잔학한 행위들이 오히려 다행스러울 수도 있는 기사를 하나만 더 인용해보겠다.

'결투'

　'우리는 화요일 식스 마일 섬에서 이루어진 어떤 만남에 대한 자세한 내용을 전해 듣게 되었다. 우리 도시의 혈기 넘치는 **열다섯 살** 사무엘 서스턴과 **열세 살** 윌리엄 하인이 만난 것이었다. 둘은 같은 나이의 젊은 신사들을 대동하고 있었다. 그 사건에 사용된 무기는 딕슨의 최고급 소총 두 자루였고, 거리는 30야드였다. 그들은 첫 발을 쏘았지만 양쪽 모두 어떤 손해도 입지 않았고, 다만 서스턴의 총알이 하인의 모자 춤을 관통했을 뿐이었다. **명예 위원회의 중재로** 이 결투는 철회되었고, 갈등은 평화적으로 조정되었다.'

　이 세상의 어떤 다른 지역에서라면 두 짐꾼의 등에 업혀 평화적으로 조정되고 자작나무 회초리로 건전하게 벌을 받았을 이 두 어린 소년의 갈등을 평화적으로 조절했다는 명예 위원회가 어떤 종류의 위원회인지 상상해보려는 독자가 있다면, 내가 위원회의 이미지가 내 앞에 떠오를 때마다 그 말도 안 되는 특성에 웃지 않을 수 없는 것처럼 독자도 그 말도 안 되는 특성에 강렬하게 사로잡히고 말 것이다.

이제, 나는 상식 중에서도 가장 상식적인 생각과 보편적인 인간성 중에서도 가장 보편적인 인간성을 지닌 모든 인간의 마음과, 미묘한 의견 차이에도 공평하고 합리적인 모든 사람에게 호소하며, 묻는다. 미국의 노예 지역 내외에 존재하는 사회상에 대한 이 같은 혐오스러운 증거들이 그들 앞에 있는데도, 노예들의 실제 상황을 미심쩍어하거나, 노예제도나 노예제도의 극악무도하고 무시무시한 특징들과 그들 자신의 올바른 양심이 한순간이라도 타협하는 일이 가능하단 말인가? 그들이 일반 간행물에 관심을 돌려, 쭉 훑어보다, 그들 나름의 법칙과 그들 나름의 수법으로 노예들을 지배하는 사람들이 그들 앞에 제시한 이 같은 증거들을 읽게 됐을 때, 정도가 너무 심해서 있을 법하지 않은 잔인하고 무시무시한 이야기를 꺼내게 될까?

노예제도 최악의 패악과 혐오스러움이, 자유의 몸으로 태어난 이 무법자들이 따낸 무분별한 면허의 직접적인 원인과 결과임을 우리는 모르는 걸까? 이런 부당한 행위 속에서 태어나 성장하다, 어렸을 때는 명령이 떨어지면 남편들이 어쩔 수 없이 그들의 아내에게 매질을 가하고, 여자들은 사내들이 그들 다리에 더 육중한 채찍 자국을 새겨 놓도록 입고 있던 옷을 상스럽게 들어 올려야 했고, 산통을 겪을 때도 잔인한 감독들에게 끌려가 괴롭힘을 당하고, 채찍을 맞으며 들판에서 일하다 엄마가 되던 장면, 젊어서는 다른 곳에서는 발행될 리 없었던, 농장이나 가축 전람회에 잔뜩 쟁여져 있던 남녀 도망자들과 그들의 꼴사나워진 모습들에 대한 인상서를 읽고, 그의 처녀인 누이들도 읽는 모습을 보았던 남자를 우리는 모르는 걸까? 분노가 타오를 때마다 혹독한 야만인으로 돌변하는 그 사람을 우리는 모르는 걸까? 그가 가정생활에 있어서 무거운 채찍으로 무장하고 남녀 노예들을 위협하며 활보하고 다니는 겁쟁이인 만큼, 집 밖에서도 가슴에 겁쟁이들의 무기를 지니고 다니며 말다툼을 하게 된 사람들을 총으로 쏘거나 칼로 찌르는 겁쟁이가 된다는 걸 우리는 모르는 걸까? 우리의 이성이 우리에게 이런 사실과 그 너머의 많은 것들을 가르쳐주지 않았다고 해도, 우리가 그런 사람들을 키워내는 그 훌륭한 교육 방식을 눈을 감고 외면하는 바보천치라고 해도, 입법부 회관에서, 법원에서, 시장에서, 삶을 평화롭게 추구하는 그 밖의 모든 곳에서 그들과 대등한 사람들 틈에서 칼을 휘두르고 총을 쏘는 그들이 비록 자유로운 신분의 노예라고는 해도, 자신들에게 딸린 식구들에게 그렇게도 악랄하고 무자비하게 구는 폭군들이라는 게 분명한 사실임을 우리는 몰라야 하는 걸까?

우리는 아일랜드의 무식한 농민들을 어떻게! 비난할 것이며, 이 미국의 엄한 주인들이 문제가 될 때 그 사안을 어떻게 완곡해서 말할 것인가? 우리는 가축을 불구로 만드는 그자들의 야만적 행위를 호되게 비난하고, 지구상에 있는 자유의 불빛을 남녀의 귀에 눈금을 새겨 넣고, 오그라드는 피부에서 작은 꽃다발을 유쾌하게 오려내고, 인간의 얼굴에 뜨거운 인두 펜으로 글씨를 쓰는 법을 배우고, 노예들이 이 세상의 구세주를 조롱하고 살해했던 군인들처럼 살아 움직이는 사지를 부러뜨리며 평생 입고 다니다 무덤까지 지니고 가는 사지 절단이란 제복을 만들어내려고 상상력을 짜내고, 무방비상태의 노예들을 표적으로 삼는 자들에게 나눠줘야 하는가! 이교도 인디언들이 서로에게 행하는 고문에 얽힌 진설 같은 이야기들에 대해선 훌쩍거리고, 기독교인들의 잔학한 행위들에 대해선 미소를 지을 것인가! 이런 일들이 지속되는 한, 우리는 여기저기 뿔뿔이 흩어진 저 인종의 자취 위에서 뛸 듯이 기뻐하며, 그들을 소유하는 즐거움을 만끽하는 백인들과 함께 의기양양해야 할까? 차라리, 나 같으면 숲과 인디언 마을을 복구하고, 성조기 대신 어떤 가난한 날개가 산들바람에 퍼덕거리게 내버려두고, 거리와 광장을 원주민의 원형 오두막으로 대체하겠다. 백 명의 오만한 전사들의 죽음의 노래가 대기에 가득하다 해도, 한 명의 불행한 노예가 외치는 비명에 비하면 음악이나 진배없을 것이다.

우리의 눈앞에 공통으로 놓여 있는 하나의 주제에 대해, 그리고 어떤 우리의 국민성이 빠르게 변하고 있다는 점에 관해서, 진실이 있는 그대로 밝혀지게 하자. 비겁한 인간들처럼 스페인 사람들과 포악한 이탈리아 사람들을 암시하는 말로 문제를 회피하지는 말자. 서로 충돌한 영국인들이 칼을 꺼내들 때, '이런 변화가 공화국 노예제도 덕분'임을 밝히도록 하자. 이것이 자유의 무기들이다. 이것들과 마찬가지로 날카로운 끝과 날로써 미국의 자유는 자국의 노예를 자르고 베어낸다. 아니면, 그런 일마저 실패한 미국의 아들들은 그 무기들을 더 나은 용도로 활용하며, 그 날카로운 끝과 날을 서로에게 겨누고 있다.

10장

끝맺는 말

이 책에는 내 나름의 추론과 결론으로 나의 독자들을 번거롭게 하는 유혹을 애써 물리친 구절이 많다. 독자들 앞에 제시해놓은 전제들을 토대로 독자들이 스스로 판단하기를 바라면서 말이다. 이 책을 처음 시작할 때 나의 목표는 내가 어디를 가든 독자들과 함께 하는 것이었으며, 이제 그 과업을 막 내려놓았다.

그러나 실례를 무릅쓰고, 한 이방인의 눈앞에 나타난 미국 국민의 일반적인 성격과, 미국의 사회제도가 지닌 보편적인 특성 같은 주제에 관해 이 책을 끝내기 전에 나의 견해를 간단히 밝히고 싶다.

미국인들은 천성적으로 솔직하고, 용감하고, 다정하며, 상대를 후하게 대접하고, 사랑이 넘친다. 배우고 익히는 자세와 교양은 그들의 따뜻한 마음과 뜨거운 열정을 앙양했을 뿐이고, 이러한 마음과 열정을 아주 놀라울 정도로 보유하고 있기 때문에 교양 있는 미국인이라면 더할 나위 없이 소중하고 너그러운 친구가 되는 것 같다. 나는 이런 부류의 사람들에게 마음이 끌린 적도 없었고, 그들에게 그랬던 것처럼 그렇게 쉽사리 그리고 기꺼이 나의 모든 신뢰와 존경을 양도한 적도 없었고, 내가 인생의 절반만큼이나 소중하게 여기게 된 듯한 수많은 친구를 반년 사이에 또다시 사귈 수도 없을 것이다.

　나는 이러한 속성들이 모든 사람에게 자연스러운 일임을 절대적으로 확신한다. 그러나 그러한 특징들이 안타깝게도 집단 속에서 성장하며 약화하고 손상되었으며, 그런 기질들을 더더욱 위태롭게 만들고, 현재로선 그들을 건강하게 회복시킬 가능성도 거의 없는 영향들이 세를 넓히고 있다는 점은 꼭 전달되어야 마땅한 진실이다.

　모든 나라의 국민성에는 자기 결점들을 크게 자랑하고, 그렇게 과장된 결점들로부터 미덕이나 지혜의 흔적들을 찾아보는 속성이 반드시 있기 마련이다. 미국 국민성과 사악한 자손을 무수히 많이 낳은 부모가 지닌 커다란 단점 하나는 보편적인 불신이다. 그러나 미국민은 불신이 파멸을 일으킨다는 점을 충분히 인식할 정도로 감정이 휘둘리지 않는 순간에조차 이런 정신을 자랑하며, 이성적인 국민임에도 불구하고, 미국민의 위대한 명민함과 통찰력, 뛰어난 총민함과 독립성의 사례로 이런 정신을 곧잘 제시하곤 한다.

　그 이방인은 이렇게 말한다. "여러분은 이 질투와 불신을 공직을 거래할 때마다 적용하고 있다. 그런 마음 때문에 훌륭한 사람들을 여러분의 양원제 의회에서 쫓아내고 여러분의 제도와 국민의 선택에 불명예를 초래하는 투표권 후보 계급을 양성해왔다. 덕분에 여러분은 너무나 변덕스러워졌고, 걸핏하면 달라져서 여러분의 변덕스러운 행동은 웃음거리가 될 정도인데, 여러분이 우상을 단단히 세우기가 무섭게 다시 끌어내려 박살 내버릴 게 분명하기 때문이다. 그리고 이렇게, 여러분이 은인이나 공무원에게 직접 보상하기 때문에, 여러분은 그가 보상을 받았다는 이유만으로 그를 불신하고, 즉각 여러분이 감사의 표시를 너무 후하게 한 것인지, 아니면 그가 사막에서 너무 굼뜬 것은 아닌지 알아보는 일에 몰두한다. 우리 중에 대통령에서 그 아랫자리들까지 높은 자리에 오른 어떤 사람이 있다면 그 사람의 실각은 그 자리에 오른 순간부터 시작됐을지도 모른다. 어떤 악명 높은 악당이 쓴 어떤 거짓 인쇄물도, 비록 그게 직접적으로 불리하게 작용하는 것이 한 인물의 성격과 행동이라고는 해도, 이내 여러분의 불신을 일깨워 그 거짓 내용을 믿게 되기 때문이다. 여러분은 진실과 신뢰에 관해서는, 그러한 진실과 신뢰가 아무리 공정하게 쟁취되고 충분한 가치가 있다고는 해도, 아주 작은 것에 연연하지만, 하잘 것 없는 의심과 비열한 의혹을 잔뜩 싣고 있는 낙타 대상은 한 번에 몽땅 들이켜는 경향이 있다. 그렇게 한다고 여러분들의 지배자나 피지배자의 성격이 좋아질 것으로 생각하는가?"

대답은 한결같이 똑같다. "당신도 알다시피, 여기에는 의견의 자유가 있다. 모든 사람은 저마다 독립적으로 생각하고, 우리는 쉽게 속지 않는다. 그래서 우리가 의심이 많은 국민이 된 것이다."

또 다른 주요 특징인 '영리한' 수법에 대한 애정은 수많은 사기와 신뢰를 무너뜨리는 추잡한 행위, 관민 구별 없는 수많은 위탁금 횡령을 미화하고, 교수형을 당해도 싼 수많은 악인이 누구 못지않게 머리를 꼿꼿이 쳐들 수 있게 한다. 비록 그런 일이 그에 따른 보복적 효과가 없으면 가능하지 않지만 말이다. 이런 영리함이 최근 몇 년 사이에 공적 신용을 훼손하고, 공적 자원을 무용지물로 만들어버리기 위해 해온 일이, 우둔한 정직함이 아무리 서두른다 한들 1세기 동안 해온 일보다 많기 때문이다. 투기 실패나 파산, 혹은 성공한 악당의 장점들을 '남에게 대접받으려면 남을 먼저 대접하라'는 황금률을 준수했는지 여부로 판단하기는 어렵지만, 그것들이 지닌 영리함과는 관련이 있는 것 같다. 나는 미시시피 강변에 불행한 운명을 타고난 카이로를 두 차례 지나갔던 기회에 그런 엄청난 속임수들이 폭발적으로 늘면서 해외에서의 신뢰를 떨어뜨리고 해외 투자를 위축시키는 등 틀림없이 나타났을 악영향들에 주목했지만, 나는 이것이 상당한 자금을 형성해왔던 아주 영리한 책략이며, 그 책략의 가장 영리한 특징은 이런 것들을 해외에서는 순식간에 잊어버리고, 다시 전처럼 자유롭게 투기를 행한다는 점임을 이해하게 되었던 게 기억난다. 다음은 내가 수없이 주고받았던 대화이다. "아무개 남자가 더할 나위 없이 수치스럽고 가증스러운 방법으로 커다란 재산을 손에 넣고, 그가 저지른 그 모든 범죄에도 불구하고, 당신네 시민들이 그를 묵인하고 부추기는 건 지극히 불명예스러운 상황 아닙니까? 그는 공공연한 골칫거리입니다, 그렇지 않습니까?" "그렇습니다, 선생님." "유죄판결을 받은 거짓말쟁이 아닙니까?" "그렇습니다, 선생님." "그를 걷어차고, 그에게 수갑을 채우고 매질을 했습니까?" "그렇습니다, 선생님." "정말 치욕스럽고, 천박하며, 방탕한 자가 아닙니까?" "그렇습니다, 선생님." "그렇다면, 도대체 그의 장점은 뭐란 말이요?" "음, 선생님, 그는 영리한 자입니다."

마찬가지로, 각종 불완전하고 무분별한 관례들은 교역에 대한 국민들의 애정과 관련이 있다. 그게 묘하게도 미국인들을 교역의 민족으로 인식하는 외국인을 강력하게 비난하는 말이기도 하지만 밀이다. 교역에 대한 애정은 시골 소도시에도 널리 퍼져 있는 일로써, 결혼을 했는데도 호텔에서 살아가며 가정의 단란함도 느끼지 못하고 여러 사람과 급하게 먹는 식사 때 말고는 이른 아침부터 밤늦게까지 모임도 거의 없이 살아가는 사람들의 쓸쓸한 관습에 대한 이유로 꼽히기도 한다. 교역에 대한 애정은 미국 문학이 지금까지 보호받지 못하고 있는 이유이기도 하다. 우리는 아무튼 우리나라 시인들을 매우 자랑스러워는 하지만, '우리는 교역의 민족이기 때문에, 시는 좋아하지 않는다.' 한편 건강한 유흥거리들과 재충전할 수 있는 즐거운 방법들, 건전한 상상력들이 교역이라는 엄격한 실용적 즐거움 앞에서 빛을 잃는 것만은 분명하다.

이들 세 가지 특징들은 기회가 있을 때마다 그 이방인의 목전에서 완전한 제 모습을 드러낸다. 그러나 미국의 부당한 성장의 뿌리는 이보다 훨씬 더 복잡하며, 그 뿌리에서 자란 미세한 수염의 뿌리는 미국의 음탕한 언론에 깊이 박혀 있다.

동부, 서부, 북부, 남부에 학교들이 세워질 수도 있고, 학생들은 수만 명씩 교육을 받고 교사들도 수만 명씩 양성되고, 대학들이 한창 성장하고, 교회들도 문전성시를 이루고, 금주 운동도 더욱 확산되고, 모든 유형의 지식 발전이 커다란 보폭으로 전국을 휩쓸 수도 있다. 그러나 미국의 신문사 기관이 현재의 비참한 상황 안팎에 머무는 동안에는 이 나라의 도덕이 높은 수준으로 개선되리란 희망은 절망적이다. 미국은 해마다 후퇴하고 있는 게 분명하며 앞으로도 계속 후퇴할 것이다. 해마다 국민감정의 어조는 한풀 더 꺾일 게 분명하며, 해마다 하원과 상원은 점잖은 모든 남자 앞에서 그 중요성이 줄어들 게 분명하다. 그리고 해마다 혁명의 위대한 아버지들에 대한 기억이 그들의 퇴화한 자손의 형편없는 삶 속에서 더욱더 능욕을 면치 못할 게 분명히다.

미국에서 발행되는 그 많은 신문 중에는 독자들에게 굳이 이야기할 필요가 없는 품격 있고 신뢰할 만한 신문들도 있다. 이런 종류의 출판업계에서 성공한 신사들과 쌓은 개인적인 친분 덕분에 나는 즐거움과 이익을 모두 챙길 수 있었다. 그러나 이들의 이름은 퓨(소수)이고, 나머지 사람들의 이름은 리전(군단)이다. 따라서 선한 이들이 악인들의 도덕적 폐해를 상쇄할 정도로 막강한 영향력을 발휘하기는 힘들다.

미국의 상류층에는, 정보에 밝고 온건한 사람들 사이에는, 전문 직종과 법정과 재판관석에는, 이 악명 높은 신문들의 사악한 성격과 관련해 최대한 하나의 의견이 있을 뿐이다. 그들의 영향력이 어느 방문객이 추정하는 것만큼 강력하지는 않다는 주장이 있기도 하다. 여기에 대해 내가 이상한 말을 하지 않으려고 하는 것은 그런 치욕스러운 일을 변명하려고 하는 게 당연지사이기 때문이다. 내가 그건 근거 없는 핑계며, 모든 사실과 정황이 곧바로 그 반대의 결론으로 흐르는 경향이 있다고 말한다고 해도 잘못된 말은 분명 아니다.

지적으로나 인격에 있어서 어떤 황량한 상태에 있는 사람이, 그게 무엇이든 상관없이 미국에서 땅 위에 넙죽 엎드리지 않고, 이 부패라는 괴물 앞에 무릎을 조아리지 않고도 대중적으로 유명해지는 어떤 단계까지 올라갈 수 있을 때, 어떤 개인적 우수성이 그 괴물의 공격에서 무사할 때, 어떤 사회적 신뢰가 괴물의 손에서 무사할 때, 혹은 어떤 사회적 품위와 명예에 따른 속박이 조금도 고려되지 않을 때, 그런 자유로운 나라에 있는 어떤 사람이, 그 만연한 무지와 천박한 부정행위 때문에 그가 진심으로 지독히 분노하고 경멸하는 검열에 대한 조금의 언급도 없이, 의견의 자유가 있고, 독립적으로 생각한다고 추정하며, 자기 생각을 말할 때, 부패의 오명과 부패 때문에 국가에 쏟아지는 비난을 가장 예리하게 느끼고, 부패를 서로에게 고발하고, 모든 사람이 보는 앞에서 대담하게 뒤꿈치로 공공연히 뭉개버릴 때, 그러면 나는 부패의 영향이 줄어들고 있으며, 남자들이 남자다운 의식을 되찾고 있다고 믿을 것이다. 그러나 그 언론이 그 악의에 찬 눈으로 모든 집을 빈틈없이 살피고, 그 검은 손을 대통령에서 우체부까지 국가의 모든 관직에 개입하고, 언론의 상투적인 요소만을 상스럽게 비방한다고 해도, 언론이란 자기들 기사를 신문에서 찾는 게 분명하거나, 앞으로는 전혀 찾지 않을 거대한 계층의 표준 문헌이다. 따라서 그 나라의 수장에 대한 악평도 오래도록 지속되고, 언론이 움직이는 악마도 공화국에서 오래도록 똑똑하게 보일 게 분명하다.

영국의 유수 신문에, 또는 유럽 대륙의 훌륭한 신문들에 익숙한 사람들에게, 활자와 종이로 된 그 밖의 다른 어떤 것에 익숙한 사람들에게, 내가 그럴 공간도 의향도 없는 상당량의 인용문 없이, 미국의 이 소름 끼치는 엔진에 대한 생각을 충분히 전달하기란 불가능할 것이다. 그러나 어떤 사람이 이런 제목에 대한 나의 서술을 확인하기를 갈망한다면, 그를 이 런던 시에 있는 어떤 곳으로 보내라. 그곳에서는 이런 출판물들이 여기저기서 수없이 발견될 것이며, 그곳에서 그 자신의 의견을 형성하게 하자.

미국인들이 현실을 덜 사랑하고, 이상理想을 좀 더 사랑한다면, 그게 미국 사람들에게는 전체적으로 더 바람직할 것이라는 데는 의심의 여지가 없다. 명랑한 마음과 유쾌함을 크게 독려하고, 두드러지게 유용하거나 직접적으로 유용하지는 않아도 아름다운 것을 폭넓게 배양한다면, 바람직한 일이 될 것이다. 그러나 이 시점에서 나는 어느 오래된 국가의 성장 둔화가 당연한 것이라도 되는 듯, 꽤 정당성 없는 결점들에 대한 변명으로 개진되기 일쑤인 '우리는 신생국이다'라는 일반적인 불평이 강조되는 것도 아주 합리적일 수 있다고 생각한다. 나는 지금도, 신문의 정치적인 문제들 외에, 미국에 좀 다른 국민적 즐거움도 있다는 이야기를 듣기를 소망한다.

　그들은 분명 유머가 풍부한 국민은 아니며, 기질적으로 따분하고 우울한 성격이라는 인상을 늘 내게 심어주었다. 약삭빠른 말과 다소 융통성이 없을 정도로 괴짜라는 점에 있어서 양키들, 또는 뉴잉글랜드 사람들은 의심의 여지없이 그 수위를 차지하며, 지성을 나타내는 대다수 증거에서도 선두를 차지한다. 그러나 내가 이 책 앞부분에서 언급했듯이, 대도시에서 시작해 여러 지역을 두루 여행하는 동안 항상 진지하고 우울한 사무적인 태도가 팽배해 있어서 상당한 압박감을 느끼기도 했다. 그런 태도가 무척이나 일반적이고 변함이 없어서 새로 찾아간 모든 소도시에서도 내가 마지막에 두고 떠나온 사람들과 똑같은 사람들을 다시 만나는 느낌이 들었다. 그런 결점들이 미국식 예절에서도 감지될 수 있는 만큼 나에게는 따분하고 음울한 고집을 조잡하게 활용하고, 삶의 매력들을 관심을 쏟을 가치가 없는 것으로 거부해온 이유와 상당한 관련이 있는 것처럼 보인다. 예법의 여러 사항에 대해 늘 지극히 꼼꼼하고 정확했던 워싱턴은 살아 있을 때조차 그런 경향이 이런 오해를 살 위험이 있음을 인식하고, 이를 최선을 다해 고치려고 했다는 점은 의심의 여지가 없다.

　나는 이런 주제들에 대해 미국에 여러 형태의 비국교가 만연해 있는 이유가 어느 면에서는 영국 국교가 그곳에 부재하기 때문이라고 주장하는 다른 작가들의 의견에 동의할 수 없다. 정말로 나는 영국 국교가 그런 기관이 미국민 속에 설립되는 것을 허용했다 할지라도, 미국민 기질 상, 영국 국교가 설립되었다는 사실만으로도, 당연히, 그것을 저버릴 것으로 생각한다. 그러나 영국 국교가 존재한다 해도, 길 잃은 양 떼를 하나의 거대한 우리로 불러들이는 데 얼마나 효과가 있을지 의구심이 들 수밖에 없는 것은 영국에도 비국교는 엄청나게 많고, 우리가 유럽이나 심지어는 영국에서는 알지 못했던 유형의 종교를 내가 미국에서 하나라도 찾아볼 수 없기 때문이다. 비국교도가 다른 사람들과 마찬가지로 미국에 대규모로 모여 있는 것은 순전히 그곳이 사람이 모이는 땅이기 때문이다. 비국교도들로 구성된 대규모 정착촌들이 설립된 것도 용지 매입이 가능하고, 전에는 인간의 창작품을 찾아볼 수 없었던 곳에 소도시와 마을들을 세울 수 있기 때문이다. 그러나 셰이커교도들도 영국에서 건너간 것이며, 영국의 시골이 모르몬교의 전도자 조지프 스미스 씨나 그의 미개한 제자들에게 알려지지 않은 것도 아니다. 나는 사람이 많이 사는 우리나라 소도시에서도 어떤 미국식 야외집회도 뛰어넘기 힘든 종교적인 장면들을 직접 목격한 경험이 있다. 나는 한편으로는 미신에 사로잡힌 사기이고, 다른 한편으로는 미신에 빠져 쉽게 믿게 된 어떤 경우가 원래 미합중국에서 시작된 것이었는지 알지 못하며, 그런 경우가 있었다고 해봤자 사우스코트 부인[196], 토끼 사육사 매리 토프트, 또는 심지어는 암흑시대가 지난 후 얼마 있다 등장한 캔터베리의 쏨 씨 등의 선례들과 비교할 수 있을 뿐이다.

　미국의 공화주의 제도들 덕분에 미국 국민이 자존심과 평등을 주장하게 되는 것은 틀림없다. 그러나 여행객이라면 반드시 그런 제도들을 명심해야 하고, 게다가 고향에서라면 초연한 자세를 유지했을 테

---

196) 조안나 사우스코트(1750~1814), 광신도로 예언 등의 초능력을 지녔다고 주장해서 대규모 신도를 모았다. 매리 토프트(1701~63), 가난한 문맹 여성으로 열다섯 마리의 토끼를 낳았다고 주장. 존 니콜스 쏨(1799~1838), 자신을 구세주라고 주장한 광신도로 캔터베리 외곽에서 일부 신자들과 함께 총에 맞아 죽었다.

지만 어쨌든, 이방인들의 환심을 사려고 가까이 접근하는 것에 급하게 분개해서는 안 된다. 이런 특징은 어리석은 자부심으로 전혀 물들지 않고, 정직한 수고가 전혀 부족하지 않은 경우라면, 내게 전혀 거슬리지 않았다. 그리고 나는 그런 특징이 무례하고 어울리지 않게 과시되는 경우를 설사 경험한 적이 있다 해도 그건 아주 드문 일이었다. 한두 차례 그런 특징이 다음 경우에서처럼 우스꽝스럽게 발휘된 적이 있었지만, 재미있는 사건이었지, 관례나 그런 비슷한 것은 아니었다.

나는 어떤 소도시에서 부츠 한 켤레를 구하고 싶었다. 증기선의 불같이 뜨거운 갑판에서는 지나치게 뜨거워지는 그 추억의 코르크 깔창 달린 구두 외에는 여행 다닐 때 신을 구두가 한 켤레도 없었기 때문이었다. 그래서 부츠 장인에게 나의 칭찬과 함께, 나를 찾아오는 호의를 정중히 베풀어준다면 그를 만나게 되어 기쁠 것이라는 전갈을 보냈다. 장인은 아주 다정하게 그날 저녁 여섯 시에 '둘러보겠다'는 답장을 보내왔다.

나는 그 시간 즈음에 책 한 권과 와인을 한잔하며 소파에 누워 있었다. 그때 문이 열리며 뻣뻣한 넥타이에 서른에서 한두 살 적거나 많은 한 신사가 모자와 장갑을 착용한 채로 들어오더니 거울로 바짝 다가가 머리를 어루만지고, 장갑을 벗고, 외투 주머니 가장 깊숙한 곳에서 줄자를 천천히 꺼내 들었다. 그러더니 내키지 않는 어조로 내게 끈을 '풀라'고 했다. 나는 그의 말에 순순히 응하며 여전히 머리에 쓰고 있던 그의 모자가 좀 신기해서 쳐다보았다. 그래서 그랬는지, 아니면 열기 때문에 그랬는지, 그가 모자를 벗었다. 그러고는 내 맞은편 의자에 앉아 양팔을 양 무릎에 내려놓고 몸을 상당히 앞으로 기울이고는 몹시 힘들게 바닥에서 내가 그의 지시대로 막 풀어놓은 대도시 기술의 표본을 휘파람을 불며 기꺼이 집어 들었다. 그는 그것을 계속 뒤집어 가며 어떤 말로도 표현할 수 없이 경멸적인 태도로 살펴보았다. 그리곤 내게 저런 부츠를 수선하고 싶으신가요?라고 물었다. 나는 부츠가 충분히 크면 나머지는 그에게 맡기겠으며, 편하고 실용적이라면, 그때 그 앞에 있던 모델과 좀 비슷해도 반대하지는 않고, 그 대상 전부를 그의 판단과 결정에 전적으로 따를 것이며 맡길 부탁을 하겠노라고 정중히 대답했다. "그럼, 뒤꿈치가 이렇게 움푹 파인 걸 보니 까다롭지 않으신가봅니다?" 그가 말한다. "여기서는 그렇게 하지 않거든요." 방금 전 나의 관찰이 되풀이되었다. 그는 다시 거울에 비친 자기 모습을 바라보았고, 거울에 바짝 다가가 눈가에서 먼지 한두 개를 털어내더니 넥타이를 고쳐 맸다. 그러는 동안 내내 내 다리와 발은 공중에 떠 있었다. "거의 다 됐나요, 선생?" 내가 물었다. "이제, 거의 다요." 그가 대답했다. "가만히 계세요." 나는 발도 얼굴도 최대한 그대로 유지했다. 이때쯤 먼지를 털어내고 필통을 찾아낸 그가 나의 치수를 재며 필요한 내용을 적었다. 마침내 일을 끝낸 그가 아까처럼 부츠를 다시 집어 들더니 잠시 생각에 잠겼다. 마침내 그가 입을 열었다. "그러니까 이게 영국 부츠인 거죠? 이게 런던 부츠인 거죠, 네?" "그렇소, 선생." 내가 대답했다. "런던 부츠입니다." 그가 요릭의 해골을 본 햄릿을 따라 하듯 부츠를 보고 다시 생각에 잠기며 머리를 끄덕이는 모습이 마치 '이런 부츠를 만들어낸 제도들이 딱도 하군!'이라고 하는 것 같았다. 그러더니 벌떡 일어나 연필과 메모지와 종이를 들고— 그러는 동안에도 내내 거울 속 자신을 바라보며—모자를 쓰고 아주 천천히 장갑을 끼고는 마침내 걸어 나갔다. 그가 가버린 지 1분가량이 지났을 때, 문이 다시 열리더니 그의 모자와 머리가 다시 나타났다.

그가 방을 이리저리 살피더니 아직 바닥에 놓여 있던 부츠를 다시 바라보았다. 잠시 생각에 잠긴 것 같더니 곧이어 이렇게 말했다. "저기, 안녕히 계십시오." "안녕히 가시오, 선생." 내가 말했다. 그렇게 면접이 끝났다.

내가 한마디 언급하고 싶은 분야는 하나만 남아 있을 뿐이며, 이는 공중위생에 관한 것이다. 아직 사람도 살지 않고 개간도 되지 않은 땅이 수없이 많고, 그 땅의 구석구석에서 해마다 식물의 분해 작용이 일어나고 있고, 거대한 강도 수없이 많고, 서로 다른 다양한 기후가 존재하는 그 넓디넓은 나라에서는 특정 계절에 따라 질병도 상당히 빈번하게 발생할 수밖에 없다. 그러나 미국 의료계의 수많은 인사와 대화를 나눠본 결과, 현재 널리 퍼져 있는 질병의 상당수는 몇몇 일반적인 예방조치만 지켜도 피할 수 있는 질병이라는 의견을 나만 지니고 있는 것이 아님을 감히 밝혀둔다. 이를 위해 개인위생을 더욱 철저히 해야 한다. 하루에 세 번 다량의 육식을 급하게 먹어치우고, 식사가 끝나기가 무섭게 다시 앉아 있으려고 하는 습관이 바뀌어야 한다. 여성은 더 현명한 옷차림을 해야 하고 몸에 좋은 운동을 더 해야 한다. 운동은 남성도 해야 한다. 무엇보다도 공공기관과 모든 소도시와 도시에 널려 있는 환기 방식, 배수시설, 쓰레기 처리 방식을 철저히 개선해야 한다. 미국에는 엄청난 파급효과를 가져온 영국 노동 계층의 위생 상태에 대한 채드윅[197) 씨의 뛰어난 보고서를 살펴볼 수 있는 지역 입법부가 없다.

---

197) 에드윈 채드윅(1800~1890), 영국 왕립빈민위원회 위원으로 빈민실태 조사와 보고서를 작성해 구빈법 개혁의 체계를 세웠다.

* * *

    이제 이 책을 마무리할 단계가 되었다. 내가 영국으로 돌아온 이후 받아온 특정 경고들로 짐작해보면 미국 사람들이 이 책을 너그럽고 우호적으로 받아줄 것이라고 믿을만한 이유는 별로 없다. 나는 자신들 나름대로 판단하고 자신들의 의견을 표현하는 일반대중에 관한 진실을 썼기 때문에, 어떤 우발적인 방법에라도 기대어 대중의 갈채를 받고자 하는 마음은 없다.

    내가 이 책 속에 적어 넣은 내용으로 대서양 건너편에 있는, 뭐든 친구라고 할 만한 친구를 단 한 명이라도 잃지는 않으리라는 것을 안다면 나는 그것으로 충분하다. 나머지는 생각나고 펜이 가는 대로 적는다는 정신을 나는 무조건 믿고 있다.

    나는 미국에서 받은 환대 이야기도 전혀 언급하지 않았고, 그런 환대가 책 내용에 영향을 미치도록 내버려두지도 않았다. 어떤 경우든, 내 가슴속에 품고 있는 마음에 비해 초라하긴 하지만 그래도 바다 건너편에서 철제 재갈로 굳게 닫힌 마음이 아닌 열린 마음으로 나를 만나주었던 내 전작의 애독자들에게 감사의 말만은 전했어야 했기 때문이다.

(끝)

서문, 꼭 읽기 바람[198]

글 상단에 위와 같은 제목을 붙인 이유는 이 책의 목적과 의도를 처음부터 고생스레 알아가려 하지 않고 책에 대해 섣부른 판단을 내리거나 책과 관련해 합리화해서 결론부터 내려는 사람이 있다면 제동을 걸기 위해서다.

이는 통계 책이 아니다. 미국의 헌신적인 책임자 위에는 산술적 수치들이 이미 쌓이고 싸여 셰익스피어의 무덤 위에 헌정한 연설의 수치와 맞먹을 정도다.

이 책은 개개인에 관한 한담과 사생활에 대한 사회적 비밀을 깨는 내용을 담고 있지도 않다. 그저 게으르고 별난 자들의 기호에나 맞추려고 살아 있는 신사 숙녀를 납치해 그들을 캐비닛에 밀어 넣고, 그들이 어떻게 되든 이름표와 가격표를 붙이는, 널리 자행되는 그런 행태는 내 취향이 아니다. 따라서 나는 이를 피했다.

책의 전반적인 구성에서 정치적인 재료가 될 만한 씨앗은 들어 있

---

198) 존 포스터(John Forster)가 쓰고, J.W.T. 레이(J.W.T. Ley)가 편집한 ≪찰스 디킨스의 생애(The Life of Charles Dickens)≫(London:Cecil Palmer, 1928) pp. 284~6에서 인용.

지 않다.

나는 미국에서 개인적으로 환대받은 내용을 이 책에 길고 자세히 서술하고 있지 않을뿐더러 그럴 생각도 없었다. 정이 넘치고 마음이 넓은 미국인들이 내게 보여준 자연스러운 감정의 발로와 관대함에 무감각했거나 무감각하기 때문이 아니다. 환대에 관해 서술하자니 필시 나에 대한 찬사를 늘어놓을 수밖에 없는데 심드렁한 독자들 앞에서 그렇게 하는 게 영 나답지 않다고 생각되었기 때문이다.

이 책은 단순히 제목이 표방하는 대로 내가 분주하게 미국을 여행하는 동안 날마다 받은 인상들을 기록한 글이자, 가끔(늘 그런 것은 아니고) 그러한 인상들을 직접, 또는 나중에 반추해보다 이르게 된 결론들을 기록한 글이다. 즉, 내가 관통한 나라, 내가 들른 기관들, 내가 탐험한 이들 중 특정 유형의 인물들, 내가 직접 관찰한 풍속과 관습 등에 관한 기록문이다. 같은 범위와 영역을 다룬 작품들이 이미 다수 출간되었지만, 그렇다고 이 두 권의 책이 그런 이유로 사과할 필요는 없다고 본다. 그런 출판물의 관심사는, 관심사가 있기라도 하다면, 같은 새로운 것을 보고도 생각이 다른 이들이 받게 되는 다양한 인상들에 있을 뿐, 정작 새로운 발견이나 기상천외한 모험에 있는 게 아니다.

당초에 미국에 관한 글을 쓰는 데 따른 위험을 내가 몰랐으리라는 것은 가당치 않다. 그 나라에 선의를 가진 부류의 사람들이 많다는 것을, 공화국 시민으로서 그들은 화려한 예찬이나 찬사로 표현되지 않은 공화국에 대한 묘사에 쉬 불만스러워한다는 것을 누구보다 잘 알고 있다. 거대한 세계 지도에 표시된 대부분의 다른 나라들과 마찬가지로 미국에도 지나치게 온화하고 섬세해서 어떤 형태의 진실도 감당할 수 없는 부류의 사람들이 많다는 것을 익히 잘 알고 있다. 그리고 굳이 별다른 예언 능력을 동원하지 않더라도 이 책에서 악의, 적의, 냉혹함을 귀신같이 찾아내고, 책의 내용이 대서양 너머에서부터 나를 기다리고 있던 환대를 두고두고 고마운 마음으로 기꺼이 곱씹어보겠다던 내 공언과는 완전히 다르다고 제시할 자가 누구일지 멀리서도 알아볼 수 있다. 그들은 바로 토박이 기자들로 정직하고 신사다운 그들은 내가 거기에 머무는 동안에도 여건이 허락될 때마다 앞서 언급한 환대가 순전히 알맹이가 없다는 것을 알려주기 위해 무척 애썼다.

그러나 이러한 고위 인사들에 반기를 드는 위험을 감수하면서까지 나는 환대의 가치에 대한 자신의 견해를 애초부터 피력했고, 지금 이 시각까지도 견지하고 있다. 또 미국인들 사이에서 지내는 동안 (모든 공석에서 어김없이 그랬듯이) 나의 자유와 언론의 자유를 주장했고, 고국에서도 그 기조를 유지하며 그러한 환대가 매우 가치 있으며 나를 환대하던 그 마음은 다른 의도가 없는 순수한 존중에서 비롯되었다는 것을 누구보다 잘 간파하고 있다고 믿는다. 처음부터 마지막까지, 미국에서 내 주위에 모여들었던 친구들에게서 내가 보았던 것은 지나치게 고마워하고 지나치게 내 편을 들던, 내 기꺼이 즐거움과 재미를 그들에게 퍼 나르는 수단이 되기를 자청해왔던, 오랜 독자들이었다. 이방인을 구슬리고 꼬드겨서 자기 나라의 온갖 치부를 못 보도록 눈을 가리고, 거리의 악사다운 안목으로 자기 나라를 찬송하게 하는 저속한 무리가 아니었다. 처음부터 마지막까지, 나를 환영하는 손길에서 내가 보았던 것은 손수 만든 월계관이었다. 꽃 한두 송이 아래 가려진 철제 재갈이 아니었다.

따라서 나는 생각한 것을 말하고 보았던 것을 기록하는 험로를—그런 선택이 당연할 뿐만 아니라 마땅한 의무라고 마음을 다잡으며—택한다. 또 고국에서 결례이자 부조리하다고 판단될만한 행동을 칭송하는 것은 내 성격에도 맞지 않기 때문에 나는 타국에서 관찰한 현상을 완곡하게 표현하거나 에둘러댈 생각이 없다.

만약 이 책이 미국인의 손에 들린다면, 그가 자국의 기관들은 제대로 작동하고 있지 않으며, 다른 나라들과 비교해 신생국인 만큼 새롭고 패기 넘친다는 장점이 있긴 해도 자국이 다른 나라들의 본보기가 될 만한 나라는 결코 아닐뿐더러, 그가 가장 발끈한 자국의 풍속을 묘사한 장면들의 경우에도 (여러 해가 흘렀고, 해마다 대폭 개선이 되었을 것으로 생각할 법도 하건만) 지금 이 시각까지도 그때 그 모습 그대로인 게 여전히 많다는 그런 말들을 견디지 못할 만큼 예민한 사람이라면, 그를 유쾌하게 할 성싶지 않으니 그냥 책을 내려놓으라고 권하는 바이다. 미국인들 중에서 지적이고 자신을 성찰하며, 교육을 잘 받은 이들은, 그들과 쉬 잊지 못할 유쾌한 대화를 여러 번 나누다 보니 나의 감성과 근본적으로 상치되는 주제가 (있다 해도) 극히 드물다고 믿을만한 이유가 충분하기에 그다지 걱정되지 않는다.

"미국에서 실망스러운 면이 있었다 하더라도 실망감의 표출이 특정 부류 사람들의 심기를 거슬리게 하리라는 것을 사전에 그리도 잘 알

앉다면 애당초 왜 굳이 이 글을 쓰는가?"라고 혹자는 반문할 수도 있을 것이다. 그에 대한 나의 답변은 이렇다. 나는 미국에 갔을 때 거기서 보았던 것보다는 더 나은 모습을 기대하고 갔으며, 내 책을 깎아내리는 (내가 보기에) 그릇되거나 편향된 평들이 쏟아질 수도 있다는 위험을 감수하고라도 그 나라에 대해 내 능력껏 공정히 다루어봐야겠다는 결심이 섰다. 진지하고 바로잡힌 시각으로 고국에 돌아와서는 최상의 판단력에 따라 내가 진실이라고 확인한 것에 공정성을 기해야겠다고 마음을 다잡았다.

1850년 디킨스의 서문
문고판에 붙이는 서문

　《아메리칸 노트》가 세상에 첫 선을 보인지도 8년이 다 되어간다. 이번에 이 책을 전과 똑같은 내용을 담아 문고판으로 내놓게 되었으며, 책이 그런 만큼 내 생각 역시 달라진 게 없다.

　나의 독자들은 내가 미국에 있으면서 의아하게 여기던 세력가들과 풍조들이 내 상상에 불과한 게 아니라는 사실을 스스로 판단할 기회를 쥐고 있다. 독자들이 직접 지난 8년 동안 미국의 공직 사회에 어떤 변화가 있었는지, 국내외에서 미국의 현 위상에 어떤 변화가 일고 있는지 살펴보면 그런 세력가들과 풍조가 실제로 존재하는지 알 수 있을 것이다. 진상을 파악하고 나면 나에 대한 판단도 정해질 것이다. 내가 가리켰던 방향에서 뭔가 잘못된 증거를 조금이라도 발견한다면, 내가 그런 글을 썼던 것도 당연했다고 인정할 것이고, 그런 점을 전혀 찾지 못한다면 전적으로 나의 오해라고 여길 것이다.

　나는 미국에 우호적인 감정 외에는 달리 이떤 선입관도 없었다. 미국 땅에 첫 발을 내디딘 그 어떤 방문객도 공화국 미국에 대해 아메리카에 도착했을 당시의 나보다 더 강한 신념을 갖고 있진 않았으리라.

나는 이러한 의견들을 조금이라도 길게 늘어놓는 일을 짐짓 삼가고 있다. 항변할 것도, 해명해서 치워버릴 것도 전혀 없다. 진실은 진실이며, 유치하게 어리석은 말들이나 서로 어긋나는 부도덕한 말들로도 진실을 바꿀 수는 없다. 로마 가톨릭 교회 전체가 아니라고 부정했어도, 지구는 계속해서 태양 주변을 돌았을 것이다.

나는 미국에 친구도 많고, 고맙게도 그 나라에 관심도 많다. 미국을 비뚤어지고 적대적이며 파벌적인 시각으로 바라본 대표적인 인물로 나를 평가한다는 건 지극히 어리석은 짓을 범하는 일에 불과하다. 그런 짓은 언제나 쉽고도 쉬운 일이며, 나는 지난 8년간 그런 짓을 모른 척 해왔고, 앞으로 8년을 더 모른 척할 수도 있다.

1850년 6월 22일, 런던

1868년 4월 18일 토요일 뉴욕 시, 미 언론사 주최로 2백여 명의 언론사 대표들이 참석한 공식 만찬 자리에 나를 초청한 이들 앞에서 나는 다음과 같은 소회를 밝혔다.

"미국에 와서 요즘 들어 제가 스스로 부과한 의무감만 아니었다면 현재 서 있는 이 자리에 함께 계신 여러분을 괴롭히는 데 만족했을지도 모른다는 생각이 자주 들더군요. 하지만 이 자리뿐만 아니라 무슨 자리든, 어디서든 할 것 없이 적절한 상황이 되면 두 번째 미국 영접에 대해 감사를 표하고 미국인의 관대함과 도량에 대해 저의 진실한 증언을 내비치는 것이 제 도리라고 생각했습니다. 아울러 제 주변을 둘러보고 직접 목격한 이 괄목할만한 변화에 대해 경탄을 금치 못했다는 사실도 이 자리에서 마땅히 밝혀야겠지요. 도덕의 변화, 외형의 변화, 침체하고 사람들로 가득 찬 많은 땅의 변화, 거대한 신도시의 부상 및 눈부시게 성장한 구도시들의 변화, 삶의 품격과 생활 편의시설의 변화, 언론의 변화까지 이 모든 변화에 놀라지 않을 수 없었습니다. 특히 언론이 변하지 않고서는 그 어떤 발전도 있을 수 없습니다. 저 또한 그렇습니다. 첫 방미 이후 지난 25년 동안 제 심경에 그 어떤 변화도 일어나지 않았다고 가정할 만큼, 또 제가 처음 여기 왔을 때 받았던 지나친 인상에서 바뀔만한 것도, 배울만한 것도 없었다고 가정할 만큼 전 정말 그렇게 오만하지 않습니다. 그렇기에 이제 제가 여러분이 자리를 뜨기 전에 들려주려는 저의 속마음과 관련하여, 가끔 말하고 싶은 마음도 들었지만, 지난 11월 미국에 상륙한 이후 그동안 쭉 입을 다물게 되었던 것입니다. 언론인도 인간인지라 가끔 실수하거나 잘못된 정보를 전달할 수도 있습니다. 그리고 제 생각에 드물기는 하지만 제 자신과 관련하여 한두 기사에 반드시 정확하다고 할 수 없는 정보가 실렸던 것 같습니다. 사실, 이따금, 현재 여기 이 시점에서 읽었던 어떤 기사보다 제 자신에 관한 기사를 읽고는 더 놀라곤 합니다. 따라서, 미국에 관한 새 책을 쓰겠다고 지난 몇 달간 자료를 수집하고 전력을 다하는 제 열정과 인내에 스스로 놀랄 따름입니다. 더욱이 아무리 권유 한들 미국 관련 책을 집필할 생각이 전혀 없다는 제 공언이 대서양을 사이에 둔 양국 출판사에 익히 알려져 있다는 것을 참작한다면 더욱 그렇습니다. 그러나 저는 마음을 다잡고 제가 영국으로 돌아갈 때, 개인적으로 제 저널에, 우리 국민을 위해 오늘 밤 제가 잠시 언급한 바 있는 미국의 엄청난 변화에 대한 증인을 담겠나고 (이는 또 여러분 신문에 싣고자 하는 비밀이기도 합니다) 결심을 굳혔습니다. 더군다나 여기에 머무는 동안 장소가 넓든 좁든 어디든 할 것 없이 미국인들은 더할 나위 없이 정중하고, 섬세하고, 부드럽게 저를 환대했으며, 작가라는 제 업의 특성상 제게 꼭 필요한 사생활 보호를 이해하고 존중해주었으며 제 건강 상태를 배려해주었습니다. 제가 드리는 이 감사의 증언은 제가 살아 있는 한, 또 제 후손들이 제 작품에 대한 법적 권리를 갖는 한, 미국을 다룬 제 두 저서의 모든 판본에 부록으로 실어 재출간하도록 할 것입니다. 제가 지금, 그리고 사후에도 이렇게 하려는 이유는 그저 사랑과 감사의 마음 때문만이 아니라 영광스러움을 표출해야 마땅하기 때문입니다."

보여 줄 수 있는 가장 간절한 마음을 담아 나는 이런 말들을 했으며, 마찬가지로 간절함을 담아 지면에도 이 말들을 반복한다. 이 책이 사라지지 않는 한, 이 말들은 책의 한 부분이 될 것이며, 미국에서 나의 경험 및 인상과 떼려야 뗄 수 없이 공정히 읽히게 되리라 희망한다.

1868년 5월, 찰스 디킨스

역자

이 미 경

건국대학교 영문과를 졸업하고 이화여자대학교에서 한영번역학과를
마쳤다. 역서로는 ≪오이디푸스 왕, 안티고네, 엘렉트라≫, ≪적응력≫,
≪어서 와, 이런 이야기 처음이지≫ 등이 있다.